SCIENCE FICTION

Herausgegeben
von Wolfgang Jeschke

Von **Sheri S. Tepper** erschien in der Reihe
HEYNE SCIENCE FICTION & FANTASY:

Die Schöne · 06/5344
Die Pest der Engel · 06/5945 (in Vorb.)

ZYKLUS MONSTRÖSE WELTEN:

Gras · 06/5918
Hobbs Land · 06/5919
Toleranz · 06/5920

Sheri S. Tepper

MONSTRÖSE WELTEN

TOLERANZ

Dritter Roman

Aus dem Amerikanischen von
Martin Gilbert

Deutsche Erstausgabe

WILHELM HEYNE VERLAG
MÜNCHEN

HEYNE SCIENCE FICTION & FANTASY
Band 06/5920

Titel der amerikanischen Originalausgabe
SIDESHOW
Deutsche Übersetzung von Martin Gilbert
Das Umschlagbild malte Karel Thole

Umwelthinweis:
Dieses Buch wurde auf chlor- und
säurefreiem Papier gedruckt

Redaktion: Wolfgang Jeschke

Erstausgabe 1992 by Doubleday, a division of
The BantamDoubledayDell Publishing Group, Inc., New York
Mit freundlicher Genehmigung der Autorin
und Thomas Schlück, Literarische Agentur, Garbsen
(# 33791)

http://www.heyne.de
Printed in Germany Januar 1999
Umschlaggestaltung: Atelier Ingrid Schütz, München
Technische Betreuung: M. Spinola
Satz: Schaber Datentechnik, Wels
Druck und Bindung: Presse-Druck Augsburg

ISBN 3-453-13311-0

Inhalt

Für all jene,
die den großen Drachen reiten.
Staunt!

Himmelstürmender Affe
Taumelnder Engel
Blinder Fackelträger
Der stolpert und fällt
Im Irrtum befangen
Sucher der Wahrheit
Verletzlich und alternd
Verehrer der Jugend
Rasende Bestie
Feige und tapfer
Sklave der Moden
Und Gewohnheiten
Marionette der niedrigsten
Und der edelsten Leidenschaften
Sieht nicht das Wesentliche
Gottes Narr, Laune der Natur
Himmelstürmender Affe

›MENSCH‹ · Koi Bashi

Erster Teil

1

Die Menschheit wurde vor dem sicheren Untergang bewahrt, als Lek Korsyzczy seine Frau in der Hochzeitsnacht davon in Kenntnis setzte, daß ihr erstes Kind ein Sohn werden würde. Gewisse Intelligenzen (bei denen es sich um die *Selleries* handelte) bekundeten später, es sei dieses Ereignis gewesen, welches die Kausalkette in Gang gesetzt habe. Es begab sich gegen ein Uhr an einem Sonntagmorgen in einem Oktober der neunziger Jahre des zwanzigsten Jahrhunderts, Standardzeit. Lek machte die Bemerkung, als Marla gerade mit ihm zu Bett gehen wollte. Obwohl er wegen des Champagnergenusses leichte Artikulationsschwierigkeiten hatte, war seine Stimme doch so fest, um Marla zu signalisieren, daß sie in dieser Sache keine Wahl hatte.

In diesem Augenblick hatte er auf Marla gewirkt wie einer der Kunden im Holzhof, in dem sie arbeitete, der in geschäftsmäßigem Ton Bauholz bestellte. Sie musterte ihren frischgebackenen Ehemann mit einem ebenso nachdenklichen wie besorgten Blick. »Leksy, ich glaube, in diesem Fall kommt es so, wie es kommt, du verstehst? Meine Schwester Judy, die mit dem Klempner verheiratet ist, bekam auch erst vier Mädchen, bevor Buddy geboren wurde.«

Leksy zuckte die Achseln. Seine breiten Schultern waren mit großen organgefarbenen Sommersprossen und einem Flaum aus rotblonden Härchen bedeckt. Marla hatte schon beschlossen, daß er sich etwas überziehen sollte, wenn sie Liebe machten, denn der Flaum kitzelte. So kitzlig wie sie war, würde sie sicher lachen, und Lachen, so hatte ihre Schwester Judith gesagt, war in einem solchen Fall absolut nicht ratsam.

»Es sagt einem keiner, wie lächerlich das ist«, hatte Judith ihr nach dem fünften Glas Champagner auf der Toilette anvertraut. »Die Nonnen sagen es einem bestimmt nicht. Die Priester auch nicht. Sie faseln nur etwas von Sünde, aber niemand sagt einem, wie lächerlich es ist. Und dann tust du diese dumme Sache – oh, versteh mich nicht falsch, es kann auch Spaß machen –, und du fragst dich, wie er wohl aussieht und würdest am liebsten lachen, und ich sage dir, tu es nicht! Du mußt es dir verkneifen. Du ahnst nicht, wie komisch manche Männer dabei aussehen!«

Wo sie nun den Haarflaum auf Leksys Schultern und Armen betrachtete, wurde Marla sich bewußt, daß sie Maßnahmen treffen mußte, um nicht zu lachen. »Ich meine«, sagte sie, »ich will nur nicht, daß du dich auf einen Jungen kaprizierst.«

»Du verstehst nit«, sagte er und hickste leicht; nun entfalteten die vielen Drinks ihre volle Wirkung. »Ich hab das mit der Heiligen Jungfrau abgemacht.«

»Du hast was?«

»Ich hab's abgemacht.« Leksy fielen die Augen zu. Dafür öffnete er den Mund und stieß ein leises Schnarchen aus. Es war nur ein rauhes Atmen, ein leises Gurgeln, aber es handelte sich definitiv um Schnarchen und nichts anderes. Keine Lust. Auch keine Leidenschaft.

Marla sah ihn an. Sie wußte nicht, ob sie lachen oder weinen sollte. Es war irgendwie ein schmutziger Witz, daß er so eingeschlafen war. ›Da war dieser Kerl, und er trank zu viel auf seiner Hochzeit, und an diesem Abend blieb seine junge Frau lange im Bad, so daß er einschlief, bevor irgend etwas passierte ...‹ Nicht daß sie so lange im Bad gewesen wäre! Andererseits, wo er eingeschlafen war, hatte sie nun Zeit, über seine Worte nachzudenken, daß er es mit der Heiligen Jungfrau abgemacht hätte. Im Grunde wunderte sie sich auch nicht darüber. Heute wohl, aber damals nicht. Viele Dinge, die Leksy tat, waren auf den ersten Blick verwunderlich, doch auf den zweiten nicht mehr. Die Familie Korsyzczy war nämlich religiös. Nein, fromm. Das war die passende Bezeichnung. Vielleicht etwas frommer, als ihnen frommte. Wer außer Leksy hatte fünf Schwestern, die Nonnen waren und drei Brüder in heiligen Orden. Festessen in ihrem Haus waren wie eine Synode! Und die Religion bestimmte den ganzen Alltag, als ob Gott jeden Atemzug beobachtete! Ein richtiger Religionstick!

Marla war müde und selbst angetrunken. Sie hatte ein flaues Gefühl im Magen, denn sie vertrug eigentlich keinen Alkohol. Immer wenn sie etwas trank, mußte sie sich entweder übergeben oder hatte sofort einen Schwips. Sie beschloß, ein schönes, heißes Bad zu nehmen. Es entsprach zwar nicht ihren Vorstellungen von Romantik, daß Leksy einfach eingeschlafen war, aber ihre Ehe würde sich vielleicht besser anlassen, wenn er seinen Champagnerrausch ausschlief. Und sie hätte mehr Spaß daran, wenn ihr Magen sich wieder beruhigt hatte. Sie beide sollten etwas schlafen. Leksy würde vielleicht in ein paar Stunden aufwachen, und dann konnten sie das tun, was er während des letzten halben Jahrs seit ihrer Verlobung selbstgerecht abgelehnt hatte.

Das Bad hatte die gewünschte Wirkung. Danach legte sie sich neben ihn, in der Erwartung, daß er bald aufwachen würde. Sie döste vor sich hin, wurde ein paarmal wach und glaubte, daß er nun auch aufwachen würde, doch er schnarchte nur weiter und kuschelte sich noch tiefer ins Kissen. Gegen vier Uhr schlief sie endlich ein, und als er gegen sieben nach ihr griff, war sie wie gelähmt. Sie wurde sich erst bewußt, wie sehr sie sich über ihn ärgerte, als sie ihre eigene Stimme hörte.

»Nicht«, sagte sie schroff. »Ich bin wund.« *Davor* hatte Judith sie auch gewarnt.

»Wund?« fragte er verständnislos und schaute sie mit verquollenen Augen an. »Wund?«

»Ich finde, du solltest etwas rücksichtsvoller sein, Leksy«, sagte sie. »Ich bin das nicht gewöhnt, und vier Mal ist einfach zu viel auf einmal.« Dann drehte sie sich mit einem verschmitzten Lächeln um und schlief weiter. Ihr Ehemann verstand zunächst gar nichts, doch dann grinste er und ging mit einem leisen Lachen unter die Dusche. Dieser kleine Vorfall war ein weiteres Glied in der Kausalkette, an deren Anfang Leks Ankündigung gestanden hatte und die mit der Ankunft des Außerirdischen und der Rettung des Planeten Erde enden würde, denn, wie Marlas älteste Schwester Sizzy immer gesagt hatte, man weiß nie.

Dieser kleine Vorfall wurde auch ein ehelicher Sandsack für Leksy, Teil der Federn, die ein Ehepaar im Alltag läßt und wodurch die Familienbande schließlich nur noch enger geschmiedet werden. Marla wurde sich dessen aber nicht bewußt. In ihren Augen war das ein Spaß gewesen, keine Kampfansage, und sie erzählte die Geschichte brühwarm ihrer Schwester Judith. Später erzählte Judith ihrem Mann davon, und ein Jahr später erzählte der bei einem Saufgelage einem Arbeitskollegen davon, und nach einigen Jahren erinnerte der Mann sich daran und erzählte es weiter. Sie lebten in einer Kleinstadt an der amerikanisch-kanadischen Grenze, in einem Kaff, in dem jeder jeden kennt, und obwohl die Geschichte nicht so sensationell war, daß sie sich wie ein Lauffeuer verbreitet hätte, war es doch eine amüsante Anekdote, die im Gedächtnis der Leute hängenblieb und immer wieder erzählt wurde. Es dauerte fast siebzehn Jahre, bis sie wieder bei Leksy anlangte.

In der Zwischenzeit hatte man sich arrangiert. Nach dem Ende der Flitterwochen verlief das Leben in den Bahnen, in denen es auch in Zukunft verlaufen würde. Nichts Außergewöhnliches. Leksy hatte einen Horror vor Außergewöhnlichem. Außergewöhnliches gab es nur bei Huren. Außergewöhnlich waren die Dinge, derentwegen man in die Hölle kam oder sich AIDS einhandelte. Der Mund war nur zum Küssen da, und mit den Händen führte man diskret das Vorspiel durch, und für den Rest waren die entsprechenden Teile zuständig, vorausgesetzt, das eine Teil war sicher ins andere eingeführt, bevor es einen Schlamassel gab. So sprach Vater Jabowsky, und Leksy glaubte es, denn so hatte er es immer getan, wenn er es getan hatte, zumal er auch keinen Grund zur Klage hatte. Allerdings hatte er seine willigen, wiewohl oft betrunkenen Partnerinnen auch nicht um Kritiken gebeten.

Es kam Larry nie in den Sinn, Vater Jabowskys Ratschläge in Frage zu stellen. Vater war Vater, also erteilte er notwendigerweise auch die richtigen Ratschläge. Der Priester war fast fünfundsiebzig; er glaubte fest daran, daß es sich beim Zweiten Vatikanischen Konzil um eine Halluzination gehandelt habe; er las die Messe noch immer in Latein, wenn er glaubte, niemand würde zuhören; und er hatte nie, nicht einmal als Junge, auch nur das geringste sexuelle Verlangen verspürt, ein Umstand, den er während der Ehevorbereitungs-Seminare manchmal mit stillem Stolz erwähnte. Für Vater Jabowsky war ehelicher Geschlechtsverkehr durch den Glauben sanktioniert, genauso wie die Transubstantiation. Die Kirche sagte, das Sakrament existierte, also existierte es, auch wenn Vater es weder sah, roch oder schmeckte. Man erkannte an den Auswirkungen, daß es existierte. Gnade einerseits. Babies andererseits.

Marla wünschte sich, daß Leksy einen anderen

Beichtvater hätte. Sie hielt sich zugute, sexuelle Erfahrungen zu haben, die überwiegend aus der Beobachtung von Oprah und Donahue resultierten, und obwohl sie den Verkehr mit Leksy im großen und ganzen befriedigend fand, hätte sie sich doch mehr Abwechslung gewünscht. Vielleicht, so sagte sie sich, sollte sie nach dem Tod oder der Pensionierung von Vater Jabowsky seinen Nachfolger bitten, einmal mit Leksy zu reden. Judith sagte, manche der jüngeren Priester hätten sich sogar mit Sex befaßt und wären in der Lage, fundierte Ratschläge zu erteilen. In der Zwischenzeit amüsierte Marla sich damit, Lek unter die Nase zu reiben, ›wie er es in der Hochzeitsnacht gemacht hätte‹. Wenn sie sich liebten und er sie fragte, ob es ihr gefiele, sagte sie ja, aber sie wünschte sich, er würde es so machen, wie er es in der Hochzeitsnacht gemacht hatte.

Leksy konnte natürlich nicht zugeben, daß er sich nicht mehr daran erinnerte. Ein paarmal verstieg er sich sogar zu der Behauptung, er würde sich nicht erinnern, es jemals *anders* gemacht zu haben. Worauf Marla nur unergründlich lächelte, was ihn schier verrückt machte. Er fragte sich, was er *gemacht* hatte und ob es vielleicht etwas – nun, Sie wissen schon – *Perverses* gewesen war, nur daß es das nicht gewesen sein konnte, weil das, was auch immer es gewesen war, ihr gefallen hatte!

Von diesen Frozzeleien abgesehen machte Marla sich kaum Gedanken darüber. Die Hauptsache war, daß sie schwanger wurde, und schwanger wurden die Leute auch in der Missionarsstellung.

Nur daß sie nicht schwanger wurde. Nach einem halben Jahr ging sie zum Arzt, um sich untersuchen zu lassen. Der Arzt machte Tests, füllte einen langen Fragebogen aus und sagte ihr, sie solle ihren Mann zu einer Spermauntersuchung vorbeischicken. Marla versuchte ihm klarzumachen, daß Leksy in einer Million

Jahren nicht zu einer Spermauntersuchung vorbeikommen würde, während der Arzt etwas von Ritualen und Aberglauben murmelte und von einem Rückfall ins finstere Mittelalter.

»An Ihnen scheint es nicht zu liegen«, sagte er schließlich. »Wenn Sie das nächste Mal am Morgen Verkehr haben, kommen Sie so schnell wie möglich her. Wir nehmen einen Abstrich. Vielleicht finden wir dort etwas.«

Also wartete sie darauf, daß Leksy während der Woche einen freien Tag hatte, so daß sie bis kurz vor der Sprechstunde im Bett bleiben konnten. Ihren überstürzten Aufbruch, bei dem sie sogar auf das Frühstück verzichtete, begründete sie mit einem Termin beim Zahnarzt. Und wieder nichts. »Genug Sperma, um den Planeten zu bevölkern«, knurrte der Doktor ins Mikroskop. »Alle quicklebendig.«

So verstrich ein weiteres halbes Jahr, ohne daß sie schwanger wurde. Leksys Verwandte sahen sie schon komisch an. Vater Jabowsky fragte sie bei der Beichte unverhohlen, ob sie Verhütungsmittel benutzte, was Marla sehr empörte. Sie beschimpfte ihn – nein, sie beschimpfte ihn nicht direkt, sondern sie sagte nur, daß Leute, die so etwas sagten, schmutzige Gedanken hätten –, worauf er ihr auftrug, Buße zu tun. Das war gewiß nicht gerecht. Schließlich war er derjenige mit den schlimmen Gedanken.

Danach ging sie nicht mehr zum *Heiligen Seraphen*, sondern zur Nachbargemeinde des *Heiligen Erlösers*. Viele jüngere Leute taten das, also war es in Ordnung. Zumal Leksy es auch wußte und nichts dazu sagte.

Als sie anderthalb Jahre verheiratet waren, ging sie noch einmal zum Arzt, wobei sie auch Leksys Sperma nochmals einer Untersuchung unterziehen ließ. Diesmal war sie so niedergeschlagen, daß sie fast eine Stunde lang im Sprechzimmer weinte.

»Sie versuchen es zu krampfhaft«, sagte er. »Entspannen Sie sich.«

Nur daß sie sich nicht entspannen konnte. Leksy ließ nicht locker. Sie sagte ihm, daß er sie zu stark beanspruchte, doch er sagte nur, der Zweck der Ehe seien Babies, und deshalb sei es seine moralische Pflicht, weiterzumachen, bis sie schwanger würde. Eine Sünde sei das nicht. Zumal sie die Stelle beim Holzhof gekündigt – Leksy hatte immer geglaubt, es sei die Arbeit, die eine Schwangerschaft verhinderte – und deshalb Gelegenheit zu einem Mittagsschläfchen hatte. Leksy machte sich keine Sorgen. Er hatte es mit der Heiligen Jungfrau abgemacht, und *ihn* bezichtigte niemand der Geburtenkontrolle.

Nach zwei Jahren stand Marla am Rand eines Nervenzusammenbruchs.

»Drei- bis viermal am Tag«, sagte sie. »Er schleift mich sofort ins Schlafzimmer, wenn er nach Hause kommt. Ich mag Sex, Doktor, oder mochte ihn zumindest, aber allmählich wird es lächerlich.«

»Es gibt da ein neues Präparat«, sagte er. »Ovitalibon. Es wird von einem der europäischen Pharmakonzerne hergestellt und ist gerade für den Gebrauch in diesem Land freigegeben worden. Ich habe das Mittel in Fällen von unerklärlicher Unfruchtbarkeit, die dem Ihren vergleichbar sind, bereits mit einigem Erfolg angewandt.«

»Ich habe schon von diesem Mittel gelesen«, sagte sie. »Die Frauen bekamen gleich neun Babies, wie einen Wurf Welpen. Alle Babies sind gestorben. Oder sie mußten ein paar abtreiben lassen, damit die anderen überlebten. Leksy würde da nie mitspielen. Eher würde er mich verlassen.«

»Nein, nein«, sagte der Doktor keuchend und zog eine Schnute. »Ich weiß mittlerweile über den Religionswahn Ihres Mannes Bescheid, Marla. Nein. Ich spreche von einem anderen Präparat. Ovitalibon hat diese Wirkungen nicht. Die Wahrscheinlichkeit von Zwillingen wird zwar leicht erhöht, aber sie bewirkt keine Mehrfachgeburten. Im Grunde wissen wir überhaupt nicht, welche Wirkungen das Mittel hat.«

Daraus folgerte Marla, daß man das Präparat wahrscheinlich für einen ganz anderen Zweck entwickelt und dann festgestellt hatte, daß es auch gegen Unfruchtbarkeit half. Nur daß niemand wußte, weshalb. Genauso wie die Anti-Baby-Pille, die ursprünglich gegen Unfruchtbarkeit entwickelt worden war. Durch die Beobachtung von Donahue war sie immer auf dem laufenden gewesen, hatte allerdings auch einen gewissen Zynismus ausgeprägt.

»Sind Sie sicher, daß ich nicht fünf oder sechs Babies auf einmal bekomme?«

»Ich bin sicher«, sagte er. Das war er auch. Was das betraf.

Das Präparat war ein Wundermittel. Nach zwei Monaten war sie schwanger. Als sie sicher war, erzählte sie es jedem, und eine Friedenstaube schwebte herab und gurrte leise. Leksy ließ sie in Ruhe. Ihre Verwandten ließen sie in Ruhe. Zum erstenmal seit ihrer Hochzeit schlief sie nachts durch. Zum erstenmal seit ihrer Hochzeit verspürte sie ein Gefühl der Ekstase, der völligen Zufriedenheit.

Alles, so spricht Jordel von Hemerlane (dem Sie demnächst begegnen werden), hängt mit allem zusammen. Die Zeit erlegt dieser Regel keine Beschränkungen auf. Irgendwann ist mit allen anderen Irgendwanns verbunden. Dieses fließt aus jenem, jenes fließt aus diesem. Vergangenheit, Gegenwart und Zukunft sind nicht losgelöst voneinander, sondern bilden ein Kontinuum, eine in sich geschlossene, spiralförmige Verbindung, in der Zeit genauso wenig getrennt wie durch

Entfernung. Hier und Dort sind untrennbar miteinander verbunden. Alles gräbt sich durch die Myriaden Wurmlöcher der Realität, um mit allem anderen zu verschmelzen. Raum und Zeit sind gewunden wie eine gigantische DNS und enthalten sowohl Potentiale als auch Gewißheit. In dieser multidimensionalen Gebärmutter ist Trennung Fiktion, alle Dinge grenzen aneinander, und die Erde des zwanzigsten Jahrhunderts schmiegt sich an die warme Wange des Planeten *Woanders* ...

... *Woanders* befand sich am Ende eines sternenarmen galaktischen Seitenarms. *Woanders* wurde von einer mittelgroßen gelben Sonne beschienen und von einer Handvoll schwerer kleiner Planeten und Monde umkreist. *Woanders*, der – nach Aussage des *Aufsichtsrats* – als letzter Zufluchtsort der Menschheit vor der Versklavung durch die Götter von *Hobbs Land* gegründet worden war, dieser botanischen Pest, die vor einem Jahrtausend über die Galaxis gekommen war und, wie man sagte, alle Lebewesen zu sklavischer Konformität verurteilt hatte.

Diese Darstellung hatte im Lauf der Jahrhunderte jedoch etwas von ihrem doktrinären Charakter verloren, wobei *Woanders* in dieser Zeit ein so beschauliches Leben geführt hatte, daß die Frage aufkam, ob die Götter von *Hobbs Land* überhaupt von seiner Existenz wußten oder sich darum kümmerten. Wenn man bedachte, daß *Woanders* gleichsam in einer Nacht- und Nebelaktion gegründet und besiedelt worden war, dann war das auch nicht verwunderlich. Dennoch war *Woanders* eindeutig als Zufluchtsort deklariert, und von dem Moment an, als die ersten Flüchtlingsgruppen eintrafen und jeweils eigene Provinzen besiedelten, wurde jeder dieser Gruppen das Recht gewährt auf Beibehaltung ihrer Sprache, Religionsfreiheit, Brauchtumspflege und alles andere, was sie für wichtig hielten. *Woanders*, das vom *Aufsichtsrat* geleitet wurde, sollte die unsterbliche Vielfalt der Menschheit bewahren.

Der *Aufsichtsrat* hatte die Regeln erstellt, und sie hatten sich seitdem nicht geändert.

Keine Provinz durfte die Grenze überschreiten, um sich in die Belange einer anderen Provinz einzumischen oder sich mit einer anderen Provinz gegen eine dritte verbünden; grenzüberschreitende missionarische Aktivitäten waren genauso verboten wie Verträge und Allianzen; Reise und Handel waren, in Maßen, erlaubt; und alle Gruppen waren willkommen, solange sie einander nur *in Ruhe ließen!*

Wenn die Provinzen einander nicht in Ruhe ließen, wenn eine *Lage* entstand, wurden *Rats-Beauftragte* entsandt, um die *Lage* zu *klären*. Die *Beauftragten* benutzten entweder ein Flugzeug, gingen zu Fuß oder waren beritten; sie kamen einzeln oder zu Hunderten; sie trugen primitive Waffen oder führten ein High-Tech-Arsenal mit. Wie auch immer sie auftraten, sie *klärten* die *Lage*. Die Provinzen von *Woanders ließen einander in Ruhe*. Und wenn sie es nicht freiwillig taten, dann sorgten die *Rats-Beauftragten* schon dafür.

Ein solcher *Rats-Beauftragter* war Zasper Ertigon, den es zu einem bestimmten Zeitpunkt seiner Laufbahn in die Stadt Molock verschlagen hatte. Die Stadt war die Hauptstadt der gleichnamigen Provinz auf dem Kontinent Panubi. Die Bevölkerung konzentrierte sich an der Peripherie, während das Hinterland kaum erschlossen war. Der mehrtägige Routineauftrag, den Zasper in der Stadt auszuführen hatte, war fast erledigt. Er hatte das Fahrzeug abgestellt und auf seine Kollegen gewartet. Doch dann übermannten ihn der Durst und das Bedürfnis nach Gesellschaft, und nun saß er auf einem wackligen Stuhl in einer baufälligen Hütte in der Nähe des Parkplatzes und trank in Gesellschaft des örtlichen Offiziers der Wache ein Gesöff, das hier als Bier bezeichnet wurde.

»Geh'n Sie nun nach Hause?« fragte der schwitzende Wachtposten ihn und rülpste herzhaft.

Zasper nickte, hielt wegen der Ausdünstung die Luft an und zwirbelte den dicken grauen Haarzopf, der seinen Rang und Status auswies. »Zurück nach *Toleranz*«, sagte er, womit er die Quasi-Stadt auf dem polaren Plateau meinte, die das Hauptquartier des *Aufsichtsrats* und seiner Institutionen beherbergte. »Wir reisen ab, sobald meine Kollegen hier sind.« Dabei handelte es sich bei den Personen, die er nach Molock mitgenommen hatte, im Grunde nicht um Kollegen; zumindest nicht um *Rats-Beauftragte*. Sie waren *Rats*-Techniker und hatten den Auftrag, die allgegenwärtigen Monitore zu warten, mit denen die Provinzen übersät waren, doch es war die Politik des *Rats*, daß die Techniker von *Rats-Beauftragten* begleitet und während des Einsatzes auch als solche behandelt wurden. Zasper war nicht gerade das Flieger-As von *Woanders* und fand Eskortflüge langweilig; wenn er einen solchen Auftrag erhielt, führte er ihn aber auch durch.

»*Tol'ranz* ist Ihr Zuhause?« fragte der Wachtposten.

Zasper schüttelte den Kopf. »Nein«, sagte er. »Ich komme eigentlich von Enarae.«

»Welche Kategorie ist das?« wollte der Offizier wissen.

»Kategorie Sieben«, erwiderte Zasper. Kategorie Eins war unberührte Wildnis, und Kategorie Zehn war eine HighTech-Umgebung; also galt man mit einer Einstufung von Sieben gerade mal als halbwegs zivilisiert, was einen Abstieg für Leute bedeutete, die einst in der Küstenregion von Phansure gelebt hatten und als die besten Ingenieure der Galaxis galten. Oder so hatte Zasper es wenigstens in der Schule gelernt. Molock war nur Kategorie Vier. Molock war primitiv und, in

Zaspers Augen, barbarisch. Die *Beauftragten* sollten sich zwar keine eigene Meinung über die Provinzen bilden, aber viele taten es trotzdem.

»Wie ist das Leben in *Tol'ranz*?« fragte der Wachoffizier.

Zasper nahm einen ordentlichen Schluck, betrachtete das feuerrote Glühen der Stadt Molock, das von der darüber hängenden Wolke reflektiert wurde und suchte nach einer unverfänglichen Antwort. Wenn er an *Toleranz* dachte, dachte er an die *Große Rotunde*, wo der *Aufsichtsrat* residierte und über die Überreste der Menschheit wachte, wo die Monitore klickten, surrten und manchmal piepten, worauf Dienstboten herbeieilten und schauten, was das Piepen zu bedeuten habe. Wenn Zasper an *Toleranz* dachte, dachte er an die sterile Sauberkeit, die gähnende Langeweile und die vielen lächerlichen, bedeutungslosen Rituale. Er dachte aber auch an die gemütlichen Unterkünfte, das ausgezeichnete Essen und die vorzüglichen Spirituosen.

Doch darüber durfte er natürlich nicht sprechen. Also erging er sich in geographischen Details und verlegte sich auf Allgemeinplätze, während er noch mehr von dem schalen Bier schluckte und sich wünschte, daß er entweder in *Toleranz* trank oder eine dringende Sache unter *Kontrolle* bringen mußte.

Ohne daß Zasper es wußte, existierte besagte dringende Sache bereits, und zwar auf der anderen Seite des Landefelds, wo zwei Erwachsene und ein Kind sich in der Dunkelheit außerhalb der Umzäunung verbargen. Der Name des Kindes war Danivon Luze. Die beiden Erwachsenen waren seine Eltern, Cafferty und Latibor. Sie hatten Danivon ein leichtes Beruhigungsmittel verabreicht.

»Dort ist es«, sagte Danivons Mutter und schaute durch den Zaun auf das große *Rats*-Fahrzeug, das nicht weit vom Tor abgestellt war. »Aber da sind auch Wachen.«

»Warte«, flüsterte Danivons Vater. »Sie haben den Rundgang beendet. In einer Minute werden sie in die Hütte gehen. Das tun sie immer. Sie verbringen fast die ganze Nacht dort drin und zocken und trinken mit ihrem Offizier. Das haben sie noch immer getan, wenn ich sie beobachtet habe …«

»Ja, aber der *Beauftragte* ist auch dort drin!«

Er hob den Kopf und sog die Luft ein, wie ein Tier, das Witterung aufnimmt. »Das macht nichts. Sie werden sich auch von ihm nicht stören lassen.«

»Es muß in dieser Nacht geschehen«, murmelte Danivons Mutter, wobei die leise Stimme kaum die Hysterie kaschierte, die dicht unter der Oberfläche brodelte. »Es muß in dieser Nacht geschehen.«

»Cafferty, ich weiß«, sagte er und rüttelte sie sanft an der Schulter. Sie wußten es beide. Wenn sie über die Schulter zur Stadt zurückschauten, sahen sie die dräuende Masse der Tempelpyramide, deren Silhouette sich gegen tausend Lagerfeuer abhob. Die dunkle Masse des Tempels hatte eine schier lebendige Präsenz, wie ein großes, kauerndes Tier, das jeden Augenblick zum Sprung ansetzen und sie jagen würde. Auf dem Gelände dieses Tempels würden in den nächsten Tagen gewisse Riten stattfinden, Riten, in denen das Kind, Danivon Luze, eine besondere und schmerzhafte Rolle spielen sollte. Die Eltern sollten davon eigentlich nichts wissen, aber es war ihnen dennoch zu Ohren gekommen. Die Gefahr war real.

»Ich frage mich, ob jemand hier in Molock eine Ahnung hat, wo wir stecken«, sinnierte Latibor.

»Nein«, beruhigte sie ihn, mehr aus Gewohnheit als aus Überzeugung. »Du weißt, daß sie es nicht wissen. Sonst hätten wir es schon längst gemerkt. Diese Sache hat nichts mit uns zu tun. Daß sie Danny für diesen neuen Ritus ausgewählt haben, war purer Zufall. An seinem dritten Geburtstag wanderte sein Name mit den Namen all der anderen Drei- bis Fünfjährigen in den Pott. Wir hätten von vornherein nicht hierher kommen sollen. Wir hatten kein Recht, an einem Ort wie diesem ein Kind in die Welt zu setzen.«

»So schlimm war es bisher auch gar nicht. Und du wolltest ein Kind«, murmelte er. Mit bebenden Nasenflügeln beobachtete er den Abzug der Wache. »Du wolltest ein Kind.«

»*Wir* wollten ein Kind«, korrigierte sie ihn sanft. Er hielt sich in dieser Hinsicht nämlich für vernünftiger als sie. »Oh, Latibor, wir haben doch darüber gesprochen, als wir hierher kamen. Wir wollten alles herausfinden, was es herauszufinden gab und dann verschwinden. Wir wollten schon seit einem Jahr hier weg sein. Statistisch hielten wir das Risiko für vertretbar.«

Um Entschuldigung heischend schnitt er eine Grimasse. Sie hatte recht. Er hatte sich genauso sehr ein Kind gewünscht wie sie. An Kinder hatten sie zunächst nicht gedacht, als sie angeboten hatten, nach Molock zu gehen. Die alte Frau, Jory, hatte gesagt, sie brauchte Informationen, und weil es ohne Jory weder Cafferty noch Latibor gegeben hätte, schuldeten sie ihr etwas. Doch wo sie nun einmal hier waren und sich an dem freudlosen Ort niedergelassen hatten, wollten sie auch ein Kind haben.

»Komisch«, sagte er. »Die Risiken anderer Leute sind statistisch. Wenn es sich aber um das eigene Risiko handelt, um das eigene Kind, dann ist es nicht mehr statistisch.«

»Wir sollten längst hier weg sein«, sagte sie niedergeschlagen. Doch das wußte er selbst. »Wenn wir Jory erreicht hätten … Wenn …«

»Leider reagiert Jory im Moment nicht auf unsere

Nachrichten.« Das beunruhigte ihn auch. Wenn er die Alten nicht erreichte, fühlte er sich immer unsicher.

»Schnell«, flüsterte sie. »Die Wachen gehen in die Hütte. Hilf mir über das Tor.«

Cafferty hatte das Gesicht mit einem Schal vermummt, damit die Wachtposten es im trüben Licht nicht erkannten. Sie kletterte über das Gatter und nahm das schläfrige Kind in Empfang. Sie schob es in den Traggurt auf dem Rücken und schlich über die Kiesfläche, wobei sie sich im Schatten der abgestellten Fahrzeuge hielt. Latibor blieb am Tor und schaute nach, ob das Messer und der Schlagstock noch am Gürtel hingen. Diesen Weg würden die Wachen zwar nicht nehmen, aber wenn doch...

Mit der ihnen eigenen Arroganz hatten die Leute von *Toleranz* darauf verzichtet, die Fahrzeuge zu bewachen; nicht im Traum hätten sie damit gerechnet, daß jemand sich diesen Umstand zunutze machte. Cafferty hoffte, daß sie so unachtsam gewesen waren, auch die Frachtluke nicht abzuschließen und daß sie geräuschlos zu öffnen war.

Die Hoffnung erfüllte sich. Die Ladeluke glitt geräuschlos auf. Sie kroch hinein, fand einen schmalen Spalt hinter einem Kistenstapel und bedeutete dem schläfrigen Kind, sich mit seiner Isomatte dort einzurichten, während sie den Proviant hinter ihm aufstapelte. In Erwartung dieses Augenblicks hatten sie das Versteckspiel seit Tagen geübt. Was Danivon betraf, so war auch der Ernstfall nur ein Spiel. Er wußte, wann er sich in die Decke wickeln und schlafen mußte, wieviel er jeden Tag essen durfte (wobei das Essen mit Zusätzen versehen war, um ihn ruhigzustellen), wieviel er trinken durfte und wo er auf den Topf gehen mußte. Er wußte, daß er nicht laut sein durfte und daß er sich für eine Weile bedeckt halten mußte. Darum ging es bei dem Spiel, nicht gefunden zu werden. Wenn er gut spielte, würde er etwas Besonderes gewinnen.

Danivon kannte Zahlen und Farben, seinen Namen und die Namen vieler Gegenstände, doch er kannte weder Wörter noch Namen, die ihn mit Molock in Verbindung gebracht hätten, ebensowenig den Namen des Orts, an dem seine Eltern gewohnt hatten und die Namen, unter denen sie aufgetreten waren. Sie hatten ihn von den anderen Kindern ferngehalten. Sie hatten ihm gesagt, er würde hinter den sieben Bergen wohnen, denn wenn er den richtigen Ortsnamen wüßte, würde man ihn wieder zurückbringen.

Cafferty küßte ihn mit tränennassem Gesicht. Sie nahm ihr Medaillon ab, hängte es ihm um den Hals und flüsterte, daß er es immer tragen müsse. Dann schlüpfte sie aus dem Laderaum, schloß die Luke und kroch schluchzend davon. Als sie am Tor ankam, half Latibor ihr hinüber, und sie wankten die Straße entlang zu dem Ort, den sie als Heimat bezeichneten. Von dort aus würden sie zum Fluß gehen und eine deutliche Spur hinterlassen. Wenn man sie verfolgen würde, dann in dieser Richtung. Wenn jemand auf die Idee kam, hier nachzusehen, wäre es schon zu spät.

Sie befanden sich bereits auf halbem Weg zur Stadt, als sie Stimmen hörten und ein metallisches Geräusch. Das Inspektionsfahrzeug stieg zischend auf und verschwand in der Nacht. Sie blieben nicht stehen, um den Abflug zu beobachten. Sie hatten alles getan, was in ihren Kräften stand.

Im Innern des Schiffs programmierte Zasper die Steuerung für den Rückflug nach *Toleranz*. Die Techniker murmelten gähnend und zogen sich in die Schlafkabinen zurück, wobei sie in einem unverständlichen Jargon irgendwas brabbelten. Zasper verstand sie nicht und legte auch keinen Wert darauf. Wo er nun allein war, gähnte er auch und murmelte etwas vor sich hin.

Die Mächte, die über ihn geboten, hatten beschlossen, den üblichen Fahrplan abzuändern. Molock, das normalerweise in der Mitte der Wartungsschleife lag, hatte diesmal den Endpunkt markiert. Normalerweise schlief er immer auf dem Rückweg und führte die Inventur nach der Ankunft in *Toleranz* durch. Da er jedoch nach einem Besuch in Molock nie gut schlief, weil er den Eindruck hatte, daß Molock entartet war, beziehungsweise in jüngster Zeit entartet war – Gefühle, die einem *Beauftragten* nicht zukamen –, wollte er die Inventur jetzt schon vornehmen, um die Ankunftsformalitäten abzukürzen.

Caffertys Stratagem hatte darauf beruht, daß der Laderaum für eine Weile nicht betreten würde. Zasper, der nicht ahnte, daß seine Entscheidung nicht nur eine Beschäftigungstherapie war, sondern eine Sache von Leben und Tod, nahm den Inventurwürfel, schob ihn in ein Lesegerät und machte sich an die Arbeit. Er stand im Laderaum neben einem Stapel Ersatzteile, als er ein Seufzen hörte. Einen winzigen Seufzer. Ein leises Atmen, das nichts zu bedeuten hatte, nur daß es an diesem Ort niemanden außer ihm hätte geben dürfen, der atmete.

Er fand das Kind sofort, das hinter dem Stapel aus Kartons schlief. Päckchen mit Proviant und Getränken waren neben ihm aufgebaut, und es lag auf einer Matte. Man hatte dafür gesorgt, daß das Kind es bequem hatte und überlebte. Der Proviant und die Getränke waren nicht angerührt. Alles sprach dafür, daß das Kind in Molock an Bord gebracht worden war.

Zasper Ertigon wäre eigentlich verpflichtet gewesen, nach Molock zurückzufliegen und das Kind den Wachen zu übergeben. Doch stand er für eine Weile da und betrachtete die sich hebende und senkende Brust, hörte den leisen Atem, immer wieder. Das Kind war ein gutaussehender kleiner Bursche, dunkelhaarig und mit sandfarbenem Teint. Er hatte die für Kleinkinder typischen langen Wimpern, die den Augen diesen verletzlichen Ausdruck verliehen. Zasper ging zurück in den Steuerraum und wendete das Schiff.

Bald drang das Glühen der Stadt zu ihm hinauf, wobei der Feuerschein der Kochstellen von einer dicht über dem Gleiter hängenden Rauch- und Wolkendecke reflektiert wurde. Direkt in Flugrichtung ragte die Tempelpyramide mit ihrer breiten Zeremonial-Plattform, die wie eine herausgestreckte Zunge aus der Helligkeit ragte. Zu dieser Nachtzeit war der Tempelkomplex verlassen. Etwas unsicher landete Zasper das Schiff auf der Plattform (er besaß eben kein fliegerisches Talent), stieg aus und überschaute die rauchige Stadt.

Die Pflichten eines *Beauftragten* führten ihn hin und wieder nach Molock. Er hatte den Tempel von Molock schon gesehen, wenn auch nicht aus unmittelbarer Nähe, und was er nicht gesehen hatte, hatte er gehört. Nach kurzem Zögern bewältigte er die zur Spitze führende Treppenflucht, wo der ebene, aus Steinplatten bestehende Gipfel nur ein paar Meter unter einer feuerroten Rauchwolke zu hängen schien. Der Raum dazwischen war mit einem blutigen Glühen erfüllt.

Er wollte sehen, ob es wirklich so war, wie er gehört hatte, und es war so – keine zehn Schritte vom oberen Treppenabsatz entfernt. Im Mittelpunkt des steinernen Platzes befand sich ein eisernes Gestell mit gewellten Stangen, zehn breit, zehn tief, zehn hoch. Auf jeder Stange steckte ein Schädel, tausend Schädel, alles kleine Schädel, alle von kleinen Kindern.

Die zehn Schädel aus der hintersten Reihe der obersten Lage waren auf dem blutbefleckten Altar zwischen zwei steinernen Mäulern aufgereiht worden. Zweimal im Jahr wurden die ältesten Schädel zerstampft und das Pulver an die Gläubigen verteilt, um die Fruchtbarkeit der Felder, Herden, Männer und Frauen von Molock zu gewährleisten. Untermalt vom Lärm der Trommeln und dem Kreischen der Flöten wurden die übrigen Schädel eine Reihe versetzt, und zwölf kleine Jungen wurden an den Seiten des Gestells in Käfigen aufgehängt, um vor den Augen ihrer Eltern qualvoll zu verhungern und zu verdursten; die Eltern wurden gefesselt und vor den Augen ihrer Söhne mit Nahrung und Wasser versorgt. Die ersten zehn, die starben, kamen ins Regal. Die letzten zwei wurden an die Eltern zurückgegeben, wobei manche sogar überlebten. In regelmäßigen Abständen wurden zehn Schädel entfernt und durch zehn frisch abgeschlagene ersetzt.

Zasper zählte die Schädel, als ob der Akt des Zählens etwas am Ergebnis ändern würde. Er hatte gleich nach der Einführung des Ritus davon gehört und es zunächst als Hirngespinst abgetan, das ihm einen Besuch in Molock verleiden sollte. Damals hatte er sich geweigert, Einzelheiten zur Kenntnis zu nehmen, doch nun wurde er so eindringlich damit konfrontiert, daß er es nicht mehr ignorieren konnte. Um in der kurzen Zeit seit der Einführung des Ritus tausend Schädel anzuhäufen, mußte die Anzahl der anfangs geopferten Kinder die heutige Zahl weit übertroffen haben, und die war schon hoch genug. Offensichtlich hatte jemand das Kind nur aus einem Grund im Laderaum versteckt: um ihm ein solches Ende zu ersparen.

Er schaute den Schädeln in die Augen, und sie schienen den Blick zu erwidern. Ein paar der untersten waren noch mit Haut- und Haarresten behaftet. Dazwischen krümmte sich etwas und klatschte mit einem ekligen Geräusch auf die Steine.

Molock. Kategorie Vier. Barbarisch. Und der Tempel. Den Zasper zu verteidigen geschworen hatte, oder zumindest hatte er geschworen, jegliche Beeinträchtigung seiner Funktionalität zu unterbinden. Er war *Rats-Beauftragter*. Sein Eid und die Eide seiner Kollegen waren alles, was zwischen der Vielfalt stand, durch die die Menschheit definiert wird und dem Verlust der Menschlichkeit selbst. Kulturelle Relativität. Die Notwendigkeit, sich eine unvoreingenommene Einstellung zu bewahren. Verschieden, aber deshalb nicht pervers. Das waren einige der Phrasen, auf die er konditioniert war. Dennoch wurde ihm beim Anblick der Schädel übel.

Unvermittelt, ohne weiter darüber nachzudenken, ging er zum Schiff zurück, startete und ging wieder auf den ursprünglichen Kurs. Mit ein paar Tricks würde er den Anschein erwecken, als ob das Kind sich schon seit ein paar Tagen an Bord befunden hätte. Er würde ein paar Windeln im Laderaum verteilen. Er würde ein paar Nahrungs- und Wasserbehälter leeren. Nach dem Biergenuß mit dem Wachtposten konnte er sogar ein paar Pfützen erklären.

Während er die fingierten Beweise verteilte, ging ihm wieder der von Molock eingeführte Ritus und seine Implikationen durch den Kopf: die neue Grausamkeit, der neue Fanatismus, der neue Schmerz. Hatte es etwas mit der Zunahme der Verfolgungen in Derbeck zu tun? Der höheren Sterberate in Enarae? Er rief sich weitere Veränderungen in Erinnerung, die hier und da, im Grunde überall beobachtet worden waren; keine von ihnen hatte indes eine Wende zum Besseren bedeutet, und alle hatten mit der Verehrung dieses oder jenes Gottes zu tun, der Verfolgung dieser oder jener Häresie, dem Zwang zu dieser oder jener Konformität.

Als ob die Provinzen plötzlich in einen Blutrausch verfallen wären, sagte er sich. Nicht daß manche nicht auch früher schon so gewesen waren, doch in letzter Zeit hatte dieser Trend sich verstärkt. Und es wurde immer schlimmer. Als ob etwas … etwas sich veränderte, aber was? Der Status quo war unantastbar! Er und ein paar tausend wie er setzten ihn durch, bewahrten ihn, beschützten ihn. Was veränderte sich also?

Nachdem der Gleiter in *Toleranz* gelandet war, schickte Zasper die Techniker von Bord, während er an den Kontrollen herumfummelte und unnötigerweise zum dritten Mal den Treibstoffverbrauch berechnete. Schließlich nahm er die Inventurunterlagen und öffnete betont laut die Frachtluke.

Jeder auf dem Stellplatz hörte den überraschten Ruf, als er das Kind fand. Mitglieder des Wartungstrupps hörten ihn fluchen und sahen, wie er mit einem kleinen Jungen im Arm in der Luke stand und erzürnt in den Laderaum wies.

Der Gruppenführer wollte wissen, wie er dort hineingekommen sei.

Zasper stellte sich dumm. Er war über zwanzigmal zwischengelandet. Seit der dritten oder vierten Landung waren sie nicht mehr im Laderaum gewesen. Der Junge steckte vielleicht schon seit Tagen hier drin. Seht euch nur das ganze Verpackungsmaterial an, sagte Zasper. Riecht ihr denn nicht den Urin, wo der Junge hinter die Container und an die Wände des Laderaums gepinkelt hat? Und seht mal dort. Scheiße!

Sowohl die flüssigen als auch die festen Exkremente stammten zwar von ihm, doch er glaubte nicht, daß jemand sich die Mühe machen würde, sie zu analysieren. Um die Tarnung aufrechtzuerhalten, schnaubte er in gespielter Wut.

»Liebes Kind«, sagte ein weibliches Besatzungsmitglied und griff nach ihm.

Der Junge schlang die Arme um sie und legte den Kopf an ihre Schulter. Sie roch fast wie seine Mutter.

»Wie heißt du, kleiner Mann?« fragte sie.

»Ich heiße Danivon Luze«, sagte er mit klarer Stimme und sah sie unter langen Wimpern an, die einem Schilfsaum um einen himmelblauen See glichen. »Ich bin vier Jahre alt.«

»Danivon. Das ist ein schöner Name. Weißt du, wo du wohnst?«

»Hinter den sieben Bergen«, sagte er deutlich und ernsthaft. »Dort wohne ich.«

Ein paar Besatzungsmitglieder lachten, worauf das Kind erst fragend dreinschaute und dann in Tränen ausbrach, während Zasper sich über die Klugheit der Eltern freute.

»Das ist schon in Ordnung«, sagte die Frau und wischte dem Kind die Tränen weg. »Sie haben nicht über dich gelacht, Danny.«

»Ich glaube, wir sollten das melden«, sagte der Gruppenführer zweifelnd.

»O nein«, rief das weibliche Besatzungsmitglied. »Nein, Jerrod. He, tu das nicht. Mach das, und sie schicken ihn wer weiß wohin. Wir behalten ihn. Er ist so ein liebes Kind.«

Zasper, der sich geflissentlich in den Hintergrund verzogen hatte, drehte sich um und sah, daß der Junge den Blick auf ihn gerichtet hatte. Die Nasenspitze des kleinen Jungen bog sich, als er sich an die Schulter der Frau schmiegte; dabei war sein Blick unablässig auf Zasper gerichtet.

Und zu was für einem Menschen wirst du dich entwikkeln, Danivon Luze? fragte Zasper sich, ohne zu ahnen, welche Bedeutung die Beantwortung dieser Frage vielleicht erlangen würde.

In einer anderen Zeit und an einem anderen Ort, auf der Erde, zog das erste Wölkchen am Himmel von Marla Korsyzczys Zufriedenheit auf, als im fünften Monat der Schwangerschaft eine Ultraschalluntersuchung zwei Babies enthüllte. Sie war wohl etwas überrascht, obwohl Zwillinge keine Katastrophe waren. Wenn man sich ohnehin viele Kinder wünschte, was Marla und Leksy taten, weil sie sonst einen schweren Stand in der Familie gehabt hätten, waren Zwillinge ein guter Anfang nach dem, was Leksys Familie penetrant als schlechten Start bezeichnete. Der Doktor sagte, er hätte leichte Schwierigkeiten, die Herztöne der beiden auseinanderzuhalten, aber ansonsten schien alles normal.

»Ich möchte eine Amniozentese machen«, sagte er zu Marla.

»Weshalb?« fragte sie. »Wonach suchen Sie denn?«

»Möchten Sie nicht wissen, was für ein Geschlecht sie haben? Zwei Jungen, zwei Mädchen, ein Junge und ein Mädchen?«

Marla dachte darüber nach. Wenn ein Junge dabei war, kein Problem. Wenn kein Junge dabei war, hätte sie allerdings ein Problem, doch das würde sie, wenn nicht heute, dann auf jeden Fall später bekommen. Vielleicht war es besser, wenn sie es noch nicht wußte. Leksy hatte bereits einen Namen für den Jungen ausgesucht und das Kinderzimmer blau gestrichen. Er hatte sich bereits mit zahlreichen Kerzen bei der Jungfrau bedankt und ihr einige seiner Freunde ans Herz gelegt, die nur Töchter hatten.

Marla sagte, sie könne ganz gut mit der Ungewißheit leben, zumal sie es bisher auch nicht anders gewohnt war. Der Doktor nahm das zur Kenntnis. Dennoch wirkte er, als er mit dem Scanner über ihren schwellenden Bauch fuhr, leicht verwirrt.

»Was ist denn los?« fragte Marla mit ihrem Gespür für die kleinste Nuance.

Er zuckte die Achseln. »Sie befinden sich in einer seltsamen Position«, sagte er. »Relativ zueinander. Wir werden uns das in einem Monat noch einmal ansehen.«

Beim nächstenmal war keine Veränderung eingetreten. Die Babies waren aufgereiht wie bei einer Parade. Der Doktor ließ die Bombe platzen und eröffnete Lek und Marla, daß die Babys möglicherweise miteinander verwachsen waren.

»Siamesische Zwillinge!« entfuhr es dem entsetzten Leksy.

»Zusammengewachsene Babies«, korrigierte der Arzt in bemüht ruhigem und professionellem Ton. »Fast alle zusammengewachsenen Babies können operativ getrennt werden. Malen wir den Teufel nicht an die Wand. Warten wir's ab.« Er erinnerte Marla indes nicht daran, daß er ihr gesagt hatte, das Präparat würde die Wahrscheinlichkeit von Zwillingen leicht erhöhen. Er wollte sich selbst nicht daran erinnern.

Marla beugte sich nach vorne und fixierte den Doktor mit einem skalpellscharfen Blick. »Was ist mit natürlicher Geburt?« fragte sie. Marla hatte seit dem dritten Monat entsprechende Kurse belegt.

»Wenn die Babies zusammengewachsen sind, müssen sie durch Kaiserschnitt entbunden werden«, sagte der Arzt, dem der Themenwechsel eine gewisse Erleichterung verschaffte. Das Wort ›Schnitt‹ löste eine Diskussion über Narben aus, über ihre Größe und Position. Leksy war zwar kein innovativer Liebhaber, aber er sah sie gern nackt, was Vater Jabowsky auch gebilligt hatte, wenn es ihn in die Stimmung versetzte, das zu tun, was die Schriften zur Moraltheologie billigten.

Der Doktor widmete der Diskussion der Narben breiten Raum, um sie von der Sache mit den Siamesischen Zwillingen abzulenken. Es war kein Fall bekannt, wo Ovitalibon zur Entstehung von *Siamesischen* Zwillingen geführt hätte, aber trotzdem. Das konnte angefochten werden. Vor Gericht. Er hätte es wissen müssen. Oder das Präparat nicht verschreiben sollen.

Oder er hätte Gottes Willen, daß Marla nicht schwanger wurde, geschehen lassen sollen, denn wenn sie nicht schwanger wurde, lag das vielleicht daran, daß Gott ›nein‹ sagte. Der Doktor konnte sich vorstellen, was der Ehemann der Frau dazu sagen würde. In dieser klerikalen Stadt würden sie vielleicht noch den Priester als Zeugen benennen! Entweder das oder Gott persönlich vorladen.

Also schwitzte er und betete zu Gott, so es denn einen gab, daß er Erbarmen mit armen Ärzten haben möge, die ihr Bestes gaben. Mögen die Kinder gesund auf die Welt kommen. Möge die Trennung leicht sein und mögen beide Kinder überleben!

Sein Gebet wurde nur zum Teil erhört. Bei Marla setzten die Wehen ein, der Geburtshelfer führte einen Kaiserschnitt durch und entband zwei zappelnde, schreiende Wesen, von denen niemand wußte, worum es sich überhaupt handelte.

»Jungen«, sagte die Kreißsaal-Oberschwester mit düsterer Stimme. »Ohne Zweifel. Hört nur, wie kräftig sie schreien!«

»Sie haben aber keinen Penis«, flüsterte eine jüngere Schwester.

»Einer hat so etwas. Außerdem haben sie einen Hodensack«, sagte die Oberschwester.

»Einer von ihnen hat so etwas. In der Art.«

»Nun, zumindest haben sie keine Vagina« murmelte die Oberschwester.

»Ich glaube, einer von ihnen hat so etwas. In der Art.«

Nach einer schnellen Chromosomenuntersuchung der Zwillinge versuchte der Doktor, Leksy das Problem zu beschreiben. Sie hatten beide XXY, und obwohl der Doktor sein Bestes gab, war Leksy entweder nicht fähig oder willens, die Weiterungen zu erfassen.

»Der Erstgeborene ist ein Junge«, sagte Leksy, in dessen Vorstellung Kinder noch immer wie Kätzchen oder Welpen geboren wurden, nacheinander in einem schleimigen Beutel und nicht als zusammenhängender und schreiender blutiger Klumpen aus dem Unterleib gezogen. »Der Erstgeborene ist ein Junge. Das weiß ich. Wenn Sie ein paar Operationen durchführen müssen, habe ich dafür Verständnis. Gott prüft uns mit solchen Dingen, um unseren Glauben auf die Probe zu stellen, aber es ist ein Junge, weil die Jungfrau sagte, es würde ein Junge werden.«

»Ich wollte immer eine Tochter«, sagte Marla schluchzend, die an einer starken Depression litt, wie sie nach einer Entbindung manchmal auftrat. Sie dachte überhaupt nicht nach. Sie hatte das Denken eingestellt. Nun sah man also, wohin das ganze Kopfzerbrechen und die Sorgen sie geführt hatten! Nun weinte sie nur und sprach das aus, was sie fühlte, egal wie dumm es war. »Sieh sie dir an, so süß.« Sie schaute auf den linken Zwilling, der wirklich etwas kleiner war und hübscher aussah als der rechte Zwilling. Nicht daß ihr Äußeres zu beanstanden gewesen wäre. Sie waren hübsche Babies. Alles hatte seine Richtigkeit, abgesehen von den sexuellen Anomalien. Fünf Finger an jeder Hand, fünf Zehen an jedem Fuß. Zwei Bauchnabel. Volles, dunkles Haar, schön geschwungene Öhrchen und geschlossene Augen. Zwei ganz normale Kinder, von der dicken rosigen Fleischröhre abgesehen, die von der linken Armbeuge des rechten Babys zur rechten Schulter des linken Babys verlief und sich fast bis zu den Hüftknochen hinunterzog. Die Röhre pulsierte heftig. Es handelte sich nicht nur um Haut und Muskeln. Offenkundig steckte sie voller Innereien. Irgend jemandes Innereien.

Die vorläufigen Untersuchungen ergaben, daß die Aussichten auf eine Trennung gering waren. Die Babies hatten ein gemeinsames Herz, das an einen ungewöhnlichen und komplexen Kreislauf angeschlossen war. Außerdem schienen sie sich eine Leber und einen Lungenflügel zu teilen. Sie waren in einem katholischen Krankenhaus geboren worden, in dem ein medizinischer Ethiker arbeitete. Bisher war der Priester ihre einzige Autorität gewesen, doch nun standen sie einem medizinischen Ethiker gegenüber, der das gleiche sagte. Die Chirurgen verließen die Besprechung mit dem Ethiker mit ernster Miene. Ein Kind konnte nicht für das andere geopfert werden. Entweder überlebten beide oder keins, wobei es außer Frage stand, daß es sich um zwei eigenständige Kinder handelte. So hatten sie zum Beispiel zwei separate Gehirne. Der Priester, der sie vorsichtshalber sofort nach der Geburt taufte, führte den Vorgang zweimal durch. Niemand bezweifelte, daß es sich hier um zwei Babies handelte.

Diesmal waren mehrere Ärzte zugegen, die alle wußten, daß viele Menschen, die sich für Männer oder Frauen hielten und mit ihrem Geschlecht auch keine Probleme hatten, in genetischer Hinsicht wieder etwas anderes darstellten. Der entscheidende Aspekt in solchen Fällen war, wie die Eltern sich ihre Erziehung vorstellten. Die Chirurgen berieten sich erneut. Das rechte Baby hatte eine Art Penis, obwohl die Harnröhre unten am Körper endete. Nun, das konnte man richten. Außerdem hatte das rechte Baby entweder Hoden, die sich nicht abgesenkt hatten oder Eierstöcke, die sich zwar am richtigen Ort befanden, jedoch in den Hodensack wandern konnten. Dadurch würde das rechte Baby mit einem Satz männlicher Geschlechtsorgane ausgestattet. Was das linke Baby betraf, so konnten die Gonaden im Unterleib bleiben und aus den äußeren Anhängseln eine Vulva modelliert werden. Es hatte bereits eine Art Vagina, die allerdings in einer ›Sackgasse‹ mündete und einen isolierten Auswuchs, der nach der Quantität des Nervengewebes als Klitoris diente.

»Sehen Sie«, sagte Chirurg A zu Chirurg B und fuhr sich mit zitternden Händen über die Glatze, »es wird kein Problem sein, authentische Geschlechtsorgane zu formen. Doch wenn wir das tun, werden diese Wesen ein höllisches Leben haben. Auf welche Toilette sollen sie gehen, um Gottes willen? Welche Umkleidekabine sollen sie in der Schule benutzen?«

Die Chirurgen versuchten im Beisein des Priesters, den Eltern die Problematik zu erläutern.

»Er ist ein Junge«, sagte Lek stur. »Sein Name ist Bertran.«

»Eine Tochter«, insistierte Marla, die sich über Lek ärgerte, weil er sie in diese Sache hineingezogen hatte. Zumal sie im Grunde ihres Herzens wußte, daß sie kein Kind mehr bekommen würde, und nun hieß es ›jetzt oder nie‹. »Meine kleine Nela.«

»Wir beten zu Gott, daß er Ihr Wissen und Ihre Fähigkeiten segnet«, sagte Vater Jabowsky, der indes davon überzeugt war, daß, was auch immer die Ärzte taten, bedeutungslos war, daß Geschlechtsorgane verzichtbar waren, denn auf sie würde es nicht ankommen in der anderen Welt, der einzigen, auf die es ankam.

Die Chirurgen, die mit einem Prozeß für den Fall rechneten, wenn sie es taten, und die wußten, daß man sie verklagen würde, wenn sie nichts taten, beugten sich dem Unvermeidlichen, riefen ihre Anwälte an und ließen einen Stapel Verzichtserklärungen aufsetzen und von den Eltern, deren Eltern und allen Verwandten unterschreiben, deren sie habhaft wurden. Die Chirurgen, welche die Operation durchführen würden, waren emeritierte Professoren der medizinischen Fakultät. Die Spezialisten für plastische Chirurgie waren deshalb aus dem Ruhestand geholt worden, weil man davon ausging, daß sie schon tot wären, wenn die Babies volljährig wurden und eine Klage anstrengen konnten. Bisher war das Wort ›Kunstfehler‹ zwar nicht gefallen, aber niemand wollte ein Risiko eingehen.

Die Operationen wurden durchgeführt. Das Gewebe verheilte. Die Zeit verstrich. An einem schönen Frühlingstag wurden die Zwillinge in St. Seraph auf den Namen Bertran und Nela Korsyzczy getauft, Kinder der Mutter Kirche, Erben des Glaubens. Bertran trug einen blauen Samtanzug mit einem weißen Spitzenkragen. Nela trug ein rosa Satinkleid mit besticktem Rüschensaum. Marla hielt sie und strahlte entschlossen. Lek stand ihr zur Seite, wobei der kleine Bertran mit der rechten Hand einen seiner dicken Finger umklammerte. Marla war in Gedanken bei den schönen Kleidchen, die sie Nela zum Schulanfang nähen würde. Lek fragte sich, ab welchem Alter er seinem Sohn wohl Baseball beibringen könne. Er vermied es indes, das Bildnis der Jungfrau anzusehen, das gleich hinter dem Taufbecken in der kleinen Kapelle stand. Irgendwie hatte Lek den Eindruck, daß die Jungfrau ihn hängengelassen habe.

Weder Lek noch Marla betrachteten die Situation realistisch, doch es war auch eine besondere Situation, die eine realistische Betrachtungsweise verlangte. Beide warteten auf den Tag, da die Kinder voneinander getrennt wurden – ›Wenn die Technik soweit ist‹, hatte der Doktor wiederholt mit sanfter Stimme gesagt –, und bis dahin (Gewiß nicht lang! Höchstens ein Jahr oder so!) mußte man sich eben in Geduld üben und beten.

Aber kein Sex mehr. Lek brachte sich nicht mehr dazu, zumindest nicht mit Marla. Nicht, nachdem er gesehen hatte, was dabei herausgekommen war. Er machte sich Vorwürfe, daß er sie so unter Druck gesetzt hatte. Er hatte ihr gesagt, es sei seine moralische

Pflicht, aber Teufel, es hatte ihm gefallen. Er hatte sie begehrt, und Lust war eine der sieben Todsünden, und vielleicht trug er die Verantwortung für das alles.

Lek wußte natürlich nichts von dem Medikament. Marla hatte es ihm nie gesagt. Irgendwie hatte sie das Gefühl, daß sie es ihm besser nicht sagte. Vielleicht war sie verantwortlich für das alles. Sie erwog schon, Lek zu sagen, daß sie keine Kinder mehr bekommen konnte, wovon zumindest sie und der Doktor ausgingen, weil er beim Kaiserschnitt Anomalien entdeckt hatte, die ihm bei den vorhergehenden Tests verborgen geblieben waren; aber was, wenn sie aufgrund wundersamer Umstände erneut schwanger wurde? Sie durfte auch keine Geburtenkontrolle betreiben, denn Lek würde es irgendwie herausfinden. Auch wenn der Doktor anbot, ihr Pillen in einer Flasche mit einem falschen Etikett zu geben, das den Inhalt zum Beispiel als Mittel gegen Anämie deklarierte, würde sie es dem Priester beichten müssen. Und Lek würde es irgendwie herausfinden. Also tat sie es nicht, tat er es nicht, taten sie es nicht.

Was bedeutete, daß beide, weil sie normal waren und einen normalen Appetit hatten, mehr als nur leicht gereizt wurden. Wenn es zwischen ihnen kriselte, erinnerte Lek sich jedoch an Marlas Worte am Morgen nach der Hochzeitsnacht, als sie ihm gesagt hatte, viermal sei zu viel. Wie ein Andenken wurde diese Erinnerung im Zeitablauf immer stärker, löste sich vom konkreten Inhalt und aus dem Kontext und verwandelte sich in eine Abstraktion, die mit anderen, tiefergehenden Bedeutungen befrachtet war. Während andere Vergnügungen sich als trügerisch erwiesen, war es die Erinnerung, wie er sich in diesem Moment gefühlt hatte, der Stolz und die erfüllte, von realen Erinnerungen ungetrübte Männlichkeit, die ihn befähigte, die Zwillinge vorbehaltlos zu lieben. Marla teilte diese Erinnerung zwar nicht, doch sie hatte andere Mythen, die einem ähnlichen Zweck dienten.

Marla nähte Kleider für beide Zwillinge, bis Bertran in das Alter kam, wo aus Babies kleine Jungen werden, und dann kaufte sie ihm Jeans, karierte Hemden und Stiefelchen. Nela trug immer Kleider, Trägerkleidchen und Trägerröckchen mit Bluse, weiße Söckchen und schwarze Schühchen. Das Fleisch zwischen ihnen wurde dezent mit einer dunklen Binde kaschiert, die wie ein Ärmel um die Anschlußstellen gewickelt und mit Klebepunkten an der Kleidung der Zwillinge befestigt wurde.

Lek baute im Garten eine Doppelschaukel, eine Wippe mit einem gegabelten Ende und eine extrabreite Rutschbahn. Als sie das entsprechende Alter erreicht hatten, wollte Marla sie einschulen, doch keine Schule war bereit, die Zwillinge aufzunehmen, außer einer Sonderschule in Peaks Hill. Sie versuchten es eine Woche lang, doch die Zwillinge fühlten sich nicht wohl bei all den Zurückgebliebenen und Autisten. Etwas, wobei Marla nicht wußte, ob sie dankbar dafür sein sollte oder nicht, war, daß die Zwillinge hochintelligent waren. Im Alter von viereinhalb lernten sie lesen und stellten ihr Fragen, die sie manchmal in große Bedrängnis brachten.

Lek versuchte ein paarmal, mit Bertran Fangen zu spielen, doch das Kind war wegen der Verbindung mit Nela damit überfordert, obwohl der Junge Einlagen in den Schuhen trug, so daß er eine größere Schulterhöhe hatte. Lek versuchte auch, sie zum Angeln (Nela wurde seekrank) und zu einem Fußballspiel (Nela hatte Platzangst) mitzunehmen. Lek machte Marla Vorhaltungen, weil sie Nela immer damit in den Ohren lag, daß sie, Marla, seekrank wurde und daß sie, Marla, Platzangst hatte.

»Sie ist eben wie ihre Mama«, sagte Marla. »Es wäre

auch ein Wunder, wenn sie nicht wie ihre Mama wäre.«

»Sie sollte genauso sein wie ihr Bruder«, sagte Lek. Er hatte die Probleme im Betrieb mit einem Berater erörtert, den die Führung eingestellt hatte, um die Produktion trotz der persönlichen Probleme der Lohnempfänger aufrechtzuerhalten. Für den Berater, der ansonsten nur mit Drogen, Sex und Alkoholismus konfrontiert wurde, hatte Leks Problem eine Abwechslung dargestellt wie eine Beerenauslese für einen Weinverkoster, der sonst nur billige Tafelweine testet.

»Der Psychologe sagt«, fuhr Lek fort, »daß sie genetisch ... genetisch ... identisch sein müssen. Er sagt, das sei ein Naturgesetz. Sie sind aus einem Ei und einem Spermium hervorgegangen, und sie sind völlig identisch!«

Dieses Verständnis war Lek indes zu spät zuteil geworden. Es traf nämlich nicht mehr zu. Die Biologie war ausgetrickst worden. Die Genetik staunte über die Realität. Geschlechter waren geprägt worden. Nela schaute ihren Vater unter langen Wimpern hervor an und lächelte kokett, wobei die zarten Hände an der Smokarbeit auf ihrem Musselinkleid zupften.

»Hast du ein Geschenk für mich, Paps?« bettelte Nela mit einem gewinnenden Lächeln.

Bertran machte ein männlich grimmiges Gesicht und hatte die Hände in die Hosentaschen geschoben.

»Hallo, Paps«, sagte Bertran. »Was haste für mich?«

»Wie willst du da noch behaupten, sie seien gleich?« fragte die zornige Marla mit schriller Stimme. »Wie kannst du so etwas sagen, Leksy? Sie sind nicht gleich. Überhaupt nicht.«

2

Toleranz auf *Woanders*: die *Große Rotunde*. Dort, auf dem noch immer so bezeichneten *Ankunftsflur* stehen farbenprächtig uniformierte Wachen reglos vor den *Toren*. Man ist der Ansicht, daß das große *Tor*, dasjenige, durch das vor langer Zeit all die Flüchtlinge kamen, durch Wachen geschützt werden müsse. Es wäre noch immer möglich, daß Personen hindurchgehen, theoretisch zumindest, und die Wachen sollen das verhindern. Das andere *Tor*, die verdrehte, korrodierte Metallschleife ist ein Arbai-*Tor*, den anderen *Toren* nicht unähnlich, welche die geheimnisvollen Arbai überall in der Galaxis verteilt hatten. Obwohl das *Tor* defekt zu sein scheint, besteht immer noch die Möglichkeit, daß es doch funktioniert, und deshalb wird es von einer Rotte *Frick'scher* Milizionäre bewacht. Zumal es nach Ansicht des *Aufsichtsrats* eine gefällige Symmetrie darstellt, wenn der Wachwechsel der Uniformierten an zwei *Toren* gleichzeitig vollzogen wird.

Einen ausgezeichneten Ausblick auf diese regelmäßigen Rituale hat man vom Mezzanin, einem gepolsterten Speisebalkon mit hoher Decke, der vom *Ankunftsflur* über eine kühn geschwungene Wendeltreppe zu erreichen ist. Traditionell sind einige reich verzierte Tische im Mezzanin für die ranghöchsten Mitglieder des Aufsichtsrats reserviert. Andere, noch edlere Tische befinden sich auf einem erhöhten Balkon und sind ausschließlich den Mitgliedern des Inneren Kreises des *Kommandeur*s der Militärpolizei vorbehalten.

Der obere Balkon ist privat und abhörsicher. Nicht zuletzt aus diesem Grund wird er auch von Boarmus, dem gegenwärtigen *Kommandeur*, bevorzugt.

Heute hat Boarmus eine Unterredung mit Zasper Ertigon, einem ehemaligen *Rats-Beauftragten*, der beim *Aufsichtsrat* ein Rücktrittsgesuch eingereicht hat, um in seine Heimatprovinz Enarae zurückzukehren. Boarmus weiß viel über Zasper, wie er überhaupt über die meisten *Beauftragten* gut informiert ist. Er ist durchaus geneigt, Zaspers Gesuch zu entsprechen, doch bevor er das tut, erwartet er eine Gegenleistung.

Zasper hat sein Rücktrittsgesuch damit begründet, daß die ständige Reisetätigkeit eine Bürde für ihn sei, was so aber nicht stimmt. Das Reisen hat ihm im Grunde nichts ausgemacht; der eigentliche Grund für den Rücktritt ist diese andere Sache, die ihm aufgefallen ist und die ihm zu schaffen macht, ohne daß er etwas dagegen unternehmen könnte. Und dieses Unbehagen wird immer schlimmer. Das Ausmaß, in dem verkorkste Menschen abartige Dinge anstellen, sogar an Orten, wo verkorkste Menschen und abartige Dinge mehr oder weniger normal sind.

Mehr Kinderopfer, mehr versklavte Frauen und Kinder, mehr Tötungen von Ehefrauen, mehr rituelle Vergewaltigungen.

Mehr Schmerz, Flagellantentum und Verstümmelungen von Personen, die an Feierlichkeiten teilnehmen.

Mehr Folter. Mehr *Asoziale*, mehr Gewalt, mehr Morde, Verfall von Sitte und Moral.

Zasper war lang genug im Einsatz, um diese Zunahme zu registrieren, und er will raus. Wenn er sich zu diesem Zweck pro forma mit dem *Kommandeur* unterhalten muß, dann wird er das eben tun.

Also treffen sie sich auf dem oberen Balkon, der beleibte *Kommandeur* und der stämmige *Beauftragte*. Letzterer trägt nun unauffällige Zivilkleidung, ersterer – so sagt man – erweist einem bewährten, ergrauten Beauftragten diese außerordentliche Ehre, der – so sagt man – eine persönliche Verabschiedung zu schätzen weiß. Daß die beiden keine große Sympathie füreinander empfinden, gilt hingegen als unwichtig, sogar für die Betreffenden selbst.

»Noch Tee?« fragt Boarmus, obwohl Zaspers Tasse noch voll ist.

»Nein danke«, sagt Zasper, der normalerweise nur Bier trinkt und Kräutersud im besten Fall als Gesöff für alte Weiber, im schlechtesten als Gift betrachtet.

»Ich habe Sie hergebeten, um von Ihrer Erfahrung zu profitieren«, sagt Boarmus ungerührt, ohne ihm eine weitere Erfrischung anzubieten. »Von Ihrer Kampferfahrung, sozusagen.«

»Sir«, sagt Zasper. Dieses Wort ist ein Allzweckbegriff, im Grunde bedeutungslos.

»Vertraulich.«

Eine interessante Interpolation, aber das gleiche Wort paßt auch hier. »Sir.«

Boarmus lehnt sich zurück und betrachtet mit dem Anflug eines Lächelns seinen Gast. Halsstarriger Bastard. Ein guter *Beauftragter*. Einer der besten, aber ihm kann er nicht das Wasser reichen. So soll es auch sein. »*Vertraulich*«, wiederholt er dezidiert.

Zasper blinzelt. »Jawohl, Sir. Natürlich, Sir.«

Boarmus nimmt ein Päckchen vom Schoß und legt es auf den Tisch. Nur Zasper bemerkt den schnellen Seitenblick in beide Richtungen, um zu sehen, ob jemand zuschaut. Niemand sieht zu. Es ist Essenszeit, schon spät am Mittag. Der obere Balkon ist verlassen, bis auf sie.

»Dies habe ich kürzlich erhalten«, sagt Boarmus und entfernt die Verpackung, aber nur so viel, daß Zasper den Inhalt erkennt.

Auf dem Tisch liegt eine Metallplakette (Zasper hält

es für Gold, es sieht auch wie Gold aus) mit einem verzierten Rand (Zasper hält es für Diamanten, es sieht auch wie Diamanten aus). Die in die Plakette eingravierten Worte entstammen einer auf *Woanders* gebräuchlichen Sprache.

DIE BEVÖLKERUNG VON *WOANDERS* WIRD HÖFLICH GEBETEN, IHRE POSITION IN BEZUG AUF DEN REST DES UNIVERSUMS ZU ÜBERDENKEN

•

V.I.S.D.P. NIRGENDWO: Zentral-Panubi

»Uff«, sagt der völlig überraschte Zasper.

»Wir leben nicht mehr in den Zeiten«, sagt Boarmus, »als Edelmetalle und Juwelen einen Wert an sich hatten. Doch selbst hier und jetzt ist ein Präsent wie dieses irgendwie … extravagant.«

»Ach.«

»Das betrifft sowohl die handwerkliche Qualität als auch die Materialien«, sagt Boarmus. »Meine Berater haben mir gesagt, obwohl die Steine sehr selten sind, ist es noch aufwendiger, so etwas in Handarbeit zu fertigen. So wurden die Buchstaben zum Beispiel manuell eingraviert. Von einer Person, die ein gut Teil ihres Lebens damit verbracht hat, sich diese Kunstfertigkeit anzueignen.«

»Und was hat das zu bedeuten?« unterbricht Zasper das Geplapper.

»Ich weiß nicht. Es ist bereits die vierte … Petition, die wir empfangen haben«, sagt Boarmus. »Alle waren anderslautend. Nach Angaben meines Vorgängers, Chadra Hume, erschien die erste vor etwa einem Jahrhundert im *Archiv*. Als wir um Informationen baten, erhielten wir bloß eine Botschaft mit einer Dauer von einem ganzen Tag. Verschiedene Sprachen, aber dieselbe Botschaft. Die zweite Botschaft erschien fünfzig Jahre später während einer Orbiter-Aufklärung über dem Hochland von *Lüge*, und diese wurde in kilometerhohen purpurnen Lettern auf die Tundra projiziert. Davon hat mein Vorgänger mir auch erzählt. Nach fünfundzwanzig Jahren kam dann die dritte. Ich habe sie auch in einem Orbiter gesehen: Herden grasender Tiere formierten sich auf den *Bi-flom*-Ebenen auf einer Fläche von über zwei Quadratkilometern zu Buchstaben und Wörtern, wobei fliegende Fledermaus-Schwäne fließende Zierränder bildeten. Das war vor zwölf Jahren. Und nun das hier.«

»Wie haben Sie es bekommen?«

»Habe es eines Morgens in meinem *Archiv*-Zugang gefunden.«

»Aha«, sagt Zasper erneut.

»Was hat man Sie über die Ursprünge von *Woanders* gelehrt?« fragt Boarmus mit gesenkter Stimme, wobei er sich wieder verstohlen umschaut. »Ich meine nicht an der *Beauftragten-Akademie*, sondern in der Schule. Als Sie noch ein Junge waren.«

Zasper zuckt die Achseln, wölbt die Brauen und versucht sich zu erinnern. »Ich habe das gelernt, was die meisten Kinder gelernt haben.«

Boarmus starrt ihn an und versucht sich zu erinnern, was die Kinder über die *Brannigan-Galaxität* lernen, die größte Bildungsstätte der Galaxis, und wie sie *Woanders* als Zufluchtsort vor den Göttern von *Hobbs Land* gegründet hatte. Ob die Kinder auch lernen, daß man den Flüchtlingen versprochen hatte, so zu leben, wie sie wollten? Daß *Woanders* von tausend verschiedenen Ethnien besiedelt wurde, von denen alle alte Götter besänftigen, altes Unrecht wiedergutmachen und alten

Verpflichtungen nachkommen mußten? Sicher weiß Zasper das; sicher weiß es ein jeder!

Dennoch muß man sich vergewissern. »Sie haben auch von den Göttern von *Hobbs Land* gehört?« fragt Boarmus.

Zasper nickt. »Natürlich. Eine Art Pilzplage.«

»Die leider noch nicht ausgemerzt ist. Ist die *Brannigan-Galaxität* Ihnen ein Begriff?«

Zasper lehnt sich mit einem amüsierten Lächeln zurück und nickt wieder. »Ich lernte, daß *Brannigan* dieses Komitee eingesetzt hatte, um die *Große Frage* zu studieren, und als die Götter von *Hobbs Land* die Menschheit versklavten, sah das Komitee seine Arbeit gefährdet und richtete *Woanders* als Zufluchtsort« – Zasper kichert verhalten – »für die Menschheit und für sich selbst ein.«

Boarmus echauffiert sich. »Ich habe noch nie gehört, daß *Woanders* speziell als Zufluchtsort für die Mitglieder des Komitees der *Großen Frage* eingerichtet wurde.«

Zasper verzieht belustigt das Gesicht. »Als Kinder hatten wir einen Abzählreim: ›Breaze und Bland und Thob und Cling / rannten, bis es nicht mehr weiterging / dann jagte Jordel von Hamerlane / sie den ganzen Weg zurück bis heim. Eins, zwei, drei, vier / du bist raus.‹« Er will lachen, doch dann hält er inne, als er sieht, daß die Farbe aus dem Gesicht des *Kommandeurs* weicht.

Boarmus beugt sich über den Tisch und legt Zasper eine zittrige Hand auf den Mund. »Nicht! Bedenken Sie, wo Sie sind!« sagt er erschüttert.

»Entschuldigung, *Kommandeur*«, murmelt der *Beauftragte* verwirrt. »Ich wußte nicht …«

»Sie brauchen auch nichts zu wissen«, knurrt der *Kommandeur*. »Ich erwarte von Ihnen Höflichkeit und gutes Benehmen. Es ist … nicht angemessen, die …

Gründer von *Woanders* zu verspotten, und schon gar nicht hier in *Toleranz*. Es stimmt wohl, daß es in *Brannigan* Professoren mit den Namen … den Namen, die Sie genannt haben, gab. Und es stimmt auch, daß Jordel von Hamerlane ein Ingenieur war, der großen Anteil am *Woanders*-Projekt hatte, doch das ist noch längst kein Grund, sie und ihre zahlreichen Kollegen der Lächerlichkeit preiszugeben.«

»Nun, nach dem, was ich gehört habe«, sagt Zasper unbeirrt, »haben sie *Woanders* im Verborgenen gegründet, seine Existenz geheimgehalten und waren zudem als erste hier!«

»Das ist auch richtig«, flüsterte Boarmus. »Sie gehörten zu den ersten, die nach *Woanders* kamen. Das ist aber schon lange her, ungefähr tausend Jahre, und ihre Namen sind … historisch. Man muß sie respektieren!«

»Sie haben mich schließlich gefragt, *Kommandeur*!«

»Meine Frage zielte darauf ab, ob Sie den historischen Zusammenhang zwischen *Woanders* und der *Großen Frage* verstanden haben.«

»Jedes Kind kennt diesen Zusammenhang«, sagt Zasper schnaubend. »Die Erwachsenen geben einem erst ein Bonbon, wenn man die Frage-und-Antwort-Routine der *Großen Frage* beherrscht. Da kenne ich noch einen Reim: ›Man stellte 'nem Mädchen aus Manderscheid / die *Große Frage* der Menschenheit …‹« Als er den Gesichtsausdruck des *Kommandeurs* sieht, fährt er schnell fort. »Offen gesagt, *Kommandeur*, verstehe ich nicht, was das alles mit diesem Ding zu tun hat, das Sie erhalten haben.«

»Dann zerbrechen Sie sich auch nicht den Kopf deswegen, Ertigon!« Boarmus steigt die Zornesröte ins Gesicht; er verdächtigt sein Gegenüber, daß er sich dumm stellt oder ihn provozieren will oder beides. Mit größter Wahrscheinlichkeit beides! »Diese Petition, wenn es denn eine ist, verlangt von uns, daß wir

›unsere Position bezüglich des restlichen Universums überdenken‹. Der Rest des Universums, zumindest diese Galaxis, wurde schon vor langer Zeit von den Göttern von *Hobbs Land* übernommen. Nur *Woanders* ist noch nicht versklavt worden. Also kann die *Große Frage* auch nur auf *Woanders* beantwortet werden. Also glaubt ein mißtrauischer Geist wie ich …«

»Sie glauben, jemand… etwas will nicht, daß die Frage beantwortet wird?«

»Der Gedanke ist mir gekommen. Aus diesem Grund spreche ich auch mit Ihnen. Die Petition besagt V.i.S.d.P. Nirgendwo: Zentral-Panubi. Sie waren doch in Panubi.«

Zasper, der schon ein paarmal dort gewesen war, machte ein Pokerface. »Viele *Beauftragte* sind schon in Panubi gewesen.«

»Das stimmt. Leider haben nur wenige von euch den Sprung nach Zentral-Panubi geschafft, das schon seit Generationen hätte erforscht sein sollen!«

Daß Zentral-Panubi nicht schon vor der Besiedlung erkundet worden war, wurde mit Zeitmangel begründet. Der Vormarsch der Götter war schneller erfolgt als erwartet. Bei der ökologischen Adaption von *Woanders* hatte es Verzögerungen gegeben. Die Konstruktion der *Großen Rotunde* mußte abgeschlossen und eine *Frick'sche* Armee verlegt und einquartiert werden. Es mußten Leute eingestellt und Bebauungspläne entwickelt werden. Es mußten planetarische *Tore* aktiviert werden, um die Flüchtlinge in die jeweiligen Provinzen zu transportieren. Man war der Ansicht, daß die Erforschung von Zentral-Panubi Zeit hätte, bis man sich um all die anderen Dinge gekümmert hatte. Heute wurden andere Gründe genannt, weshalb der Kontinent noch immer der Erkundung harrte.

Boarmus' diesbezügliche Gedankengänge werden von Zaspers ungeduldiger Frage unterbrochen.

»*Kommandeur*, was wollen Sie von mir?«

»Nun, zum einen möchte ich, daß Sie über dieses Gespräch Stillschweigen bewahren. Weil Sie uns verlassen, ist dies die letzte Gelegenheit, die Sache zu besprechen. Wir *Rats*-Mitglieder sind keine Männer der Tat. Wir haben eine andere Mentalität. Wir brauchen Präzedenzfälle. Wir brauchen Regeln. Sie sind jedoch ein Mann der Tat, und deshalb können Sie mir sagen, was ein Mann der Tat unter diesen Umständen tun würde. Das ist es, was ich von Ihnen will.«

»Ich würde jemanden nach Panubi schicken, um die Sache aufzuklären«, sagt Zasper.

»Nun, das habe ich bereits in Erwägung gezogen«, echauffiert Boarmus sich erneut. »Das liegt wohl auf der Hand. Mein Vorgänger und ich haben das in Erwägung gezogen. Aber es ist sehr schwer, jemanden mit einem Auftrag zu betrauen und das geheimzuhalten! Bei einem einzelnen Mann ginge das vielleicht. Aber von einem einzelnen Mann kann man nicht erwarten, daß …«

Zasper läßt sich das durch den Kopf gehen. »Sie wollen also kein Expeditionskorps entsenden?«

»Stimmt. Ich will keine Publizität. Schon der geringste Hinweis, und in *Toleranz* kocht die Gerüchteküche, die Überwachungsmonitore werden überlastet, und die eigentliche Arbeit kommt zum Erliegen. Arbeit ist wichtig für das Selbstwertgefühl der Menschen. Der Status quo wäre gefährdet. Nein, wir können kein Expeditionskorps losschicken, ohne daß die Öffentlichkeit davon erfahren würde.«

»Nun, wenn ich niemanden hätte, der die Sache aufklärt, würde ich eben abwarten. Sie haben wahrscheinlich gesehen, daß die Botschaften in immer kürzeren Abständen eingehen. Wer oder was auch immer es ist, wird langsam … ungeduldig. Wenn Sie noch etwas warten, wird der Absender Sie vielleicht persönlich aufsuchen.«

»Was glauben Sie, hat das zu bedeuten?«

Zasper, der an der *Beauftragten-Akademie* eine taktische Ausbildung genossen hatte, zählt die Möglichkeiten an den Fingern ab: »Agitation, Tarnen und Täuschen, Desinformation.«

»Und das heißt?«

»Das heißt, daß es sich bei diesen Botschaften vielleicht nur um Störmanöver handelt, die Sie verunsichern sollen. Oder jemand oder etwas will, daß Sie sich so sehr auf Panubi konzentrieren, daß Ihnen Entwicklungen entgehen, die andernorts stattfinden. Oder vielleicht existieren Wesen in Zentral-Panubi, die wollen, daß wir – zumindest ein paar von uns – *Woanders* verlassen und uns in der Galaxis exponieren. Oder vielleicht glauben sie auch nur, daß wir den Planeten verlassen sollten. Und dann muß man noch damit rechnen, daß es sich um das Werk irgendwelcher Spinner handelt.« Zasper nickte. »Mit Spinnern hatten die *Beauftragten* schon einschlägige Erfahrungen.«

»Weil dieses Ding verlangt«, fuhr er sinnierend fort, »daß wir über die Grenzen unseres Systems hinausschauen, wäre es denkbar, daß die Götter von *Hobbs Land* etwas damit zu tun haben. Natürlich besteht dann noch die Möglichkeit, daß die Botschaften bedeutungslos sind. Vielleicht wurden sie von einer Entität abgeschickt, die sich einen Scherz erlaubt hat. Vielleicht sogar von mehreren Entitäten. Es hat vielleicht schon vor Generationen mit einem Kind angefangen, das aus *Himmel* gekommen ist und das den Jux dann an die nachfolgenden Generationen weitergegeben hat.«

Zasper hat den Eindruck, daß letztere Alternative nicht einer gewissen Wahrscheinlichkeit entbehrt. Kinder machen eben Unsinn. Als er ein Kind war ... egal.

Natürlich (das gesteht er, der er sich für einen Realisten hält, sich durchaus ein) könnte der Eindruck, daß es sich hierbei um einen Dummejungenstreich handelt, auch dadurch bedingt sein, daß er alt wird, seine Spannkraft und Wahrnehmungsfähigkeit verliert. Allerdings erwähnt er das nicht, genauso wenig wie er es gegenüber den *Supervisoren* erwähnt hatte, als er darum bat, als einfacher Provinz-*Beauftragter* nach Enarae versetzt zu werden.

Boarmus runzelt nachdenklich die Stirn. »Keiner der von Ihnen genannten Gründe würde es erfordern, jemanden nach Panubi zu schicken.«

»Nein«, pflichtet Zasper ihm bei. »Keiner der Gründe erfordert das. Zumindest nicht im Moment. Später vielleicht. Ich glaube, wer auch immer das geschickt hat, rechnete überhaupt nicht mit einer Antwort. Dafür ist die Botschaft zu mysteriös. Waren die anderen auch in diesem Stil abgefaßt?«

Boarmus nickt düster.

»Nun, dann rechnet er, sie oder es sicher nicht mit einer Antwort. Der Umstand, daß die Inhalte so unspezifisch sind, ist vielmehr ein Indiz dafür, daß jemand sich einen Scherz erlaubt.«

»Dann glauben Sie also, wir sollten abwarten?«

»Ich weiß nicht, was Sie tun sollten, *Kommandeur*. Das wäre anmaßend von mir. Aber ich würde es tun.«

»Danke für Ihre Meinung, *Beauftragter*.«

»Sir!«

Am anderen Ort, auf der Erde des zwanzigsten Jahrhunderts, entwickelten Bertran und Nela Korsyzczy sich sowohl durch Notwendigkeit als auch durch Neigung zu Leseratten, wobei ihre Vorliebe für Geschichten dadurch stimuliert wurde, daß Marla ihnen immer Gute-Nacht-Geschichten vorlas. Die eine Stunde, die sie am Bett der Zwillinge saß und ihnen im schummrigen Schein der Lampe aus ihren Lieblingsbüchern vorlas, war Marlas schönste Zeit des Tages.

Eines Abends, als sie aus *Alice im Wunderland* vorlas, einer Neuauflage mit vielen bunten Bildern, unterbrach Bertran die Lesung: »Mußt du denn immer Mädchengeschichten vorlesen?«

»Das ist überhaupt keine Mädchengeschichte«, sagte Marla überrascht. »Das ist ein Klassiker. Alice könnte genauso gut ein kleiner Junge sein.«

»Niemals! Sie heult doch die ganze Zeit, redet mit sich selbst und macht dumme Sachen.«

»Sie muß auch mit sich selbst reden«, wandte Nela ein. »Sie hat doch niemanden, mit dem sie sich unterhalten könnte.«

»Ein Junge würde nicht mit sich selbst reden«, beharrte Bertran auf seinem Standpunkt. »Er würde etwas tun!«

»Pah«, sagte Nela. »Was würdest du denn tun?«

»Ich würde zum Beispiel diese Raupe kaputtmachen.«

»Jungs müssen immer etwas kaputtmachen«, spöttelte Nela.

Bertran schwieg grummelnd.

»Morgen abend werde ich dir etwas vorlesen«, versprach seine Mutter. »Du darfst dir etwas aussuchen.«

»Lies mir die Schildkrötengeschichte vor«, sagte er. »Nicht die Ninja-Turtles, sondern die anderen!«

Marla fragte sich zwar, wieso die Schildkrötengeschichte eher etwas für Jungs sein sollte als für Mädchen, doch weil Nela keine Einwände hatte, suchte sie das zerfledderte, alte Buch. Es lag hinter den Märchenkassetten im untersten Regal. Es hatte Eselsohren und war mit Marmelade oder etwas noch Schlimmeren verschmiert. Es hieß *Die Schildkröte, die fliegen wollte*.

»›Es war einmal eine Schildkröte‹«, las sie und erzählte von der Schildkröte, die im Teich schwamm und sich im Schlamm aalte, die Grünzeug und Würmer fraß und dem Plätschern des Wassers und dem Summen der Libellen lauschte, die sah, wie die Schwalben im Tiefflug über die silberne Wasseroberfläche jagten.

»›Es nahte der Herbst, eine Jahreszeit mit grauen Dornen, grauen Blättern und grauem Nebel‹«, las sie. »›Die Schildkröte sah die schimmernden Schwalben im Abendnebel und fragte sich, was das wohl war, denn sie erkannte sie nicht, die pfeilschnellen Vögel mit den silbernen Bäuchen und den saphirblauen Rücken, die kühne Kurven flogen und über den Wellen tanzten. ‚Ich will sie sehen', sagte die Schildkröte weinend. ‚Ich will sie aus der Nähe sehen und ihr Gefieder fühlen und das Wispern der Schwingen hören, denn wenn ich sie aus der Nähe sehe, werde ich sicher auch fliegen können ...'

‚Um sie aus der Nähe zu sehen, mußt du zum geheimen Versteck der Vögel gehen', sagte der Ochsenfrosch, dessen Augen so beschaffen waren, daß er nur die Bewegung der Vögel sah, nicht aber die Vögel selbst. ‚Mein Großvater hat mir von dem Ort hoch oben in den windumtosten Bergen erzählt.'

Also ging die Schildkröte auf die Wanderung. Der lange und beschwerliche Weg führte vorbei an grauen Bäumen und grauen Felsen, die vom grauen Wind umtost wurden, bis sie schließlich den geheimen Zufluchtsort der Vögel erreichte.

Und dort sah sie die Vögel, wie sie es sich gewünscht hatte. Und dort machte man der Schildkröte ein Angebot, das sie nicht annehmen konnte.‹«

»Die Geschichte gefällt mir nicht«, sagte Nela quengelig und mit zornigem Blick.

»Mir aber«, sagte Bertran und wischte sich mit dem Unterarm die Tränen aus dem Gesicht. »Diese Geschichte ist echt. Wie im richtigen Leben.«

»Es ist nur ein Märchen«, sagte seine Mutter, die

über die Intensität seiner Gefühle erschrocken war. »Berty, es ist nur eine Geschichte!«

»Wirklichkeit«, widersprach er. »Sie zeigt, wie die Schildkröte sich fühlt.«

»Weißt du«, sagte Marla leicht irritiert und besorgt, »wenn du fleißig übst, kannst du bald selbst lesen. Dann kannst du lesen, was du magst.«

Sie wischte Nela die Tränen aus dem Gesicht, und plötzlich überkam sie Sehnsucht nach dem Menschen, der ihr früher die Tränen abgewischt hatte, ihre ältere Schwester Sizzy. Es war Sizzy gewesen, die Marla Geschichten vorgelesen hatte, als sie ein Kind war, immer Sizzy, die sie tröstete, wenn ein Mißgeschick passiert war. Sizzy war schon lange von zu Hause ausgezogen. Sizzy mußte nun in den Vierzigern sein. Marla hatte seit über zwei Jahren nichts mehr von ihr gehört und wußte nicht einmal, ob sie überhaupt noch lebte; doch in diesem Moment, wo sie Nela die Tränen wegwischte, ohne ihr indes bei der Lösung des eigentlichen Problems helfen zu können, sehnte Marla sich nach Sizzy.

Als die Zwillinge sechs waren, gingen sie in die erste Klasse der Schule des Heiligen Erlösers. Die Rektorin, eine Nonne – die Schule hatte wirklich eine Nonne als Rektorin und auch ein paar Nonnen als Lehrerinnen, obwohl die Anzahl der religiösen Menschen landesweit abnahm – unternahm einen halbherzigen Versuch, ihnen die Aufnahme zu verweigern, mit der Begründung, sie lebten nicht in dieser Kirchengemeinde. Allerdings waren noch mehr Kinder aus anderen Kirchengemeinden in der Schule, zumal Marla dezidiert den Standpunkt des Papstes zur Geburtenkontrolle referierte und auch die Heiligkeit des Lebens erwähnte. Sie schloß mit der Frage, ob es der Schwester denn lieber gewesen wäre, wenn sie die Zwillinge hätte abtreiben lassen.

Die beschämte Schwester verneinte dies und bat um Verzeihung; man würde das schon irgendwie regeln. Als die ewige Toiletten-Frage wieder aufkam, wurde sie pragmatisch gelöst, indem man den Zwillingen die Benutzung der Toilette im Lehrerzimmer gestattete, für die ohnehin keine Geschlechtertrennung galt. Marla kaufte ein Duplikat des Stuhls, den die Kinder zu Hause benutzten, bei dem ein zweiter Sitz ausgeklappt werden konnte, so daß der eine auch eine Sitzgelegenheit hatte, während der andere sein Geschäft erledigte.

Anfangs wurden sie von den anderen Kindern gehänselt, was die alte Schwester Jean Luc jedoch bald unterband. Die Zwillinge saßen hinten im Raum, so daß sie den Blicken der anderen Schüler entzogen waren. Sie saßen auf zwei nebeneinandergestellten Stühlen an einem kleinen Tisch, der aus der Bibliothek herbeigeschafft worden war. Alle gaben sich betont verständnisvoll und zivilisiert, und die Zwillinge hatten keine Schwierigkeiten, dem Unterricht zu folgen.

Mit dem Sport war es wieder eine andere Sache. Die einzige Übung, an der sie teilnehmen konnten, war Wandern. Bertran trug seine Spezialschuhe und legte den linken Arm um Nela, und Nela schob den rechten Arm in die Jacke, wobei die äußeren Arme jeweils frei schwangen. Das einzige Problem bei Wanderungen war, daß keiner von beiden Gefallen daran fand. Ihr gemeinsames Herz mußte auch so schon schwer genug arbeiten, und eine zusätzliche Belastung führte sie an den Rand der Erschöpfung.

Von Spielen, bei denen ein bewegter Ball getroffen werden mußte, waren sie ausgeschlossen. Von Spielen, bei denen ein stationärer Ball getroffen werden mußte, waren sie auch ausgeschlossen, denn keiner von beiden war imstande, eine Schlagbewegung auszuführen. Schwester Jean Luc fand sie eines Nachmittags weinend im Lehrerzimmer, nachdem sie vergeblich versucht hatten, Fußball zu spielen.

»Wieso?« fragte Bertran eher zornig als traurig. »Wieso sind wir so, Schwester? Wir können überhaupt nichts machen. Wieso?«

Marla hätte ihnen gesagt, sie sollten sich gedulden, es sei ja nur für eine gewisse Zeit. Schwester Jean Luc indes war direkter. Sie hatte das Gefühl, daß, wenn es möglich wäre, die Kinder zu trennen, dies schon längst geschehen wäre. Ihnen zu suggerieren, eine Trennung sei möglich, lief im Grunde auf eine Lüge hinaus.

»Gott tut nie etwas ohne Grund«, sagte sie bestimmt. »Daß ihr so auf die Welt gekommen seid und ein anderes Leben führen müßt, bedeutet, daß Gott etwas von euch will, das er von normalen Menschen nicht bekommen kann. Natürlich ist es hart. Ein Werkzeug in Gottes Händen zu sein ist immer hart.« Schwester Jean Luc betrachtete sich auch als Werkzeug in Gottes Händen; sie wußte, wie schwer das war und glaubte das, was sie sagte. Ihre Worte waren höchst überzeugend.

Wenn sie nachts zusammen im Bett lagen, erinnerten sie sich oft daran, was Schwester Jean Luc gesagt hatte. Wenn sie einen harten Tag gehabt hatten, versicherten sie sich gegenseitig, daß ein Schraubenzieher es nicht leicht hatte, daß ein Hammer es nicht leicht hatte, daß eine Rohrzange es nicht leicht hatte. Das war zwar kein großer Trost, doch es vermittelte ihnen einen gewissen Halt, etwas, auf das sie sich stützen konnten.

»Ein linkshändiger Wagenheber hat es nicht leicht«, sagte Bertran und lachte gekünstelt.

»Ein Klempnergehilfe hat es auch nicht leicht«, entgegnete Nela kichernd.

Obwohl sie viele ihrer Gedanken und Ängste miteinander teilten, neigten sie doch dazu, ihre Träume und Sehnsüchte für sich zu behalten. Bertran träumte davon, Wasserski zu fahren und über Wellen mit Gischtkronen zu surfen. Nela war in ihrer Phantasie eine Ballettänzerin, allerdings keine einfache Ballett-tänzerin, sondern eine Primaballerina, die schwerelos durch Wogen von Applaus sprang. Sie hatten Angst, diese Visionen miteinander zu teilen und hatten schon gar keine Möglichkeit, sie anderen Leuten mitzuteilen. Sie hatten gelernt, auf die Gefühle des jeweils anderen Rücksicht zu nehmen, denn wenn einer unglücklich war, war zwangsläufig auch der andere davon betroffen. Sie teilten sich das Leid wie den durch den Kreislauf strömenden Sauerstoff. Dennoch hielt sie das nicht davon ab, sich zu kabbeln, wobei die Personen, die ihnen am nächsten standen, indes erkannten, daß sie damit nur Dampf abließen und sich nicht wirklich stritten.

Dann kamen sie in die Pubertät, und damit kamen auch die Probleme, die ihr Kinderarzt befürchtet hatte. Im Alter von vierzehn Jahren pumpten diverse unbestimmte Organe Hormone in die Körper, und nun stieß auch ein Endokrinologe zur Arbeitsgruppe aus Ärzten, die von Zeit zu Zeit zusammenkamen, um das Wesen der Zwillinge zu erörtern.

»Wenn wir ihr Östrogene geben, wird er sie zwangsläufig auch abbekommen«, sagte der Hormonexperte schnaubend. »Und wenn wir ihm Testosteron verabreichen, wird ihr auch ein Bart wachsen.«

»Was produzieren sie denn auf natürlichem Weg?« fragte einer der Chirurgen.

»Ein höllisches Gemisch«, sagte der Endokrinologe düster. »Wie ein Ragout.«

»Sie entwickeln beide Schamhaar und Brüste.«

»Also weibliche Hormone.«

»Nun ja. Nur daß ihnen auch auf der Brust und im Gesicht Haare wachsen.«

»Vergessen Sie nicht die Libido«, sagte der Kinderarzt. »Ihre Mutter sagt, daß sie definitiv ein Sexualleben entwickeln.« Das hatte Marla allerdings nicht gemeint, als sie den Umstand erwähnt hatte.

»Miteinander?« fragte der Genetiker erschrocken.

»Mit wem denn sonst?« sagte jemand kichernd.

Die Zwillinge hatten wohl seit einiger Zeit eine *sinnliche* Beziehung zueinander entwickelt. Obwohl ihre sorgfältig modellierten Geschlechtsorgane nicht funktionsfähig waren, verfügten sie doch über Nervenenden. Bertran und Nela hatten, in Ermangelung anderer Freuden, gewisse gegenseitige Vergnügungen entdeckt, als sie ungefähr sechs waren. Verbote solcher Aktivitäten, mit denen sie im Religionsunterricht konfrontiert wurden, wobei alles als Sünde verworfen wurde, was nicht der Fortpflanzung diente, konnten in ihrem Fall einfach nicht verhängt werden. Das hatte Bertran Nela versichert, als sie ungefähr zwölf waren. Nela erwiderte, sie sei sicher, daß Vater oder die Nonnen doch einen Grund finden würden, weil sie fast alles, was Spaß machte, als Sünde bezeichneten.

»Obwohl wir nie ein Kind machen können«, sagte sie. »Der Doktor hat das gesagt.«

»Wir könnten aber so tun«, schlug Bertran zögernd vor. Er hatte Bedauern in ihrer Stimme gehört, wußte aber nicht, ob sie sich grämte, weil sie keine Babies bekommen konnte.

»Das könnten wir sicher«, sagte sie zweifelnd. Sie fragte sich, weshalb Bertran so etwas überhaupt vorschlug, doch vielleicht war er nur traurig, weil er niemals Vater werden würde. »Wie sollen wir das Kind nennen?«

»Turtle«, sagte Bertran spontan. »Wir nennen ihn Turtle. Turtle Korsyzczy.«

»Nicht Korsyzczy«, wandte sie ein. »Er wird den Namen später sicher ändern, weil ›Korsyzczy‹ ein solcher Zungenbrecher ist. Er wird sich einen Namen wünschen, der ausdrückt, wer er ist und nicht, mit wem er verwandt ist.«

»Nun, wer ist er also?«

»Er ist unsere Schildkröte, Berty. Grauer-Wind-Fliegende-Schildkröte. Tun wir so, als ob er fliegen könnte. Nennen wir ihn Schildkröten-Vogel.«

Bertran dachte darüber nach. »›Vogel‹ gefällt mir nicht«, sagte er. »Vielleicht etwas anderes mit Flügeln.«

»Schmetterling? Engel? Motte?« schlug Nela vor. »Adler? Eule? Ente?«

»Taube«, sagte er spontan. »Schildkröten-Taube. Wie die Stimme der Taube in der Bibel, du weißt schon.«

Also nannten sie ihr Kind *Schildkrötentaube*. Wie selbstverständlich setzten sie voraus, daß es ein Junge war. Nela hatte keine Einwände. Weil ihr Kind ein ›Er‹ war, war er ein Junge, obwohl alles, was er tat, genauso gut auch von einer Sie oder einem Es hätte getan werden können. Die Kinder dachten sich phantasievolle Geschichten über ihn aus, wobei sie jedoch nie mit anderen Leuten über *Schildkrötentaube* sprachen, ganz zu schweigen über das, was sich zwischen ihnen beiden abspielte. Abgesehen von den Bedenken, die Marla dem Kinderarzt gegenüber geäußert hatte und der spöttischen Bemerkung, die der Kinderarzt gegenüber den Kollegen gemacht hatte, erwähnte niemand ihre intimen Aktivitäten, schon gar nicht gegenüber dem Vater der Zwillinge.

Deshalb traf es Lek völlig unvorbereitet, als er eines Morgens, ohne anzuklopfen, das Zimmer der Zwillinge betrat und sie beim intimen Zusammensein überraschte. Er bewegte sich so leise, daß sie ihn überhaupt nicht hörten. Er war so schockiert, daß es ihm die Sprache verschlug. Mit starrem Gesichtsausdruck und leerem Blick verließ er das Zimmer so leise, wie er gekommen war, und ging zur Arbeit. Während der Kaffeepause machte ein neuer Kollege, der Leks Familie nicht kannte, dafür aber kürzlich eine Anekdote über ihn gehört hatte, spöttische Bemerkungen über einen Mann, der glaubte, in der Hochzeitsnacht viermal mit seiner Frau geschlafen zu haben, obwohl er die ganze Nacht durchgeschlafen hatte.

Obwohl Lek es scheinbar überhörte, trafen die Worte ihn wie ein Keulenschlag. Ohne etwas zu sagen, setzte Leksy die Tasse ab, verließ die Fabrik und ging in eine Bar. Nach all den Jahren, in denen er (fast) keinen Sex gehabt hatte, war es nur die Erinnerung an diesen Morgen gewesen, die ihn halbwegs aufrechterhalten hatte. Es ging dabei nicht darum, was Marla gesagt hatte, die Vorstellung des Akts oder auch nur die Bestätigung seiner Männlichkeit, sondern um das *Gefühl* des Augenblicks. Die Aufwallung von Zufriedenheit, Glück und Erfüllung. Sein Körper und Geist schienen von innen heraus zu glühen wie ein Freudenfeuer. Es war für ihn der glücklichste Moment seines Lebens gewesen, der wie ein Stern leuchtete, und er hatte dieses Licht wie eine Monstranz vor sich hergetragen, wobei er in seiner Verzweiflung gehofft hatte, daß es eines Tages wieder so sein würde zwischen ihnen, und wenn nicht auf Erden, so im Himmel.

Nun sah er diesen Stern erlöschen, zu Holzkohle erstarren, zu einem schwarzen, harten Nichts. Es war eine Lüge gewesen. Sein Glück war eine Lüge gewesen. Die Ehe war eine Lüge. Vaterschaft, Kinder, all das war eine Lüge. Er trank für eine Weile, ohne betrunken zu werden. Er schüttete den Alkohol in sich hinein, als ob er ein Faß ohne Boden wäre. Seine Gefühle, die Hoffnungslosigkeit, veränderten sich nicht. Schließlich stand er auf, fuhr zu einem Gebrauchtwagenhändler, verkaufte sein Auto und bestieg einen Bus. Gegen Abend war er über dreihundert Kilometer entfernt, unterwegs zur Atlantikküste. In seinem Kopf waren nur Leere und der Gedanke an Flucht. Nachdem er in New

York angekommen war, rief er einen seiner Brüder an, einen Priester, und erzählte ihm, daß seine Ehe mit Marla eine Sünde und ein Irrtum seien, daß er irgendwohin gehen und nicht wiederkommen würde.

Der Bruder rief Marla an. Sie schrie auf, brach in Tränen aus und machte sich dann Vorwürfe und drohte mit Selbstmord. Die Leute redeten ihr das aus. Ansonsten konnten sie nicht viel tun. Niemand wußte, wohin Leksy gegangen war. Zumal niemand genau wußte, *weshalb* er gegangen war, obwohl die Leute den Grund zumindest ahnten. Beide Zweige der Familie sprangen ein, versorgten Marla und die Kinder mit Nahrungsmitteln und Kleidung und bezahlten die Miete. Leksy besaß noch ein paar Ersparnisse, und die Firma hatte einen Versorgungsfonds. Nach ein paar Monaten nahm Marla die Arbeit im Holzhof wieder auf.

Leksys Verwandte unternahmen einen halbherzigen Versuch, seinen Aufenthaltsort zu ermitteln, jedoch ohne Erfolg. Monate später erfuhr einer seiner Brüder vom klerikalen ›Nachrichtendienst‹, daß Lek sich einem kontemplativen Orden im Atlas, einem Gebirge in Nordafrika, angeschlossen habe. Es handelte sich um einen Einsiedlerorden, der hoch oben in einer Felsenstadt ansässig war, die nur über Seile zu erreichen und für weibliche Personen und Tiere aller Art tabu war.

Marla hatte keine anderthalb Jahre mehr zu leben. Wenn die Kinder zu Bett gegangen waren, unternahm sie ausgedehnte, einsame Spaziergänge, damit sie so müde wurde, um einschlafen zu können. Sie durfte nicht wieder heiraten, weil Leksy noch am Leben war. Und die Gesellschaft von Männern hätte sie nur suchen dürfen, um wieder zu heiraten. Anders als Leksy konnte sie nicht einfach verschwinden und die Zwillinge im Stich lassen. Er hatte das nur getan, weil er wußte, daß sie sich um sie kümmern würde. Männer, sagte sie sich, hatten sich schon immer nach Belieben in ein Kloster zurückziehen können, weil immer eine Frau zu Hause war, die ihre Verpflichtungen übernahm. Deshalb waren die meisten Heiligen auch Männer und die meisten weiblichen Heiligen Jungfrauen. Manchmal beschäftigte sie sich stundenlang mit der Frage, ob Selbstmord wirklich eine Todsünde war.

Auf einem ihrer langen Spaziergänge wurde sie überfallen. Es hieß Geld oder Leben. Sie stieß ein hysterisches Lachen aus. Judith hatte recht gehabt. Manche Männer verloren wirklich die Fassung, wenn sie ausgelacht wurden. Zu Marlas Begräbnis erschienen viele Leute.

Weder die Großeltern mütterlicherseits noch väterlicherseits fühlten sich in der Lage, die Zwillinge bei sich aufzunehmen. Sie befanden sich aber auch schon im fortgeschrittenen Alter.

Tante Judith, die selbst schon zehn Kinder hatte, schüttelte betrübt den Kopf. Tut mir leid, sagte sie, aber …

Die meisten anderen Tanten und Onkel waren Mitglieder von heiligen Orden, wo keine Kinder erlaubt waren.

Und dann tauchte aus heiterem Himmel Tante Sizzy auf. Marlas älteste Schwester Sizzy, die man schon seit Jahren nicht mehr gesehen hatte; Tante Sizzy mit dem apricot getönten Haar, dem saphirblauen Lidschatten, den grell bemalten Lippen, ellenlangen Ohrgehängen und einer Kippe im Mundwinkel, obwohl die tödliche Wirkung des Tabakrauchens heutzutage allgemein bekannt war. Die über fünfzig Jahre alte Tante Sizzy, die sich nach genereller Einschätzung kein bißchen verändert hatte.

»Ich will meine Nichte und meinen Neffen abholen«, verkündete sie. »Ich habe mit alten Freunden in der Stadt in Verbindung gestanden.« Allerdings erwähnte sie nicht, daß es die Wahl ihrer Freunde gewesen war, die sie dazu veranlaßt hatte, die Stadt überhaupt erst zu verlassen. Das bedurfte auch keiner Erwähnung. »Ich weiß, welches Problem die Zwillinge für diejenigen von euch darstellen würden, die selbst eine Familie haben, aber ich bin allein und kann die Kinder aufnehmen.«

Keine der Behörden, die Tante Sizzy möglicherweise überprüft hätten, wenn sie ein anderes Kind als die Zwillinge hätte mitnehmen wollen, wurde aktiv. Alle städtischen Behörden hatten sich seit Leks Verschwinden mit den Zwillingen befaßt, und alle hatten die Hände gerungen, manche mitleidig, manche empört. Kein einziger Vertreter des Jugendamts nahm Sizzys Lebensstil unter die Lupe. Keine aufdringliche Nonne oder Priester schnüffelte in ihrer Vergangenheit herum. Kein einziger Verwandter befragte Sizzy, wo sie mit den Kindern leben und wie sie für ihren Unterhalt sorgen wollte. Vielmehr führten die bauernschlauen Verwandten die Unterhaltung auf einer sehr allgemeinen Ebene, wobei sie sich kein einziges Mal eingestanden, daß es sie im Grunde gar nicht interessierte.

Als Sizzy die verwirrten Kinder nun auf der Rückbank ihres kleinen roten Autos verstaute und fortfuhr, die bescheidene Summe von Marlas Lebensversicherung in der Tasche, hatte niemand einen blassen Schimmer, wohin die Reise ging.

Sizzy, die die Stadt wie ihre Westentasche kannte, die auch all die Verwandten recht gut kannte, die sich während der jahrelangen Abwesenheit ein Bild von ihnen gemacht hatte, hatte beschlossen, ihnen das Ziel der Reise nicht mitzuteilen. Sie hatte es unterlassen, obwohl sie seit dem Zeitpunkt, da sie zum erstenmal von den Zwillingen gehört hatte, wußte, daß sie ihre Nichte und ihren Neffen eines Tages zu sich einladen würde, in ihr Milieu, wo Sizzy selbst seit vielen Jahren

Zuflucht und Arbeit gefunden hatte: In *Matthew Mulhollans Zauber-Zirkus.*

Zaspers Rücktrittsgesuch wurde ohne weiteres entsprochen. In der *Personalakte* fand sich kein Grund, der dagegen sprach. Es gab immer mehr Provinz-*Beauftragte,* die für den Status eines *Rats-Beauftragten* optierten, als freie Stellen.

»Ich will aber nicht, daß du gehst!« rief der nun siebzehnjährige Danivon Luze. Als Zasper das Kleinkind aus Molock gerettet hatte, hatte er nicht vorhergesehen, daß Danivon Zasper viele Tugenden und Qualitäten zuschreiben würde, von denen Zasper sich nicht sicher war, ob er sie besaß. Danivon hatte sich gerade in der *Beauftragten-Akademie* von *Toleranz* eingeschrieben, einer angesehenen Institution, die Danivon darauf vorbereiten würde, so Danivon, genauso zu werden wie Zasper.

Zasper sagte sich indes, daß Danivon lieber einem anderen Vorbild nacheifern sollte. Er hatte sogar erwogen, Danivon von der Laufbahn eines *Beauftragten* abzuraten, wovon er nach einigen Tagen jedoch Abstand nahm. Er hatte kein Recht, den Jungen zu beeinflussen. *Laßt die Leute in Ruhe,* lautete die Parole, oder zumindest hatte Zasper das immer geglaubt, obwohl er sich dessen letzthin nicht mehr so sicher war. Nur weil Zasper sich bei den *Beauftragten* nicht mehr wohl fühlte, bedeutete das noch nicht, daß das auch für Danivon galt. Zumal – und das war der Knackpunkt – ein Berufsanfänger auf *Toleranz* nicht allzu viele Möglichkeiten hatte. Alle Diener, Wachen und Techniker waren *Frick'sche* und waren es immer gewesen. Die *Supervisoren* waren ebenfalls eine Klasse für sich, eine durch Erbfolge begünstigte Rasse, Gruppe oder Schicht; Zasper wußte es nicht und war auch klug genug, nicht danach zu fragen. Informationen, die einem nicht freiwillig gewährt wurden, erbat man besser nicht; zumindest hatte Zasper diese Erfahrung gemacht. Eine Reputation als Schnüffelnase war dem Fortkommen nicht dienlich.

Was auch immer Danivon war, er war kein *Frick'scher*, und er war auch nicht vom Geblüt der *Supervisoren*, denn er war viel größer als erstere und wesentlich stattlicher als letztere. Obwohl sein Mund etwas breiter und sein Haar etwas lockiger war, als es Zaspers Vorstellungen von Perfektion entsprach, war er ein stattlicher, wortgewandter und gutgebauter Bursche, der sein Leben schon meistern würde. So vital, wie der jugendliche Danivon war, würde er das Leben ohne Zweifel bis zur Neige auskosten!

Nur daß Danivon selbst nicht dieser Ansicht war und sagte, daß Zasper nicht das Recht hätte, ihn im Stich zu lassen. »Die Akademie gefällt mir«, sagte er. »Sie gefällt mir wirklich. Ich mag auch die anderen Studenten, fast alle. Es ist nur so, daß ich mich manchmal einsam fühle. Wenn sie über ihre Heimat sprechen, frage ich mich, weshalb ich keine habe«, vertraute er Zasper im Flüsterton an, als ob er sich dessen schämen müßte.

Wenn dieses Thema zur Sprache kam, schluckte Zasper immer schwer und sagte sich, daß es stichhaltige Gründe gebe, Danivon nichts von seiner Herkunft zu erzählen. Wobei einer der Gründe war, daß sie beide vielleicht getötet werden würden, wenn er es dem Jungen erzählte.

»Es ist schon in Ordnung, wenn du dich fragst, woher du kommst«, sagte Zasper. »Das würde jeder tun.« Gott sei Dank sah man dem Jungen die molock'sche Herkunft nicht an. Sonst hätte Zaspers Verschleierungstaktik vielleicht nicht funktioniert, und Danivon Luze hätte als Schädel auf diesem verdammten Tempel geendet. Zasper schüttelte den Kopf, verjagte diesen Gedanken und wiederholte etwas, das er schon so oft gesagt hatte, daß es zu einer richtigen Litanei geworden war: »Wir haben auf dieser Reise ungefähr zwanzig Provinzen besucht; du hast keine Ähnlichkeit mit den Leuten; ich kann dir nicht weiterhelfen.« Obwohl die Aussage in ihrer Gesamtheit falsch war, waren die einzelnen Teilinhalte durchaus richtig.

Danivon sagte nichts; nur die Nasenflügel bebten. Dann spürte Zasper immer ein gewisses Unbehagen, als ob der Junge etwas wüßte, das er nicht wissen sollte. »Zumal«, wechselte Zasper hastig das Thema, »ich gehört habe, daß du gar nicht so einsam bist. Zumindest nicht, was weibliche Gesellschaft betrifft.«

»Ach, das«, sagte Danivon Luze mit einem verlegenen Grinsen, aus dem man alles und nichts herauslesen konnte. »*Das* habe ich nicht gemeint, Zas. Aber egal. Wenn du nach Enarae zurückgehst, werde ich dich dort besuchen. In Enarae gibt es sehr gute Büchsenmacher, also hätte ich einen Vorwand für die Reise. Ich werde dich nicht aus den Augen verlieren. Auf keinen Fall.«

Es stimmte, daß es in Enarae gute Büchsenmacher gab. Zaspers Heimat war an sich unspektakulär – zumindest für jemanden, der *Bohnenfelder* mit seinen Hirschkühen gesehen hatte, Derbeck mit seinem *Alten Vater* oder *Stadt Fünfzehn*, die bis an die Mauerkronen mit Dinka-Teufeln angefüllt war. Enarae indes war eine Waffenschmiede; die Provinz war nämlich von Waffeningenieuren aus der Wasserwelt Phansure gegründet worden, der legendären Heimatwelt. An jeder Straßenecke standen Schreine, die den *Waffenträgern* geweiht waren; die Bürger lebten mit dem Geknatter von Schußwaffen, zusammensackenden Körpern und der rituellen (manchmal auch aufrichtigen) Trauer der Hinterbliebenen. In Enarae existierte eine Fünf-Klassen-Gesellschaft: das *Management*, die *Professionellen*, die *Lohnempfänger* und *Asozialen*. Und natürlich die *Parias*. Je niedriger die Kaste war, der jemand angehörte, desto mehr Selbstbewußtsein bezog er aus dem Umgang mit Waffen. In Anbetracht dieser Tatsache gab Zasper die Waffe vor der Rückkehr nicht ab.

Unmittelbar nach seiner Ankunft ging er in die *Altstadt*, den Vergnügungsbezirk, wo er die Tyme Street von einem Ende zum andern abschritt, die Auslagen der Geschäfte betrachtete, die an den Cafés hängenden Speisekarten durchlas und den vertrauten Anblick und die Gerüche aufsog. Am Ende der Straße, die zum Fluß hin von einem rostigen Geländer begrenzt wurde, sah er über eine steile Treppenflucht auf den *Swale*. Immer wenn er seiner Jugend als einsames Waisenkind gedachte, erinnerte er sich daran: wie er die Tyme Street entlanggegangen war und den Schritt verlangsamt hatte, als die Straße sich über dem Fluß verengte, daß er fast stehengeblieben war, als er an dieser Ecke das Gluckern des Wassers hörte und sich jedesmal gefragt hatte, was wohl hinter der Biegung sei. Als er nun erneut an diese Stelle kam, wußte er, daß, was auch immer sich verändert haben mochte, der *Swale* derselbe geblieben war.

Damals wie heute war es merkwürdig ruhig für so einen belebten Ort. Am einen Ufer wälzte der Fluß sich unter alten Piers und an den Rümpfen ankernder Schiffe vorbei. Das gegenüberliegende Ufer war von großen Holzhäusern gesäumt, zwischen denen Nischen klafften und die sich über enge Gassen hinweg einander zuneigten. In die Wände waren Türen eingelassen, massive, eisenbeschlagene Türen, die entweder fest geschlossen waren oder einen Spalt weit offenstanden. Es gab auch Gucklöcher und Fenster, hinter denen schwere Vorhänge flatterten, als ob sie ohne Unterlaß bewegt würden. Hinter den Türen waren enge Korridore zu erkennen, die ins trübe beleuchtete Innere führten und Wendeltreppen, die zu beengten, windschiefen Etagen hinaufführten, die eher für Spinnen zugeschnitten schienen als für Menschen. An den Wänden rann Kondenswasser herab, und es stank nach Moder. Der *Swale* war eine Chiffre für Halbwelt und Dekadenz, für Ausschweifungen und heimliche Laster. Die Laute im *Swale* glichen einem leisen Grollen, dem Summen eines Bienenschwarms in einem hohlen Baum; es ging zwar keine erkennbare Bedrohung von ihm aus, aber sie war dennoch existent.

In unmittelbarer Nähe des *Swale* gab es eine Spielhölle, die von Zaspers bestem Freund, Ahl Dibai Bloom, betrieben wurde. Zasper war kaum durch die Tür gegangen, als er auch schon begrüßt wurde:

»Bist du also heimgekehrt, Ertigon, was?«

»Besser spät als nie, Bloom.«

»Dachte schon, ich würde dich nie mehr sehen, dachte ich.« Bloom schlurfte durch den Raum, fuhr die Teleskopbeine aus und schaute auf Zasper herab. »Dachte schon, ich würde dich nie mehr sehen, Ertigon.«

Das hatte Zasper auch einmal gedacht.

Bloom führte ihn an einen Tisch, an dem es etwas ruhiger war.

»Was führt dich also hierher, Alter Mann?«

Weil Bloom klüger war als die meisten Leute, versuchte Zasper es ihm zu erklären.

»Hattest du in letzter … in letzter Zeit den Eindruck, daß etwas nicht stimmt?«

»Du meinst, außer den normalen, alltäglichen Dingen, die nicht stimmen? Wie die horrenden Steuern und die Babies, die auf der Straße totgeschlagen werden, und …«

»Ich meine«, sagte Zasper würdevoll, »etwas anderes, Bloom. Ich habe seit einiger Zeit so ein Gefühl.«

Nach Einzelheiten gefragt, hatte er nur vage Angaben zu machen. Er sagte, es sei nur so ein Gefühl, als ob irgendwo eine unsichtbare Gefahr lauerte. Gefahr war natürlich der ständige Begleiter eines *Beauftragten*, und Zasper sprach auch nicht von einer gewöhnlichen Gefahr. Er rechnete nicht damit, getötet zu werden, sondern mit etwas Schlimmerem, etwas viel Schlimmerem.

Bloom hörte unbeeindruckt zu, doch es bedurfte schon viel, um Bloom zu beeindrucken. Immerhin war er ein Freund, und Zasper hatte nicht mehr viele Freunde. Ob Bloom es nun verstand oder nicht, Zasper fühlte sich in Blooms Etablissement und in der Nähe des *Swale* noch immer sehr wohl.

Er kam abends oft hierher, wenn der Flußnebel aufwallte und die Lampen mit einer dunstigen Aureole umgab. Manchmal stand er für eine Stunde und länger an einer Ecke, ließ das Ambiente auf sich wirken und genoß die altbekannte Vorfreude, die unbestimmte Erwartung, als ob ein großes Ereignis bevorstünde, als ob ein Wunder durch die nächste Gasse kröche und jeden Moment zum Vorschein kommen würde. Wenn er sich umdrehte, würde er es verpassen. Er würde nur dann Zeuge des Ereignisses werden, worum auch immer es sich handelte, wenn er geduldig darauf wartete.

Eines Abends, als er in Gedanken versunken dastand, machte sein schweifender Blick eine Bewegung aus, wo sich eigentlich nichts hätte bewegen dürfen. Langsam drehte er den Kopf, erkannte eine schemenhafte, geduckte Gestalt und überführte das Bild in eine fast unglaubliche Realität – ein Mädchen. Ein Mädchen mit nervösen Zuckungen und mühsam unterdrückten Anfällen, die seine Anwesenheit neben einer massiven Tür verrieten. Die mit Schnitzereien pornographischen Inhalts verzierte Tür wies auf das dahinter befindliche Etablissement hin, ein besonders schäbiges Bordell.

Ein Mädchen dieses Alters hatte hier nichts verloren.

Wer war sie? Welches Kind würde sich in diese gefährlichen Gassen wagen, um sich an so einem Ort zu verstecken? Schon eine ältere und viel erfahrenere Person wäre schlecht damit beraten. Und ein Mädchen hatte im *Swale* schon gar nichts zu suchen!

Er schlich sich lautlos an, wie ein *Beauftragter* es lernt, aus einer Richtung, die sie nicht erwarten würde. Er sagte nichts, bis er ihr eine eisenharte Hand auf die Schulter legte.

»Was, zum Teufel, tust du hier, Mädchen?«

Es war weniger eine Frage als ein Ausruf, und obwohl er es mit betont schroffer Stimme gesagt hatte, schien die schlaff in seinem Griff hängende Beute sich nicht vor ihm zu fürchten. Als ob sie wie ein kleines Tier vor Schreck erstarrt wäre, sich totstellte und nur darauf wartete, daß er sie losließ, damit sie ihm entwischen konnte.

Statt dessen zog er sie in eine trübe beleuchtete Einfahrt, um sie in Augenschein zu nehmen. Sie war ein hellhäutiges Kind, spindeldürr und mit einem feuerroten Wuschelkopf. Als sie sich das Haar aus dem tränenüberströmten Gesicht schob, sah er ihre abgenagten Fingernägel und blutigen Finger. Sie hatte smaragdgrüne Augen, wobei ihr Blick indes weniger ängstlich als wachsam wirkte, und sie hatte dunkle Ringe um die Augen, als ob man ihr ein Veilchen geschlagen hätte. Er hatte solche Augen schon einmal gesehen, auch in einem Kindergesicht, aber es dauerte eine Minute, bis er sich erinnerte, wo das gewesen war. Vor zehn Jahren. In *Toleranz*. Ein kleiner Junge, der über die Schulter schaute. Jene Augen, Danivons Augen, hatten auch diesen aufmerksamen Ausdruck gehabt.

»Kind«, sagte er und schüttelte sie sanft, wobei die Erinnerung ihn milde stimmte. »Was tust du hier? Es ist verdammt gefährlich hier.«

»Ich komme immer hierher«, sagte sie und schaute ihm ins Gesicht. Sie sah einen kräftigen Mann, dem ein grauer Haarzopf über die Schulter hing; an der anderen trug er das Abzeichen eines *Beauftragten. Beauftragte* waren geheimnisvolle, beinahe legendäre Wesen. Sie war nicht in der Lage, seine Frage zu beantworten. Sie wußte auch nicht, was sie im *Swale* wollte. Sie war einfach hergekommen. Manchmal glaubte sie, sie würde hierher kommen, um vor etwas zu fliehen … wovor auch immer. Dann glaubte sie wiederum, sie würde wegen der Dinge herkommen, die es hier gab. Obwohl ihr die Worte fehlten, um den Ort zu beschreiben, spürte sie seine Natur. Sie fühlte sich zu ihm hingezogen, denn er war wie sie.

»Kein guter Ort für einen Besuch«, sagte er.

Sie versuchte es ihm zu erklären. »Es ist … es ist eine Art Geheimnis«, sagte sie. »Oder wie die Schreine. Oder wie ich.« Im Bemühen, die Natur des *Swale* zu verstehen, hatte sie amorphe Konzepte von Tabus und Heiligtümern entwickelt.

»Was meinst du damit, wie du?«

Sie zuckte die Achseln. Was sie meinte, war etwas Besonderes. Was sie meinte, war heilig, aber ihr fehlte das entsprechende Wort. Ihr war bewußt geworden, daß sie vielleicht aus dem Grund allein hier war und nicht in der Gesellschaft anderer Leute, weil sie anders war. Ihrer harrte eine besondere Bestimmung. Dieser Gedanke hatte sich allmählich in ihrem Kopf festgesetzt wie eine warme Brise, die ihr kühles Herz auftaute. Daß sie anders war, würde vieles erklären, zum Beispiel, weshalb ihr im Gegensatz zu anderen Leuten nichts gelang. Dabei war sie nicht einmal sicher, ob sie das wirklich glaubte, wenn die Idee auch tröstlich war. Tröstliche Ideen ließen sich nicht immer – beziehungsweise nicht sehr oft – verwirklichen, so daß sie sich nicht weiter damit beschäftigt hatte. Dennoch hatte sie den Glauben daran nicht aufgegeben, zumindest noch nicht. Vielleicht war sie für einen bestimmten Zweck auserkoren, und wenn das zutraf, dann würde ihr, im Gegensatz zu normalen Menschen, bei ihren Streifzügen durch den *Swale* nichts geschehen. Daß sie sich hier befand, war im Grunde ein Test!

»Mein Name ist Zasper Ertigon«, sagte er. »Und wie heißt du?«

»Fringe«, sagte sie. »Fringe Dorwalk.«

»Es gibt bessere Orte als den hier, Fringe«, sagte er.

»Wo denn?« fragte sie neugierig. Sie hatte nach besseren Orten gesucht, so weit ihre Erinnerung zurückreichte.

Ihre Freundschaft begann mit dieser Frage. Weil er sich noch an seine eigene Jugend erinnerte, vergeudete er keine Zeit mit Ermahnungen. Statt dessen zeigte er ihr bessere, zumindest sicherere Orte, wie sie zum Beispiel von der Tyme Street in Ahl Dibai Blooms Spielsalon gelangte, ohne durch den *Swale* zu gehen. Ahl Dibai Bloom, der immer auf den Teleskopbeinen auf und ab fuhr, wenn er sich über etwas amüsierte, sagte, er könne eine Aushilfe für das Ausfegen der Spielräume und Sortieren der Flaschen gebrauchen und blinzelte Zasper über ihren Kopf hinweg zu, als er sie einstellte.

Fringe verbrachte viel Zeit in Blooms Salon und lauschte seinen Gesprächen mit Zasper. Zasper erzählte ihr eine jugendfreie Version seines Lebens als *Beauftragter*, und sie erzählte so unpersönlich von sich, als ob sie über eine Fremde sprechen würde. Allmählich erfuhr er, wer und was sie war, obwohl er ihr kaum helfen konnte. So war das eben mit *Beauftragten*, die sich vom *Rats-Beauftragten* zum Provinz-*Beauftragten* hatten zurückstufen lassen. Sie hatten keinen besonderen Status mehr, außer bei alten Kollegen. Dennoch genossen sie eine gewisse Reputation und wurden nur selten behelligt. Auf jeden Fall hatten die Bewohner des *Swale* bald begriffen, daß Fringe unter Zaspers Schutz stand und daß man sie besser in Ruhe ließ.

Kuriositäten wurden auch am Ende des zwanzigsten Jahrhunderts noch auf der Erde gezeigt, obwohl sie im Vergleich zu früheren Zeiten viel von ihrer Faszination eingebüßt hatten. Durch das Fernsehen waren Kuriositäten alltäglich geworden; der *National Enquirer* und andere Blätter hatten schon so oft Abweichungen gebracht, daß sie nur noch einen punktuellen Unterhaltungswert besaßen und ihre Aktualität auf eine Schlagzeile beschränkt war. Die dickste Frau der Welt war nur eine Person mit einer Drüsenstörung. Menschliche Skelette waren nur magersüchtig. Die Robbenfrau war ein Contergan-Kind. Bärtige Damen und Riesen waren keine Ausgeburten der Phantasie mehr, sondern litten an einer endokrinen Fehlfunktion. Einem Kind mit einem dritten Bein, dem Resultat mißlungener Zwillingsbildung, wurde das überzählige Anhängsel nach der Geburt amputiert. Elefantenmänner wurden im Theater und im Kino imitiert. Zwerge waren nur kleinwüchsige Menschen, welche in die Rolle von Zeit-Banditen oder den Ewoks in *Krieg der Sterne* schlüpften. An kosmopolitischen Orten, in Städten, wo das Abnorme normal war, staunte niemand mehr über das Bizarre.

In ländlichen Gegenden indes gafften die Leute noch immer mit großen Augen und offenem Mund. Dort bot die Geburt eines doppelköpfigen Kalbs noch immer Anlaß zum Besuch der Nachbarn, war Hexerei eine alltägliche Gefahr und der böse Blick eine Tatsache. Die Leute waren leichtgläubig, und jede Minute wurde einer von *ihnen* geboren, dankbares Objekt für einen Wanderzirkus, unter dessen Zeltdach noch immer die Hund-und-Pony-Shows stattfanden, dessen oft klapprige, aber grellbunte Zugmaschinen von einer Kleinstadt zur anderen zuckelten und dessen Vorführungen nur von kleineren Tieren und Akrobaten bestritten wurden und nicht von Elefanten und Tigern. Dort war der Schlangenbeschwörer noch für einen Drei-Dollar-Eintritt gut, und die phantasievoll kostümierten Tänzerinnen lockten die Jungs an, die keine Oben-ohne-Bar hatten, die ihnen den Feierabend versüßte. Dort, wo der Glanz verblaßt war, der Ruhm vergangen und das Budget für Reparaturen immer im Minus war, hatte die authentische Zirkusaura sich noch erhalten.

Mulhollan hatte alles, was dazugehörte, wenn auch auf kleinem Raum: beschwingte Musik vom Band, das Surren einer Zuckerwatte-Maschine, die Rufe des mit einem Strohhut gekrönten Kartenverkäufers, der Sermon des Ausrufers vor dem Nebenzelt, das Gemurmel der Menge; der Geruch nach feuchter Leinwand, warmer Schmiere und Karamellen, Pferdeäpfel, Sägespäne und Heu; ein Gewirr aus Trapezseilen, Pferde mit Federbüschen, Hunde, die auf den Hinterläufen tanzten. Mulhollan hatte mit Ölfarben bemalte Clowns und eine menschliche Spinne mit einer furchterregenden Maske und ballonartigen Hose. Dann gab es noch Sizzys Souvenirbude, deren Dach rot und schmutzigweiß gestreift war und deren wacklige Wände mit abblätternden Silbersternen verziert waren. Die Regale waren mit allerlei Kitsch bestückt: Trillerpfeifen in Gestalt von Vögeln, Kaffeetassen mit Clownsgesichtern, silberne Kappen mit Hörnern und Ohren, Plastikbumerangs und Frisbees, winzige hölzerne Akrobaten, die sich um eine Leiter schwangen, wenn man die Holme zusammendrückte, Aschenbecher mit Abbildungen von Hunden und Schlangenbeschwörern sowie der Aufschrift MULHOLLANS ZAUBER-ZIRKUS in schwungvollen Lettern.

Mulhollans Zirkus war auch Sizzys Zirkus, wo sie

vor langer Zeit Zuflucht vor den Erinnerungen der Kleinstadt gefunden hatte, vor den bigotten Verwandten, Priestern, Nonnen und anderen Leuten, mit denen sie zurechtkommen mußte. Mulhollans Zirkus war Sizzys Zirkus, wo weder sie noch die Zwillinge über ihre Biographie Rechenschaft ablegen mußten.

»Was sollen wir hier?« fragte Bertran und schaute sich ebenso beeindruckt wie erstaunt um, wobei er von einem bisher unbekannten Gefühl der Aufregung ergriffen wurde, das er jedoch nicht als freudige Erregung identifizierte.

»Ihr werdet als Nebenattraktion auftreten«, sagte seine Tante. »Ihr werdet mit den euch zur Verfügung stehenden Mitteln euren Lebensunterhalt verdienen, bis ihr groß seid und vielleicht getrennt werden könnt. Und dann könnt ihr tun, was ihr wollt.«

»Ich glaube nicht, daß Kinderarbeit legal ist«, sagte Nela ohne rechte Überzeugung. Sie fühlte das, was Bertran fühlte und wußte genauso wenig wie er, was ihnen bevorstand.

»Ihr werdet auch nicht arbeiten«, sagte Sizzy. »Ihr werdet euch angezogen auf eine Bühne stellen. Nachdem jeder euch gesehen hat, werden wir einen Vorhang zwischen euch herunterlassen, und die weiblichen Zuschauer können einen Blick auf Nela werfen, und die Männer können einen Blick auf Bertran werfen. Für fünf Dollar extra.«

»Sie sollen mich nackt sehen?« rief Nela mit einem wohligen Schauder.

»Nackt«, sagte Sizzy. »Nur ein kurzer Blick.«

»Sie hat aber Haare auf der Brust«, sagte Bertran.

»Dagegen haben wir ein Mittel«, verkündete die Tante leichthin. »Und heißes Wachs und vielleicht sogar Elektrolyse.«

»Sie hat kaum Busen.«

»Dann bekommt sie eben Implantate«, sagte Tante

Sizzy ungerührt. »Schaut, Kinder, ihr müßt praktisch denken. Niemand will die Verantwortung für euch übernehmen. Niemand wußte etwas mit euch anzufangen, nicht einmal meine arme, närrische Schwester. Hier hat euer Leben wenigstens einen gewissen Sinn, nicht wahr? Und auch ein paar Freuden, darauf wette ich. Marla war meine Lieblingsschwester. Sie hatte zwar nicht viel Verstand – keins von Mamas Kindern, die sie mit über vierzig bekam, hatte viel Verstand –, aber sie hatte ein gutes Herz. Ich bin es ihr schuldig, dafür zu sorgen, daß ihr etwas Freude habt. Spaß, ihr versteht?«

Sie verstanden nicht, aber sie lernten es. Nach dem anfänglichen Schock war es gar nicht mehr so schlimm. Es war sogar gut. Das Beste war das geschäftsmäßige Ambiente des Zirkus. Nach all den Jahren der Belastungen und der Gebete war das Zirkusleben vernünftig und akzeptabel. Kein Kichern. Niemand, der mit dem Finger auf sie zeigte. Keine verkrampften Drei-Parteien-Gespräche im Beichtstuhl. Keinen Streit wegen der Benutzung des Bads. »Hallo, Berty. Hallo, Nela«, sagte der Clown. »Wollt ihr Kinder endlich zum Essen kommen oder was! Kommt, bevor ich es wegschütte«, rief der Koch. »Probiert eure neuen Kostüme noch heute vormittag an, damit ich sie für die Abendvorstellung fertig habe«, sagte Mrs. Mangini. Die Manginis führten eigentlich die Trapez- und Pferdenummern vor, doch weil Mrs. Mangini zu dick war, um zu reiten oder durch die Luft zu wirbeln, erledigte sie Näharbeiten für den Zirkus.

Die Zwillinge schliefen auf einem neuen Klappbett in Tante Sizzys Wohnwagen. Sie hatten einen Rauhhaardackel namens Flip, der auch Kunststückchen in der Clownsnummer vorführte. Zur Nebenattraktion gehörte auch Ralph, der eine behaarte Nase hatte, lebendige Hühner verspeiste und als Wolfsjunge tituliert wurde. Dann gab es Sappho und Archimedes Lapin, die als die kleinsten Menschen der Welt ausgegeben wurden, obwohl sie nicht annähernd die kleinsten waren. Es gab Tänzerinnen (jede Frau unter dreißig, die nicht anderweitig beschäftigt war) für die Eröffnungsvorstellung, zu denen auch das Mädchen gehörte, das als Madame Evanie vorgestellt wurde, die weltberühmte Schlangenbeschwörerin. Es gab den erstaunlichen *Holzkopf*, der Nägel mit der Stirn einschlug. Es gab die Baronin Vampira mit ihren langen Reißzähnen, die nicht einmal die im Publikum anwesenden Zahnärzte von echten unterscheiden konnten; sie hatte sie nämlich in Los Angeles anfertigen lassen, wo die Zahntechnik in den Rang einer Kunstform erhoben worden war. Es gab Tiberias, den Gedankenleser, der meistens keine Gedanken lesen konnte und manchmal doch. Und es gab Bertran und Nela Zy-Czorsky (Nela hatte ihren Nachnamen künstlerisch verfremdet), das Achte Weltwunder, die einzigen männlich-weiblichen Siamesischen Zwillinge im Universum.

Bertran trug ein mitternachtsblaues Kostüm mit Fliege und Schwalbenschwanz, dazu ein weißes Satinhemd. Nela trug ein glitzerndes rosa Kleid mit Pailetten und Rüschen. Sie standen nebeneinander auf der Plattform, so lange, daß die Leute unruhig wurden und die ganze Sache in Frage stellten. Daraufhin drehten die beiden sich etwas voneinander weg und präsentierten das breite Band aus rosigem Fleisch, das sie miteinander verband. »Ist ein Arzt oder eine Krankenschwester unter den Zuschauern?« rief Tante Sizzy dann.

Manchmal war das der Fall. Tante Sizzy verlangte immer einen Nachweis, wenn jemand sich als Arzt oder Krankenschwester zu erkennen gab. Waren keine Angehörigen dieser Berufsgruppen vertreten, dann gab ein Mitarbeiter des Zirkus sich dafür aus, kam auf die Bühne, betastete das Fleisch, begutachtete die Verbindungsstellen und tat erstaunt. »Mein Gott. Sie sind's wirklich!«

»Ja, aber vielleicht sind es doch zwei Männer oder zwei Frauen«, rief dann irgendein Klugscheißer. Und wenn der Zwischenruf ausblieb, übernahm ein ›Provokateur‹ den Part: »Ja, aber ...«

»Für fünf Dollar«, leitete Tante Sizzy dann ihren Vortrag ein. Sie präsentierte eine Grafik und nahm einen Zeigestock zur Hand. Sie hielt einen Vortrag über Chromosomen, daß alle anderen Siamesischen Zwillinge entweder nur Jungen oder nur Mädchen waren, und daß Nela und Bertran eine Art Wunder seien. Dann fiel der Vorhang, und alle Frauen, die fünf Dollar übrig hatten, gingen auf die eine Seite, und die Männer gingen auf die andere Seite, um nachzuschauen.

Es war gar nicht so schlimm. Nicht einmal die Peepshow war schlimm. Tante Sizzy untersagte Berührungen, und Nela wurde nur von Frauen begutachtet und Bertran nur von Männern. Bertran entkleidete sich, zeigte das Brusthaar und die kleinen, aber maskulinen Genitalien. Nela öffnete das Kleid und zeigte die androgyne Brust (die am Abend zuvor von Tante Sizzy epiliert worden war) und ihre unverkennbar nicht-männlichen Geschlechtsorgane. Dann zogen die Zuschauer ab. Die Männer fragten ihre Frauen und Freundinnen: »War sie ein Mädchen?«, und die Frauen fragten die Männer: »War er ein Junge?« Sie versicherten sich gegenseitig, daß sie ein Mädchen beziehungsweise er ein Junge gewesen sei.

Natürlich kam das Schulamt ihnen auf die Schliche. Tante Sizzy, die eine Geburtsurkunde fälschen wollte, um die beiden zwei Jahre älter zu machen, mußte ein happiges Bestechungsgeld zahlen, um das Curriculum zu erwerben, und die Kinder mußten den Unterrichtsstoff lernen, um die halbjährlichen Prüfungen zu bestehen, aber das schafften sie mit links! Sie bestanden die Prüfungen, ohne viel dafür getan zu haben. Wer auch immer diesen Lehrplan konzipiert hatte, er war nie bei Schwester Jean Luc in die Schule gegangen!

Nachdem sie das Winterquartier bezogen hatten, ließ Sizzy Nela Brüste implantieren. Keine großen. Das würde unglaubwürdig wirken, sagte Tante Siz. Lieber kleine. Genau richtig für ein halbwüchsiges Mädchen. Außerdem wurde Nela der Bart und das Brusthaar entfernt, und die Konturen des rötlich-blonden Schamhaars wurden begradigt, damit sie femininer wirkte. Tante Sizzy setzte beide auf Diät, damit sie diesen, wie sie sich ausdrückte, ›unattraktiven Speck‹ verloren. Bertran färbte das Haar dunkel, um sich von Nela abzuheben, die blond blieb. Als Nelas Wunden verheilt waren, besuchten sie und Berty auch die großen Zirkusse, wo Krüppel nicht als Krüppel bezeichnet wurden. Sie schlossen viele Freundschaften.

In Florida und den anderen Orten, an denen sie gastierten, gingen sie in Antiquariate und erstanden jedesmal eine Armvoll Bücher. Nachts lagen sie im Wohnwagen und lasen im Schein der Taschenlampe ein Buch. Nela, die ein Faible für Romantik und Zoologie hatte, las Liebesromane und naturwissenschaftliche Bücher. Bertran las Geschichtsbücher, mathematische Werke und Biographien. Religion indes faszinierte beide, jedoch nicht als Glaube, sondern als Wissenschaft. Obwohl weder ihre Eltern noch der Priester oder die Nonnen diesen Punkt erwähnt hatten, erkannten die Zwillinge, daß die Religion keinen geringen Anteil daran gehabt hatte, daß sie so, wie sie waren, auf die Welt gekommen waren. Manchmal unterhielten sie sich darüber und fragten sich, ob sie, wenn sie die Wahl gehabt hätten, auf die Welt hätten kommen wollen. An guten Tagen bejahten sie diese Frage. An schlechten Tagen verneinten sie sie. Tante

Sizzy, die eine dieser Unterhaltungen mitbekommen hatte, sagte ihnen, daß jeder sich so fühlen würde. An manchen Tagen, so sagte sie, wünschte jeder, er oder sie wäre nie geboren worden und er oder sie würde sterben, damit das Elend ein Ende hätte. Das Klügste war, ein paar Tage abzuwarten und zu sehen, ob die Dinge sich zum Besseren wendeten. War dann immer noch keine Besserung eingetreten, mußte man eben tun, was man tun mußte; zumal sie auch nicht glaubte, daß man wegen eines Selbstmords in die Hölle kommen würde, so übervölkert wie die Erde war. Doch normalerweise, betonte sie, genügten ein paar Tage, um einen Stimmungsumschwung herbeizuführen.

Manchmal glaubten die Kinder, daß sie recht hatte. Dann wieder dehnten die Tage sich zu Wochen, und sie wollten schier verzweifeln. Manchmal deprimierte sie ihr Schicksal so, daß sie gar nicht fähig waren, etwas dagegen zu tun, selbst wenn sie es wollten. Deshalb beschlossen sie weiterzumachen, und manchmal waren sie sogar imstande, darüber zu lachen. Sie machten weiter, weil sie zu deprimiert waren, um Selbstmord zu begehen.

Gelindert wurde die Depression, indem sie manchmal lange Gespräche über ihren Freund *Schildkrötentaube* führten, über seine schulischen Leistungen, seine Erfolge in der Jugendliga, und ob es Sinn hatte, daß er weiterhin Violinenunterricht nahm.

»Die Stunden sind so teuer!« sagte Nela.

»Aber der Lehrer sagt, er hätte großes Talent«, sagte Bertran. »Wir würden es uns nie verzeihen, wenn wir ihm die Chance nähmen, ein Genie zu werden.«

Unterdessen nahmen sie, unabhängig von ihrer jeweiligen Befindlichkeit, Tanzunterricht bei einem der Mangini-Mädchen und erlernten beim Besitzer und Manegenmeister des Zirkus, Matt Muhollan, die Sprechkunst; obendrein schnappten sie bei einem der

Clowns ein paar Taschenspielertricks auf. Sie lernten zwar schnell, doch wie Sizzy sagte, wurde der reine Nervenkitzel durch Lüsternheit und Leichtgläubigkeit bedingt, während Unterhaltung keine Grenzen kannte. »Wenn man die Leute gut unterhält, ist es ihnen egal, wer du bist«, sagte Tante Sizzy. »Die meisten Leute interessieren sich sowieso nicht für die Wahrheit.« Sie führte ein paar Politiker, darunter einen Ex-Präsidenten, als Beispiele an. »Die größten Blender der Welt. Sie waren nicht übermäßig intelligent, aber weil sie die Leute gut unterhalten haben, hat das niemanden gekümmert.« Die anderen Schausteller pflichteten ihr bei und halfen den Zwillingen beim Training, bis die beiden aus jeder Pore Charme verströmten.

Dabei kam ihnen auch ihre Intelligenz zustatten. Niemand, nicht einmal sie selbst, hatte jemals daran gezweifelt. Sie waren voll bei der Sache, denn sie begriffen, daß ihr Wohlergehen davon abhing. Sie trainierten ihre Stimmen; Nela übte eine höhere Tonlage, Bertran eine tiefere. Sie entwickelten eine ausgefeilte Rhetorik und lernten, Zwischenrufern Paroli zu bieten. Sie waren die Krönung der Zaubertricks.

»Ein Sandstrahler hat es nicht leicht«, sagte Bertran. »Auch ein Wetzstahl nicht.«

»Erzähl das bloß nicht *Schildkrötentaube*«, sagte Nela. »Er würde vor Scham im Erdboden versinken, wenn er wüßte, daß seine Mutter ein Wetzstahl oder eine Hobelmaschine war.«

Bald lockten ihre Vorstellungen immer mehr Zuschauer an. Er registrierte einen deutlichen Anstieg der Besucherzahlen, sagte Matt Mulhollan während einer der regelmäßigen nächtlichen Besprechungen zu Sizzy, zwischen ein paar Bieren und der üblichen Sexeinlage. Ein stetiger, deutlicher Anstieg.

Sizzy gab das an die Zwillinge weiter. Als sie daraufhin etwas übermütig wurden, sagte sie: »Nehmt euch jetzt nur nicht zu wichtig. Sicher, ihr seid eine Attraktion. Alles Neue ist attraktiv. Aber ihr seid nicht die Hauptattraktion. Ihr gehört nur zu den Nebenattraktionen und tretet nicht unter der großen Zirkuskuppel auf. Wer hoch steigt, kann auch tief fallen. Vergeßt nicht, für wie großartig ihr euch auch haltet, es gibt immer einen, der noch besser und großartiger ist!«

Matt Mulhollan, der trotz der jüngsten Pechsträhne kein Narr war, steckte den größten Teil der Einnahmen gleich wieder ins Geschäft. Er kaufte neue Kostüme. Er reparierte die Ausrüstung. Er nahm ein paar Vorführungen ins Programm auf, die er sich bisher nicht hatte leisten können. Sozusagen en passant gewährte er Bertran und Nela eine Gehaltserhöhung, und Tante Sizzy tat das, was sie bisher auch getan hatte: Sie investierte es auf den Namen der Kinder bei einer konservativen Maklerfirma in Aktien mit sicheren Renditen.

Das Glück hielt an. Der Zirkus erlangte überregionale Bekanntheit. Als die Zwillinge das dritte Jahr dabei waren, erschien in einer landesweit ausgestrahlten Fernsehsendung ein Bericht, in dem der Zirkus als einer von drei erstklassigen Kleinzirkussen portraitiert wurde. Die Zwillinge weigerten sich, ein Fernsehinterview zu geben. Sie waren noch nicht volljährig, und sie wollten nicht riskieren, daß jemand aus ihrer Heimatstadt sie aufspürte, auch wenn sie das für unwahrscheinlich hielten. Wenig später trommelte Matt Mulhollan die Truppe zusammen und machte eine aufregende Ankündigung. *Mulhollans Zauber-Zirkus* würde im nächsten Jahr eine Tournee durch Europa machen, wobei es sich quasi um ein Austauschprogramm handelte mit einem tschechischen Zirkus, der in den USA und Kanada gastieren würde. Außerdem bestand die Möglichkeit, daß sie anschließend nach China gingen. Falls der Zirkus die Erlaubnis erhielt, sagte Matt in seiner liebenswürdigen Art, so sei das neben den Standarddarbietungen gewiß auch dem attraktiven Achten Weltwunder, Bertran und Nela Zy-Czorsky, zu verdanken.

In Enarae wußte Zasper bald Bescheid über Fringe Dorwalk. Aus einer Bemerkung hier und einer Anspielung dort, aus dieser Geschichte und jener Erinnerung setzte Zasper ein Bild von ihr zusammen. Vielleicht, so sagte er sich, war es typisch für einen *Beauftragten* wie ihn, immer nach Gründen für etwas zu suchen. Ein *Beauftragter*, dem es oblag, eine *Lage* zu *klären*, mußte schließlich befähigt sein, die Ursachen für die *Lage* zu ermitteln. Obwohl er, wie er sich eingestand, vielleicht nur ein neugieriger alter Mann war, der sich in Ermangelung einer eigenen Familie in die Angelegenheiten anderer Leute einmischte. Oder vielleicht wollte er sich auch nur um Fringe kümmern.

Ob es sich nun um Sympathie oder bloße Neugier handelte, er machte sich über sie und ihre Familie, insbesondere ihren Vater, kundig. Char Dorwalk war ein Abkömmling der Klasse der *Professionellen*. *Professionelle* gehörten zwar nicht der höchsten Schicht, dem *Management* an, doch sie standen weit über den *Asozialen*, wie Fringe ihre Großmutter Gregoria Dorwalk zitierte. Die Klasse der *Professionellen* hatte ein gutes Leben, genoß viele Vergünstigungen und hatte kaum Risiken; also war Char quasi mit einem goldenen Löffel im Mund geboren worden. Um ein gutes Leben zu haben, zitierte Fringe ihre Großmutter weiter, hätte er nur vernünftig sein müssen: Er hätte einen Beruf ergreifen, sich eine passende Frau suchen und sich etablieren müssen.

»So, wie du das sagst, hat er das wohl nicht getan«, sagte Zasper.

Nein, sagte sie ihm in Großmutters Worten, Char

war nicht vernünftig gewesen. Char hatte keinen Beruf ergriffen und keine ebenbürtige Frau erwählt. Statt dessen hatte er sich eine hübsche, kleine *Lohnempfängerin* ausgesucht, die auf dem Schuldsklaven-Markt die Bücher führte. Ihr Name war Souile Troms, und als ob die *Lohnempfänger*-Klasse nicht schon schlimm genug gewesen wäre, gehörte sie nun auch der *Professionellen*-Kaste an.

»Die *Professionellen* sind eigentlich keine *Asozialen*«, zitierte Fringe Oma Gregoria aufs neue. »Aber wenn man so tief sinkt, ist man nicht mehr weit davon entfernt.«

»Erzählt deine Oma dir denn alles, was ihr gerade durch den Kopf geht?« fragte Zasper konsterniert. »Auch Dinge über deine Mutter?«

»Großmutter sagt, meine Mama sei eine patente Frau«, erklärte Fringe überrascht. »Nur daß sie eben nicht zu meinem Paps paßt.«

Zasper schüttelte den Kopf. »Aber dein Paps muß doch wohl geglaubt haben, daß sie zu ihm paßt, als er sie geheiratet hat.«

»Ach, mein Paps! Er sah alles durch die rosarote Brille und sagte, er würde sie schon auf sein Niveau bringen«, zitierte Fringe Großmutter Gregoria. »Großmutter sagte ihm, auch wenn er sich Mama zurechtbog, was würde er wegen ihrer Familie unternehmen?«

»Ihre Familie?« fragte Zasper.

»Die Tromses«, sagte Fringe. »Mamas Mama und Paps. Sie leben bei uns. Sie heißen Nada und Ari.«

Die weitere Befragung ergab, daß die Tromses dem Bodensatz der Klassengesellschaft entstammten, den *Asozialen* – die oft auch *Schweine* genannt wurden, weil diese Leute die Nase in den Trog der öffentlichen Gelder steckten. Souile Troms, eine geborene *Asoziale*, war immerhin aus eigener Kraft in die Klasse der *Lohnemp-*

fänger aufgestiegen, wobei es ihr jedoch nicht gelungen war, auch ihre Familie auf dieses Niveau zu heben.

»Wenn deine Mama Char heiraten wollte, hätte sie sich von ihrer Familie distanzieren sollen«, hatte Großmutter Gregoria gesagt. »Ihre Geschwister haben das getan. Souile hätte vielleicht eine Chance gehabt, wenn sie ihrem Beispiel gefolgt wäre. Ich wollte es meinem Sohn sagen, bevor er die ganze Sippschaft ins Haus holte, aber er wollte nicht auf mich hören. Schließlich sagte ich ihm, er solle tun, was er nicht lassen könne. Ich konnte ihn sowieso nicht davon abbringen, und irgendwann hatte ich von dem ganzen Streit genug.«

Char hatte seinen Kopf durchgesetzt. Souile hatte ihre Eltern nicht abgeschrieben, und Char hatte einen Teil des Startkapitals, das sein Vater ihm hinterlassen hatte – jede respektable *Professionellen*-Familie stellte ihren Kindern ein Startkapital bereit –, ›investiert‹, und vom Rest hatte er ein Haus gekauft, das ihnen allen und den Kindern, die er und Souile haben wollten, Platz bot.

Allerdings war kein Haus groß genug für die beiden Tromses. Ihre ständigen Auseinandersetzungen verlagerten sich von einem Zimmer ins andere, und der Körpergeruch des alten Ari durchdrang jeden Raum, in dem er sich aufgehalten hatte. Eine Stunde, nachdem Nada und Ari das für sie vorgesehene Zimmer bezogen hatten, zog Nada aus und quartierte sich im Kinderzimmer ein, das sie für sich allein hatte, bis Fringe auf die Welt kam. Fringe erinnerte sich kaum noch an ihre Kindheit, doch die Eindrücke dieses Zimmers und das Schniefen, Stöhnen und Weinen, das durch die Dunkelheit drang, war noch gegenwärtig.

»Wag es nicht, so mit mir zu reden! Ich bin schließlich deine Mutter! Ah, mein Herz, mein Herz. Wenn ich tot bin, wirst du schon begreifen, was du mir angetan hast. Oh, hilf mir ins Bett. Ich muß mich hinlegen.«

»Mama stirbt, oh, Char, sie sagt, sie stirbt …«

»Sie stirbt immer«, ertönte Chars Stimme, die Dunkelheit-Stimme, die Fringe nie hörte, wenn es hell war. *»Es vergeht doch kein Tag, an dem sie nicht stirbt. Laß sie also sterben, wenn sie uns nur in Ruhe läßt. Laßt mich endlich in Ruhe. Nie habe ich meine Ruhe!«*

»Psst, Char. Paps hört dich. Alles, was er will, ist …«

»Soll der schmutzige alte Furz doch haben, was er will. Ich bin zu müde, um mich zu streiten.«

»Paps glaubte wohl, daß alle miteinander auskommen würden«, sagte Fringe in dem beiläufigen Ton zu Zasper, in dem sie immer von ihrer Familie sprach. »Nur daß es nicht funktioniert hat.«

»So manches funktioniert nicht«, sagte Zasper. »Trotz aller guten Absichten.«

»Genau«, sagte Fringe.

»Nur ein starker Mann ist imstande, eine schlechte Entscheidung zu korrigieren.« Dies war eine *Beauftragten*-Weisheit, die er verinnerlicht hatte.

»Genau«, wiederholte Fringe, diesmal indes mit einem Seitenblick, der besagte, daß sie sich diesen Spruch merken würde.

Selbstverständlich hatte Char die Entscheidung nicht korrigiert. Statt dessen verbrachte er die meiste Zeit außerhalb des Hauses. Niemand wußte, wohin er ging oder was er tat. Auf jeden Fall ging er keinem Beruf nach. Das Gerücht ging um, daß er spielte. Und zwar ausgiebig. Mama war auch die meiste Zeit außer Haus, doch Fringe durfte nicht fragen, wo sie war, und Nada, die es ihr eigentlich nicht hätte sagen dürfen, flüsterte beschämt: Souile verdiente Geld.

»Wir brauchen es, um Lebensmittel zu kaufen«, flüsterte Nada. »Und um dein Schulgeld zu bezahlen. Aber sag deinem Vater nichts davon.«

»Großmutter Georgia sagt, Lohnarbeit sei eine Schande für einen Angehörigen der *Professionellen*-

Klasse«, erklärte Fringe Zasper. »Mama sollte lieber zum M&P-Frauenclub gehen und sich dort akzeptablen Aktivitäten widmen.«

»M&P-Frauenclub? Akzeptable Aktivitäten?« fragte Zasper. Obwohl er in Enarae aufgewachsen war, hatte er noch nichts von akzeptablen Aktivitäten gehört.

»Akzeptable Aktivitäten, weißt du«, sagte Fringe. »Dinge, die deine Klasse als akzeptabel bezeichnet. Wenn du zu den *Asozialen* gehörst, darfst du dich zum Beispiel an einem Bandenkrieg beteiligen, aber nicht als *Professioneller*. *Professionelle* Frauen sollen in den *Management- und Professionellen-Club* gehen und das tun, was einer Frau ziemt. Mode entwerfen. Konversation pflegen. Tanzen. Das Brauchtum pflegen. M&P-Spiele spielen. Akzeptable Aktivitäten eben. Du weißt schon.«

Weil Zasper, der als *Paria* aufgewachsen war, Aktivitäten betrieben hatte, die völlig inakzeptabel waren, wußte er es zwar nicht, aber er glaubte es ihr auch so.

Nach dem, was Fringe sagte, wurden kleine Mädchen mit den M&P-Puppen, die sie von ihren Müttern bekamen, an akzeptable Aktivitäten herangeführt. M&P-Puppen hatten lange Kleider und verfügten über ein integriertes, leistungsfähiges Sprachprogramm.

›Morgen ist der fünfte der Frühlingsblume, der *Große Frage-Tag*‹, sagte die Puppe. ›Auf ganz *Woanders* werden die Menschen sich mit der *Großen Frage* des Schicksals der Menschheit befassen. Hier in Enarae sind Rot und Gold die traditionellen Farben des *Großen Frage-Tags*. Was wirst du anziehen?‹

›...‹

›Wir müssen uns für die Feierlichkeiten schönmachen. Ich habe einen neuen Lidschatten aufgetragen. Ich sehe hübsch aus, nicht? Gefällt dir meine neue Frisur?‹

›...‹

›Glaubst du, ich kann mich so auf der Promenade sehen lassen?‹

›...‹

Die Mädchen sollten die Zettel mit Konversation über Körperpflege und Kosmetik ausfüllen. So hatten sie, wenn sie in die Schule kamen und Konversation beziehungsweise Körperpflege und Kosmetik auf dem Stundenplan standen, gleich einen Vorsprung.

»In der Schule hieß es, wir sollten uns mit der *Großen Frage* beschäftigen«, sagte Fringe zu Zasper und zog eine Schnute. »Aber niemand spricht über die Frage. Ich meine, das ist wohl ganz interessant, diese Frage über die Bestimmung der Menschheit, aber wir spielen nur mit Puppen. Und die Puppen sehen alle gleich aus. Sie gleichen einander wie ein Ei dem anderen. Sie haben alle das gleiche Gesicht.«

Zasper fiel ihr Gesichtsausdruck auf; als ob sie angewidert ausspucken wollte. »Gefallen Sie dir denn nicht?« fragte er unschuldig.

»Ich hasse sie«, sagte Fringe, deren Puppen noch nie eine hohe Lebensdauer gehabt hatten, obwohl sie sie nicht absichtlich kaputtgemacht hatte. »Wenn ich wenigstens jemanden zum Spielen hätte. Aber Mama und Paps sind nie da. Und Großmutter Nada liegt immer im Sterben.«

»Immer?« fragte Zasper.

»Nun, alle paar Tage. Großmutter Georgia sagt, sie würde das tun, um in Übung zu bleiben.«

»Wer kümmert sich dann um dich und deinen Bruder?«

»Großmutter Nada. Wenn sie mal nicht stirbt.«

Es war wirklich Nada, die Fringe und Bubba versorgte und ihnen Kleidung kaufte. Manchmal kam Ari aus seinem muffigen Zimmer und unterhielt sie mit Geschichten aus seiner Zeit als Bandenmitglied. Als sie ins schulfähige Alter gekommen war, hatte Fringe die Einstellungen der Tromses verinnerlicht, ihre Sprechgewohnheiten und den Akzent angenommen, ihre Gewohnheiten und Reaktionen auf die Handlungen anderer: Nadas Schüchternheit, Aris Aggressivität und das Unterschicht-Vokabular der Tromses.

»Fringe redet wie eine *Asoziale*«, sagte Großmutter Georgia angewidert zu Char, wobei sie entweder nicht wußte oder sich nicht darum kümmerte, daß die neunjährige Fringe an der Tür lauschte und durch eine Ritze lugte. »Deine Tochter redet wie eine *Asoziale*, Char. Sie ist minderwertig! Und dein Sohn wird auch so werden!«

Diese Worte schockierten Fringe. Sie wußte zwar, daß die beiden Zweige der Familie sich haßten, doch obwohl dieses Wissen schmerzlich war, hatte sie nicht geglaubt, daß es etwas mit ihr zu tun hatte. Nun erkannte sie, daß es doch mit ihr zu tun hatte. Sie, Fringe, steckte mittendrin!

Kurz nach dem Gespräch zwischen Großmutter Gregoria und Paps wurde Bubba auf ein Internat für Kinder der *Professionellen*-Klasse geschickt. Weil Paps das Geld dafür nicht aufbringen konnte, mußte Großmutter Gregoria die Sache wohl finanziert haben. Großmutter Georgia hatte eine Tochter und mehrere Enkeltöchter, aber nur einen Enkelsohn – Bubba.

Fringe wurde jedoch nicht fortgeschickt, was bedeutete, daß sie wohlgeraten war, so wie sie war. Entweder das oder sie war überhaupt nicht wohlgeraten, aber das war Paps egal.

»Hältst du es für möglich«, fragte sie Zasper im Flüsterton, »daß es ihn einfach nicht interessiert?«

»Denkst du oft darüber nach?« fragte Zasper.

Das tat sie nicht. Sie versuchte vielmehr, das zu verdrängen und auch die Dinge, die sich sonst noch ereigneten. Sie verdrängte die wirkliche Welt und schuf sich eine Phantasiewelt. Manchmal verabschiedete sie sich tagelang von der wirklichen Welt. Aber nicht ganz.

So entging ihr zum Beispiel nicht die alte Frau, die ihr ständig folgte. Fringe glaubte, daß es sich entweder um Großmutter Gregoria oder Nada handelte – schließlich kannte sie genug alte Frauen –, doch diese alte Frau tauchte hier und da auf, ohne daß sie etwas tat. Sie war einfach nur da, ein weißhaariges Geschöpf mit ausdrucksvollen dunklen Augen, die viel jünger wirkten als ihr Gesicht.

»Wieso tauchen Sie immer dort auf, wo ich bin?« fragte Fringe sie zornig, nachdem sie sie in der Straße vor Blooms Spielsalon gestellt hatte.

»Mache ich das?« fragte die Alte. Heute befand sie sich in Begleitung eines Mannes, der fast genauso alt war wie sie und den sie mit einem koketten Blick ansah. »Bin ich immer dort, wo dieses Kind ist?«

»Ich dachte, es wäre gerade andersrum«, sagte der alte Mann. »Ich dachte, das Kind würde überall dort auftauchen, wo wir sind.«

»Siehst du«, sagte die alte Frau. »Nähe bedeutet nicht unbedingt Verfolgung.«

»Was soll das heißen?«

»Das heißt, daß wir uns nicht notwendigerweise nachlaufen.«

»Trotzdem glaube ich, daß sie mich verfolgt«, sagte Fringe zu Zasper. »Sie heißt Jory, und ich halte sie für eine Spionin.«

»Für wen spioniert sie denn?« fragte Zasper. »Oder was spioniert sie aus?«

Darauf wußte Fringe keine Antwort. Wenn jemand ihr nachspionierte, dann nur aus dem Grund, weil sie aus irgendeinem Grund etwas Besonderes war. Doch darüber wollte sie nicht sprechen. Wenn man über Dinge sprach, die man wollte oder die man sich erhoffte, ging der Wunsch nie in Erfüllung.

Also wechselte sie das Thema.

»Mama ist nun die ganze Zeit krank«, sagte Fringe.

»Welche Krankheit hat sie denn?« fragte er, obwohl er es sich vorstellen konnte.

»Sie ist einfach krank«, sagte Fringe.

Dieser Tage lag Souile oft mit Wahnvorstellungen im Bett und starrte mit weiten Augen und irrem Blick an die Decke. Die Krankheit wurde durch die fast tödlichen Dosen von Stimmungs-Spray verursacht, doch Souile gab das nicht zu, nicht einmal gegenüber sich selbst.

»Bevor ich Char heiratete, sah ich meine Kinder vor meinem geistigen Auge«, sagte Souile zu Fringe, die ihr in Nadas Auftrag eine Schüssel Kraftbrühe brachte. »Ihr wart niemals Kinder. Ihr wart immer erwachsen, adrett und perfekt. Ihr habt euch wie Tänzer bewegt. Ihr wart erfolgreich. Ihr brauchtet mich gar nicht. Ich wußte, daß ihr schön, gesund und klug werden würdet. Ich wußte, daß ihr Talent haben und von allen, auch von mir, bewundert werden würdet, denn ich war eure Mutter. Ich dachte, wenn ihr in die *Professionelle* Klasse hineingeboren würdet, wäre euch wohlgetan …«

»Nachdem sie das gesagt hatte, weinte sie«, sagte Fringe zu Zasper. Sie hatte große, geränderte Augen. »Sie erbrach die Suppe auf den Fußboden und weinte. Sie bekam keine Luft mehr, und ich hatte Angst, sie würde sterben.«

»Was hast du in dem Moment gefühlt?«

»Ich wußte, daß es meine Schuld war.«

Zasper schaute sie erschrocken an. »Weshalb war es deine Schuld?«

Fringe rang die Hände, wie sie es von Großmutter Gregoria gelernt hatte. Weshalb es ihre Schuld war? Weil sie sich nicht wie eine brave Tochter verhalten hatte. Sie hatte ihre Puppen kaputtgemacht. Sie hatte nicht gelernt, sich wie eine höhere Tochter zu benehmen. Sie hatte nicht auf Stil geachtet. Sie hatte nicht gelernt, Konversation zu pflegen. Sie kannte nicht einmal die M&P-Spiele, die sie eigentlich beherrschen sollte.

»Ich habe beschlossen, alles zu lernen, was ich können muß«, sagte sie im Ton der Verzweiflung zu Zasper. »Ich werde mich bessern.«

Er sagte nichts. Er war nie ein Kind der *Professionellen* Klasse gewesen. Er wußte nicht, was er sagen sollte.

Also nahm Fringe an Konversations- und Kosmetikkursen teil. Sie orientierte sich an ihren Mitschülern, ängstlich darauf bedacht, akzeptable Dinge zu sagen und zu tun und versuchte bis zur Erschöpfung, einen Sinn in den anscheinend sinnlosen Ritualen zu erkennen. So sehr sie sich auch bemühte, sie vermochte nicht daran zu glauben und sich in das Raster einzufügen. Sie versuchte, eine Rolle zu spielen, mit der sie sich nicht identifizieren konnte. Der Rebell in ihr lehnte sich auf, streckte die Zunge heraus und machte alle Konzentrationsbemühungen zunichte!

Trotz aller guten Vorsätze schaffte sie es nicht. Sie wußte es, und die Mädchen der *Management-* und *Profi*-Klasse wußten es auch.

»Heute hat eins der Mädchen gesagt, ich sei ungeschliffen«, berichtete sie Zasper mit ausdrucksloser Stimme. »Sie sagte, ich würde wie eine *Asoziale* reden. Sie sagte, ich hätte keinen Stil, und meine Kleider würden nicht miteinander harmonieren. Sie sagte, ich stinke.«

»Und wie hast du reagiert?«

Sie hatte unbedacht gehandelt. Es war einfach passiert. »Ich habe sie geschlagen und gebissen.«

Harte Worte und noch härtere Fäuste (die *Asozialen*-Manier, Beschimpfungen und Schlägereien, hatte sie von Ari gelernt). Sie hatte gewußt, daß das, was das Mädchen sagte, stimmte, obwohl sie keine Ahnung hatte, was sie tun sollte, und wenn sie es gewußt hätte, ob es der Mühe überhaupt wert gewesen wäre. Immerhin stank sie nicht annähernd so schlimm wie Ari.

»In welchen Fächern bist du denn gut?« fragte Zasper sanft.

»Im Allgemeinunterricht. Mathematik, Systemtechnik und Wehrtechnik.«

»Das sind doch wichtige Fächer.«

»Nee. Niemand interessiert sich dafür. Nicht die *Profi-Klasse*-Mädchen. *Profi-Klasse*-Mädchen benutzen keine Waffen und haben auch mit Mathe nicht viel am Hut.«

»Was ist passiert, nachdem du das andere Mädchen geschlagen hast?«

»Sie haben mich aus den M&P-Kursen rausgeworfen. Sie sagten mir, ich solle nicht wiederkommen«, sagte sie ungerührt. Sie weinte zwar nicht mehr deswegen, aber von Schuldgefühlen wurde sie immer noch geplagt. Zum Teil deshalb, weil sie die Kurse nicht geschafft hatte, aber zum größten – allergrößten – Teil deshalb, weil sie froh gewesen war, daß man sie hinausgeworfen hatte. Wie konnte sie Souile eine gute M&P-Tochter sein, wenn sie sich über den Rauswurf freute!

Danach hatte es keinen Sinn mehr, sich in der Schule anzustrengen, und es war zu schmerzhaft, sich zu Hause anzustrengen. Es war am einfachsten, sich dort aufzuhalten, wo niemand etwas von einem erwartete. Sie verbrachte noch mehr Zeit mit Zasper in Blooms Etablissement oder streunte durch den *Swale*.

»Hier gefällt es mir besser«, sagte sie. »Hier mache ich wenigstens nichts falsch.«

»Du hast keine Schuld«, sagte Zasper und wandte das Gesicht ab. »Ich mag dich so, wie du bist. Merk dir das.«

Komisch, daß die alte Frau das gleiche sagte. Hier

war Fringe, welche die Straße zum *Swale* entlangging, und da die alte Frau, die auf der niedrigen Begrenzungsmauer der Tyme Street saß und eine Fleischpastete aß.

»Heute siehst du aber etwas zerfleddert aus«, sagte die alte Frau.

»Alle hassen mich«, sagte Fringe patzig; sie war der Ansicht, daß es diese alte Frau nichts anging, wie sie aussah.

»Ich mag dich so, wie du bist, Kind«, sagte die alte Frau mit einem seltsamen Blick. »Zerlumpt oder nicht. Setz dich zu mir, und ich kaufe dir eine Fleischpastete.«

»Lieber ein Stück Kuchen«, sagte Fringe mit einem zornigen Blick unter den zusammengezogenen Brauen hervor.

»Dann ein Stück Kuchen«, sagte die alte Frau und schlug auf die Mauer neben sich. Also blieb Fringe nichts anderes übrig, als sich zu setzen und sich ein frisch gebackenes Stück Obstkuchen einzuverleiben.

»Sie heißen Jory, stimmt's?« fragte Fringe. »Ich kenne auch den Namen Ihres Begleiters. Er heißt Asner.«

»Das ist richtig. Und wie heißt du?«

»Fringe. Gehören Sie zur *Profi-Klasse*?« erkundigte Fringe sich, wobei sie sich fragte, wer sonst wohl die Zeit hätte, den ganzen Tag nur rumzusitzen und Kuchen zu essen.

»In gewisser Weise«, sagte die alte Frau. »Eigentlich komme ich überhaupt nicht aus Enarae.«

»Sie sind aber immer hier.«

»Urlaub. Ich schaue mir die Sehenswürdigkeiten an.«

»Gibt aber nicht viel zu sehen«, sagte Fringe spöttisch, die als Bewohnerin des *Swale* glaubte, alles schon gesehen zu haben. »Leute aus *Lüge* und Sandylwaith.

Hin und wieder ein paar *Globs*. Dinks aus *Stadt Fünfzehn*.«

»Mit ›Dinks‹ meinst du sicher Dinka-Dschinns.«

»Menschliche Körperteile in Kisten«, sagte Fringe spöttisch. »Untermenschen.«

»Sie meiden das Fleisch«, sagte Jory nachdenklich.

»Ha«, sagte Fringe mit rauher Stimme. »Wie ich schon sagte, Untermenschen.«

»Aber sie sind immer noch Menschen«, sagte die alte Frau. »Interessante Leute. Manche von ihnen sind hochintelligent.«

»Vielleicht gilt das für diejenigen in *Stadt Fünfzehn*, aber nicht für die Leute, die hierher kommen«, schnaubte Fringe.

»Vielleicht nicht. Aber trotzdem mag ich Menschen. Ich halte Ausschau nach ihnen, weißt du.«

Fringe wußte es nicht.

»Dich habe ich auch ausgesucht«, sagte die alte Frau mit einem Lächeln. »Wirklich, Fringe. Wußtest du das?«

Fringe hielt die Luft an. »Wieso?« fragte sie.

»Wieso?« Nachdenklich neigte die alte Frau den Kopf auf die Seite. »Weil du offensichtlich nicht mit dir zufrieden bist, so wie du bist, deshalb. Du bist in alle Richtungen offen und imitierst andere Leute. Doch hast du dann nicht genug von Leuten, die mit sich zufrieden sind? So wie sie sind?«

Verblüfft riß Fringe die Augen auf. »Woher wissen Sie das?«

»Nun, wohl deshalb, weil wir uns so ähnlich sind. Wir beide sind auf unsere Art etwas Besonderes. Außerdem halte ich schon seit Jahren auf ganz *Woanders* Ausschau nach Leuten.«

Das kam ihrem Traum so nahe, daß Fringe glaubte, nicht richtig zu hören! »Wie können sie etwas Besonderes sein, wenn es so viele von ihnen gibt?« fragte sie spöttisch, als ob die Alte sie auf die Schippe nehmen wollte.

»Es sind nicht viele! Das habe ich nie gesagt. Ich sagte nur auf ganz Woanders. Eines Tages wirst du mich vielleicht besuchen, und dann erzähle ich dir von ihnen. Ich werde dich ihnen vorstellen.«

Obwohl es möglich war, daß die alte Frau wirklich die Wahrheit sagte, war Fringe dennoch skeptisch. Es wäre schmerzlich, daran zu glauben und dann enttäuscht zu werden. Erwachsene machten nämlich immer Versprechungen, die sie nicht einhielten.

3

*G**roßer Frage-Tag* auf *Woanders*. Es herrschte Karnevalsstimmung, die Leute tanzten auf den Straßen, und es fanden Feierlichkeiten statt. Es wurden Umzüge veranstaltet mit Kapellen, Clowns und roten und goldenen Bannern. Musik ertönte von den Dächern, und Kinder zogen von Haus zu Haus und bettelten um Süßigkeiten für das traditionelle Frage-und-Antwortspiel:

»Wo stellt man heute die *Große Frage*, Kind?«

»Auf *Woanders*, nur auf *Woanders*!«

»Wieso nur hier, Kind?«

»Weil es nur noch auf *Woanders* Menschen gibt!«

»Wo stellte man vor langer Zeit die *Große Frage*, Kind?«

»In der *Brannigan-Galaxität*! Dort wurde sie gestellt!«

Bonbons prasselten in den Behälter. Ein Jubelschrei, und sie huschten zum nächsten Haus.

Brannigan-Galaxität.

Man mußte diesen Namen respektvoll und ehrfürchtig aussprechen. Als ob man Gottes Namen ausspräche.

Der Mittelpunkt des akademischen Universums. Der Hort allen Wissens. Der Nabel der wissenschaftlichen Forschung. Die Quelle der akademischen Weisheit.

»*Brannigan*«, hatte die menschliche Lehrerin in dem entlegenen Dorf auf der kleinen Welt gesagt, wobei sie ihre menschlichen Hände auf die Köpfe ihrer Schutzbefohlenen gelegt hatte. »Wenn ihr fleißig lernt, werdet ihr vielleicht auch nach *Brannigan* gehen.«

»Arbeitet gründlich«, hatten die Dozentroiden von den Bildschirmen den blassen Schülern aus der Stadt zugerufen, die sie nie berührten und nie zu Gesicht bekamen. »Vielleicht werdet ihr für *Brannigan* ausgewählt.«

Tolle Aussichten. Die Wahrscheinlichkeit, in *Brannigan* zugelassen zu werden, lag bei eins zu zehn Millionen. Man mußte schon ein ausgesprochenes Genie sein, um zum Vorstellungsgespräch eingeladen zu werden, und auch nur dann, wenn man die richtigen Leute kannte, wenn die Eltern und Großeltern auch schon dort studiert hatten und wenn man auf der Bestenliste stand. Ansonsten durfte man weiterträumen!

Die großen Hörsäle hallten wider von Worten, die so zeitlos waren wie die Heilige Schrift. In den Labors wurden Ideen und Potentiale verwirklicht. In den Korridoren tummelten sich Leute im jugendlichen, mittleren und reifen Alter. Verzweigte Strukturen, hoch emporragende Türme, von den Wolken berührt, von den Sternen beschienen und vom Himmel umgeben.

Ein Lied wurde angestimmt:

Brannigan, wir preisen Dich!

Tausend Fachbereiche, jeder mit seiner eigenen Geschichte, eigenen Traditionen und ruhmvollen Anekdoten. Tausend Fachbereiche, von denen jeder eine feudale Welt für sich darstellte, die Waren und Dienstleistungen anbot, deren Rekrutierungsbeauftragte den Sternenwirbel durchstreiften, die sich wie Haie in einem Fischschwarm in den weniger angesehenen Schulen tummelten und sich den kleinen Schüler-Fisch herauspickten, auf daß er sich zu einem intellektuellen Leviathan entwickelte!

Quelle der Verschiedenheit!

Riesige Bibliotheken waren in steinernen Tunneln unter Kontinenten aus Rasen beheimatet. Kilometerlange Regale, die mit Büchern so zahlreich wie die Sterne bestückt waren, Kopien von Kopien von Kopien von Originalen, die längst zu Staub zerfallen waren. Automatisch ausfahrende Leitern streckten sich den bemalten Decken in schwindelerregender Höhe entgegen, wo Gestalten aus vergessenen Legenden sich vergnügten. Schöpfte die Menge aus dieser Weisheit ihr Wissen? Oder doch von der Königin von Denacia, die ihren Bütteln einen Titel ausstellte, der den Verlust von Recht und Besitz für einen ihrer Untertanen bedeutete? Handelte es sich bei den Gärten um Landwirtschaft? Oder war es der Wintergott Hembadom, der sich anschickte, die fruchtbaren Welten von Borx zu zertrampeln? Einst hatten die Dozenten es gewußt und nach oben gewiesen, während sie den Legionen von Touristen und hoffnungsvollen Kandidaten Vorträge gehalten hatten.

Ein unablässiger Strom stampfender Füße wälzte sich über die Treppen. Trübe, endlos lange Korridore mündeten in Gewölben, in denen es mit zunehmender Entfernung von den bewohnten Bereichen immer stiller wurde. Und hier, am Ende, führten verrostete Türen zu höhlenartigen, mit Spinnweben verhangenen Kammern, Tummelplatz von Käfern und Fliegen, wo die Einbände nur noch grüne Schablonen und die Seiten zu Staub zerfallen waren. Das war ohne Bedeutung. Das hier gesammelte Wissen war nämlich in unzerstörbaren *Dateien* archiviert.

Mögen die güldenen Türme in die Höhe wachsen …

Brannigan hatte im Glanz früherer Gelehrter gestrahlt, die zu ungeahnten Höhen aufgestiegen waren: der Vorsitzende des Rats der Welten; der Kaiser von Eltein, die gewählte Göttin von Vamie; die Jungfräuliche Erbin von Rham …

Als eine Boje für die Weisen …

Brannigan, dessen Emeriti in glänzenden Reihen in den *Hallen von Morgen* gestanden hatten, konserviert in unzerstörbarem Vitreon, wo sie auf den Tag warteten, da die *Große Frage* beantwortet werden würde. Und dann hätte man diesen Greisen die ewige Jugend verliehen.

Mögen Deine Kinder unsterblich sein …

Verloren. Alles verloren bis auf die *Große Frage* selbst. *Brannigan* war verloren. Die Türme waren verloren, die Bibliotheken, die Dozenten, die Studenten. Verloren waren die Hoffnung und der Stolz. Verloren wie die Galaxis, unterjocht von den Göttern von *Hobbs Land*. Übrig war nur noch …

Die *Große Frage*, die *Einzige Frage*, die noch immer der Beantwortung harrte durch dieses Überbleibsel am Ende des Sternen-Rads, diesen winzigen Funken in der Dunkelheit:

WAS IST DAS LETZTGÜLTIGE SCHICKSAL DER MENSCHHEIT?

Auf der Erde heimste *Mulhollans Zauber-Zirkus* einen Erfolg nach dem andern ein. Obwohl Sizzy Nela und Bertran zu Bescheidenheit und Demut anhielt, hatten die beiden den Eindruck, daß sie doch die Hauptattraktion wären. Manchmal waren sie sicher, daß der ganze Zirkus sich auf die Kuriositäten in der Nebenattraktion konzentrierte, wo die Leute selbst die Attraktion waren. Die anderen Attraktionen waren nur

Tricks, wenn zum Beispiel ein Affe Fahrrad fuhr oder ein Bär mit einem Faß jonglierte oder jemand einen dreifachen Salto zwischen den Trapezen schlug. In der Nebenattraktion indes, so professionell sie auch war, waren es nicht die Tricks oder der Glamour, was zählte. In der Nebenattraktion waren die Künstler selbst und das, was sie darstellten, die Show. Es war ihre Andersartigkeit, die das Publikum anzog.

»*Schildkrötentaube* schreibt, er sei schrecklich stolz auf uns«, sagte Nela. »Die *New York Times* hat einen Artikel über uns gebracht.«

»Ein Wagenheber hat es nicht leicht«, sagte Bertran mit einem schiefen Grinsen. »Aber wir werden immer besser!«

Wenn das Publikum die Kuriositäten erst einmal gesehen hatte, mußte man sich jedoch etwas anderes einfallen lassen. War die Neugier der Zuschauer erst einmal befriedigt, langweilten viele sich und erwarteten mehr. Nela lernte, diesen fordernden Blick zu deuten, mit dem die Leute sie und Bertran musterten, die Augen, die Blickkontakt mit ihr herstellten und verlangten, daß ihrem Wunsch entsprochen wurde. Und wenn sie dann nickte und auf die unausgesprochene Frage einging, nickte auch der Zuschauer, als ob er sich sagen würde, *sie ist ja wie ich, er ist wie ich. Egal, wie sie aussehen, sie sind wie ich.* Es war Neugier, die sie anlockte, doch beim Abschied siegte die Menschlichkeit.

»Wenn sie nur etwas anderes sehen wollten«, sagte Nela zu Bertran, »würden sie zu einem Aquarium gehen. Oder sich in einem Museum die Fossilien anschauen. Dort würden sie jede Menge fremdartiger Lebewesen zu sehen bekommen, aber sie gehen nicht dorthin, sondern hierher, wo das Fremde von Menschen verkörpert wird. Daß wir anders sind, interessiert sie eigentlich gar nicht, sondern daß wir Menschen sind, egal wie wir aussehen. Es ist unsere Identität, derer sie sich vergewissern wollen. Aber ich frage mich, wieso sie das wissen wollen?«

Nela glaubte, daß es einen Grund geben müsse, der über die bloße Neugierde hinausging. Einen, wie sie manchmal glaubte, tieferen Sinn.

Bertran stimmte ihr zu, daß es die Menschlichkeit hinter den Kuriositäten war, die das Publikum sehen wollte. Obwohl die meisten Leute die Vorstellung plaudernd und erleichtert verließen, sagte er, seien manche doch merkwürdig still, als ob die Menschlichkeit hinter dem Ausrufer nicht genug gewesen wäre. »Sie suchen nach etwas, das sie nicht finden«, sagte er, wobei er sich fragte, wonach sie wohl suchten. Etwas Bedeutenderes oder Tiefgründigeres. Eine Definition von Humanität vielleicht, eine Definition, nach der man in der Nebenattraktion suchen mußte, weil man die Antwort unter normalen Menschen nie finden würde.

»*Schildkrötentaube* glaubt, daß die Leute nach einem Orakel suchen«, sagte Nela. Sie legte *Schildkrötentaube* oft Dinge in den Mund, die auf ihrem eigenen Mist gewachsen waren und die sie aus irgendeinem Grund nicht als eigene Meinung vertreten wollte. »Die Leute wollen einen Seher.« Obwohl sie sich dessen nicht sicher war, hielt sie es für plausibel. Die Leute wollten jemanden, der ihnen Schlüsselworte einflüsterte, die Offenbarung, deren sie bedurften: Hilfe, Vergänglichkeit, Mitleid, Vergebung, Hoffnung – das Geheimnis der Existenz. Nach all diesen Dingen suchten sie in der Nebenattraktion, weil sie sie nirgendwo sonst gefunden hatten.

Dem Publikum wurde indes nichts davon zuteil. Weder Hilfe noch Hoffnung. Alles, was sie bekamen, war ein Moment des Staunens, ein komplizenhaftes Augenzwinkern zuzüglich magischer Ringe, verschwindender Tücher und Wortspiele. »Mehr können wir ihnen nicht geben, Nelly«, sagte Bertran und glaubte damit die Wahrheit gesagt zu haben.

Es begab sich auf der dritten Europatournee, zehn Jahre, nachdem die Zwillinge sich dem Zirkus angeschlossen hatten (*Schildkrötentaube*, so sagten sie, hätte soeben einen internationalen Violinwettbewerb gewonnen und sich in ein Mädchen namens Sylvia Syllabub verliebt, das Fagott spielte), als Bertran und Nela dem *Außerirdischen* begegneten. Der Zirkus gastierte gerade in Rakovnik in der Tschechei, in einem Gebäude, das für ganzjährige Zirkusvorstellungen konzipiert worden war. Bertran und Nela hatten die Nebenattraktion nach der letzten Vorstellung verlassen. Die übrigen Artisten hatten sich den Performance-Künstlern und dem sonstigen Personal angeschlossen und diskutierten Gehaltsprobleme, die mit dem Wechselkurs zusammenhingen. Bertran sagte, er und Nela hätten das schon hinreichend erörtert, und sie würden nun zu ihrem Wohnwagen gehen. Nela fügte sich wie immer Bertrans Worten. Sie trugen noch immer ihre Kostüme: die hübsche Nela ein mit Pailletten und Rüschen besetztes Kleid, und der stattliche Bertran einen Frack und ein gestärktes Hemd.

Beide waren guter Dinge; ihre Stimmung stieg wieder nach einer dieser mehrtägigen, periodisch wiederkehrenden Depressionen, die sie schon lange als solche identifizierten, eine Depression, die die Ärzte dem Wetter, der Arbeit oder auch Nelas Eierstöcken oder sonstigen zyklischen Phänomenen zuschrieben. Nela selbst bezeichnete diese Symptome als NMS, nonmenstruelles Syndrom, und sowohl sie als auch Bertran hatten gelernt, es in Anbetracht der Euphorie, die sich danach oft einstellte, mit stoischer Gelassenheit zu ertragen (wobei sie die Selbstmordabsichten auf später verschoben). Bertran las einen Zettel, den man Nela während der Vorstellung zugesteckt hatte, und in

Anbetracht des momentanen Stimmungsaufschwungs lachte er darüber, obwohl er den Inhalt eigentlich gar nicht so lustig fand.

»Da will dich jemand heiraten«, sagte er mit einem schiefen Grinsen.

»Ich weiß. Das ist schon der fünfzehnte Heiratsantrag, Berty. Ich habe mitgezählt.«

»Mich will niemand heiraten.« Er machte ein langes Gesicht. »Ich bin nur eine Brautjungfer ...«

»Nun, was dich betrifft, haben sie sicher auch konkrete Vorstellungen.«

Es stimmte, daß Bertran schon ein paar einschlägige Angebote bekommen hatte. »Nur weil du dabei bist«, sagte er. »Deine unvermeidliche Gegenwart macht die Sache besonders prickelnd.« Bertran verzog das Gesicht, als ob er ausspucken wollte. Er zeigte sich zwar desinteressiert an solchen Offerten, obwohl er Nelas Verehrer manchmal durchaus amüsant fand.

Sie schüttelte schmollend den Kopf. »Ich glaube, diejenigen, die mich heiraten wollen, haben die gleichen Hintergedanken. Gehen wir bei dem hier darauf ein und warten wir ab, was passiert. Wie war noch sein Name? Ladislav Irgendwas?«

»Armer Kerl. Wenn du ihm sagst, daß ich auf die Hochzeitsreise mitkomme, verliert er sicher die Fassung. Er wird glauben, daß er einem Schwindel aufsitzt.«

Sie nickte zustimmend, und sie bogen nach rechts zu den Ställen ab. Sie gingen zwischen zwei Reihen von Pferden hindurch, die fraßen, mit den Hufen stampften und die Besucher mit glühenden dunklen Augen musterten. Die Zwillinge genossen diesen kurzen Abstecher nach den Vorstellungen, und sie blieben stehen, streichelten die schlanken Flanken und weichen Mäuler, was von Wiehern und Schnauben erwidert wurde.

»Weshalb wollen diese Verrückten mich wohl heiraten, Berty?«

»Weil du exotisch bist«, sagte er. »Schön, aber ausgesprochen fremdartig. Darüber hatten wir schon gesprochen. Manche Leute sehnen sich nach dem Fremdartigen, weil sie im Alltagsleben keinen Sinn erkennen. Sie wollen anders sein.«

»Niemand von ihnen würde mit uns tauschen wollen. Wir sind anders.«

»Nun, vielleicht geht es ihnen eher um Einzigartigkeit als um Andersartigkeit«, sagte er nachdenklich. »Sie haben den Eindruck, daß ihre Menschlichkeit nicht alles ist, nicht genügt. Sie sind sich innerlich selbst fremd und wollen das als Einzigartigkeit interpretieren, ohne sich als andersartig darzustellen. Sie wollen positiv beurteilt werden, nicht negativ.« Er schaute zu ihr hinab. »Oder vielleicht suchen sie auch nur den Reiz der Abwechslung und des Neuen. Wer weiß?«

Je länger Bertran sich mit diesem Thema beschäftigte, desto in sich gekehrter wurde er. Von Zeit zu Zeit spürte er undefinierbare Sehnsüchte und eine nostalgische Melancholie, die sich deutlich von den depressiven Phasen unterschied; Zeiten, in denen er sich nach einem Ort sehnte, den er vergessen hatte oder an dem er noch nie gewesen war. Er nannte diese Befindlichkeit *ubalgia*, ›Fernweh‹. Doch sprach er nie davon und erwähnte es nicht einmal ihr gegenüber, seiner vielleicht liebsten und gewiß nächsten Angehörigen. Ab und zu träumte er, ein düsterer Nachhall von Träumen seiner Kindheit, nur daß diese Träume nun erotischer und gefährlicher waren. Auch das versuchte er zu verdrängen, wobei er intuitiv erkannte, daß er in dieser Hinsicht vielleicht nicht der einzige war.

Es war noch gar nicht so lange her, daß Nela nachts im Flüsterton gesagt hatte, als ob sie ein Selbstgespräch führen würde:

»Ich will schlafen. Doch dann träume ich von *Schildkrötentaube*. Zumindest am Anfang ist er *Schildkrötentaube*, doch dann verwandelt er sich in die kleine, dicke Schildkröte, die den Vögeln nachspioniert hat. ›Graue Dornen, graues Laub, und der graue Wind weht.‹« Die Dunkelheit schien von ihrer Stimme beseelt gewesen zu sein. »Und dann hat er plötzlich Federn, und er ist wirklich *Schildkrötentaube*, mit Flügeln, und er ruft mich, Mama, Mama, und ich suche ihn ...«

Ihre Worte beschworen das Bild des den Nebel durchdringenden Mondes herauf, während Stimmen aus der Kindheit in der Dunkelheit ertönten: »Berty! Wo bist du, Berty?« Herbstnebel und eine bittersüße Nostalgie. Wo war es gewesen? Wer hatte ihn gerufen? Mutter war es jedenfalls nicht gewesen. Sie hatte immer beide Namen, ›Ne-lah ... Ber-tie‹ gerufen. Wer war es, der ihn allein gerufen hatte, als ob er so antworten könne, wie die Schildkröte geantwortet hatte: »Hier bin ich!« Das hatte die kleine Schildkröte gerufen, als sie den Ruf ihrer Freunde vernommen hatte, ihrer plumpen kleinen Freunde, die hoch oben in den windumtosten Bergen nach dem verschollenen Kameraden gesucht hatten.

Gefangen im Fernweh, hatte Bertran nicht auf Nelas nächtliches Geflüster reagiert. Statt dessen hatte er still dagelegen, sich taub gestellt und war wenig später eingeschlafen. Die Erinnerung hatte ihn jedoch nicht verlassen, und diese Stimme hallte in ihm nach, als sie mit dem letzten Tageslicht die Stallungen verließen, einem rosig-violetten Glühen, das noch hell genug war, daß sie die Konturen der hinter dem nächsten Wagen hervortretenden Gestalt erkannten.

»Bitte nicht erschrecken«, sagte er. »Ich bin nicht von eurer Welt. Hättet ihr wohl etwas Zeit für mich?«

Die Gestalt sprach, wenn überhaupt, mit einem Upperclass-Akzent, in einem fließenden, wenn auch etwas rauhen Bariton. Es war Alistair Cookes Stimme. Bertran begriff sofort, daß das ein psychologischer Trick war, denn jeder, der Augen im Kopf hatte, mußte sofort erkennen, daß das Wesen nichtmenschlich war. Es war kein Mensch, kein Tier und hatte überhaupt nichts Irdisches an sich. Bertran war nun seit über einem Jahrzehnt beim Zirkus. Er und Nela hatten den größten Teil der Welt bereist, zumal die Metropolen, und nirgends hatten sie ein gestreiftes, klapperdürres, über zwei Meter großes L-förmiges Wesen gesehen oder von seiner Existenz gehört. Mit den vier Beinen und zwei Armen sah die Kreatur aus wie ein Zentaur; sie hatte eine bläßliche Färbung und wirkte wie eine Bohnenstange. Am Kopf und an den Gelenken der Extremitäten hatte sie sogar blattähnliche Auswüchse.

Nela war die Ruhe in Person. Wenn man sich einen riesigen, krummen *Sellerie* mit einem Gesicht vorstellte, so sagte sie sich, dann entsprach das dem Bild, das sie vor Augen hatten. Ohne Panik (obwohl sie wußte, daß die Hysterie nur aufgeschoben war) musterte sie die Kreatur, während sie auf eine Reaktion von Bertran wartete. In solchen Fällen überließ sie Bertran immer die Initiative, denn wenn sie etwas gesagt hätte, wäre er ihr auf jeden Fall ins Wort gefallen.

»Was wolltest du sagen?« fragte Bertran, dessen Stimme keine Angst verriet, obwohl er welche hatte. Es war schon lange her, seit er sich vor etwas gefürchtet hatte – bei der Arbeit im Zirkus wunderte man sich bald über gar nichts mehr –, doch dieses Ding war aufgetaucht, als er das seelische Gleichgewicht bereits verloren hatte, und deshalb war seine Wahrnehmung ziemlich verzerrt.

Der Fremde ließ sich mit der Antwort Zeit. »Wir kommen von weit her. Wir möchten uns mit euch – über ein *Geschenk* unterhalten.«

Die Kreatur hatte keine sonderlich ausgeprägten

Gesichtszüge. Eine kleine vertikale Sprechöffnung, ein paar dreieckige Vertiefungen unbestimmten Zwecks und einige runde Vertiefungen, die wie Augen glitzerten; zumindest hatten sie mehr Ähnlichkeit mit Augen als mit sonst etwas. Obendrein roch sie intensiv nach Gemüse. Ein Geruch nach Sommer. Stark, aber nicht unangenehm. Wie Heu und Blumen auf regennassem Boden, über den eine leichte Brise streicht.

»Wir haben etwas Zeit«, sagte Bertran. »Wenn du uns zu unserem Wohnwagen folgen würdest.« Er wollte vermeiden, daß diese Begegnung vor Zeugen stattfand. Der Instinkt, sich zu verstecken, war ein Überbleibsel aus der Kindheit, als die Zwillinge eine neue oder potentiell heikle Sache zuerst unter vier Augen besprochen hatten, bevor sie sich damit an jemand anders wandten. Selbst wenn der Fremde sich als gefährlich erweisen sollte, war es besser, dieser Gefahr in der Privatsphäre zu begegnen. Das sagte ihm zumindest der Instinkt, wenn der Verstand ihn auch noch so sehr zur Vorsicht mahnte.

Der Außerirdische nickte. Weil er keinen Hals hatte, machte der ganze Körper die einem Knicks gleichende Bewegung mit. Die vier Beine knickten ein und spreizten sich beim Aufrichten wie ein Wagenheber. Sie standen wie Insektenbeine im rechten Winkel vom Körper ab und vermittelten den Eindruck, als ob sie nachträglich dort angebracht worden wären. Montiert. Wie bei einer Puppe. Man stecke die Stifte A in die Löcher B.

Die Zwillinge gingen zum Wohnwagen, zunächst zögernd, dann schneller, während das Ding hinter ihnen hertrabte. Nela hoffte, daß die Schausteller noch in der Besprechung waren. Wenn jemand diese Parade beobachtete, würden sie und Bertran nie das Ende der Geschichte erfahren. Mein Gott, als das Ziegenjunge aus der Tiernummer einen Narren an Bertran gefressen hatte und ihnen nach Hause gefolgt war, hatten sie tagelang unter dem Spott der Kollegen gelitten! Was würden sie erst dazu sagen?

Das Wesen hatte etwas Schwierigkeiten mit dem Betreten des Wohnwagens. Die Stufen waren anscheinend nicht für seine Beine ausgelegt. Nachdem es erst einmal drin war, faltete das Wesen sich auf einem Stuhl zusammen und schlang die unteren Extremitäten um die Stuhlbeine. Damit bewies die Kreatur, daß der Verwendungszweck von Stühlen ihr geläufig war, auch wenn die Paßform nicht stimmte.

»Mein Name ist m'dk'v*dak'dm#« [Muh-*klick*-dak-*klick*-vau-*ras-pel*-dak-*klick*-dam-*gurgel*], sagte das Ding, wobei es eine Kette mechanischer Konsonanten ausstieß.

»Ich befürchte, ich habe Schwierigkeiten mit der Aussprache«, sagte Bertran mit einem verbindlichen Lächeln. Mit einem blütenweißen Taschentuch wischte er sich den Schweiß von der Stirn. Die Atmung verlangsamte sich. Sowohl er als auch Nela wurden ruhiger. Das Ding wirkte überhaupt nicht bedrohlich. »Wäre es dir recht, wenn wir dich *Sellerie* nennen?« Er hielt sich das Taschentuch vor den Mund, um zu kaschieren, daß er sich auf die Lippe biß.

»Sellerie«, sagte der Außerirdische nachdenklich. »Gemüse. Eßbar. Erscheint angemessen. Nahrhaft. Oft gebraucht in Verbindung mit Riten und Feiertagen, die man mit Verwandten und engen Freunden verbringt. Wesentlicher Bestandteil regionaler Küchen. Keine negative Konnotation. Weshalb nicht *Sellerie*.«

Bertran nickte lächelnd, während er und Nela auf der Couch gegenüber dem einzigen Stuhl Platz nahmen. Für den Fall, daß sie mehrere Besucher hatten, waren im Schrank ein paar Klappstühle, aber in der Regel reichten die Couch, der Stuhl und der Eßtisch mit den beiden Bänken aus. Zu Hause hatten sie noch einen größeren Wohnwagen, den sie gekauft hatten, nachdem sie bei Tante Sizzy ausgezogen waren. Dieser hier wirkte plötzlich sehr beengt.

»Was verschafft uns die Ehre Ihres Besuchs?« fragte Nela ebenso verbindlich wie formell.

Sellerie brauchte eine Bedenkpause. »Ihr seid diejenigen … diejenigen mit Sprache, die uns auf diesem Planeten am ähnlichsten sind. Weil wir durch den Tod unseres berühmten, hochgeschätzten Kameraden gezwungen sind, eurem Planeten ein *Geschenk* zu machen, suchten wir Einen-uns-Ähnlichen, um ihm unser Angebot zu unterbreiten. Weil wir so sensibel sind, können wir nicht mit denen verhandeln, die uns nicht ähnlich sind.«

Auch ohne daß Nela und Bertran sich anschauten, ging ihnen dieselbe Frage durch den Kopf. Bertran hatte wie üblich den linken Arm um Nela gelegt. Nela hatte die Hände im Schoß gefaltet. Die Schenkel hatte sie zusammengepreßt, aber nicht zu fest. Das Herz schlug regelmäßig. Die Atmung war langsam und kontrolliert. Ihre Gefühle befanden sich im Einklang miteinander.

»Erklär uns das bitte näher«, sagte Bertran. »Wir verstehen nicht ganz.«

»Wir haben gewisse Attribute gemeinsam«, sagte *Sellerie* und machte eine Geste, die sie und ihn umfaßte. »Bedauerlicherweise sind die Personen auf diesem Planeten fast ohne Ausnahme vereinzelt, isoliert und unfähig, Gefühle zu zeigen. Ihr seid weder vereinzelt noch isoliert. Genauso wenig wie wir, obwohl unsere Erscheinung den Anschein erweckt. Während ihr Seite-an-Seite seid, sind wir viele-in-einem. Die Erfahrung lehrt uns, daß dies die richtige Daseinsform ist!«

Obwohl Bertran dieses Konzept nicht so recht verstand, beließ er es zunächst dabei. »Worum handelt es sich bei diesem *Geschenk*?« fragte er.

»Ich werde ins Detail gehen.« *Sellerie* knirschte leise

und nahm eine noch verkrümmtere Haltung ein. »Wir sind ein Volk, dem die *Mächte* erst vor kurzem das große Zugeständnis gemacht haben.«

»Großes Zugeständnis?« fragte Nela.

»Die Erlaubnis, unsere Galaxis zu verlassen. Die Erlaubnis zu ... expandieren.«

»Ihr braucht eine Erlaubnis?« fragte sie ungläubig. »Von wem?«

Sellerie machte eine vage Geste. »Ihr ... ihr habt keinen Begriff für dieses Konzept. Ich habe eure Sprache vergebens durchsucht. Ich habe Worte gefunden wie: ›Quarantäne‹, ›Grenzposten‹, ›Ellis Island‹, ›Einwanderung‹, ›Quote‹ ... Keiner dieser Begriffe ist so ganz zutreffend. Ihr müßt eben akzeptieren, was ich sage. Wir haben erst kürzlich die Reiseerlaubnis erhalten. Nun sind wir unterwegs. Ihr würdet uns vielleicht als Pilger bezeichnen. Pilger auf dem Weg zum Heiligen Land.«

»Ich verstehe«, sagte Nela, obwohl sie gar nichts verstand.

»Wenn auf unserer Reise ein Kamerad stirbt – was unvermeidlich ist, denn alles Leben hat ein Ende –, wenn unser Kamerad also stirbt, ist es Brauch bei uns, seiner zu gedenken, indem wir dem nächsten bewohnten Ort ein *Geschenk* machen. Ein *Geschenk*. Etwas, von dem wir glauben, daß es von größtem Nutzen für die Bewohner ist.«

»Seid ihr dazu in der Lage? Dieses ... dieses *Geschenk* zu machen? Etwas Wertvolles?«

»Dieses tun wir von Zeit zu Zeit.«

»Weltfrieden? Unsterblichkeit?«

»Wir haben auch Frieden gebracht, ja. Weltfrieden ist einfach. Wir identifizieren alle Bewohner, die Rassen- oder Stammesloyalitäten über die planetarische Loyalität stellen und eliminieren sie. Frieden ist die zwangsläufige Folge. Unsterblichkeit indes ist eine der Ausnahmen.«

Bertran und Nela wechselten Blicke. »Ausnahmen?« fragte Bertran.

»Wir betrachten Unsterblichkeit nicht als Geschenk. Theoretisch ist sie möglich. Philosophisch betrachten wir sie als Irrweg. Ebensowenig betrachten wir auf multirassischen Welten die Ausrottung einer intelligenten Rasse als Geschenk, auch wenn andere Rassen dieser Ansicht sind. Wir würden zum Beispiel auch nicht eure Ureinwohner oder die Wale ausrotten; aber das kriegt ihr anscheinend auch selbst ganz gut hin. Und wir betrachten es auch nicht als Geschenk, unser Wissen zu vermitteln, höchstens in begrenztem Umfang. Wenn wir zum Beispiel beschließen würden, eurem Planeten die Heilung einer Krankheit zum *Geschenk* zu machen, würden wir euch in der Methode der Heilung unterweisen, mehr aber nicht. Wir selbst haben keine Krankheiten. Im Gegensatz zu eurer Rasse, die sich ohne Krankheiten so stark vermehren würde, daß sie zum Untergang verurteilt wäre, haben wir keine Verwendung mehr dafür.«

»Das wird uns niemand glauben«, sagte Nela.

Bertran nickte. »Sie hat recht. Niemand wird uns das glauben. Ich weiß es jetzt schon. ›Mißgeburten melden Kontakt mit einem UFO!‹ ›Außerirdische stürmen Zirkus!‹«

»Wir wissen, daß man euch nicht glauben wird«, sagte *Sellerie*. »Wir haben das und eure pragmatische Akzeptanz dieses Umstands berücksichtigt. Wir wollen überhaupt nicht, daß man von unserer Existenz erfährt, nach uns sucht oder Kenntnis von uns nimmt. Wir sind Pilger, keine Besucher. Unser Schicksal wird sich weit entfernt von hier entscheiden. Allein die Notwendigkeit, unseres toten Kameraden zu gedenken, veranlaßt uns, Kontakt mit anderen Rassen aufzunehmen.«

Bertran schüttelte den Kopf. »Weshalb seid ihr dann

zu uns gekommen? Weshalb zieht ihr die Bewohner der Erde da hinein?«

Sellerie wirkte verlegen. Später fragte Nela sich, weshalb sie den Eindruck gehabt hatte, daß das Wesen verlegen wirkte. Vielleicht hatte es daran gelegen, daß es grünlich angelaufen war. Oder am leichten Zucken der Gliedmaßen.

»Wir haben uns bereits für ein *Geschenk* für euren Planeten entschieden. Allerdings liegt ein… weiter Weg vor uns. Wir hoffen, daß wir rechtzeitig zu einem besonderen Ereignis kommen werden, das unseren Prognosen zufolge in absehbarer Zeit eintreten wird. Wenn wir das *Geschenk* selbst implementieren, tritt vielleicht eine gravierende Phasenverschiebung ein. Wir verfügen über Hinweise, wonach ihr imstande seid, die Sache gegen eine angemessene Belohnung für uns zu implementieren, ohne unsere Reise zu gefährden.«

»Was sollen wir implementieren?« Nelas Kinnlade klappte nach unten. Sie wußte nicht, womit sie der Welt einen Dienst erweisen konnte.

Sellerie knirschte erneut. »Bald, noch in diesem Jahr, wird sich auf eurer Welt ein Ding manifestieren, das von weit her kommt. Wie soll ich es euch erklären? Eine Rasse – eine Rasse, die ihr unter dem Namen Arbai kennenlernen werdet – hat ein Transport- und Kommunikations-Netzwerk eingerichtet, das sich automatisch in der Galaxis ausbreitet, obwohl die Arbai unseres Wissens entweder schon ausgerottet sind oder kurz vor der Ausrottung stehen. Die Arbai hatten die Vision eines durch ihr Netzwerk vereinigten Universums. Eine der – äh… Stationen? Knotenpunkte? Türen? Tore? –, wie auch immer ihr es nennen wollt, wird in Kürze auf diesem Planeten materialisieren.«

Nela stockte der Atem. »Wunderbar!«

Sellerie nickte. Dann schüttelte er sich, was sowohl

›ja‹ als auch ›nein‹ bedeuten mochte. »Ja. Die Arbai, wiewohl ein Volk mit einer starren Philosophie, haben einen tiefen Einblick in die Natur des Universums. Sie vollbringen wahre Wunder. Aber nein, dieses Tor wird kein Segen für euch Erdlinge sein, denn wenn es hier verbleibt, wird es zuerst zu großer Unruhe unter den Völkern der Erde führen, und dann wird eine Pest eingeschleppt, welche die menschliche Rasse auslöscht.«

Sie versuchten das zu verarbeiten. »Woher willst du das wissen?«

»Prognostik ist unsere Wissenschaft. Darin sind wir sehr gut. Wenn auch nicht perfekt. Nichts ist perfekt. Aber wir haben Kenntnis von den Arbai und ihrem Netzwerk. Und wir haben mit Hilfe unserer Wissenschaft bestimmte Folgen ermittelt, die sich ereignet haben oder ereignen werden. Wir sprechen von einer Näherung, wenn wir sagen, die Station, die Tür, das Tor muß geschlossen werden, wenn eure Rasse überleben soll. Das *Geschenk*, das wir euch machen, dient dazu, das Öffnen des Tors zu erkennen und es wieder zu schließen, ohne daß die Menschheit etwas davon erfährt.«

»Und *wir* sollen es wieder schließen?«

»Wir werden euch in die Lage versetzen. Es ist ganz einfach. Das Tor wird sich in der Nähe des Standorts öffnen, an dem ihr euch zum gegebenen Zeitpunkt befindet. Es wird euch keinerlei Unannehmlichkeiten bereiten. Und wir werden uns für eure Hilfe erkenntlich zeigen.«

»Wie denn?« fragte Bertran unverblümt. »Wie? Was habt ihr uns zu bieten?«

»Was hättet ihr denn gern? Reichtümer? Eure Leute haben eine Vorliebe für Reichtümer. Ein langes Leben? Das bieten wir euch an.«

»Könntet ihr uns auch trennen?«

Das Wesen schauderte, als ob es frieren würde. Es

stieß einen erstickten Laut aus und krümmte sich. Dann schüttelte es sich noch einmal und gewann mühsam die Fassung wieder. »Nein«, keuchte es. »Wir würden das als eine Obszönität betrachten. Wir haben uns an euch gewandt, weil ihr so seid wie wir, multipel. Würde einer von uns sich freiwillig von den anderen trennen? Würden wir solch eine Grausamkeit begehen, einen von unserer Art zu isolieren? Wir sind nicht einmal imstande, mit Einzelpersonen zu *sprechen*!«

Nela wollte etwas sagen, doch Bertran legte die Hand auf die ihre.

»Wenn ihr mir Unbehagen verursachen wollt, dann ist euch das gelungen«, murmelte das Wesen. »Aber ich sollte mich nicht darüber aufregen. Schließlich habe ich euch auch Unbehagen verursacht. Schwamm drüber.«

»Müssen wir uns sofort wegen der Belohnung entscheiden?« fragte Bertran. »Du hast die Sache nämlich sehr kurzfristig angesetzt.«

»Nein«, sagte *Sellerie* und versteifte sich erneut. »Nein. Wir können euch den Wunsch auch später erfüllen, selbst aus großer Entfernung. Entscheidet euch so schnell wie möglich, aber nicht sofort.«

Nun meldete Nela sich zu Wort. »Was sollen wir überhaupt tun?«

Die Sache war ganz einfach. *Sellerie* wiederholte es ein paarmal, um sicherzugehen, daß sie ihn auch wirklich verstanden. Das Ding würde zu einer bestimmten Zeit an einem bestimmten Ort materialisieren. Die Zwillinge würden den Vorgang verfolgen. Dann würden sie eine Vorrichtung an dem Tor anbringen, wodurch es wieder entmaterialisierte. Die Welt wäre gerettet. Niemand würde etwas davon erfahren. Und wenn die Zwillinge sich dann entschieden hatten, durften sie ihre Belohnung anfordern.

»Sucht euch etwas aus«, sagte *Sellerie*. »Formuliert euren Wunsch in klaren Worten und sagt, was ihr haben wollt. Dann sprecht in den Sender, den ich hierlassen werde und zerstört ihn anschließend. Wir werden die Nachricht empfangen.«

»Eine Belohnung für uns beide?« fragte Bertran, der sich einen persönlichen Wunsch erfüllen wollte, den Nela nicht teilte. Einmal. Nur einmal.

Aber es sollte nicht sein.

»Ihr müßt euch schon auf einen Wunsch einigen«, sagte das Ding mit offensichtlicher Abscheu, als ob die Frage erneut an ein Tabu gerührt hätte. Dann verstummte es, als ob es nachdenken würde. »Dieses *Geschenk* wird das m#dk'clm*tbl [Muh-*gurgel*-duhk-*klick*-cullum-*raspel*-tubbel] Andenken sein. m#dk'clm*tbl bezeichnet nicht nur eine enge Freundschaft, sondern ein verwandtschaftliches Verhältnis. Wir werden ihrer/seiner immer gedenken. Dieses *Geschenk* ist zum Gedenken an eine besondere Freundschaft.«

Das Wesen gab ihnen das Gerät, ein Objekt von der Größe eines Lippenstifts. Es sagte ihnen, wie, wann und wo sie es benutzen sollten. Dann händigte es ihnen noch ein etwas kleineres Gerät aus, den Sender. Dann stand es auf, verneigte sich oder nickte, ging zur Tür hinaus, wankte die Stufen hinunter, ging über den festgestampften Erdboden des Parkplatzes und verschwand hinter dem Wohnwagen der Manginis, ohne auf der anderen Seite wieder zum Vorschein zu kommen. Bertran und Nela schauten nach. Es war niemand hinter dem Wohnwagen der Manginis. Es war überhaupt nichts zu sehen außer dem Trampolin und dem Trapez, an dem die jüngste Mangini-Tochter, Serafina, jeden Morgen Mehrfach-Saltos übte.

»Sollen wir das glauben?« fragte Nela nachdenklich.

»Spielt das denn eine Rolle?« fragte Bertran. »Selbst wenn wir es nicht glauben, sollten wir es riskieren, es nicht zu tun? *Sellerie* sagte, er sei sicher, daß die Erde untergehen würde ...«

»Erinnerst du dich an Schwester Jean Luc?« fragte Nela unvermittelt.

»Ja. Natürlich.«

»Dann weißt du auch noch, daß sie sagte, Gott würde uns für etwas brauchen. Dieses Wesen hat mit uns gesprochen, weil wir so sind, wie wir sind, Berty. Wenn wir normale Menschen wären, hätte es überhaupt nicht mit uns gesprochen. Vielleicht ...«

»Du meinst, das ist es, was Gott mit uns vorhat?« fragte Bertran. Er hatte nicht beabsichtigt, daß die Frage ironisch oder zynisch klang, und doch hörte es sich so an.

»Wieso nicht?« fragte sie. »Meine Güte, Berty, die Rettung der Welt und der Menschheit ist doch eine ziemlich große Sache, meinst du nicht auch? Grund genug ...«

Er umarmte sie. »Grund genug«, sagte er mit einem Kloß im Hals. Weshalb glaubte er dann nicht daran?

Sie gingen zum Wohnwagen zurück und schlossen die Tür hinter sich. Der Parkplatz lag verlassen bis auf eine streunende Katze, die desinteressiert und verständnislos auf die Aufschrift am Wohnwagen starrte. ›Bertran und Nela Zy-Czorsky, das Achte Weltwunder!‹

»Du warst gestern den ganzen Tag im *Swale*«, sagte Zasper zu Fringe und bot ihr die Hälfte eines Kuchens an, den er gerade bei einem fliegenden Händler gekauft hatte. »Gehst du denn nie nach Hause?«

»Ich sagte doch schon, daß Aris Schwester zu Besuch ist. Sie ist eine richtig alte Dame.«

»Hä?«

»Ich meine, sie ist wirklich alt, Zasper. Alle sagten, sie sei nur zu Besuch hier, aber sie wird nicht wieder gehen, weil sie kein Zuhause hat.«

»Woher kommt sie?«

»Von den *Selten*-Inseln, glaube ich. Dort ist irgend etwas Schreckliches passiert, und die meisten Bewohner sind gestorben.«

Zasper nickte mit zusammengepreßten Lippen. Ja, das stimmte. Etwas Fürchterliches und Unerklärliches hatte sich kürzlich dort ereignet, und niemand wußte, wie es geschehen war oder weshalb. Die ausgesandten *Beauftragten* waren erschüttert zurückgekommen. Niemand wußte, was eigentlich los war.

Ohne seine Abwesenheit zu bemerken, fuhr Fringe fort: »Gestern hat Ari ein altes Wohnmodul für sie organisiert und es hinter dem Haus aufgestellt.« Sie schürzte die Lippen. »Ich meine, er hat es gestohlen.«

Zasper konzentrierte sich wieder auf die Unterhaltung und verdrängte alles andere. Jeder in der Familie wußte, daß das Modul gestohlen war. Es hatte eine lautstarke Auseinandersetzung zwischen Char und den Tromses stattgefunden, worauf Fringe in einem Akt salomonischer Weisheit darauf bestanden hatte, selbst ins Modul zu ziehen, ›damit Tantchen und Nada zusammensein können‹.

Die beiden alten Frauen hatten sich immer schon gehaßt (das hatte Ari Fringe anvertraut und herzlich dabei gelacht), doch so wütend wie Char war, hielten alle den Mund, so daß Fringe den Umzug fast schon bewerkstelligt hatte, als Char und Souile sich soweit beruhigt hatten, um zu erkennen, was los war.

»Niemand wird das Modul hinter dem Haus finden«, sagte Fringe. »Die örtlichen *Beauftragten* werden es sicher nicht finden. Ich wette, sie werden nicht einmal danach suchen, so ramponiert wie es ist. Ich habe meinen Leuten gesagt, daß es mir dort wirklich gefällt.«

»Gefällt es dir denn?« fragte Zasper, nachdem sie die Geschichte beendet hatte.

Sie seufzte. »Nun, es ist doch ziemlich klein. Und es

zieht. Und die sanitären Einrichtungen funktionieren nicht immer.«

»Aber?«

»Aber was?«

»Da ist doch noch ein ›aber‹, Fringe. Ich habe es an deiner Stimme gehört.«

»Aber wenigstens habe ich eine eigene Hütte.« Das war viel besser, als wenn sie sich mit einer oder beiden alten Frauen ein Zimmer hätte teilen und um den Erhalt ihrer geistigen Gesundheit kämpfen müssen. Nada füllte jeden Raum, in dem sie sich befand, völlig aus und ließ niemandem sonst Luft zum Atmen. Und wenn dann noch Tantchen dazugekommen wäre, hätte sie das nicht überlebt. Fringe wäre förmlich erstickt. Die beiden Alten hatten sich ständig in den Haaren, auch nachts. Überall hinterließen sie ihren Abfall. Und wenn sie nicht aufeinander losgingen, schikanierten sie Fringe. *Bist du noch immer nicht mit den Hausaufgaben fertig? Schalte den Computer aus. Mach endlich das Licht aus. Was gibst du für komische Geräusche von dir? Hör auf zu husten. Hör auf, an den Nägeln zu kauen. Hör auf, in der Nase zu bohren. Was machst du unter der Decke? Deine Kleider liegen auf dem Fußboden! Man könnte meinen, du wärst ein Junge, so unordentlich wie du bist!*

Entweder das, oder sie taten so, als ob sie gar nicht da wäre. *Schau dir nur diese Kleidung an. Sie sieht aus wie eine Lumpensammlerin. Fräulein* Lohnempfängerin *versucht, wie die Dorwalks zu sein; hält sich für was Besonderes, nicht wahr? Es kann halt niemand aus seiner Haut heraus; sie wird sich noch wundern.*

»Schade, daß ich kein besseres Verhältnis zu meinen Verwandten habe«, sagte Fringe. »Aber bei ihnen fühle ich mich so … so verloren.«

»Magst du sie überhaupt nicht?«

Sie mochte sie schon, aber nur auf einer weiten Fläche und einen auf einmal. Sie hatten manchmal interessante Dinge zu sagen, wenn sie vergaßen, daß sie da war und nicht auf ihr herumhackten. Wenn sie aber mit ihnen auf engstem Raum zusammen war, mit geschlossenen Türen und eingemauert, schienen sie sich in andere Wesen zu verwandeln, eine Art Vögel mit spitzen Schnäbeln und Krallen, und dann schauten sie sie mit diesen dunklen Knopfaugen seltsam an, während sie kleine Stücke aus ihr herausrissen. In ihrer Gesellschaft glaubte sie ihre Persönlichkeit zu verlieren, fühlte sich schwach, zornig und verloren.

»Sie fressen mich«, sagte sie zu Zasper. »Wenn ich mich ihnen nicht widersetzen würde, würden sie aufhören, aber ich muß ihnen Kontra geben, weil sie mich so niedermachen, daß ich gar nicht mehr weiß, wer ich bin. Manchmal glaube ich, daß mein ganzes Leben von alten Frauen bestimmt wird. Manchmal glaube ich, daß ich nur deshalb lebe, damit sie mich auffressen können. Anscheinend wissen sie sonst nichts mit mir anzufangen!«

Da war aber noch etwas. Etwas, das sie Zasper verschwiegen hatte. Wenn sie allein war, hatte sie eine Art Vision. Ein Licht, das ihr zuwinkte. Eine Stimme, die Worte sprach, die sie fast verstand. Wenn sie im Halbschlaf dalag, sah sie es fast, hörte sie es fast! Doch wenn die alten Frauen anwesend waren, erinnerte sie sich nicht mehr, was es gewesen war.

Sie seufzte. »Als Tantchen kam«, fuhr sie fort, »dachte ich zuerst, sie sei es, die mich ständig verfolgt.«

Zasper nickte. »Tut sie das noch immer? Dich verfolgen? Wie ist ihr Name?«

»Jory. Ich sehe sie noch, wenn du das meinst. Hie und da. Manchmal kauft sie mir einen Kuchen. Manchmal erzählt sie mir von irgendwelchen Dingen.«

»Welchen Dingen?«

»Du weißt schon. Über alles mögliche. Wie ich zu

den Dingen stehe Daß ich sie eines Tages besuchen werde. Aber sie sieht eigentlich nicht so aus wie Tantchen. Tantchen wirkt nur alt und irgendwie verwelkt. Diese andere Frau ist zwar auch alt, aber in ihr brennt ein Feuer.«

Zasper zuckte die Achseln. Er hatte Fringes Verfolgerin bisher noch nicht zu Gesicht bekommen. Manchmal glaubte er, daß Fringe sich das nur einbildete. Fringe hatte nämlich eine blühende Phantasie.

»Dann wohnst du nun in einem Modul«, sagte er und wechselte wieder zum vorherigen Thema. »Aber du bist nie dort. Du bist immer hier.«

»Hier gefällt es mir auch besser.« Sie sagte es mit einem flehentlichen Unterton, als ob sie befürchtete, er würde sie an einen Ort zurückschicken, an dem sie sich nicht wohl fühlte. Sie ging dort ein wie eine Primel. Nur wenn sie mit Zasper zusammen war oder den Fußboden von Blooms Spelunke fegte, wurde ihr bewußt, daß es ihr aus irgendeinem Grund bestimmt war, anders zu sein. Es war wichtig, daß es einen Grund gab. Weshalb hätte sie sonst … sonst überhaupt existiert? Es mußte einen Grund dafür geben, irgendwo in der Zeit, an irgendeinem Ort. Wie die *Große Frage*. Was war ihre Bestimmung?

Nela und Bertran hatten erfahren, daß die Manifestation am siebzehnten Mai stattfinden sollte, etwa zehn Monate, nachdem der *Sellerie* – so hatten Bertran und Nela ihn genannt – sie besucht hatte. Der Besuch selbst gehörte fast schon ins Reich der Mythen oder der gemeinsamen Träume. Sie wären sich nicht mehr sicher gewesen, daß das Ereignis überhaupt stattgefunden hatte, wenn *Sellerie* ihnen nicht zwei kleine Gegenstände vermacht hätte. Der eine war golden und wies keinerlei Merkmale auf, außer einer ovalen Linse an einer Seite. An der Oberseite befand sich ein Ring; also zog Bertran eine Kette hindurch und hängte es sich um den Hals. Das andere Objekt hatte eine ›Wespentaille‹, war drei Zoll lang und fingerdick. Dieses Gerät sollte an dem Tor befestigt werden, wenn es materialisierte. Sie bewahrten es im Wohnwagen in einer Küchenschublade auf. Wenn sie die Schublade öffneten, glühte es manchmal. Manchmal hatte es auch ein Geräusch von sich gegeben, ein leises Klicken, wie die Todes-Käfer in einem anderen Raum.

Das Tor sollte sich am späten Abend inmitten eines Orangenhains manifestieren, der nur ein paar Kilometer vom Winterquartier des Zirkus entfernt war. Die Zwillinge setzten sich unter dem Vorwand ab, auswärts essen zu gehen. Nela hatte den Führerschein gemacht und fuhr recht gut, obwohl Bertran ihr immer vorschrieb, wie sie zu fahren hatte. Sie sagte ihm, er solle sich ein Fahrzeug mit Rechtslenkung kaufen und selbst fahren oder den Mund halten. Er tat weder das eine noch das andere. Es fiel ihm schwer, beide Arme auszustrecken. Den linken Arm hatte er fast immer um Nelas Schulter gelegt.

Im letzten Monat hatten sie den Hain ein paarmal ausgekundschaftet und fanden sich nun zurecht. *Sellerie* hatte ihnen den Ort bis auf einen Meter genau beschrieben. Zwischen der elften und zwölften Baumreihe von einem bestimmten Zaun aus betrachtet, zwischen dem fünfzehnten und achtzehnten Baum der Reihe. Wenn das Ding auftauchte, würden sie das Gerät an der Kante der Unterseite befestigen, indem die konkave Seite zwischen zwei Ausbuchtungen geschoben wurde.

Um Viertel vor elf waren sie vor Ort. Sie hatten Klappstühle mitgenommen, und Bertran hatte das Gerät in die Hemdentasche gesteckt. Sie hatten Freizeitkleidung an: Turnschuhe – wobei Bertran höhenverstellbare Sonderanfertigungen trug, um eine größere Schulterhöhe zu erreichen als Nela – und dunkle Sweatshirts, welche die Verbindung zwischen ihnen kaschierten.

Um Punkt elf tauchte ein flirrendes Oval zwischen den Bäumen auf. Unentschieden schimmerte es für eine Weile, bis es sich schließlich zu einer schiefen Ebene aus Feuer verdichtete, einer leicht verzogenen Fläche aus Licht. Die Zwillinge erhoben sich von den Stühlen und gingen um das Ding herum. Es sah auf beiden Seiten gleich aus. Aus der Nähe sahen sie die Schleife aus dunklem Metall, die das Feuer einrahmte; das Ganze stand auf einer soliden Grundfläche aus demselben Material. Die Ausbuchtungen, auf die man sie hingewiesen hatte, befanden sich auf beiden Seiten. Sie zuckten die Achseln. Vermutlich würde eine Seite ausreichen. Sie knieten an der Grundfläche nieder. Bertran gab Nela das Gerät; Nela beugte sich vor und positionierte es so, wie man es ihnen gesagt hatte. Es rastete mit einem Klicken ein. Sie schloß die Augen und murmelte ein Gebet aus ihrer Kindheit. Wenn das der Grund ihrer Existenz war, dann wollte sie dem Moment eine Art göttlicher Weihe verleihen.

Bertran indes stand schon wieder auf, und sie mußte ihm wohl oder übel folgen. Nela war noch immer leicht vornüber gebeugt und machte einen Schritt nach vorn, um das Gleichgewicht zu bewahren …

Sie spürte, wie etwas unter ihren Füßen sich bewegte. Als sie nach unten schaute, erkannte sie einen dunklen eiförmigen Körper. Bertran, der auch nach unten blickte, sah das Gebilde ebenfalls. Es war vielleicht Bertrans Arm gewesen, der Nela geschubst hatte, denn er hatte die rechte Hand ausgestreckt, um sich abzustützen, und sie hatte die Fläche einfach durchstoßen. Er kippte vornüber und riß Nela mit sich. Nach einem Moment verschwand die Feuerwand samt Rahmen und Grundfläche, genau wie der *Sellerie* es gesagt hatte. Allerdings hatte der *Sellerie* nicht gesagt, daß die Zy-Czorsky-Zwillinge ebenfalls verschwinden würden, obwohl er das Eintreten dieses Ereignisses durchaus vorhergesehen hatte.

Das Auto wurde am Rand des Hains gefunden. Zwei parallele Fußspuren führten in die Mitte des Wäldchens und verschwanden dann. Zwei Klappstühle standen nebeneinander. Das einzige Lebewesen, das man im Wäldchen fand, war eine kleine Schildkröte, die mühselig unter den Bäumen entlangkroch. Der Vorfall geriet, wie die Zwillinge selbst, bald in Vergessenheit.

Die Welt war wirklich gerettet worden, obwohl kein Erdbewohner das zu diesem Zeitpunkt wußte. An einem anderen Ort, weit entfernt, gönnten die *Selleries* sich eine sittsame und gediegene Feier. Die Wahrscheinlichkeit, daß die Zwillinge durch das Tor stürzen würden, hatte man als vertretbares Risiko in Kauf genommen: Schließlich hatten die Zwillinge die Ehre gehabt, ihre Welt zu retten. Eine verkürzte Zeitspanne auf jener Welt war ein geringer Preis, der für diese Ehre zu entrichten war. Mit Blick auf den Totalverlust an Leben rangierte das irdische *Geschenk* am unteren Ende der Skala der *Geschenke* der *Selleries*. Andere *Geschenke* hatten enorme Verluste zur Folge gehabt, die jedoch grundsätzlich zu vertreten waren.

Sellerie und seine Alters- und Kollektivgenossen waren stolz auf ihre Prognose. Selbst wenn sie sich eingestanden, daß Vorhersagen immer mit gewissen Unsicherheiten behaftet waren. Allerdings hinderte sie das nur selten daran, die unmittelbare Zukunft zu beeinflussen, auch wenn die *Großen Kollektive* unter ihnen, die diese Manipulationen untersuchten, sich manchmal zu einem Kommentar genötigt sahen.

Also erschien nach dem Verschwinden der Zwillinge ein *Großes Kollektiv* vor der versammelten Besatzung des Schiffs und verkündete tadelnd, daß das Erd-*Geschenk* das Gefüge der Zeit erschüttert habe! »Seht her«, sagten es/sie zu den jüngeren, kleineren und einfacher strukturierten Kollektiven, »seht her! Wenn ihr das Geschenk auf eine andere Art und Weise überreicht hättet, wäre das nicht passiert. Seht diesen Ort namens *Gras*. Seht diesen Ort namens *Hobbs Land*. Seht diesen Ort namens *Woanders*. Seht diese Menschen, Danivon Luze und Zasper Ertigon. Seht dieses Menschenkind namens Fringe. Seht diese alte Frau, die sich nun Jory nennt und diesen alten Mann, der sich Asner nennt! Seht die Vorzeichen! Seht, wie unsere Reise geändert, unsere Zukunft unterbrochen wird, weil wir von unseren eigentlichen Zielen ablassen müssen, und wofür? Es ist sinnlos, denn wir sind nicht in der Lage, etwas zu tun!

Seht, wie das große Zugeständnis, das wir uns kürzlich verdient haben, durch die Art und Weise, wie ihr dieses *Geschenk* überreicht habt, gefährdet ist!«

ZWEITER TEIL

4

Toleranz auf *Woanders*: die *Große Rotunde*, auf deren oberen Balkon in Gedanken versunken Boarmus, der *Kommandeur*, sitzt. Seine Begleiterin, Syrilla, weiß nichts von seinen Gedanken. Boarmus ist der Ansicht, daß Denken vielleicht generell ein Fremdwort für Syrilla ist. Obwohl sie ein langjähriges Mitglied des *Inneren Kreises* ist, scheint sie nicht in der Lage zu sein, den Zusammenhang zwischen Ursache und Wirkung zu erkennen. Ihre Stärke ist Hysterie, und niemand versteht es wie sie, selbst die belanglosesten Bemerkungen mit wichtigem Gestus vorzutragen.

Wie jetzt, wo sie mit bebenden Flügeln der Hakennase dramatisch ausruft: »Ich verstehe nicht, weshalb Danivon Luze so etwas getan hat.«

»Sie wissen es«, sagt Boarmus ohne eine Regung. Seine Körperfülle ruht im samtbezogenen Sessel wie ein Denkmal auf einem Podest, leicht schief, aber unverrückbar. »Falls Sie von Danivon Luze sprechen, dem *Rats-Beauftragten*.«

Syrilla gestikuliert mit einer scheinbar knochenlosen Hand und zieht in gespieltem Erstaunen die Brauen bis zum Haaransatz hoch. »Natürlich meine ich Danivon Luze, den *Rats-Beauftragten*.« Danivon Luze, einst ein Findelkind, das Nesthäkchen von Toleranz; dann Zasper Ertigons jugendlicher Protegé; nun ein stattlicher, wenn auch umstrittener Offizier. Wen sonst sollte sie wohl meinen?

Boarmus schnaubt, ein gedämpftes Geräusch, wie Lehm, der Blasen wirft. Wie lang kommt er nun schon nachmittags hierher, um am selben Tisch Platz zu nehmen, im selben Sessel? Wie lang genehmigt er sich schon einen Drink oder zwei, während er auf die uniformierten Wachen hinabschaut, die zwei *Tore*, den zeremoniellen Wachwechsel? Wie lang es auch schon her ist, es hat sich nichts geändert. Nun, fast nichts. Ein paar kleinere Rebellionen, die gnadenlos niedergeschlagen wurden. Ein paar neue Ideen, die unterdrückt wurden. Ein paar Innovationen, die sich indes immer als Neuauflagen von Dingen erwiesen hatten, die seit Jahrhunderten in Vergessenheit geraten waren. Doch nun war wirklich etwas im Busch. Etwas ging vor, und obwohl er in der Vergangenheit geglaubt hatte, er würde sich etwas Action wünschen, fragt er sich nun, ob dieser Wunsch wirklich so weise war.

»Meine liebe Syrilla, Danivon hat das getan, weil er trainiert wurde, das zu tun. *Beauftragte* sind verpflichtet, böse Vorkommnisse zu melden.« Er näßt sich die Kehle mit Schlucken aus einer massiv goldenen Porzellantasse. Mitglieder des *Aufsichtsrats* haben unlängst (zum x-ten Mal und unter einem anderen Namen) sowohl den Fünf-Uhr-Tee und das Barock neu erfunden.

»Mußten wir das unbedingt publik machen?« fragt sie mit hoher, affektierter Stimme, der Stimme eines kleinen Mädchens, die durch den alterslosen Zynismus in den Augen Lügen gestraft wird.

Boarmus grunzt ungeduldig; die Frau geht ihm auf die Nerven. Sie ist eine Bohnenstange: dünn bis zur Grenze der Magersucht, eine schön frisierte, geschwätzige, mit Schmuck behängte Bohnenstange. Sie und andere ihrer Sorte langweilen ihn. Er ist auch seiner selbst überdrüssig, der Position, die er bekleidet, des Orts, an dem er sich befindet. Er ist ein stark beanspruchter Mann. Er hatte eigentlich nie *Kommandeur* werden wollen, so erinnert er sich nun, wobei er jedoch geflissentlich die Winkelzüge vergißt, derer er sich bedienen mußte, um diesen Posten zu erlangen. Zumal das schon lang her ist; damals war er jung und unerfahren – und unwissend!

Er spricht: »Die Regel ist, daß die Schuld in der *Rotunde* laut verkündet werden muß, damit viele Leute die Anklage vernehmen und sie nicht unter den Teppich gekehrt werden kann. Danivon Luze lernte, was wir alle lernten, daß schlimme Taten vergeben werden können, nicht aber ihre Vertuschung. Wir alle haben das als Kinder gelernt, im *Himmel*.« Kurz sehnt er sich zu dieser Insel der Angehörigen des *Aufsichtsrats* zurück, diesem meerumspülten Paradies mit tropischen Pflanzen, mit von der Brise gekühlten Tagen und samtschwarzen, sternendurchglühten Nächten. Eine karge Bezahlung, *Himmel*, für das, was sie auf sich nehmen!

»Natürlich«, fährt Boarmus in ironischem Ton fort, »*verlernen* wir vom *Aufsichtsrat* das auf unserem ersten Einsatz hier in *Toleranz*. Weil Danivon aber keiner von uns ist, hat er es auch nicht verlernt.«

»Armer alter Paff.«

Boarmus' Glubschaugen verengen sich zu Schlitzen, und er fährt sich mit einer unförmigen Hand über den Glatzkopf mit der fliehenden Stirn. »Der arme alte Paff mißbraucht und ermordet Kinder, seit er in die Pubertät gekommen ist. Wir haben es bisher nur vorgezogen, das zu ignorieren, das ist alles.«

»Aber er war einer von uns, Boarmus! Und sie waren nur gewöhnliche Kinder. Molock'sche und so.«

»Ehrlich gesagt, glaube ich nicht ...«

»Nein. Das ist keine Entschuldigung. Natürlich nicht. Das *Gesetz der Vielfalt* gestattet keine Ausnahme. Er hatte kein Recht, die Kinder zu schänden, nicht einmal Molock'sche. Er hätte sie *In Ruhe Lassen* müssen. Ich weiß das, Boarmus. Er hat mir nur leid getan.«

»Trotzdem sei seine Nase verdammt.«

»Paffs Nase?«

»Danivon Luzes Nase.«

»Ich habe noch nichts von seiner Nase gehört. Aber ich weiß natürlich, wer er ist.«

Boarmus widerspricht ihr. »Niemand weiß, wer er ist. Wir wissen nur, was aus ihm wurde, nachdem er hierher gekommen ist.«

»Was ist denn mit seiner Nase?«

Boarmus Lachen gleicht einer platzenden Schlammblase. »Er hat einen Riecher für alles. Gefahren. Schwierigkeiten. Was auch immer.«

»Wie überaus merkwürdig.«

»Merkwürdig vielleicht. Aber nützlich«, erwidert er mit gewichtigem Kopfnicken. »Ich halte Danivon für unersetzlich.«

»Nur wegen seiner Schnüffelnase? Also wirklich ...« Sie verstummt nachdenklich. Armer alter Paff. Ein Pädo-Nekrophiler, keine Frage, aber so ein stattlicher Mann. Immer so elegant gekleidet. Paff würde natürlich den Vorteil der Liquidierungszelle genießen – die einzig ehrenwerte Handlung. Wenn er sich dazu nicht überwand, würde ihm allerdings etwas zustoßen. Die *Frick'schen* würden das lautlos und effizient erledigen. So verfuhren sie in solchen Fällen immer.

Sinnierend reibt Boarmus sich das vorspringende Kinn und bedauert, daß er Danivons Nutzwert erwähnt hat. Er hatte eigentlich gar nicht mit Syrilla über Danivon sprechen wollen, deren Diskretion er genauso traut wie einem Furz gegen den Wind. Danivon hat eine taktlose Handlung begangen. Man könnte es auch als Indiskretion bezeichnen. Außer Boarmus weiß bisher niemand Bescheid, und er hofft, die Sache zu bereinigen, bevor jemand anders es tut. Danivon Luze muß aus *Toleranz* verschwinden, bevor er die Gelegenheit hat, den Patzer zu wiederholen. Nicht daß Danivon vorsätzlich etwas falsch gemacht hätte. Boarmus hält ihm sozusagen einen Verbotsirrtum zugute – ob-

wohl manche Leute ihm schlimmere Motive unterstellen werden, wenn sie davon erfahren.

»Ich weiß nicht, ob ich ihn jemals gesehen habe. Danivon, meine ich«, sagt Syrilla, die noch immer ihren Gedanken nachhängt.

»Er müßte jeden Moment hier sein«, verkündet Boarmus. »Ich habe beschlossen, ihn nach Panubi zu schicken.«

»Sie schicken ihn dorthin, damit er der Sache mit den Drachen nachgeht«, quiekt Syrilla in gespielter Überraschung.

Boarmus mustert sie düster unter den buschigen Brauen hervor. Weshalb beharrt diese blöde Frau auf dieser mädchenhaften Attitüde? Ist aber gerade in Mode. Bei jedem gesellschaftlichen Ereignis kichern und quieken sie und fuchteln mit den Händen wie Enten, die sich in die Lüfte erheben wollen! Nun, trotz allem Quieken und Plappern handelt es sich um eine ernste Angelegenheit. Wenn die Leute in Panubi Drachen melden, wo es bisher keine Drachen gegeben hat, muß man jemanden hinschicken, der sich darum kümmert.

»Das muß er sein«, kreischt Syrilla, klatscht in die Hände und deutet auf die Treppe, wo eine aufrechte, farbenprächtig kostümierte Gestalt erscheint. »Er hat sogar das zeremonielle Gewand an.«

»Wie es sich gehört«, nuschelt Boarmus. »Obwohl es verdammt verdächtig ist.« Niemandem auf dem Balkon entgeht der wippende Federbusch, der wallende Mantel mit den breiten Ärmeln, die scharlachrote Hose und das gleichfarbige Hemd, der Tritt der auf Hochglanz polierten Stiefel aus dem Leder eines exotischen Tiers.

Danivon Luze, der die Treppe hinaufschreitet wie bei einer Parade, ist sich seiner Wirkung durchaus bewußt. In Anbetracht der Gerüchte, die in *Toleranz* her-

umschwirren, hatte er diesen Auftritt inszeniert, um jeden Anschein einer Absprache beziehungsweise Verschwörung zu vermeiden, wenn er zu einer Besprechung mit Boarmus beordert wurde. Danivon vertraut Boarmus im Grunde nicht, glaubt auch nicht, daß er ihn leiden mag, obwohl er sich nicht sicher ist. Manchmal wirkt Boarmus wie die personifizierte Sünde und dann wieder wie der gute Onkel. Unmöglich vorherzusagen, ob er heute der böse Luze ist oder der liebe Luze. Also kommt Danivon wie bei einer Parade daher, was ihn gewiß verdächtig macht, ihm aber auch eine gewisse Anonymität verleiht; die Individualität verbirgt er sozusagen hinter den Insignien seines Amts und einem uniformierten, formellen Auftreten: Hier erscheint nicht Danivon Luze, sondern ein *Rats-Beauftragter*, stationiert in *Toleranz*.

Danivon bleibt in der von der Etikette gebotenen Anzahl von Schritten vor den Teetrinkern stehen und entbietet ihnen einen zackigen militärischen Gruß mit anschließender Verbeugung, deren Neigungswinkel bis auf den Zentimeter genau berechnet ist. Er richtet sich wieder auf und verharrt in einer angemessen ehrerbietigen Stellung. »Sir«, sagt er und nimmt den Hut ab. »Ma'am«, sagt er und steht bequem.

Boarmus bietet ihm keinen Sitzplatz an, aber das hatte Danivon auch nicht erwartet.

»Sie haben die Nachrichten von Panubi gehört«, sagt Boarmus. »Diese Sache mit den Drachen.«

»Nur am Rande, Sir. Nichts Konkretes.« In Wirklichkeit weiß Danivon wahrscheinlich mehr über die sogenannten Drachen als Boarmus. Drachen, gewiß, aber auch Meldungen über andere, unbeschreibliche Dinge, dazu Schreie in der Nacht und Leute, die morgens verschwunden (oder meistens verschwunden) waren; eine ungewöhnliche Schreckensbilanz, selbst für *Woanders*. All das wurde Danivon zu seiner Erbauung im Quar-

tier der *Frick'schen* Bediensteten serviert, weit unter diesem exklusiven Niveau. Boarmus beschäftigt sich nicht mit den Dingen, mit denen Danivon zu tun hat; er hat keinen Kontakt zur Basis, zu den Lakaien, die mit den Boten aus den Provinzen verkehren oder mit den kürzlich zurückgekehrten Wartungstechnikern und Lkw-Fahrern.

Boarmus schürzt die vollen Lippen und sagt mit hoheitlicher Attitüde, hauptsächlich um Syrilla einen Gefallen zu tun: »Soweit wir wissen, leben keine drachenähnlichen Tiere auf *Woanders*, obwohl es nicht ausgeschlossen ist, daß Personen aus Orten der niedrigen Kategorie sich als Drachen verkleiden oder Personen aus Orten der hohen Kategorie drachenähnliche Bi-Oiden anfertigen.« Er nimmt einen Schluck Tee, wobei er zufrieden feststellt, daß weder Dringlichkeit noch ein Anflug von Panik in seiner Stimme mitgeschwungen hat.

Er stellt die Tasse auf die Untertasse und fährt fort: »Da wäre noch etwas. Vor ein paar Jahren, als Sie noch im Jugendalter waren, erhielt ich eine Botschaft aus Panubi. Nicht aus einer der Provinzen, sondern von einer anderen Entität im Zentrum des Kontinents. Es handelte sich um eine von mehreren solcher Nachrichten, die damals unwichtig und unverständlich erschien, um nicht zu sagen: rätselhaft. Nun aber, in Verbindung mit dieser Drachengeschichte ...« Er nimmt wieder einen Schluck und beobachtet Danivons Gesichtsausdruck. Hatte Danivon vielleicht schon Witterung aufgenommen?

»Dürfte man vielleicht erfahren, was die Botschaft besagte, Sir?«

»Ähem«, sagt Boarmus, »ich habe sie als Petition interpretiert. An die Bevölkerung von *Woanders*. Daß sie ... äh ... *Woanders* vielleicht verlassen soll.«

»Ach«, sagt Danivon, kein bißchen schlauer als zuvor.

»Ach?« sagt Syrilla mit plötzlichem Interesse. »Davon hast du mir aber nie etwas erzählt, Boarmie.«

»Es gab auch nichts zu erzählen. Jemand oder etwas, das in Zentral-Panubi beheimatet ist, hat eine Botschaft geschickt. Es hätte auch ein Scherz sein können. Oder das Werk eines Verrückten.« Boarmus zuckt betont beiläufig die Achseln und wendet sich wieder Danivon zu. »Die Nachricht endete mit diesen Worten: ›V.i.S.d.P. *Nirgendwo*, Zentral-Panubi.‹ Ich hatte mich damals mit Ihrem Freund Zasper darüber unterhalten. Das ist nun schon zwölf oder dreizehn Jahre her.«

»Aha«, sagt Danivon. Er versteht gar nichts mehr.

»Zasper hatte damals den Eindruck, daß der Absender keine Antwort erwartete. Nun jedoch …« Er verstummt nachdenklich. Daß nun schon die fünfte Petition vorliegt, behält er lieber für sich. Syrilla muß das nicht wissen. Danivon auch nicht. Vor allem nicht die peinlichen Einzelheiten. Er geht dieser Tage nicht oft mit einer Frau ins Bett, und wenn doch, erwartet er, daß sie beim Anblick der Worte, die plötzlich in großen Lettern auf seinen Hintern und den Bauch projiziert werden, nicht hysterisch werden! ›Überdenke ihre Position‹, wie wahr! Zum Glück war sie so vernünftig gewesen, das für sich zu behalten.

Boarmus verdrängt diese erniedrigende Erinnerung und fährt fort: »Ihr Talent ist einzigartig, Luze. Sie sind gut gerüstet für den Auftrag. Ich schlage vor, daß Sie sich mit Zasper Ertigon in Verbindung setzen. Vielleicht ist er in den letzten Jahren zu weiteren Erkenntnissen gelangt.«

Das hatte Danivon nicht unbedingt erwartet. Es hatte wohl etwas in der Luft gelegen, aber nicht das. Selbst hier, wo Boarmus keine zwei Schritte entfernt ist, sagt sein Riecher ihm etwas anderes. Der alte, kaltschnäuzige Boarmus, Boarmus mit dem Reptilienblick, der habgierige Boarmus, belügt ihn. Nein, das ist auch nicht ganz richtig. Im Grunde belügt er ihn nicht. Er sagt ihm nur nicht die ganze Wahrheit. Er verheimlicht ihm etwas … etwas überaus Wichtiges.

»Sir.« Danivon nickt konzentriert. Seine Nasenflügel beben, und plötzlich weiß er, was in Boarmus' Kopf vorgeht. »Sie fragen sich, ob es sich bei diesen sogenannten Drachen vielleicht um versklavte Menschen handelt?«

Obwohl er über Danivons Fähigkeiten Bescheid weiß, gelingt es Boarmus nur mit Mühe, seine Überraschung zu verbergen. Im Licht der merkwürdigen Einladung hatte er die Möglichkeit versklavter Menschen durchaus in Betracht gezogen, doch diesen Gedanken hatte er in Syrillas Anwesenheit nicht artikulieren wollen. Nun war es zu spät. Gähnend zuckt er die Achseln. »Ich habe den Eindruck, daß alles möglich ist, mein Junge.«

»Wie sollte ein Versklavter von *Hobbs Land* überhaupt hierher gelangen?« begehrt Syrilla zu wissen. »Die Götter von *Hobbs Land* sind nicht imstande, unsere Verteidigung zu überwinden. Die *Tür* wird bewacht, und die Streitkräfte würden eine Invasion aus dem All melden!«

»Du hast völlig recht, Syrilla«, murmelt Boarmus.

Nun schaltet sie von melodramatisch auf ängstlich und legt sich eine zierliche Hand auf die Brust. »Stell dir das vor! Versklavte Menschen!«

»Nun, all das wird gleichzeitig untersucht werden«, sagt Boarmus sachlich. »Drachen, Versklavung, Einladungen und ›Nirgendwo‹, wo auch immer das ist, sowie alle Routineangelegenheiten, mit denen ein *Beauftragter* unterwegs vielleicht konfrontiert wird.«

»Sir«, sagt Danivon, der das alles erst einmal verdauen muß. »Soll ich allein gehen?«

Boarmus kümmert es nicht, ob er allein geht oder in Begleitung einer Hundertschaft, solange er nur *geht*; doch wenn er das gesagt hätte, wäre die Sache trivialisiert worden. Boarmus will diese Mission als dringlich deklarieren. Jedoch nicht als *Notfall*, wobei der *Aufsichtsrat* vielleicht in Panik geraten wäre, sondern einfach nur als dringlich.

Boarmus runzelt die Stirn, um zu signalisieren, daß er sich die Sache durch den Kopf gehen läßt. »Nicht, wenn Sie es für das Beste halten, noch jemanden mitzunehmen. Ich überlasse Ihnen die Details, Luze. Ich habe volles Vertrauen in Ihre Fähigkeiten.«

»Sir«, sagt Danivon.

Boarmus nickt gewichtig. »Bieten Sie den Leuten an, was Sie für angemessen halten. Beschaffen Sie sich die erforderliche Ausrüstung. Bevor Sie gehen, werfen Sie noch einen Blick auf den Dienstplan: Es gibt sicher noch ein paar Routineangelegenheiten, die Sie unterwegs zu erledigen haben.« Er macht eine beiläufige Geste, die das Vertrauen symbolisiert, das er in Danivon Luze setzt. »Zumal es ohnehin an der Zeit ist, daß Zentral-Panubi erforscht wird.«

Das hatte er vor Jahren auch schon zu Zasper gesagt. Und in der Folgezeit hatte er es auch zu anderen gesagt. Nachdem die Menschen nun schon seit ungefähr zwanzig Generationen auf *Woanders* siedelten, galt das Innere des Kontinents noch immer als ›Panubi Incognita‹, einer der weißen Flecken auf der Landkarte, auf denen die Kartographen seit jeher vermerken, ›Hier leben Drachen‹. Angenommen, den Kartographen hatte bei der Kartierung von *Woanders* der Schalk im Nacken gesessen und sie hatten genau das getan, dann war es kein Wunder, wenn die Drachen auch wirklich aufgetaucht waren.

Angeblich aufgetaucht waren, sagt Boarmus sich. Angeblich. Aber ob angeblich oder tatsächlich, Panubi Incognita ist ein guter Vorwand, um Danivon loszuwerden, bevor … noch jemand dahinterkommt, was er getan hat.

Er verabschiedet Danivon mit einem Kopfnicken, dieser verneigt sich, bis ihre Gesichter auf gleicher Höhe sind, hakt den rechten Daumen in den Gürtel, damit der Mantel sich aufbauscht und entfernt sich in Richtung der Treppe. Die Stiefel glänzen, der purpurne Federbusch wippt, der purpurne Mantel bauscht sich, das goldene Abzeichen an der Schulter leuchtet, und das edle rote Seidenhemd und die Hose legen sich in Falten. Die beiden *Supervisoren* nippen am lauwarmen Tee und beobachten seinen Abgang; Boarmus ist leicht beunruhigt, und Syrilla erfreut sich an seinem Anblick. Vorbildlich, sagt sie sich. Wirklich vorbildlich.

Ein *Frick'scher* bringt heißen Tee und schenkt ein. Niemand sagt etwas. Syrilla beugt sich vor, um die Tasse auf dem Tisch abzustellen, als sie plötzlich eine Bewegung wahrnimmt. Auf dem Boden der *Rotunde* hat eine Wache sich bewegt! Ungläubig beugt sie sich weiter vor. Obwohl die Wachen nicht einmal mit der Wimper zucken dürfen, hat eine von ihnen sich gerührt! Nein … zwei … zwei haben sich bewegt!

Boarmus hat es auch gesehen. »Das *Tor*!« sagt er atemlos.

Ihr Blick folgt Boarmus' Fingerzeig und huscht über das große Tor. Nicht das große *Tor*. Das Arbai-*Tor*? Aber das Arbai-*Tor* ist doch defekt! Es hat noch nie funktioniert!

Doch nun tut sich etwas! Ein grelles, glitzerndes Licht umfaßt die *Rotunde* und greift durch die hoch oben gelegene Öffnung auf den Balkon aus, Schwärme von umherstiebenden Leucht-Fischen. Die meisten Wachen sind nun in Bewegung geraten und gehen unschlüssig vor dem Tor auf und ab. Sie blicken fragend über die Schulter und warten darauf, daß jemand ihnen sagt, was sie tun sollen, wobei sie nervös an den Waffen herumfingern.

Syrilla will gerade aufstehen, als der Donnerhall ertönt. Sie sieht, wie die Wachen sich ducken, und dann schlägt ein Blitz aus dem Arbai-*Tor*, der sie und alle Anwesenden blendet. Als das Sehvermögen zurückkehrt, ist das Licht verschwunden und hat einen dunklen, spinnenartigen Fleck hinterlassen, der sich auf dem Boden der *Rotunde* krümmt.

Die Wachen legen das Gewehr an. Jemand – Danivon, wie sich herausstellt – ruft einen Befehl, während er hastig die letzten Treppenstufen hinunterläuft. Zögerlich werden die Waffen gesenkt. Danivon trifft gleichzeitig mit dem Offizier der Wache bei dem sich auf dem Boden krümmenden Ding an. Sie reißen den Fleck, das Ding nach oben.

Mit ungläubigem Blick gehen Syrilla und Boarmus auf die Treppe zu und fallen sogar in einen Trott, während ein Stimmengewirr zu ihnen heraufdringt.

Später, nachdem Danivon allen versichert hat, daß sein Instinkt ihm sagt, die Kreatur(en) sei(en) im Grunde harmlos, nachdem eine Alsenz-Maschine herbeigeschafft und vor den Ankömmlingen aufgestellt wurde, um sich mit ihm (ihnen) zu verständigen, nachdem die Kreatur(en) erklärt haben, daß sie eben noch in der Prädiaspora-Zeit existiert hätte(n), einer so lang vergangenen Zeit, daß nur das *Archiv* noch Kenntnis davon hatte – erst dann erfahren die Bewohner von *Toleranz*, daß es sich bei ihrem unverhofften und äußerst erregten Besuch um Bertran und Nela Zy-Czorsky handelt.

Woanders auf *Woanders*, in Enarae.

Fringes Vater starb urplötzlich. Sein Name erschien im Bulletin, welches das *Management* von Enarae täglich für die Angehörigen veröffentlicht. Als Fringe, die nun Anfang Dreißig war, dem Brauch gemäß Chars *Blut-Buch* in der *Halle der Schlußabrechnung* öffnete, stellte sie fest, daß sie überhaupt nicht mehr Chars Tochter war.

Die *Blut-Bücher* aller Verstorbenen lagen in der Halle aus, damit Familienangehörige und Gläubiger Einblick nehmen konnten. Auf der ersten Seite waren die Familienangehörigen aufgeführt, weil sie für die Schulden des Verstorbenen aufkommen mußten. In Chars Buch war nur ein Name verzeichnet: Yilland alias Dorwalk, Adoptivtochter von Char Dorwalk. Fringe selbst und ihr Bruder wurden nicht erwähnt.

Fringe bewahrte Haltung, auch wenn die Umgebung vor ihren Augen verschwamm. Sie spürte etwas wie Schmerz, obwohl es im Grunde kein Schmerz war – eher vielleicht ein Bewußtsein der Endgültigkeit, wie wenn man sich von einer Klippe stürzt und erst dann erkennt, daß es ein tiefer Fall ist.

»Das wußte ich nicht«, entfuhr es Fringe fast im Flüsterton; niemand sollte es hören.

Ein großer, glatzköpfiger Mann, der Fringe neugierig angeschaut hatte, richtete ruckartig den Blick auf eine Person am anderen Ende der Halle und nuschelte: »Das ist sie. Das ist Yilland.«

Die einzige Frau in dieser Richtung sprach gerade mit hoher, schriller Stimme zu einem der Schiedsmänner der *Schlußabrechnung*. Sie war dürr und knochig, vielleicht etwas jünger als Fringe, und obwohl ihre Worte nicht weit trugen, hatte ihre Stimme doch einen – schneidenden Klang, wie ein Messer, das gewetzt wurde.

»Will nicht aufdringlich sein«, sagte der glatzköpfige Riese. »Mein Name ist Curvis. Als ich Sie zum letztenmal gesehen hatte, waren Sie noch ein kleines Mädchen mit einem roten Wuschelkopf. Nun sind Sie erwachsen, aber Sie haben noch immer diese lustigen Augen!« Er strich sich über die glänzende Platte und grinste schief.

Fringe nickte; sie wußte sehr wohl, daß sie noch über ihre angeborenen Merkmale verfügte. Glaubte der Schrat vielleicht, sie hätte ihr Haar verkauft? Oder die smaragdgrünen Augen? Nun, wieso nicht. Manchmal verkaufen die Leute eigene Körperteile. Augen, Nasen, Ohren, innere Organe, Gliedmaßen. Manchmal wurden sie auch dazu gezwungen.

Er setzte ein Grinsen auf, mit dem er um Entschuldigung heischen wollte und zuckte die Achseln. »Jemand sagte mir, daß Ihr Vater sie adoptiert hätte. Wußten Sie das wirklich nicht?«

»Ich wußte es nicht«, wiederholte sie. Sie war so perplex, daß sie vergaß, was ihn das überhaupt anging. »Aber ich habe Paps auch... nun, schon seit einer Weile nicht mehr gesehen.«

»Alter Bastard«, sagte Curvis und schüttelte den Kopf, als ob dies eine bereits bestehende Ansicht bestätigte. »Tut so etwas seinem eigen Fleisch und Blut an.« Er strich über eine geräumige Brusttasche, in der sich etwas bewegte. Ein Gerät. Oder vielleicht ein Lebewesen.

Fringe schluckte den Kloß, den sie im Hals hatte, hinunter und sagte mit unbewegtem Gesicht: »Immerhin trage ich dadurch kein Schuldenrisiko. Also müßte ich ihm sogar noch dankbar sein.« Dennoch fragte sie sich, ob nicht vielleicht doch ein Fehler vorliege.

Erneut warf sie einen Blick auf Chars Buch, doch es war kein Fehler. Die neue Tochter war wirklich die einzig registrierte Familienangehörige und gleichzeitig Alleinerbin. Trauer überkam Fringe, wie eine Flutwelle in einem ausgetrockneten Flußbett; nicht etwa wegen der Erbschaft (sie hatte gar nicht gewußt, daß es etwas zu erben gab), sondern weil er sie mit keinem Wort erwähnt hatte. Und weil das Buch besagte, daß Char die neue Tochter adoptiert und seine leibliche Tochter abgeschrieben hatte, war dies für Fringe ein Versprechen ganz anderer Art.

Sie holte tief Luft und legte das Buch hin, wobei die dünne Kette, mit der es am Pult befestigt war, vernehmlich klirrte. Einer der uniformierten Angestellten schaute stirnrunzelnd vom Computer auf und widmete sich wieder den Zahlen, die auf dem Monitor erschienen. Hier wurde Bilanz gezogen. Hier war Endstation. Was auch immer man sich erhofft, erträumt und geleistet hatte; wobei auch immer man versagt hatte und gescheitert war, all das landete bei der *Schlußabrechnung*, wo Gläubiger, Freunde und Verwandte, bei denen es sich vielleicht auch um eine Art Gläubiger handelte, das Ergebnis mit verwirrtem Gestammel, unterdrücktem Schluchzen oder zornigem Gemurmel quittierten. Die gewölbeartige Halle verschluckte die Geräusche beziehungsweise dämpfte sie. Weil ständig Todesfälle und Morde zu verzeichnen waren, lagen auch immer Bücher aus. Die Leute kamen und gingen, wobei die schlurfenden Schritte wie ein Flüstern in der Stille wirkten. Es war ein ganz normaler Vorgang, sagte Fringe sich. Kein Grund für Tränen, Schuldgefühle oder Sentimentalitäten. Er ist tot, das ist alles. Er hat dir kein Wort hinterlassen; aber wenn er schon nicht mit dir gesprochen hatte, als er noch lebte, weshalb erwartest du das dann von ihm, wenn er tot ist?

Fringe schaute auf und sah, daß die Frau, Yilland, sie mit einem gierigen und ruhelosen Ausdruck anstarrte, wie ein hungriges Tier im Käfig. Fringe musterte das Gesicht der Frau und widmete sich dann wieder dem Buch, wobei sie sich fragte, ob das Guthaben ausreichen würde, die Gläubiger zu bedienen oder ob die Frau auf der anderen Seite des Raums für die Schulden würde aufkommen müssen. Erben wurden manchmal verkauft, am Stück oder in Einzelteilen, um die Schulden eines Verstorbenen zu tilgen. Es waren Fälle bekannt, wonach Gläubiger einen Schuldner übel zugerichtet hatten. Fringe hatte in den letzten fünfzehn Jahren ein ordentliches Sümmchen in eine Schuldenversicherung einbezahlt. Sie hatte sich ziemliche Sorgen gemacht; schließlich kannte sie ihren Vater. Nun, das Geld hätte sie sich sparen können. Ihre Sorgen waren unbegründet gewesen. Sie war aus dem Schneider.

Und Yilland alias Dorwalk war drin.

Fringe nickte dem Schrat zum Abschied zu, drehte sich um und ging davon. Mit geradeaus gerichtetem Blick verließ sie die Halle wie eine Frau mit einem Ziel, bis sie am Portal von einem uniformierten Lakaien aufgehalten wurde. Der Leiter der *Finalen Gleichheit* ersuchte sie um ein Gespräch, eröffnete er ihr. Sie schaute ungläubig drein, doch er nickte, bedeutete ihr zu folgen und preßte ungeduldig die Lippen zusammen, bis sie ihm endlich folgte. Mit auf die Seite geneigtem Kopf beobachtete der hünenhafte Curvis den Vorfall von der anderen Seite der Halle aus. Sie erwiderte die Geste und zuckte die Achseln. Kannte sich einer mit dem *Management* aus!

Der Lakai führte sie durch den hallenden Korridor in den Bürotrakt hinter der Halle. Vor einer großen Tür blieb er stehen, klopfte an, öffnete sie und bedeutete ihr einzutreten. Der *Manager* saß hinter einem Schreibtisch aus Edelholz, der aus dem Vollen geschnitzt zu sein schien, obwohl Fringe, die das Gewicht der Tischplatte mit der relativ fragilen Struktur abglich, auf der die Platte ruhte, es für eine Imitation, ein Symbol des *Managements* hielt. Keine andere Klasse hatte eine so glückliche Hand in Geldangelegenheiten, keine andere Klasse pflegte so souverän die Selbstdarstellung. Für Leute, die in die Klasse des *Managements* hineingeboren wurden, war Geld kein Thema; also konnten sie es auch als schnöden Mammon bezeichnen. Keine andere Klasse erweckte überzeugender den Anschein von Gerechtigkeit, denn das *Management* hatte auch das nicht nötig. Sie erkannte, daß dieser Mann durch seine Klasse geadelt und zudem intelligent war; allerdings war das *Management* auch die einzige Klasse, die ihre Angehörigen wegen Dummheit deklassieren durfte und das auch tat.

Er nahm sie gründlich in Augenschein. »Char Dorwalks *Buch* wurde aus dem *Archiv* geholt, um von diesem Büro genehmigt zu werden«, sagte er. »Der Scanner sagte mir, Sie würden sich in der Halle aufhalten. Nachdem ich den Eintrag untersucht habe, frage ich mich, ob Sie das Testament Ihres leiblichen Vaters nicht anfechten wollen. Eine Enterbung wird immer von diesem Büro überprüft, und wie ich aus dem *Buch* Ihres Vaters ersehe, wurden Sie ohne stichhaltigen Grund übergangen. Es ist nirgends ersichtlich, daß Sie davon in Kenntnis gesetzt wurden oder die Möglichkeit erhielten, Einspruch einzulegen.«

›Von diesem Büro‹, natürlich. Weshalb sagten die verdammten *Manager* nicht einfach *ich*, wie alle anderen auch? Es hieß immer nur ›dieses Büro‹, ›dieser Rat‹ oder ›diese Regierungskörperschaft‹.

»Scheiße«, sagte sie in der Manier eines *Asozialen*, »weshalb sollte ich?«

Der *Manager* rümpfte die aristokratische Nase. Ein solcher Jargon kam der Oberschicht nicht oft zu Ohren, und gewiß nicht von wohlproportionierten rothaarigen Frauen mit strahlenden Augen, die nicht mehr ganz jung und zudem unbestimmter Herkunft waren. Was stellte sie überhaupt dar? Normalerweise war er in der Lage, die Leute einzuordnen, doch in diesem Fall mißlang es ihm. Trotz ihrer Ausdrucksweise gehörte sie nicht der Klasse der *Asozialen* an, das stand fest. *Asoziale* gebärdeten sich entweder dreist oder trotzig, doch keins von beiden traf auf Fringe zu. Sie legte auch nicht die Servilität der *Lohnempfänger* an den Tag oder die affektierte Attitüde der *Professionellen*. Die Qualität ihrer Kleidung erreichte fast das Niveau des *Managements*, doch wenn sie dem *Management* angehört hätte, hätte er sie gekannt. Zumal die Waffe an der Hüfte nicht zur regulären Ausstattung des *Managements* gehörte. Vielleicht war sie ein *Paria*, eine der Kuriositäten, die sich nicht ins System einfügten. Vielleicht eine Künstlerin oder Unternehmerin.

Fringe mußte über seine verwirrte Miene lachen und hätte ihm fast zugeblinzelt, als sie sagte: »Beleidigt, Sir? Ich bitte um Verzeihung. Teufel, ich will nicht das geringste von ihm. Soll seine standesgemäß adoptierte Tochter doch alles abräumen.«

Der *Manager* verfügte über so viel Einfühlungsvermögen, um zu erkennen, daß der Vorgang sie belastete. »Seine beiden Frauen sind vor einiger Zeit gestorben«, sagte er mit weniger strengem Blick. »Und Sie haben einen Anspruch ...«

»... auf nichts«, sagte sie mit fester Stimme. Der Schmerz, den sie fühlte, überraschte sie. Sie hatte ihn nämlich fast vergessen. Nun ignorierte sie ihn, als sie sagte: »Er hat mich nicht akzeptiert, mein Herr. Ich habe ihn enttäuscht. Wenn ich nichts von ihm annehme, bin ich frei. Er ist mir nichts schuldig, und ich bin ihm nichts schuldig. Ich kann meinen eigenen Weg gehen.«

»Ich habe den Eindruck«, erwiderte der Manager lächelnd, der plötzlich Sympathie für sie empfand, »daß Sie das immer schon getan haben.«

»Vielleicht habe ich das«, sagte Fringe, die den Blick auf ein weit entferntes Bild gerichtet hatte, das nur sie sah. »Es gab Zeiten, da ich keine andere Möglichkeit hatte.« Sie sagte sich, daß Dorwalk an der Seite ihres Vaters und Troms an der Seite ihrer Mutter gewesen war; und weil sie ihren Platz nicht ausfüllen konnte, hatte sie gar keinen gehabt.

Dem *Manager* der *Gleichheit* war der Kampf, der sich in ihr abspielte, nicht verborgen geblieben. »Ich weiß, daß es eine persönliche Frage ist, aber was ist Ihre Klassifikation?«

»Durch Geburt, Verdienst oder Anspruch?« fragte sie.

»Das läuft normalerweise auf dasselbe hinaus.« Er machte die Geste für *Dasselbe*.

»Von Geburt *Professionelle*, nach Verdienst und Anspruch *Paria*«, sagte sie und machte die entsprechende Geste.

»Dann sind Sie also Künstlerin?« fragte er liebenswürdig, um seine Sympathie und Toleranz zu demonstrieren. Sogar Angehörige des *Managements* gingen mit bestimmten *Parias* wie Künstlern oder Sängern Verbindungen ein. »Oder vielleicht eine Schauspielerin?«

»Nicht ganz«, sagte sie, wobei die Waffe, die sie an der Hüfte trug, scheinbar in ihre Hand sprang. »Was ich tue, ist, *Lagen unter Kontrolle zu bringen*.« Er schaute in die Mündung der Waffe, während ihr Daumen über dem Feuerknopf schwebte.

Der Manager schluckte, erhob sich schweigend, hielt ihr die Tür auf und verneigte sich andeutungsweise, als sie hinausging. Nachdem er sich wieder an den Schreibtisch gesetzt hatte, stellte er mit Erstaunen fest, daß er zitterte. Die Waffe hatte mitten zwischen seine Augen gezielt. Wenn sie ihn hätte töten wollen, hätte sie nur auf den Knopf drücken müssen, und sie hätte ihn in eine Wolke aus Atomen oder einen Schmorbraten verwandelt, je nachdem, wie gründlich sie war. Fast mit einem Gefühl des Ekels berührte er die verzierte Waffe, die an seinem Gürtel hing. Er konnte kaum etwas damit anfangen. Die Angehörigen der Oberklasse trugen Waffen meistens nur als Accessoires. Es war Brauch, Waffen zu tragen, doch niemand benutzte sie.

Er leckte sich die Lippen. Wenn ein *Manager* die Fassung verlor, wurde auch sein Stolz verletzt. Man hätte ihn warnen müssen. Er hätte sie erst überprüfen sollen, bevor er sie einlud. In den *Dateien* hatte nur Fringe… Fringe Dorwalk gestanden. Er ging die Daten durch. AKA blinkten die unscheinbaren Zeichen zwischen zwei anderen Einträgen, die zu beachten er nicht für nötig gehalten hatte. AKA: *Professioneller Name*… Sie hatte die Buchstaben ihres Namens umgestellt, so daß sich ein Wort ergab, das ihr besser gefiel.

Und sie war eine lizensierte *Beauftragte*.

In *Toleranz* hatte Syrilla ihren jungen Protegé, Jacent, zum Mittagessen eingeladen. Jacent war noch ein Junge, der erst vor kurzem aus *Himmel* gekommen war und den Dienst in *Toleranz* angetreten hatte, doch er war ein Angehöriger ihrer ›Familie‹, und deshalb war sie für ihn verantwortlich.

»Was sagst du zu diesem Vorfall mit dem Arbai-*Tor*?« fragte die *Supervisorin* ihren jungen Verwandten. »Glaubst du das?«

»Man glaubt das, was man sieht«, sagte er und stieß die Hand in die Luft. »Du hast es gesehen, Tante Syrilla. Du hast gesehen, wie sie durchgekommen sind.«

Syrilla runzelte die Stirn. Im Umgang miteinander kultivierten die *Rats*-Mitglieder eine gewisse Lässigkeit und Nonchalance, womit sie demonstrieren wollten, daß sie alles schon gesehen hatten und sich über nichts mehr wunderten. Als Jacent ihren Gesichtsausdruck sah, errötete er und faltete die Hände im Schoß. Man hatte ihm eingeschärft, nur in der Öffentlichkeit zu gestikulieren. Dort war schrilles Auftreten angesagt, jedoch nicht in der Privatsphäre.

Sie befanden sich auf der Terrasse von Syrillas

Unterkunft: Sie stand am Geländer, und er saß am Tisch und labte sich an den Delikatessen, die Syrillas *frick'scher* Koch zubereitet hatte. Die *Frick'schen* waren ebenso gute Diener wie Soldaten; mehrere tausend waren in *Toleranz* beschäftigt, und noch viel mehr in *Himmel*. Jacent hatte eine Vorliebe für die *frick'sche* Küche, wobei das aber auch schon alles war, was ihm an *Toleranz* gefiel.

»Ich meine, glaubst du, daß es sich um Primitive handelt?« fragte Syrilla. »Wirklich? Aus der Zeit vor der ersten Diaspora?« Sie klang nicht nur verwirrt, sondern besorgt, und Jacent musterte sie verstohlen unter langen Wimpern hervor. Er wunderte sich über ihren Tonfall. Es gab doch keinen Grund zur Besorgnis. Die Kreaturen, so spinnenartig und archaisch sie auch waren, stellten keine Bedrohung dar.

»Natürlich haben wir das *Archiv* befragt«, gestand er, wobei er mit ›wir‹ die Jungen meinte, die unteren Ränge, die Dilettanten und Schwätzer, die noch keine Diskretion gelernt hatten, diejenigen, welche Routinearbeiten wie Instandhaltung und Überwachung erledigten, bis sie alt genug waren, um etwas Gehaltvolleres und noch Langweiligeres zu tun. »Das *Archiv* hält es zumindest nicht für ausgeschlossen. Das *Archiv* hat die uralten Dateien durchsucht und einige Berichte über Kontakte mit dieser *Sellerie*-Rasse gefunden. Eine uralte Rasse, zumindest extrapoliert das *Archiv* das, die unsere kleine Spirale als Zwischenstation auf ihrer Reise benutzt hatte. Die seltsamen Zwillinge sagen, man hätte ihnen eine Konzession erteilt!« Er lachte. Die Vorstellung war amüsant. Wer oder was hatte diese angebliche Konzession erteilt? Sie hatten sich eingehend darüber unterhalten, im Labyrinth unter der *Großen Rotunde*.

Ihr Gesichtsausdruck rief ihn zur Ordnung, und er fuhr fort: »Verbundene menschliche Wesen werden auch heute noch gelegentlich in primitiven Gesellschaften geboren, sogar hier auf *Woanders*. Das *Archiv* hat auch dafür Belege gefunden.«

»Das weiß ich alles«, sagte die *Supervisorin* verdrießlich. »Aber ich habe noch nie die Theorie gehört, daß die Arbai-*Tore* auch für Zeitreisen geeignet seien. Vielmehr hieß es bisher immer, daß Zeitreisen unmöglich seien!« Sie stieß ein hysterisches Winseln aus.

Weshalb brachte das Thema ›Zeitreisen‹ sie so aus der Fassung? Zumal es hier in *Toleranz* auch so schon genug gab, worüber man sich aufregen konnte.

»Darüber haben die Techniker sich auch natürlich schon den Kopf zerbrochen. Die aktuelle Theorie besagt, daß diese Personen, als sie vor Tausenden von Jahren das Arbai-*Tor* auf der Erde demanifestiert hatten, einen Defekt verursachten, der sie für ein paar tausend Jahre im Nichts einsperrte, bis sie dann hier ankamen.«

Sie drehte sich zu ihm um. »Dann handelte es sich also nicht um eine Zeitreise?«

»Nein. Keine Zeitreise. Nur eine extreme Lücke in ihrem Bewußtsein.« Er lächelte, als er sah, wie sie sich entspannte. Interessant. »Das *Archiv* sagt, daß noch weitere merkwürdige Zwischenfälle mit Arbai-*Toren* stattgefunden hätten. Zum Beispiel: Eine Frau ging vor mehreren tausend Jahren auf einem Planeten namens *Gras* durch ein *Tor* und tauchte tausend Jahre später (in Absolutzeit) auf einem Planeten namens Thyker wieder auf. Sie war zwar stark gealtert, aber nicht mumifiziert oder so. Sie konnte das nur überlebt haben, indem sie einen solchen Sprung oder mehrere Sprünge durchführte. Die *Tor*-Ingenieure und Techniker sind schier aus dem Häuschen. Es heißt, sie wären nicht mehr so aufgeregt gewesen, seit die Maschinen in der *Stadt Fünfzehn* ein Mittel gegen unsere letzte Seuche entwickelt hatten, *bevor* wir die Erreger überhaupt verbreiteten.«

Syrilla versteifte sich. Es galt als unschicklich, solche Dinge außerhalb der offiziellen Sitzungen zu erwähnen. Seuchen, Attentate und begrenzte Kriege waren zwar erforderlich, um die Vielfalt zu bewahren, aber wenn man im Plauderton darüber sprach, hatte man doch ein schlechtes Gefühl dabei. Sie schaute den Jungen mißbilligend an und schüttelte kaum merklich den Kopf.

»Entschuldigung, Tante Syrilla«, murmelte er errötend. Ihm wurde bewußt, daß er schon wieder die Konventionen gebrochen hatte. Es gab so verdammt viele Dinge, die man nicht *sagte*! Oder nicht *tat*! Zumindest nicht offiziell. Manchmal bezweifelte er, daß er es jemals lernen würde, sich ordentlich zu benehmen. Und manchmal, wenn er diesen Ort besonders abstoßend fand, bezweifelte er, daß er es überhaupt wollte! Hier in *Toleranz* lag einiges im argen; auch wenn die alteingessenen Bewohner das nicht wahrhaben wollten, waren sie deshalb doch nervös und gereizt. Jacent gab sich weiterhin gutgelaunt, um Tante Syrilla nicht zu verraten, was er wirklich dachte.

Sie tat seine Entschuldigung mit einer Handbewegung ab und wandte sich wieder dem Wald zu.

»Machst du dir Sorgen deswegen?« fragte er mit honigsüßer Stimme, wobei er sich für seine Vermessenheit entschuldigen wollte und hoffte, daß sie den Fauxpas vergaß. Er wollte unbedingt wissen, weshalb sie sich Gedanken darüber machte.

»Ja«, rief sie. »Ja, Jacent. Niemand scheint sich über die Konsequenzen der Zeitreise im klaren zu sein. Es würde bedeuten, daß die Götter von *Hobbs Land* in der Vergangenheit zurückgehen, sich vor unseren Leuten hier einnisten und dann… Vielleicht sind sie schon hier. Auf Panubi. Diese Möglichkeit wurde zwar schon angedeutet, aber ich habe sie nicht, nun, du weißt schon, ernstgenommen. Aber nun… wir *wissen* nicht, was auf Panubi vorgeht, also *könnten* sie dort sein. Boarmus macht sich Sorgen wegen Panubi. Er hat Danivon Luze losgeschickt, um herauszufinden, was es mit… dieser Drachengeschichte auf sich hat. Vielleicht handelt es sich gar nicht um Drachen, sondern um versklavte Menschen. Wir wissen nämlich nicht, wie Versklavte aussehen.« Sie schauderte, und ihr schreckerfülltes Gesicht glich für einen Moment einem Totenschädel.

Er schnappte unhörbar nach Luft; ihre Angst hatte sich auch auf ihn übertragen. Dann wartete er atemlos ab.

»Das ist beunruhigend, Jacent«, sagte sie schließlich. »Die Vorstellung, daß die Götter von *Hobbs Land* wirklich hier sind. Daß sie nur darauf warten, über uns herzufallen, uns zu übernehmen und auch zu versklaven…« Sie seufzte, schlug sich auf die Stirn und flüsterte: »Ich träume manchmal davon. Als ob ich ersticken würde. Als ob ich in einen winzigen Raum gezwängt und… zerquetscht würde.« Sie schluckte schwer und rang sich ein Lächeln ab.

»Wenn es aber keine Zeitreise gibt, ist meine Besorgnis natürlich… unbegründet. Die Leute aus der Vergangenheit sind… wie du schon sagtest… harmlos.« Sie lachte, während die Angst ihr ins Gesicht geschrieben stand.

Jacent war mehr als nur interessiert. Er war neugierig! Er glaubte nicht, daß er jemals soviel Angst gehabt hatte wie sie. Und obwohl er in der Schule gelernt hatte, die Götter von *Hobbs Land* zu fürchten, hatte er sich im Grunde nie Gedanken darüber gemacht. Sicher, er hatte die Dokudramen gesehen, wie *Woanders* als Zufluchtsort vor den Göttern eingerichtet worden war, über die Professorin Mintier Thob und Madame Therabas Bland, über Subble Cling und Orimar Breaze und die anderen Mitglieder des Komitees, wie sie vor langer Zeit hierher gekommen waren. Nichts davon hatte ihm Angst gemacht.

Tante Syrilla indes hatte Angst. Er hielt es für das Beste, die Sache nicht weiter zu verfolgen. Also sagte er nichts, und das Schweigen dauerte an.

»Was soll mit den seltsamen Zwillingen geschehen?« fragte sie schließlich. »Ich weiß nicht, was beschlossen wurde. Sollen sie nach *Himmel* geschickt werden?« Obwohl die subtropische Insel *Himmel* für die *Supervisoren* und ihre *frick'schen* Diener reserviert war, durften auch ein paar Angehörige anderer Rassen dort leben, sofern sie harmlos oder interessant waren oder über Talente verfügten, welche die Maschinen nicht duplizieren konnten.

»Es geht das Gerücht um, daß Danivon Luze Verwendung für sie hätte«, erwiderte Jacent. In den unteren Regionen bot dieses Gerücht Anlaß zu endlosen Spekulationen. In den unteren Regionen bot Danivon Luze selbst Anlaß zu endlosen Spekulationen. Seine geheimnisvolle Herkunft machte ihn zu einer romantischen Gestalt, was Jacent irgendwie ärgerte. »Natürlich nur ein Gerücht.«

»Meine Güte«, flüsterte Syrilla, als sie sich erinnerte, was Boarmus über Danivon Luze gesagt hatte. Welch ein wirrer Knoten: Danivon, Panubi, Drachen, bei denen es sich in Wirklichkeit vielleicht um Menschen handelte, die von den Göttern von *Hobbs Land* versklavt worden waren und die merkwürdigen Zwillinge aus der Vergangenheit.

»Meine Güte«, sagte sie wieder.

Fringe hatte den *Manager* in der Halle der *Schlußabrechnung* nur erschrecken wollen. Um der Wahrheit die Ehre zu geben, hatte sie beabsichtigt, daß er sich vor Angst in die Hose machte. *Manager* und *Professionelle* waren ihr zuwider. Sie wußte wohl, weshalb das so war, doch diese Erkenntnis änderte noch lange nichts an ihren Gefühlen. Sie hatte schon immer eine generelle Abneigung gegen die Klassen des *Managements* und der *Professionellen* gehegt – zumindest, seit man ihr als Kind diese verdammten M&P-Puppen aufs Auge gedrückt hatte.

Diese Abneigung hatte sie sich erstmals eingestanden, als sie mit sechzehn plötzlich erkannte, daß sie, obwohl man ihr immer gesagt hatte, sie sei eine *Professionelle,* keine Chance hatte, sich in dieser Klasse zu behaupten. Fast ein Jahr lang hatte sie gehört, wie ihre Klassenkameraden sich über die Berufsausbildung unterhielten, die sie anfangen würden, über die Geschäfte, in die sie sich eingekauft hatten, über die Lehre, für die ihre Familien bezahlt hatten. Obwohl Großmutter Georgia immer gesagt hatte, daß die *Professionelle* Klasse von einem Naturgesetz beherrscht würde, das garantierte, daß auch ihre Kinder *Professionelle* würden, war weder eine Ausbildung noch ein Geschäft und auch keine Lehre für Fringe arrangiert worden. Kein Startkapital war bereitgestellt worden. Auf sie traf das Naturgesetz in weiten Teilen nicht zu.

Es war schon eine Ironie, sagte Fringe sich, daß Souile eine geborene *Asoziale* gewesen war und schon früh gegen diese Klassenzugehörigkeit rebelliert und sich verbessert hatte, während Fringe als geborene *Professionelle* erst erkannt hatte, daß sie gegen etwas rebellieren mußte, als es schon zu spät war! Nun war die Schulzeit bald zu Ende, und sie hatte keine Ressourcen außer ihrer Energie und Entschlossenheit. Wenn sie ehrlich gegenüber sich selbst war, wozu der ständige Kontakt mit Zasper sie bewog, wußte sie, das beste, was sie in diesem späten Stadium für sich tun konnte, bestand darin, das Niveau zu halten, das Souile erreicht hatte. Wenn sie keine *Asoziale* sein wollte, die sie im Moment war, müßte sie eine *Lohnempfängerin* werden. Obwohl das nicht bewundernswert war, war es zumindest respektabel.

Durch den Umgang mit Zasper und Ahl Dibai Bloom hatte sie einen gewissen Grad an Pragmatismus erreicht; beide befürworteten nämlich Taten anstelle dessen, was Zasper als ›rumjammern‹ bezeichnete. »Wenn du die Fakten kennst und trotzdem noch rumjammerst«, sagte Zasper oft, »bist du ziemlich bescheuert.«

Also jammerte sie nicht rum. Der erste Schritt bestand darin, in der Schule von der Stufe der *Professionellen*-Ausbildung auf die Stufe der *Lohnempfänger*-Ausbildung zu wechseln. Wo erstere theoretisch gewesen war, war letztere praktisch. Sie wußte bereits, daß sie mit Dingen besser umgehen konnte als mit Menschen und daß sie handwerklich sehr geschickt war. Nachdem sie sich für den Lehrgang angemeldet hatte, bat sie ihre Ausbilder, ihr bei der Jobsuche zu helfen. Einer von ihnen verwies sie an ein nahegelegenes Waffengeschäft, wo sie am späten Nachmittag und am Abend Waffen einstellte und reparierte. All diese Veränderungen in ihrem Leben, einschließlich des Jobs, hatten sich nicht einmal zehn Tage, nachdem sie die Entscheidung getroffen hatte, ergeben. Als sie Zasper davon erzählte, sagte er, sie hätte Tatkraft und gesunden Menschenverstand bewiesen, und er sei stolz auf sie.

Ansonsten schien es niemanden zu kümmern. Obwohl Fringe kein Hehl aus ihren Aktivitäten machte, schienen weder Souile noch Char sich dafür zu interessieren. Allerdings waren beide auch mit anderen Dingen beschäftigt. Char war nur noch selten zu Hause. Und dann zog er sich ins Arbeitszimmer zurück und regte sich über jede Störung auf. Souile hatte sich in den letzten Jahren noch mehr zurückgezogen; sie verließ kaum noch ihr Zimmer, und wenn sie es tat, schien sie nicht zu bemerken, was um sie herum vorging.

Niemand nahm Anteil an Fringes Leben, bis sie, als sie eines Abends nach Hause kam, an der Tür von der alten Nada erwartet wurde, die offensichtlich auf sie gewartet hatte. Das war an sich schon eine Seltenheit. Nada und Tantchen verbrachten nämlich die meiste Zeit in ihrem Zimmer und zankten sich.

»Fringe-Mädchen.«

»Ja, Nada.«

Die alte Frau verschränkte die Arme vor dem Unterleib und blinzelte mit wäßrigen Augen. »Deine Mama, sie ist heute gestorben.«

Fringe verschlug es die Sprache. Was ihr indessen unverzeihlich durch den Kopf ging, war, daß eigentlich Nada hätte dran glauben müssen, denn Nada hatte viel mehr Übung im Sterben, doch Nada stand da, schaute sie kurzsichtig an, und Fringe sah sich selbst mit offenem Mund dastehen, wobei die einzigen Worte, die ihr einfielen, dem Anlaß nicht angemessen waren.

»Wo ist Paps?« fragte sie mit erstickter Stimme, wobei sie das Geschehene verdrängte.

»Char hat sich im Arbeitszimmer eingeschlossen. Ari hat sich auch eingeschlossen. Er hatte sie so gern gehabt. Sie war sein Lieblingskind.«

»Tantchen?«

»Oben. Sie weint. Sie weint schon den ganzen Tag.«

»Bubba?«

»In der Schule.«

»Wo ist Mama? Du weißt schon. Ihr ...«

»Weg«, flüsterte die alte Nada mit tränenüberströmtem Gesicht. »Char hat sie schon weggebracht.«

Fringe umarmte Nada, weil sie nicht wußte, was sie sonst tun sollte und weil sie sich an etwas festhalten mußte. Sie weinten beide, ohne Worte des Trosts zu finden. Fringe versuchte sich daran zu erinnern, als sie Ma das letzte Mal gesehen hatte oder an das letzte Mal, als sie Ma als richtigen Menschen gesehen hatte, der lachte, vernünftige Dinge sagte und interessiert wirkte. Fringe wußte nicht mehr, wann das gewesen war. Wenn es überhaupt jemals so gewesen war, dann lag es schon lange zurück. Viele Jahre. Vielleicht, als Fringe noch ein Kind gewesen war, vor langer, langer Zeit.

Und was sollte sie Souiles Mutter nun sagen? Daß Souile an Stress gestorben war, weil sie sich zu sehr bemüht hatte, es allen recht zu machen, weil sie einen Drahtseilakt vollführt hatte, wobei Char und seine Verwandten am einen Ende des Seils und Ari, Nada und Tantchen am anderen Ende gezogen hatten? Weil ihre Tochter sie enttäuscht hatte? Weil sie zu viele Antidepressiva genommen hatte und sich vor Kummer schier verzehrt hatte? Fringe sagte das nicht. Sie sagte gar nichts. Sie fühlte sich schuldig, weil sie nicht trauerte und grämte sich, weil sie sich schuldig fühlte.

Als sie zwei Tage später nach Hause kam, stellte sie fest, daß die Tromses auch verschwunden waren. Char hatte sie in den sogenannten *Schweinestall* abgeschoben, das hiesige Altersheim, das gleichzeitig ein Armenhaus war.

»Aber Paps, das kannst du nicht … Sie haben doch hier gewohnt!«

»Nicht mehr.«

»Aber hier war ihr Zuhause.«

»Nicht mehr«, sagte er. »Ich habe es nicht mehr ausgehalten. Als deine Mutter noch lebte, konnte ich nichts machen, aber sie sind nicht meine Verwandten. Sie haben noch eine Tochter und einen Sohn. Sollen sie sich um sie kümmern! Ich kann es nicht mehr.«

Dies war das erstemal, daß Fringe damit konfrontiert wurde, daß die Tromses noch mehr Kinder hatten. Es hatte nie diesbezügliche Anzeichen gegeben. Sie verkroch sich im Modul, um sich die Sache durch den Kopf gehen zu lassen. War sie froh, daß Ari und Tantchen verschwunden waren? Würde sie sie besuchen? Sollte sie das tun oder lieber doch nicht?

»Im übrigen möchte ich, daß du aus diesem verdammten Modul ausziehst. Du kannst wieder dein altes Zimmer beziehen«, sagte ihr Vater beim Abendessen mit rauher Stimme und im Befehlston. Er schaute sie nicht einmal an, während er mit ihr sprach. Sie faßte es nicht als Vorschlag, sondern als einen Befehl auf, obwohl die Beweggründe ihr nicht klar waren. Betrachtete er sie nun wieder als Tochter, sie, die ihm jahrelang keine Tochter gewesen war?

Sie war auch schon seit Jahren nicht mehr in diesem Zimmer gewesen. Sie stand in der Tür, sah staubige Oberflächen, die dunklen Leuchtkörper, einen Haufen Andenken, die Heizmuffs, mit denen die alten Frauen ihre ständig kalten Extremitäten gewärmt hatten und die sogenannte Auto-Pflegekraft, die im Grunde nicht mehr darstellte als einen Monitor und einen Apparat, der in bestimmten Zeitabständen Medikamente ausspuckte. Im Raum roch es nach alten Frauen, Essig und vertrockneten Blumen. Alte Stimmen, alter Husten, Schniefen und Wimmern hallten nach.

In dieser Nacht bezog Fringe das Zimmer. Sie hatte sich in eine Decke gewickelt, die sie aus dem Modul geholt hatte und die ihr als Kokon diente, eine zweite Haut, damit sie keinen Kontakt mit dem Raum bekam. Sie legte sich auf ihr altes Kinderbett, in dem Tantchen geschlafen hatte. Sie sagte sich, der Raum sei leer, doch sie spürte noch immer die Anwesenheit der früheren Bewohner. Wenn Nada und Tantchen auch gegangen waren, ihre Geister spukten nach wie vor im Raum herum. Und nicht nur ihre Geister, sondern auch Souiles Geist. Aus dem Schattenreich drang ihr Flüstern; sie unterhielten sich über sie, über Fringe und sagten die

Dinge, die sie immer gesagt hatten. Sie hörte das Geflüster und reimte sich den Inhalt zusammen. Erst als es dämmerte, schlief sie ein.

Tags darauf besuchte sie sie im *Schweinestall.* Sie saßen mit leerem Blick da; die Luft war gesättigt mit dem Zeug, das man versprüht hatte, um sie ruhigzustellen. Als Fringe mit ihnen sprach, nickten sie bedächtig. Sie hörten sie kaum.

»Ist das Essen in Ordnung?« flüsterte sie. »Nada, ist das Essen in Ordnung? Bekommt ihr genug zu essen?«

»Zu essen«, murmelte Nada. »Zu essen, Fringe-Mädchen.«

»Wußtest du, daß Souile gestorben ist?« fragte Tantchen.

In dieser Nacht harrte Fringe wieder im Zimmer aus, nur um ihre Blicke zu spüren, ihre Präsenz, das vorwurfsvolle Geflüster. Der Raum war von ihrer Aura durchdrungen. Ihre Geister waren hier, nicht im *Schweinestall,* in den man ihre Körper gesteckt hatte. Obwohl sie nicht imstande gewesen wäre, Souile zu retten oder Nadas und Tantchens Abschiebung in den *Schweinestall* zu verhindern, fühlte sie sich schuldig, weil sie es nicht wenigstens versucht hatte. Sie hätte Nadas zweite Tochter oder ihren Sohn suchen sollen. Weshalb hatte sie es nicht einmal versucht? War sie froh? Konnte sie überhaupt froh sein?

Sie unternahm einen vergeblichen Versuch, mit ihrem Vater darüber zu reden. Sie hätte genauso gut gegen die Wand reden können. Wie immer ließ ihr Vater nicht mit sich reden. Er wurde nur wütend und sagte ihr, sie solle ihre Sachen aus dem Modul holen.

»Ich habe es verkauft«, nuschelte er und vermied es, ihr in die Augen zu sehen. »Ich habe es verkauft. Heute kommt jemand vorbei, der es zerlegt und mitnimmt. Zumal du in deinem alten Zimmer besser aufgehoben bist. Sieh dich nur mal an, um Himmels willen.« Seine Stimme troff vor Verachtung. »Sieh dich nur mal an.« Er zeigte mit dem Finger auf sie, auf die abgekauten Fingernägel, das Haar mit dem Rattenschwanz, die fleckige Haut, das verweinte Gesicht. »Sieh dich an«, wiederholte er voller Abscheu.

Sie öffnete den Mund, um es noch einmal zu versuchen und schloß ihn wieder. Es hatte keinen Sinn, ihm erklären zu wollen, wie sie sich fühlte. Zumal sie auch nicht wußte, wie sie sich fühlte; wenn sie überhaupt etwas wußte, dann das, daß sie nach dem Tod von Souile und dem Verschwinden der alten Leute auch nicht mehr in diesem Haus bleiben konnte. Ihr Vater hatte irgend etwas vor, hatte ihr irgendeine Rolle zugedacht, die sie spielen sollte, und sie wußte nicht, worum es sich dabei handelte. Was auch immer es war, sie war dazu nicht in der Lage. Diese Zeiten waren vorbei. Wenn es ihr schon nicht gelungen war, Souile eine Tochter zu sein, dann würde sie Chars Anforderungen an eine Tochter erst recht nicht genügen! Sie hatte ohnehin schon genug Probleme mit ihrer Identität. Da konnte sie nicht noch für ihren Vater in eine Rolle schlüpfen.

Sie ging ins Modul zurück und suchte die Geldkarten zusammen, die sie im Waffengeschäft und bei Ahl Dibai Bloom verdient hatte. Das Guthaben war praktisch nicht angerührt; sie würde sich damit für eine Weile über Wasser halten, wenn sie ein billiges Zimmer in der Nähe der Schule und des Geschäfts fand. Andere Kinder von *Lohnempfängern* lebten schließlich auch unter solchen Bedingungen. Am Nachmittag ging sie auf Zimmersuche, wobei sie indes ein gewisses Niveau anpeilte: Der Raum sollte nicht kleiner oder schäbiger sein als das Modul, das Bett nicht schmaler oder härter und das Saniton mindestens genauso funktionell. Am nächsten Tag packte sie ihre Sachen und zog aus, ohne ihrem Vater Bescheid gesagt zu haben.

An diesem Abend kam sie zur Essenszeit nach Hause, setzte sich auf ihren Platz und wartete darauf, daß ihr Vater oder Bubba sie fragten, wo sie gewesen war. Bubba erzählte von dem Ausbildungsprogramm, in dem Großmutter Gregoria ihn untergebracht hatte. Er würde der *Professionellen* Klasse angehören, der Kaste der Architekten. Er war ganz begeistert von der Herausforderung und dem Reiz des Neuen. Keiner von beiden erwähnte ihre Abwesenheit. Sie fragte sich, ob sie überhaupt bemerkt hatten, daß sie ausgezogen war. Vielleicht war ihr Aufenthaltsort weniger wichtig als der Umstand, daß das Modul endlich entsorgt war.

Wenn sie ihr etwas vormachten, würde sie ihnen auch etwas vormachen. Sie wohnte zwar in dem gemieteten Zimmer, ging aber immer zum Essen nach Hause, wenn sie sich dazu imstande sah oder wenn der Hunger sie hintrieb. Gelegentlich ging sie auch zu Großmutter Gregoria. Niemand verlor ein Wort über ihre Aktivitäten, obwohl ihr Vater und Großmutter die Dinge im allgemeinen und Fringes Versagen im besonderen beanstandeten.

Wenn sie es nicht über sich brachte, nach Hause zu gehen und wenn sie nicht allzu hungrig war, verbrachte sie die Zeit damit, aus Schrott und Ausschuß aus dem Waffengeschäft komplizierte kleine Maschinen zu bauen, die sich drehten und glitzerten und ihr quasi Gesellschaft leisteten. Sie wünschte sich ein Haustier, hatte aber nicht das Geld, um es zu ernähren. Obwohl sie sich selbst für häßlich hielt (Zasper sagte, das würde nicht stimmen), machte sie hin und wieder Männerbekanntschaften. Nach jeder Begegnung fühlte sie sich noch einsamer als zuvor, und schließlich verzichtete sie darauf. So lief sie wenigstens nicht Gefahr, Bemerkungen zu machen, die andere als Anmache oder Beleidigung auffaßten, und ihre Unsicherheit äußerte sich nicht in Sticheleien, mit denen sie anderen auf die Zehen trat. Wenn sie allein war, machte sie keine Fehler, die auf sie zurückfielen. Außer der Freundschaft mit Zasper und Bloom hatte sie keine Beziehungen. Die Leute erwarteten immer, daß sie ihre Identität verleugnete.

»Ich habe mit Männern kein Glück«, sagte sie zu Zasper, als der sie zu ihrem Liebesleben befragte. »Ich habe nicht die richtige... ach, ich weiß nicht, Zasper. Es klappt einfach nicht, das ist alles.«

Er schüttelte den Kopf, sagte aber nichts. Vielleicht hatte sie einfach kein Glück in der Liebe. Es gab solche Menschen. Zasper sagte sich, daß er vielleicht auch dazugehörte.

Allerdings, so sagte sie ihm, hatte sie bei der Arbeit viel Gesellschaft und wurde von den Leuten akzeptiert.

Ihre Tätigkeit umfaßte das Einschießen von reparierten Waffen. Die meisten Techniker benutzten einen Schießstand, doch Fringe zog es vor, nach Gefühl zu schießen und entwickelte eine solche Fertigkeit darin, daß die Kunden ihre Arbeit sehr schätzten und ihren fachlichen Rat suchten. Selbst Zasper sagte, halb im Scherz, daß ein Mädchen mit ihrer Treffsicherheit ihr Talent in einer Werkstatt verschwendete. Um sich die Freude darüber nicht anmerken zu lassen, bemerkte sie, daß sie diese Begabung wahrscheinlich einem Revolverhelden verdankte, der vor Tausenden von Jahren auf der Erde gelebt hatte.

Eines Nachmittags ging sie zu Großmutter Gregoria und versuchte, manierlich den servierten Fisch zu verzehren, während Großmutter strenger als sonst über Fringes *asoziales* und unverzeihliches Verhalten räsonierte und Chars unstandesgemäße Ehe beklagte.

»Wenn deine Mutter«, sagte Großmutter, »und diese Tromses nicht gewesen wären, wäre vielleicht etwas aus dir geworden...«

Fringe war in letzter Zeit oft allein gewesen. Auf dem Teller vor ihr lag das erste Essen, das sie seit Tagen bekommen hatte. Sie war noch immer sehr jung und oft verängstigt. Tag für Tag versuchte sie die Verwirrung zu unterdrücken, versuchte, nicht über die nächste Minute, die nächste Aufgabe hinauszudenken und hatte überhaupt Mühe, sich immer wieder selbst zu motivieren. Beim Klang der nörgelnden Stimme riß etwas in ihr. Sie spürte, wie es riß, wie das Gewebe ihres Lebens auf links gedreht wurde und wie etwas Schreckliches durchschimmerte.

»Wenn ich eine *Asoziale* bin«, platzte sie heraus, »dann nur deshalb, weil Paps sich in seiner verdammten Arroganz mehr aufgehalst hatte, als er bewältigen konnte. Und obwohl er genauso auf die Tromses herabblickte wie du, hat er mich von ihnen großziehen lassen! Und dann verachtete er mich, weil ich genauso geworden bin wie sie. Wem hätte ich denn sonst ähnlich sein sollen? Hör auf, über mich und meine Mama herzuziehen, Großmutter, denn wir beide sind nur das, was du und Paps aus uns gemacht habt!«

Georgia traten die Augen aus den Höhlen, und sie spie den Fisch aus. Sie sagte Fringe, sie solle verschwinden und ihr nie mehr unter die Augen kommen.

Fringe ging in einer Stimmung kalter Verzweiflung; sie spürte keine Wut, sondern befand sich in einem Schockzustand, als ob sie innere Blutungen hätte. Sie zitterte wie Espenlaub und fror erbärmlich. Der einzige warme Ort, der ihr einfiel, war Blooms Etablissement. Also machte sie sich auf den Weg. Aber sie schaffte es nicht ganz bis dorthin und blieb in einer Gasse stehen. Sie bekam Magenkrämpfe und konnte nicht mehr weitergehen.

»Bist du krank, Fringe?« sagte eine Stimme.

Für einen Moment glaubte sie, es sei Nada. Die

Stimme klang so ähnlich, wenn auch der winselnde Unterton fehlte. Die Sprecherin hatte sich in einer Toreinfahrt verborgen und trug den Kapuzenmantel, in den Touristen sich im *Swale* manchmal hüllten, Touristen, die inkognito bleiben wollten.

»Es geht schon wieder«, sagte Fringe keuchend und bedeutete der neugierigen Fremden, daß sie verschwinden sollte.

»Etwas ist geschehen«, sagte die vermummte Frau. »Etwas Schlimmes.«

»Etwas«, sagte Fringe. Sie holte tief Luft, und plötzlich erinnerte sie sich wieder an die Stimme. Es war Jory – die alte Frau, die ihr immer gefolgt war, als sie noch ein Kind war. »Was tun Sie hier?«

Die alte Frau schob die Kapuze zurück und kam näher, ohne die Frage zu beantworten. »Du bist verletzt worden«, sagte sie. »Von jemandem, der dich nicht hätte verletzen dürfen und der es dennoch getan hat.«

Fringe klappte die Kinnlade herunter, und für einen Moment blieb ihr die Luft weg.

»Wie ist dein Nachname?« fragte die alte Frau. »Ich habe deinen Nachnamen vergessen.«

»Dorwalk. Fringe Dorwalk.«

Nachdem der Krampf vorbei war, drehte Fringe sich um und versuchte einen Blick auf das zu werfen, was sich hinter der Frau befand; etwas Großes und Schemenhaftes bewegte sich am Rand des Blickfelds. Ein Mysterium. Das hatte ihr gerade noch gefehlt, ein weiteres Rätsel, das ihr Leben komplizierte.

Die alte Frau streckte die Hand aus, klappte Fringes Kinn hoch und wischte ihr mit dem Handrücken die Tränen aus dem Gesicht. »Ich werde dir einen neuen Namen geben«, sagte sie. »Meiner Ansicht nach ist es das, was du brauchst. Neue Namen sind oft hilfreich. Mit einem neuen Namen wird man ein neuer Mensch;

neue Menschen legen alte Gewohnheiten ab und kommen besser zurecht.«

Fringe schaute nur verständnislos drein. Was glaubte dieses … dieses Ding eigentlich, wer sie war?

»Owldark«, sagte Jory. »Dein neuer Name. Die Buchstaben deines alten Namens ergeben deinen neuen Namen: Fringe Owldark – eine ganz andere Person als Fringe Dorwalk, meinst du nicht auch? Sag es.«

Fringe, die vor lauter Überraschung nicht zum Widerspruch fähig war, gehorchte, wobei sie sah, daß das schemenhafte Etwas sich verschob und bewegte. »Fringe Owldark.«

Die alte Frau nickte. »Fringe Dorwalk hatte eine ungewisse Zukunft. Wege waren ihr versperrt. Sie hatte Angst. Sie kaute an den Nägeln und weinte sich in den Schlaf. Doch Fringe *Owldark* ist eine aus meinem Volk. Das habe ich dir schon vor langer Zeit gesagt, nicht wahr? Eine aus meinem Volk, die von mir auserwählt wurde, um … wundervolle Dinge zu vollbringen. Um etwas Besonderes zu werden. Ja, Owldark hat eine ganz andere Zukunft vor sich! Sie muß sie nur finden.« Die alte Frau tätschelte ihr die Wange, drehte sich um und löste sich im Schatten auf. Fringe ging einen Schritt vorwärts, doch die Toröffnung war leer.

Vielleicht hatte sie das nur geträumt. Wahrscheinlich hatte sie das nur geträumt. Vor Hunger halluziniert. Visionen. Die hatte sie manchmal.

»Fringe Owldark«, sagte sie laut. Plötzlich versiegten die Tränen, und sie wollte Zasper alles erzählen.

Doch sie hatte keine Gelegenheit, ihm die Geschichte zu erzählen, denn zur Begrüßung schob er ihr einen vollen Teller hin und zitierte die Bemerkung eines Freunds, der sich über Fringes Begabung für die Reparatur von Waffen geäußert hatte. Er betonte erneut, daß sie mit der Arbeit in der Werkstatt ihr Talent vergeudete, eine Bemerkung, bei der Fringe errötet war und nicht gewußt hatte, wie sie darauf reagieren sollte.

Fringe Owldark indes, die den Mund voll saftigen Fleischs hatte, wußte mit absoluter Sicherheit, daß sie bisher Perlen vor die Säue geworfen hatte. Sie würde nie wieder hungern müssen!

»Ich möchte, daß du mir die Ausbildung an der *Beauftragten-Akademie* finanzierst«, sagte sie bestimmt, was sie nicht minder erstaunte als Zasper.

»Äh – Fringe«, sagte er, wobei der Ausdruck in ihren Augen ihn plötzlich an Danivon Luze erinnerte, »nee, nee, das möchtest du sicher nicht.«

Fringe Dorwalk hätte vielleicht klein beigegeben, nicht aber Fringe Owldark. Diese Forderung war einer Quelle der Verzweiflung entsprungen, die nicht geschlossen oder ignoriert werden konnte. »Ich muß etwas tun, Zasper. Nach Hause kann ich nicht zurück, und allein komme ich gerade so über die Runden. Ich bin es leid, immer Hunger zu haben.«

»Du kannst immer zu mir kommen! Es wird keinen Tag geben, an dem du diesen Ort hungrig verläßt!«

»Ich will zu niemandem gehen müssen, verstehst du das denn nicht! Ich will wegen nichts zu niemandem gehen. Ich will von niemandem abhängig sein. Ich will selbständig sein. Ich will nicht um eine Unterkunft, Essen und Kleider betteln müssen. Ich habe genug von Leuten, die mich ernähren und kleiden und eine Abneigung gegen mich hegen, weil ich nicht ihren Erwartungen entspreche.«

»Ich hatte nie ...«

»Das weiß ich! Aber dann wäre ich auf dich angewiesen, Zasper, und würde immer noch nicht auf eigenen Füßen stehen! Was ich will, ist deine Unterstützung. Hilf mir. Irgendwann werde ich es dir zurückzahlen.«

Er drückte sie mit sanfter Gewalt auf den Stuhl zurück, gab ihr ein Glas Bier und bat sie, ihm zuzuhören. »Fringe-Mädchen, ich werde dir helfen, wo ich kann, aber hör mir zu. Etwas ... etwas verändert sich auf Woanders. Es gab eine Zeit, da alles klar und einfach war, selbst für die *Beauftragten*. Dieser Tage ist die Lage uneinheitlich. Es ist, als ob etwas ...«

»Du weichst mir aus, Zasper«, rief sie. »Ich brauche Hilfe, und du äußerst dich nicht dazu!«

»Schon gut, schon gut, hör zu! Ich bin ein Floh, der auf einem Hund lebt; alles klar?«

»Du bist also ein Floh, Zasper. Das kann ich mir vorstellen.« Sie lachte hysterisch, wobei ihr Tränen übers Gesicht strömten.

Er schüttelte sie. »Richtig. Und ich glaube, daß etwas nicht stimmt. Die anderen Flöhe lachen mich aus, weil alles unverändert ist. Die Sonne geht auf, die Sonne geht unter. Der Hund frißt und scheißt auf den Rasen. Dann fällt der Hund eines Tages tot um, und bei mir fällt der Groschen: Das war es also! Der Hund war krank!«

»Und was hat das zu bedeuten?«

»Das bedeutet, daß *Woanders* sich in Schwierigkeiten befindet. Eine Krankheit, eine Gefahr ist im Verzug.«

Sie starrte ihn an und schüttelte den Kopf. »Das Leben an sich ist krank und gefährlich, Zasper. Sag's mir auf eine andere Art!«

Das hatte er zwar nicht gemeint, aber er war nicht in der Lage, sich klarer auszudrücken. »Ein *Beauftragter* hat ein hartes Leben, Fringe.«

»Es kümmert mich nicht, wie hart es ist.«

Manchmal versagten *Beauftragte* bei der Ausübung ihres Amts, sagte er. Er selbst hatte nicht immer die volle Leistung gebracht. Er tat sich bis heute schwer, einen Gleiter zu fliegen. Und dann war da noch der kleine Junge, den er regelwidrig vor der Folter und dem sicheren Tod bewahrt hatte. Und er bildete sich ständig eine eigene Meinung. »Du wirst entweder deinen Eid brechen oder dich manchmal hassen«, sagte er.

»Ich hasse mich jetzt schon«, erwiderte sie. »Wenn ich mich nur zeitweise hassen würde, wäre das schon eine Verbesserung.«

Sie beharrte auf ihrer Forderung und ignorierte das Eingeständnis seines Versagens, wobei sie sich wunderte, daß er ihr das überhaupt erzählte, denn wenn jemand ihn denunzierte, würde er Ärger bekommen. Nicht daß sie ihn verraten würde. Niemals. Nicht Zasper. Sie ging auf Tuchfühlung mit ihm und legte ihm die Hand auf den Arm (was sie nur selten tat oder zuließ) und sagte ihm, sie wüßte, daß es nicht leicht sein würde, und sie wüßte auch, daß die Arbeit zum Teil hart und unangenehm sei, aber so hart und unangenehm sie auch war, es wäre immer noch besser als die Lage, in der sie sich nun befand.

Zasper schüttelte den Kopf, öffnete den Mund und schloß ihn wieder. Die Argumente waren ihm ausgegangen, und er war nicht in der Lage, ihr ein anderes Angebot machen, genauso wenig wie er in der Lage gewesen war, Danivon Luze ein anderes Angebot zu machen. Zasper war schon seit Jahrzehnten ein *Beauftragter*. Er wußte, welchen Preis die Tätigkeit als *Beauftragter* gefordert hatte. Nach langjährigem Dienst nach Vorschrift fragte er sich, wer er eigentlich war, wer dieser Zasper Ertigon war? Ein Mann, der seine niederen Instinkte unterdrückt hatte, der nicht fähig war, Gefühle zu äußern und der sein Urteilsvermögen verloren hatte. Er war mit bestimmten Vorstellungen von Gut und Böse aufgewachsen, doch über die Jahre war ein gewisser moralischer Schwund eingetreten, die Unfähigkeit zu entscheiden, was richtig war. Nun lachte er darüber. In seiner Kindheit in Enarae hatte es durchaus richtige und falsche Dinge gegeben, doch weshalb sollte ein *Beauftragter* sich darüber den Kopf zerbrechen? Das war nicht der Auftrag eines *Beauftragten*! Sie hatten den Auftrag, den Willen des *Rats* durchzusetzen, was bedeutete, *Richtiges* und *Falsches* zu tun und noch andere verdammte Sachen. Sie hatten den Auftrag, die Vielfalt durch die Aufrechterhaltung des Status quo zu verteidigen. Fürs Denken wurden sie nicht bezahlt, und Gefühle konnten sie sich auch nicht leisten.

Wenn man es aus der entgegengesetzten Perspektive betrachtete, mußte er jedoch zugeben, daß es auch *Beauftragte* gab, denen die Arbeit zu gefallen schien. Viele von ihnen genossen die Bezahlung und den Respekt; manche genossen die Macht.

»Zasper«, flehte sie und weinte wie ein Schloßhund. »Bitte!«

Die Zusage, ihr zu helfen, war schmerzlich für ihn. Die Absage wäre kaum schmerzlicher gewesen.

Später erinnerte sie sich, daß sie Zasper eigentlich von ihrem neuen Namen erzählen wollte und es dann irgendwie vergessen hatte. Obwohl sie lange Zeit keine Gelegenheit hatte, ihm die Geschichte zu erzählen, vergaß sie den Namen nicht. Owldark. Das war ihr Name. Sie hielt ihn zwar geheim, aber es war ihr Name.

Ein qualifizierter Sponsor genügte, um in die *Akademie* aufgenommen zu werden. Die *Kandidaten* leisteten keine Vorauszahlung für das Studium. Von graduierten *Beauftragten* wurde erwartet, daß sie die Ausbildung an der *Akademie* honorierten, indem sie hohe Gebühren an die *Beauftragten*-Posten entrichteten, nachdem sie sich etabliert hatten. Also ging sie, ohne jemandem etwas zu sagen, von der *Lohnempfänger*-Schule ab, zog aus dem schäbigen Zimmer aus und bezog ein ähnliches, wenn auch saubereres Zimmer an der *Akademie* von Enarae. Sie rangierte laut Zasper auf Platz Zwei der *Beauftragten-Akademien* auf *Woanders*, wobei nur noch die *Akademie* in *Toleranz* selbst einen besseren Ruf genoß.

Jeden Tag trat sie noch vor dem Morgengrauen mit ihren Kameraden an, um sich die uralte Geschichte von den unbezwingbaren Menschen anzuhören, die sich nicht von den Göttern versklaven ließen; sie hörte vom ruhmreichen alten Phansure, vom Ersten Enarae und dem Exil-Enarae hier auf *Woanders*; sie spürte, wie das Blut durch die Trommelwirbel und die flatternden Banner in Wallung geriet. Sie rezitierte den Eid, wobei jedes Wort sich in ihr Herz brannte. Sie vernahm den Ruf der *Meister*: *»Beauftragte! Eine Lage!«*

Sie rief mit hundert anderen: *»Wir klären die Lage!«*

Sie ging völlig darin auf. *Beauftragte* wurden respektiert und waren respektabel. Die Geschichte durchströmte sie, wie Energie durch eine Glasfaser floß und alles erwärmte, was mit ihr in Kontakt kam. Ohne die *Beauftragten* gäbe es keine Vielfalt und folglich auch keine Menschheit. Sie und ihre Kameraden waren die tapfere Truppe, welche die Sicherheit der ignoranten Masse gewährleistete. Wurde sie dennoch von Zweifeln geplagt, so verdrängte sie diese. Genauso wie jedes Aufflackern ihrer alten Aufmüpfigkeit. Sie hatte sich entschieden! Sie würde zu ihrer Entscheidung stehen.

Sie wurde an Waffen ausgebildet, von deren Existenz sie bisher nichts gewußt hatte. Sie lernte exerzieren und die offenen und verschlüsselten Signale, mit denen die *Beauftragten* sich verständigten. Sie lernte zu kommandieren, wie sie die Leute dazu bewog, Befehle auch gegen ihren Willen zu befolgen. Sie nahm an Fallstudien von Provinzen teil, die in der Vergangenheit vom Status quo abgewichen waren und erfuhr, wie die *Beauftragten* sie wieder zur Räson gebracht hatten.

Sie entwickelte Selbstbewußtsein. Das Haar bekam Glanz. Die abgekauten Fingernägel wuchsen nach. Die

Haut wurde rein. Die Haltung straffte sich! Endlich war sie jemand, etwas Besonderes!

Selbst Zasper mußte zugeben, daß sie aufgeblüht war.

Wenn sie jedoch darüber nachgedacht hätte, wäre ihr bewußt geworden, daß das zu schön war, um wahr zu sein. Ihr Höhenflug würde nicht lang anhalten. Der Schlag kam in Form einer Nachricht von ihrem Vater. Sie sollte sich bei ihm melden. Voller Ungewißheit machte sie sich auf den Weg; sie wußte nicht, was sie erwartete.

Er bedachte sie mit einem scheelen Blick, als sie hereinkam.

»Ich weiß Bescheid«, sagte er.

Ihr Unterkiefer klappte herunter. Worüber wußte er Bescheid? Sie hatte ihm nichts verheimlicht.

»Du wirst diesen Ort verlassen«, sagte er.

»Verlassen?« Sie schnappte nach Luft und lachte beinahe hysterisch. »Verlassen! Du meinst die *Akademie*?«

»Hast du überhaupt eine Ahnung, was es für meine Reputation als *Professioneller* bedeutet, eine Tochter an der *Beauftragten-Akademie* zu haben!« Das war keine Frage. Er erwartete keine Antwort.

Fringe wußte inzwischen über die *professionelle* Reputation ihres Vaters Bescheid. Sie schüttelte störrisch den Kopf und sagte: »Ich habe einen Auftrag, Paps.«

»Es gibt hundert Berufe!« trompetete er, wobei er zu Fringes Erstaunen fast genauso wie Gregoria klang. »Hundert Berufe!«

In der Vergangenheit hatten ihr immer die Worte gefehlt, wenn sie von ihrem Vater, ihrer Großmutter oder den Lehrern in der Schule heruntergeputzt worden war. Doch seit besagtem Tag bei Großmutter Gregoria hatte sich das geändert. Nun war sie wütend und aufgebracht und gab Char ordentlich Kontra.

»Es stimmt schon, daß es hundert Berufe gibt, aber

um dort Fuß zu fassen, braucht man eine Schulbildung, eine Lehre oder Geld. Und das kostet viel Geld, und dieses Geld muß im voraus gezahlt werden! Wo ist denn mein Startkapital, Paps? Die Mädchen der *Professionellen Klasse* haben alle ein Startkapital. Du hast Mama so sehr gewollt, daß du alles für sie riskiert hast. Ich verstehe das. Nun, du hast sie bekommen, du hast ihre Familie bekommen, und nun ist sie tot, und sie sind weg, ich bin weg, aus und vorbei. Du hast alles riskiert, was du hattest, hast es für sie ausgegeben, und dann war nichts mehr übrig, damit ich eine *professionelle* Laufbahn hätte einschlagen können. Ich bin nicht wütend auf dich. Ich weine auch nicht mehr deswegen. Aber versuch nicht, mich von meinem Weg abzubringen, Vater!« Trotz ihrer Worte mußte sie doch weinen, und sie spürte, wie die Tränen vom Kinn heruntertropften.

Ihr Vater wurde zuerst rot im Gesicht, dann weiß, und dann überraschte und entwaffnete er sie, indem er selbst in Tränen ausbrach. Sie hatte ihm noch nie widersprochen. Außer seiner Mutter hatte ihm noch niemand widersprochen. Er wußte nicht, wie er damit umgehen sollte. Darauf war er nicht vorbereitet gewesen. Die Tränen flossen in Strömen, während er ihr versprach, er würde zu Georgia ziehen und das Haus verkaufen, um ihr ein Startkapital zu beschaffen. Sie hatte recht! Sie hatte einen Anspruch darauf. Er würde seiner Verpflichtung nachkommen. Sie sollte ihm keine Vorwürfe machen! Er würde es wiedergutmachen!

Und obwohl sie wußte, daß es wieder Schmerz und Zurückweisung und Einsamkeit bedeuten würde, wurde Fringe von einer Woge der Zuneigung mitgerissen, umarmte ihn und gelobte, eine *Professionelle* zu werden. Sie umarmten sich und lächelten sich zaghaft an, und Fringe ging mit einer schmerzlichen Sehnsucht, die sie fast vergessen hatte. Morgen, sagte sie sich, würde sie von der *Akademie* abgehen. Sie würde sich bei Zasper entschuldigen und ihn um Verzeihung bitten, aber sie würde abgehen. In dieser Nacht kaute sie wieder an den Nägeln und bekam Flecken im Gesicht, doch sie war entschlossen.

Am nächsten Morgen indes ließ sie sich die Sache noch einmal durch den Kopf gehen. Es hatte Zeiten ... Zeiten gegeben, als Mama und Paps wie die Schloßhunde geweint und sich alles mögliche versprochen hatten, das sie dann doch nicht gehalten hatten. Sie war auch dabei gewesen, als Char Großmutter Gregoria Versprechungen gemacht hatte, wobei diese Versprechungen in der Regel beiden nicht viel bedeutet hatten. Zumal die *Akademie* ihr Zuhause war; wo sollte sie bleiben, wenn ihr Vater das Haus verkaufte? Würde sie bei Großmutter überhaupt willkommen sein? Vielleicht sollte sie lieber abwarten, wie die Dinge sich entwickelten ...

Ernsthafte Zweifel unterdrückte sie. Sie erwog zuerst, zu Char zu gehen und die Einzelheiten zu regeln, doch sie sagte sich, daß sie ihn damit vielleicht unter Druck setzen würde; insgeheim befürchtete sie aber, sich selbst unter Druck zu setzen. Die Tage vergingen. Vom Startkapital war keine Rede mehr. Sie befand sich in einem Wechselbad der Gefühle. Ihre Stimmung schwankte zwischen Ärger und Erleichterung. Im Grunde hatte sie die *Akademie* gar nicht verlassen wollen. Und doch, wenn er wirklich mit dem Geld rüberkommen würde ...

Schließlich beschloß sie, sich Gewißheit zu verschaffen und ihn zur Rede zu stellen. Das Haus war leer. Ein Nachbar sah sie dort stehen und sagte ihr, daß Char auf Reisen wäre, auf Hochzeitsreise. Er hätte wieder geheiratet. Eine Frau der *Professionellen Klasse*, eine Witwe. Das Haus würde während seiner Abwesenheit aufwendig renoviert werden.

Die Kälte, die von ihr Besitz ergriff, war nicht schlimmer als bei früheren Erlebnissen dieser Art. Ihr Vater hatte offensichtlich entschieden, daß es besser sei, mit einer neuen Frau von vorne anzufangen, als sich mit der Tochter seiner ersten Frau abzuplagen – zumal sie nicht gerade eine Zierde für ihn war. Die Tromses hatten sie verpfuscht, keine Frage.

Sie kehrte an die *Akademie* zurück und legte die Erinnerung an dem Ort ab, an dem sie auch die anderen Erinnerungen aufbewahrte, an diesem verschlossenen, geheimen Ort. Weshalb sollte sie eine *Professionelle* Dorwalk werden, wenn sie überhaupt keine Dorwalk mehr war? Ihr neuer Name war Owldark. Sie war mit diesem Namen beschenkt worden und trug ihn nun schon seit einiger Zeit mit sich herum. Der Klang dieses Namens gefiel ihr. Heimlich, still und leise, wie sie selbst. Sie würde eine *Beauftragte* werden, sie würde Owldark werden und sie würde einen Platz für sich selbst haben.

Obwohl sie danach noch ein paarmal von ihm träumte, sah sie Char Dorwalk nie wieder.

Jacent, Syrillas Protegé, hielt es in *Toleranz* kaum noch aus. Er schwankte fast nur noch zwischen Langeweile und Schrecken, gelangweilt von der geistlosen Routine am Tag und nächtens von Alpträumen verfolgt. Der Medotechniker, bei dem er schamhaft Hilfe suchte, riet ihm zu einem Schlafinduktor und sprach von den Schwierigkeiten der Anpassung an eine neue Umgebung. Mit der Zeit würde es schon besser werden, sagte der Medotechniker. Jacent nahm sich also Zeit und wachte jede Nacht mit hämmerndem Herzen auf. Vor lauter Panik, deren Ursache er nicht kannte, blieb ihm die Luft weg. Er wußte, daß er sich zu viele Gedanken darüber machte, doch es gab nichts, was ihn abgelenkt hätte. Eine Schicht war wie die andere. Personen und Ereignisse schienen wie Wasser ineinanderzufließen. Es gab keine Konturen. Es herrschte die Macht der Gewohnheit, ohne irgendwelche besonderen Vorkommnisse. Bei realen Gegebenheiten durfte er weder Betroffenheit noch Überraschung zeigen. Obwohl in einigen der Provinzen, die er überwachte, barbarische Sitten herrschten, wollte der Brauch es, sie ohne Kommentar zu akzeptieren. Man erwartete von ihm, daß er sich in der Öffentlichkeit über Banalitäten ausließ, ohne etwas wirklich Wichtiges und Gehaltvolles zu sagen. Diese Schauspielerei war unerträglich.

Jacent sagte sich, daß er noch zu jung war, um in solchen Routinen zu erstarren! Er brauchte den realen Nervenkitzel! Wenn er sich mit etwas Interessantem beschäftigte, würde er vielleicht Schlaf finden! Er bekam eine Chance, als man ihn einlud, sich einer Gruppe Jugendlicher anzuschließen, die die verlassenen Einrichtungen nördlich der *Großen Rotunde* erkunden wollten.

»Dort gibt es Kanalratten, die so lang sind wie dein Arm«, flüsterte Metty, ein Mädchen, das fast zur selben Zeit wie Jacent in *Toleranz* angekommen war. Sie war eine Freundin, jemand, der die dumpfe Langeweile, die Desillusionierung und Unzufriedenheit mit ihm teilte. Mitten in der Nacht sprachen sie unter der Bettdecke über ihre Pläne, zwischen mehr oder weniger erfolgreichen Versuchen sexueller Betätigung.

»Ratten und vielleicht auch Schlangen«, sagte ihr Bruder Jum, der mit dem lockigen Haar und der extravaganten Kleidung, nachdem er sich der Gruppe angeschlossen hatte. »Wir nehmen Netz-Gewehre mit und fangen ein paar für den Zoo!«

Es gab einen Stasis-Zoo in *Toleranz*, wo von Siedlern mitgebrachte Fauna und Flora aller Arten konserviert wurde; zumindest jene Spezies, die nicht mit dem künstlichen Ökosystem kompatibel gewesen waren, das ursprünglich auf *Woanders* etabliert worden war. Der Fang interessanter Kreaturen würde eine plausible Entschuldigung für die eigenmächtige Expedition darstellen, wenn die Legitimation auch zweifelhaft war. Das Jagen von Tieren oblag nämlich den *Frick'schen*. Überhaupt hatte Jacent den Eindruck, daß alles, was mit Abenteuer und Spaß zu tun hatte, den *Frick'schen* vorbehalten war, während Langeweile und Routine das Geschäft der *Supervisoren* war.

»Wie kommen wir überhaupt dort hinein?« fragte Jacent. »Ich dachte, die alten Kasernen wären versiegelt.«

»Ja, waren sie auch«, sagte Kermac lachend, der unter den *frick'schen* Küchenjungen für seine waghalsigen Abenteuer bekannt war. »Aber wir haben ein Siegel erbrochen und eine Tür aufgestemmt. Es gibt dort unten ein Gewirr von Korridoren, und viele Lampen funktionieren noch.«

Also schlich Jacent sich mit diesen und einem halben Dutzend anderer abenteuerlustiger Jugendlicher in die Kellerkorridore und schlüpften durch die enge Spalte; Kermac war nicht imstande gewesen, die massive Tür weiter aufzustemmen. Niemand außer den Jugendlichen wäre in der Lage gewesen, sich durch die enge Spalte zu quetschen.

Sie tauchten in ein Zwielicht ein, das für Jacent sogar noch schlimmer war als völlige Dunkelheit, denn im Dunklen würde er nicht laufend Dinge sehen, die auf den zweiten Blick gar nicht da waren. Außerdem verursachte der Ort ihm Beklemmungen, die ihn unangenehm an die nächtlichen Alpträume erinnerten. Besorgt dachte er an die giftigen Gase, die sich angeblich in alten Gewölben sammeln. Die anderen spürten jedoch keinerlei Beklemmungen, wie aus ihrem Geplapper hervorging. Er riß sich zusammen und versicherte sich, daß der scheinbare Luftmangel reine Einbildung war.

Sie befanden sich in einem Labyrinth. Korridore vereinigten und verzweigten sich. Die Räume hatten mehrere Türen, die sich oft an unvermuteten Stellen öffneten. Hier versagte jeder Orientierungssinn. Wäre *Hansl* nicht gewesen, der Streckenrecorder, den Kermac sich (ohne Erlaubnis) von der Logistik ausgeliehen hatte, hätten sie sich schon bald hoffnungslos verirrt.

Mit Hilfe von *Hansl* drangen sie immer tiefer ins Labyrinth vor. Sie fanden nichts Interessantes, gaben die Hoffnung aber nicht auf. Die Wände und der Boden waren schon von Anfang an einheitlich grau gewesen und waren nun ebenso einheitlich mit einer samtenen Staubschicht überzogen. Die Oberflächen waren konturenlos. Am Boden angebrachte Leuchtkörper ermöglichten ihnen eine zügige Fortbewegung. Da und dort schalteten sich bei ihrer Annäherung Lampen ein, so daß sie deutlich sahen, wo sie waren, auch wenn es nichts zu sehen gab. Keine interessanten Objekte, keine Geräusche, nicht einmal das kaum hörbare Summen und Zischen eines Luftzugs. Wenn die Lampen angingen, erzeugten sie ein graues, diffuses Glühen, das von Schatten begrenzt wurde. Und wenn die Lampen hinter ihnen erloschen, war es dunkler als zuvor.

Am unteren Absatz einer Treppe mit einer unbestimmten Anzahl von Stufen stießen sie auf einen Korridor, der in einen hallenden Raum mündete, bei dem es sich vielleicht um eine Versammlungshalle gehandelt hatte. Das Stimmengewirr war schon längst staubiger Stille gewichen. In dieser riesigen Kammer lastete die Stille so drückend auf ihnen, daß sie sie durchbrechen mußten.

»Wir sind Jäger«, rief Metty unvermittelt. »Haii, wir sind Jäger!« Sie fuchtelte mit ihrem Netz-Gewehr, als ob sie einem unsichtbaren Zuschauer zuwinken würde.

Nachdem ihre Stimme verhallt war, trat eine Totenstille ein. Sie hielten inne und wandten sich zur Flucht, als sie die Laute im Nichts verschwinden hörten und auf das Echo warteten, das aus dem Labyrinth ertönen mußte. Sie spitzten die Ohren in Erwartung des Echos, das, wie sie wußten, kommen würde, und im Geiste nahmen sie den Nachhall vorweg: ›... ger ... ger ... ger.‹

Das Echo, als es schließlich kam, drang nur als schwacher Abklatsch an ihre Ohren, als ob der samtige Staub die Knochen des Schalls gefressen und nur das Fleisch und die Haut übriggelassen hätte.

»Wir ... hunger ...« Die Worte, wenn auch leise, waren deutlich, gefolgt von einer Wiederholung. Dann trat wieder Stille ein. »... ger ... ger ... ger ...«, schluckte der Schall hungrig.

Die jungen Leute schauten sich unbehaglich an, wobei jeder sich fragte, ob die anderen auch gehört hatten, was er oder sie gehört hatte.

»Hunger?« flüsterte Jacent. »Hast du das gerufen? Ich dachte, du hättest ›Jäger‹ gesagt?«

Metty schaute ihn kopfschüttelnd an; plötzlich hatte sie die Vision einer schleimigen und ekligen Kreatur, die hinter der nächsten Ecke lauerte, Worte auffing und sie entstellt zurückwarf, so daß die Forscher nicht am Echo zweifelten, sondern am ursprünglichen Wort.

»Ich habe Jäger gesagt«, flüsterte sie mit trockener Kehle.

Ihr Bruder Jum, der blaß geworden war, nahm sich ein Herz und rief in die Dunkelheit hinaus.

Und wieder kam das Echo und verfälschte die Bedeutung der Worte.

Jacent, dem sich die Nackenhaare sträubten, wußte, daß das kein zufälliger Effekt war. Hier stand Absicht dahinter. Solche Verfälschungen ereigneten sich nicht durch Zufall! Er wollte das schon laut sagen, doch dann besann er sich eines Besseren. Er durfte das nicht sagen, nicht hier. Seine Ohren hatten Obszönitäten vernommen, die Jum niemals gesagt hatte, doch es wäre klüger, so zu tun, als ob er es gar nicht gehört hätte. Er warf einen Blick auf Metty; sie errötete und sah weg. Nun denn. Sie hatte es also auch gehört.

Die beiden standen neben einem massiven Pfeiler im Mittelpunkt der Halle. Die Decke hing unsichtbar über ihnen, und die Wände zeichneten sich nur schemenhaft in der Dunkelheit ab. Im Gegensatz zu den Wänden, die sie bisher gesehen hatten, waren diese mit Gemälden verziert: *Frick'sche* in Kampfausrüstung, *Frick'sche* im Schlachtengetümmel, Darstellungen von Schlachtfeldern. Jacent nahm Metty an der Hand und zog sie zum Pfeiler, wie zu einem Zufluchtsort, um hinter ihm vor diesen Lauten in Deckung zu gehen.

Jacent lehnte sich dagegen und hörte die Schritte der anderen, wobei die Geräusche durch den massiven Stützpfeiler zum Tritt einer marschierenden Armee verstärkt wurden. Was, wenn er ›Vorsicht!‹ oder ›Gefahr!‹ rufen würde? Er stellte sich vor, wie er die Worte rief, wie sie als Lawine zurückrollten und seine Freunde in die Flucht schlugen. Er wußte, was dann geschehen würde. Sie würden getrennt werden. Sie wären verloren. Alle. Das wäre dann etwas Reales, ein Ereignis, das der *Aufsichtsrat* nicht mit einer Handbewegung abtun konnte, etwas, womit er sich würde befassen müssen! Suchtrupps würden von der *Großen Rotunde* ausschwärmen! Der *Innere Kreis* würde Arbeit bekommen!

Er unterdrückte den hysterischen Impuls, eine solche Warnung zu rufen und holte tief Luft, wie er es tat, wenn er aus seinen Alpträumen erwachte. Kermac hatte den *Hansl*, und Kermac befand sich auf der anderen Seite der großen Kammer, in der Nähe eines Korridors. Wenn Kermac in Panik geriet, würde er durch diesen Korridor fliehen und Jacent und Metty hier bei diesen Stimmen zurücklassen. Jacent wollte nicht hier zurückgelassen werden. Auch dann nicht, wenn er ein Abenteuer verpaßte. Er zog Metty zu der Stelle, wo Kermac und Jum standen.

Jacent glaubte nicht mehr daran, daß der Nachhall, den sie gehört hatten, Echos gewesen waren. Hatte er diese Phänomene überhaupt jemals für Echos gehalten? Nun, wenn das der Fall gewesen war, dann glaubte er zumindest jetzt nicht mehr daran. Es handelte sich um Stimmen, reale Stimmen, ominöse Drohungen und Anklagen aus einem nicht allzu weit entfernten Raum. Jedenfalls nicht weit genug.

»Was war das früher für ein Ort?« fragte er fast im Flüsterton.

»Die Armeekaserne«, sagte Kermac leise. »Aus der Zeit der Besiedlung.«

»Wieso sollte eine alte Kaserne … so sein?« flüsterte Jacent. »Ich meine, hier lebten doch nur *Frick'sche*, nicht wahr? Einen solchen Ort würde man vielleicht in … äh … Derbeck erwarten. Oder in Molock. Oder wie heißt dieser Ort in Enarae gleich noch mal, im *Swale*?«

»Ich habe den *Swale* überprüft«, sagte Metty. »Er ist etwas heruntergekommen, aber das hier ist wirklich gespenstisch.«

»Aber wieso?« fragte Jacent.

»Je weiter wir vordringen, desto schlimmer wird es«, murmelte eins der Mädchen hinter ihnen. »Ist euch das schon aufgefallen? Je tiefer wir hinabsteigen, desto schlimmer wird es.«

»Ach, du mit deinem ›je tiefer hinab‹«, sagte Jum trotzig. Sein Gesicht war bleich und angespannt. Es stand Angst in seinen Augen, aber die Entschlossenheit, die Gefahr zu bekämpfen, war stärker. Jacent erkannte das. Jum tat das gleiche, was er, Jacent, tat, wenn er aus diesen verdammten Alpträumen erwachte! Weil er Jums mögliche Handlungen sowohl guthieß als sich auch davor fürchtete, streckte Jacent beide Hände aus – zu spät. Jum rannte davon, um sich der Entfernung zu stellen, den leeren Korridoren, der dräuenden Finsternis.

»Ich habe keine Angst vor euch!« schrie er. »Ich lache über euch!« Und wirklich stieß er ein schrilles Gelächter aus. »Haha, hahaha«, ertönte das Stakkato.

Kaum war das Gelächter verklungen, kam es zurück, und sie wurden niedergemäht wie Getreide von einer Sense. Das Lachen glich einem rollenden Donner, einem akustischen Erdbeben. Irgendwo lachte ein Chor von Monstern über einen grausamen Witz. Die Abenteurer wälzten sich auf dem Boden, hielten sich die Ohren zu und zitterten vor Panik, während die dämonischen Laute verhallten.

Ein erwartungsvolles Schweigen trat ein, als ob sie auf den nächsten Streich warteten.

In der Ferne war ein lautes Schlucken zu hören.

»Das war eine Scheißidee«, flüsterte einer der Jugendlichen. »Das ist ein Alptraum.«

»Ich habe schon die ganze Zeit Alpträume«, murmelte Jacent hinter vorgehaltener Hand. »Ihr auch?«

Die Leute erröteten und nickten, während sie aufstanden und den Staub von den Hosen klopften.

»Wieso?« flüsterte er.

»Ich glaube nicht, daß das der richtige Ort ist, um das zu erörtern, Jacent«, murmelte Metty, die sich neben Jum befand. Der verharrte noch immer in geduckter Haltung und hielt sich die Ohren zu.

Das war wirklich nicht der richtige Ort. Darüber waren sich alle einig. Jum kam wieder auf die Füße, und die Gruppe strebte wie ein Mann zurück in Richtung Eingang, durch den sie hereingekommen waren. Kermac übernahm die Führung, und die anderen folgten ihm im Gänsemarsch und auf Zehenspitzen, um möglichst kein Geräusch zu erzeugen. Jum schüttelte den Kopf, als Metty ihm helfen wollte und scheuchte sie mit einer Kopfbewegung fort. Sie ging wieder zu Jacent.

»Er hat Angst. Das macht ihn wütend«, flüsterte sie.

Jacent nickte. Wenn er zu Tode erschreckt war, machte ihn das auch immer wütend. Später. Wenn er darüber nachdachte.

Sie warfen verstohlene Blicke auf die Wände und sahen, was Jacent schon auf dem Hinweg gesehen hatte, die Bewegung von Dingen, die überhaupt nicht existierten. Rechtwinklige Ecken verzerrten sich zu bizarren Konfigurationen. Die Linien, wo Wände und Decke zusammentrafen, krümmten sich wie Schlangen, ebenso wie die Türkanten und die Treppenstufen.

Schatten, sagte Jacent sich, wobei er verdrängte, daß das Licht gar keine Schatten erzeugte, und wenn es Schatten gewesen wären, hätte es auch etwas geben müssen, das sie warf.

Endlich erreichten sie die offenstehende Tür, die Tür, deren Siegel sie erbrochen hatten. Nun wünschten sie sich, sie hätten die Finger davon gelassen. Einer nach dem andern schlüpften sie durch den Spalt. Nachdem sie die Tür zugezogen hatten, erneuerte Kermac das Siegel, während die anderen wortkarg herumstanden. Sie wußten nicht, was sie sagen sollten.

»Wo ist Jum?« fragte Metty plötzlich. »Wo ist mein Bruder?«

»Er war direkt hinter mir«, sagte jemand. »Er bildete die Nachhut.«

»Wir müssen zurück und ihn holen«, rief Metty.

Niemand rührte sich.

»Dann geh ich eben allein!« rief sie. »Ich muß ihn suchen! Kermac, gib mir den *Hansl*.«

Kermac schluckte. »Ich hatte die Route schon gelöscht, als wir die Tür erreichten. Ich wollte nicht, daß sie gespeichert wurde ...«

»Hast du nicht!« schrie sie. »Das ist unmöglich.«

»Ich habe ihn aus dem Vorratslager geklaut«, schrie er zurück. »Ich wollte nicht, daß jemand erfährt, daß…«

Sie rannte durch den Korridor in Richtung der *Großen Rotunde,* wobei das Echo ihrer Schritte sie wie Ohrfeigen traf. »Ich hole Hilfe«, rief sie.

Die anderen sahen sich schuldbewußt an und folgten ihr dann langsam, beschämend langsam, viel zu langsam, um sie noch einzuholen. An der ersten Einmündung verschwand der erste, an der zweiten der nächste. Bald befand Jacent sich allein im Hauptkorridor in der Nähe der Überwachungssektion. Die anderen hatten sich verkrümelt. Sie würden sich nach Möglichkeit aus der Sache heraushalten, das stand fest.

Was sollte Jacent nun tun? Er konnte Metty nicht im Stich lassen. Schließlich war sie seine Freundin. Nach kurzer Überlegung betrat er die Überwachungssektion und setzte sich an einen Computer, der nicht nur frei war, sondern sich auch in einer Ecke befand, wo er vor den Blicken menschlicher und mechanischer Beobachter geschützt war. Um die Pläne der *frick'schen* Kaserne abzufragen, benutzte er den allgemeinen Arbeitscode der momentanen Schicht anstelle des persönlichen Codes. Die Pläne erschienen auf dem Bildschirm, und er blätterte sie durch, bis er auf die Tür stieß, durch die sie gegangen waren. Er rekonstruierte den Weg, den sie genommen hatten. Das Gebiet war wirklich verzweigt und glich einem Labyrinth, doch so undurchdringlich war es nun auch wieder nicht. Ein paar Ebenen tiefer fand er die Halle, in der sie die seltsamen Echos gehört hatten. Es war der einzige Raum dieser Art und Größe, den sie in der fraglichen Zeit hätten erreichen können. Also müßte man auch ohne den Routenrecorder dorthin zurückfinden. Wenn Jum sich nicht vom Fleck gerührt hatte, müßte man ihn wiederfinden. Jacent würde Metty suchen und ihr das sagen.

Als er die Pläne löschen und sich auf die Suche nach ihr machen wollte, fiel sein Blick jedoch auf eine durch eine rote Linie markierte Zugangsroute, die von der weiträumigen Versammlungshalle durch einen schmalen Korridor ins Nichts führte.

»Abfrage«, sagte er. »Was befindet sich dort?« Er wies auf den leeren Raum.

Er bekam keine Auskunft. Statt dessen flackerte ein rotes Licht am unteren Bildschirmrand, das ihm sagte, er würde Hilfe bekommen, ob er wollte oder nicht. Abrupt schaltete Jacent den Computer aus und verließ den Raum. Keine Sekunde zu früh. Hinter ihm schaltete die Einheit sich wieder ein, und eine quengelnde Stimme ertönte: »Wer hat diesen Zugang soeben benutzt? Geben Sie sofort Ihren persönlichen Code ein!«

Verdammt übereifrig und aufdringlich... Selbst in der Bibliothek in *Himmel* hatte er es schon erlebt, daß wie aus dem Nichts ein Bibliothekar aufgetaucht war und ihn fragte, weshalb er dieses oder jenes wissen wollte. Als er noch ein Kind war, hatten solche Vorfälle sich kaum ereignet, doch in den letzten Jahren nahm das überhand! Das *Archiv* schien auf gewisse Fragen allergisch zu reagieren. Vor allem, was die ferne Vergangenheit betraf.

Er versteckte sich im Eingang und beobachtete den Korridor in beiden Richtungen. Überall wurden Monitore aktiviert, die darauf lauerten, den Unbekannten, der diesen Zugang benutzt hatte, zu identifizieren. Es gab verdammt zu viele Dinge, die man in *Toleranz* nicht tun durfte, und die Frage, die er gerade gestellt hatte, gehörte wohl auch dazu. Wenn die Frage, was sich unterhalb der alten Kaserne befand, also unzulässig war, was würde dann mit Metty geschehen, wenn sie die *Große Rotunde* oder was auch immer erreichte und um Hilfe rief? Wenn sie jemandem sagte, wo sie alle gewesen waren? Wenn sie Namen erwähnte? Was würde dann mit ihnen geschehen?

In der Nähe befand sich eine der fast fugenlosen Türen, die Zugang zur Halle der Diener gewährte. Jacent schlüpfte hindurch und huschte eine spiralförmige Rampe hinauf. »Ich war nicht dabei«, sagte er, während er auf Wegen, die für *frick'sche* Knechte reserviert waren, zu seiner Unterkunft eilte. Er benutzte Korridore, die seines Wissens nicht überwacht wurden, weil es niemanden interessierte, wo die Diener sich aufhielten und wohin sie gingen. Zumindest was die *frick'schen* Bediensteten betraf, denn die *Frick'schen* waren, wie jeder wußte, zu einer Verschwörung oder Rebellion gar nicht fähig. Wenn das *Archiv* ihn beim Verlassen dieses Bereichs nicht entdeckte, würde man nie erfahren, wer besagte Frage gestellt hatte.

Was natürlich bedeutete, daß er Metty nicht helfen konnte. Wenn er es ihr sagte, würde das *Archiv* nämlich wissen, wer die Pläne abgefragt hatte. Vielleicht ... vielleicht in ein paar Tagen, wenn die Wogen sich geglättet hatten. Jum würde es solange aushalten.

Wo der Korridor zu seiner Unterkunft die Halle der Bediensteten schnitt, wartete er, bis eine Gruppe von munter plaudernden Leuten vorbeikam. Er schloß sich ihnen an, als ob er dazugehören würde, lachte, unterhielt sich und fand heraus, wo sie sich während der letzten Schicht alle aufgehalten und was sie gemacht hatten. Im Notfall würde er sagen, er wäre bei ihnen gewesen. Wenn man ihn fragte. Nur wenn man ihn fragte.

Nachdem Metty sich von den anderen abgesetzt hatte, war sie auf das Überwachungszentrum zugelaufen beziehungsweise auf den darunter gelegenen Logistikbereich. Das Zentrum selbst befand sich zwei Ebenen höher, und heute hatten Kollegen dort Dienst, Leute, die sie kannte, Leute, die Alarm geben und einen Suchtrupp zusammenstellen würden. Durch das Hilfeersuchen würde die ganze Sache natürlich auffliegen und eine erzieherische Maßnahme zur Folge haben, und darauf freute sie sich nun gar nicht! Trotzdem…

Jum war ein solcher Narr. Er war nicht schlau genug, nur Angst zu haben. Immer mußte er den Helden spielen, auch wenn es noch so sinnlos war. Er war schon als kleiner Junge so gewesen und hatte es mit größeren Kindern aufgenommen; die Devise lautete ›Sieg oder Untergang‹. Wahrscheinlich war er zurückgegangen, um sich etwas zu beweisen! Armer, kleiner Dummkopf. So hatte ihre Mutter ihn immer genannt. Ihr kleiner Dummkopf. »Paß auf ihn auf, Metty«, hatte sie gesagt, als Jum nach *Toleranz* kam. »Paß auf ihn auf.«

Statt dessen hatte sie ihn nun verloren! Vor ihr befanden sich die roten Flügeltüren, die zu einer der *Archiv*-Ebenen führten. Dahinter waren die Aufzüge, Leute, Hilfe.

Die Luft um sie herum flirrte wie in der alten Kaserne. Sie taumelte und spürte einen stechenden Schmerz in der Hüfte. Sie legte die Hand darauf und nahm sie wieder weg. Blutig.

Verdammt, sie war mit etwas zusammengestoßen.

Der Schmerz kehrte zurück. Noch schlimmer.

Sie schaute nach unten. Das Blut floß in Strömen aus ihr und durchtränkte die Kleidung.

Sie öffnete den Mund zu einem Schrei. Heraus kam nichts außer Schaum, blutigem Schaum.

Sie schnappte nach Luft. Keine Luft. Die Schmerzen waren überall, in der Hüfte, in den Schultern. Ihr wurde schwarz vor Augen.

Zuckend und gurgelnd fiel sie zu Boden und kam nicht wieder hoch. Das rechte Bein zuckte, riß sich von der Hüfte los und kroch davon. Sie sah, wie es sich fortbewegte, als ob jemand an einer unsichtbaren

Schnur zöge. Sie wollte schreien und brachte keinen Ton heraus. Dann das linke Bein. Sie sah, wie es abgerissen wurde. Dann die Arme, einer nach dem andern. Blut strömte aus den Wunden. Sie atmete noch. Der Mund bewegte sich noch. Sie versuchte, um Hilfe zu rufen …

Dann wurde es dunkel.

Ihre Körperteile lagen auf dem staubigen Boden, wie die Teile einer zerstörten Marionette. Ein Bein strebte vom Torso weg. Ein Arm zuckte. Von gelegentlichen *frick'schen* Streifen abgesehen kam niemand hier entlang. An den Rändern der roten Pfütze gerann das Blut. Die Körperteile bewegten sich weiter in alle Richtungen davon und hinterließen eine blutige Spur, die sich zu Buchstaben und Worten formte.

Narr. Das war ein Wort. Mit dem Blut, das noch immer aus der linken Schulter tropfte, schrieb jemand dieses Wort ein paarmal auf den Boden und dann ein anderes Wort, immer wieder.

Schatten bewegten sich an den Wänden entlang, glitten um die Ecken, begleitet von einem interessierten Laut, einem zufriedenen Schlucken. Und fast, aber nicht ganz, von einem glucksenden Lachen.

5

Fringe Owldarks Wohnung befand sich im Dachgeschoß eines am Fluß gelegenen Lagerhauses, vier kleine Zimmer und zwei große, durch deren Panoramafenster sie eine Aussicht auf die vorüberziehenden Schiffe hatte. Das Inventar des Schlafzimmers bestand aus einem schlichten Schwebebett und dem hochwertigsten Multimedia-Computer, der in Enarae erhältlich war. Durch die schmalen Fenster sah Fringe Tag und Nacht die Schiffe vorüberziehen. Hinter den drei Türen in der Innenwand verbargen sich das Saniton, der Wandschrank und das Arbeitszimmer.

Den anderen großen Raum nutzte sie fast nie, ebensowenig wie die Spender für synthetische Nahrung in der winzigen Küche. Es war ein Gästezimmer, und sie hatte nie Gäste. Die Einrichtung bestand aus vier aus Stahlrohren bestehende Stühlen, die an Fischgräten erinnerten, zusammen mit einem avantgardistischen Tisch und ein paar Blöcken aus polierten Edelsteinen mit *Dingen* darauf, *Dingen*, die zu Fringe sprachen und deren Bedeutung andere vielleicht gar nicht erkannt hätten.

Es hatte Jahre gedauert, bis sie diese Wohnung gefunden hatte. Und es hatte lange gedauert, bis sie sich eingelebt hatte. Sie konnte an den Fingern abzählen, wie oft sie jemanden in dieses Zimmer geführt hatte. Sie wollte es für sich allein haben. Sie wollte, daß es leerstand, unberührt blieb und daß niemand seine Luft atmete.

Wenn sie abends keinen Dienst hatte, blieb sie oft zu Hause, legte sich aufs Bett, ließ die Seele baumeln und betrachtete den träge dahinfließenden Fluß. In diesem Zustand befand sie sich auch ein paar Tage nach dem Gespräch mit dem *Manager* der *Schlußrechnung*, als die abendliche Beschaulichkeit plötzlich von Yilland alias Dorwalk gestört wurde. Wenn Fringe nichts dagegen hätte, sagte Yilland, nachdem sie mit übertriebener Freundlichkeit ihren Namen genannt hatte, würde sie gern auf einen Sprung bei ihr vorbeikommen.

Fringe hatte sehr wohl etwas dagegen. Ein unheiliger Zorn wallte in ihr auf, doch dann wich er einer gewissen Neugier. Was wollte Yilland alias Dorwalk von ihr?

Die Frage wurde in dem Moment beantwortet, als sie erschien, denn Yilland war kaum imstande, ihre Verlegenheit zu verbergen, während sie mit quengelnder und zirpender Stimme ihre Beschwerde vorbrachte.

»Diese Forderungen sind gerade reingekommen, es sind Forderungen vom Bruder und Schwester Ihrer Mutter, und das Guthaben auf Vaters *Buch* reicht zur Deckung nicht aus!«

Yillands Frisur war leicht derangiert. Ihr Gesicht war verweint. Außerdem wurde sie durch die aktuelle *professionelle* Mode kompromittiert, eine lächerliche Anhäufung von Bommeln, Schleifchen und Drapierungen.

»Die Verwandten meiner Mutter?« fragte Fringe, bedeutete der Frau, auf einem der Stühle Platz zu nehmen und setzte sich ihr gegenüber. »Ich hatte zwar gehört, daß Mama einen Bruder und eine Schwester hatte, aber ich habe sie nie kennengelernt. Welche Forderung haben sie denn?«

»Sie wollen Char regreßpflichtig machen, weil er ihren Vater vor der Zeit hat sterben lassen. Im *Schweinestall.*«

»Ari war ein uralter Knochen«, sagte Fringe schnaubend. »Er hat seine letzten Jahre in einer Lebenserhaltungskiste zugebracht. Er hing am Tropf und war total verkabelt. Er war völlig verblödet. Wenn seine Kinder den alten Mann haben wollten, weshalb haben sie ihn dann nicht früher zurückgefordert?«

»Sie sagten, sie hätten nicht gewußt, daß ihre Schwester gestorben und die Unterbringung ihres Vaters gefährdet war und sich verändert hatte … äh … Sie wissen schon. Sie sagen, man hätte sie benachrichtigen müssen.«

»Es wußte doch niemand, wo sie steckten! Ich wußte es jedenfalls nicht. Sie waren die ganze Zeit über in der Versenkung verschwunden, wenn ich mich recht erinnere.« Fringe zuckte ärgerlich die Achseln. »Vielleicht können Sie sie auskaufen.«

»Aber es ist nichts mehr übrig, und sie verlangen, daß ich mich selbst verkaufe …«

»Diese Forderung ist unrechtmäßig und nicht durchsetzbar, und das dürften sie auch wissen! Eine solche Schuld besteht nicht«, sagte Fringe geduldig.

»Das weiß ich!« kreischte Yilland und hielt sich erschrocken die Hand vor den Mund. »Ich weiß, daß ich es wahrscheinlich nicht tun muß. Aber sie lassen mich einfach nicht in Ruhe, und ich weiß nicht mehr ein noch aus!« Sie bekam nervöse Zuckungen im Gesicht.

Fringe erkannte die Zeichen und erhob sich, wobei sie leicht das Gesicht verzog, teils belustigt, teils zornig. Welche Ironie! Ihr Vater hatte sie wegen der von ihr eingeschlagenen Laufbahn verstoßen – zumindest hatte er es damit begründet –, und nun kam seine standesgemäße Adoptivtochter an und suchte die Unterstützung einer *Beauftragten*!

»Sie möchten also, daß ich die *Lage kläre*?«

»Wenn Sie so nett wären. Ja bitte. Sie machen mir Angst.«

Fringe holte die Datenbank hervor und klappte sie auf. »Namen?« fragte sie.

»Der Mann sagt, er sei Ihr Onkel, Zerka Toms. Der Name der Frau ist Zenubi.«

»Wo wohnen sie?«

»Im Brücken-Haus Nummer Drei.« Wieder legte Yilland die Hand auf den Mund, als ob sie das Zittern unterdrücken wollte. »Ich habe nicht das Recht, Sie darum zu bitten. Immerhin handelt es sich um Ihre Verwandten …«

»Vielleicht sind sie meine Verwandten, in gewisser Weise. Aber sie erheben keine Forderung gegen mich.«

»Ich weiß, ich weiß. Aber es ist nur so …«

»Primitiv«, soufflierte Fringe. »Brutal, vulgär, gemein, ekelhaft …«

Yilland erwiderte nichts.

»Wie ich«, schloß Fringe.

»Das ist nicht …« Sie schluckte. »Das ist nicht …«

»Ach, Yilland. Natürlich ist es das! So hat Großmutter Gregoria mich immer eingeschätzt. Und an dem Tag, an dem sie mich aus dem Haus gejagt und gesagt hat, ich solle ihr nie mehr unter die Augen kommen, hat sie das auch zugegeben. Wie geht es Gregoria übrigens? Ist sie endlich tot?«

Yilland nickte, wobei ihr Gesicht sich mit flammender Röte überzog. »Bevor Char … bevor er Mutter geheiratet hat. Aus diesem Grund hat Mutter ihn auch geheiratet, weil er geerbt hat …«

Wieder etwas, das Fringe noch nicht gewußt hatte. Aber natürlich, durch Omas Erbe hatten sich ihm völlig neue Perspektiven eröffnet! Sie seufzte.

»Vater und Großmutter Gregoria stimmten darin überein, daß ich primitiv sei. Und *asozial*. Was zweifellos der Grund ist, weshalb ich zu Ihren Gunsten enterbt wurde. Ich habe es erst nach seinem Tod erfahren. Wußten Sie das schon?«

Tränen liefen über Yillands Gesicht. »Ich hatte das nie von ihm verlangt. Ich wußte nicht einmal, daß Sie es nicht wußten. Er hatte uns nicht gesagt, daß er Ihren Aufenthaltsort kannte. Ich dachte, Sie wären verschwunden und würden nichts brauchen …«

»Und wenn ich etwas gebraucht hätte?« fragte Fringe. »Hätten Sie oder Ihre Mutter mir geholfen?«

Yilland errötete erneut, die Zuckungen traten wieder auf, und Fringe fühlte sich schuldig, als ob sie ein Kind geschlagen hätte.

»Was ist denn mit Omas ganzem Erbe geschehen?«

Yilland gestikulierte ratlos. Weg, schienen die Finger zu sagen. Verpulvert. Futsch. Nun, das war typisch.

»Gehen Sie nach Hause, Yilland«, sagte Fringe ungeduldig. »Machen Sie sich keine Sorgen wegen der Forderung. Ich werde mich darum kümmern. Aus Neugier, weil Sie mich darum bitten und wegen der Gebühren. Nein, nein, mit der Bezahlung eilt es nicht. Später. Wenn Sie mit einem standesgemäßen *Professionellen* verheiratet sind.«

Yilland lief puterrot an. »Ich habe nicht das Recht, Sie das zu fragen. Mutter und ich … wir dachten, Sie hätten Char verraten«, flüsterte sie, wobei ihre wahren Gefühle zum Vorschein kamen. »Nun, er sagte, Sie hätten ihn verraten. Durch Ihre Berufswahl seinen Status als *Professioneller* kompromittiert …«

Zuerst spürte Fringe blinde Wut, die dann einem Gelächter wich, in dem so etwas wie Mitleid mitschwang.

»Sie haben keine Ahnung, was ich bin«, flüsterte sie.

Yilland wurde blaß und wich zurück.

»Sie haben keine Ahnung«, wiederholte Fringe. »Sie und Ihre hochwohlgeborene Mutter und all die selbstgefälligen Leute von Enarae. Das ganze Volk von Enarae! Sie verdanken mir und Leuten wie mir ihre Existenz! Char Dorwalk lebte vom Blut solcher Leute wie ich. Wir sind es, die eure kleine Welt beschützen und für euer Wohlergehen sorgen. Gäbe es nicht mich und Leute wie mich, die für Ordnung sorgen, würden diejenigen, die ihr so verachtet, sich erheben und euch hinwegfegen! Oder die Götter von *Hobbs Land* würden euch versklaven, und das wäre vielleicht noch das beste für euch alle!«

Das war das Credo der *Beauftragten*. Auch wenn Fringe nicht alles glaubte. Doch in diesem Moment waren es in ihren Augen die einzig richtigen Worte.

Es war Nacht in *Toleranz*, neun Zehntel der Bevölkerung schliefen, die Korridore waren verwaist, und nur die Nachtschicht saß vor den Monitoren. Das war die Hundewache, die Zeit für unerklärliche Phänomene. Türen tief unter dem Erdboden öffnen sich wie von Geisterhand. Dumpfe Laute dringen aus uralten Arsenalen. Leute erwachen schweißgebadet und mit pochendem Herzen aus Träumen. Angehörige der Nachtschicht glauben, Dinge aus den Augenwinkeln zu sehen. Die Medotechniker sind besorgt und fragen sich, ob sich eine Art Epidemie anbahnt.

Falls dem so ist, gehört auch Boarmus zu den Leidenden; er wacht mitten in der Nacht auf und atmet schwer, als ob er aus einem Alptraum erwacht wäre. Die Luft im Raum flirrt, als ob er mit transparenten Wesen angefüllt wäre. Er glaubt Gesichter zu sehen, Hände und Arme, die sich wie Tentakel krümmen. Er weiß, daß er Stimmen hört. Tote Männer. So bezeichnet Boarmus sie. Tote Männer. Früher waren sie nie hier erschienen, doch in letzter Zeit – in letzter Zeit scheinen sie nach Belieben ein und aus zu gehen.

Boarmus wuchtet sich aus dem Bett und geht, so wie er ist, nach draußen, im zerknitterten Nachthemd, ohne Korsett und mit verschlafenem Blick. Die Korridore sind leer bis auf die wabernden Schemen, die er an den Wänden sieht, bis auf die paarigen weißen Kreise, die ihm durch die kleine Halle bis zum geheimen Antigravschacht folgen, der sich auf Zuruf öffnet und ihn dreihundert Meter abwärts befördert. Klirrend öffnen sich durch einen Stimmcode aktivierte Sicherheitsschleusen und gewähren ihm Zugang zu einem kleinen Würfel mit blanken Metallwänden.

Bevor der frühere *Kommandeur*, Chadra Hume, nach *Himmel* in den Ruhestand gegangen war, hatte er Boarmus einmal hierher mitgenommen. Es hatten sich damals keine Markierungen an den Wänden befunden, um Chadra Hume zu leiten, und es gibt auch jetzt keine, um Boarmus zu leiten. Er muß sich daran erinnern, wo die Sensorplatten sitzen. Drei Schritte zur Linken der Aufzugstür auf Schulterhöhe (wo er zwei geisterhafte Gesichter zu sehen glaubt, die ihn anschreien). *Eins.* Sechs Schritte zur anderen Seite, Hüfthöhe (wo er mit der Hand den Bauch eines Schemens durchstößt). Zwei. Direkt gegenüber der Aufzugstür, Augenhöhe (wo Geister ihn unter die Fittiche nehmen). *Drei.* Hat er es richtig gemacht, müßte ein Klikken ertönen. Hat er es falsch gemacht, muß er wieder nach oben, noch einmal runterkommen und es erneut versuchen.

Der Klick zieht sich in die Länge, fast widerwillig. Eine der Metallwände verschiebt sich, bis an der Ecke eine vom Boden bis zur Decke reichende Spalte entstanden ist. Noch bevor die Wand zum Stillstand gekommen ist, quetscht Boarmus sich durch die Öffnung. Die Wand schließt sich hinter ihm, während er verschlungene, mit einem weichen Bodenbelag überzogene Korridore entlangschlurft, die in helles Licht getaucht sind. Als ob er in die Därme eines Glühwürmchens gesaugt würde, hatte er sich mehr als einmal gesagt. Die Korridore werden von Schränken gesäumt, die mit sensorischen Aufzeichnungen und offiziellen

Transkriptionen angefüllt sind – die Aufzeichnungen eines Jahrtausends, die von weiß Gott wem angelegt wurden und weiß Gott welche Inhalte haben!

Die Tür am Ende führt in die Dunkelheit. Erst nachdem die Tür sich hinter ihm verriegelt hat, geht das Licht an und enthüllt die Konsole, den Lautsprecher und die in die untere Wand sowie den Boden eingelassene transparente Platte, durch die er einen Blick auf die darunter befindlichen kristallinen Strukturen hat. Dies ist der *Kern*, das erste auf *Woanders* geschaffene Objekt. Noch vor dem Arsenal, vor der *Großen Rotunde*, vor dem Labyrinth von *Toleranz* war dies hier gebaut worden, ein riesiges, kompliziertes Gerät, dessen Spiralen sich dem Ende des Blickfelds entgegenschlängeln, tief wie ein Minenschacht, breit wie eine Schlucht. Zusammenballungen von Geistern kleben an den Spiralen, wie Trauben an einem Rebstock. Boarmus sieht sie nicht. Jedenfalls nicht richtig. Aber er glaubt, daß sie da sind.

»Boarmus«, sagt ein toter Mann mit tonloser Stimme.

»Hier«, antwortet er. Es ist kalt hier unten. Er unterdrückt ein Zittern, wobei er sich jedoch sagt, daß das nicht an den Geistern liegt, sondern bloß an der Temperatur. Er hat vergessen, einen Mantel anzuziehen. Das nächstemal muß er daran denken.

»Du kommst zu spät, Boarmus.« Schluck.

Boarmus zuckt die Achseln. Er nennt diese Stimme, eine, die ihm nicht gefällt, den Schlucker. Immer wieder hat Boarmus das Buch der Biographien studiert. Er glaubt zu wissen, um wessen Stimme es sich handelt, doch er wagt nicht, es beim Namen zu nennen. Vielleicht hat es sich inzwischen in … jemand anders verwandelt. Boarmus schaudert bei der Vorstellung.

Sein Stolz verbietet es ihm, Furcht zu zeigen; nicht vor ihnen. Chadra Hume hatte zugegeben, daß er nach diesen alptraumhaften Ausflügen manchmal weiche Knie hatte, leichenblaß und in Schweiß gebadet war. Er hatte, so sagte er, gekotzt wie ein kranker Hund, bis ihm die Luft wegblieb. Boarmus hat sich geschworen, daß er nicht so reagieren wird.

»Es sind noch ein paar Tage bis zum Verstreichen der Frist«, sagt er emotionslos.

Vor nicht ganz einem Jahr war er zum letztenmal hier gewesen. Die Regeln verlangen einen Besuch pro Jahr, wenn die Bewohner des *Kerns* erwachen. Ein flüchtiger Gedanke, der hiermit in Zusammenhang steht, springt ihn an, doch bevor er sich konkretisiert, hebt die Stimme wieder an:

»Wir haben gewartet. Wir sollten nicht warten müssen.« Die Worte sind vorwurfsvoll, der Ton nicht. Die Maschine kann nur eine Klangfarbe synthetisieren. Ein und dieselbe Tonlage für Zorn, Freude, Hoffnung, Schmerz. Wozu auch mehr? Was wissen tote Männer schon von solchen Dingen?

Und was die Wartezeit betrifft… worauf sollte ein toter Mann schon warten? Morgen oder übermorgen sollten sie aufwachen. Chadra hatte davon gesprochen, daß er selbst lange gewartet hatte und in dieser eisigen Kammer umhergelaufen war, bis einer der toten Männer soweit aufgetaut war, um den Jahresbericht entgegenzunehmen.

Die Stimme fährt im selben Tonfall fort: »Das *Archiv* sagt uns, daß Menschen aus der Vergangenheit hier sind. Das *Archiv* sagt, sie seien Drachen. Erkläre das!«

Dann waren sie also schon lang genug wach, um das *Archiv* zu durchstöbern! Verdammt!

Boarmus holt tief Luft und beschwört die Gottheit der tödlichen Langeweile. Er beschreibt die Zwillinge so vage wie möglich und legt bei jedem Satz ein Gähnen ein. Das letzte, was er jetzt will, ist, das Interesse der toten Männer zu wecken. Bisher haben sie auch kaum welches gezeigt. In der Regel haben sie den Jahresbericht akzeptiert, den er in seiner Eigenschaft als

Kommandeur ablegen muß und sind dann verschwunden. Selten nur zeigten sie eine Regung, wie jetzt: fordernd, unversöhnlich, drohend. Also spricht Boarmus über Menschen, die aus der Vergangenheit aufgetaucht waren, schon richtig, aber immer mit der Ruhe, nichts, worüber man sich Gedanken machen müßte. Sie kamen durch das Arbai-*Tor*. Jeder kennt die Arbai-*Tore*. Selbst die toten Männer kennen die Arbai-*Tore* und auch dieses spezielle Arbai-*Tor*, das man bei der Besiedlung von *Woanders* in Panubi gefunden hatte.

Für die Sache mit den Drachen hat er den toten Männern indes keine befriedigende Erklärung anzubieten, und die Stimme der Maschine wird von einem Rauschen und Knistern unterlegt. »Das ist keine Erklärung!«

»Ich habe jemanden beauftragt, der Sache auf den Grund zu gehen«, sagt Boarmus ruhig, damit er die Galle am Gaumen nicht schmeckt. »Er stellt gerade eine Mannschaft zusammen. Wenn ich es erklären könnte, würde ich niemanden brauchen, der es herausfindet! Ich bin sicher, daß es nichts Wichtiges ist, aber sobald mir ein Bericht vorliegt, werde ich es euch wissen lassen.«

Es tritt ein langes Schweigen ein. Immer wenn sich eine solche Phase anschließt, wird das Kolloquium in Boarmus' Phantasie fortgesetzt. Dieser tote Mann redet mit jenem toten Mann. Er weiß nicht, was sich unter diesen verzweigten kristallinen Strukturen befindet. Er will es auch gar nicht wissen. In seiner Vorstellung ist das Innere dieser Strukturen noch viel schlimmer als die Dinka-Dschinns in *Stadt Fünfzehn*, die schon schlimm genug sind. Er weiß das, auch ohne es zu sehen. Er hat die Originalspezifikationen mehrmals durchgelesen, wobei diese Spezifikationen ihm gesagt haben, daß sie dort unten sind, mit abgetrennten, starren und mit Reif überzogenen Gliedmaßen. Die Bewußtseinsmuster werden alljährlich geweckt, um die Matrix zu durchsuchen, wobei sie wie ein Hamster im Laufrad herumwirbeln, sich aktualisieren und trainieren, bevor sie wieder das Bewußtsein verlieren und in den Zustand der Stasis zurückfallen. So steht es in den Spezifikationen geschrieben.

Und dann kehrt dieser flüchtige Gedanke zurück. Es trifft ihn wie ein Keulenschlag. Wie konnte er nur so blöd sein! Gemäß der Spezifikationen dürften sie noch gar nicht hier sein. Wenn alles nach Plan laufen würde, hätten sie ihn gar nicht belästigen und überall herumgeistern dürfen! Wenn die Spezifikation noch gültig wäre, hätten die toten Männer erst morgen aufwachen dürfen!

Die Erkenntnis drängt sich ihm auf, daß die toten Männer gar nicht für ein Jahr geschlafen haben und nicht nur zu dem Zweck aufgewacht sind, um ihre Daten zu aktualisieren, wie die Spezifikationen *ausdrücklich vorsehen*. O nein. Breaze und Bland und die anderen waren schon die ganze Zeit wach gewesen! Wie hatte Zaspers dämliches Lied noch gelautet? ›Breaze und Bland und Thob und Cling rannten, bis es nicht mehr weiterging.‹ Und was besagte dieses Lied? Wovor rannten sie davon oder wohin? Etwa vor den Spezifikationen? Datierte dieses blöde Kinderlied wirklich von den ersten Tagen der Besiedlung? Nun, was hatte ihr Wachzustand sonst zu bedeuten? Daß sie kürzlich *von* etwas geweckt wurden? Oder daß sie sich kürzlich *entschieden* hatten, wach zu bleiben? Die ganze Zeit? Oder nur für eine gewisse Zeit? Tun sie das nur, um ihn zu schikanieren?

Der Schrank mit den Spezifikationen, den Logbüchern der *Kommandeure* und dem Buch der Biographien steht draußen im Korridor. Das Buch der Biographien enthält Bilder und die Historie jeder einzelnen der tausend Personen, die in den *Kern* gegangen sind.

Boarmus kennt diese Gesichter wie sein eigenes. In den Logbüchern hat jeder *Kommandeur* die Berichte an und die Gespräche mit den toten Männern zusammengefaßt. Außer diesen Dokumenten existieren noch Stapel von privaten sensorischen Aufzeichnungen, die von den Bewohnern des Kerns hinterlassen wurden; wahrscheinlich handelt es sich dabei um Jugenderinnerungen, so daß sie nach dem Erwachen die alten Zeiten wieder auferstehen lassen können.

Die Logbücher hat Boarmus nur überflogen. Und mit den privaten sensorischen Aufzeichnungen hat er sich bisher überhaupt nicht beschäftigt. Natürlich nicht! Obwohl …

»Drachen«, sagt die Stimme, wobei der Klang nun ein anderer ist. Obwohl es sich immer um denselben Mechanismus handelt, erweckt er manchmal den Anschein der Verschiedenheit, was in Boarmus' Augen bedeutet, daß er von einem anderen Bewußtsein, einem anderen Muster gesteuert wird. Diese Stimme klingt weiblich, fast mütterlich. »Haben Sie das *Archiv* wegen der Drachen befragt?«

Boarmus beschließt, es zu riskieren. Die Neugierde ist stärker als die Angst. »Mit wem spreche ich denn?« fragt er höflich.

»Mit … Professorin Mintier Thob«, sagt die Stimme nach kurzem Zögern.

»Frau Professorin, natürlich habe ich das *Archiv* wegen der Drachen befragt.« Sie (es) weiß natürlich genauso gut wie er, daß im *Archiv* mehrere tausend Jahre Drachenhistorie gespeichert sind. Ausgestorbene und lebende Echsen, die als Drachen bezeichnet werden. Alte und moderne Kunst mit Drachenmotiven. Drachen in menschlichen und nichtmenschlichen Legenden. Ausgestorbene und lebende intelligente Rassen, die wie Drachen aussehen. Boarmus kennt sie alle und sagt es auch.

Wieder tritt dieses Schweigen ein. »Die Arbai glichen Drachen«, sagt die Maschine. »Im *Archiv* gibt es Bilder von ihnen. Im *Archiv* gibt es Daten. Wo ist das Arbai-*Tor*, das bei unserer Ankunft auf *Woanders* war?« Die Worte kommen stockend, wie wenn eine Maschine mit Verzögerung anlaufen würde.

»Sie wurde im Anfangsstadium der Besiedlung in die *Große Rotunde* gebracht, wo sie sich seitdem befindet«, sagt Boarmus. »Bisher ist nichts durchgekommen, falls Sie das meinen. Außerdem gab es überall Arbai-*Tore*. In der ganzen Galaxis. Und was die Arbai selbst betrifft, so sind sie ausgestorben.«

»Wie wir«, meldet die erste Stimme sich wieder zu Wort, und für einen Moment glaubt Boarmus ein hämisches Lachen zu hören. »In gewisser Weise. Aber das ist auch nicht wichtig. Wir können mehr tun … ausgestorben.«

»Wenn das alles ist«, sagt Boarmus, wobei es ihm nur mit Mühe gelingt, den Eindruck der Weinerlichkeit zu vermeiden. Er will diesen Ort und diese Phantome verlassen. Er muß die Weiterungen all dessen bedenken. Er muß nachdenken!

»Nein. Das ist noch nicht alles.« Trotz der tonlosen Stimme interpretiert Boarmus die Worte als Drohung. »Jemand hat sich nach uns erkundigt, *Kommandeur*. Jemand hat dem *Archiv* Fragen gestellt.«

Panik überkommt ihn, wie ein Kind, das bei einer Missetat ertappt wird. Dabei war es nur eine Kleinigkeit! Er hätte nicht damit gerechnet, daß sie es bemerkten. Vielleicht hätte er doch damit rechnen sollen, aber er hatte gehofft … Verdammt. Der verdammte Danivon Luze. Nun, Danivon ist weit weg von *Toleranz*, also sei's drum.

»Sagen Sie, was geschehen ist«, verlangt die Stimme.

»Was soll geschehen sein?« Er stellt sich dumm.

»Jemand hat sich … nach uns erkundigt.«

Boarmus schüttelt den Kopf. »Ich glaube nicht, daß jemand sich wissentlich nach Ihnen erkundigt hat. Von Zeit zu Zeit stoßen Leute, die sich mit Geschichte beschäftigen, auf einen Bezug zu den Anfängen der Besiedlung, mehr nicht. An jedem *Große-Frage-Tag* befassen die Leute sich mit den Anfangsgründen der Besiedlung, dem Komitee und dem Umstand, daß die Mitglieder des Komitees hierher nach *Woanders* kamen. Das heißt aber nicht, daß die Leute über den *Kern* informiert sind oder darüber, daß Sie … noch immer hier sind.«

»Sie glauben, daß wir tot sind!« konstatiert die Stimme.

»Ja, sie glauben, daß Sie hier gelebt haben und gestorben sind. Das wäre der normale Gang der Dinge gewesen«, murmelt Boarmus. »Niemand weiß etwas vom *Kern* außer mir.«

Niemand außer dem jetzigen *Kommandeur* und vielleicht seinen noch lebenden Vorgängern hatte davon gewußt. Boarmus weiß jedoch nicht, welchen Unterschied das machen würde. Bevor die ersten Flüchtlinge auf *Woanders* eintrafen, hatte man den *Kern* tief in unzerstörbaren Stein gebettet, mit unverwüstlichem Vitreon beschichtet und zusammen mit eigenen Lagerhäusern, einer eigenen Fabrik und eigenen Kraftwerken mit einer doppelwandigen Hülle und einem energetischen Schutzschirm umgeben. Der *Kern* war nicht auf *Woanders* angewiesen! Selbst wenn jeder auf *Woanders* von ihm wußte, welchen Unterschied würde das machen? Schließlich ist der *Kern* nicht einfach mit dem Hammer zu knacken!

»Die Person, von der Sie sprechen, war aber nicht die einzige Person. Auch andere Personen haben sich nach diesem Platz und unserem Aufenthaltsort erkundigt. Solche Fragen sind ebenfalls verboten.«

Andere Personen? Boarmus schluckt. Er hatte keine

Ahnung, daß jemand anders nachgefragt hatte… »Nun, ich müßte die jüngsten *Dateien* durchgehen, um zu sehen, was sie wirklich wissen wollten. Fragen zu… Orten sind nicht grundsätzlich verboten. Manche Antworten sind nur nicht verfügbar, das ist alles.« Boarmus gelingt ein überzeugendes Gähnen, obwohl er unbedingt wissen will, von wem die Stimmen sprechen.

»Sie haben einen der Fragesteller weggeschickt«, sagt der tote Mann.

Boarmus runzelt die Stirn. »Wenn Sie Danivon Luze meinen, den habe ich nach Panubi geschickt, damit er wegen dieser Sache mit den Drachen ermittelt. Er ist der beste Mann, den ich für diesen Auftrag habe.« Die Petitionen erwähnt Boarmus indes nicht. Er hofft, daß die toten Männer nicht auch darüber Bescheid wissen. Wenn sie schon durch ein paar harmlose Fragen zur Geschichte die Fassung verlieren, wie würden sie dann erst reagieren, wenn sie aufgefordert wurden, eine Totalrevision ihres Weltbilds vorzunehmen!

Schweigen. Das Schweigen ist im Grunde schlimmer als die Stimmen, denn es wird von einem kaum wahrnehmbaren hungrigen Heulen unterlegt. In der Gruft hat er den Eindruck, daß die toten Männer sich wie Schlangen krümmen und sich dem Glas entgegenrecken. Chadra Hume hatte ihm von Träumen erzählt, in denen schlangengleiche Arme das Glas sogar durchbrachen und ihn packten. Boarmus schließt die Augen und rezitiert stumm unanständige Verse. ›Es war einst ein Mädchen in Harbin, das sich fragte, wie's wär' mit 'nem Dinka-Dschinn…‹ Die toten Männer sind harmlos. Sie mögen in der Lage sein, Erscheinungen vorzuspiegeln und Laute zu erzeugen (obwohl die optischen und akustischen Eindrücke vielleicht nur seiner Einbildung entspringen), aber berühren können sie ihn nicht.

Die Stille ist so vollkommen, daß Boarmus fast den Eindruck hat, der Schall selbst sei zum Stillstand gekommen. Dann ertönt wieder die Stimme des Schluckers:

»Wir wollen nicht, daß jemand Fragen stellt, *Kommandeur*. Es mißfällt uns, daß bloße ... Sterbliche nach uns fragen. Wo wir sind. Wer wir sind. Wir werden ... uns jener entledigen, die Fragen stellen. Wahrscheinlich werden wir uns auch Danivon Luzes entledigen. Und der anderen, nachdem wir sie identifiziert haben ...«

Sie werden sich ihrer entledigen? *Sie*? Wie sie das wohl anstellen wollen? Und *bloße Sterbliche*? Wie kommen sie denn darauf?

»Danivon Luze ist unersetzlich für mich«, widerspricht Boarmus.

»Was Sie wollen, spielt keine Rolle«, sagt die Stimme leise lachend. »Wir haben die Macht, Boarmus. Die absolute Macht. Wir werden ... mehr sein als bloße Sterbliche, Boarmus!« Wieder ertönt dieses Lachen.

Boarmus bemüht sich, angesichts dieser unglaublichen Aussage nicht die Fassung zu verlieren. Was meinen die toten Männer? Und wie wollen sie jemanden töten?

Er muß darüber nachdenken. Er muß von hier verschwinden und darüber nachdenken. Er leckt sich die Lippen. »Wenn das alles wäre«, sagt er ein zweitesmal.

Keine Antwort. Dann ist ein Flüstern zu vernehmen. »Ich habe schon zwei von ihnen getötet, *Kommandeur*. Junge Menschen. Opfer. Für uns.« Eine lange Pause. »Für mich.«

Boarmus schluckt und spürt ein ätzendes Brennen in der Kehle. Was haben die toten Männer getan?

Für einen Moment wendet er den Blick ab, atmet tief durch und gewinnt die Fassung zurück. Als er sich umdreht, sieht er, daß die meisten Lichter der Maschine erloschen sind; nur ein paar Lampen flackern noch hektisch, was bedeutet, daß die toten Männer sich Zugang zum *Archiv* verschaffen und nachdenken. Er erhebt sich vom Stuhl und geht durch den verschlungenen Korridor zum nächsten Schrank, wo er hektisch die *Akten* durchsucht und ein paar Behälter mit Material herausholt, mit dem er sich bisher nicht befaßt hatte. Eigentlich ist es nicht gestattet, Unterlagen oder sensorische Aufzeichnungen mitzunehmen, doch Boarmus ist nicht imstande, sie hier durchzugehen. Zu einem längeren Aufenthalt hier wäre er physisch nicht in der Lage.

Mit den Dokumenten begibt er sich auf den Rückweg zu seiner Suite, wobei er nur einmal kurz vom Anblick einer Person abgelenkt wird, die sich hinter einer halboffenen Wandverkleidung versteckt. Er hat keine Zeit, sich den Unbekannten zu schnappen. Kaum hat er die Unterkunft erreicht, als er sich gleichzeitig übergibt und sich entleert, wie der kranke Hund, den Chadra Hume erwähnt hatte. Das ist Boarmus noch nie passiert, und er schämt sich wegen seiner Schwäche.

Er wischt den Boden auf, wäscht sich, spült den Mund aus und wirft sich schwer atmend aufs Bett. ›Zwei junge Menschen‹, hat der tote Mann gesagt. Opfer für sie, für ihn. Um wen handelte es sich? Und wer hatte sich draußen versteckt?

Er reckt den Arm und aktiviert das *Archiv*. »Personenüberprüfung«, sagt er. »Punkt Eins: Identifikation der jungen Person, die sich vor ein paar Minuten bei meiner Rückkehr außerhalb der Unterkunft versteckt hatte. Punkt Zwei: Sind alle Mitarbeiter und Gäste von *Toleranz* anwesend oder ist ihr Aufenthaltsort bekannt?«

Aus dem *Archiv* dringt ein Klicken und Summen. Die über den riesigen Komplex verstreuten Monitore schalten sich ein. Die jüngsten Bewegungsmeldungen werden abgerufen und tabellarisch dargestellt.

»Punkt Eins«, sagt das *Archiv*. »Name Jacent Sturv. Männlicher Verwandter von Syrilla. Vor kurzem aus *Himmel* gekommen. Punkt Zwei: Aufenthaltsort von zwei Personen unbekannt. Metty und Jum Duschiv, Geschwister, vor kurzem aus *Himmel* gekommen.«

»Suche die beiden Vermißten«, sagt Boarmus mit brennender Kehle.

Das *Archiv* blinkt und rattert. Externe Monitore schalten sich ein, *frick'sche* Wachen werden alarmiert und angewiesen, auch brachliegende Sektoren abzusuchen. Boarmus sitzt schwitzend auf der Bettkante und wartet.

Endlich gehen die Nachrichten ein. Metty Duschiv wird tot und verstümmelt im dritten Untergeschoß der *Großen Rotunde* gefunden. An den Wänden stehen mit ihrem Blut geschriebene Worte. ›Narr‹ steht dort geschrieben. Und ein Wort, das möglicherweise ›verehren‹ bedeutet. Boarmus glaubt aber nicht, daß es ›verehren‹ heißt. Boarmus glaubt die richtige Bedeutung zu kennen.

Jum, der Bruder des Mädchens, bleibt unauffindbar, obwohl es den Anschein hat, daß eine zur alten Kaserne führende Tür aufgebrochen wurde.

Haben die toten Männer das getan? Und wenn ja, wie? Und, um Himmels willen, weshalb?

Außerhalb von Boarmus' Suite, hinter einem halboffenen Paneel in einem Korridoralkoven, hält Jacent sich versteckt und kommt zu dem Schluß, daß sich heute nacht nichts mehr ereignen wird. Er hatte Boarmus gesehen, der von einer gewissen Aura verfolgt wurde, ähnlich den Schemen in der alten Kaserne. Die Entfernung war so gering gewesen, daß er das Gesicht des zurückkehrenden Boarmus gesehen hatte, wobei dieser Ausdruck allerdings nicht dazu angetan war, Jacent zu ermuntern, Boarmus' Nachfolge anzutreten. Der Mann war schockiert, verschwitzt und sah mitgenommen aus. Für einen Moment glaubte er, Boarmus hätte ihn auch gesehen, doch offensichtlich war das nicht der Fall.

Und gleich darauf hatten die Monitore sich eingeschaltet. *Frick'sche* Patrouillen waren vorbeigestürmt, wobei ein Soldat auf Jacents Frage, was denn los sei, ihm von Metty berichtet hatte.

Daraufhin ging er in seine Unterkunft und legte sich mit einem schalen Geschmack im Mund ins Bett, wobei er die Wände nach dem unheimlichen Wabern und den schemenhaften Bewegungen absuchte und nach diesen Knacklauten lauschte. Es gab etwas in *Toleranz,* das er herausfinden wollte, aber er wollte bei diesen Recherchen nicht umkommen, und schon gar nicht so wie Metty. Etwas Geheimnisvolles ging hier vor, etwas Interessantes. Etwas, worüber Boarmus ohne Zweifel in vollem Umfang Bescheid wußte.

Jacent, der noch immer einen schalen Geschmack im Mund hatte und dessen Glieder nervös zuckten, spürte einen wohligen Schauder bei der Vorstellung, daß in *Toleranz* etwas los war!

Auf der von Eins bis Zehn reichenden Technik-Skala von *Woanders,* wobei Kategorie Eins für unbesiedelte Wildnis stand, die von ein paar Eremiten oder Wilden durchstreift wurde und Kategorie Zehn ein Habitat auf dem neuesten Stand der Technik bezeichnete, verfügte eine Provinz der Kategorie Sieben wie Enarae sowohl über ein gehobenes zivilisatorisches Niveau als auch über so viele unberührte Landstriche, um den Bewohnern gefällige Parklandschaften einzurichten.

Besonders idyllisch waren die *Selten*-Inseln, die entweder mit Luftkissenbooten oder über die tentakelartigen Ausleger der *Nummer-Drei-Brücke* zu erreichen waren, deren Ausgangspunkt in den westlichen Vororten der Stadt lag und die sich in dieser Richtung bis zur Nachbarprovinz *Lüge* hinzog. Fringe Owldark hatte schon Urlaub auf den Inseln gemacht und wußte, daß sie sich in größtmöglicher Entfernung von der Kooperative Fineen befanden, die in den flachen, dünnbesiedelten Anbaugebieten im Osten der Stadt lag. Wenn der Pseudo-Onkel und die angebliche Tante wirklich aus Fineen kamen, dann fand Fringe es höchst verwunderlich, daß sie im *Brücke-Nummer-Drei*-Haus wohnten. Falls sie jedoch von den *Selten*-Inseln stammten, was für viele Gangster und Vagabunden galt, dann war ihr Aufenthaltsort durchaus plausibel.

»Wahrscheinlich falsche Namen«, sagte Fringe sich, als sie nach Zerka und Zenubi Troms fragte und man ihr den Weg zu ihrer Unterkunft beschrieb. Es handelte sich um eine billige Absteige an der Rückseite des Komplexes, fast schon unter der Brücke. Fringe richtete die *Beauftragten*-Montur, wischte sich Fusseln vom Mantel und drückte auf den Knopf der Sprechanlage. Die ältere Frau, die ihr öffnete, wies nicht die geringste Ähnlichkeit mit den Leuten auf, die Fringe bisher kennengelernt hatte. Sie sah nicht aus wie Ari oder Nada, auch nicht wie Tantchen oder Souile.

»Ja?« fragte sie im schwerfälligen Dialekt der Inselbewohner, der aus einer Silbe zwei machte.

»Zenubi Troms? Ich komme im Auftrag von Yilland Dorwalk«, sagte Fringe. »Um Ihre Nachlaßforderung gegen ihren Vater zu regeln.«

»Unsere Forderung gegen *sie*«, sagte die Frau. »Er hat nichts hinterlassen.«

Fringe setzte das für sie typische sardonische Lächeln auf. »Gleicht die Versklavung eines Familienangehörigen denn den Verlust eines anderen aus?«

»Sie gehört nicht zu meiner Familie«, schnaubte die Frau. »Seine erste Frau gehörte zu meiner Familie.«

»Schau'n wir mal; das wäre also Souile?«

»Meine kleine Schwester«, seufzte die Frau. »Die süße Souile.«

Fringe tat so, als ob sie im Notizbuch nachsehen würde. »Die Sie im Stich gelassen und der Sie die Versorgung Ihrer alten Eltern allein aufgebürdet haben.«

Das hatte gesessen. »Sie hat reich geheiratet«, sagte sie schroff. »Das wußten wir.«

»Und wo sie und er nun tot sind, verlangen Sie Geld, um die Trauer darüber zu lindern, daß Sie Ihre Eltern im Stich gelassen haben«, sagte Fringe und klappte das Notizbuch zu.

Ein Mann trat aus einem anderen Zimmer in den Flur und sah sie düster an. »Wer ist das?« fragte er die Frau.

»Ich bin im Auftrag von Yilland hier«, wiederholte Fringe.

Mit finsterer Miene machte der Mann einen Ausfallschritt, nur um in die Mündung einer großkalibrigen Vauvau-Waffe zu starren, lautmalerisch für die Abkürzung VV, *Verletzen und Verstümmeln*.

Erneut schenkte Fringe der Frau ein Lächeln und hob an, als ob sie eine Formel aufsagte: »Ich bin hier, um Sie davon in Kenntnis zu setzen, daß Fringe und Bubba Dorwalk, Souiles leibliche Kinder, eine Nachlaßforderung gegen Sie erheben in Höhe von zwei Dritteln der gesamten, periodisch abgegrenzten Aufwendungen für Kost und Logis für Ari, Nada und Tante Troms, zuzüglich Zinsen und Zinseszinsen, Ausgaben, welche die Verschuldung ihres Vaters erhöht und dazu geführt haben, daß er nicht mehr in der Lage war, seinen Verpflichtungen ihnen gegenüber nachzukommen, woraus wiederum Einbußen an Status und Komfort resultierten. Da dies in die vom *Exekutivrat* der Stadt

Enarae definierte Kategorie dauerhafter und sittenwidriger Verschuldung fällt, wird beim *Lebensgericht* Klageantrag gestellt werden mit dem Ziel, einen vollstreckbaren Titel zu erwirken.«

Überrascht stellte sie fest, daß sie wirklich wütend war, jedoch nicht auf diese Abstauber, sondern auf Souiles richtige Verwandte, wo auch immer sie sich aufhielten. Auch wenn sie selbst nur *Asoziale* gewesen waren, hätten sie dennoch helfen können!

»Wir sind aber keine Bürger von Enarae!« rief die Frau ebenso empört wie ängstlich.

Fringe gähnte ostentativ. »Das Urteil erging an alle Bezirke, einschließlich Fineen, wo Sie gemeldet sind. Ich habe in meiner Eigenschaft als *Beauftragte* die Pflicht, die Schuldner zu verfolgen, sollten Sie vor Inkrafttreten des Urteils Enarae verlassen. Als *Beauftragte* muß ich Sie davon in Kenntnis setzen, daß Fringe Dorwalk über Ihre Forderung empört ist und sich bereit erklärt hat, Blutrache anstatt von Blutgeld zu akzeptieren.« Sie holte das Notizbuch heraus. »Ich habe vermerkt, daß Sie beide gewarnt wurden. Sollen andere Mitglieder Ihrer Familie benachrichtigt werden?«

Das alles war ein einziger Bluff, doch die beiden Opfer wußten das offensichtlich nicht. Der Mann war blaß geworden und schien an Atembeschwerden zu leiden.

»Ja. Nein! Nein. Ich werde es ihnen sagen«, schrie die Frau.

Fringe ging, wobei sie noch kurz an der Tür lauschte. Dann setzte sie sich in einer Taverne in eine ruhige Ecke und nippte an einem Bier, während sie hörte, was aus dem hinter das Ohr geklemmten Empfänger drang. Trotz des Lärms in der Taverne hörte sie die Hysterie und die hektischen Aufbruchsvorbereitungen. Soviel zu den falschen Verwandten, die nun hastig zu den *Selten*-Inseln abreisten. Fringe löste den

Empfänger vom Ohr, steckte ihn in die Gürteltasche und konzentrierte sich voll auf das Bier. Es war gut. Besser als das, welches sie neulich getrunken hatte. Sie notierte den Namen der Taverne: zwar etwas abseits vom Weg, aber einen Besuch wert.

»Gut gemacht«, ertönte da eine Stimme hinter ihr.

Sie saß reglos da; nur ein Finger wanderte langsam in Richtung Gürtelholster.

»Keine Gefahr«, sagte die Stimme beiläufig.

Sie drehte sich um und sah einen Mann mit sandfarbener Haut, schwarzem Haar, vollen Lippen, einer schmalen Hakennase und breitem Kinn. Ihr Magen fuhr plötzlich Achterbahn, und sie rang nach Fassung. Ein Mann, für den man sich erwärmen konnte, sagte ihr das Herz, während der Kopf eine gründliche Musterung vornahm. Seine Kleidung war zwar nicht modisch, aber von bester Qualität, und sie stand ihm sehr gut zu Gesicht; darauf achtete Fringe nämlich immer. Aber wer war er? Oder was? Sie atmete vorsichtig ein, um zu sehen, ob der Magen dort blieb, wo er hingehörte.

Er deutete auf den freien Stuhl, und sie nickte knapp. Sie konnte nicht verhindern, daß er sich zu ihr setzte. Und vielleicht wollte sie es auch gar nicht.

»Gut gemacht«, sagte er wieder, nahm Platz und sah sie mit hochgezogenen Augenbrauen an. »Diese Sache mit den Verwandten, die gar keine Verwandten waren.«

»Sie haben mir nachspioniert?« fragte sie, eher überrascht als verärgert.

»Ich habe Sie beobachtet«, sagte er gemütlich. »Sie waren so laut, daß ich Ihre kleine Vorstellung mitbekommen habe. Sie sind nicht einmal mit Ihnen verwandt, nicht?« Er sah sie vielsagend an, was so viel hieß wie: *Sie waren auf keinen Fall mit dir verwandt, nicht solche Leute*.

Der Blick entging ihr nicht, doch sie atmete tief

durch, und der beschleunigte Puls verlangsamte sich. Das war etwas, das sie gelernt hatte. In der Regel folgte der Körper dem Geist. Man mußte nur die Richtung festlegen!

»Ich glaube nicht, obwohl ich ihnen zuletzt gar nicht mehr zugehört hatte«, sagte sie und konzentrierte sich auf die gekachelte Tischplatte.

»Ich wette, sie gehören zu irgendeiner Straßenbande.« Mit langen Fingern fummelte er an dem Medaillon herum, das er um den Hals trug.

Fringe grunzte. Das hatte sie sich auch schon gesagt. Solche Abstauber traten an den Orten der mittleren Kategorie häufig in Erscheinung.

»Leute sterben in der einen oder anderen Provinz«, sinnierte der Mann, als ob er ein Selbstgespräch führte. »Die am nächsten stationierte Bande schickt ein *Asozialen*-Pärchen los, das die Rolle von zu kurz gekommenen Verwandten oder Gläubigern spielen soll. In den wenigsten Fällen würden diese Forderungen einer Untersuchung durch die Behörden standhalten, aber die meisten Leute gehen dieses Risiko nicht ein. Sie zahlen lieber, um diese Kletten loszuwerden.« Er schnippte einen imaginären Blutsauger vom Arm und verzog dabei das Gesicht.

»Char Dorwalks Tochter hatte es nicht nötig, sich auf einen solchen Handel einzulassen«, sagte sie schnippisch.

»Natürlich nicht«, sagte der Mann. »Übrigens, mein Name ist Danivon Luze.«

»Fringe Owldark«, sagte sie und gab ihm zögernd die Hand; wider Erwarten gingen die Finger nicht in Flammen auf. Sie schluckte und fragte beiläufig: »Was ist Ihre Klassifizierung, Danivon?«

»Paria«, sagte er. »Wie Sie. Wenn ich hier bin.«

Was bedeutete, daß er ständig unterwegs war und fast alles darstellen konnte. »Wo?« fragte sie.

Er machte eine ausladende Geste und beorderte mit einem Fingerschnippen die jugendliche Kellnerin herbei. Nachdem sie ihm einen Humpen hingestellt und er einen ordentlichen Schluck genommen hatte, lehnte er sich seufzend zurück und stimmte in wohlklingendem Bariton die crste Strophe eines bekannten Vagabundenlieds an: »›Auf dieser Welt *Woanders*, ist woanders stets mein Ziel.‹«

›*Versuch nicht, mich zu halten, morgen bin ich nicht mehr hier bei dir*‹, beendete sie stumm die Strophe, während er einen Grenzpaß aus der Tasche fischte und ihn auf den Tisch legte. Das Paßfoto schaute sie an, flankiert von dem Strichcode, mit dem die körperlichen und geistigen Merkmale verschlüsselt waren. Sie wünschte sich, ihre Augen wären ein Lesegerät, so daß sie imstande gewesen wäre, den Code zu entschlüsseln und wenigstens etwas von ihm in Erfahrung zu bringen. Unten standen die Worte ›Danivon Luze. Universalpaß‹.

»Sie müssen ein hohes Tier sein«, sagte sie mit einem Anflug von Neid. Es gab sicher keine tausend Universalpässe auf ganz *Woanders*, und die meisten befanden sich im Besitz von *Rats-Beauftragten*. Er hatte nicht gesagt, daß er ein *Beauftragter* wäre, aber auch nicht, daß er keiner wäre. Er trug kein Abzeichen, aber das war auch nur dann erforderlich, wenn er eine *Lage klärte*. »Nun bin ich aber mächtig neugierig«, sagte sie.

»Das wäre wohl jeder«, sagte er gemütlich.

»Sie sagen, Sie hätten mich beobachtet?«

»Wir haben Sie beobachtet.«

»Wir?«

»Ein Freund und ich.«

Er war ihr zu selbstgefällig. »Soll ich Ihnen vielleicht jedes Wort einzeln aus der Nase ziehen?« fragte sie bemüht ärgerlich. »Wenn ja, habe ich keine Zeit für solche Spielchen. Keine Zeit und keine Lust. Schließlich sind Sie an mich herangetreten, *Kollege*. Wenn Sie etwas zu sagen haben, dann sagen Sie es!« Oder verschwinde und laß mich wieder zur Besinnung kommen, was sie sich sehnlichst wünschte.

Ihre Ungeduld schien ihn nicht zu tangieren. »Ich tue das, was Sie vielleicht als ›Rekrutieren‹ bezeichnen würden. Ich bin damit beauftragt worden, eine Expedition zusammenzustellen und bin hierher gekommen, um einen alten Freund um Rat zu fragen. Er hat mir Ihren Namen genannt. Und dann habe ich etwas gerochen. Also habe ich mir die Mühe gemacht, mich über Ihre persönlichen und fachlichen Eigenschaften zu informieren.« Erneut zupfte er am Medaillon. Das mußte eine Marotte von ihm sein. Das Ding war durch die vielen Berührungen auf Hochglanz poliert, und die Darstellung war verwaschen.

»Klar«, sagte sie lakonisch. »Sie haben etwas gerochen.« Sie verkniff es sich, ihn zu fragen, wer ihren Namen erwähnt hatte. Sie musterte wieder die Tischplatte, um nicht auf seine Nase zu starren. Sie wollte ihn überhaupt nicht mehr ansehen. Da hatte sie sich nun so bemüht, ›männerresistent‹ zu werden, und dann war dieses Wesen erschienen, um sie auf die Probe zu stellen. Verdammt, sie hatte den Test nicht bestanden!

»Nun, ich habe eben einen Riecher für so was«, murmelte er. »Manchmal.«

»Und wissen Sie nun über mich Bescheid?«

»Wir geben Ihnen gute Noten für Selbstbeherrschung und Besonnenheit. Wir brauchen keine Draufgänger und Killer aus der Gangster-Kaste.«

Fringe rümpfte die Nase. In Wahrheit hegte sie eine gewisse Sympathie für Gangster. Der alte Ari hatte oft mit nostalgischen Gefühlen und profunder Sachkenntnis von Gangstern gesprochen, wobei Fringe erst in späteren Jahren erkannte, daß er so viel über sie wußte, weil er selbst einer gewesen war.

»Sie neigen nämlich dazu, erst zu schießen und dann zu fragen«, sagte sie. »Ich bin schon ein paar von ihnen begegnet.«

Danivon lächelte sie an. »Das weiß ich«, sagte er.

»Sie wissen mir ein bißchen zuviel. Wieviel?«

»Alles. Ich bin Ihr *Buch* durchgegangen.« Er schaute auf und lächelte jemand anders zu, der sich dem Tisch näherte. Der Ankömmling setzte sich zu ihnen, ohne dazu aufgefordert worden zu sein.

Fringes Blick fiel auf den großen, glatzköpfigen Mann, der sich Curvis genannt hatte. Nun war sie wirklich wütend und knurrte die beiden an: »Ihr seid Spione. Die *Blut-Bücher* sind privat. Bevor ich tot bin, habt ihr kein Recht dazu!«

Curvis grinste nur. Danivon tippte auf den Universalpaß. »Er hat auch einen. Mit ihnen überwindet man nicht nur geschlossene Grenzen.«

Ihre Wut wich der Neugierde. »Wie sieht meine Bilanz also aus?«

Mit den Händen imitierte er eine Waage. Keine hohen Schulden. Kein hohes Guthaben.

»Was ist das für eine Arbeit?« fragte sie.

Curvis grunzte. In seiner Brusttasche regte sich etwas; ein winziges pelziges Wesen blickte mit funkelnden Augen heraus. Danivon kratzte sich am Kopf und schnitt eine Grimasse. »Fringe Owldark, würden Sie mir zunächst eine Frage beantworten?«

»Wenn ich kann«, sagte sie gleichgültig und sah, wie das Tierchen gewandt aus Curvis' Tasche schlüpfte und sich auf seiner Schulter niederließ.

»Inwiefern unterscheidet *Woanders* sich von *Überall*?«

»Sie sprechen in Rätseln, Mann. Ich habe keinen Bock auf so einen Unsinn.«

»Kein Unsinn. Ich meine es ernst. Inwiefern?«

Sie sah ihn an und tippte auf den Tisch. »Luze, überall sind die Götter von *Hobbs Land*, nur hier nicht.«

»Und wenn ich nun sage, es besteht die Möglichkeit, daß die Götter von *Hobbs Land* auch nach *Woanders* gekommen sind?«

Sie merkte, wie der Puls sich erst verlangsamte und dann raste, wie sie erst blaß wurde und dann rot. Er hätte ihr ebensogut ein Messer in den Körper rammen oder ihr sagen können, daß man sie vergiftet hätte. Sie wußte nichts über die Götter außer dem, was sie wissen sollte, fühlen sollte, und das war der reine Schrecken.

Die Menschen, die von den Göttern von *Hobbs Land* übernommen worden waren, waren keine Menschen mehr, waren nicht mehr Gottes Kinder (was auch immer man sich unter Gott vorstellte) und genossen nicht mehr die Fürsorge des Himmels (wie auch immer der aussah). Obwohl zwischen den Leuten, die nach *Woanders* geflohen waren, praktisch in keinerlei Hinsicht ein Konsens bestand, waren sie sich doch darin einig: Die Übernahme durch die Götter von *Hobbs Land* bedeutete den Verlust der Seele, der Aussicht auf die Auferstehung und der Hoffnung auf den ewigen Frieden – beziehungsweise das jeweilige Äquivalent. So sagten jene, die es wissen mußten! Die Götter waren die Buhmänner, das Ungeheuer in der Dunkelheit.

Wenn die Götter kamen, würde sie ihres Ichs beraubt werden und nur noch als versklavte Hülle existieren, wie eine Marionette an unsichtbaren Fäden gezogen, ohne daß sie etwas dagegen tun konnte.

Er legte seine Hand auf die ihre. »Aber, aber, nun fallen Sie nicht gleich in Ohnmacht.«

Sie holte tief Luft und merkte, daß es seine Hand war, die zitterte. »Wie dramatisch!« sagte sie. »Ein schönes Schauermärchen, dem Anlaß angemessen. Wollten Sie testen, ob ich in Panik gerate?«

Er lächelte, wobei dieses Lächeln auf die Lippen beschränkt blieb. »Sie sind aber nicht in Panik geraten; Sie haben bestanden. Es besteht eine gewisse Wahrscheinlichkeit, daß die Götter hier sind. Wenn etwas geschieht, das wir nicht erklären können, verdächtigen wir immer die Götter.« Boarmus hatte das zwar nicht gesagt, aber es stimmte trotzdem. Die Vorstellung verursachte Danivon manchmal sogar Alpträume. Ihn hatte man auch gelehrt, die Götter zu fürchten, und ein lang zurückliegendes Kindheitserlebnis verstärkte diese Furcht noch. Ein Erlebnis, an das er sich nicht erinnerte, obwohl es vielleicht etwas mit Verlassenwerden zu tun hatte.

»Etwas Unerklärliches hat sich ereignet, nicht?« fragte sie.

»Drachen«, sagte er lakonisch. »Fremdartige, geheimnisvolle Drachen. Der *Aufsichtsrat* wurde gebeten, sich mit diesen Drachen zu befassen. Also hat der *Aufsichtsrat*, vertreten durch den *Kommandeur*, gesagt: ›Danivon, mein Junge, stell ein Team zusammen und geh der Sache auf den Grund. Es eilt nicht. Laß dir Zeit, aber finde heraus, ob es dort wirklich Drachen gibt oder ob es sich um etwas anderes handelt, das nur wie Drachen aussieht.‹ Wobei man sich natürlich fragt, worum es sich bei diesem ›etwas anderes‹ handelt.«

Fringe holte tief Luft und regte sich nicht. Sie war nun schon seit einem Dutzend Jahren *Beauftragte*. Sie war Anfang Dreißig, noch immer attraktiv, aber nicht mehr mädchenhaft. Dennoch bewirkten Danivons Worte eine unangemessene, mädchenhafte Reaktion – diese an Hysterie grenzende Verweigerungshaltung, die man in der Pubertät immer einnimmt, die emotionalen Kapriolen, die Versuche, die Welt Lügen zu strafen, bis man schließlich angesichts der unvermeidlichen Realitäten resigniert. Sie atmete ruhig und erinnerte sich daran, wer sie war, eine *Beauftragte* mit gutem Leumund. Eine Person, der man Respekt zollte. Sie würde nicht in Panik geraten beim Gedanken an die Götter, Drachen, Danivon Luze oder sonst eine verdammte Sache.

Apropos Drachen. Wie hatte eine *Beauftragte* auf Drachen zu reagieren? Was verlangte ihr Selbstbild? Was forderte ihr Eid? Und wovor fürchtete sie sich mehr? Vor den Göttern, die in Gestalt von Drachen nach *Woanders* kamen, oder davor, sich Danivon Luze anzuschließen? Sogar auf ihrem Platz spürte sie die von ihm ausgehende Wärme; sie mußte jemanden um Rat fragen.

»Woran denken Sie gerade?« fragte Danivon neugierig.

»An einen Mann namens Zasper«, erwiderte sie.

Curvis und Danivon wechselten Blicke.

Also, sagte sie sich. Es war Zasper gewesen, der ihren Namen erwähnt hatte!

Das Tierchen steckte die Nase in Curvis' Ohr und flüsterte ihm etwas zu. Curvis gab dem Tier einen Keks, worauf es ihn mit den winzigen Pfoten drehte und kreisförmig abnagte. Dann betrachtete es den Kreis bewundernd und setzte die Prozedur fort.

»Was ist das?« fragte sie im Bestreben, das Thema zu wechseln. Das kleine Wesen hatte einen violetten Pelz und einen langen Schwanz mit einer Quaste. Es schien die Angewohnheit zu haben, die Augen mit der Quaste zu bedecken.

»Ein Taschenhörnchen«, sagte Curvis.

»Nicht von hier?«

»Aus den Wäldern an der Küste von Roga.« Er klopfte auf die Tasche, und ein weiteres der kleinen Tiere lugte verschlafen hervor. »Unterhaltung«, sagte Curvis. »Und Freunde. Wenn sie hören, wie Leute sich unterhalten, kommen sie an und wiederholen das Gehörte. Das ist manchmal sehr nützlich.«

Fringe atmete tief durch und lehnte sich zurück. »Sagen Sie mir, was Sie von mir wollen«, verlangte sie.

»Wissen Sie, wo Panubi liegt?«

»In der Nähe des Äquators, irgendwo südlich der Curward-Inseln.«

»Was wissen Sie darüber?«

»Es ist ein Kontinent, ein Ort.«

»Ich meine, wissen Sie, was für ein Ort?«

»Teufel, Danivon! Ein teilweise erschlossener Ort mit vielen Provinzen am Rand und einem leeren Territorium in der Mitte. Voller Rätsel und Geheimnisse, sagt man, obwohl das Gebiet nie erforscht wurde. Das habe ich an der *Akademie* gelernt. Eines von *Woanders'* kleinen Geheimnissen. Befinden Ihre Drachen sich dort?«

»Allerdings. So sagt man.«

»Schicken Sie doch eine Drohne hin. Weshalb Menschenleben riskieren?«

»Mit Drohnen haben wir es schon versucht. Sie haben keine Ergebnisse geliefert. Menschen allerdings auch nicht …«

Fringe holte tief Luft. »Sie müssen mir nicht imponieren, Mann. Oder mir Angst machen, falls es das ist, was Sie vorhaben.«

»Hört, hört«, sagte Danivon zu Curvis und machte große Augen, um Bewunderung zu mimen. »Sehr gut, *Beauftragte*. Ich biete Ihnen die Gelegenheit, sich einer Expedition anzuschließen.«

»Wieviel?«

»Was halten Sie von Ruhm? Ehre?«

Sie setzte ihr sardonisches Grinsen auf und befingerte die Einzelkämpfer-Schnur unter dem *Beauftragten*-Abzeichen. »Scheiß drauf, Danivon. Nur tote Beauftragte werden mit Ruhm bezahlt.«

Die beiden Männer wechselten einen vielsagenden

Blick. »Also gut: Ernennung zur *Rats-Beauftragten*, doppeltes Gehalt, Waffen-Beihilfe, alle Spesen und eine lebenslängliche Leibrente.«

Erneut atmete sie tief durch. Natürlich boten die Arbeitgeber einem keine Leibrente an, wenn die Aussicht bestand, daß der Empfänger sich einer langen Lebenserwartung erfreute. Aber die Ernennung zur *Rats-Beauftragten* war verlockend! Dann würde sie auch einen Universalpaß bekommen!

»Wer kommt noch mit?« fragte sie.

Die Antwort schien ihm schwerzufallen. »Ein paar Leute.«

»Wer?«

»Ein paar seltsame Leute. Welchen Unterschied macht das?«

Sie zuckte die Achseln. Er erwiderte die Geste und erhob sich, um noch ein Bier zu bestellen.

»Er weiß erst dann, wer mitkommt, wenn er sie riecht«, sagte Curvis im Plauderton, während er mit dem dicken Zeigefinger die Tierchen kitzelte, die vor ihm auf dem Tisch lagen, den Kopf auf die Pfoten gelegt hatten und sie beobachteten.

Sie starrte ihn verständnislos an.

Der kahlköpfige Mann schüttelte bewundernd den Kopf. »Er hat diese … diese Begabung. Wie … angenommen, es tritt eine heikle Situation ein. Eine schlimme Situation. Andere *Beauftragte* versuchen dieses und jenes, aber die Situation klärt sich trotzdem nicht. Dann kommt Danivon, tut und macht, und plötzlich – *paff* – klärt die Situation sich.«

»Und wie macht er das?«

»Er sagt, er hätte einen Riecher dafür.« Curvis grinste sie an und blinzelte, als Danivon zum Tisch zurückkam. »Katalysatoren.«

Fringe war im Moment überfordert. Von Danivon, seinem Freund und den Tierchen, die mit um den Kopf drapiertem Schwanz auf dem Tisch lagen, einen Stapel kreisrund angenagter Kekse vor sich hatten und sie durch die Quaste beäugten, als ob sie darauf warteten, daß sie etwas Komisches tat. Sie stand auf und legte ein paar Münzen auf den Tisch, um ihr Bier zu bezahlen. »Ich sage Ihnen Bescheid. Wie erreiche ich Sie?«

»Wir erreichen Sie«, sagte Danivon.

Sie beließ es dabei. Beim Gehen hörte sie ihre eigene Stimme: ›Ich sage Ihnen Bescheid. Wie erreiche ich Sie?‹ Sie drehte sich um und sah, daß eins der Tierchen ihr nachschaute. Es öffnete den Mund und wiederholte den Spruch mit schelmischem Gesichtsausdruck. Sie schüttelte den Kopf und ging fort. Taschenhörnchen. Weshalb nagten sie alles kreisförmig an?

»Was meinst du?« fragte Curvis, nachdem sie gegangen war. Er steckte die Tiere in die Tasche und schaute Danivon erwartungsvoll an.

Danivon machte eine vage Geste und starrte für geraume Zeit die Wand an, bevor er sagte: »Sie ist in Ordnung. Da bin ich mir sicher. Aber irgend etwas an ihr ist nicht ganz …«

»Nicht ganz was?«

»Ich weiß nicht. Irgendwie nicht ganz solide.«

»Auf mich hat sie jedenfalls solide genug gewirkt.«

»Ich meine auch nicht ihren Körper, Curvis. Auch nicht ihre Gesundheit. Und nicht ihre Fähigkeiten, von denen Zasper überzeugt ist; wenn ich sie auch gern einmal beim Umgang mit der Waffe sehen würde.«

»Nun, wenn wir ein paar Tage abwarten, werden wir es vielleicht sehen. Hier in Enarae ist nämlich der Teufel los.«

»Stimmt.«

»Diese seltsamen Leute aus der Vergangenheit, diese Zwillinge. Sind sie denn solide?«

»Ich glaube schon«, sagte er mit einem Lächeln.

»Weshalb nimmst du sie mit?«

Ärgerlich schlug Danivon mit der flachen Hand auf den Tisch. »Verdammt, Curvis, ich habe dir schon tausendmal gesagt, daß ich es nicht weiß! Frag einen Maler, weshalb er sein Bild so und nicht anders malt. Frag eine Tänzerin, weshalb sie diese oder jene Bewegung ausführt …«

»Schon gut«, unterbrach Curvis ihn. »Du weißt es also nicht. Weißt du wenigstens, ob wir noch mehr Leute brauchen?«

»Ich weiß nur, daß die Mannschaft noch nicht komplett ist.«

Curvis wollte ihn schon fragen, woher er das wüßte und wen er als nächstes anheuern würde, aber er verkniff sich das noch rechtzeitig. »Möchtest du noch ein Bier?« fragte er statt dessen, ohne daß er eine Antwort bekam. Danivon saß mit gesenktem Kopf, mit bebender, schnüffelnder Nase und halb geschlossenen Augen da.

Wenn er sich in diesem Zustand befand, war er manchmal für Stunden nicht ansprechbar. »Scheiße«, sagte Curvis leise, als er in den überfüllten Schankraum ging, um sich ein bißchen zu amüsieren.

Danivon stellte sich derweil die gleichen Fragen, die auch Curvis sich schon gestellt hatte. Was wäre geschehen, wenn er ein anderes Kind gewesen wäre? Wenn er sich zum Beispiel nicht so früh einen Namen wegen seiner Hilfsbereitschaft gemacht hätte. Er hatte das seit seiner Kindheit getan, war immer zur Stelle gewesen, wenn jemand Hilfe brauchte. Manchmal war Danivon sogar erschienen, bevor der Betreffende überhaupt wußte, daß er Hilfe brauchte, und hatte mit einem breiten Grinsen gesagt: »Ich habe gerochen, daß du jemanden brauchst.«

Das stimmte, auch wenn es zunächst niemand geglaubt hatte, nicht einmal Zasper. Anfangs hatten die

Leute es für einen Scherz gehalten und geglaubt, daß irgend jemand dahintersteckte. Später erfuhren sie dann, daß er wirklich einen Riecher für solche Dinge hatte. Zumindest hatte er den Eindruck, daß die Informationen irgendwie in der Luft lagen, worum auch immer es sich in Wirklichkeit gehandelt hatte; sein Spürsinn war nicht immer zuverlässig, aber oft genug hilfreich. Er roch es, wenn Leute Hilfe brauchten; er roch Schwierigkeiten, die als solche nicht zu erkennen waren; er roch es, wenn Frauen auf ihn scharf waren – oder auf andere Leute; er roch Lösungen für Probleme; er roch es, wenn Leute gemeinsam zu Leistungen fähig waren, die sie allein nicht schafften oder zumindest nicht in Angriff nahmen.

Er roch Haß und Lust. Wenn er eine Menge roch, wußte er, ob es zu Ausschreitungen kommen oder ob die Leute sich nach einer Weile wieder zerstreuen würden. Und obwohl er nicht wußte, worin sein Talent wirklich bestand oder worauf es beruhte, erwies Danivons Nase sich für den *Aufsichtsrat* als sehr nützlich. Er hatte schon viele Dinge für den *Aufsichtsrat* erledigt, obwohl die Arbeit ihn manchmal tödlich gelangweilt hatte – was er sich aber nie hatte anmerken lassen. Es war ihm zwar lästig gewesen, aber Angst hatte er bisher noch nie gehabt.

Wieso jetzt? Weshalb witterte er Verdruß? Weshalb diese Ahnung von Dunkelheit? Weshalb diese Rauchzeichen und leuchtenden Flecken, die sich immer in Gesichter aufzulösen schienen und dann doch nicht? Wieso? Kein Traum. Er erinnerte sich weder an ein solches Licht noch an eine solche Dunkelheit. Eine Drohung, ja, aber mehr als nur eine Drohung. Furcht, eiskalte Furcht, wie die Alpträume, aus denen er manchmal mit hämmerndem Herzen und einem Schrei auf den Lippen erwachte! Er hörte Schreie, flehende Stimmen, als ob er mit einem anderen Ort in Verbindung stünde und dessen Echos hörte. Er roch Schweiß, den Angstschweiß einer Person, die sich auf der Flucht befand.

Nicht gerade die günstigsten Vorzeichen für den Antritt einer Reise. Weshalb die seltsamen Zwillinge aus der Vergangenheit? Weshalb Fringe? Er hätte sie ins Team aufgenommen, allein schon der Art wegen, wie sie schaute, der verstohlenen Blicke, mit denen sie ihn musterte, wegen des Glitzerns in den Augen, der Art, wie sie ging und sprach, scheinbar locker, aber mit vorgerecktem Kopf, als ob sie darauf wartete, daß etwas geschähe. Ja, er hätte Fringe auch um ihrer selbst willen mitgenommen, doch indem er sie ins Team aufnahm, indem er jeden von ihnen aufnahm, befriedigte er den Sinn, den er als Spürsinn bezeichnete, eine Art von Rechtmäßigkeit, eine Selbstverständlichkeit. Dennoch blieb der alles überlagernde Geruch. Angstschweiß. Eine Angst, die bis zu den Wurzeln der Angst selbst hinabreichte.

Das war aber völlig unerheblich. Es bestand nämlich keine Möglichkeit, sich vor dem Auftrag zu drücken. Boarmus hatte ihm befohlen zu gehen, also ging er. Keine Gefahr, hatte Danivon zu Fringe gesagt. Keine Gefahr. Das war eine Lüge gewesen. Er selbst hatte nie daran geglaubt!

6

Touristen aus den Kategorien Acht, Neun und Zehn besuchten oft den *Swale. Tour runter, Handel rauf* lautete die von den *Supervisoren* betriebene Politik, was bedeutete, daß man normalerweise Reisen zu Orten unternahm, die primitiver waren als der Heimatort und von dort Waren importierte. Während manche einwandten, daß ›primitiv‹ nicht das richtige Wort sei, so war es doch eine Tatsache, daß die meisten Touristen den *Swale* des Nervenkitzels wegen besuchten, weil sie einmal sehen wollten, wie jemand ermordet wurde oder weil sie selbst einmal jemanden ermorden wollten. Da Touristen in Enarae keinen höheren Stellenwert besaßen als ein heruntergekommener *Asozialer* oder *Paria,* war es jedoch unvermeidlich, daß im Zweifelsfall sie ermordet wurden.

Obwohl Fringe den *Swale* lange als ihre natürliche Umwelt betrachtet hatte, konnte sie ihm eine besondere Qualität nicht absprechen. Die *Schreine der Waffenträger* waren allgegenwärtig. In jeder Nische mußte man mit einer Person rechnen, die den Nervenkitzel suchte, und oft war das auch der Fall. Weil sie wußte, daß sie keine Rückendeckung hatte, verhielt sie an jeder Ecke, um die Stiefel neu zu schnüren, den Waffengurt und den Sitz der Kleidung zu überprüfen. Hinter den Gucklöchern mochten sich tausend Augen verbergen, tausend Blicke, die sie wie mit einem Messer durchbohrten und die paar Treppenstufen und die paar Meter glitschiger Straße zwischen ihrer Wohnung und Blooms Laden in ein Minenfeld verwandelten.

Vielleicht war es real. Vielleicht war es ein Spiel. Auf jeden Fall mußte sie unter einem Sperrfeuer von Blikken von *hier* nach *da* gelangen!

Im Angesicht solcher Gefahren, ob eingebildet oder real, durfte man nicht verzagen! Mit dem linken Daumen polierte sie das *Beauftragten*-Abzeichen, holte tief Luft und steuerte entschlossen ihr Ziel an, eilte die Treppe hinunter, die gefährliche Straße entlang und flüchtete sich in die Einfahrt von Blooms Etablissement. Sie mußte in Übung bleiben, sagte sie sich und genoß die Aufwallung von Furcht, die die Panik, in die sie sich selbst versetzt hatte, begleitete. Sie wußte, es wäre leichter, aber viel langweiliger gewesen, den längeren Weg zu nehmen. Sicherheit war etwas für Kinder. Das sagten alle *Beauftragten*, die ihr Geld wert waren.

Bloom begrüßte sie freudig, fuhr die Beine aus und küßte sie auf die Wange, was sie resigniert erduldete. Bloom küßte jeden, wobei er Geschlecht, Alter und momentane Befindlichkeiten geflissentlich ignorierte. Obwohl Zasper nie versucht hatte, sie zu küssen, und schon gar nicht in der Öffentlichkeit, küßte Bloom sie, seit sie zwölf war und würde wohl kaum gerade jetzt damit aufhören.

»Owldark«, murmelte er. »Zu lang her, Liebes. Was hast du gemacht, Fringy?«

»Dieses und jenes«, sagte sie in der beiläufigen Art der *Beauftragten*, die sich keine Einzelheiten über ihre Arbeit entlocken ließen. »Ich war hier und da.« Die überfüllte Halle war laut und von allen möglichen Gerüchen durchzogen: Essen und Trinken, Schweiß und Drogen, Kisten, Ballen und Körbe mit exotischen Dingen aus einem Dutzend fremder Provinzen, die gegen andere Sachen eingetauscht worden waren. Sie rümpfte die Nase und nieste.

Der Bloom schnitt eine Grimasse, zog die Beine wieder ein und rief ihr auf dem Weg nach unten zu: »Es ist ein Mann von Gaunts Waffengeschäft hier, der die neusten Gimmicks präsentiert. Sie haben den *Terminator Sieben-Acht-Neun* modifiziert, ist das zu glauben? Doppelte Vernichtungskraft bei halbem Gewicht. Willst du ihn sehen?«

Sie schüttelte den Kopf und schnitt ebenfalls eine Grimasse.

»Nicht? Suchst du Arbeit?«

Fringe zog es vor, die Verträge beim *Beauftragten*-Posten abzuschließen, wo die Dinge berechenbarer waren als in Blooms Etablissement. Nicht daß er keine Moral gehabt hätte; es war nur so, daß er die Vertragsbedingungen auf die leichte Schulter nahm – Kleinigkeiten wie Lieferfristen, akzeptable Lösungen und Bezahlung. Sie grinste und schüttelte wieder den Kopf.

»Auch nicht? Wie wär's mit einem Spiel? Willst du einen Tisch?«

»Keine Waffe, keinen Job, kein Spiel, Bloom. Ich suche Zasper. Weißt du, wo er steckt?«

»Er ist hier«, sagte der Bloom mit einem Achselzucken. »Es geht ihm schlecht, und etwas Abwechslung käme ihm sicher gelegen.«

»Wo?«

Er riß den Kopf zurück und wies auf die zum Balkon führende Treppe auf der anderen Seite des Raums. Dann schoß er in die Höhe und schaute ihr nach, wie sie sich durch die wogende Menge schlängelte.

Sie bahnte sich einen Weg durch die Gäste: Enaraenier, Sandylwaithier, ein paar *Supervisoren*, die versuchten, ihre Tarnung aufrechtzuerhalten, *Lügner*, die den Anschein zu erwecken suchten, daß sie sich hier nicht wohl fühlten und die Körperteile einiger Dinka-Dschinns aus *Stadt Fünfzehn*, die im *Swale* zu Besuch waren, um einmal die Wirklichkeit zu erleben. Augen flutschten umher, Nasen schnüffelten herum. Die Modulator-Boxen mußten sich irgendwo auf der anderen Seite des Raums befinden, zusammen mit den Armen, Beinen und sonstigen Teilen. Sie machte sich nicht die Mühe, danach zu suchen. Ob am Stück oder in Einzelteilen, die Dinks waren nicht ihre Sache.

Sie fand Zasper im auf die Straße hinausgehenden Spielzimmer. Er stand mit dem Rücken zu ihr. Das vom Fluß reflektierte Licht beschien eine Gesichtshälfte, während er den Spieler am anderen Ende des Tischs beobachtete. Dann erblickte er sie, entschuldigte sich knurrend und ging auf sie zu, wobei ein Grinsen auf seinem Gesicht erschien. Seine starke alte Hand krachte auf ihre Schulter, und sie erduldete den vertrauten Schmerz. Er führte sie zu einem kleinen Tisch in der Nähe des Balkongeländers, von dem aus man einen Blick über das organisierte Chaos hatte.

Fringe, die sich in Menschenmengen unwohl fühlte, hielt den Blick auf Zasper gerichtet. Obwohl er vor ein paar Jahren als Provinz-*Beauftragter* ausgeschieden war, trug er noch immer den Zopf, sah noch immer fieser aus als ein Strauchdieb und trug noch immer das Abzeichen mit der Einzelkämpfer-Schnur – allerdings an der linken Schulter, um zu zeigen, daß er nicht mehr aktiv war. Ausgeschieden oder nicht, ihre Freundschaft war davon unberührt geblieben. Er wußte das besser als sonst jemand.

»Hörte, dein Vater ist gestorben«, grunzte er.

Sie schaute ihn an. Wenn er das wußte, wußte er auch alles andere.

»Tut mir leid.« Er wußte, wie sie sich fühlte, wie sie sich immer gefühlt hatte. Es hatte Zeiten gegeben, da er es besser gewußt hatte als sie selbst.

Sie zuckte die Achseln. »Deshalb bin ich nicht hier, Zasper.«

Er wölbte eine Augenbraue. Sie beugte sich vor und erzählte ihm von Danivons Angebot. »Das ist gestern passiert«, sagte sie. »Ich habe darüber nachgedacht. Du hast ihm meinen Namen genannt, Zasper?«

»Nun, ich hatte ihn in Toleranz kennengelernt«, gestand er; mehr wollte er aber nicht sagen. »Manche bezeichnen ihn als Wunderkind mit Dynamit im Blut.«

»Aber noch nicht ausgebrannt«, murmelte sie. O nein, der *Beauftragte* Luze war alles andere als ausgebrannt.

»Soweit ich weiß, nicht. Natürlich war er noch ein Kind, als ich *Toleranz* verlassen habe, aber Freunde haben mir berichtet, er hätte das Einzelkämpferabzeichen mit Eichenlaub. Er macht sich.«

»Übertriebenes Ego?«

»Nein. Nicht daß ich wüßte. Niemand, der über Leichen geht. Nicht mehr als irgend jemand von uns.«

Manchmal gehörte es aber zum Job, über Leichen zu gehen. Nicht alle Beauftragten arbeiteten für den *Rat*, aber kein *Beauftragter* durfte gegen ihn arbeiten; das besagten die *Statuten*. Adam-der-Mann durfte jeden *Beauftragten* anheuern, um ihn vor allen Bedrohungen zu beschützen, außer vor denen, die von *Rats-Beauftragten* ausgingen. Wenn *RB's* hinter ihm her waren, hielten die anderen *Beauftragten* sich bedeckt. Wenn ein *RB* die Hand zum Gruß erhob, eine Beschwerde vortrug und die Verfügungsnummer nannte, aus der hervorging, daß er die *Lage klärte*, wurde von den anderen *Beauftragten* erwartet, daß sie sich dringender auswärtiger Geschäfte erinnerten. Und manchmal gab es danach Leichen, über die man ging.

»Ich habe Gerüchte über diese Sache mit den Panubi-Drachen gehört«, sagte Zasper. »Interessant. Was bieten sie?«

Fringe sagte es ihm, und er pfiff durch die Zähne. »Hättest es kaum besser treffen können. *Rats-Beauftragte* und doppeltes Gehalt. Und eine Leibrente.«

»Falls ich überlebe«, schnaubte sie.
»Das ist immer das Problem.«
Unten in der Halle schrie Bloom einen Croupier an, wobei der verkrüppelte Mann aus der wogenden Menge auftauchte wie ein Fisch aus stürmischer See. Streng genommen entsprachen Blooms Beine nicht der Kategorie Sieben. Trotz des Verbots von Importen aus höheren Kategorien hatte er sie aus einer Neuner- oder Zehner-Provinz importiert, was die Behörden anscheinend aber kaltließ.
Fringe drückte auf den Service-Knopf, und eine Stimme sagte: »Ja?«
»Dunkelbier«, murmelte Fringe. »Zwei.«
Dunkelbier hatte Zasper ihr auch angeboten, als sie ihn gebeten hatte, die Ausbildung an der *Akademie* zu sponsern. Dunkelbier hatte sie ihm angeboten am Tag, als sie den Abschluß gemacht hatte, nachdem er ihr die *Beauftragten*-Plakette angesteckt hatte. Es war Teil ihrer Beziehung. Sie wandte sich von dem Tohuwabohu ab und sagte nachdenklich: »Hast den Riesen gesehen, der bei Danivon Luze ist?«
Zasper nickte. »Curvis. Ich kenne ihn. Manchmal ein bißchen… stur. Aber man kann sich auf ihn verlassen.«
»Er sagt, Luze ernennt seine Mitarbeiter mit der Nase.«
»Das habe ich auch gehört.« Zasper grinste. »Er hat einen Riecher für alles, zum Beispiel wer blufft und wer nicht.«
Sie wartete, doch mehr ließ er sich nicht entlocken.
»Du sagst aber nicht viel, Zas! Ich bitte dich um Hilfe, und du sagst nichts und grinst nur.«
Zwei versiegelte Behälter glitten aus der Service-Luke auf den Tisch und formten Deckel und Griffe aus.
Er zuckte lächelnd die Achseln. »Was soll ich auch sagen, Mädchen? Daß du ihm absagen und hierbleiben

sollst? Daß du es riskieren sollst? Soll ich dir sagen, du bist Fringe Owldark, eine erwachsene Frau, die ihre eigenen Entscheidungen treffen muß? Oder was?«

»Teufel, irgendwas, Zasper!« Sie steckte die Nase in den Krug und trank. »Habe ich dir überhaupt schon erzählt, wie ich zu dem Namen Owldark gekommen bin?«

Er legte den Kopf schief. »Dachte, du hättest ihn dir ausgedacht.«

Grinsend erzählte sie ihm, wie Jory ihr den neuen Namen gegeben hatte. »Hast du sie jemals zu Gesicht bekommen, Zasper? Ich hatte dir von ihr erzählt. Sie sagte mir, ich sei eine von *ihrem* Volk. Ich warte schon die ganze Zeit darauf, daß sie wieder auftaucht, aber ich habe sie seitdem nicht mehr gesehen.«

Er runzelte die Stirn; die Geschichte kam ihm merkwürdig vor, obwohl er nicht wußte, weshalb. »Bist du sicher, daß es eine Frau war?«

»Jedenfalls sah sie wie eine Frau aus. Sie hatte etwas bei sich, das wie ein Ball aussah. Etwas Schemenhaftes. Vielleicht ist es das, was mich an sie erinnert. Was Danivon sagte. Ungeheuer im Schatten, von denen niemand weiß, wer sie sind. Er sagt, daß die Götter vielleicht hier auf *Woanders* seien.«

»Und das macht dir Angst?«

»Das weißt du doch!« Sie schluckte schwer und schauderte. »Macht die Vorstellung, daß diese Dinger deine Seele fressen, dir denn keine Angst?«

Zasper wischte das mit einer Handbewegung beiseite. »Alle paar Jahre behauptet jemand, die Götter seien hier auf *Woanders*. Ob sie da sind oder nicht, beeinflußt deine Entscheidung doch nicht, oder? Soll ich dir sagen, was dein Problem ist, du hast Angst vor der eigenen Courage. Teufel, das weißt du doch schon! Wie oft haben wir schon darüber gesprochen? Immer zweifelst du an dir. Erinnerst du dich an die Geschichte, die ich dir immer wieder mal erzählt habe? Von der Kriegerin und den Glyphen?«

»Ich erinnere mich«, sagte sie und verzog das Gesicht. Zasper hatte ihr diese Geschichte schon bis zum Erbrechen erzählt. Die arme Kriegerin, die von der schweren Rüstung niedergedrückt wurde, beneidete die magischen Glyphen um ihre Fähigkeit zu fliegen; sie war unzufrieden mit sich, war aber auch nicht gewillt, die schützende Rüstung abzulegen.

»Du hast mir immer gesagt, du glaubtest, eine Bestimmung zu haben«, sagte er und hob die Stimme, um das von unten heraufbrandende Gelächter zu übertönen. »Entweder stimmt das oder es stimmt nicht. Und ob es stimmt, wirst du wahrscheinlich in einem solchen Fall herausfinden. Wenn du zurückweichst, wenn es kommt, was bedeutet das?«

Fringe rutschte auf dem Stuhl herum und malte mit dem feuchten Zeigefinger Figuren auf dem Tisch. »Ich weiche nicht zurück, Zasper. Ich habe keine Angst vor Drachen, nicht, wenn es sich wirklich um Drachen handelt. Aber vor den Göttern habe ich eine Heidenangst. Allein schon bei der Vorstellung, daß sie vielleicht hier sind, läuft es mir eiskalt den Buckel runter. Ich bin dann wie gelähmt.«

Sie schaute Zasper an, um zu sehen, ob er wußte, was sie damit sagen wollte. »Aber wenn ich auch Angst habe, ich habe geschworen, die Vielfalt und die Menschheit zu beschützen, und wenn es irgendwo noch Vielfalt und eine Menschheit gibt, dann hier auf *Woanders*. Daran glaube ich. In meinen Augen ergibt das mehr Sinn als alles, was man mich jemals gelehrt hat. Also kann ich nicht einfach zulassen, daß sie uns übernehmen, wenn vielleicht die Möglichkeit besteht, sie aufzuhalten. Zumal es sich vielleicht gar nicht um die Götter handelt. Ich muß wohl gehen. Es ist nur Danivon … er ist …«

»Ich weiß, was er ist. Die Frauen liegen ihm scharenweise zu Füßen. Hat eine Wirkung wie ein Magnet. Dich hat's wohl auch erwischt, wie?«

Sie schaute Zasper verweisend an. Geht dich überhaupt nichts an, schmutziger alter Mann. Nur daß er ihr der Vater war, der ihr leiblicher Vater nicht gewesen war, die Brüder, die sie nicht gehabt hatte, jemand, der ihr zuhörte. »Ja«, sagte sie. »Irgendwie.«

»Dann sag's ihm. Du kommst mit, aber rein geschäftlich, weil Sex deine Leistungsfähigkeit vermindert, deine Treffsicherheit beeinträchtigt und du sogar leichte Ziele verfehlst.«

Verdammt, er machte sich über sie lustig. »Stimmt nicht!« platzte sie heraus. »Du weißt, daß das nicht stimmt!«

Nun lachte er wirklich. »Fringe! Was, zum Teufel, möchtest du mir sagen?«

Sie schüttelte den Kopf, mit einem lachenden und einem weinenden Auge. »Ich weiß nicht, Zasper. Vielleicht fürchte ich, daß ich Heimweh bekomme.« Nach ihren sauberen leeren Zimmern. Nach ihren Sachen. Nach dem Komfort. Der Sicherheit. Nach einem Ort, an dem sie die Tür schließen und die bedrohliche Welt aussperren konnte.

»Wirst du gehen?« fragte er sie.

»Wahrscheinlich«, sagte sie.

»Nun denn. Aber ich muß dir noch etwas erzählen.« Er beugte sich vor, bis sein Mund sich nur noch ein paar Zentimeter von ihrem Ohr befand und erzählte ihr von seinem letzten Gespräch mit Boarmus. Am Schluß fragte er: »Hat Danivon etwas von diesen Petitionen gesagt?«

»Nein, jedenfalls nicht zu mir.«

»Nun, ich wette, daß Boarmus es ihm erzählt hat. Dachte nur, du solltest es wissen. Drachen sind wahrscheinlich nicht alles, was er jagt.«

Sie dachte darüber nach, sah aber keinen Sinn darin. »Wer richtet Petitionen an wen?«

Zasper zuckte die Achseln. »Ich habe dir alles gesagt, was ich weiß. V.i.S.d.P. *Nirgendwo*. Mehr weiß ich auch nicht.«

Sie beschloß, das Thema zu wechseln. »Der Bloom sagt, man hätte den *Terminator Sieben-Acht-Neun* verbessert.«

Er grunzte. »Das ist seine Meinung. Er ist leichter, hat eine schnellere Schußfolge, und du hast eine Trefferquote von etwa zehn Prozent, wenn du dich konzentrierst. Ich habe mir einen von Gaunts Vertretern ausgeliehen, um ihn zu testen. Das Ding ist überall verbreitet. Eine wirklich gute Waffe fürs *Nipping*, Fringe.«

Nipping, die mehr oder weniger zufällige Tötung *Nicht Involvierter Personen* galt als unprofessionell, wenn es von *Beauftragten* verübt wurde, war unter *Asozialen* aber gang und gäbe. »Dann hätte der Bloom auch nicht sagen sollen, daß die Waffe verbessert wurde!« sagte Fringe mißbilligend.

Der Bloom, als ob die Nennung seines Namens ihn herbeigerufen hätte, erschien am Tisch und veränderte laufend die Höhe der Stelzen. »He, Liebes, belästigt dieser alte Furz dich?«

Sie schüttelte den Kopf und rang sich ein Grinsen ab. »Nicht mehr als sonst auch, Bloom.«

»Wenn er es zu arg treibt, fordere ich ihn zum Duell. Zwei Schüsse, fünfzig Schritt. Er wird dafür büßen, der alte Haderlump.«

»Ja, ich habe schon von deinen fünfzig Schritt gehört«, knurrte Zasper. »Du stellst dich mit dem Rücken zur Sonne, und bevor der andere zum Schuß kommt, flutschst du auf den Stelzen in die Höhe. Er wird geblendet, und du gibst es ihm. Du arbeitest mit schmutzigen Tricks.«

»Schmutzig gewinnt! Immer noch besser als das, was du gemacht hast«, sagte Bloom streng.

Obwohl Zasper es nie erwähnt hatte, nahm Fringe an, daß Zasper seit seinem Rücktritt für Bloom arbeitete. Zaspers Antwort schien das zu bestätigen.

»Scheiße. Muß mir wieder was einfallen lassen«, sagte er und erhob sich schwerfällig. »Hör zu, Mädchen. Ich werde dieses Spiel früher oder später beenden. Wahrscheinlich früher, weil ich den ganzen Kredit schon verspielt habe.« Er musterte den Bloom aus dem Augenwinkel. »Ich lade dich zum Abendessen ein. Dann sprechen wir darüber.«

»Das ist schon in Ordnung, Zasper«, sagte sie. »Ich wußte, was ich tat, bevor ich herkam, das heißt, wenn du mich nicht von vornherein für verrückt hieltest. Wenn ein *Beauftragter* schwört, die Vielfalt und die Menschheit zu beschützen, kann er den Kram nicht einfach hinschmeißen, wenn's zum Schwur kommt. Und nur ein Narr würde doppelten *Rats*-Standard ablehnen!«

»Doppeltes *Rats*-Gehalt!« sagte Bloom ehrfürchtig. »Schier traumhaft.«

»Vielleicht mehr als ein Traum«, sagte sie. »Vielleicht mehr als das, Bloom.« Sie verließ sie, ging die Treppe hinunter und durch die Menge, wo noch immer die Dinks umherflogen. Wenigstens hatten sie die Genitalien zu Hause gelassen oder hielten sie unter Verschluß. Fringe hatte sich nie an Penisse gewöhnt, die aus eigenem Antrieb umherschwirrten und sich an allem rieben, das sich gut anfühlte. Die weiblichen Geschlechtsteile waren noch schlimmer, denn die stülpten sich über die nächste Hand. Sie hielt Ausschau nach Modulator-Einheiten und erkannte drei in einiger Entfernung an einem Spieltisch; drei Handpaare und ein Augenpaar, die Poker spielten.

Eine Dink-Nase beschnüffelte sie im Schritt, und reflexartig schlug sie nach ihr. ›Gewalt! Gewalt!‹ plärrte ein Dink-Stimmengenerator auf der anderen Seite des Raums.

»Töte das verdammte Ding«, drängte ein aggressiver Zuschauer sie. »Töte es, *Beauftragte!*«

»Offene Grenzen«, schrie die synthetische Stimme in hysterischem Sopran. »Offene Grenzen.«

Fringe zuckte die Achseln, was soviel wie eine Entschuldigung sein sollte. Die Stimme hatte recht. Enarae hatte offene Grenzen. Touristen waren willkommen. Sogar Dinks, die dank der *Waffenträger* selten woanders auftauchten als im *Swale*.

»Was ist los, Killer?« ertönte eine Stimme in ihrem Ohr. »Magst du keine Dinks?« Ein anderer Stimmengenerator, diesmal in spöttischem Bariton, mit einem Auge an der Oberfläche und einem Ohr an einer Seite. Nur ein Konversationsmodul.

»Nein«, sagte sie. »Ich mag keine Dink-Nasen, die meine Muschi beschnuppern. Ich mag keine Dink-Augen, die mir in den Ausschnitt gucken oder in mein Blatt, wenn ich um Geld spiele. Ich mag keine Dink-Hände, die mich überall betatschen oder Dink-Schwänze, die sich an mir reiben. Offene Grenzen heißt in beiden Richtungen offen, Kasten! Wenn es dir nicht gefällt, daß ich dich nicht mag, dann kannst du gern über die offene Grenze verschwinden.«

»Na, na«, sagte Bloom, der sich ihr auf Augenhöhe näherte. »Na, na, böse Fringe! Böse Box! Schlingel. Spielt ordentlich, oder Bloom besteht auf einer Montage.« Er wies auf das Schild über der Bar, auf dem stand: ›Bloom behält sich vor, die Bedienung von Betrunkenen und zerlegten Entitäten zu verweigern.‹

Fringe murmelte eine Entschuldigung, während die Stimme etwas Drohendes knurrte. Sie ignorierte das zornige Gebrabbel und ging auf die Straße hinaus. Leer wie immer, außer dem Betreiber eines mobilen

Imbißstands, der seinen dampfenden Karren fünfzig Schritt entfernt von einem Treppenaufgang abgestellt hatte und mit einem langstieligen Löffel das heiße Fett im Kessel umrührte. Der Geruch von Holzkohle und Braten erfüllte die Straße. Fringe schluckte in plötzlichem Heißhunger.

Sie hatte beide Hände voll Fleisch, und die Bratensoße troff ihr aus dem Mundwinkel, als Blooms Tür aufgerissen wurde und einer der Dinks herauskam. Er war offensichtlich hastig zusammengesetzt, obwohl alle Teile mehr oder weniger in der anatomisch korrekten Reihenfolge arrangiert waren.

»He, Mädel!« schrie er in spöttischem Bariton. »He, *Beauftragte*!«

Fringe, die den Mund noch voller Fleisch hatte, drehte sich langsam zu dem Schrotthaufen um. Der linke Arm war demontiert worden, wahrscheinlich wegen der Teile, so daß nur noch eine Unterarm- und Handeinheit vorhanden waren, aber der muskulöse rechte Arm war intakt, einschließlich einer Schulter, die wie ein Hebel aus dem Modulator-*Kern* ragte. Das Konstrukt hatte sich einen tiefhängenden Waffengurt umgeschnallt. Fringe hätte sich fast an einem Stück Kruste verschluckt. Es sah aus wie die Karikatur einer *Waffenträger*-Ikone. Wie ein lebendiger Kleiderständer in einem uralten Prä-Diaspora-Western. Fringe hatte sämtliche vom *Archiv* rekonstruierten Fassungen gesehen. Als sie zehn Jahre alt war, hatte sie manchmal tagelang nur Western gesehen. Sie unterdrückte das Lachen, das in ihr aufstieg. Sie erinnerte sich, daß Überlebende nicht über Herausforderungen lachten, egal woher sie kamen.

Vor langer Zeit hätte man vielleicht über einen Idioten gelacht, der eine Waffe trug, weil man nämlich wußte, daß er damit nicht umgehen konnte. Dann hatte die Technik die Fertigkeit hinfällig werden lassen, und die Waffe selbst übernahm das Töten. Der Dink hatte ein überzeugendes Argument, einen Breitstrahl-HM, der sie schlimm zurichten würde, wenn er auch nur in ihre ungefähre Richtung abgefeuert wurde. Fringe hatte nur einen Nadelstrahler im Gürtel. Einem geübten Schützen hätte das normalerweise auch genügt. Leider hatten die meisten Dinks kein Schmerzempfinden. Schlimmstenfalls würde sie den Dink damit kitzeln, was der auch genau wußte.

Blooms Einfahrt war voller neugieriger Dink-Augen und lauschender Dink-Ohren.

»Willst du einen Kampf provozieren, Dink?« rief Fringe neugierig. »Willst du das tatsächlich?«

»Verdammt richtig«, schrie der Dink und griff zur Waffe.

Fringe ließ die Pastete fallen und sich selbst auch, rollte sich mit angezogenen Beinen ab, zog die Waffe aus dem rechten Stiefel, schnellte hoch und schoß der Dink-Konstruktion in den Modulator, in die linke obere Ecke, wo sich normalerweise das Gehirnmodul befand. Die Stiefelwaffe war immer mit explosivem Schrot geladen. Stücke des Dinks flogen in alle Richtungen, während die zischenden und qualmenden Überreste zu einzelnen Kästen zerfielen, von denen ein paar noch für eine Weile zitterten, während die Stimme mit einem gequälten »Gaaaaaahhhhhh« erstarb.

Die Dinks, die dem Schauspiel beigewohnt hatten, verschwanden in Blooms Etablissement, wie Schlangen in einem Loch.

»Ein Dink ist schlecht beraten, einen *Beauftragten* zum Kampf herauszufordern«, sagte sie, ohne daß jemand dagewesen wäre, der sich angesprochen fühlten konnte, höchstens der Monitor, falls der blöde Kasten überhaupt eingeschaltet war. »Diese Information sollte jeder Box bei der Einreise zugänglich gemacht werden.« Sie machte ein paar Schritte vorwärts und zerstörte die Waffe des Dinks mit einem hallenden Schuß. Es hatte keinen Sinn, die Waffe liegen zu lassen, damit irgendein Irrer sie an sich nahm und einige Dutzend unbeteiligter Passanten verstümmelte.

Blooms Tür war hastig geschlossen worden, doch sie erkannte eine Bewegung im Fenster des Obergeschosses. Sie brachte die Waffe in Anschlag, doch es war nur Zasper, der ihr zuwinkte. Er hatte den Vorgang beobachtet. Sie winkte zurück. Blooms Tür öffnete sich, und eine Bergungsmaschine mit einer *Waffenträger*-Ikone auf der Schnauze kam heraus, um die Trümmer des Dinks aufzusaugen. Fringe ging zu der Gulaschkanone zurück und sagte dem Verkäufer, der sich auf den Boden geworfen hatte, er möge ihr die Pastete, die sie zermatscht hatte, doch ersetzen. Sie nahm sie aus seiner zitternden Hand entgegen und erklomm die Stufen, die aus dem *Swale* hinaus zum Eck am Fluß führten.

Hinter ihr, am Fenster von Blooms Etablissement, drehte Zasper sich zu dem neben ihm stehenden Mann um, dem Spieler, der ununterbrochen gewonnen hatte.

»Sie hat ihn getötet«, sagte Zasper.

»Dachte mir, daß sie das tun würde«, sagte Danivon Luze, wobei er das um den Hals hängende Medaillon befingerte. »Ohne zu zögern.«

»Hättest du erwartet, daß sie zögerte?«

»Ich hatte irgend etwas erwartet«, sagte Danivon Luze unzufrieden. »Etwas, das ich an ihr rieche. Etwas… Zweifelhaftes.«

»Fringes Fähigkeiten sind nicht zweifelhaft«, sagte Zasper spröde. »Ich sagte dir, sie sei gut, und ich habe es auch so gemeint. Wenn es bei ihr Unsicherheiten gibt, dann hat das andere Gründe. Daß du dich da mal nicht vertust, Danny! Bist du dir sicher, daß sie die Richtige für die Mission ist?«

»O ja, sie ist die Richtige. Eine der Richtigen.«

»Du hast ihr nichts von den Petitionen gesagt, aber ich wette, Boarmus hat es dir gesagt!«

»Ich habe es niemandem erzählt. Nicht einmal Curvis. Ich werde es ihr sagen, wenn ich es für richtig halte.«

»Ich habe es ihr schon gesagt.«

»Verdammt, Zasper.«

»Sie ist meine Freundin, Dan.«

»Wirklich?«

»Das weißt du doch. Behandle sie wie eine Freundin.«

»Werde mein Bestes tun«, sagte Danivon und errötete, wobei er sich nicht sicher war, was sein Bestes in diesem Zusammenhang überhaupt war.

»Was sagt dein Riecher dir, Danivon Luze?«

»Ich weiß nicht. Jeder spricht von Drachen und Petitionen und Besessenen, alle haben Angst, Angst vor etwas Neuem, weil es Veränderungen mit sich bringt. Wenn man vom *Aufsichtsrat* erwarten wollte, daß er Veränderungen positiv gegenübersteht, könnte man allerdings auch von einer Kuh erwarten, daß sie fliegt. ›Veränderung‹ ist ein Unwort auf *Woanders*. Wir alle wissen das.«

Zasper schaute in die Richtung, in die Fringe gegangen war; er war sich durchaus darüber im klaren, daß alle das wußten.

In *Toleranz* nahm Jacent an seiner ersten Komiteesitzung teil.

Tagesordnung des Aufsichtsrats, *Komitee A. für die Bearbeitung von Beschwerden und Verfügungen, Tag 26, Periode 10, Jahr 1353 N.B. (Nach Besiedlung)*

VORSTAND: Satzung, *Aufsichtsrat* von *Woanders*, Bestimmung Nummer 53, Absatz M, Abschnitt xiii. *›Alle von den C&D-Maschinen eingetragenen Verfügungen werden* *vor Inkrafttreten von den (menschlichen) Ratsmitgliedern überprüft.‹*

AGENDA
BESCHWERDE UND VERFÜGUNG
Punkte Eins bis Hundertneunundfünfzig
vom heutigen Tage.

PUNKT 1: Beschwerde der Bruderschaft der Dinka-Dschinns, Stadt Fünfzehn *(Kategorie Zehn); eines ihrer Mitglieder wurde als Tourist in Enarae grundlos getötet.*

VERFÜGUNG: Es ergeht ein offizieller Hinweis an die Bruderschaft der Dinka-Dschinns, daß ihre Mitglieder auf eigene Gefahr reisen. Enarae ist eine aggressive, waffentragende Gesellschaft der Kategorie Sieben; Tötungen sind nicht untypisch für diese Provinz.

Keine Strafe.

»Aye«, sagten die Mitglieder des Komitees.

PUNKT 2: Beschwerde der Bruderschaft der Dinka-Dschinns, Stadt Fünfzehn*; ein Bürger von Enarae wurde dabei ertappt, wie er in einer Provinz der Kategorie Sieben eine bionische Prothese der Kategorie Neun trug.*

VERFÜGUNG: Beschwerde wegen fehlender rechtlicher Voraussetzungen nicht zur Entscheidung angenommen. Nur Bürger von Enarae dürfen wegen interner Vorgänge Beschwerde einlegen.

Keine Strafe.

»Aye«, sagte das Komitee wieder im Chor.

PUNKT 3: Beschwerde der Bruderschaft der Dinka-Dschinns, Stadt Fünfzehn*; ein Bürger von Enarae wird beschuldigt, trotz des Verbots von Importen der höheren Kategorie Prothesen der Kategorie Neun in eine Provinz der Kategorie Sieben eingeführt zu haben.*

VERFÜGUNG: Wird stattgegeben. Jeder Bürger kann Beschwerde wegen Grenzverletzungen einlegen.

Wahrscheinlichkeit illegaler Einfuhren über offene Grenzen: 0,967.
Strafmaß wird in Enarae bestimmt. Strafe von 1.000 cr.
Wahrscheinlichkeit illegaler Einfuhren durch Dinka-Dschinn-Touristen der Kategorie Zehn als Gegenleistung für Spielkredit: 0,978.
Strafmaß wird in *Stadt Fünfzehn* bestimmt.
Strafe von 1000 cr.

»Aye«, sagte das Komitee, wobei ein paar Mitglieder verstohlen lächelten. C&D-Maschinen schienen manchmal eines subtilen Humors fähig zu sein.

PUNKT 4: Beschwerde des Hohepriesters der geschlossenen Provinz Molock in Panubi. Einwohner vermeiden Kinderopfer, indem sie auf Flußschiffen, die Lebensmittel transportieren, in benachbarte Provinzen flüchten.

VERFÜGUNG: Ein *Beauftragter* wird recherchieren und gegebenenfalls Strafen gegen beteiligte Flußschiffer, Arbeiter und Provinzen verhängen. Der *Beauftragte* wird den Bewohnern von Molock mitteilen, daß Bewohner geschlossener Provinzen nicht zur Flucht berechtigt sind.

»Aye«, murmelte das Komitee.

Jacent schaute mit diffusem Unbehagen aus dem Fenster. Er bewegte die Lippen, sagte aber nichts. Ein schneller Blick auf die um den Tisch versammelten Personen erbrachte keinen Hinweis auf eine Veränderung der Gemütslage. Offensichtlich war die Sache mit Molock eine reine Routineangelegenheit für die übrigen Mitglieder.

»Vielfalt«, hatte Tante Syrilla ihm gepredigt. »Wir mischen uns nicht in die Angelegenheiten der einzelnen Provinzen ein, Jacent. Manche von ihnen haben ohne Zweifel abstoßende Sitten und Gebräuche, doch wir haben ein höheres Interesse als Werturteile zu fällen. Sogar Provinzen, die ihre eigenen Kinder töten, werden von uns anerkannt, womit wir eine diplomatische Tradition fortsetzen, die auf der Erde ihren Ursprung hatte. Wir gewährleisten die Vielfalt der Menschheit. Kein System allein befriedigt alle menschlichen Bedürfnisse. Das wissen wir aus der Geschichte. Wir stehen vor der Aufgabe, die *Große Frage* des Schicksals der Menschheit zu beantworten, und die Antwort liegt in der Vielfalt. Das lehrte man uns. Daran glaube ich. Nur hier, auf *Woanders*, existiert diese Vielfalt, und wir, du und ich, stehen mit unserem Leben dafür ein.«

In ihrer Stimme hatten sowohl verwandtschaftliche Sorge als auch Selbstgewißheit mitgeschwungen. Die *Große Frage* und der Wert der Vielfalt waren ihm seit der Kindheit eingetrichtert worden; folglich hatte er ihr zugestimmt. Natürlich hatte er ihr zugestimmt; welches Mitglied des *Aufsichtsrats* wäre auch zu Widerspruch fähig gewesen? Und doch, als er das Wort ›Kinderopfer‹ hörte, kamen ihm Bedenken. Erneut schweifte der Blick in die Runde. Die anderen hatten nicht einmal geblinzelt. Nun, er würde sich sicherlich daran gewöhnen.

PUNKT 5: Beschwerde der Hemi-Provinz Salzmarsch, *daß die Hemi-Provinz* Chor *Übervölkerung praktiziert, um ein paar besonders gute Stimmen zu gewinnen und* Salzmarsch *dadurch mit überzähligen Kindern belastet, von denen viele ein musikalisches Gehör haben.*

VERFÜGUNG: Der *Rat* schlägt *Salzmarsch* vor, (1) die Annahme der Kinder zu verweigern oder (2) den Status als vollwertige Provinz zu beantragen und die Vereinbarungen mit *Chor* zu kündigen und die Unverletzlichkeit seiner Grenzen zu gewährleisten oder (3) einen *Beauftragten* anzufordern, der die Vereinbarungen zwischen Salzmarsch und *Chor* überprüft und die Angelegenheit nach eigenem Ermessen regelt.

»Wie zum Beispiel?« fragte Jacent seinen Nachbarn im Flüsterton, einen viel älteren, dicken Mann, der jede Verfügung mit unterwürfiger Stimme absegnete. Jacent, der die vergangenen Jahre mit der Überwachung der C&D-Maschinen verbracht hatte, war erst kürzlich ins Komitee aufgenommen worden. Es handelte sich um seine erste *Rats*-Sitzung, und mit dem Prozedere war er noch nicht vertraut. »Was würde ein *Beauftragter* für angemessen halten?« fragte er.

»Oh, er wird sich vielleicht für eine kleine Pest in *Chor* entscheiden, wodurch die Bevölkerung so reduziert wird, daß sie ihre Kinder behalten, oder vielleicht für eine kleine Pest in *Salzmarsch*, um das gleiche Ergebnis herbeizuführen. Oder er verhängt gegen *Chor* eine Geldstrafe für jedes nach *Salzmarsch* geschickte Kind, das ein musikalisches Gehör hat. Es gibt viele Möglichkeiten.« Jacents Nachbar kratzte sich an der Nase. »Ich würde in diesem Fall eine Geldstrafe für wahrscheinlich halten, weil es eigentlich keinen Vertrag gibt, den man aufkündigen könnte. Sie haben doch die Maschinen für eine Weile beobachtet, nicht wahr? Dann wissen Sie auch, daß die Maschinen, bevor sie eine Verfügung treffen, jeden Präzedenzfall der letzten Jahrhunderte berücksichtigen. Es kommt äußerst selten vor, daß wir die Entscheidungen der Maschinen revidieren.«

Jacent legte die Hand auf den Mund, um ein Gähnen zu unterdrücken.

Sein Nachbar schaute ihn verständnisvoll an. »Ich weiß. Bis wir Punkt Nummer Fünfzig erreichen, wird es wirklich langweilig.«

PUNKT 6: Beschwerde von Bürgern von Neu-Athen, daß ein Tyrann die Macht übernommen habe und die Bürger der Menschen- und Grundrechte beraube.

VERFÜGUNG: Die Verfassung von Neu-Athen (siehe Anhang) garantiert allen Bürgern die Menschen- und Grundrechte. *Beauftragte* werden entsandt, um den Tyrannen und seine Anhänger zu neutralisieren.

»Aye«, murmelte das Komitee befriedigt. Später würden sie schriftlich über die Konsequenzen dieses Votums informiert werden. Einige Bilder des Attentats waren ziemlich aufregend.

PUNKT 7: Beschwerde von Bürgern von Derbeck, daß Folterungen und Exekutionen mutmaßlicher Dissidenten durch Chimi-*Hunde eskalieren.*

VERFÜGUNG: Derbeck ist eine auf religiöse und politische Orthodoxie gegründete Theokratie. Willkürliche Hinrichtungen und Folterungen sind systemimmanent.

Keine Strafe.

»Aye«, sagte Jacent und gähnte hinter vorgehaltener Hand.

PUNKT 8: Beschwerde eines Bürgers von Lüge ...

»Wie haben Sie sich nun entschieden?« fragte Danivon Luze. Er saß auf einem von Fringes filigranen Stühlen und betrachtete das auf dem nächsten Steinsockel stehende Objekt. Sie zuckte die Achseln, als ob sie noch keinen Entschluß gefaßt hätte.

Er seufzte und schüttelte den Kopf ob ihrer Unentschlossenheit. »Machen Sie keine Mätzchen«, sagte er zu ihrer Überraschung. »Was ist denn das?« Er deutete auf den Sockel.

»Ein Panzer«, erwiderte sie.

»Häßliches Ding«, kommentierte Danivon.

»Ja«, pflichtete Fringe ihm bei. Das Ding war wirklich häßlich. Es war der Panzer einer Schildkröte, eines der irdischen Tiere, welche die Menschheit von einer Generation an die nächste weitergegeben hatte. Fringe hatte den Panzer auf einem Mammutbaum auf einer der *Selten*-Inseln gefunden. Schildkröten kletterten nicht auf Bäume, und doch war der Panzer dort oben gewesen, von der Sonne ausgebleicht und leer.

»Weshalb bewahren Sie das Ding überhaupt auf?« fragte Danivon.

Fringe zuckte die Achseln. Wenn er auch ihr *Buch* gelesen hatte, ihre Gedanken gingen ihn nichts an. Der Panzer symbolisierte das Geheimnisvolle. Das Wunder. Wie war er dorthin gekommen, wo sie ihn gefunden hatte? Er war wie sie, ein Fremdkörper und hatte nichts mit diesem verdammten Geschäft zu tun.

»Und das da?« fragte Danivon und strich über ein geschwungenes Element auf einem anderen Sockel. Es handelte sich um eine der Maschinen, die sie zum Zeitvertreib konstruierte. Sonnenlicht fiel auf das Exponat und setzte es in Bewegung. Es zitterte und glitzerte, während es in einem steten Fluß winzige Perlen aus Licht von der Grundfläche zur Spitze beförderte, wo sie im Nichts verschwanden.

»Habe ich mal gemacht«, sagte sie.

»Wieso?« fragte er. »Wozu soll das gut sein?«

Wieder zuckte sie die Achseln. Es war an sich gut, und wenn er das nicht begriff, dann zum Teufel mit ihm.

Seit seiner Ankunft hatte er das Inventar in diesem Raum betrachtet. Als ob eine Botschaft darin enthalten wäre. Ein Code vielleicht. Allmählich regte sie sich über ihn auf.

»Wann werden Sie sich also entscheiden?« fragte er.

»Ich habe mich schon entschieden«, sagte Fringe, dankbar, daß er die Inspektion beendet hatte und wieder etwas sagte. »Ich bin aber noch etwas unschlüssig. Zum Teil deshalb, weil Sie mir nicht alles gesagt haben. Ich bin eine gute *Beauftragte* und würde mich freuen, wenn man mir vertraut. Sie hätten mir von diesen Petitionen erzählen sollen.«

»Zasper hat es Ihnen gesagt!«

»Hat er, aber es wäre Ihre Aufgabe gewesen. Dennoch habe ich beschlossen, mitzukommen, vorausgesetzt, die Vertragsbedingungen werden schriftlich fixiert.«

»Sind sie schon.« Er lächelte sie an; es war ein einladendes Lächeln.

»Wann also?« Sie ignorierte die Einladung.

»In ein paar Tagen.« Er seufzte. »Ich bin wie Sie. Unschlüssig. Ich trödle herum und sage mir die ganze Zeit, daß noch jemand anders mitkommen, daß noch jemand anders erscheinen müßte. Nun, vielleicht gibt es noch jemand anders, aber nicht hier. Nicht in der Nähe. Nichts, was ich riechen würde.«

»Vielleicht unterwegs«, sagte sie.

»Wahrscheinlich«, stimmte er ihr mit düsterem Gesichtsausdruck zu und musterte sie aus dem Augenwinkel. Die Frau war wie ein guter Bogen, mit schönen Kurven und geschmeidigem Muskeltonus; es juckte ihm in den Fingern, sie zu streicheln und zu spannen. Es gab nicht viele Frauen, die Danivon bisher begehrt oder mit denen er sich vergnügt hatte, aber denen, die ihm gefallen hatten, hatte er auch gefallen; also war es nicht so, daß es sich um eine einseitige Sache handelte, die sie bereuen würde. Aber diese Fringe Owldark blinzelte ihm nicht einmal zu, nicht sie! Sie machte einen nüchternen und freudlosen Eindruck. Dennoch konnte er diese Neigung des Kopfs, diesen Blick, diese Anspannung der Muskeln nicht falsch interpretieren … oder vielleicht doch?

Sie sagte sich derweil, wenn auch widerstrebend, daß der Mann einen Trommelwirbel in ihr auslöste. *Ram-tam-tam.* Lästige kleine Trommeln, die ihre Füße in Bewegung setzten, als ob sie tanzen wollte; sie ließ sie gewähren und tanzte direkt in einen Abgrund. Genug, Fringe Owldark.

»Wie viele Leute sind wir also?« fragte sie mit bemüht ruhiger Stimme.

»Wir sind zu fünft. Sie, ich, Curvis und zwei Leute aus der Vergangenheit. Ihre Namen sind Nela und Bertran Zy-Czorsky, und sie sind verbundene Menschen.«

»Was, zum Teufel, ist das? Und was meinen Sie mit ›aus der Vergangenheit‹?«

Er beschrieb Bertran und Nela, ihre Behinderung und ihre Odyssee, wobei er es dramatisch darstellte, um sie zum Lachen zu bringen. Wer wußte aber schon, womit man diese Person zum Lachen brachte!

Nur mit Widerwillen gelang Fringe es, sich diese unglaubliche Verkettung bildlich vorzustellen. »Ich hoffe doch, daß man ihnen die fehlenden Körperteile klont und sie trennt, bevor wir aufbrechen!« sagte sie nachdrücklich.

Er schüttelte den Kopf. »Dauert zu lange. Später. Nach unserer Rückkehr. Die Trennung ist der Preis, den ich ihnen angeboten habe, wie ich Ihnen das doppelte Gehalt angeboten habe. Bezahlt wird hinterher.«

»Dann hoffe ich nur, daß dort, wo wir hingehen, keine Gefahren lauern, Danivon Luze, denn diese Leute sind in meinen Augen eine echte Belastung.«

»Das sind sie auch«, gestand er. »Dennoch …« Er fuhr über das Medaillon.

»Ihre Nase sagt Ihnen, sie seien keine Belastung.«

Er lächelte überrascht. »Stimmt.«

Die Bewegung seiner Finger lenkte ihre Aufmerksamkeit auf das Medaillon.

»Wie sehen die Pläne bisher aus?« fragte sie in geschäftsmäßigem Ton und betrachtete das Ding, das er da streichelte. Sie wollte etwas von den Drachen hören! Er trug auch einen um den Hals, ein mit Reißzähnen bewehrtes Ungeheuer, auf dem eine vermummte Gestalt ritt. Sie erkannte nicht, ob es sich um einen Mann oder eine Frau handelte.

»Wir fliegen nach *Toleranz* und bringen die Zeremonie hinter uns, die Sie für Ihre Initiierung als *RB* brauchen.«

»Scheiße«, stöhnte sie.

»Sie können nicht als *Rats-Beauftragte* dienen, wenn Sie die Initiationsriten nicht absolviert haben«, sagte er bestimmt. »Das ist ausgeschlossen.«

Sie verzog das Gesicht und warf die Hände in die Höhe. Über die Initiation als *Rats-Beauftragte* hatte sie sich noch gar keine Gedanken gemacht. Verdammt. Sie haßte das. Die Präsenz bei Feierlichkeiten war das Schlimmste, was einem *Beauftragten* widerfahren konnte, auch wenn es sich nur um eine halbjährliche Verpflichtung handelte. Paraden gefielen ihr, die machten Spaß, aber bei Ritualen bekam sie Zustände.

»Von *Toleranz* geht es weiter zu den Curward-Inseln«, sagte Danivon, »und von dort mit dem Schiff nach Panubi. Wir könnten auch fliegen, aber die Zwillinge müssen die Landessprache lernen, und während der Passage haben sie genügend Zeit dafür. Wenn wir dann in Panubi angekommen sind, fahren wir mit einem Schiff flußaufwärts und kümmern uns um die Routineangelegenheiten.«

»In welcher Eigenschaft reisen wir? Als *Beauftragte*? Händler? Forscher? Oder was?«

»Interessante Frage«, sagte er nachdenklich. »Boarmus sagt, wir seien nicht die ersten, die sich in Panubi umschauen. *Beauftragte* sind früher schon dort gewesen. Ich halte es für besser, wenn wir nicht mit unserem Status als *Rats-Beauftragte* hausieren gehen, jedenfalls nicht, wenn wir zu den unerforschten Gebieten gelangen. Als ich das gegenüber den Zy-Czorsky-Zwillingen erwähnte, schlugen sie vor, daß wir als Nebenattraktion reisen.«

»Als was?«

Danivon versuchte, ihr das Konzept einer Nebenattraktion zu erklären, obwohl er es selbst nicht richtig verstand. Schließlich hatte sie es begriffen und fragte sich, ob sie überhaupt zu dieser bizarren Gruppe paßte. Als Danivon sich schließlich verabschiedete und sagte, daß er am nächsten Morgen wiederkäme, wußte sie immer noch nicht, wie sie sich in dieses Kuriositätenkabinett einfügen sollte.

Ihr Talent lag im Umgang mit Waffen, doch durch Messerwerfen oder Zielschießen würde sie sich als *Beauftragte* enttarnen. Kampfsport kam genauso wenig in Frage. Sie mußte sich etwas anderes einfallen lassen, etwas, das die Ignoranz und den Aberglauben bediente, der an Orten der niedrigen Kategorien vorherrschte, aber zu brutal durfte es auch nicht sein.

Die untergehende Sonne schickte einen Sonnenstrahl durch das große Fenster und erweckte eine ihrer Maschinen zum Leben. Leuchtende Stücke stiegen zur Spitze, stürzten herab und verschwanden, nur um wieder aufzutauchen und aufzusteigen. Die Bewegung wiederholte sich zwar, war aber doch so unregelmäßig, daß man sie nicht vorhersagen konnte. Darin lag ein gewisser Reiz. Der sporadische Aufstieg und Fall war durch Blooms Beine inspiriert worden, nur daß Blooms Beine Bloom trugen, während Fringes Maschine nur Funken sprühte.

Natürlich war es auch möglich, die Maschine so umzurüsten, daß sie etwas trug. Etwas wie … ein Omen, zum Beispiel. Sie entwarf einen Plan. Die Sonne sank immer tiefer, doch sie hatte nur Augen für ihre stumm kreisenden Maschinen. Als schließlich das Licht anging, nickte sie und holte die Werkzeuge aus dem verschlossenen Raum.

Als Danivon am nächsten Morgen wiederkam, arbeitete sie gerade an einer skelettartigen Anordnung, einem Konstrukt aus Stangen und Schienen und beweglichen Teilen aus spiegelndem Material, die Funken von Laserlicht reflektierten.

»Was, zum Teufel …?«

»Soll ich Ihnen Ihr Schicksal voraussagen, Danivon?«

»Mein was?«

»Ihr Schicksal voraussagen?«

Er sah sie fragend an. »Meinetwegen.«

Sie bedeutete ihm, sich zu ihr zu setzen. Vor ihm sproß ein Wald aus Hebeln, manche verziert, manche blank, manche farbig, manche schwarz, und alle in verschiedenen Formen.

»Suchen Sie sich ein paar aus«, sagte sie. »Egal welche.«

Er betätigte ein halbes Dutzend Hebel, meistens blaue. Die Maschine gab fragende Laute von sich, summte und glitzerte, als ob sie ihn von Kopf bis Fuß mustern würde. Lichter flackerten auf und erloschen wieder, wie schnelle Blicke. Glöckchen ertönten in harmonischer Folge. Kleine leuchtende Kapseln stürzten herab, während andere in entferntere Bereiche des Labyrinths gewirbelt wurden. Eine Kapsel wurde vom Rand zurückgeholt, durchlief mehrmals eine zentrale Umlaufbahn und fiel dann in einen Behälter. Eine zweite Kapsel folgte, eine dritte. Mit einem Klingeln schaltete die Maschine sich ab.

»Na und?« fragte er.

»Sehen Sie, was sie sagen«, sagte sie und zeigte ihm eine Kapsel. Ein Wort stand darauf.

›Reise‹ hieß ein Wort. ›Alt‹ ein anderes. ›Gefahr‹ ein drittes.

»Wir reisen in eine alte Gefahr«, sagte sie gewichtig. »Aber nun wissen wir es wenigstens.«

Das Kinn klappte ihm herunter, und er schloß den Mund wieder. »Sie haben die Maschine auf diese Botschaft programmiert. Wie hoch ist die Wahrscheinlichkeit?«

»Es wird sich nicht automatisch wiederholen, falls Sie das meinen. Nicht, wenn ich jedes Wort nur einmal in den Pott lege. Die Kapseln haben nicht alle dieselbe Form. Handlungen laufen auf einer Schiene ab, Beschreibungen auf einer anderen und Entitäten auf einer dritten. Die Maschine spuckt drei bis fünf Wörter in einer bestimmten Reihenfolge aus.« Sie drückte auf eine Taste, wodurch die Kapseln wieder ins Innere der Maschine befördert wurden. »Das hier ist nur ein Muster. Es ist nicht annähernd kompliziert genug. Um wirklich Eindruck zu schinden, muß sie komplexer sein, mehr Geräusche erzeugen und mehr bewegliche Teile haben.«

»Und welche Funktion haben die Hebel?«

»Keine besondere«, sagte sie. »Sie alle betätigen dieselbe Startklinke. Das werde ich beim endgültigen Modell noch ändern. Werde unterschiedliche Hebel mit verschiedenen Startpositionen einbauen.«

Er lachte herzlich. »Und wie nennen wir sie?« fragte er. »Was ist unser Trick?«

»Trick?«

»Die Zwillinge sagen, daß wir das bräuchten. Einen Trick. Sie haben mir gesagt, Tricks seien das Mittel, um den Beobachter in Staunen zu versetzen oder Wünsche bei ihm zu wecken. Reizworte. Geladene Sprache. Tricks. Offensichtlich hingen viele Handlungen in ihrer Zeit von Tricks ab.«

Fringe fragte sich, wie sie das Gerät noch aufpeppen könnte. »Wir sagen, es sei antik«, schlug sie vor. »Die Leute sind von antiken Dingen fasziniert. Wir sagen, wir hätten es an einem einsamen Ort gefunden. So etwas zieht auch. Vielleicht erwähnen wir noch die geheimnisvollen Erbauer der Maschine und ihr plötzliches Verschwinden. Wir nennen sie *Schicksals-Maschine*...« Sie verstummte nachdenklich. »Ich habe eine Idee! Wir behaupten, die Arbai hätten sie erfunden.«

»Dann müssen wir sie aber auf alt trimmen, so wie das Arbai-*Tor*.«

»Ich habe das Arbai-*Tor* noch nie gesehen.«

Er beschrieb die verzogene und korrodierte *Tür*, wobei sie nachdenklich nickte. Als er fertig war, bemerkte er ihren erregten Gesichtsausdruck und lachte. »Fringe Owldark. Das hätte ich nicht von Ihnen erwartet. Ich hatte Sie bisher für phantasielos gehalten.«

Zornesröte stieg ihr ins Gesicht. »Ich habe genug Phantasie, Danivon Luze. So etwas wollten Sie doch, oder?«

»O ja. Es ist wundervoll. Stellen Sie es fertig. Sagen Sie mir Bescheid, wenn Sie etwas brauchen. Sie werden eine Kiste für den Transport benötigen. Wir brechen in zwei Tagen auf.« Er lächelte sie an; offensichtlich gefiel ihm, was er sah.

Sie errötete wieder; zuerst aus Verlegenheit und dann, weil sie sich über sein Lächeln ärgerte. Es war zu vielsagend. Es war das Lächeln von jemandem, der ihr *Buch* gelesen hatte. Der ihre Privatsphäre verletzt hatte. »Na schön«, sagte sie verärgert, »lassen Sie mich weitermachen.«

»Es ist fast Essenszeit«, säuselte er. »Sie haben doch sicher ein Lieblingsrestaurant. Gehen wir dorthin.«

Pikiert schüttelte sie den Kopf. »Nein. Ich will das Ding so weit wie möglich vervollständigen, bevor wir aufbrechen. Den letzten Schliff gebe ich ihm unterwegs. Außerdem habe ich keinen Hunger.« Ihre Handflächen waren feucht, und sie wischte sie an der Hose ab, eine Geste der Zurückweisung. »In *Toleranz* werden wir noch genug Zeit zum Essen haben.«

Er errötete. »Nein. Entschuldigung. Ich habe Befehle bekommen …«

»Befehle?«

»Ich werde nicht nach *Toleranz* mitkommen. Aus irgendeinem Grund will der alte Boarmus mich von dort fernhalten. Er hat sich für mich einen Auftrag in *Lüge* einfallen lassen. Curvis geht mit Ihnen nach *Toleranz*, und ich treffe euch beide und die Zwillinge auf den Curward-Inseln.«

Sie starrte ihn verwirrt an. Weshalb sollte Danivon sich von *Toleranz* fernhalten? Er, ein *Rats-Beauftragter*? Diese Frage stellte sie jedoch nicht, sondern fragte statt dessen: »Wieso muß ich dann nach *Toleranz* gehen?«

»Wollen Sie denn nicht die Weihen einer *Rats-Beauftragten* empfangen?« fragte er.

»Ist das denn erforderlich?« wollte sie wissen.

»Nun … eigentlich nicht.«

»Dann kann ich auch darauf verzichten.«

»Es ist aber eine sehr schöne Zeremonie, ein sehr eindrucksvolles Ritual.«

»Ich mag weder Zeremonien noch Rituale.« Beidem ging sie nach Möglichkeit aus dem Weg. Es rief nämlich unangenehme Erinnerungen in ihr wach.

Er zuckte die Achseln. »Nun, Sie werden kaum umhin können. Boarmus wird Sie wahrscheinlich sehen wollen. Er lädt alle *Rats*-Mitarbeiter vor.« Er kramte in einer Tasche, holte eine Reisescheibe hervor und legte sie auf den Tisch neben die Maschine. »Hier ist Ihre Legitimation. Übermorgen, während der ersten Schicht, steht im nordöstlichen Flugzentrum ein *RB*-Gleiter bereit.«

Sie nickte stumm.

»Jemand wird Ihnen bei der Maschine helfen müssen.«

»Ich schaffe das auch allein«, murmelte sie.

»Es war auch nur ein Angebot …«

»Kein Bedarf«, sagte sie. Damit war er verabschiedet, und sie blieb reglos stehen, bis er gegangen war, bis die Tür sich hinter ihm geschlossen hatte, bis sie wieder imstande war, zu atmen.

»Nein«, sagte sie. »Absolut kein Bedarf.«

Sie brauchte wirklich Hilfe bei der Maschine, doch sie erhielt sie von Ahl Dibai Bloom, der mit zwei Mechanikern kam und fast den ganzen Tag blieb. Sie halfen ihr bei der Fertigstellung der Konstruktion und bauten einen Transportbehälter, doch sie vertieften sich so in das Spiel mit dem Gerät, daß die Arbeit ein paar Stunden länger dauerte als geplant. Als sie fertig waren, war das Gerät größer und viel komplizierter als das, welches Danivon gesehen hatte. Auch Fringe hatte sich nach besten Kräften bemüht, der Maschine eine antike Patina und ein geheimnisvolles Aussehen zu verleihen, mit Kapseln, die aufgrund der eigenartigen Schreibweise und verwaschenen, archaischen Lettern wie ein Orakel wirkten.

»Ich will auch eine, Fringe!« sagte Bloom und kicherte wegen der Weissagungen – jeder Versuch erbrachte ein anderes Ergebnis. »Ich will auch so eine Maschine, nur größer, für mein Geschäft im *Swale*.«

»Dann bauen wir eben noch eine, Bloom«, sagte sie und warf noch ein paar Kapseln in den Behälter.

»Wann?«

»Wenn ich zurückkomme.«

»Und wann wird das sein?«

»Keine Ahnung.«

»Das hatte ich befürchtet. Paß auf dich auf, Liebes.«

»Natürlich, Bloom. Wenn du Zasper von mir ›Auf Wiedersehen‹ sagst.«

»Ich glaube, das tut er lieber selbst.«

Zasper tat das wirklich lieber selbst und erschien im Flugzentrum, als die *Schicksals-Maschine* gerade verladen wurde. Er ging aber nicht direkt zu Fringe, sondern über das Flugfeld, wo Danivon Luze einen anderen Gleiter bestieg. Fringe sah zu ihrem Erstaunen, daß er ihn wie einen Familienangehörigen umarmte. Dann ging er zurück und begrüßte Curvis wie einen alten Freund, bevor er Fringes Hand ergriff und ihr eine winzige Schachtel überreichte.

»Was ist das?« fragte sie mißtrauisch.

»Ein Geschenk«, sagte er. »Nichts Besonderes, Fringe. Nur ein Andenken.«

Sie hatte einen Frosch im Hals und spürte, wie sie errötete.

»Nein«, sagte er. »Du solltest dich nicht über mich ärgern. Ich möchte, daß du es nimmst und es zur Erinnerung an mich trägst. Und immer wenn du es siehst, wirst du dir sagen: ›Zasper akzeptierte mich so, wie ich war. Für Zasper mußte ich niemand anders sein.‹«

Tränen traten ihr in die Augen.

»Versprochen?«

»Versprochen«, sagte sie leise.

»Fringe«, sagte er genauso leise, »vor langer Zeit erzählte ich dir von diesem Jungen, den ich gerettet hatte. Es wäre ratsam, wenn du das für dich behieltest auf deinem Weg nach… wohin auch immer.« Sein Blick schweifte zu der Stelle, an der Danivons Gleiter gestanden hatte.

»Teufel, Zasper. Wofür hältst du mich denn. Natürlich werde ich schweigen.« Sie sagte das mechanisch, denn mit den Gedanken war sie woanders und machte sich einen Reim auf die Umarmung, den Blick und sein offensichtliches Unbehagen. Dann war Danivon also der kleine Junge gewesen, den Zasper gerettet hatte. Gut!

»Nun denn. Viel Glück, Mädchen. *Kläre* die *Lage*!« Er salutierte, machte kehrt und ging in straffer Haltung davon.

In ihrer Kabine an Bord des Gleiters öffnete sie die Schachtel. Sie enthielt einen Goldreif und eine Kette. Auf dem Reif standen die Worte. ›So wie sie ist.‹

Es schmerzte. Es schmerzte wie damals, als Char angeboten hatte, das Haus zu verkaufen. Sie hatte das Gefühl, daß etwas sie packte und festhielt. Sie wußte, das war ein Schmerz, ein Schmerz, den zu verdrängen sie gelernt hatte. Sie legte sich den Reif um den Hals, knöpfte das Hemd darüber zu, spürte ihn auf der Haut brennen und versuchte ihn zu vergessen.

Weshalb hatte er nicht einfach ›Auf Wiedersehen‹ gesagt?

Die Leute von *Toleranz* waren charmant, gastfreundlich und hatten so gute Umgangsformen, daß Fringe den Eindruck bekam, sie würden wie Schleim an ihr kleben. Der Ort verursachte ihr einen Juckreiz. Sie verspürte ständig das Bedürfnis nach einem Bad, ohne daß sie wußte, wieso. Irgend etwas Elementares fehlte in *Toleranz*, obwohl das niemandem aufzufallen schien außer ihr.

»Entspann dich! Wir sind nur für einen Tag hier«, sagte Curvis und schaute sie fragend an. »Bist du immer so zappelig?« Sie waren auf dem Rückweg vom Balkon der *Rotunde*, wo Fringe die Bestandteile eines exquisiten Essens auf dem Teller verschoben hatte, ohne einen Bissen zu essen.

Sie zuckte zusammen und errötete. »Nein. Bin ich nicht. Wenn ich Danivon wäre, würde ich sagen, ich rieche, daß etwas oberfaul ist.«

Für Curvis indes hatte sich in *Toleranz* nichts verändert. An diesem Ort schien immer eine angespannte Atmosphäre zu herrschen. Zumal es jüngst diese Fälle von Verstümmelung und Verschwinden gegeben hatte; aber dieses Rätsel würde sicher bald gelöst werden. Sicher war irgendein Besucher durchgedreht. Das kam manchmal vor. Curvis hatte noch nie ein Gespür für Nuancen gehabt, und deshalb hatte er auch keine Ahnung, was Fringe beunruhigte.

Dennoch versuchte er sie zu beruhigen. »*Toleranz* war schon immer ein hektischer Ort. Zu viele Menschen auf einer zu kleinen Fläche, dann die ständige Überwachung und der ganze Terz.«

»Die Hektik allein würde mir dieses Unbehagen nicht verursachen.«

»Liegt es vielleicht an den Zwillingen?«

Sie schüttelte den Kopf. Es lag nicht an den Zwillingen. Anfangs hatte der Gedanke an die Zwillinge ihr schon Qualen verursacht, aber es lag nicht an ihnen. »Sie beherrschen *Lingua* sehr gut«, sagte sie lahm. Obwohl die Kommunikation mit derart fremden Wesen auch in *Lingua* ein Problem war, das sie jedoch bewältigt hatte. »Obwohl ich nicht so recht weiß, was ich von ihnen halten soll.«

Bertran und Nela hatten ihr Unbehagen gespürt. Sie mußte sich offenbar anstrengen, den richtigen Ton zu treffen beziehungsweise den falschen Ton zu vermeiden, und ihre erste Konversation war durch lange Pausen und unzusammenhängendes Gestammel gekennzeichnet. Nach einer Weile hatte sie jedoch eine praktikable Lösung gefunden, denn sie begegnete ihnen wie zwei völlig eigenständigen Personen. Sie zerbrach sich nicht mehr den Kopf wegen ihres Zustands, vermied die Kollektivbezeichnung ›ihr‹ und redete sie mit Nela und Bertran an, als ob es sich um autonome Personen gehandelt hätte.

»Wie ich schon zu Nela sagte«, sagte sie zu Bertran,

wobei sie außer acht ließ, daß er es damals schon gehört haben mußte. Oder zu Nela: »Wie ich schon zu Bertran sagte…« Sie blendete die jeweils andere Person aus, wenn auch nur für den Augenblick. Nachdem sie sich für eine Weile darüber amüsiert hatten, stellten sie sich auf diese Strategie ein und gewannen ihr sogar eine positive Seite ab.

Bald stellte Fringe zu ihrem Erstaunen fest, daß sie sich in ihrer Gegenwart wohler fühlte als bei den meisten anderen Leuten. In deren Gesellschaft kam sie sich wie die Anomalie vor. Im Vergleich zu Bertran und Nela war sie aber normal. Am zweiten Tag war sie schon vertraut mit ihnen, fast redselig.

»Sie gehört in eine Nebenattraktion«, sagte Nela zu ihrem Zwillingsbruder. »Wie wir. Siehst du, wie ungezwungen sie bei uns ist? Und vergleich das damit, wie sie sich in Gesellschaft anderer Leute verhält. Entweder wird sie rot und braust auf, oder sie ist mucksmäuschenstill. Linkisch, hätte Tante Sizzy gesagt. Keine Haltung, außer, wenn es um berufliche Belange geht.«

»Ich verstehe nicht«, sagte Bertran, der mit den Gedanken woanders gewesen war.

»Sie hält sich für eine Kuriosität«, erklärte Nela mit leiser Stimme. »Siehst du das denn nicht? Welche Rolle auch immer sie spielt, sie glaubt, daß die anderen sie nicht entsprechend würdigen. Deshalb ist sie ständig in der Defensive. Und in gewisser Weise gilt das auch für uns, weshalb wir Kollegen und Freunde sind. Wo sie sich nun an mich gewöhnt hat, sieht sie mich immer, wenn sie sich über etwas amüsiert, mit einem mädchenhaften und verschwörerischen Blick an. Sie hat nie Freunde gehabt, doch nun wird sie unsere… meine Freundin.«

»Wieso hatte sie nie Freunde?« fragte er verwundert. »Sie ist doch eine schöne Frau!«

Nela nickte nachdenklich. »Ich glaube, sie ist erst vor kurzem zur Schönheit erblüht, und sie weiß das gar nicht. Aber weshalb? Hat vielleicht etwas mit ihrer Kindheit zu tun. Ist vielleicht von diesem oder jenem abgelehnt worden. Aus irgendeinem Grund hält sie sich für eine Kuriosität.« Sie schüttelte den Kopf. Etwas an Fringe irritierte sie, ein Geheimnis, das sich hinter diesen smaragdgrünen Augen verbarg.

»Nun, Danivon hält sich auch für eine Kuriosität. Das ist offensichtlich.«

»Nein, nicht Danivon«, sagte Nela. »Obwohl er wirklich eine Marke ist, hält er sich für die Verkörperung von Adam-dem-Mann mit Eichenlaub. Danivon wuchs unter sehr günstigen Umständen auf. Er wurde regelrecht verhätschelt. Er ist sehr zufrieden mit sich selbst. Das kannst du aber glauben. Danivon ist das genaue Gegenteil von Fringe Owldark.«

»Wenn er wirklich so eine Marke ist, müßte Fringe mit ihm aber mindestens ebenso gut auskommen wie mit uns«, sagte Bertran.

»Nein. Das glaube ich nicht«, sagte Nela nüchtern. »Aber ich glaube nicht, daß sie unkollegial ist. Ich wette, daß es mit Sex zu tun hat.«

Fringe legte den Eid als *Rats-Beauftragte* im privaten Büro des *Großmeisters* ab. Es fand keine Zeremonie statt, und sie empfing in angemessener Haltung den purpurnen Mantel, der den blauen Mantel des Postens von Enarae ersetzte. Unter dem *Beauftragten*-Abzeichen mit dem Krieger und der Glyphe, das Zasper eigens für sie angefertigt hatte, wurde eine juwelenbesetzte Einzelkämpfer-Schnur befestigt. Die künstlerische Gestaltung der Abzeichen stand im Ermessen der *Beauftragten*, doch die Schnüre waren identisch, und damit auch die eingestickten Worte: *Ich kläre die Lage*.

Nach der Zeremonie wollte sie zu ihrer Unterkunft

zurückgehen, als ein *frick'scher* Lakai ihr meldete, daß der *Kommandeur* sie zu sehen wünschte.

Der *Kommandeur*! Also Boarmus. Nun, sagte sie sich, als sie dem *Frick'schen* über endlose Treppen und durch lange Korridore folgte, das war alles, was sie noch in *Toleranz* über sich ergehen lassen mußte. Sie musterte sich flüchtig in der verspiegelten Wand und bescheinigte sich ein korrektes Erscheinungsbild. Der Ledergürtel und die Stiefel waren poliert. Der purpurne Mantel fiel in einer geraden Linie von der Schulter bis zum Knöchel. Die purpurne Kapuze war seitlich heruntergezogen und verbarg den Helm, dessen Federbusch wie ein Hahnenkamm auf der anderen Seite wogte. Das fließende rote Seidenhemd und die Hose hatten die optimale Paßform und schmiegten sich wie eine zweite Haut an den Körper. Nur der Hals und die Handgelenke lagen frei. Mit erhobenem Kopf und zusammengebissenen Zähnen schritt sie einher. Sie machte einen entschlossenen Eindruck.

Boarmus war ein fülliger Mann mit buschigen Augenbrauen und Tränensäcken unter den Augen, als ob er Schlafstörungen hätte. Die Mundwinkel liefen in Falten aus, als ob er oft den Mund zusammenpressen würde; damit ihm zum Beispiel kein falsches Wort über die Lippen kam.

»Ich bin Boarmus«, sagte er und musterte sie von Kopf bis Fuß. Sie war eine makellose Erscheinung. Das Leder glänzte, und der Faltenwurf des Mantels war akkurat. Das *Beauftragten*-Abzeichen an der Schulter schimmerte, die beiden goldenen Einzelkämpfer-Schnüre kündeten von langjähriger Erfahrung und die juwelenbesetzte von ihrem neuen Status. »Ich bin *Kommandeur*«, fuhr er fort, »und damit Vorsitzender des *Rats*.«

»Sir!« sagte sie und stand bequem. Wenn sie ihm zu

verstehen gegeben hätte, daß sie sich über seinen Blick aufregte, hätte ihm das nur Genugtuung verschafft. Außerdem hätte es ihr geschadet. Der beste Schutz gegen diesen Blick, so hatte Zasper immer gesagt, bestand darin, ihn zu ignorieren. Also blickte sie starr geradeaus.

»Sie haben heute abend einen Eid abgelegt«, rief er ihr in Erinnerung.

Die Erinnerung war noch recht frisch. Sie neigte den Kopf, um Blickkontakt mit ihm herzustellen und sah nur in verhangene, ausdruckslose Augen.

»Es handelt sich um einen Treueid gegenüber dem *Rat*«, sagte er.

»Sir!« Glaubte er vielleicht, sie wußte nicht, was sie geschworen hatte?

»Und folglich gegenüber mir, dem Vorsitzenden des *Rats*«, fuhr er fort.

Dessen war sie sich allerdings nicht sicher. In ihrer Vorstellung bezog Loyalität gegenüber dem *Rat* sich auf den gesamten Körper und nicht nur auf eine Person, selbst wenn es sich dabei um den *Kommandeur* handelte. Sie wartete darauf, was als nächstes kommen würde.

»Sie werden zu einem unbekannten Territorium aufbrechen. Wir müssen so viel wie möglich darüber in Erfahrung bringen.« Er streckte die Hand aus, und sie nahm den kleinen Würfel, den er ihr reichte. »Sie werden diesen Sender mitführen und es mich wissen lassen, wenn etwas Ungewöhnliches passiert.«

»Sir! Mir wurde gesagt, Danivon Luze sei der Leiter dieser Expedition«, sagte sie ausdruckslos.

Boarmus lächelte wie eine Echse. »Alle *Rats-Beauftragten* unterstehen meinem Kommando. Sie sind loyal, wie Sie es auch geschworen haben, oder Sie werden ihres Amtes enthoben.« In seinem Ton schwang die unterschwellige Drohung mit, daß sie ein solches Vorkommnis nicht lang überleben würde. »Sie werden Danivon Luze nichts davon sagen.«

Sie erwiderte nichts, sondern murmelte nur dieses Universalwort. »Sir!« Die Frage lag ihr auf der Zunge, weshalb gerade ich, aber es war besser, sich das zu verkneifen und gar nichts zu sagen. Es war ratsam, auf Widerspruch zu verzichten. Keine Fragen zu stellen. Eine Auseinandersetzung zu vermeiden. Das hatte Zasper bei mehr als nur einer Gelegenheit gesagt. »Richte nie eine Frage an einen Vorgesetzten, es sei denn, du weißt die Antwort schon und stellst die Frage nur aus formalen Gründen. Vergewissere dich immer, wo du stehst, bevor du eine Linie ziehst und jemanden zwingst, sie zu überschreiten.«

Boarmus bedeutete ihr mit einem Kopfnicken, daß sie wegtreten durfte. Sie verneigte sich vorschriftsmäßig und verließ den *Rats-Kommandeur*, der ihr düster nachschaute. Sie spürte seinen Blick; sie glaubte nicht, daß sie ihm Grund zur Freude gegeben hatte, aber auch keinen Anlaß zum Zorn. Diesbezüglich hatte Zasper sich auch klar ausgedrückt. »Laß dir von Vorgesetzten nicht auf der Nase herumtanzen«, hatte er gesagt. »Wenn du dich korrekt verhältst, können sie dir nichts anhaben. Das heißt, daß du überhaupt keine Regung zeigen darfst. Keine Unverschämtheiten. Keinen Kummer. Keinen Zorn. Nichts. Dein Gesicht muß so ausdruckslos sein wie eine Muschelschale. Du darfst keine Gefühle zeigen. Noch besser, du hast überhaupt keine Gefühle.« Das half einem dabei, die Zeremonien zu überstehen. Zumal die seidene und lederne Montur sowie die wehenden Rockschöße ihr ohnehin ein Gefühl der Depersonalisierung vermittelten.

Fringe tat Boarmus indes unrecht. Seiner Meinung nach war sie perfekt. Sehr souverän. Die perfekte *Beauftragte*, bis hin zu den glänzenden Stiefeln, die noch dazu sehr schön waren. Einem Provinz-*Beauftragten* hätte man es nachgesehen, wenn er bei einer Audienz beim *Kommandeur* nervös gewesen wäre und herumgestottert hätte, doch bei ihr war das nicht der Fall gewesen. Boarmus hatte damit gerechnet, denn er wußte, daß sie aus Enarae stammte und daß Zasper Ertigon sie gesponsert hatte. Aufgrund der Besonderheiten der Provinz Enarae sammelten die *Beauftragten* schon früh und reichlich Erfahrungen. Und weil er Zasper kannte, wußte er, daß sie Bescheid wußte. Owldark würde ihm eine Hilfe sein.

»Tote Männer, schlaft«, murmelte er. Vielleicht hatte er Glück. Vielleicht würden sie nichts mehr tun, zumindest nichts Schlimmeres als das, was sie schon getan hatten, und er, Boarmus, würde auch nichts tun müssen. Wenn sie aber etwas taten, würde er zumindest Danivon unterrichten müssen.

Das Subjekt von Boarmus' Betrachtungen war in sein Quartier zurückgekehrt, legte die zeremonielle Montur ab und verstaute sie im Karton. Der purpurne Mantel war zu empfindlich, um ihn jeden Tag zu tragen. Nach ihrer Rückkehr würde sie sich einen Mantel aus schwererem Stoff schneidern lassen. Falls sie zurückkehrte. Weil sie auf dieser Reise nicht als *Beauftragte* auftraten, brauchte sie auch keine *Beauftragten*-Kluft – außer der Plakette, mit der sie sich im Bedarfsfall ausweisen würde. Sie befestigte sie am Unterkleid. *›Ich kläre die Lage.‹* Und das würde sie auch, egal worum es sich handelte.

Was auch immer Boarmus der Klärung für notwendig erachtete. Diese Sache mit Boarmus gefiel ihr nicht sonderlich. Der Befehl, Danivon nichts zu sagen, kam ihr hinterhältig vor. Ein Team hatte nur einen Anführer; wie oft hatte man ihr das schon gesagt? Und was wollte Boarmus von ihr hören, das er nicht von Danivon Luze hören wollte?

Der würfelförmige Sender lag auf dem Bett, neben der Kapuze. Er hatte keine besonderen Merkmale und war scheinbar inaktiv. Sie nahm ihn zur Hand und drehte ihn hin und her; plötzlich starrte sie wie gebannt auf die Worte, die auf allen Flächen gleichzeitig erschienen, Worte, die vermutlich durch die Wärme ihrer Hände sichtbar wurden.

›*Geben Sie den Würfel Danivon Luze, ohne daß jemand etwas merkt. Bewahren Sie Stillschweigen!*‹

Die Worte verblaßten vor ihren Augen, und der Würfel war wieder so blank wie zuvor. Sie schloß die Hand um den Würfel und schob ihn tief in den Tornister. Na gut! Boarmus hatte das eine gesagt, das andere getan und nach dem Motto ›Tarnen und Täuschen‹ gehandelt, als ob jemand ihn beobachtet hätte! Er wollte nicht, daß es jemand erfuhr, wenn er eine Nachricht an Danivon Luze schickte. Schlauer fetter alter Mann. Niemand hatte die Worte auf dem Würfel gesehen. Er war von seiner Hand in die ihre gewechselt. Niemand wußte, wo er sich nun befand.

Und wo sie nun darüber nachdachte, war es Boarmus gewesen, der Danivon untersagt hatte, nach *Toleranz* zurückzukehren. Befand Danivon sich in Gefahr? Oder war der *Kommandeur* selbst in Gefahr?

Wer? fragte sie sich, wobei sie sich langsam und zielgerichtet bewegte, ohne sich die Besorgnis anmerken zu lassen, die sie plötzlich fühlte. Wer beobachtete Boarmus? Es gab niemanden über dem *Kommandeur*; er hatte keinen Vorgesetzten! Das Amt des *Kommandeurs* war das höchste, das es auf *Woanders* gab.

Daraus folgte zwangsläufig der Schluß, daß, wenn Boarmus observiert wurde, vielleicht auch all jene observiert wurden, mit denen er sich traf und Gespräche führte, einschließlich Fringe.

Zasper hatte auch diese Möglichkeit erwähnt. *Beauftragte* besuchten immer wieder Orte der Kategorien

Neun und Zehn, wo man sie vielleicht beobachtete, abhörte und ihnen nachspionierte. Sie gab sich unbefangen. Sie brauchte keine Müdigkeit zu simulieren. Sie legte sich mit dem Vorsatz ins Bett, sofort einzuschlafen. ›Schlaf, wenn du kannst; pinkel, wenn du kannst; iß, wenn du kannst‹ lautete ein geflügeltes Wort unter den *Beauftragten*. Sie schlief nicht ein. Statt dessen lag sie lange im Dunklen wach und ließ die Geschichten Revue passieren, die sie über das tote Mädchen und den verschwundenen Jungen gehört hatte, dachte über die Anspannung nach, die über dem Ort lag und fragte sich bis zum frühen Morgen, was, im Namen der heiligen Vielfalt, hier vorging.

Curvis, Fringe und die Zwillinge flogen am nächsten Morgen zu den Curward-Inseln. Danivon erwartete sie schon, und Fringe steckte den Sendewürfel in die Tasche. Sie war bereit für die Übergabe. Obwohl Fringe an diesem Tag mehrmals Kontakt mit ihm hatte, ergab sich keine Gelegenheit, ihn allein zu sprechen. Curvis hing ihm immer an den Rockschößen, oder einer der Seeleute war in der Nähe oder ein Behördenvertreter, der das Verladen ihres Gepäcks beaufsichtigte. Am Nachmittag, als die fünf sich auf der *Curward Industrious* einschifften – einem Schiff der Curward-Flotte –, hatte sich noch immer keine Möglichkeit ergeben.

Leider war die Übergabe auch auf dem Schiff nicht möglich. Es handelte sich um einen überfüllten Kahn, auf dem es kein ruhiges Plätzchen gab. Weil die Botschaft ›Geheim‹ und nicht ›Dringend‹ besagt hatte, hatte Boarmus (so sagte sie sich jedenfalls) der Vertraulichkeit mehr Bedeutung beigemessen als einer schnellen Erledigung. Im Lauf der nächsten Tage hielt sie immer wieder Ausschau nach einem geeigneten Ort, an dem sie den Würfel ohne Zeugen übergeben konnte, aber es ergab sich einfach keine Gelegenheit. Vielleicht hatte das Schiff Augen und Ohren. Vielleicht war einer der Seeleute ein Spion. Wenn die Nachricht unter völliger Geheimhaltung übermittelt werden sollte, mußte sie eben den richtigen Zeitpunkt abwarten.

Nur daß der nicht eintrat. Sie befand sich immer in Hörweite der Seeleute oder der Mitglieder ihrer Gruppe. Nach ein paar Tagen vergeblichen Bemühens vergaß Fringe die Sache fürs erste. Sie würde die Botschaft übermitteln, nachdem sie Panubi erreicht hatten.

Inzwischen verbrachten die Angehörigen der Nebenattraktion die Nächte auf der Plane der Vorderdeckluke und gingen erst dann in die winzigen Kabinen, nachdem die nächtliche Brise ihnen Kühlung verschafft hatte. Danivon und Curvis schwelgten in *Beauftragten*-Anekdoten, und Fringe unterrichtete die Zwillinge in der örtlichen Handelssprache. Fringe war eine gute Lehrerin und machte die fehlende didaktische Begabung durch Gewissenhaftigkeit wett. Zum Glück hatten Nela und Bertran ein Talent für Sprachen. Die Seeleute von Curward rundeten die Ausbildung mit einem vulgären Wortschatz ab, denn sie grölten immer Zoten, wenn Curvis und die Zwillinge ihre Taschenspielertricks praktizierten, wobei Gegenstände aus Curvis' Händen in Bertrans wanderten und umgekehrt. Die Zwillinge wußten, daß sie Fortschritte machten, als die Seeleute sich nicht mehr über ihre Ausdrucksweise mokierten und ihnen Witze im örtlichen Slang erzählten.

Jeden Morgen zog Danivon sich bis auf die Unterhose aus und schüttete sich eimerweise Meerwasser über den Kopf. Dabei musterte er Fringe aus dem Augenwinkel, um zu sehen, wie sie auf ihn reagierte. Er hatte eine gute Figur – das hatte man ihm zumindest gesagt –, aber sie schien ihn nicht zu beachten. Danivon empfand das allmählich als Mißachtung seiner Person und spielte im Geiste eine massive Anmache oder eine Vergewaltigung oder beides durch. Die verdammte Frau wirkte völlig unpersönlich. Sie wollte ihm nicht einmal in die Augen schauen. Sie wollte ... gar nichts.

»Stimmt etwas nicht mit mir?« fragte er Curvis in der Kabine und betrachtete sich im Spiegel, um zu sehen, ob ihm vielleicht ein zweiter Kopf gewachsen wäre, ob wohl Fringe zwei Köpfe attraktiver zu finden schien als einen? Mit den Zwillingen kam sie nämlich sehr gut aus!

»Nein«, grunzte Curvis. »Ist alles in Ordnung mit dir.«

»Wieso verhält diese blöde Frau sich dann so abweisend?«

»Scheiße, Danivon! Wir sind auf einer Mission. Um die Lage zu klären. Laß sie in Ruhe.« Curvis mochte Frauen, insbesondere als Köchinnen und Betthäschen, aber Danivons Schwärmerei für Fringe ging ihm langsam auf die Nerven.

»Ich will sie aber nicht in Ruhe lassen«, sagte Danivon leise. »Sie ist ... etwas Besonderes.«

Curvis stieß ein kurzes Lachen aus. »Sie unterscheidet sich nur darin von anderen Frauen, daß sie nichts von dir wissen will. Es ist diese ungewohnte Tatsache, die dich fasziniert.« Fringe war nicht Curvis' Typ, und er nahm Danivons Schwärmerei für sie nicht ernst.

»Wieso will sie nichts von mir?«

Curvis schaute ihn erst intensiv an und grinste dann. »Wenn du Fringe verstehen willst, frag Nela. Die beiden stehen sich so nah wie die beiden Hälften einer Muschelschale, Fringe und Nela. Bertran ist ein guter Junge und tut so, als ob er nichts hören würde.«

Also wartete Danivon ab, bis Fringe unter Deck war und fragte Nela.

Sie dachte für einen Moment nach und rief sich die Dinge in Erinnerung, die Fringe ihr über ihre Kindheit erzählt hatte. »Oberflächlich betrachtet gibt es über Fringe nicht viel zu sagen, Danivon. Als Kind hielt sie ihren Vater für den Nabel der Welt. Sie spricht von ihm, aber nur aus der Perspektive eines Kleinkinds. Sie war zweifellos ein süßes Kind. Mit großen Augen. Blondem Haar. Mit Babyhaut und Babygeplapper. Also hätschelte er sie wie ein Haustier. Als sie dann älter wurde, wurde sie auch schwierig, wie viele junge Menschen, wenn sie mit der wirklichen Welt konfrontiert werden, und er schob sie ab, weil sie ihm lästig wurde. Ich glaube nicht, daß er böse Absichten dabei hatte. Er hatte nur andere Probleme und wußte nicht, wie er mit einem Mädchen an der Schwelle zur Frau umgehen sollte.« Sie schüttelte den Kopf und sagte sich, daß die Dinge sich in den letzten paar tausend Jahren kaum geändert hatten – zumindest nicht, was Familien und Kinder betraf.

Bertran hatte die gleichen Gedanken. »Es erstaunt mich nicht, Danivon Luze, daß die menschliche Natur, die sich in den Jahrtausenden vor unserer Zeit kaum verändert hatte, sich auch nach diesen Jahrtausenden nicht verändert hat. Die Menschheit hat einen technischen Aufschwung erlebt, doch in psychischer Hinsicht ist alles beim alten geblieben. Soweit ich weiß, führte Char Dorwalk ein so unkonventionelles Leben, daß es ihm herbe Kritik von seiner Klasse und Familie eintrug. Wenn seine Kinder perfekt geraten wären, hätte das den Bruch mit den Konventionen gerechtfertigt.«

»Bertran hat vielleicht recht«, sagte Nela zweifelnd. »Weil seine Tochter aber nicht perfekt war, lieferte sie ihm auch keine Rechtfertigung. Vielleicht hat er es ihr verübelt, daß sie seinen Erwartungen nicht entsprochen hat.«

»Und was hat das mit mir zu tun?« knurrte Danivon.

»Folgendes«, sagte Nela. »Das Männerbild eines kleinen Mädchens wird vom Vater geprägt. Von ihm hängt es ab, ob es den Männern vertraut oder nicht, ob es sie respektiert oder nicht. Fringe hat ihren Vater vielleicht als stattlichen und charmanten Mann in Erinnerung, weiß aber auch, daß sie nur von geringem Wert für ihn war, als er seine Qualitäten als Vater unter Beweis stellen mußte. Und bist du nicht auch stattlich und charmant, Danivon Luze?«

»Ich würde sie nicht so behandeln!«

»Natürlich nicht«, sagte Nela und konzentrierte sich wieder auf das Kostüm, das sie für Fringe nähte. »Natürlich würdest du das nicht, Danivon Luze.«

Nachdem Danivon gegangen war, fragte Bertran: »Du sagtest ›oberflächlich betrachtet‹, Nela. Wie hast du das gemeint?«

Sie schaute auf die glitzernden Wellen. »Daß das keine ausreichende Erklärung für Fringes Wesen ist, Bertran. Weißt du, manche Leute werden vom Leben geprägt…«

»Ein Truismus, liebe Schwester«, warf er ein.

»…und manche sind, wie sie sind, egal wie das Leben ihnen auch mitspielt. Ich bin nicht sicher, was in ihrem Fall zutrifft. Fringe hat etwas an sich, das… unveränderlich anmutet.«

Bertran war das zwar noch nicht aufgefallen, aber er glaubte es ihr auch so.

Nelas Neugierde war geweckt, und sie erzählte Fringe davon. »Er ist ein gutaussehender Mann«, sagte sie zu Fringe. »Bist du sicher, daß du nichts von ihm willst?«

»Ganz sicher«, murmelte Fringe. »Hör dir den Mann doch nur mal an. Er hat noch nie eine Frau erwähnt außer der, die er nach dem Weg zur nächsten Bierschwemme gefragt hat. Ich halte das für unwahrscheinlich.«

»Stimmt«, sagte Nela versonnen. »Wenn ein solcher Mann keine Trauer wegen einer verflossenen Liebe oder Kummer wegen einer unglücklichen Liebe bekundet, dann macht einen das schon stutzig.«

»Vielleicht ist er einfach nur Kavalier und möchte nicht über Frauen reden«, sagte Bertran.

»Wenn er das nicht will, liegt es entweder daran, daß es so wenige waren, daß sie ihm heilig sind, oder daß er die meisten schlichtweg vergessen hat«, brauste Fringe auf.

Bertran lachte. »Du willst dich weder der Blasphemie an seinen Verflossenen schuldig machen noch in seine Trophäensammlung eingereiht werden, stimmt's?«

Ja. Das war es. Dachte sie zumindest. »Ein *Beauftragter* kann sich eine solche Ablenkung nicht leisten«, sagte sie nüchtern und glaubte sogar daran.

Die Zwillinge hatten keine Ahnung, was ein *Beauftragter* sich leisten konnte. Weil die Mitglieder der *Zunft* sich entweder über ihre Arbeit ausschwiegen oder sich in Lobreden darüber ergingen, waren die Zwillinge zu dem Schluß gekommen, daß ein *Beauftragter* zu gleichen Teilen einen Inspektor vom Gesundheitsamt und einen Buchhalter darstellte. Obwohl sie ständig Fragen über irgendwelche Dinge stellten, brachten sie nie etwas über die *Beauftragten* in Erfahrung.

»Ich möchte etwas über diese Arbai wissen«, sagte Bertran eines Nachmittags, nachdem sie der übrigen Vergnügungen überdrüssig waren und halb besinnungslos von der Hitze herumlagen. »Und über diese Götter von *Hobbs Land*. Die Religion, mit der ich aufwuchs, würde ihre Existenz bestreiten, aber ihr scheint da anderer Meinung zu sein.«

Danivon und Curvis wechselten Blicke. Fringe setzte

die Musterung ihrer Zehen fort, die seit kurzem höllisch juckten.

»Nun?« sagte Bertran.

»Was willst du denn wissen«, brummte Fringe.

»Erzählt mir alles über sie oder es.«

Fringe holte tief Luft. »Nun, was die Arbai betrifft, so kann ich dir nicht viel sagen. Sie schufen die *Tore*, verteilten sie überall und wurden schließlich von einer Pest dahingerafft. Mehr weiß keiner über sie.«

»Nicht ganz«, warf Curvis ein.

»Ich weiß nicht mehr«, sagte sie.

Curvis schüttelte den Kopf. »Sie schrieben Bücher, die übersetzt und im *Archiv* gespeichert wurden, auch wenn sie für Menschen kaum einen Sinn ergeben. Und sie bauten Städte. Es steht einiges über sie im *Archiv*, wenn du dich dafür interessierst. Es stimmt aber, daß sie ausgestorben sind.«

»Nun, dann erzählt uns von den Göttern von *Hobbs Land*«, sagte Nela.

»Vor einiger Zeit«, sagte Fringe, »vor mehreren Generationen, entdeckten die menschlichen Siedler auf einer Agrarwelt namens *Hobbs Land* …«

»… eine Art Netz«, fiel Curvis ihr ins Wort.

»Ein Wurzelsystem«, korrigierte Danivon.

»Und Tiere«, sagte Fringe. »Das heißt, intelligente Tiere. Und andere Rassen.«

»Wie schrecklich!« rief Nela. »Haben sie sie denn nicht getötet?«

»Sie versuchten es erst gar nicht«, sagte Danivon.

»Sie haben Gefallen an ihnen gefunden«, sagte Fringe mit Abscheu. »Und ich wäre euch verbunden, wenn ich die Geschichte erzählen dürfte, ohne ständig unterbrochen zu werden. Es waren schließlich meine Vorfahren, die aus dem System von *Hobbs Land* flohen und nicht eure!« Sie schaute Curvis und Danivon grimmig an.

»Das wußte ich nicht«, sagte Danivon. »Enarae wurde von Leuten aus dem *Hobbs Land*-System besiedelt?«

»Ich erzähle es auf meine Art, in Ordnung?«

Die anderen verstummten.

»Aus deinem Tonfall schließe ich, daß dieses Ding, dieser Pilz oder was auch immer, die betroffenen Menschen und Tiere nicht getötet hat«, sagte Bertran mit solchem Ekel, als ob er andeuten wollte, es wäre viel besser gewesen, das Zeug hätte sie doch getötet.

»Nein, es tötete sie nicht«, sagte Fringe. »Es vernetzte sie mit Tieren und anderen Lebewesen, bis alle die Gedanken der anderen lesen konnten und sich in die sogenannte Fauna sapiens verwandelten.«

Sie schauderte. »Der Punkt ist jedoch, daß sie alle von diesem Ding versklavt wurden, sowohl Menschen als auch andere Rassen. Und einige dieser Versklavten schwärmten aus und verbreiteten das Zeug in der Galaxis!«

»Heiliger Sam«, fiel Curvis ihr erneut ins Wort. »War es nicht der Heilige Sam?«

»Der Heilige Sam war derjenige, der auf der Suche nach der Prophetin von Thyker durch ein Arbai-*Tor* ging. Zuvor jedoch schwärmten Leute von *Hobbs Land* zu den anderen Planeten des Systems aus, nach Thyker, Phansure und Ahabar. Meine Vorfahren waren Waffeningenieure und lebten in einer der nördlichen Provinzen von Phansure. Unser Volk wollte sich nicht versklaven lassen! Bevor die Götter ihre Provinz erreichten, flohen sie durch die Galaxis nach Enarae Eins. Und selbst dort waren sie nicht sicher, weil die Götter sich immer weiter ausbreiteten.«

»Und man konnte sie oder es nicht töten?«

»Wenn sie einen erst einmal in der Gewalt hatten …«

»Es muß wie eine Droge sein«, sagte Nela. »Ein

Suchtmittel. In unserer Zeit gab es so etwas auch. Es gab Drogen mit tödlicher Wirkung, und obwohl die Leute das wußten, benutzten sie sie doch.«

»Aber hier handelte es sich nicht um eine Droge, und tödlich war es auch nicht«, korrigierte Fringe. »Aber die Menschen waren danach keine Menschen mehr. Nicht mehr menschlich. Deshalb sind meine Vorfahren geflohen!«

»Wie, nicht menschlich!« sagte Bertran.

Die drei Beauftragten schauten sich an und zuckten die Achseln. »Nicht menschlich eben«, murmelte Fringe. »Das ist alles. Versklavt, wie ich schon sagte!«

»Weshalb gefiel es den Leuten dann so gut, wenn es nicht wie eine Droge war?« fragte Nela hartnäckig. »Ich meine ...«

»Weil«, sagte Fringe, »es irgendwie ... viele ihrer Probleme löste.«

»Nun, Drogen leisten das auch. Scheinbar.«

»Nein, dieses Zeug schaffte das wirklich. Deshalb war es gerade so tückisch.«

»Welche Probleme?« fragte Bertran.

Fringe zuckte die Achseln. »Zwischenmenschliche Probleme. Umweltprobleme. Probleme. Wie Menschen sie eben haben.«

»Das wäre aber hinterhältig«, murmelte er. »Und du sagst, die Leute hätten es als Wohltat empfunden.«

»Wenn man versklavt wird, wie kann das eine Wohltat sein?« rief Danivon und zitterte vor Wut. Die Unterhaltung belastete ihn zusehends. »Selbst wenn man ... vordergründig ... friedlicher ist, wenn es nicht von einem selbst kommt, wird es einem aufgezwungen ...«

Das reizte Bertran zum Widerspruch. »Nun, in unserer Zeit und in unserer Religion zum Beispiel sagten wir, ein Mensch, der nicht imstande war, seine Probleme aus eigener Kraft zu lösen, wäre durch Gottes

Gnade dazu in der Lage. Deshalb wäre er doch kein Sklave der Gnade gewesen.«

»Das ist nicht dasselbe«, sagte Danivon zornig. »Selbst wenn man genug von dieser Gnade empfangen hätte, um die Probleme zu lösen, wäre es noch immer eine eigenständige Person gewesen und nicht ein Kuddelmuddel von Leuten …«

»Sprichst du etwa von einer Art Kollektivbewußtsein?« fragte Bertran. »Von Leuten, die ihre Individualität und ihr Bewußtsein verloren haben?«

Fringe nickte. Von dieser Seite hatte sie es noch gar nicht betrachtet, aber es klang plausibel. »Keine Vielfalt«, sagte sie. »Alle waren gleich. Nicht wie hier.« Ganz Enarae – ganz *Woanders* – glaubte daran. Es war der Horror in seiner entsetzlichsten Form. »Sie alle dachten, glaubten und taten dasselbe.«

Die Zwillinge sahen sich skeptisch an. »Auf unserer Welt«, sagte Nela schließlich, »gab es bestimmte autoritäre Regime, die den Leuten vorschrieben, was sie zu glauben hatten. Zumindest die Glaubensinhalte, die öffentlich verkündet wurden.«

»Das haben wir hier auch«, sagte Danivon. »Molock zum Beispiel. Und Derbeck. Und dann gibt es noch einen Haufen totalitärer Provinzen drüben am Throckischen Golf.«

»Leute werden eingesperrt, gefoltert und hingerichtet, weil sie mündlich oder schriftlich die falsche Meinung vertreten?« fragte Nela.

Danivon nickte. »Ja, auch das trifft für Molock und Derbeck zu.«

»Oder wegen eines Fluchtversuchs?«

»Ja. Das wird in Thrasis praktiziert.«

»Wir hatten auch ein paar Gesellschaften mit rassischen Unterschieden, wobei eine Rasse von der anderen versklavt wurde«, fuhr Bertran fort.

»Derbeck«, sagte Curvis. »Wo der Hohepriester das

Regiment über den *Murrey* führt und die *Chimi*-Hunde über alle.«

»Oder wo das Militär über die Zivilbevölkerung herrschte …«

»Frick«, sagte Danivon. »Wenn du in Frick nicht aus einer Soldatenfamilie stammst, bist du ein Nichts.«

Nela setzte die Inventur fort. »Es gab allerdings auch ein paar sogenannte freie Länder, obwohl die unter einer drückenden Bürokratie litten …«

»Neu-Athen«, sagte Danivon. »Die Freiheit gilt zwar als hohes Gut in Neu-Athen, doch die Leute wissen, daß sie Sklaven ihrer Bürokratie sind. Sie reißen zwar Witze darüber, aber wirklich lustig finden sie es nicht.«

»Mancherorts hatten wir auch einen sogenannten aufgeklärten Absolutismus. Wo zwar ein starker Mann das Land regierte, die meisten Leute aber mit ihm einverstanden waren.«

»Sandylwaith«, sagte Curvis. »Der Hohe Lord *Sag-so* in Sandylwaith. Befolge die Gesetze – und die Gesetze sind meistens milde, denn es ist ein friedlicher, lieblicher Ort, dieses Sandylwaith –, und du hast keinerlei Schwierigkeiten. Wenn du das Gesetz jedoch brichst, dann bekommst du keine zweite Chance. Der Hohe Lord *Sag-so* läßt dir zuerst die Ohren abschneiden, dann die Füße, und dann werden dir die Augen ausgestochen. Und was dann noch von dir übrig ist, wird zur Abschreckung auf dem Marktplatz ausgestellt.«

»Fürchterlich«, sagte Nela schaudernd.

»Nun«, sagte Danivon, »dafür gibt es weder Verbrechen noch Gewalt in Sandylwaith. Keinen Diebstahl. Keine Vergewaltigung. Die Leute dort lieben das System, auch wenn sie sagen, sie alle seien Sklaven des Lords. Aber wer weiß, was geschieht, wenn der jetzige Lord *Sag-so* stirbt? Nicht alle sind so vernünftig.«

»Wir hatten auch religiöse, auf dem Erbfolgeprinzip beruhende Diktaturen mit alten Männern an der

Spitze, wo Frauen überhaupt keine Rechte hatten«, sagte Bertran.

»Thrasis«, sagte Curvis. »Wir schicken nicht einmal weibliche *Beauftragte* nach Thrasis. Frauen müssen in Thrasis verschleiert gehen. Sie sind Eigentum; in erster Linie gehören sie ihrem Erzeuger und in zweiter Linie demjenigen, an den sie verkauft werden. Wenn der Eigentümer stirbt, gehen sie in die Türme des Propheten, denn der Prophet besitzt alle alleinstehenden Frauen des Landes.«

»Sie sind sein Eigentum«, sagte Fringe und verzog das Gesicht.

»*Beauftragte* haben keine Meinung zu den inneren Angelegenheiten der Provinzen«, sagte Danivon in ironischem Ton. »Verziehen Sie nicht das Gesicht, *Beauftragte*!«

Er hatte recht! Die Handlung war ihr nicht einmal bewußt geworden. Sie errötete.

»Natürlich«, fuhr Danivon fort, »haben die Männer in *Bohnenfelder* den gleichen Status wie die Frauen in Thrasis. Die *Liebe Mutter* regiert in *Bohnenfelder*, und die Männer sind Eigentum der Mütter. Nicht der leiblichen Mütter, sondern der Ersatz-Mütter. An wen auch immer die leiblichen Mütter sie abgeben. Wenn männliche *Beauftragte* dorthin gehen, bekommen sie einen weiblichen *Beauftragten* als Mutter zur Seite gestellt. Sonst würden sie sofort ergriffen.«

»Und das ist die Vielfalt, deren Bewahrung ihr geschworen habt?« fragte Nela.

»Es gibt tausendunddrei Provinzen«, sagte Fringe. »Wir haben nur ein paar von ihnen erwähnt. Auf *Woanders* kann die Menschheit sich nach Belieben selbst verwirklichen.«

Die Zwillinge dachten eine Weile darüber nach, bis Bertran fragte: »Angenommen, eine der Frauen von Thrasis möchte das Land verlassen. Oder jemand – wie war noch gleich der Name? Die *Murrey*? – jemand aus dem *Murrey* in Derbeck? Angenommen, ein Zivilist aus Frick ist es leid, von Soldaten regiert zu werden? Welche Zuflucht haben sie?«

»Ich verstehe nicht«, sagte Danivon. »Zuflucht?«

»Dürfen sie das Land verlassen?«

»Natürlich nicht«, erklärte Fringe. »Die Leute müssen an ihrem angestammten Ort bleiben, in der Vielfalt, in die sie hineingeboren wurden.«

»Aber …«, sagte Nela ratlos, »sind sie nicht vielfältig, wenn sie zu fliehen versuchen? Ich meine, noch *vielfältiger*, wenn sie jemand anders sein wollen?«

»Wohin sollten sie denn gehen?« fragte Fringe sanft. »Sie können doch nirgendwo hin. Bis aufs Innere von Panubi ist der ganze Planet besiedelt.«

»Ob es nun einen Ort für sie gibt oder nicht, wenn sie ihre Provinz nicht verlassen dürfen, dann ist *Woanders* nicht dem verpflichtet, was *ich* als Vielfalt bezeichnen würde«, entgegnete Bertran. »Die Menschen sind Gefangene ihrer Systeme, wenn die Systeme sich auch voneinander unterscheiden.«

»Wie würdest du es denn bezeichnen?« fragte Danivon neugierig.

Die Zwillinge ließen sich die Frage für eine Weile durch den Kopf gehen. Es war Nela, die schließlich sagte:

»Ich würde es als Menschen-Zoo bezeichnen. Wie die Zoos auf der alten Erde. Die Menschen sind in Habitate eingesperrt. In einer Vielfalt von Käfigen.«

Fringe und Danivon wechselten mitleidige Blicke. Arme Dinger. Sie hatten ja keine Ahnung, wovon sie überhaupt sprachen.

Dritter Teil

7

Am späten Nachmittag trafen sie in *Flachwasser* ein. Das Schiff warf Anker in der Nähe einer Lagune mit blauen Seerosen. Es war eine so beschauliche Szene, daß die Ruhe der Reisenden nur durch das hektische Gemurmel der Seeleute gestört wurde.

»Was haben sie denn?« fragte Curvis den Kapitän.

»Sie fragen sich, wo die ganzen Leute sind«, sagte er verwirrt. »Und ich frage mich das auch.«

»Leute?«

»Die Bevölkerung von *Flachwasser*. Immer, wenn wir hier anlegen, schwärmen sie in diesen kleinen, runden Korakeln aus, doch heute hat niemand von uns ›Pest‹ gemeldet. Wo sie wohl stecken?«

Diese Frage wurde wenigstens zum Teil beantwortet, als nach einer Weile eine Art Lastkahn vom anderen Ende der Lagune ablegte.

»Was ist das?« fragte Danivon und deutete auf das Gebäude, von dem das Schiff abgelegt hatte. Es war ziemlich groß und hatte mehrere auf Pfählen gelagerte Seitentrakte. Die auf ganzer Länge der Etagen verlaufenden Lichthöfe quollen vor Ranken schier über, wie terassenförmig über dem Wasser angelegte Gärten.

»*Reiher-Nest*«, sagte der Seemann. »Und dort kommt das Zubringerboot vom *Reiher-Nest*, um euch abzuholen. Packt schon mal euren Kram zusammen.«

»*Reiher-Nest?*«

»Ihr fahrt flußaufwärts, also braucht ihr ein Quartier, bis das Flußschiff kommt. Das ist es: *Reiher-Nest*, erbaut und verwaltet von der Familie Reiher von *Flachwasser*, die auch die Reederei betreibt. Ihr werdet dort bleiben, es sei denn, euch wachsen Schwimmhäute zwischen den Fingern, und ihr paddelt in Korakeln flußaufwärts, wie die meisten Leute von *Flachwasser* das tun.« Er sah an ihnen vorbei auf das Wasser und brachte einen Nachtrag zu seinen Ausführungen: »Das heißt, normalerweise tun sie es. Ich würde zu gern wissen, wo sie alle stecken.«

Wir auch, sagte Danivon sich. *Wir auch!*

Sie brachten das Gepäck nach oben, obwohl das Zubringerboot dadurch auch nicht eher an Ort und Stelle war. Der Kahn ließ sich Zeit und legte unterwegs ein paar längere Zwischenstops ein. »Warten ist eine Tugend in *Flachwasser*«, sagten die Seeleute von Curward. »Träges Volk in *Flachwasser*«, sagten sie. »Tiefgründiges Volk in *Tiefe*, und lästiges Volk in *Salzmarsch*.« Selbst als das Boot anlegte, hielt es sich in einiger Entfernung vom Curward-Schiff, wobei die Besatzung des Boots herüberschaute und ängstlich flüsterte.

Danivons Nase juckte. Der Ort war alles andere als koscher. Die Leute aus dem Hotel hatten eine Heidenangst, keine Frage. Aber wovor fürchteten sie sich?

Endlich gelangten die Leute von *Flachwasser* zu dem Schluß, daß das Curward-Schiff keine Gefahr für sie darstellte, und das Zubringerboot kam längsseits und nahm sie an Bord, bevor es die Lagune wieder in Gegenrichtung durchquerte. An den Rudern saßen ein halbes Dutzend Leute mit Schwimmhäuten zwischen den Fingern, die bei jedem Geräusch und jeder Bewegung ihrer Passagiere zusammenzuckten.

Außer ein paar geräumten Wasserstraßen, die zum Anlegesteg des Hotels führten, war die ganze Lagune mit blaublättrigen Seerosen bedeckt. Vögel mit langen Zehen liefen über die Blätter, schnappten nach schillernden Insekten und wurden ihrerseits ein Opfer der

Gaver, die explosionsartig durch die Blätter brachen. Vom schilfbestandenen Ufer der Lagune drang ein melodisches Trommeln herüber.

»Ein neuer Ort«, rief Nela. »Bertran, ein neuer Ort.« Sie klatschte in die Hände und demonstrierte Frohsinn.

Ihr Zwillingsbruder starrte düster auf die Wasseroberfläche und wünschte sich, er könne tauchen und schwimmen wie ein Pinguin oder eine Robbe. Oder wie einer der *Gaver* mit dem schlanken Rumpf und den Schwimmfüßen. Allein, natürlich. Unbelastet. Wenn diese Expedition ein Erfolg wurde, würde er vielleicht hierher zurückkehren, allein und unbelastet. Nela gegenüber erwähnte er das aber nicht, wo sie sich doch so anstrengte, einen glücklichen Eindruck zu machen.

»Ein neuer Ort«, bestätigte er und stellte sich vor, wie das Wasser von seiner Haut abfloß, vom makellosen, einzelnen Körper, der nicht so verkrüppelt war wie dieser. Wie immer bescherten diese Gedanken ihm zwiespältige Gefühle, teils ein masochistisches Vergnügen, teils einen quälenden Schmerz. Es würde nie geschehen. Auch wenn er noch so viel träumte, es würde nie Wirklichkeit werden.

Sie machten am Anleger des *Reiher-Nests* fest. Leute in Wickelröcken nahmen ihnen das Gepäck ab und gingen die breite Treppe hoch, zu drei nebeneinanderliegenden Zimmern am Ende des Korridors. Sie sagten ihnen, das Essen würde in Kürze im Lichthof serviert werden, der mit Bastmatten verhängt war, um eine Privatsphäre zu gewährleisten.

»Eine für uns wichtige Person hält sich hier auf, oder es geht etwas vor, das für uns von Bedeutung ist«, sagte Danivon mehr zu sich selbst, während er sich über das Geländer beugte. »Ich rieche es. Aber es gibt hier keine öffentlichen Räume! Wie sollen wir dann herausfinden, was los ist?«

»Wir gehen nach Plan vor«, sagte Fringe und stellte

sich neben Nela und Bertran, die auch schon am Geländer lehnten. »Wir ziehen die Show auf dem Anleger auf und sehen, wer sich einfindet.«

»Welch ein schöner Ort«, sagte Nela, wobei sie Frinkes Hand ergriff und liebevoll drückte. »Können sich glücklich schätzen, die Leute von *Flachwasser*, daß sie sich hier niedergelassen haben.«

»Allerdings«, sagte Danivon düster. »Ich bezweifle nämlich, daß sie sich den Ort aussuchen durften, an den sie gebracht wurden.«

»Haben die Leute, die hierher geflohen sind, denn nicht gesiedelt, wo sie wollten?« fragte Bertran entgeistert.

Danivon schüttelte den Kopf. »Sie wurden von einer *frick'schen* Armee in Empfang genommen und an einen von den *Supervisoren* bestimmten Ort gebracht. Weil die Leute von *Flachwasser* aber schon Schwimmhäute an Händen und Füßen hatten, teilten die *Supervisoren* ihnen wenigstens eine feuchte Provinz zu, wofür sie ihnen sicherlich dankbar waren.«

Fringe drehte sich zu ihm um. Eine steile Falte stand auf ihrer Stirn, so daß die Augenbrauen eine durchgehende Linie bildeten. »Bisher war ich der Ansicht, daß der *Aufsichtsrat* gewählt wurde, um den Planeten zu verwalten, nachdem die Leute von *Brannigan* gestorben waren. Um wen handelte es sich dann?«

»Ich habe schon den Fehler gemacht, diese Frage zu stellen«, sagte Danivon schnaubend. »Das *Archiv* sagte, es hätte keine Informationen. Meine Regel lautete, wenn das *Archiv* nichts sagt, sollte man sich besser nicht länger mit der Sache befassen.« Er lachte verlegen. »Ich habe die Regel gebrochen und die Frage ein zweites Mal gestellt. Und seitdem liegt Ärger in der Luft.« Er hatte jedoch noch etwas viel Schlimmeres gerochen, aber es hatte keinen Zweck, die anderen zu beunruhigen.

Dennoch gelang es ihm nicht, seine Furcht völlig zu unterdrücken, und diese Angst übertrug sich nun auch auf Fringe. Seit ihrer ersten Begegnung war er für sie eine strahlende Lichtgestalt ohne Schatten gewesen, einer der heldenhaften *Beauftragten*, mit denen die *Akademie* immer Werbung machte, einer derjenigen, die Zasper als Dynamit-Jungs bezeichnet hatte, die kein Risiko scheuten, dem Tod ins Gesicht lachten, furchtlos und tapfer. Was sie indes in seiner Stimme gehört hatte, war nackte Angst. Plötzlich erinnerte sie sich wieder an den Sendewürfel in der Tasche. Vielleicht hatte er einen triftigen Grund, sich zu fürchten. Vielleicht hatte Boarmus ihr deshalb befohlen, das Ding heimlich zu übergeben.

Wie rätselhaft! Sie schaute den düster blickenden Danivon verstohlen an und sah, daß er den Blick auf ein weit entferntes, unsichtbares Ziel gerichtet hatte. Trotz der Regeln, die sie für sich aufgestellt hatte, der Weigerung, sich auf irgend etwas einzulassen, sehnte ein Teil von ihr sich danach, ihn zu trösten oder wenigstens seine Ängste zu teilen. Ein Kollege durfte das tun. Sie konnte ihm zumindest Freundschaft anbieten.

Nein. Sie würde nur wieder verletzt werden, sagte sie sich. Freundschaft war es nicht, was er wollte. Es war aber auch keine Freundschaft, was *sie* wollte. Also Finger weg!

Du hast den Schmerz schon einmal besiegt, flüsterte eine innere Stimme. *Mach dir das zunutze, um den Auftrag auszuführen!*

Die Schamröte stieg ihr ins Gesicht, als sie Nelas Hand spürte und sie drückte.

»Du trägst das Herz im Gesicht.«

Fringe wurde rot. »Nicht mein Herz, Nela. Einen ganz anderen Teil meiner Anatomie, fürchte ich. Und ich wußte nicht, daß man es so deutlich sieht.« Sie warf Bertran einen Seitenblick zu.

»Bertie interessiert sich nicht für Frauengespräche.«

Nela und Fringe hatten auf der Reise schon viele Frauengespräche geführt. Sie hatten von sich und ihren Gefühlen erzählt. Bertran, der das alles zwangsläufig mitbekam (auch wenn er sich zur Tarnung in ein Buch vertiefte), staunte über Aspekte von Nelas Innenleben, die sie ihm nie offenbart hatte. Fringe war Nelas erste richtige Freundin, und Fringe hegte eine große Sympathie für Nela. Er fand die Situation ebenso ironisch wie amüsant. Fringe sollte, so sagte er sich, eigentlich dasselbe für sie beide empfinden, aber das war offenkundig nicht der Fall. Bertran gegenüber war sie fast genauso zurückhaltend wie gegenüber Danivon.

»Es gibt auch nichts zu sagen«, erwiderte Fringe, preßte die Lippen zusammen und schnitt eine Grimasse. »Ich werde mich auf nichts einlassen, Nela. Das ist das Beste.«

Nela hörte den Selbstzweifel in diesen Worten und schüttelte mitfühlend den Kopf. »Ich kann das verstehen. Obwohl ich mir manchmal sage, ich würde … nun, viel dafür geben, eine solche Chance zu bekommen.«

Bertran holte tief Luft, und sie zuckte zusammen. Sie wußte, daß er das vielleicht mißverstanden – oder nur zu gut verstanden – hatte.

»Tut mir leid«, murmelte Nela und versuchte das Thema zu wechseln. Sie zeigte auf die Vögel mit den langen Zehen, die über die Seerosenfelder liefen. »Erinnerst du dich an die Geschichte, die wir uns auf der Reise erzählt hatten, über die Schildkröte, die fliegen wollte?« sagte sie heiter. »Schade, daß unsere Schildkröte sich für Schwalben und nicht für diese Vögel entschieden hat. Watvögel, keine Flieger. Schildkröte hätte sich gut gemacht als Amphibie.«

Nun stieg Bertran die Schamröte ins Gesicht, denn

er wußte, daß seine Gedanken Nela genauso verletzt hätten, wie ihre Worte ihn getroffen hatten. Vielleicht sollte er sich endlich damit abfinden, eine Amphibie zu bleiben. Das wäre sicher sinnvoller, als ständig diesen Wünschen nachzuhängen!

Diese quälenden Innenansichten wurden von einer mit Schwimmfüßen ausgestatteten Frau aus *Flachwasser* unterbrochen, die in den Lichthof stürmte, Lampen über dem Tisch aufhängte und Teller und Kelche auf den Tisch stellte. Gefolgt wurde sie von zwei Bediensteten, die abgedeckte Platten mit Speisen brachten. Auf Fringe wirkten sie wie eine Kreuzung aus Frosch und Engel: Schwimmhäute zwischen den Fingern, breite Münder und helle, strähnige Haarkränze, die im Licht der Lampen glühten.

»Wissen Sie, wer hier wohnt?« fragte Danivon sie.

»Personen«, sagte die Frau und machte eine Geste. »Frauen aus *Bohnenfelder*, Leute aus *Chor* und *Salzmarsch*. Ein paar Männer des Propheten aus Thrasis. Kommen hauptsächlich her, um Fisch und Ballen von *Fye*-Fasern zu kaufen.«

Danivon ließ nicht locker. »Haben Sie irgendwelche Gerüchte über merkwürdige Dingen gehört, die sich in letzter Zeit zugetragen haben? Hier oder am Oberlauf des Fohm?«

Einer der Bediensteten schauderte und hätte fast die Platte fallen lassen. Er war, so sagte Fringe sich, ein sehr ängstlicher Froschengel mit einem bedrückten und blassen Gesicht.

Sein Kollege nahm ihm die Platte ab, und sie murmelten etwas.

»Sagen Sie's mir!« verlangte Danivon. »Ich weiß, daß etwas nicht stimmt. Was ist geschehen?«

»Geräusche«, sagte der zweite Mann in fast aggressivem Ton und legte den Arm um seinen Freund. »Geräusche, die aus dem Schilf kommen. Leute rudern auf den See hinaus, und zurück kommt nur das leere Boot. Sein Sohn ist in einem Korakel zum Fischen gefahren. Das Boot war leer, aber es war … Fleisch darin.«

Der andere Mann schnappte nach Luft, schluckte und rannte davon.

»Haben Sie sonst nichts gesehen?« fragte Danivon mit sanfterer Stimme.

»Manche Leute haben leuchtende Stellen im Schilf gesehen«, sagte die Frau nüchtern. »Manchmal … manchmal auch Leichen oder etwas, das wie Leichenteile aussah. Vielleicht waren es *Gaver*, aber die durchtrennen das Fleisch nicht so säuberlich.«

Der Mann nickte heftig. »Wir haben auch von Drachen gehört.«

Die Mitglieder der Expedition wechselten Blicke.

»Drachen?« fragte Danivon.

»Hier haben wir keine gesehen. Die Männer von Thrasis haben von Drachen berichtet. Sie haben sie von der Grenze ihres Landes aus gesehen, in großer Entfernung«, sagte der Bedienstete schaudernd. »Sind es die Drachen, die unsere Leute entführen?«

»Das wissen wir nicht.« Danivon schüttelte den Kopf. »Wir würden das aber gern herausfinden. Können Sie uns sonst noch etwas sagen?«

Sie zuckten die Achseln. »Sie fragten, wer hier wohnen würde«, sagte die Frau plötzlich. »Ich vergaß die alten Leute.«

»Alte Leute?« sagte Fringe atemlos.

»Die alte Frau. Der alte Mann. Sehr alt.« Sie imitierte einen Tattergreis, der am Stock ging. »Wir haben noch nie so alte Leute gesehen. Sie stellen uns die gleichen Fragen wie Sie. Was wir gesehen hätten. Was wir dazu sagen würden. Im Moment sind sie weg. Sie werden aber bald zurückkommen.«

»Woher kommen sie?« fragte Curvis. »Aus welcher Provinz?«

»Von Nirgendwo«, sagte der Bedienstete mit fester Stimme. »Wir fragten sie, und sie sagten: ›nirgendwo‹.« Er schauderte erneut und machte eine Geste, die eine Entschuldigung darstellen sollte. Dann huschten er und die Frau davon, verschwanden wie Frösche in einem Teich.

»Ich vermute, daß du diese Information erwartet hast?« sagte Bertran und sah Danivon neugierig an, während er zwei Stühle für sich und Nela heranzog.

Danivon, der beim Wort ›nirgendwo‹ zusammengezuckt war, faßte sich wieder. »Mit Drachen hatte ich gerechnet. Damit, daß hier in *Flachwasser* Leute verschwinden, nicht.«

»Da war auch dieser Vorfall in *Toleranz*«, sagte Fringe.

»Was meinst du damit?« fragte Danivon.

»Kurz bevor Fringe und ich in *Toleranz* eintrafen, sind dort Leute verschwunden«, sagte Curvis. »Und ein mysteriöser Todesfall hat sich ereignet. Zwei Jugendliche. Ich hatte ganz vergessen, dir davon zu erzählen.«

Danivon wurde blaß im Gesicht.

»Erzähl ihm später davon«, sagte Nela. »Beim Essen will ich von solchen Dingen nichts hören. Hattest du denn damit gerechnet, von alten Leuten zu hören, Danivon?«

Danivon atmete tief durch. »Nein, ich hatte nicht damit gerechnet, von alten Leuten zu hören.« Abwesend setzte er sich neben sie und nahm keine Notiz von den Platten, die sie herumreichten. »Wie finden wir mehr über diese Drachen heraus?«

»Wir ziehen die Show auf dem Anleger auf«, wiederholte Fringe und musterte Danivon verstohlen. »Die Leute werden uns sehen und fragen, was wir da tun. Dann werden wir sie nach den Drachen fragen. So war es doch geplant, nicht wahr?«

Danivon schaute abwesend auf. »Ja, ich glaube, so war es geplant«, grunzte er.

»Abends? Morgens?« fragte Curvis, der sich über Danivons Abwesenheit ärgerte.

»Nicht mehr hell genug heute abend. Es wird schon dunkel. Wir warten auf das Tageslicht. Morgen früh.«

»Morgen«, sagte Fringe dankbar. Wo die Reise auf dem überfüllten Schiff nun vorbei war, sehnte sie sich danach, einen Abend allein zu verbringen. Sie würde ein ausgiebiges Bad nehmen. Sie würde die Ruhe genießen. Sie würde sich die Haare waschen!

Wirst du wohl? fragte ihr Gewissen. *Und was ist mit dem Sendewürfel, den Boarmus dir für Danivon gegeben hat?*

Das ärgerte sie, und sie bedauerte, daß sie sich daran erinnert hatte. Danivon teilte sich jedoch ein Zimmer mit Curvis, so daß sie ihm das Gerät nicht einfach geben konnte. Doch bald würden sie auf einem Schiff flußaufwärts fahren, das genauso überfüllt war wie das Curward-Schiff. Dort gab es auch keine Privatsphäre!

Sie war unschlüssig und fragte sich, wie sie ihm den Sender unauffällig überreichen konnte. Scheiße, er war ein *Beauftragter*, und sie auch! Sie hatte doch diese geheimen *Beauftragten*-Signale gelernt, wenn sie sie bisher auch kaum angewandt hatte. Sie mußte nur warten, bis Curvis den Raum verlassen hatte.

Nur daß Curvis keine Anstalten traf, den Raum zu verlassen. Er klebte wie eine Klette an Danivon. Und als er schließlich doch ging, folgte Danivon ihm auf dem Fuße.

»Danivon«, sagte Fringe, worauf er sich in der Tür zu ihr umdrehte. »Schlaf gut.« Sie machte das Zeichen für ein privates Treffen.

»Gute Nacht«, sagte er abwesend und richtete den Blick auf ihre Hände, wobei eine gehobene Augenbraue seine Überraschung verriet.

Soviel zu geheimen Signalen, sagte sie sich. Wahrscheinlich hatte er diese verdammten Signale auch nicht öfter gebraucht als sie. Jeder, der dieses Gesicht gesehen hatte, würde sich fragen, was hier vorging. Sie drehte sich um und sah Nela, die sie fragend anschaute. Sie errötete.

Es war schon spät, als es an ihrer Tür klopfte.

»Du wolltest mich allein sprechen?« sagte er leise, als sie ihm öffnete, und überflog mit einem schnellen Blick den Raum, um zu sehen, ob sie auch allein waren.

Sie hatte sich selbst schon im Zimmer umgesehen, ohne es jedoch gründlich zu durchsuchen; die Gefahr, daß irgendwo Spion-Augen lauerten, war nicht völlig auszuschließen. Wenn sie nun den Würfel unauffällig übergeben wollte, wie Boarmus es befohlen hatte, mußte das im Schutz einer anderen Handlung erfolgen. Sie hatte das größte Täuschmanöver geplant, das sie sich nur vorstellen konnte: eine Umarmung, vielleicht mit Küssen und Streicheln begleitet.

»Ich sagte mir, es sei an der Zeit, daß wir uns besser kennenlernen«, sagte sie mit kehliger und verführerischer Stimme.

Die Kinnlade klappte ihm herunter. »Gut.« Er stand für einen Moment nur da und grinste dann. »Weshalb hast du so lange gebraucht, Fringe Owldark?«

Sie bewegte sich auf den am Fenster stehenden Stuhl zu und mußte an sich halten, ihn nicht anzuknurren. Der Mann hatte wirklich ein monströses Ego! Sie atmete tief durch und drehte sich um. Sie wollte gerade mit dem einstudierten Liebesgeflüster fortfahren, als er sie schon an die Brust drückte. Sie wollte sich von ihm lösen, doch er entließ sie nicht aus seinem Griff. Sie wollte etwas sagen, doch seine Lippen preßten sich auf ihre. Sie hatte das zwar geplant, aber doch nicht so schnell…

Sie entspannte sich auf eine bisher ungekannte Art

und vergaß, was sie sagen wollte. Halb zerrte, halb trug er sie zum Bett, und sie fielen darauf, mit verschlungenen Armen und Beinen, verfangen in der Kleidung; sie war wie betäubt und rang nach Worten, um sich aus dieser Lage zu befreien, und er versuchte inzwischen, sie zu entkleiden. Als ihr das schließlich bewußt wurde, war sein Mund noch immer auf den ihren gepreßt; sie war nicht imstande zu atmen und wollte es dann auch gar nicht mehr.

Und dann vergaß sie zu atmen, zu sprechen und überhaupt alles um sich herum. Alles, was getan werden mußte, geschah von selbst. Der Raum wurde vom Licht der Fackeln erfüllt, das trübe vom Wasser reflektiert wurde. Die einzigen Laute, die sie hörte, waren die Rufe eines Nachtvogels, ihr eigener Atem und die sinnlosen Worte, die Danivon murmelte. Dann zersplitterte alles wie ein Spiegel, die Innen- und Außenwelt, der Himmel stürzte herab, und sie war nicht mehr in der Lage, einen zusammenhängenden Gedanken zu fassen. Er sagte etwas in drängendem Tonfall, doch sie verstand ihn nicht. Der Raum schien auf den Wellen zu schaukeln.

Nach einer langen Zeit der Stille öffnete sie die Augen und sah aus dem Fenster auf die Sterne. Sie war teils erstaunt, teils zornig. Sie hatte das geplant! Sie hatte vorgehabt, das zu tun; nun, vielleicht nicht ganz so, aber so ähnlich. Aber sie hatte nicht geplant … hatte nicht geplant, daß der Himmel herabstürzte. Verdammt. Wieso hatte das passieren müssen? Wieso hatte sie das getan? Wieso hatte sie geglaubt, sie könne vortäuschen … und dann doch nicht?

Tränen des Zorns traten ihr in die Augen, und sie wischte sie mit der einen Hand weg, während sie mit der anderen nach der Reisetasche griff und den Kamm ertastete, der ganz oben lag, neben dem Würfel, den Boarmus ihr gegeben hatte. Sie zog die Hand heraus, wobei sie den Würfel in der Faust verborgen hatte und den Kamm zwischen den Fingern hielt.

»Danivon«, sagte sie mit fester Stimme, die ihr nicht wie die eigene vorkam.

»Fringe«, flüsterte er schmeichelnd und zärtlich.

Sie sträubte sich, als er den Mund an ihr Ohr legte. »Boarmus hat mir eine Botschaft für dich gegeben.«

Er wollte sich aufrichten, doch sie drückte ihn mit ihrem ganzen Gewicht nieder; er durfte sich auf keinen Fall bewegen ...

»Geheim, Danivon. Er glaubt, daß er beobachtet wird«, flüsterte sie. »Vielleicht werden wir auch beobachtet. Die Nachricht ist hier in meiner Hand. Nimm sie. Hör sie erst dann ab, wenn du allein bist und niemand dich sieht. Nicht einmal Curvis.«

»Fringe«, murmelte er wie in einem Traum.

»Pssst.« Sie legte sich neben ihn, schloß seine Hand um den Würfel und hielt sie fest. Im nächsten Moment atmete er tief durch und glitt wieder in den Halbschlaf ab. Sie setzte sich auf und kämmte sich das Haar, wobei der Kamm ihr knisternd durch den Schopf fuhr. Sie waren zwar unbeobachtet, aber für den Fall ... nur für den Fall. Sie kämmte sich nur das Haar. Einen Zopf flocht sie nicht, weil sie keine *Beauftragte* war, jedenfalls nicht hier in *Flachwasser*. Sie war nur eine Frau, die ihren Liebhaber küßte und sich das Haar kämmte. Das war alles. Sollten die Spion-Augen doch glauben, was sie wollten! Sie suchte in dem Kleidergewirr nach der Haarspange, machte sich einen Knoten ins Haar und schob die Spange hindurch, wobei sie das Gefühl hatte, daß die Zinken sich in den Kopf bohrten.

Dann kam sie erst einmal wieder zur Besinnung, ordnete die Kleider, die Gefühle und ihr ganzes Selbst. Also. Was sollte sie nun tun? Sie hatte sich geschworen, sich nicht mit Danivon Luze einzulassen, und nun war es doch geschehen. Sie hatte es geschehen lassen. Sie hatte sich etwas vorgemacht. Hatte als Pflicht bezeichnet, was wahrscheinlich die ganze Zeit Begierde gewesen war. Sie bezeichnete es nicht als Liebe, weit entfernt, auch wenn sie sich wieder zu ihm legen und sich wieder fallen lassen wollte. Sie wollte sich von ihm nähren, ihren Hunger mit ihm stillen, mit ihm verschmelzen und sich in ihm verwurzeln. Eins mit ihm sein. Das mußte Liebe sein, wenn man sich so fühlte.

Zumindest hatte Souile das einmal gesagt. Liebe war, wenn man innig mit dem andern verbunden sein wollte. Nun, in Souiles Fall hatte das jedenfalls nicht funktioniert. Es war Bedauern, Kummer, Liebe, die einen überwältigte, bis man sich nicht mehr bewegen konnte, die einen niederdrückte, bis man sich nicht mehr wehrte, und die Besitz von einem ergriff, wie Danivon es getan hatte. Wie die Götter von *Hobbs Land*. Sie übernahmen einen. Fraßen einen auf und raubten einem den Verstand, bis man nicht mehr wußte, daß man überhaupt existierte!

Sie holte tief Luft und sagte sich, daß sie sich nicht übernehmen lassen würde. Wenn es wirklich geschehen war, dann wäre es ein Fehler, also war es auch niemals geschehen. Sie hatte Danivon die Nachricht übermittelt, mehr nicht. Und ein wenig geschauspielert. Vergiß es. Es ist nichts passiert.

Sie nahm eine Decke und schlich in den Lichthof, wo sie sich in einen bequemen Sessel setzte und die Lichter betrachtete, die sich zwischen den Seerosen bewegten. Das waren die Leute von *Flachwasser*, die mit Fackeln und Speeren fischten, wobei die Korakel sich wie schwarze Käfer mit leuchtenden Augen in der Lagune bewegten. Nach einer Weile schlief sie ein, hypnotisiert von den sich bewegenden Lichtern.

Danivon schlief auch, mit einem Lächeln auf den Lippen. Als er später vom Ruf eines Fischers geweckt wurde und die Hand nach ihr ausstreckte, griff er ins Leere. Halb angezogen, wobei er die restliche Kleidung mitzerrte, schaute er sich im Lichthof um, ohne sie jedoch im Sessel zu sehen. Verwirrt ging er ins Zimmer, das er mit Curvis teilte. Es war dunkel, und die Stille wurde nur gelegentlich durch ein explosives Schnarchen unterbrochen.

Das Ding, das sie ihm gegeben hatte, als er sich im Halbschlaf befunden hatte, hielt er in der Hand. Dieses Ding, von dem sie … was gesagt hatte? Daß er es ohne Zeugen abhören sollte. Er ging in eine der Toiletten, die an Auslegern über der Lagune hingen. Der Ort war zwar primitiv, aber privat und wurde von einer an der Decke hängenden Tranfunzel beleuchtet. Immerhin war das Licht so hell, daß er einen normierten Sendewürfel erkannte. Na gut. Er ging wieder auf sein Zimmer, schob den Würfel ins Lesegerät und stöpselte den Hörer ins Ohr.

›Danivon, Sie sind in Gefahr‹, sagte eine wimmernde Stimme, die überhaupt nicht wie die von Boarmus klang. ›Es gibt eine gewisse Macht hier auf *Woanders*, und sie ist hinter Ihnen und Ihren Leuten her. Sie sagt, sie will euch töten. Ich weiß zwar nicht, ob sie euch töten *kann*, aber sie will es jedenfalls versuchen. Ich habe sie als Geist gesehen. Vielleicht wird sie Ihnen auch als Geist erscheinen. Sie übernimmt Menschen, versklavt Menschen, tötet Menschen, Danivon. Nicht die Götter von *Hobbs Land*, Danivon. Etwas anderes. Seien Sie vorsichtig.‹

Das hörte sich gar nicht nach dem kaltblütigen alten Boarmus an. Es klang so irreal, daß es Danivon kalt den Rücken hinunterlief. Boarmus erging sich in Allgemeinplätzen und vagen Hinweisen. Als ob konkrete Aussagen noch gefährlicher wären – aber für wen? Für Boarmus oder für ihn?

›*Passen Sie auf sich auf*‹, schluchzte der Würfel ihm

ins Ohr. ›*Seien Sie vorsichtig! Ich brauche Sie vielleicht noch.*‹

Wie lang hatte Fringe das Ding schon mit sich herumgetragen? Seit dem Aufbruch aus *Toleranz*? Weshalb hatte sie es ihm nicht schon früher gegeben? Erschüttert löschte Danivon die Nachricht und legte den Würfel zu den anderen, die sich bei seiner Ausrüstung befanden. Also handelte es sich bei der Gefahr, die er gerochen hatte, nicht nur um eins der üblichen Risiken. Es war etwas viel Schlimmeres. Und was auch immer es war, es war eindeutig nach *Flachwasser* gekommen. Lichter und Geräusche und Leute, die verschwanden. War die Gefahr ihnen gefolgt? Oder lauerte sie ihnen hier auf?

Er legte sich aufs Bett und dachte nach. Nichts hatte sich geändert, außer daß er nun wußte, was Boarmus wußte. Er sollte es Fringe nicht verübeln, daß es so lang gedauert hatte, aber er war dennoch verärgert. Er war anscheinend unter falschen Voraussetzungen zu ihr gekommen!

Am Morgen waren seine Gefühle dann völlig verwirrt; Schlaflosigkeit verquickte sich mit einer erotischen Sehnsucht nach Fringe und Zorn auf sie, weil ... weil sie Fringe war! Er ging zu ihrem Zimmer, trat ohne anzuklopfen ein und sah sie am Fenster sitzen.

»Unhöflich von dir«, sagte sie mit tonloser Stimme.

»Fringe. Komm schon, wir müssen uns unterhalten ...«

»Worüber, Danivon?«

»Worüber?« flüsterte er empört; schließlich wußte er, daß Curvis auf der anderen Seite des Lichthofs schlief und daß die Zwillinge draußen am Geländer standen. Er trat näher und griff nach ihr. »Über uns. Über ...«

Sie lehnte sich an ihn und legte den Mund an sein Ohr. »Wir«, sagte sie, noch immer mit tonloser Stimme. »Kollegen. Auf einer gemeinsamen Mission.«

»Nein.« Er schüttelte sie. »Über uns beide ...«

»Auf einer Mission«, sagte sie beharrlich und schaute ihm kalt in die Augen. »Mehr nicht, Danivon. Auf einer Mission!« Sie machte eine Geste, ein warnendes Fingerschnippen, ein anderes *Beauftragten*-Zeichen, das zur Vorsicht mahnte.

Er knurrte und zog sie an sich. »Du meinst, du …«

»Ich meine, ich sollte es unauffällig übergeben«, zischte sie ihm kaum hörbar ins Ohr. »Und ich wollte genau das tun, und du willst nun alles komplizieren.«

»Du hast mir nichts vorgespielt«, sagte er leise. »Verdammt, Fringe. Du hast mir nichts vorgespielt. Und ich habe dir auch nichts vorgespielt.«

Sie hatte ihm wirklich nichts vorgespielt. Er hatte recht. Für einen Moment erschlaffte ihr Körper, und er umarmte sie fester. Dann riß sie sich verzweifelt los. »Wir haben einen Auftrag auszuführen, Danivon.« Angst diktierte die Worte. Sie wollte, daß er ging, sofort, daß er sie in Ruhe ließ, bevor sie verloren war! »Verdammt, Danivon, ich kann mir das nicht leisten!«

Er ging. Er hatte den Ausdruck in ihrem Gesicht gesehen und war verletzt; er verstand die Welt nicht mehr. Noch nie hatte er sich einer unwilligen Frau aufgedrängt! Keine Frau, die nicht Ziel einer *Beauftragten*-Mission war, hatte sich jemals vor ihm fürchten müssen, und in sexueller Hinsicht hatte sich schon gar keine Frau vor ihm fürchten müssen! Doch an ihrem Gesichtsausdruck gab es nichts zu deuteln: Sie hatte Angst vor ihm oder vor sich selbst, aber machte das überhaupt einen Unterschied?

Sie wandte sich starr von ihm ab, und nach einem langen Moment des Schweigens verließ er zitternd das Zimmer. Er wußte nicht, was er fühlte. Vielleicht Sympathie? Oder Kummer? Was nun? Vielleicht Wut, weil das nämlich am einfachsten war. Nur daß Zorn kontraproduktiv war, denn sie würde sich vielleicht bald wieder beruhigen.

Na schön. Er schluckte den Ärger hinunter und beschloß, ihr mehr Zeit zu geben.

Als sie beim Frühstück in seiner Nähe saß, schaute sie jedoch durch ihn hindurch oder an ihm vorbei; das war mehr oder weniger der gleiche Blick, mit dem sie ihn seit der ersten Begegnung in der Taverne in Enarae immer angesehen hatte. Fringe saß neben Nela, doch sie würdigte nicht einmal diese eines Blickes.

»Wir haben diese Nacht nicht gut geschlafen. Ich träumte, ich wäre diese kleine Schildkröte in der Geschichte«, sagte Nela, halb an Fringe gewandt.

»Das muß ein trauriger Traum gewesen sein«, sagte Fringe ausdruckslos.

»Nicht trauriger als die Geschichte von der jungen Kriegerin und den Glyphen, die du uns erzählt hattest«, murmelte Nela.

»Es ist dieselbe verdammte Geschichte«, sagte Bertran in gereiztem Ton. »Viele von uns sind mit den gleichen Geschichten aufgewachsen. Viele von uns haben sogar die gleiche Geschichte. Zu diesem Schluß bin ich jedenfalls gekommen.«

Danivon versuchte vergeblich, Blickkontakt mit Fringe herzustellen. Sie drehte sich weg. »Apropos Schildkröten«, sagte er hektisch, »Fringe hat einen Schildkrötenpanzer in ihrer Wohnung. Er liegt auf einem Podest, aber sie sagt mir nicht, weshalb.«

»Einen Schildkrötenpanzer?« fragte Nela interessiert.

Fringe sah Danivon an und schüttelte den Kopf. »Ich fand ihn auf einer der *Selten*-Inseln, in der Krone eines großen Baums. Soweit ich weiß, klettern Schildkröten aber nicht auf Bäume.« Fringe hielt es für wahrscheinlich, daß ein Raubvogel den Panzer dort abgelegt hatte, obwohl es sich vielleicht auch um Nelas Schildkröte gehandelt hatte, die den geheimen Zufluchtsort der Vögel gesucht hatte. Vielleicht war sie doch hinaufgeklettert und kam nicht wieder herunter, so daß sie hoch oben gestorben ist, mit Blick auf den Himmel. Diese Erklärung gefiel ihr am besten. *Wenn man schon in solche Höhen aufstieg, dann lieber auf eigene Faust, anstatt gepackt und gefressen zu werden!*

»Und du möchtest Danivon nicht sagen, weshalb du ihn aufbewahrst?« stichelte Nela.

»Wenn Danivon mich kennen würde, wüßte er den Grund«, sagte sie und musterte ihn. »Ich hebe ihn auf, um mich daran zu erinnern, daß auch kleine Lebewesen nach etwas Höherem und Schönerem streben als dem, was sie schon kennen. Auch kleine Lebewesen versuchen zu klettern und weigern sich, den Verlockungen der Bequemlichkeit und … Güte zu erliegen.«

Das hatte eigentlich kalt klingen sollen, aber die Worte glichen eher einem Flehen.

Danivon errötete. Nela sah das und wußte sofort Bescheid; ihrem Zwillingsbruder, der sich auf das Essen konzentrierte, entging diese Episode jedoch.

Bertran lachte zerknirscht. »Du überraschst mich, Fringe. Ich dachte immer, ein Sproß von Enarae würde alte Erdlinge wie Nela und mich nicht verstehen, aber allein schon die Tatsache, daß die Schildkrötengeschichten bei uns beiden ähnliche Reaktionen hervorrufen, zeigt mir, daß wir doch vieles gemeinsam haben.«

»Die Menschen sind gar nicht so verschieden, wie man uns immer glauben machen will«, sagte Nela und versuchte, die Unterhaltung emotional zu entschärfen.

Das war Häresie! Curvis konterte mit einem leidenschaftlichen Plädoyer für die auf *Woanders* vorherrschende Vielfalt, während Fringe, die den Themenwechsel mit einem Gefühl der Erleichterung zur Kenntnis nahm, sich auf die für diesen Morgen geplante Vorstellung konzentrierte.

Auf der Reise von den Curward-Inseln hatte Nela darauf bestanden, eine zur *Schicksals-Maschine* passende, extravagante Robe und einen Kopfputz zu kreieren, ein fließendes, perlenbesetztes Gewand und eine breite Kappe mit bunten Schürzen, die das Gesicht verbargen. Mehr Tricks, sagte Nela. Fringe mußte wie ein Orakel aussehen und nicht wie eine *Beauftragte*! Gleich nach dem Frühstück schlüpfte Fringe in diese grotesken Klamotten und half Curvis, die *Schicksals-Maschine* zum Anleger zu bringen. Sie legten unterwegs eine Pause ein und animierten ein paar der Hotelangestellten, sich die Zukunft vorhersagen zu lassen. Es sah so aus, als ob sie im strahlenden Morgenlicht ihre Angst verloren hätten, denn sie fachsimpelten über die Maschine, kicherten über die individuellen Weissagungen und liefen zurück ins *Reiher-Nest*, um es den anderen zu sagen. Bald hatte sich eine Menschenmenge um sie versammelt. Die Leute lachten, unterhielten sich und wiesen auf Curvis, der die Taschenhörnchen verschwinden ließ, worauf sie in der Tasche des zwanzig Schritte entfernten Danivon wieder auftauchten. Nela und Bertran unterhielten das Publikum derweil mit Taschenspielertricks, und schließlich präsentierte Fringe den ganzen Unsinn, den Nela und Bertran vorgeschlagen hatten, einschließlich des Schlagens eines Gongs und der sonoren Beschwörung kürzlich erfundener und merkwürdiger Mächte aus der Vergangenheit, Gegenwart und Zukunft, während Freiwillige aus dem Publikum sich zum allgemeinen Amusement die Zukunft vorhersagen ließen.

Im zweiten Akt jonglierte Curvis mit brennenden Fackeln, die er hinter dem Rücken auffing, Nela und Bertran erzählten lustige Geschichten – jedenfalls solche Geschichten, die die Seeleute von Curward als lustig bezeichnet hatten, obwohl die Zwillinge viele davon überhaupt nicht witzig fanden –, und Danivon probierte seinen Riecher bei den Leuten aus, wobei er die Testergebnisse entweder flüsternd oder laut verkündete. »Sie sind verliebt«, flüsterte er. Oder: »Ihr Dreschflegel liegt unter einem Häckselstapel auf der Tenne«, sagte er laut. Die Menge jubelte, und sie erhielten immer mehr Zulauf.

»Nun bräuchten wir nur noch leicht geschürzte Tänzerinnen«, sagte Nela und kicherte fröhlich. »Und eine bärtige Dame, einen Schlangenmenschen und eine Lichtorgel.«

»Ich glaube nicht, daß diese Leute sich für Lichtorgeln oder Tänzerinnen interessieren würden«, sagte Bertran, der von der unbekümmerten Naivität des Publikums angetan war. »Wir scheinen ihnen auch so genug zu bieten. Sie fühlen sich sicher gut unterhalten.«

»Haben wir schon Leute aus Thrasis und *Bohnenfelder* hier?« fragte Nela.

»Sie stehen um Fringes Maschine herum«, sagte Curvis und wies auf etliche Auswärtige, die Danivon aber schon wie ein Spürhund gewittert hatte. Nach einer Weile winkte er den Kollegen, und sie beendeten die Vorstellung mit vielen Verbeugungen und Danksagungen an das Publikum.

Dann steckten sie die Köpfe zusammen, und Danivon erstattete Bericht:

»Niemand von den Leuten aus Thrasis und *Bohnenfelder* hat von Vermißten, Luftspiegelungen und dergleichen berichtet. Die Männer von Thrasis haben Drachen gesehen. Diese Wesen sollen zwar größer gewesen sein als Menschen, aber nicht riesig. Sie hatten verschiedene Farben und haben angeblich etwas getragen, vielleicht Werkzeuge. Manchmal sind sie auch bekleidet, und man sieht sie nur von weitem, nie aus der Nähe.« Er sprach zu Fringe, als ob sie die einzig anwesende Person wäre; eine Verhaltensweise, die Curvis nicht gefiel. »Die Frauen von *Bohnenfelder* haben sie bisher kaum gesehen, obwohl sie behaupten, die *Liebe Mutter* hätte die Drachen als freundlich eingestuft.«

»Freundlich?« sagte Curvis in spöttischem Ton. »Woher will sie das denn wissen?«

»Was wissen *Liebe Mütter* überhaupt?« Danivon zuckte ärgerlich die Achseln, wobei die anderen nicht wußten, ob Curvis' Frage der Grund war oder die Art, wie er die Frage gestellt hatte. »Vielleicht meint sie einfach ›friedlich‹.«

»Der Umstand, daß sie sich der einheimischen Bevölkerung gegenüber friedlich gezeigt haben, heißt noch lange nicht, daß sie sich uns gegenüber genauso verhalten«, brummte Curvis. »Vielleicht unterstellen sie uns rüpelhaftes Benehmen. Oder vielmehr dir, Danivon. Rüpelhaftes Benehmen ist doch eine Konstante deiner Biographie, nicht?«

»Wenn du damit die Reaktion des *Inneren Kreises* meinst, als ich den alten Paff meldete …«

»Alter Paff?« fragte Fringe.

»Ein Mitglied des *Inneren Kreises*«, erklärte Curvis. »Er hatte die schlechte Angewohnheit, sich Kinder von solchen Orten wie Molock und Derbeck zu beschaffen und sie zur Befriedigung gewisser persönlicher Bedürfnisse zu benutzen.«

»Was hast du denn getan?« fragte Nela Danivon.

»Ich stellte mich auf die Treppe der *Großen Rotunde* und meldete ihn, wie man es mich in Fällen von Machtmißbrauch gelehrt hat.«

»Und was geschah dann?« fragte Fringe, die wider Willen Interesse verspürte.

»Paff beging Selbstmord, kurz bevor ich *Toleranz* verließ.«

»Ich verstehe nicht, wieso du damit jemandem auf die Zehen getreten bist«, rief Nela. »Sie hätten doch froh sein sollen, daß du dieses üble Verhalten enthüllt hast.«

Curvis warf Nela einen langen Blick zu, dessen Ausdruck sich von Verärgerung in Belustigung verwandelte. Er wandte sich Danivon zu und sagte launig: »Anscheinend hast du unseren Gästen noch nicht unsere Sitten und Gebräuche erklärt.« Dann drehte er sich wieder zu Nela um. »Der *Innere Kreis* wußte schon über den alten Paff Bescheid. Die ganze Zeit.«

»Bitte«, rief Nela. »Das verstehe ich nicht. Du sagst, eure Regierung wußte, daß dieser Mann ein Kindermörder war. Und sie hat nichts unternommen. Was ist das für ein Land? Habt ihr keine Gesetze?«

»Hier«, sagte Fringe und tippte sich gegen die Brust.

»Ihr seid das Gesetz?«

»Die *Beauftragten* sind Schild und Schwert des Gesetzes«, sagte sie. »Ich, Danivon und Curvis. Und der *Rat* ist die Stimme des Gesetzes. Wenn es eine *Lage* gibt, die der *Klärung* bedarf, *klären* wir die *Lage*!«

Das darauffolgende Schweigen wurde von Nela unterbrochen, die mit leiser Stimme fragte: »Und was seid ihr drei dann? Exekutoren?«

»So ungefähr«, sagte Bertran mit tonloser Stimme. »Killer. Männliche und weibliche.«

»Beauftragte«, sagte Fringe steif; die Ressentiments, die sie in ihren Stimmen gehört hatte, verletzte sie, denn sie hatte keine Erklärung dafür. »Es ist eine ehrenvolle Aufgabe. Und wir müssen die Ehre schützen.« Sie wünschte sich das Verständnis, um das indes kein anderer *Beauftragter* gebettelt hätte.

Nela ignorierte diese unausgesprochene Bitte. »Wie äußert diese Ehre sich denn?«

Fringe versteifte sich. »Die Ehre äußert sich darin, daß wir keinen Hinterhalt legen. Wir töten nur dann, wenn es notwendig ist. Und selbst dann verstümmeln und foltern wir nicht. Wenn wir verdeckt töten, dann nur, um die Leute nicht zu beunruhigen und die öffentliche Ordnung nicht zu gefährden. Wenn die Umstände es zulassen, fordern wir den Gegner von Angesicht zu Angesicht. Ehrenvoll.«

»Ach, nett«, sagte Nela ärgerlich. *»Zwölf Uhr mittags.«*

»Ich verstehe nicht.«

»Ihr schießt es aus, ihr und die anderen? Um zu sehen, wer der schnellste Revolverheld ist. Ist es das?«

Fringe wurde zornig bei dieser Mißachtung der Heiligkeit des *Waffenträgers.* In Enarae sagte man nicht ›Revolverheld‹, noch dazu in diesem verächtlichen Ton! »Wenn der *Aufsichtsrat* es befohlen hat, dann ja.«

»Dann befolgt ihr also Befehle«, sagte Bertran.

Fringe schaute die beiden kalt an. »Ihr scheint mir auf einmal unfreundlich gesonnen zu sein, aber ich weiß nicht, weshalb.«

Nela schüttelte den Kopf. »Bertran will damit sagen, in unserer Zeit gab es auch böse Menschen, die schreckliche Dinge taten, und als sie dann vor Gericht gestellt wurden, brachten sie zu ihrer Verteidigung vor, daß sie nur Befehle befolgt hätten, und wenn schon keine Befehle, dann zumindest die Wünsche ihrer Vorgesetzten. Mit diesem Klischee wurden damals alle Verbrechen entschuldigt.«

»Wenn sie Befehle befolgten, verübten sie ja auch keine Verbrechen, und sie waren auch nicht böse«, widersprach Fringe hitzig. »Wenn die rechtmäßigen Autoritäten uns einen Auftrag erteilen und wenn wir als vernünftige Menschen uns den rechtmäßigen Autoritäten unterordnen, weshalb ...«

»Ich vermute, in eurer Zeit war das nicht so«, unterbrach Danivon sie neugierig.

»Nein«, bestätigte Bertran und klopfte Nela beruhigend auf die Schulter. »Jedenfalls nicht ganz. Wir waren wohl verschiedener Meinung, wodurch rechtmäßige Autoritäten sich auszeichnen. Viele vertraten den Standpunkt, daß die natürlichen Menschenrechte Vorrang hatten vor der Autorität des Staats.«

»Menschenrechte?«

»Das Recht der Unverletzlichkeit der Wohnung, Schutz vor willkürlicher Verfolgung, Verhaftung und Folter, Meinungsfreiheit, Versammlungsfreiheit und Religionsfreiheit. Wenn ich so höre, was ihr mir da erzählt, gibt es auf *Woanders* keine Menschenrechte.«

Nela schüttelte verwirrt den Kopf. »Aber das kann nicht sein, nicht wenn Danivon diesen Mann angezeigt hat, weil er Kinder umbrachte ...«

»Nein«, sagte Danivon pikiert. »Deshalb habe ich ihn nicht angezeigt. Das wäre unschicklich gewesen.«

Sie starrten ihn an, und er sie. Keiner verstand den andern.

»Unsere Aufgabe ist, die Vielfalt zu beschützen«, sagte er verkniffen, »die Vielfalt, in der die Antwort auf die *Große Frage* verborgen ist, die Vielfalt, die die Essenz der Menschheit ist! In dieser Vielfalt werden immer aus irgendwelchen Gründen Kinder getötet. Wenn das Töten den Gepflogenheiten dieses Orts entspricht, dann ist es angemessen. Aber dieser alte Mann hat Kinder über die *Grenze* gebracht. Er hat sich in die Angelegenheiten einer Provinz *eingemischt*! Hier auf *Woanders* lassen wir einander in Ruhe.«

Nela zitterte vor Wut. Bertran drückte ihre Schulter und sagte leise: »Es gibt noch vieles, das wir über *Woanders* lernen müssen. Ich glaube nicht, daß uns ein Kommentar zusteht. Noch nicht.«

Fringe schaute Nela flehentlich an, doch die drehte den Kopf und überflog die Lagune. Sie wollte etwas sagen, doch Bertran kniff sie. Es war ein altes Signal zwischen ihnen, mit dem sie sich entschuldigten. In stummer Übereinstimmung gingen sie zu den sanitären Einrichtungen am oberen Ende der Treppe.

»Wohin hat es uns da verschlagen?« flüsterte Nela, während sie die Treppe hinaufgingen.

»An einen Ort, über den wir keine Kontrolle haben«, erwiderte er einsichtig. »Ich glaube, wir sollten uns einen Raum zum Atmen schaffen und uns mit Urteilen zurückhalten.«

»Aber ich mochte sie! Ich mochte sie wirklich, Berty! Danivon mochte ich auch. Aber sie haben keine höhere Moral als ein Schwein oder ein Tiger«, rief sie.

Bertran zuckte die Achseln, worauf seine Zwillingsschwester schauderte, und flüsterte: »Schau, Nela, wir sind in einer religiösen Familie in einer Kleinstadt aufgewachsen. Wir gingen in eine kirchliche Schule, die, wie du zugeben wirst, kaum ein Mikrokosmos der richtigen Welt ist. Dann gingen wir zum Zirkus, und außer ein paar wilden Egos waren wir auch dort von der Welt isoliert. Ich bin mir nicht sicher, ob wir überhaupt jemals Kontakt mit der richtigen Welt hatten! Wir sollten deshalb nicht vorschnell urteilen.«

Sie schüttelte trotzig den Kopf.

»Zumal«, fuhr er fort, »wir auf sie angewiesen sind, Nela. Wir haben gar keine Wahl. Selbst wenn wir nun beschließen, diese Welt und all ihre Bewohner zu verabscheuen – einschließlich Fringe und Danivon, die, wie du selbst sagtest, wirklich nett zu uns gewesen sind –, sitzen wir hier fest.«

»Das ist mir egal«, sagte sie starrköpfig.

Er schüttelte sie. »Wenn du nicht die Märtyrerin spielen willst, können wir unsere Freunde nicht zurückstoßen, nur weil sie nicht … vielleicht nicht die Freunde sind, die wir uns zu Hause gesucht hätten.«

Sie biß sich auf die Lippe und sagte nichts mehr.

Während Fringe den Zwillingen betrübt nachschaute, stapelten die anderen die Ausrüstung, um sie wieder auf die Zimmer zu bringen. Sie waren gerade fertig damit, als ein Schrei, der über das Wasser herüberdrang, ihre Aufmerksamkeit von der Ausrüstung auf ein sich näherndes Zubringerboot lenkte.

Fringe hörte den Schrei auch und drehte sich um; sie war noch immer derart in Gedanken versunken, daß sie zuerst glaubte, die alte Frau auf dem Bootsdeck sei Tantchen oder Nada, die wieder auferstanden waren. Die alte Frau schaute sie mit diesem wachsamen Eulenblick an, der typisch gewesen war für Fringes Verwandte, ein Blick, der ihre Seele nach etwas Eßbarem zu durchsuchen schien. Als das Boot näher kam, sah sie jedoch, daß es sich weder um Nada noch Tantchen handelte, sondern um eine noch ältere Frau, die nur noch Haut und Knochen war. Der Mann, der sich neben ihr auf einen Stock stützte, war auch sehr alt, aber nicht so alt wie sie, und Fringe erkannte sie!

Curvis setzte eine Ladung Jonglierobjekte ab und fing die Leinen auf, welche die Ruderer ihm zuwarfen. Die anderen sahen von ihren Verrichtungen auf. Als die Planke ausgelegt wurde, tappte die alte Frau darüber, ohne den Blick von Fringe zu wenden. Ein Schemen folgte ihr und bewegte sich, als sie mit schriller Vogelstimme rief: »Hier, Fringe Owldark! Hilf mal einer alten Frau!«

Fringe trug sie die Planke hinunter. Sie hatte zwar den vagen Eindruck, daß sie nicht die einzige war, die der alten Frau half, doch sie war diejenige, die sie auf dem Anleger auf die Füße stellte und den Arm um sie legte, damit sie nicht weggeweht wurde.

»Na, Mädchen, bist du aber eine Schönheit geworden«, rief die alte Frau und fuhr sich über den weißen Haarschopf. »Erinnerst du dich an mich? Jory. Jory, die Reisende.«

Fringe wiederholte den Namen. »Jory, Jory, die Reisende«, als ob der Titel die Frage beantworten würde, weshalb die Alte hier am Ende der Welt aufgetaucht war.

»Fringe?« sagte die alte Frau. »Ich bin enttäuscht! Kennst du mich denn nicht mehr?«

Fringe starrte sie hilflos an. Sie erkannte sie wohl, aber sie wußte nicht mehr, wer sie war. »Als ich noch ein Mädchen war«, sagte sie schließlich. »Vor langer Zeit.«

»*So* lang nun auch wieder nicht! Ich war es doch, die dir den Namen gegeben hat. Hatte ich dir das nicht gesagt, Asner? Ich war es, die ihr den Namen gegeben hat.«

»Du hast es mir gesagt«, sagte der alte Mann und schob sich zwischen die beiden. Er war imstande, ohne fremde Hilfe mit dem Stock die Planke hinunterzugehen. »Laß dich nicht verrückt machen, Mädchen. Das tut sie immer. Reist umher. Trifft Leute. Und dann steht sie nach einem halben Menschenalter wieder in aller Unschuld auf der Matte.« Er formte mit den Händen eine Tasse und hob die Augenbrauen. »›Natürlich haben wir uns getroffen, vor dreißig Jahren auf dem Volksfest in Neu-Athen.‹ ›Weißt du noch, wie wir uns vor fünfzig Jahren in *Lüge* eine Schüssel Vanillepudding geteilt haben?‹ Die Hälfte davon ist reine Show.«

»Das ist keine Show«, sagte die alte Frau lachend. »Wir haben zusammen an der Küste von *Tiefe* gefischt.«

»Haben Sie denn etwas gefangen?« fragte Fringe blöde.

»Nicht das, was wir brauchten«, erwiderte Jory und stellte über Fringes Schulter Blickkontakt mit Danivon her. Er stand etwas abseits; die Augen wollten ihm schier herausfallen, und die Nasenflügel bebten. Dann ging er eilig zu ihnen hin.

»Wer?« murmelte er und drängte sich zwischen sie. »Wer sind diese Leute, hä?«

»Jory«, murmelte Fringe widerwillig und wies auf die alte Frau. »Und Asner.«

»Die Leute von *Nirgendwo*?« krähte Danivon. »Kommt ihr von dort? Hä?«

»Asner«, rügte die alte Frau belustigt. »Hast du den Leuten von *Flachwasser* erzählt, wir kämen von *Nirgendwo*?«

Der alte Mann zuckte die Achseln. »Vielleicht habe ich das«, sagte er. »Wenn man schon an so vielen Orten gewesen ist wie wir, fällt die Erinnerung schwer, wo man überall gewesen ist. Jemand, den ich kenne, erhielt einen ziemlich seltsamen... Vorschlag von *Nirgendwo*. Möchten Sie etwas darüber erfahren?«

Sie schauten ihn verständnislos an, was er mit ruhigem Blick quittierte.

»Was hast du auf dem Herzen, Junge?« fragte der alte Mann in knurrigem Ton. »Verkauf uns jetzt nicht für dumm und schenk dir die Konversation. Ich sehe dir doch an, daß du etwas auf dem Herzen hast.«

»Woher wissen Sie das?«

»Woher weißt du, wann es regnet, Junge! Wenn dir Wasser auf den Kopf tropft! Verschwende keine Zeit. Wenn du so alt werden willst wie wir, solltest du keine Zeit vergeuden.«

Danivon atmete durch, und dann erschien ein Lächeln auf seinem Gesicht, als ob die Sonne aufginge. »Wir planen eine Expedition flußaufwärts, und Sie haben anscheinend dieselbe Richtung. Stimmt das?«

»Sieh mal einer an«, sagte Jory. »Eine Expedition. Sind so aufregend, Expeditionen. Man zieht von einem Ort zum andern, sieht neue Dinge und deckt Geheimnisse auf. Und selbst wenn man glaubt, alles schon gesehen zu haben, winkt wieder etwas Neues.«

Asner beäugte Danivon skeptisch. »Was willst du, Junge? Richtungen?« Er schaute auf und bekam plötzlich große Augen. Dann stupste er Jory an und sagte: »Sieh dir das mal an.«

Nela und Bertran gingen im für sie charakteristischen synchronen Schritt die Treppe hinunter, wobei Bertran den Arm um Nela gelegt hatte.

»Ich glaube, das sind Siamesische Zwillinge«, murmelte Jory.

»Verbundene Leute«, sagte Fringe.

»Meine Rede«, bemerkte die alte Frau. »Das ist wirklich interessant. Wundervoll, wie das Reisen den Horizont erweitert, nicht wahr?«

»Ich weiß nicht«, sagte er. »Was sind Siamesische Zwillinge?«

»Zwei zusammengewachsene Babies«, sagte sie. »Nur daß es sich normalerweise immer um zwei Jungen oder zwei Mädchen handelt.«

»Nicht in diesem Fall«, sagte Fringe. »Und woher wissen Sie überhaupt über solche Dinge Bescheid?«

»Ach, meine Liebe, eine so weitgereiste Person wie ich weiß über so manche Dinge Bescheid.«

»Ich bin fast überall auf *Woanders* gewesen«, sagte Danivon. »Und ich kenne keine Siamesischen Zwillinge.«

»Aber du bist nicht gewesen, wo ich gewesen bin, Junge. Ich meine nicht *hier*«, sagte die alte Frau. »Ich meine auch nicht *jetzt*.« Sie lächelte Nela und Bertran an, die sich inzwischen der Gruppe angeschlossen hatten. »Ich habe noch nie zuvor gemischte Siamesische Zwillinge gesehen.«

»Siamesische Zwillinge«, rief Nela. »Woher kennen Sie dieses Wort?«

Die alte Frau sagte etwas in einer Sprache, die Fringe nicht verstand. Die Zwillinge antworteten in derselben Sprache. Die alte Frau verhaspelte sich ein wenig, als ob sie diese Sprache schon seit langer Zeit nicht mehr benutzt hätte. Dennoch verstanden die Zwillinge sie anscheinend, und bald schnatterten die drei wie Enten in einem Teich, während der alte Mann sie düster anschaute und die drei Beauftragten mit offenem Mund zuhörten.

»Stell dir das mal vor!« rief Jory schließlich und drehte sich zu Fringe um. »Wir sind fast Landsleute. Sozusagen Zeit-Leute.«

»Sie waren in einem Arbai-*Tor* gefangen«, sagte Danivon und wies auf die Zwillinge. »In einer Endlosschleife. Und Sie?«

Die alte Frau neigte den Kopf auf die Seite und musterte ihn. »Ein Arbai-*Tor*! Ist die Galaxis nicht voller Wunder? Wie ist das nun mit dieser Reise flußaufwärts?«

Danivons Nase juckte. Sie hatte ihm nicht geantwortet. Sie würde ihm auch nicht mehr antworten. Sein Riecher sagte ihm das. »Vielleicht brauchen wir Sie.«

»Wie schön, wenn man gebraucht wird«, rief sie und klatschte in die Hände. »Natürlich werden wir mitkommen. Nicht wahr, Asner?«

»Wenn du meinst, Jory. Wie du willst.« Er seufzte entsagungsvoll. »Sie tut doch, was sie will, also gebe ich gleich nach, um mir den Ärger zu ersparen.«

»Nun bist du aber ungerecht, Asner.«

»Ungerecht oder nicht, so sind die Dinge eben.« Er blinzelte Danivon zu. »Frauen!«

Danivon warf Fringe aus halb geschlossenen Augen einen Blick zu und schwieg. Sie indes packte ihn am Arm und nahm ihn beiseite.

»Das soll wohl ein Witz sein«, sagte sie.

Er sah sie kopfschüttelnd an. »Nein.«

»Danivon! Sie ist… sie ist alt. Sieh sie dir doch an! Sie wiegt nicht einmal soviel wie dein Unterschenkel. Sie ist ein mit Haut bespanntes Gerippe. Beim ersten Anzeichen von Gefahr fällt sie tot um!«

»Nein«, wiederholte er und faßte sich an die Nase.

»Hat dein Riecher sich denn noch nie geirrt?«

»Bisher nicht. Und wieso hast du überhaupt etwas dagegen? Sie will mitkommen. Sie ist doch nicht deine Oma.«

Fringe errötete. Die alte Frau war nicht ihre Großmutter, auch nicht das alte Tantchen. Und doch… »Es verbindet mich etwas mit ihr, Danivon. Das ist mir eben erst bewußt geworden!«

»Sie sprechen über Sie«, sagte Nela zu Jory. »Fringe hält es für einen Fehler, wenn Sie mitkämen.«

»Was geht sie das denn an?« fragte Jory mit einem geheimnisvollen Lächeln.

»Sie glaubt, es sei zu gefährlich für Sie«, sagte Nela. Sie freute sich über Fringes Besorgnis wegen der alten Frau, denn sie wollte nicht glauben, daß Fringe das amoralische Ungeheuer war, als das sie sich zuvor zu erkennen gegeben hatte. »Offen gesagt, ich glaube, ihre Besorgnis ist begründet.«

»Kind, du machst dir zu viele Sorgen«, sagte Jory und tätschelte Nelas Wange. »Nicht wahr, Asner? Wenn du erst einmal so alt bist wie wir, machst du dir nicht mehr so viele Sorgen.«

»Bringt nichts«, sagte Asner. »Spätestens nach tausend Jahren läßt man es bleiben.«

Fringe rang angesichts Danivons Hartnäckigkeit die Hände und wandte sich wieder der Gruppe zu. »Seid ihr denn alle verrückt geworden!« rief sie. »Alte Frau, Sie dürfen das nicht tun.«

»Was ist das denn für ein Gerät?« fragte Jory, die Fringes Ausbruch gar keine Beachtung schenkte und fuhr mit den Fingern über eine glänzende Schiene von Fringes Maschine.

»Das ist eine *Schicksals-Maschine*«, sagte Bertran gewichtig.

»Ein Wahrsage-Gerät«, erklärte Nela.

»Wie schön«, rief Jory. »Weshalb fragen wir dann nicht die Maschine? Deine Maschine, Fringe Owldark, soll auf deine Bedenken antworten. Zeige mir, wie sie funktioniert.«

Verdrießlich deutete Fringe auf die Hebel, und vorsichtig legte Jory drei davon um. Einen roten. Einen grünen. Einen blauen.

Die Maschine erzitterte. Ein melodisches Glockenspiel ertönte. Fringe versteifte sich. Eine Melodie hatte sie nicht programmiert. Die Glöckchen läuteten, wenn sie von einer Kapsel getroffen wurden: manchmal harmonisch, manchmal dissonant, ohne daß sie jedoch in der Lage gewesen wären, eine ganze Melodie zu erzeugen. ›Auf dieser Welt *Woanders*‹, klangen sie, ›woanders ist mein Ziel ...‹

Die Melodie wurde fortgesetzt. Funkelnde Juwelen erschienen im Zentrum der Maschine und wurden zu den Seiten geschleudert, wo sie wie eine winzige Galaxie herumwirbelten. Ein Juwel funkelte heller als die anderen. Es schien wie eine kleine Sonne. Es drehte sich, wechselte auf eine innere Bahn, durchlief sie, kam immer näher und fiel schließlich in den Behälter. Abrupt verstummte die Musik, und die Maschine kam mit einem Zittern zur Ruhe.

Mit düsterem Blick musterte Fringe ihre Erfindung. Eigentlich hätte die Maschine erst dann stoppen dürfen, wenn sie mindestens drei Kapseln ausgespuckt hatte.

»Was nun?« fragte Jory und schaute Fringe ins Gesicht.

Fringe nahm die Kapsel aus dem Behälter und suchte nach dem Wort, das sie darauf geschrieben hatte. Da war wohl ein Wort, aber nicht in ihrer Handschrift. Kein Wort, das sie aufgemalt hatte.

»Geh!« lautete es.

»Geh!« las Asner.

»Geh!« flüsterte Jory Fringe zu, wobei ihre Augen im schräg einfallenden Licht wie geschliffene Juwelen glitzerten. »Sehr schön.«

*Houm*fon. Hauptstadt der Provinz Derbeck, eine Hafenstadt, die eine halbe Tagesreise den Ti'il aufwärts oberhalb des Zusammenflusses mit dem Fohm lag. Kopfsteinpflasterstraßen, Arkaden, schattige Gärten und ein Marktplatz neben der Palastmauer, wo die großen eisernen Tore fest geschlossen und mit Purpur verhängt waren. Im Palast liegt der *Alte Vater* im Sterben.

Er hat ein langes, ausgefülltes Leben geführt. Er hat alle seine Feinde im Kampf Mann gegen Mann und die meisten seiner Freunde von hinten getötet. Er hat von goldenen Tellern gegessen und aus perlenbesetzten Kelchen getrunken (nachdem sein Vorkoster alles probiert hatte). Er hat sieben Frauen und hundert Konkubinen (wenn auch nur einen Sohn), und nun liegt er im Sterben. Er liegt im untersten Turmzimmer im Bett unter dem Baldachin, einem runden, gemauerten Raum unter der Schatzkammer; der Atem geht pfeifend, die Augen rollen unter geschlossenen Lidern, die Hände zucken auf der Decke, als ob sie ein letztes Mal etwas ergreifen wollten. Auf den an der Wand verlaufenden Bänken sitzen das Dutzend Chefs der *Chimi*-Hunde und das Dutzend Hohepriester des *dabbo-dam*. Der *dabbo-dam* hält das Manifest von *Chimi-ahm*; die *Chimi*-Hunde halten die Quelle der Macht. Der *Alte Vater* hatte beides in Händen gehalten, doch nun entgleitet es ihm. Der Atem geht rasselnd, und die Finger greifen ins Leere.

An der Wand wechseln die Chefs und die Hohepriester bezeichnende Blicke. Der *Alte Vater* ist ein geliebter Sohn von *Chimi-ahm*, ein praktizierender Gläubiger des *dabbo-dam*, ein großzügiger Herr der *Chimi*-Hunde, in seinen alten Tagen nicht weniger als in seiner Jugend. Schon vor einiger Zeit wußte der *Alte Mann*, daß es zu Ende gehen würde, und der *Alte Mann* hatte alles geregelt. Die *Chimi*-Hunde wurden bezahlt und erhielten neue, überlegene Waffen, die aus einer Provinz der Kategorie Sechs herausgeschmuggelt worden waren. Die

Priester wurden bezahlt, und Geschenke wurden an den Altären abgelegt. Nach dem Begräbnis und der angemessenen Trauerzeit wird eine Wahl abgehalten. Das Ergebnis dieser Wahl, für das der *Alte Vater* bezahlt hat, wird vom *dabbo-dam* verkündet und von den Hunden bestätigt werden.

Es ist alles geregelt. Wenn die Leute nicht zustimmen, werden die Hunde der Widersetzlichkeit ein Ende bereiten. Gerüchte werden ausgestreut. Alte Leute. Frauen. Kinder. Blut überall. Das ist es, was eine Wahl ausmacht.

Nachdem das Blut dann beseitigt wurde, wird der einzige Sohn des *Alten Vaters*, *Fetter Schleimer*, zum Heiligen Führer von Derbeck ernannt worden sein. In *Houm*fon wird das große Bildnis des *Chimi-ahm* lächeln und das Werk der Menschen gutheißen. Dann wird es ein Freudenfest geben, alle singen und tanzen, und ohne Zweifel wird *Chimi-ahm* daselbst herabsteigen und sich unter das Volk mischen, denn *Chimi-ahm* hat das in letzter Zeit (leider) oft getan.

Und wirklich ist *Chimi-ahm* den Priestern mittlerweile genauso lästig geworden, wie er es der Bevölkerung schon seit langem ist. Bisher tat *Chimi-ahm* immer, was die Priester für das Beste hielten. Nun scheint es sich seltsamerweise genau umgekehrt zu verhalten.

Dennoch werfen die Häuptlinge und die Hohepriester sich immer wieder Blicke zu, wobei diese Blicke zur an die Wand gelehnten Leiter schweifen und von der Leiter hinauf zur Schatzkammer. Obwohl der *Alte Vater* ihn zum Nachfolger bestimmt hat, ist der *Fette Schleimer* eine inkompetente Dumpfbacke. Seine Mama war eine knackige, wenn auch hirnlose *Hoch-Houm*, die oft von Zhulia der Hure, der weiblichen Verkörperung des *Chimi-ahm*, besessen war. Der *Alte Vater* hatte den *Fetten Schleimer* immer als leiblichen Sohn anerkannt (und wer hätte schon etwas anderes behauptet), doch nun ist der *Alte Mann* nicht mehr imstande zu sagen, ob … nun, vielleicht ist der *Fette Schleimer* überhaupt nicht der Sohn des *Alten Mannes.* Vielleicht ist er gar von niederer Herkunft. Wer weiß schon, wer gekauft und wofür bezahlt wurde? *Chimi-ahm* verbreitet das Gerücht, daß er vielleicht auch der Sohn einer anderen Mutter sei. Vielleicht der Sohn der Hohepriesterin? Oder der Sohn des Führers der Chimi-Hunde? Oder gar der Führer der *Chimi*-Hunde *selbst,* der alte Houdum-Bah?

Draußen, in der Halle, wo die langen Tische sich unter der Last der Getränke, Speisen und Drogen biegen, wird geflüstert und gemurmelt. Die Dienstboten sind ganz in Weiß gekleidet und haben sich weiße Tücher um den Kopf gebunden. Die kleinen Leute, die Diener, die *zur-Murrey,* was ›Blaue Jungs‹ heißt in der alten Sprache, die die meisten Leute noch sprechen, haben sich die Füße und die Handflächen blau bemalt und Stirn und Wangen mit blauen Streifen verziert. Die *Murrey* sind so menschlich wie die Höchsten der *Houm,* doch sie sind klein und bräunlich, mit drahtigem schwarzen Haar, das wie eine Bürste vom Kopf absteht. Nur die Farbe an Füßen, Händen und im Gesicht gibt Aufschluß darüber, welchem Farb-Stamm sie angehören.

»Sie werden den *Fetten Schleimer* nicht wählen«, sagt einer der blauen Jungs zu einem, dessen Füße und Knöchel gelb sind und dessen Augenpartie und Kinn mit gelben Punkten bedeckt sind. »Der *Dicke* wird an den Füßen aufgehängt. Der *Dicke* kommt in die Grube.« Und dann ertönt ein Kichern, ein hysterisches Kichern, denn es gibt hier kaum einen *Murrey,* männlich oder weiblich, dem der *Fette Schleimer* nicht auf die eine oder andere Art übel mitgespielt hätte.

»Zehn auf Sonnenuntergang«, sagt ein grüner Junge zu einem blauen, der die Wetten annimmt. Zehn Derbecki, daß der *Alte Vater* bei Sonnenuntergang den letzten Seufzer tut. »Noch zehn auf Sonnenaufgang!« Zehn Derbecki, daß der *Fette Schleimer* seinen letzten Atemzug bei Sonnenaufgang tut, und zwar am Galgen. Die Machthaber mögen den *Fetten Schleimer* nämlich nicht. Obwohl der *Fette Schleimer* blöde ist – und normalerweise bevorzugen die Priester und Hunde Leute von etwas schlichterem Gemüt –, haben sie aus irgendeinem Grund gegen ihn Position bezogen! Also fließt im ganzen Palast das Geld in Strömen, und jeder plaziert seine Wette. Das Wetten macht es realer, unmittelbarer, sicherer. Wenn sie doch nur einen von ihnen tot sehen würden! Wenn sie doch nur erleben würden, daß beide innerhalb eines Tages sterben!

Andere Bewohner des *Murrey*, selbst ein paar Angehörige des *Hoch-Houm*, der Aristokratie, spielen mit dem Gedanken, für eine Weile aus *Houm*fon zu verschwinden, bis die Dinge sich wieder beruhigt haben. Es ist nicht nur, daß der *Alte Mann* stirbt, es ist nicht nur die Wahl, es sind auch noch andere Dinge. Es liegt daran, daß der *Chimi-ahm* sich in letzter Zeit ständig manifestiert, daß Leute zu einem *dabbo-dam* gehen und nicht mehr wiederkehren. Also spielen die *Houm* mit dem Gedanken, vielleicht einen kranken Verwandten auf dem Land zu pflegen. Oder sie melden sich vielleicht selbst krank, ziehen sich in ein gut gesichertes Hinterzimmer zurück und warten ab, bis die Wahl gelaufen ist: aus den Augen, aus dem Sinn. Einfach in eine andere Stadt zu gehen, hätte auch keinen Sinn. Die anderen Städte sind nicht besser als *Houm*fon. Wenn man überhaupt irgendwohin geht, dann aufs Land oder in die Wälder. Wenn im Zusammenhang mit dem Sterben des *Alten Vaters* überhaupt etwas feststeht, dann das, daß irgend jemand seinen Platz einnehmen wird. Also wird ein Mann gehen, und kommen werden vielleicht mehr als nur einer, *und* der *dabbo-dam* frißt Menschen wie *Chug*-Nüsse. Die Mächte zerreiben die Leute wie Mühlsteine, und wer außer den *zur-Murrey*, den *jan-Murrey* und den *ver-Murrey* wird zwischen diese Mühlsteine geraten? Blaue Jungs, gelbe Jungs, grüne Jungs, ohne Unterschied; Ströme von Blut werden die Straßen überfluten und die Altäre umspülen, wenn der Machtwechsel im Palast vollzogen wird. So besagt der alte Spruch: Alle *rou-Murrey*, wenn der Führer geht. Alle roten Jungs, wenn der *Alte Mann* stirbt.

Allerdings müssen die kleinen Leute immer bluten, wenn irgend etwas das Mißfallen der *Chimi*-Hunde erregt.

Bevor der *Alte Vater* also noch kalt ist, machen die Leute sich schon flußaufwärts oder -abwärts auf den Weg. Der Ti'il fließt durch flaches Land, bis man die Quelle des Flusses erreicht, wo das Land gebirgig und bewaldet wird. In der von unzähligen Höhenzügen und Schluchten durchzogenen Gegend findet man hier und da Hütten mit einer Gartenparzelle, vielleicht sogar mit Milchvieh und einer Herde *Gimmers*, deren Fleisch als Nahrung dient und aus deren Haut Bekleidung gefertigt wird. Nicht daß die *Chimi*-Hunde nicht imstande wären, hierher zu kommen; sie wären dazu in der Lage und tun es manchmal auch, doch in der Regel machen sie sich die Mühe nicht. Weshalb so weit gehen, wenn man in der Stadt eine fettere Beute hat?

Flußabwärts befindet sich Du-you, der Hafen am Zusammenfluß des Ti'il und des Fohm. Du-you ist ein ungünstiger Ort. *Chimi*-Hunde durchstreifen Du-you, von den Docks bis zu den Farmen entlang des Deltas. Doch das Ufer des Fohm wird im Osten und Westen von meilenlangen Schilfrändern gesäumt, wo man untertauchen kann. Nur das Wiederauftauchen ist manchmal ein Problem, wegen der Blutvögel, Monsterkäfer und *Gaver*, die in den Nestern aus verfaulendem Schilf lauern; doch man kann ihnen aus dem Weg gehen. Es gibt auch Inseln im Schilf, auf denen Menschen leben. Die Leute sind so vorsichtig, daß die *Chimi*-Hunde nicht einmal von ihrer Existenz wissen.

Auf einer dieser Inseln, in geringer Entfernung von einem namenlosen Ort, wird das Flüchtlingspaar gefunden. Der Mann und die Frau im mittleren Alter liegen entkräftet auf dem Boden und sind von geduldigen Blut-Vögeln eingekreist. Solche Orte senden Streifen aus, und eine Streife findet die Leute.

»Am Schilf-Kanal«, sagt die Streife zum Anführer, Ghatoun. »Sie liegen halbtot im Schilf.«

Sie sind nicht halbtot. Vierteltot vielleicht, angezapft von den Käfern, zerkratzt von Sumpfrosen, übersät mit Stichen von Mücken und anderen Insekten, aber nichts davon ist tödlich.

»Wer seid ihr?« fragt Ghatoun. Daß es sich nicht um *Chimi*-Hunde handelt, weiß er bereits. Ein *Chimi*-Hund hätte nämlich keine Frau dabei.

»Latibor Luze«, sagt er.

»Cafferty Luze«, sagt sie.

Beide haben graue Schläfen und Falten um die Augen. Beide haben offene Gesichter und klare, offene Augen, wie die von Kindern, die noch zu jung sind, um von *Chimi-ahm* zu wissen; aber sie wirken auch wachsam. Und traurig, aber das ist in Derbeck normal.

»Und woher?«

»Wir kommen gerade aus *Houm*fon«, seufzt der Mann.

»Gerade? Und wo waren sie vorher?« Der Anführer schaut Latibor in die Augen und fragt sich, ob er das wirklich wissen will.

»Vorher waren wir in *Bohnenfelder*«, sagt Latibor leise und sieht Ghatoun direkt an. »Für ein paar Jahre. Und davor auch. Für eine lange Zeit.« Es ist zwar ein Risiko, Ghatoun das zu erzählen, aber ein kalkulierbares. Ghatouns Leute würden nicht hier draußen im Schilf leben, wenn sie mit dem System in Derbeck einverstanden wären.

»Mist«, murmelt Ghatoun unhörbar. Er will das nicht hören. Grenzverletzer! Womöglich Agitatoren, denen vielleicht *Rats-Beauftragte* auf den Fersen sind, und wenn schon keine *Rats-Beauftragten*, dann sicherlich *Chimi*-Hunde, die es kaum erwarten können, Ungläubige zu töten. Eine äußerst heikle Sache!

»Wer weiß, daß ihr hier seid?« fragte er barsch. »Wer ist hinter euch her?«

»Niemand«, flüstert Latibor erschöpft. »Wir waren nur für kurze Zeit in *Houm*fon. Als wir hörten, daß ein Mann namens *Alter Vater* im Sterben liegt, beschlossen wir, von dort zu verschwinden. Bevor wir gingen, erzählten wir unseren Nachbarn aber, wir würden flußaufwärts gehen, zur *Viel*-Schlucht.«

»Werdet ihr in *Houm*fon gesucht?«

»Wahrscheinlich nicht«, sagt Cafferty. »Gewiß nicht. Es gibt keinen Grund. Wir sind ganz normale Leute.«

Sie sind aber nicht nur Derbeck-Leute! Obwohl sie durchaus menschlich wirken, sind sie zu groß für die Leute von *Murrey*. Der Mund ist zu breit und die Nase zu lang für die Leute von *Houm*, und die Haut ist zu hell, als daß sie *Hoch-Houm* wären. Sie sind anders, und Ghatoun glaubt keine Minute lang, daß sie nicht gesucht werden. Dennoch ...

»Glaubt ihr an *Chimi-ahm*?« fragt der Anführer leise, so leise, daß nicht einmal seine Leute ihn hören. »Geht ihr zum *dabbo-dam*?«

»Nein«, flüstern die Fremden. »Wir sind keine Gläubigen. Wir sind nie *übernommen* worden.«

Wäre möglich, daß sie durch die vielen Orte, an denen sie schon waren, immun gegen eine Übernahme durch die *Hungrigen* sind, Zhulia die Hure, Chibbi den Tänzer, Lord Balal und all die kleineren Manifestationen.

»Nun, dann bleibt für eine Weile«, sagt der Anführer. »Ruht euch aus.«

Die beiden lächeln dankbar und ruhen sich aus, während der Anführer mit den Streifen spricht, ihre Anzahl verdoppelt und so doppelt so weit hinausschickt wie üblich. Die Fremden behaupten zwar, niemand würde sie suchen oder vermissen. Vielleicht glauben sie das. Das heißt aber nicht, daß Ghatoun das auch glauben würde. Das beste wäre, er würde sie einfach töten und ihre Leichen in den Fluß werfen. Aber war er nicht gerade deshalb vor langer Zeit aus *Houmfon* geflohen, weil er sich, seiner Frau, seinen Kindern und seinem Volk dieses Schicksal ersparen wollte? War es nicht das, was er am meisten gehaßt hatte?

Jory und Asner waren mit der *Weißen Taube* angekommen, einem Zweimaster, der zusammen mit dem Kapitän eine Besatzung von achtzehn Mann hatte. Dieses Schiff nahm auch die anderen an Bord. Danivons Truppe bestand nun aus sieben Personen, wenn man die alten Leute als Teil der Show rechnen wollte. Obwohl Danivon von Jorys Ankunft zunächst angetan gewesen war, kam die Expedition ihm allmählich lächerlich vor: sieben Leute, von denen zwei so alt waren, daß sie kaum noch laufen konnten, von denen zwei wie Kletten aneinanderhingen und von denen nur drei voll tauglich waren. Und unter diesen dreien befand sich eine blöde Frau, die ihn so reizte, wie keine Frau ihn bisher gereizt hatte und die sich wie eine Thrasierin im Harem zierte. Alle wollten sie herausfinden, was es mit diesen vermeintlichen Drachen auf sich hatte, und wenn das keine Nebenattraktion im eigentlichen Sinn war, dann doch in der weiteren Bedeutung des Worts!

»Wohin gehen wir zuerst?« fragte Nela aufgeregt, obwohl sie beschlossen hatte, das ganze Unternehmen und alle Beteiligten mit Verachtung zu strafen. Wenn die Verweigerung der Zustimmung ihre einzige Handhabe war, dann war das wenigstens etwas. Sie würde nicht, so hatte sie Bertran wiederholt gesagt, zu allem ja und amen sagen.

»Wir machen in *Salzmarsch* Zwischenstation«, sagte Curvis nach einem Blick auf die Datenbank. »Zu viele Kinder sind von *Chor* dorthin geschickt worden, und wir müssen die *Lage* auf dem Weg flußaufwärts *klären*.«

»Würde dann nicht jeder in Panubi wissen, daß wir *Beauftragte* und keine Schausteller sind?« fragte Fringe.

»Der Kapitän hat gesagt, die *Taube* sei in dieser Jahreszeit das einzige Schiff auf dem Fohm«, erwiderte Danivon. »Also ist niemand vor uns, der unsere Ankunft melden würde. Zumal wir bei einem Aufenthalt in *Chor* die Gelegenheit haben, uns die Musik anzuhören. Ich bin schon seit Jahren nicht mehr in *Chor* gewesen, aber an die Musik erinnere ich mich noch.«

Fringe stellte keine weiteren Fragen mehr. Seit den Enthüllungen in *Flachwasser* hatte sie bei Nela immer wieder eine ablehnende Haltung gespürt. Fringe versuchte, ihre Freundschaft zu vergessen, wie sie über die Jahre auch andere Beziehungen vergessen hatte. Nela brachte sich jedoch ständig in Erinnerung. Trotz ihrer scheinbaren Unnahbarkeit kicherte sie immer wieder, warf Fringe einen Seitenblick zu oder flüsterte ihr etwas zu; als ob sie ihren Zorn vergessen hätte, und dann vergaß Fringe ihre Vorsätze auch.

Also saßen sie nebeneinander an der Reling und sahen das Delta vorüberziehen: das Schilf, die Gärten, Männer, die Vogelnetze spannten, Fischer, die die Angelschnüre überprüften, Echsenjäger, die ihre Speere schärften und Echsenhäute über rauchigen Feuern trockneten, Frauen, die auf den aus festgestampftem Lehm bestehenden Tennen getrocknetes Getreide in die Luft warfen, damit der Wind die Spreu vom Korn trennte. Die Luft war vom Duft der allgegenwärtigen Seerosen durchdrungen, und an den Lößufern wuchsen Gewürzblüten. Überall waren die kleinen Korakel zu sehen, die wie Käfer auf dem Wasser schwammen. Überall hörte man Geplätscher und Gemurmel. Fringe hatte viel Angst an diesem Ort gesehen, jedoch keine einzige Waffe. Sie hatte Stimmen gehört, die vor Furcht zitterten, sich aber kein einziges Mal im Zorn erhoben. Für jemanden, der in Enarae aufgewachsen war, war dieser Gleichmut unbegreiflich.

»Kämpfen sie denn nie?« fragte sie Jory und Asner, die gerade an Deck gekommen waren.

»Nicht die Leute von *Flachwasser*«, sagte Jory, während Asner zustimmend nickte. »Sie haben ein ruhiges Temperament und ein fröhliches Gemüt. Sie arbeiten; nicht hart, aber stetig. Und sie finden immer einen Anlaß zum Feiern.«

»Bei all diesem Frieden und der Beschaulichkeit sollte man meinen, daß ihre Provinz längst übervölkert ist«, sagte Fringe.

Jory schüttelte den Kopf. »Ihre Gebräuche besagen, daß jede Frau nur zwei lebende Kinder unter einem bestimmten Alter haben darf. Bekommt sie mehr, werden sie dem Fohm übergeben.«

Mit einem flauen Gefühl wandte Fringe sich von der friedlichen Szenerie ab. »Sie werden im Fluß ertränkt?«

»Sie werden in einem Schilfkorb ausgesetzt und treiben flußabwärts.«

»In den Ozean? Wo sie ertrinken?«

»Bis auf die wenigen, die von Curward-Seeleuten geborgen und adoptiert werden; aber die meisten werden wohl von den *Gavern* gefressen, die sich im Delta tummeln und sogar noch im mittleren Abschnitt des Fohm auftauchen. Ein schneller und sicherer Tod.«

»Aber … aber …«, stammelte Fringe. »Das ist schrecklich. Das ist furchtbar«, wollte sie sagen. Aber sie sagte nichts. Das war eben die Vielfalt, sagte die Indoktrination ihr. Vielfalt. Die heilige Vielfalt. Sie verdrängte die momentane Mißbilligung und konzentrierte sich auf eine der Entspannungsübungen, die sie an der *Akademie* gelernt hattc. »Unterschiede sind immer beunruhigend«, hatte ihr Ausbilder gesagt. »Lernen Sie, sich zu entspannen und das zu akzeptieren.«

Nela indes artikulierte den Gedanken, bevor Fringe ihn noch unterdrückt hatte. »Das ist ja furchtbar!«

»Sieh dich um«, sagte Jory. »Machen die Leute etwa einen bösen Eindruck?« Sie drehte sich zu Nela um und musterte sie mit klarem Blick. »Hier herrschen auch keine schlimmeren Zustände als an anderen Orten. Wurden zum Beispiel in deiner Zeit nicht auch viele Kinder getötet?«

»Ich glaube schon«, sagte Nela. »Aber nicht auf diese Art!«

»In deiner Zeit war Gewalt die Hauptursache für den Tod von Kindern, nicht?«

Nela nickte. »Ja, schon«, gestand sie. »Aber dabei handelte es sich um Unfälle! Kinder waren keine spezifischen Ziele! Und wenn doch, dann wurden sie von irgendeinem Wahnsinnigen getötet!«

»Ach, ich verstehe. Wenn sie bei einem Unfall starben, waren sie nicht ganz so tot? Stirbt es sich leichter, wenn der Mörder ein Irrer ist?«

»Es gibt einen Unterschied!« platzte Bertran heraus.

Jory zuckte die Achseln. »Ob in einem Korb auf dem Fohm gefressen oder von einem Irren erschossen – die Kinder sind tot. Jede Kultur hat ihre eigene akzeptable Form des Todes.«

»Natürlich waren sie nicht *akzeptabel*«, rief Nela.

»Wenn sie nicht akzeptabel gewesen wären, hätte man dagegen etwas unternommen. Der Unfalltod ist in der Regel akzeptabel und sogar erwünscht. Und oft liegt es nur daran, daß Regierungen den Zusammenhang zwischen Ursache und Wirkung verschleiern, so daß ein Mord wie ein … Unfall aussieht.«

»Erwünschter Tod?« fragte Nela.

»Ich weiß, was sie meint.« Bertran drehte sich zur Seite, und sie sahen den bitteren Ausdruck in seinem Gesicht, wie jemand, der versehentlich in eine unreife Frucht gebissen hat. »Wenn man Übervölkerung hat oder eine Unterschicht, wie in unserer Zeit, ist es für jeden von Vorteil, wenn sie sich gegenseitig umbringen.«

»Ein Vorteil der Götter von *Hobbs Land*«, murmelte Asner. »Daß es weder Übervölkerung noch eine Unterklasse gibt.«

»Wenn es einem nichts ausmacht, versklavt zu werden«, rief Fringe.

»Das hatte ich mich auch schon gefragt«, erwiderte Asner nachdenklich. »Ich bin schon an Orten gewesen, an denen die Götter von *Hobbs Land* aktiv waren, und ich hatte den Eindruck, daß es so schlimm gar nicht war!«

Mit einem Ausdruck der Fassungslosigkeit wich Fringe vor ihm zurück, als ob er giftig wäre.

»Er wird dich schon nicht anstecken«, sagte Jory ungeduldig. »Er wollte dir nur etwas sagen.«

»Ich will es nicht hören!«

»Aber ich«, rief Nela. »Ich will es hören!«

»Ich wollte nur darlegen«, sagte Asner, »daß die Wesen, die von den Göttern von *Hobbs Land* beeinflußt waren …«

»Versklavt«, spie Fringe aus.

»Beeinflußt«, wiederholte Asner mit Nachdruck. »Daß diejenigen, die *beeinflußt* wurden, glücklicher und weniger gewalttätig waren, sich aber genauso wie wir die Neugier und geistige Freiheit bewahrt hatten.«

»Das ist mir egal«, rief Fringe. »Ein Sklave ist und

bleibt ein Sklave.« Sie wandte sich zornig ab. »Egal, wie die Sklaverei ihm vorkommt.«

»Ich habe nur gesagt…«

»Wer sind Sie, daß Sie überhaupt etwas zu sagen haben!« sagte Fringe. »Wer sind Sie, Asner, daß Sie so über die Götter von *Hobbs Land* reden? Was gibt Ihnen beiden das Recht, sich in mein… unser aller Leben einzumischen?«

Jory betrachtete sie amüsiert. »Zu meiner Person, Fringe Owldark. Ich habe eine Reihe von Identitäten gehabt: Ehefrau und Mutter lang verstorbener Personen, Geliebte und Freundin nichtmenschlicher, wundervoller Wesen, Retterin der Menschheit (so sagte man mir), Raum- und Zeitreisende, Prophetin und Führerin, und nun…«

»Und nun im Ruhestand«, unterbrach Asner sie und stupste sie mit dem Ellbogen.

Jory schaute ihn belustigt an und beendete ihre Ausführungen: »Was den Rest betrifft, so mische ich mich ein, soweit ich dazu in der Lage bin. Sofern man es mir erlaubt.«

Fringe errötete. »Nun, wenn Sie sich schon in meine Belange einmischen, möchte ich auch wissen, weshalb!« Zornig schaute sie auf ihre zitternden Hände und zog an jedem einzelnen Finger, als ob sie zur Waffe greifen und kämpfen wollte.

»Sie hat recht, du hast sie lang genug vollgelabert«, sagte Asner, drehte sich um und wies über die Reling auf die sie umgebende Wasserlandschaft. »Du hast hinreichend philosophiert und theoretisiert! Wenn Fringe lieber auf ihre Art unglücklich ist als auf eine andere Art glücklich, dann ist das ihr Problem. Sie ist nicht die einzige Kandidatin, also sprechen wir über etwas anderes. Über Geographie zum Beispiel. Wir nähern uns der Grenze von *Flachwasser* am Anfang des Deltas. Bald werden die Wasserweiden von Salzmarsch mit den langbeinigen Fischern auftauchen. Nicht weit flußaufwärts gibt es einen kleinen Binnenhafen, den wir ansteuern werden ...«

»Oh, Heilige Mutter«, rief Nela und schaute über das aufgewühlte Wasser.

»Was?« Fringe sah auf.

»Ist das eure Vielfalt? Oh, oh, Heilige Mutter.« Nela beugte sich über die Reling und zeigte mit dem Finger. Fringe folgte dem ausgestreckten Arm und sah es. Ein mitten im Fluß treibender Korb, der auf den Wellen schaukelte und ein drei- oder vierjähriges Kind enthielt, das sich am verstärkten Rand festhielt und mit offenem Mund weinte. Es heulte Rotz und Wasser.

»Sie sagten Babies ...«, sagte Fringe zu Jory. Sie war ebenso überrascht wie empört, daß dieser Vorgang so kurz auf ihren Vortrag folgte.

»Ich sagte Kinder«, korrigierte Jory sie.

»Wieso setzen sie ... wieso setzen sie ein Kleinkind anstatt eines Babys aus. Ich verstehe das nicht!« rief Nela.

»Vielleicht ist das Kleinkind ein Junge, und die Familie zieht eine neugeborene Tochter vor«, sagte Asner ruhig. »Oder umgekehrt.«

»Vielleicht ist das Kind irgendwie behindert«, sagte Jory leise. »Oder die Mutter war mit dem Kind einfach überfordert.«

Der Korb schaukelte auf den Wellen. Das Kind sah auf, erkannte sie, streckte die Arme aus und rief über das Wasser. »Bitte ... bitte.« Der Korb trieb an ihnen vorbei, und die Stimme des Kindes wurde vor Furcht noch lauter. »Nehmt Onny auf, bitte. Nehmt Onny auf ...«

Bertran stieß sich von der Reling ab, und Nela fuchtelte herum. Schweiß trat auf ihre Stirnen. »Ich glaube das nicht«, knurrte Bertran. »Ich kann nicht ...«

An der Stelle, wo der Korb schaukelte, tauchte etwas

Großes mit vielen Zähnen aus dem Wasser und schnappte gierig.

Fringe wandte sich vom Wasser ab, blendete den Anblick aus und verdrängte ihn aus dem Gedächtnis. So waren die Dinge nun einmal. Vielfalt bedeutete sowohl Freude als auch Schmerz, Gerechtigkeit und Ungerechtigkeit, Leben und Tod. Das war der Lauf der Welt. Sie entschuldigte sich, ging davon und streifte den entgegenkommenden Danivon.

»Was ist denn mit ihr los?« fragte Danivon, der gerade an Deck kam.

Asner wies auf die Stelle, wo der Korb sich befunden hatte und erklärte mit leiser Stimme: »Ein großer *Gaver* ist aufgetaucht und hat das Kind verschluckt. Ich glaube, Fringe hat sich deswegen aufgeregt.«

Danivon stieß ein Knurren aus. Er hatte ihr doch schon in Enarae gesagt, daß manche Orte auf Woanders barbarische Bräuche pflegten. Sie hätte sich darauf einstellen sollen! Was glaubte sie denn, wovon er gesprochen hatte? Tischsitten? Man konnte sich nicht über jedes Kind aufregen, das den Fohm hinabtrieb, über jeden Schädel im Regal in Molock oder jeden Stapel blutiger Leichen an den Straßenecken in Derbeck. Und was würde sie erst sagen, wenn sie die Frauen in Thrasis sah! Nun, das würde sie zum Glück nicht, denn weibliche *Beauftragte* gingen nicht nach Thrasis. Bei diesem Gedanken sagte er sich erneut, daß *Beauftragte*, die für die Arbeit nicht taugten, nutzlos waren.

Was Danivon betraf, so galt das für die meisten weiblichen *Beauftragten*. In seinem Zorn wollte er das auch schon sagen.

Doch dann, als er Nelas Tränen und Bertrans Gesichtsausdruck sah, beschloß er, vorerst gar nichts zu sagen. Ihre Gesichter erinnerten ihn daran, daß Fringe nicht die einzige war, die zum erstenmal mit der wahren Vielfalt konfrontiert wurde. Es gab noch gewisse

Dinge, die ein paar von ihnen über die Vielfalt lernen mußten, ohne sich jedesmal darüber aufzuregen. Der Beruf eines *Rats-Beauftragten* – oder auch nur die Begleitung eines *Rats-Beauftragten* – brachte Dinge mit sich, die nun mal eine gewisse Gewöhnung verlangten.

Die Nacht legt sich über den Fluß. Die Leute gehen zur Ruhe, alle bis auf eine Person. Jory steht an der Reling der *Taube* und lauscht dem Glucksen des Wassers. Die Stimme, die sich in ihrem Kopf meldet, ist ihr so vertraut wie ihre eigene, so lieb wie ein Liebhaber und so wertvoll wie ein Freund, den sie schon seit einer Ewigkeit kennt.

›*Böses hier, Frau. Wird von Tag zu Tag schlimmer. Du spürst es auch.*‹ Ein Seufzer ertönt, so stark wie eine Windbö, und Jorys Haar wird zerzaust.

Sie spürt das Böse. Sie nickt und sagt müde: »Die Frage ist die gleiche, die ich mir schon die ganze Zeit stelle: Woher kommt es? Das Böse kommt von unkontrollierter Macht. Nur der *Aufsichtsrat* besitzt Macht, doch dieses Böse geht nicht von ihm aus. Wo ist dann die Macht, von der es ausgeht?«

Ein Gefühl wie ein ratloses Achselzucken. ›*Nicht von außerhalb.*‹

»Nein, nicht von außerhalb. Es ist hier, auf dem Planeten. Aber wo? Es ist überall. Es scheint keinen Brennpunkt zu geben, keinen Ursprungsort ...«

›*Nicht* Toleranz*?*‹

»Nun, das dachte ich zuerst auch, aber wo in *Toleranz*? Nicht Boarmus, der arme Kerl; der wurstelt sich nach besten Kräften durch. Auch nicht der *Aufsichtsrat*. Der macht nämlich kein Hehl aus seiner Grausamkeit und nennt das dann Diplomatie und Pragmatismus, wie Regierungen es immer schon getan haben. Aber trotzdem haben sie einen gewissen ethischen Standard, der sie von richtiger Brutalität abhält, was mich an die

Demokratien meines Zeitalters erinnert. Man wollte das Gute, weißt du. Man wollte auf der richtigen Seite stehen. Man war wenigstens einmal in der Lage, die für einen kurzen Kreuzzug erforderlichen Mittel aufzubringen, doch die hehren Errungenschaften wurden alsbald in den Niederungen des politischen Tagesgeschäfts zerrieben.«

›Ein gutes Argument für einen aufgeklärten Absolutismus.‹

»Soll mir recht sein, solange ich nur der Herrscher bin.« Sie lacht und sagt dann ernüchtert: »Nein, die Brutalität dieses neuen Schreckens ist grenzenlos. Wenn Machthaber in die Barbarei der Folter und willkürlicher Hinrichtungen versinken, dann sind nicht nur sie selbst, sondern ist auch die Gesellschaft, die sie ermächtigt, bis ins Mark verrottet. Das allein sagt mir schon, daß der Schrecken nicht aus *Toleranz* kommt, denn *Toleranz* setzt sich noch immer bestimmte Standards für sein Verhalten. Zumal Danivon sich nicht in der Nähe der Quelle befunden haben kann, denn ansonsten hätte er sie gerochen.«

›Ein merkwürdiger Typ, dieser Danivon Luze. Genauso wie diese Fringe Owldark. Da hast du dir aber komische Figuren ausgesucht!‹

»Ich habe Danivon nicht ausgesucht. Ich hatte seine Eltern ausgesucht, und Danivon ist quasi dazwischengekommen. Fringe habe ich aber ausgesucht, und ich halte an meiner Wahl fest, alter Freund. Wenn ich sie betrachte, sehe ich mich selbst. Sicher, sie wurde anders erzogen und hat andere Verhaltensweisen. Ich wuchs mit Worten auf, und sie mit Schweigen. Ich mit einem philosophischen System und sie mit gar nichts, aber im Innern … nun.« Sie verstummt und sagt nach einer Weile: »Ich glaube, daß sie die Richtige ist. Wenn …«

›Darüber sprechen wir nicht.‹

»Jedenfalls nicht laut. Aber wir *müssen*. Irgendwann.«

›*Darüber sprechen wir nicht.*‹

Sie seufzt. »Danivon hat sich natürlich in sie verliebt. Sie könnte ihn haben, aber sie will nicht. Sie will sich überhaupt nicht verlieben.«

›*So ging es dir einst auch. Eine bekannte Reaktion.*‹

»Ach, sei doch still.«

›*Und die Zwillinge?*‹

»Auch sehr merkwürdig. Sie haben eine klare Meinung, auch wenn sie nicht sicher sind, welche Ansicht sie gerade vertreten! Ich gestehe, daß ich sie aus selbstsüchtigen Motiven heraus mag. Wenn sie von der Erde erzählen, fühle ich mich fast wieder in meine eigene Kindheit zurückversetzt.«

›*Wünschst du sie dir denn wieder zurück?*‹

Sie denkt darüber nach und schaut in die Finsternis, wo der Rand des Sternenrads sich wie eine verschneite Straße durch den Himmel zieht, die zu einer anderen Welt, einer entfernten Sonne zu führen scheint. »Eigentlich nicht. Ich war eine solche Besserwisserin. So darauf versessen, Gutes zu tun und zu helfen, daß ich mir selbst kaum etwas gegönnt habe.«

›Und du hast dich auch nicht geändert.‹

Sie lacht. »Stimmt wohl. Ich bin aus purem Zufall auf diese Welt gekommen und versuche nun, sie zu retten. Zu Hause habe ich einen tollen Schaukelstuhl. Ich könnte mit meiner Katze dort sitzen und die Pferde auf der Weide beobachten, anstatt zu versuchen, alle Übel zu kurieren und einen Schwanengesang zu komponieren, wie ich meine Nase in …«

Die Stimme in ihrem Bewußtsein klingt beleidigt. ›*Nicht nur deine Nase. Wir sind mehrere.*‹

»Na gut, drei. Du, ich und Asner.« Sie seufzt. »Ich bin der Hybris schuldig. Nachdem ich Panubi endlich den Frieden gebracht hatte – rein zufällig natürlich –

und *ihnen* am Oberlauf begegnet bin, hätte ich es dabei bewenden lassen sollen. Für jeden normalen Mensch wäre eine Begegnung mit *ihnen* ein guter Abschluß gewesen, nicht? Obwohl sie mich dann doch überrascht haben. Sowohl angenehm als auch unangenehm. Dennoch ein schön dramatisches Ende für eine Existenz. Jeder vernünftige Autobiograph hätte an dieser Stelle Schluß gemacht. Aber nein. Ich wollte noch eine gute Tat, eine weitere Leistung auf die Habenseite setzen. Ich hatte nie geglaubt, daß es einfach werden würde. Aber daß es unmöglich wäre, hätte ich dann doch nicht angenommen.«

›Die Menschen sind oft unmöglich.‹

»Wer im Glashaus sitzt…«, murmelt sie. »Dennoch glaubte ich, daß es einen Versuch wert sei, ein paar kleine Anstöße, die etwas bewirkten, ohne *sie* zu verärgern. Ich glaubte, wir könnten eine Diskussion anregen, Neugier wecken, etwas Widerspruch provozieren und eine kleine Rebellion anzetteln…«

›Predige die Freiheit!‹

»So könnte man sagen. Wenn ich etwas Zeit gehabt hätte, wäre es vielleicht auch gelungen! Doch plötzlich ist dieses Etwas aufgetaucht. Dieses Böse. Etwas Fürchterliches wird sich ereignen. Ich spüre es!«

›Ja.‹

»Wir sind beide zu alt dafür«, sagt sie traurig. »Ein Jüngerer sollte sich darum kümmern.«

›Asner ist jünger. Ein paar tausend Jahre.‹

»Er war schon ein alter Mann, als wir ihn auf meinem früheren Heimatplaneten fanden, während er diese antike Statue von dir und mir betrachtete.«

›Du hast mit ihm geflirtet.‹

»Papperlapapp! Ich habe ihn nur gefragt, ob er irgendeine Ähnlichkeit zwischen mir und der Statue erkannte, und er bejahte das! Du und ich, wir haben sehr schneidig und schön ausgesehen. Habe ich dir schon erzählt, daß ich einem Mann Modell stand, den ich kannte?«

›*Ein paar hundert Mal.*‹

»Nun, wir alten Leute sind eben vergeßlich. Die Welt verändert sich so schnell, daß wir uns nur an die schönen Dinge des Lebens erinnern. Alte Ereignisse, alte Erinnerungen. Die Erinnerung verklärt das Vergangene.« Sie berührt das Medaillon, das sie um den Hals hängen hat. »Manchmal denke ich an meine Jugendzeit zurück. Auf diesem Anhänger ist die Arbeit meines Freunds dargestellt, und immer wenn ich ihn betrachte, erinnere ich mich an ihn. Ich werde ihn nie vergessen ... das heißt uns.«

›*Eitelkeit. Alles ist Eitelkeit*‹, sagt er belustigt.

»Deine Bibelzitate sind immer korrekt, alter Freund. Alles ist Eitelkeit. Wenn ich nicht mehr eitel bin, bin ich tot. Mit Eitelkeit erstehe ich jeden Tag auf. Sie gibt mir Hoffnung!«

›Und du glaubst, diese eine kleine Welt wäre es wert ...‹

»Du bist nicht der einzige Student der alten menschlichen Schrift. Selbst Religionen, die schon lange tot sind, verkündeten so manche Wahrheit. Denk nur an die Neunundneunzig im Tal und den Schäfer, der in der windigen Nacht auf den einsamen Hügeln das verlorene Schaf sucht ...«

Zusammen würden sie das verlorene Schaf retten: *Woanders.*

8

Wieder wachte Boarmus mitten in der Nacht auf. Diesmal machte er sich erst gar nicht die Mühe, durch die Halle, den Aufzug, die Geheimtüren und Zugangsrouten hinunter zum *Kern* zu gehen. Diesmal mußte er nirgendwohin gehen, denn sie kamen zu ihm, nicht als amorphe Schemen, sondern als konturierte Erscheinungen.

»Deine *Beauftragten* stellen wieder die Frage«, rief einer und fuchtelte mit den Armen. »Und diejenigen, die bei ihnen sind, verstoßen auch gegen unsere Gebote! Wir sehen sie. Wir hören sie!«

Andere kreischten, und ein höllisches Heulen drang an seine Ohren. Boarmus unterdrückte die in ihm aufsteigende Übelkeit. Nur wenn er sich zur Ruhe zwang, würde er diese Vorstellung überleben. »Wovon sprecht ihr überhaupt?« fragte er. »Ich verstehe euch nicht, wenn ihr alle durcheinanderquasselt.«

»Deine *Beauftragten* sollen keine Fragen stellen«, sagte eine Stimme.

»Wem sollen sie keine Fragen stellen?« schrie Boarmus.

Schweigen.

»Fragen«, sagte die Stimme. »Reden. Wir hörten, wie sie alles mögliche erzählten. In *Flachwasser*! In Panubi!«

Boarmus dachte für einen Moment nach und fluchte stumm. »Du meinst, die Leute, die wir nach Panubi geschickt haben, haben sich unterhalten? Sie haben den Leuten aus der Vergangenheit von *Woanders* erzählt? Ist es das, was du meinst?«

»Verboten«, keiften die Stimmen.

Wie viele Stimmen waren es? Er wußte es nicht. Aber nicht so viele, wie es hätten sein müssen. Tausend Personen waren in den *Kern* gegangen, aber es waren nur ein paar Stimmen. Seit dem letztenmal hatte er das Buch der Biographien ein dutzendmal durchgelesen. Da war diese eine Stimme, die schluckende Stimme, dieser in Blut geschriebene Name; da war die weibliche Stimme, die sich ihm vorgestellt hatte; und mindestens zwei weitere kamen ihm irgendwie bekannt vor.

»Wieso ist es verboten?« fragte Boarmus, wobei Panik in ihm aufwallte.

Wieder Schweigen.

Boarmus schluckte Galle und redete Tacheles. »Ist es wirklich von Belang, wenn sie sich über die Geschichte unterhalten oder Fragen über *Woanders* stellen? Sie wissen über *Brannigan* Bescheid. Sie wissen, daß die Komitee-Mitglieder hierher gekommen sind. Das ist Allgemeingut, das an jedem *Große-Frage-Tag* diskutiert wird. Die Leute wissen aber nichts von der Existenz des *Kerns* und sie werden es auch nicht erfahren, weil ich der einzige bin, der über den *Kern* Bescheid weiß, und ich werde es ihnen nicht sagen. Sollen sie doch so viele Fragen stellen, wie sie wollen. Sollen sie doch Geschichten erfinden. Darauf kommt es nicht an!«

»Verboten«, keifte eine unangenehme Stimme, die von Echos und Resonanzen begleitet wurde. Vielleicht war es das, was die übrigen neunhundertpaarundneunzig inzwischen darstellten, nur noch Echos, nur noch Resonanzen. Und dennoch waren sie gräßlich und furchterregend und verursachten ihm ein extremes Unbehagen. Wieso? Wozu dieser Horror, über den er keine Kontrolle hatte?

»Wieso?« fragte Boarmus erneut, wobei er versuchte, ruhig zu bleiben und sich an das erinnerte, was er in den Korridoren gelesen und was Chadra Hume ihm gesagt hatte. »Ich verstehe durchaus euer Bedürfnis nach Geheimhaltung. Ihr glaubtet, daß die Leute von *Brannigan,* die nicht dem Komitee angehörten, eure Anwesenheit vielleicht mißbilligt hätten. Ihr glaubtet, sie würden es als eine Art ... Desertion betrachten. Ihr befürchtetet, daß sie euch vor Zorn verfolgen würden. Aber das war damals!«

Er biß die Zähne zusammen und schluckte. »Das war damals. Heute besteht keine Gefahr mehr! Es gibt keine Bedrohung mehr. Niemand weiß von euch. Mit Ausnahme von ein paar Reimen und Liedern seid ihr alle längst vergessen!«

Er wußte, daß das falsch gewesen war, kaum daß er den Satz beendet hatte. Gesichter verschmolzen mit den Wänden. Leuchtende, wallende Erscheinungen folgten ihnen und verwandelten sich erneut in Gesichter. Der Vorgang wiederholte sich, wobei die Gesichter so verzerrt waren, daß Boarmus erst nach einem Moment erkannte, daß die darauf abgebildeten Emotionen Wut waren.

»Vergessen«, kreischten sie ohrenbetäubend. *»Mit welchem Recht haben sie uns vergessen?«*

Ein Stimmengewirr. Wie viele? Er wußte es nicht. Ein Teil von ihm, der keine Angst verspürte, hörte aufmerksam zu. Es waren mindestens vier Stimmen, mit den jeweiligen Echos. Waren es diejenigen, die Zasper vor so langer Zeit erwähnt hatte?

»Aber ihr *wolltet* doch in Vergessenheit geraten«, flüsterte Boarmus, der die Worte nur mit Mühe herausbrachte. »Es steht im Logbuch, in den Einträgen der frühen Jahre. Es war euch so lieber. Es war eure Entscheidung.«

»Wir erschufen diese Welt. Wenn wir nicht gewesen wären ...«

Boarmus machte eine beschwichtigende Geste. Zwecklos. Die Stimmen redeten weiter.

»Was ich wir sind darf nicht in Vergessenheit geraten! Wir sind … wir sind mehr als wir sind, Boarmus. Niemand wird uns vergessen, Boarmus. Wir sind … wir sind etwas Neues, Boarmus. Wir haben die absolute Macht, Boarmus.«

Er stand mit offenem Mund da, wobei unter seiner Zunge Speichel wie eine Quelle aufwallte.

»Knie nieder, Boarmus. Zeig uns deine Verehrung«, sagte der Schlucker mit einem hysterischen Unterton in der Stimme. »Du kniest jetzt nieder!«

»Ja, Boarmus«, ertönte eine andere Stimme, die er eindeutig als weibliche Stimme identifizierte. »Knie nieder! Bete zu uns, Boarmus! Erweise uns den Respekt, den ein liebender Sohn uns schuldet!«

»Ein liebender … Mann uns schuldet«, kicherte eine andere weibliche Stimme.

Hatte er eben Gelächter gehört? *Tu es,* sagte sein Bewußtsein ihm. *Auch wenn es dir nicht gefällt, tu es einfach. Tu es, damit sie zufrieden sind und von hier verschwinden.* Schaudernd fiel er auf die Knie. Er verspürte eine solche kreatürliche Angst, daß er nicht in der Lage gewesen wäre, sich ihnen zu widersetzen, selbst wenn er es gewollt hätte.

Sein Verstand funktionierte aber noch. Ein Teil von ihm, der sich die übliche Kaltblütigkeit bewahrt hatte, stellte Fragen. »Nennt mir eure Namen, damit ich euch Respekt erweisen kann«, murmelte er. »Bitte.«

»*Magna Mater*«, kicherte eine Stimme.

»Die *Schönste* und *Entzückendste Dame*«, sagte eine andere.

»Allmächtig und Wundervoll«, schluckte eine dritte.

Er verzichtete auf weitere Vorstellungen. »Tötet mich nicht, bitte«, flüsterte er. »Bitte, Ihr Allmächtigen.«

Etwas wie ein glucksendes Lachen, etwas wie ein

zufriedener Seufzer, etwas wie ein schriller Schrei. Alles zugleich, von verschiedenen Wesen.

»Es ist uns egal, was du sagst«, ertönte eine verhallende Stimme, die männliche Stimme. »Wir werden bestrafen… wenn wir es so beschließen. Neugierige Leute. Blasphemische Leute. Wir bestrafen sie…«

In Ordnung, sie taten es. Aber wie taten sie es? Jedenfalls nicht mit übernatürlichen Kräften. Er glaubte nicht an übernatürliche Kräfte. Es mußte mechanisch oder elektronisch geschehen. Vielleicht auch eine Kombination. Schall, um Angst zu erzeugen. Kombiniert mit holographischen Effekten, um Schrecken zu verbreiten. Vielleicht gerichtete elektromagnetische Felder. Konnte man mit gerichteten Feldern nicht auch einen Herzstillstand herbeiführen? Die Frage war indes unerheblich. Das tote Mädchen, das man unterhalb der Überwachungssektion gefunden hatte, hatte nämlich keinen Herzstillstand gehabt. Sie war zerrissen worden. Hatten sie das getan?

Natürlich hatten sie das getan. Er mußte nicht einmal nach den Gründen fragen. Darauf kam es nicht an. Die einzig wichtige Frage lautete ›wie?‹.

Er ging zur Überwachungsstation, zu den blinkenden Lampen, den Pieptönen und dem umherwuselnden Personal, das die tausend Provinzen überwachte. *Angenommen*, sagte er sich, wobei er sich bemühte, entspannt und ruhig zu wirken, *also angenommen, sie sehen, was in Panubi vorgeht. Dann folgen sie einem auch, wenn man* Toleranz *verläßt – sie sind dazu in der Lage und würden es auch tun! Angenommen, sie sind imstande, jeden Punkt der Oberfläche von* Woanders *zu erreichen. Wahrscheinlich nicht durch die Luft. Nicht, wenn sie mit Schall, Holographie und gerichteten Feldern arbeiten. Jedenfalls nicht in großer Höhe. Welchen Mechanismus sie auch immer für die Fortbewegung benutzen, er ist sicher nicht flugtauglich. Wahrscheinlich auch nicht seetüchtig. Zumindest noch nicht.*

Also … also müssen sie aufgehalten werden. Natürlich müssen sie aufgehalten werden. Der ehemalige *Kommandeur*, Chadra Hume, hatte das gewußt. Das hatte er Boarmus auch gesagt! Sie mußten aufgehalten werden, bevor … es war schon zu spät, den Anfängen zu wehren. Nun mußten sie im Ablauf gestoppt werden. Während sie diese schrecklichen Dinge taten. Und die einzigen Köpfe, die fähig waren, sie aufzuhalten, waren die Dinks in *Stadt Fünfzehn.* Aber nicht jeder Dink war dafür geeignet. Manche waren lächerliche Mechanismen, mit denen man keinen Blumentopf gewinnen konnte, doch andere waren brillante Geister, Genies. Chadra Hume hatte ihm einmal erzählt, daß es Dinka-Dschinns gab, die beschlossen hatten, nur noch als Gehirn zu existieren, weil dies das wichtigste Organ war. Und sie waren bestimmt so intelligent wie die Vorfahren, die in den *Kern* gegangen waren. Die … die brauchte er, die, von denen Chadra Hume gesprochen hatte.

Doch wie sollte er Kontakt mit ihnen aufnehmen, ohne daß der *Kern* davon erfuhr? Der *Kern* wußte alles!

Er ging durch die Überwachungsräume, nickte und lächelte, wobei er spürte, daß die Haut um die Lippen aufriß. Er versuchte, die Übelkeit und die Magenkrämpfe zu unterdrücken, als er stehenblieb, um einen Arbeiter zu grüßen und einen Blick auf den Monitor zu werfen, der die abgrundtiefen Gräben von *Tiefe* zeigte.

Täusche ein falsches Ziel vor, sagte er sich. *Nein. Wenn sie dich nämlich dort erwarten und du erscheinst nicht, werden sie mißtrauisch. Also mußt du schon den angegebenen Ort aufsuchen. Auf dem Rückweg machst du aber Station in* Stadt Fünfzehn. *Und inzwischen benachrichtigst du* Stadt Fünfzehn *von den Vorkommnissen …*

Aber wie sollte er die Nachricht absetzen? Welchen Mechanismus sollte er benutzen? Es hatte keinen Sinn, einen Code zu verwenden. Dort unten befand sich eine geballte Ladung von Bewußtseinseinheiten, von denen ein paar sicher ziemlich kompetent waren. Und ein paar waren vielleicht sogar brillant. Und bei den wenigen, die noch übrig waren, handelte es sich wohl um die intelligentesten. Daß sie wahnsinnig waren (alle oder nur ein paar?), beeinträchtigte nicht notwendigerweise ihre Intelligenz. Obwohl das Ding von einer undurchdringlichen Barriere geschützt wurde und über ein eigenes Kraftwerk, eigene Werkstätten und ein eigenes Lagerhaus verfügte, das mit allen nur vorstellbaren Gütern angefüllt war (Boarmus hatte die Inventurliste ein paarmal durchgelesen), und obwohl es ursprünglich nur über das *Archiv* und den *Kommandeur* mit der Außenwelt kommunizieren sollte – nur symbolisch, nur verbal –, hatte jemand einen Weg gefunden, diese Sperren zu überwinden. Und nun lief er Amok!

Eine codierte Botschaft würde sofort entschlüsselt werden.

Wie sollte er den Dinka-Dschinns also eine Nachricht zukommen lassen?

Boarmus schaute auf einen Monitor, der den Mondaufgang über Neu-Athen abbildete. Dann trat er zu einer Gruppe, die aufmerksam eine Szene in Derbeck verfolgte, wobei die Bilder in rascher Abfolge auf dem Bildschirm erschienen.

»Hier anhalten«, sagte die *Referentin* für Derbeck, wobei sie sich respektvoll vor Boarmus verneigte. »Genau hier! *Kommandeur*, ich bin froh, daß Sie das auch sehen. Ihre Gottheit hat sich kürzlich öffentlich manifestiert!«

Sie sahen, wie *Chimi-ahm*, die heilige Dreifaltigkeit von Derbeck, durch die Straßen von *Houm*fon flanierte.

»Das Objektiv nach unten richten«, sagte die *Referentin* mit schwankender Stimme. »Ich will die Füße sehen!«

Die Linse wurde auf die großen, trampelnden Füße gerichtet, die im Kopfsteinpflaster Abdrücke hinterließen, Füße, die über freies Land trampelten und Häuser niederrissen.

»Es hinterläßt Fußabdrücke«, rief ein Beobachter. »Und einen Pfad der Zerstörung! Unglaublich! Es ist ein materielles Wesen!«

»Wie lang geht das schon so?« fragte Boarmus, wobei ihm beim Anblick der einherschreitenden Gestalt noch schlechter wurde. »Erinnere ich mich recht, daß der Gott von Derbeck immer halluzinatorisch gewesen ist?«

»Gewesen ist«, sagte die *Referentin* knapp. »Nun ist aber eine Veränderung eingetreten, *Kommandeur*. Das verdammte Ding ist real.«

»Sozusagen«, sagte ein anderer *Referent*, der sich über eine flackernde Instrumententafel beugte. »Nicht ganz. Aber fast.«

»Entscheiden Sie sich endlich«, knurrte der *Kommandeur*. »Was ist es nun?«

»Es variiert«, murmelte der Referent. »Manchmal ist es lebendig und manchmal nicht. Schauen Sie selbst.«

Und sie sahen, wie die Nadeln rhythmisch ausschlugen. Manchmal war das Ding für kurze Zeit real. Und dann wieder nicht. Es stand jedoch außer Frage, daß das Ding, ob real oder irreal, *existierte*. Zwar nicht ganz synchronisiert, aber es existierte.

Boarmus schluckte. Die *Referenten* schauten ihn fragend an. Sie erwarteten, daß er dieses Phänomen unverzüglich untersuchen ließ. Vielleicht erwarteten sie sogar, daß er die Untersuchung selbst durchführte, aber Derbeck befand sich weit von *Stadt Fünfzehn* entfernt, und im Moment hatte die Fahrt nach *Stadt Fünfzehn* höchste Priorität.

»Wir haben ein Team in der Nähe von Derbeck«, sagte er mit fester und entschlossener Stimme. »Danivons Gruppe. Beauftragen Sie ihn in meinem Namen, diese Manifestation in Derbeck zu untersuchen, und zwar so bald wie möglich.« Er hatte genau den richtigen Ton getroffen: besorgt, aber nicht panisch. Die *Referenten* nickten und bestätigten damit, daß er das Richtige getan hatte.

Er sagte sich: *Neu-Athen liegt in der Nähe von* Stadt Fünfzehn. *Enarae liegt in der Nähe von* Stadt Fünfzehn. *Zasper Ertigon ist in Enarae. Ich hätte einen plausiblen Grund, Zasper Ertigon über Danivon Luze und Fringe Owldark zu befragen.*

»Ich werde nach Enarae gehen«, informierte er laut und vernehmlich einen Subalternen. »Ich will mich mit dem ehemaligen *Rats-Beauftragten* Zasper Ertigon über zwei seiner *Beauftragten*-Protegés unterhalten. Stellen Sie ein schnelles Transportmittel bereit und sorgen Sie dafür, daß Ertigon verfügbar ist, wenn ich eintreffe.« Sollten die toten Männer nur zusehen und zuhören. Was er tat, war angemessen. Sie hatten keinen Grund zur Beanstandung.

Der Subalterne eilte davon und kam dann zurück. »Transport, Sir. Steht im Moment noch unten in der Garage. Zasper Ertigon wurde ausfindig gemacht und hält sich zur Verfügung, Sir.«

Boarmus bedankte sich nicht für diese Leistung. Wenn Originalität und Innovation in *Toleranz* auch Fremdwörter waren, an Effizienz mangelte es keineswegs.

»Wünscht der *Kommandeur*, daß seine Sachen gepackt werden? Wünscht der *Kommandeur* einen Sekretär?« Damit meinte der Subalterne einen Lakaien. Ob Boarmus einen Adjutanten wollte. Aber sicher wollte er einen.

»Lassen Sie meine Sachen packen. Und holen Sie diesen Cousin von Syrilla. Diesen jungen Mann. Wie ist noch gleich sein Name?« Boarmus wußte den Namen natürlich; es handelte sich um die Person, die herumgelungert war, ihm nachspioniert und ihn beobachtet hatte. Der sich im Korridor versteckt hatte, als er zuletzt vom *Kern* zurückgekehrt war. Jacent.

»Jacent, Sir.« Jacent mit den strahlenden Augen und dem lachenden Mund, Jacent der Irre, der Pausenclown. Der Subalterne lächelte beim Gedanken an Jacent.

»Genau. Holen Sie ihn!« Leute in diesem Alter waren gut ausgebildet, gut trainiert und hatten noch genügend Elan. In fünf Jahren würde er Tatsachen durch Meinungen und Reaktion durch Posen ersetzt haben und wäre damit nutzlos – so nutzlos wie der Rest des *Aufsichtsrats* –, doch im Moment war Jacent der geeignete Mann. Zumal der Junge offensichtlich neugierig war und irgendwie draufgängerisch wirkte, als ob er mehr leisten könne als verlangt. Und so jemanden brauchte Boarmus auch.

Bald waren sie in der Luft, die beiden und der Pilot.

»Wir fliegen nach Enarae«, sagte Boarmus im Flüsterton zu Jacent, wobei sein Mund gerade ein paar Zentimeter vom Ohr des Jungen entfernt war. Selbst wenn sich eine fliegende Wanze im Gleiter befand, würde sie ihn wegen der Triebwerksgeräusche wahrscheinlich nicht hören. »Ich habe Grund zu der Annahme, daß wir nach der Landung belauscht werden. Du wirst also kein Wort darüber verlieren, nachdem wir gelandet sind. Du wirst mich zum Hotel begleiten. Du wirst mit mir zum *Swale* gehen. Das ist ein …«

»Ich weiß, was der *Swale* ist«, sagte Jacent stolz.

Boarmus packte ihn unbeherrscht am Kragen. »Halt's Maul! Sag nichts! Hör nur zu! Im *Swale* treffen wir uns mit Zasper Ertigon. Ich werde dich dann entschuldigen, und du gehst zu einer Spielhölle, die von Ahl Dibai Bloom betrieben wird. Du machst ein Spielchen in einer Disziplin, in der du gut bist, wobei ich annehme, daß du in allem gut bist. Derweil wartest du auf eine Gelegenheit, dieses Päckchen Bloom persönlich zu übergeben, und zwar unauffällig. Es darf dich niemand dabei sehen.«

Das Päckchen war so klein, daß es auf den Handteller paßte. Boarmus hatte sich nach dem Start zurückgezogen und es vorbereitet. Wenn es ein Ohr gab, gab es vielleicht auch ein Auge. Und wenn das der Fall war, hatte Boarmus bereits verloren. Am besten redete er sich ein, es gäbe weder das eine noch das andere.

»Ja, *Kommandeur*«, formte Jacent mit den Lippen; er war durch Boarmus' Wutausbruch zwar verunsichert, aber auch zu neugierig, um diese Gelegenheit zu verpassen. »Ist es wegen der Geister?« flüsterte er.

Boarmus wirbelte herum. »Was weißt du über Geister!« formte er mit den Lippen. »Wer hat dir gesagt…«

Jacent wurde rot und stotterte; er wußte, daß er sich schon wieder einen Fauxpas geleistet hatte. »Ich habe sie gesehen«, flüsterte er. »Wir erforschten …«

Boarmus zog ihn zu sich heran. »Ihr! Ihr wart also unten in der alten Kaserne? Du und das Mädchen, das getötet wurde? Und der Junge, der verschwunden ist?«

Jacent wollte schon alles abstreiten, doch dann sagte er wider Willen die Wahrheit.

»Sag's mir«, knirschte der *Kommandeur* und preßte mit beiden Händen den Kopf des jungen Manns zusammen. »Keinen Laut! Flüster es mir zu!«

Fringe bewältigte den Vorfall mit dem Kind im Korb, wie sie auch vergleichbare Vorfälle schon bewältigt hatte. Sie hatte als Kind das Nicht-Denken gelernt und machte auch jetzt davon Gebrauch. Sie würde nicht mehr an die Kinder und die Körbe denken, sie würde sie nicht wieder sehen. Sie widmete sich eifrig anderen Dingen.

Obwohl Danivon nach einer Gelegenheit gesucht

hatte, als Auftakt – das gestand er sich durchaus ein – zu einem weiteren intimen Beisammensein mit ihr über das Leben eines *Beauftragten* zu sprechen, nahm er nach einem Blick auf das desolate Gesicht von diesem Vorhaben Abstand. Er würde sie bekommen, aber nicht sofort. Es hatte keinen Sinn, sich umsonst zu bemühen.

Zumal er auch gar keine Zeit dafür gehabt hätte, denn nun tauchten Fischteiche am Ufer auf, die durch begehbare Deiche vom Fluß und den anderen Teichen abgetrennt waren. Auf den Deichkronen gingen die Fischer von *Salzmarsch* mit ihren Speeren und Netzen. Hinter den Teichen, in Lichtungen, die man ins Schilf geschlagen hatte, standen rauchumwaberte Trockengestelle mit eigenartig riechender Bestückung. Als die *Taube* um eine Flußbiegung fuhr, erkannten die Reisenden die Pfahlbauten des Dorfs. Storchenähnliche Leute mit kahlgeschorenen Schädeln kamen aus den Hütten, als die *Taube* sich näherte, wobei die luftigen Schilfhütten einen filigranen Hintergrund für die merkwürdig starren Gestalten abgaben.

»Das *Fischer-Volk* zeugt keine Kinder«, sagte Danivon zu den Zwillingen, während er den *Beauftragten*-Federbusch im richtigen Winkel neigte und den Mantel glattstrich. »Ihre Religion gebietet ihnen, sich sterilisieren zu lassen und der Sinnlichkeit zu entsagen.«

»Sie führen ein spirituelles Leben«, sagte Curvis zynisch, »und werden von den Stimmen ihrer Verwandten auf den Höhen inspiriert.« Er trug ebenfalls die Kluft eines *Beauftragten*.

»Dann sind es also die Kinder von *Chor*, welche die Bevölkerung auffrischen«, sagte Fringe.

Danivon nickte. »*Chor* behält nur die Kinder mit den schönsten Stimmen und schickt die anderen als Fischer hierher. Das *Fischer-Volk* hat sich beschwert, daß *Chor* seit kurzem viel zu viele Kinder schicken würde.«

Er hob grüßend die Hand. Die *Ober-Fischer* erwiderten den Gruß mit grimmigem Gesicht. Die *Taube* machte an einem Poller fest, der in den Grund neben dem Pfahldorf gerammt war.

Die Planke war kaum hinabgelassen worden, als Danivon und Curvis auch schon zur Dorfplattform gingen, wo man ihnen Kelche mit einem lokalen Getränk reichte und einen Beschwerdekatalog vorlegte, der mehrmals mit leichten Variationen wiederholt wurde. Nachdem die Litanei beendet war, winkten die beiden *Beauftragten* Fringe von ihrem Lauschposten an der Reling herüber und wiesen ihr die Rolle der ›Peitsche‹ in den anstehenden Verhandlungen zu. Dann begleitete Fringe die beiden, während sie die überzähligen Kinder für die Rückkehr zu den Höhen zusammentrieben.

»Wo?« fragte Danivon den *Ober-Fischer*, der auf einem Bein neben ihnen stand. Das andere hatte er eingezogen und hielt den Fuß in der Hand.

»Dort«, sagte der Fischer und wies auf das Schilf hinter den Fischteichen. »Wir sagten ihnen, sie sollten sich selbst Hütten bauen.«

»Wie gastfreundlich von euch«, grunzte Fringe und zog den glänzenden Stiefel mit einiger Mühe aus dem Schlick. »Etwas sumpfig dort draußen, was?«

»Wir haben nicht unbegrenzt Platz im Dorf«, schnaubte der *Ober-Fischer*. Das stimmte allerdings. Das Dorf über ihnen war sichtlich übervölkert. »Sie sind alt genug, um allein zurechtzukommen. Gehen Sie dort entlang«, sagte er und wies auf eine Schneise im Schilf, einen leicht begehbaren Pfad.

Schimpfend ging Danivon auf dem Deich zwischen den Teichen entlang, gefolgt von den anderen beiden *Beauftragten*. Der Pfad war offensichtlich stark begangen. Auf dem sumpfigen Boden waren mehrere Lagen Schilf kreuzweise verlegt, um das Vorankommen zu erleichtern. Allerdings war der Pfad nicht gerade, und binnen kurzem hatten sie das Dorf aus dem Blick verloren und waren von dunklen Rohren umgeben, die eine undurchdringliche Wand bildeten.

Danivon ging auf Zehenspitzen und blieb alle paar Meter stehen, um zu lauschen.

Seine Nase sagte ihm, daß jemand … Nein. *Etwas* anderes war vor ihnen auf dem Pfad.

»Was?« flüsterte Fringe, als sie seinen Gesichtsausdruck bemerkte.

Er verzog das Gesicht, zuckte die Achseln und signalisierte ihnen mit der entsprechenden Geste, daß sie lauschen sollten.

Wie auf Kommando ertönte der Laut, ein vernehmliches Schlucken, als ob Luft in einen gewaltigen Schlund gesaugt wurde.

»Was, zum Teufel?« murmelte Curvis.

»Wo?« flüsterte Danivon.

Die beiden anderen wiesen in unterschiedliche Richtungen.

Fringe verzog das Gesicht. »Was war das?«

»*Gaver?*« fragte Danivon Curvis.

»*Gaver* geben nicht solche Geräusche von sich. Sie brüllen.«

Sie bewegten sich noch vorsichtiger und kamen an ein paar Hütten vorbei, bei denen es sich im Grunde nur um aufeinandergestapelte Schilfbündel handelte, die provisorisch ausgehöhlt worden waren, um Schutz zu bieten. Die Hütten waren leer, doch im Rauch, der vor ihnen über dem Pfad hing, erkannten sie weitere Behausungen.

Sie gingen darauf zu und blieben plötzlich wie angewurzelt stehen.

»Was ist das für ein Geruch?« fragte Fringe und rümpfte die Nase.

»Es gibt drei Möglichkeiten«, sagte Danivon und pirschte sich an die vorderste Hütte heran. Er steckte nur kurz den Kopf hinein und kehrte nach Luft schnappend zu ihnen zurück.

»Was?« fragte Fringe.

»Ein Körper«, murmelte Danivon. »Oder was davon übrig ist.«

Fringe bekam eine Gänsehaut. »Dort«, sagte sie. Sie hatte aus den Augenwinkeln eine Bewegung erkannt.

Es war ein Kind, das sich hastig ins Schilf schlug.

Curvis machte zwei Schritte, packte das Kind am schmutzigen Hemd und brachte es zurück.

Im Schilf ertönte der Laut erneut.

»Wie lang geht das schon so?« fragte Danivon den mit Schlamm verschmierten Jungen; doch der zitterte und keuchte nur und bekam kein Wort heraus.

»Laß ihn in Ruhe«, sagte Fringe und nahm sich des Jungen an. »Komm schon, Junge. Gibt es noch mehr von euch?«

Das Kind wies mit zitternder Hand nach vorn.

»Sollen wir es riskieren, sie zu rufen?« murmelte Danivon, der angestrengt lauschte, ob der Laut noch einmal ertönte.

»Sollen wir es nicht riskieren«, erwiderte sie, straffte sich und rief in die Stille:

»Wir sind *Beauftragte* des *Aufsichtsrats* und gekommen, um euch nach *Chor* zurückzubringen. Kommt raus. Bei uns seid ihr sicher.«

»Sagt sie«, murmelte Curvis, lockerte die Waffe im Gürtelholster und sicherte rundum.

Das schluckende Geräusch ertönte erneut, aus größerer Entfernung, nur daß diesmal ... Belustigung mitschwang. War das möglich?

Schmutzige Gesichter tauchten zwischen den Binsen auf. Elf-, zwölfjährige Kinder erschienen, manche etwas älter.

Danivon wischte einem Kind mit dem Hemd das Gesicht ab. »Wie lang geht das schon so?« fragte er.

Der Junge schaute die drei ängstlich an. »Jede Nacht holt es ein paar von uns.«

»Hast du etwas gehört? Etwas gesehen?«

Der Junge schauderte. »Nichts, Herr *Beauftragter*. Wir sagen ... wir sagen, die Geister fressen uns.«

»Wann fing das an?« fragte Curvis den Jungen.

Er beriet sich mit den anderen. Ungefähr vor zwanzig Tagen.

Danivon schüttelte zornig den Kopf. »Sind das alle?«

Sie zählten durch, und ein paar gingen ins Schilf und kamen mit ein paar anderen zurück, die sich zuerst nicht hervorgewagt hatten.

»Wie viele sollten es eigentlich sein?« fragte Fringe.

»Ungefähr hundert«, sagte Danivon.

»Es sind aber nicht mehr als fünfzig hier.«

»Ich weiß«, grunzte er und wandte sich ab, um den Rest auf dem verschlungenen Pfad aus dem Schilf herauszuführen.

»Die Leiche, die du gesehen hast. Wie sah sie aus?« fragte Curvis Danivon im Flüsterton, jedoch nicht so leise, daß Fringe es nicht auch gehört hätte.

»Sie war seziert«, sagte Danivon. »Die Organe waren entnommen und überall verstreut. Aus der großen Blutlache schließe ich, daß das Kind bei lebendigem Leibe verstümmelt wurde.«

»Junge? Mädchen?« erkundigte Fringe sich, wobei sie sich nach dem Grund für ihre Wißbegierde fragte.

Danivon schüttelte den Kopf und sagte mit zusammengebissenen Zähnen: »Ein Anatom würde das vielleicht erkennen. Ich nicht.«

Fringe bekämpfte die aufsteigende Übelkeit und sagte sich, daß ihr in letzter Zeit nur übel gewesen war bei dieser Sache. Vielleicht hatte Zasper doch recht gehabt! Vielleicht hätte sie keine *Beauftragte* werden sollen. Auf jeden Fall hatte sie ihren Magen und ihre Gefühle nicht so im Griff wie die beiden Männer. Allerdings hatten die auch mehr Praxis …

Als sie die Küste erreichten, trafen sie auf ein paar *Ober-Fischer*, die mit auf die Seite geneigtem Kopf dastanden, als ob sie lauschten.

»Weshalb habt ihr euch überhaupt die Mühe gemacht, eine Beschwerde einzureichen«, knurrte Danivon. »Noch ein paar Tage, und es wären keine Kinder mehr dagewesen, die euch Grund zur Beschwerde gegeben hätten!«

»Ich habe es dir doch gesagt«, sagte ein Fischer zum andern. »Ich habe dir gesagt, daß etwas sie tötet!«

Der Angesprochene wandte sich mit einer abfälligen Geste ab. »Nicht unser Problem.«

»Aha«, knurrte Danivon. »Nicht euer Problem. Woher wollt ihr denn wissen, daß das, was auch immer es ist, draußen im Schilf bleibt? Was wird es nun tun, nachdem wir die Kinder herausgeholt haben? Hä? Was macht ihr, wenn es euch im Dorf besucht? Ihr werdet natürlich nach einem *Beauftragten* rufen, und vielleicht sitzen die gemütlich im Posten in der Nähe von *Flachwasser* und sagen euch, es sei nicht ihr Problem.« Zornig winkte er den anderen und ging zum Pfad, der zu den Klippen von *Chor* führte.

Dann ist er also, sagte Fringe sich mit einer warmen Empfindung für Danivon, *doch nicht so gefühllos. Ihm ist nicht alles egal*. Mit diesem Gedanken beruhigte sie sich für eine Weile, bis sie sich sagte, daß Danivon sich vielleicht nur deshalb so aufgeregt hatte, weil ein nicht gemeldeter Räuber sein Unwesen trieb. Sie quälte sich mit diesem Gedanken, bis der Anstieg so steil wurde, daß sie nur noch die Energie aufbrachte, einen Fuß vor den andern zu setzen.

Obwohl sie ein paarmal anhielten, um den Kindern eine Pause zu gönnen, womit Danivon sich grunzend einverstanden erklärte (»Sie sind halb verhungert«, murmelte Fringe), währte die Wanderung zu den Höhen nicht lange. Sie hatten drei Viertel des Aufstiegs bewältigt, als der Pfad eine Biegung machte und sie von Musik begrüßt wurden.

Fringe vergaß alle Ängste, Zweifel und das flaue Gefühl im Magen. All ihre Empfindungen wurden von der Musik verdrängt. Musik zog sie den Pfad hinauf. Sogar die Kinder wurden von ihr beflügelt, während sie die letzten Meter bis zu den steinernen Wällen zurücklegten; doch dann brachen die meisten von ihnen auf den Steinen zusammen. Fringe sackte auch zusammen, lehnte sich japsend an eine Mauer und hörte nur diese wundervollen Klänge. Sie wurde von einem Wirbelwind der Freude mitgerissen! In Harmonie verloren stand sie da und nahm nichts anderes mehr wahr außer der Musik.

»Sie werden dafür gezüchtet«, knurrte Curvis beim Vorübergehen und klopfte ihr herzhaft auf den Po, um sie wieder zur Besinnung zu bringen. »Was auch der Grund für den ganzen Ärger zu sein scheint. Ich glaube, nun werden wir etwas für unser Geld tun müssen, *Beauftragte*!«

Solcherart mit den Dienstpflichten konfrontiert, wenn auch noch leicht benommen, folgte sie ihm zum nahegelegenen Säulengang, wo sie von einer Gruppe *Chor*-Dirigenten erwartet wurden. Auf den Gesichtern spiegelte sich weniger Freude als Verärgerung wegen der Störung der täglichen Proben. Sie waren mit bestickten Chorhemden bekleidet und hielten rituelle Taktstöcke in der Hand, die sie nun schwenkten, um die *Beauftragten* in die leere Halle hinter ihnen zu lotsen. Die Dirigenten gaben sich so bemüht geduldig und unverhohlen angewidert, daß Fringe sich vornahm, mit voller Härte durchzugreifen, falls die Dirigenten sich stur stellten. Im Moment spielte sie indes nur eine Statistenrolle, während Curvis und Danivon die Verhandlung eröffneten.

Die Beschwerde und die Verfügung wurden langatmig verlesen und erläutert. Die Dirigenten erwiesen sich als unkooperativ. Es half nichts, sagten sie. Die Kinder, deren Zahl sich später sogar noch erhöhen würde, müßten in die Marsch geschickt werden.

Fringe zückte den Dolch und reinigte sich damit die Fingernägel. »Die Lebensbedingungen, die Ihren Kindern geboten werden, entsprechen vielleicht nicht ganz Ihren Vorstellungen. Sie werden ins Schilf geschickt und sich selbst überlassen. Sie haben kein Dach über dem Kopf und nichts zu essen. Und etwas tötet sie, grausam und blutig.« Die Worte riefen ihr das Schilf in Erinnerung, die Laute, die Gerüche, und sie mußte an sich halten, um nicht selbst zu schlucken.

Die Dirigenten wechselten Blicke. Fringe versuchte, den Ausdruck in ihren Gesichtern zu lesen. Verärgerung? Kummer? Frustration?

»Dafür ist doch das *Fischer-Volk* verantwortlich«, sagte einer.

»Haben die Kinder denn keine Eltern hier in *Chor*, die sich Sorgen um sie machen?«

»Wir haben keine Familien in *Chor*. Wir haben nur Musik.«

Fringe schlüpfte in ihre Rolle, seufzte dramatisch und richtete den Blick gen Himmel. »Sogar eine ausgesprochen liebliche Musik. Welch tragischer Verlust für *Woanders*. Nach der Pest wird es sicher viele Jahre dauern, bis es wieder genug Stimmen gibt, um einen Chor zu bilden.«

»Unser Volk erfreut sich aber guter Gesundheit«, sagte der älteste Dirigent verstockt.

Fringe gähnte und spielte mit dem Dolch, wobei die von der Klinge erzeugten Lichtreflexe die Dirigenten blendeten. »Das sagten die Bewohner meiner Heimatprovinz auch, und sie waren wirklich gesund. Aber dann. Die paar, die es überlebt haben, brüsten sich nun nicht mehr mit ihrer Gesundheit.«

»Sie würden doch nicht…?« sagte ein korpulenter junger Dirigent ängstlich.

»Es würde uns nichts anderes übrigbleiben«, sagte Fringe und rammte den Dolch mit Gusto in die mit Schnitzereien verzierte Tischplatte, wobei sie versuchte, sich wie ein Barbar aufzuführen. »Sie haben gegen die Regeln verstoßen; Sie erhalten den Status quo nicht aufrecht. Sie waren ein kleines Volk, als Sie auf *Woanders* eintrafen. Deshalb wurde Ihnen auch nur eine kleine Provinz zugewiesen. Ihre Hemi-Provinz *Salzmarsch* kann vielleicht hundert Kinder im Jahr aufnehmen, aber nicht die doppelte Anzahl! Die Kinder, die diese Zahl übersteigen, müssen Sie in *Chor* großziehen.«

»Aber, aber«, stammelten die Dirigenten.

»Wir schlagen vor, daß Sie zu den Sitten und Gebräuchen zurückkehren, die Sie bei Ihrer Ankunft gepflegt hatten«, sagte Curvis jovial.

»Das würde aber eine Beeinträchtigung der persönlichen Freiheit bedeuten«, rief der füllige Dirigent. »Nachdem wir den Worten und der Musik von Siminone Drad gelauscht haben, ist eine solche Beeinträchtigung uns zuwider.« Mit einer um Unterstützung heischenden Geste wandte er sich an den größten Dirigenten, einen jugendlichen Mann, der hinter den anderen stand und an den Fingerknöcheln kaute. Das war Siminone, der bei der Nennung seines Namens errötete, sich verneigte und anschließend wieder die Hand traktierte, wie ein Hund, der an einem Knochen kaut. »Zuwider«, wiederholte der Dirigent, als ob die Wiederholung das leisten würde, wozu der Verstand nicht in der Lage war.

»Und dem *Fischer-Volk*, Ihren Verwandten, ist es zuwider, wenn man ihnen zu viele Kinder aufhalst«, sagte Danivon mit fester Stimme. »Und für die Kinder ist es sogar tödlich. Sie müssen zu Ihren alten Gepflogenheiten zurückkehren.«

»Aber wir waren immer sehr stringent«, rief der junge Dirigent. »Vor allem, was den Ausdruck von Sinnlichkeit betraf. Es war jedoch Siminone, der uns zeigte, daß eine solche Stringenz die musikalischen Ausdrucksmöglichkeiten einschränkt und zu Disharmonien führt.«

Danivon drohte ihnen mit der Faust. »Sie sollten lieber wieder stringent werden oder sich andere Beschränkungen auferlegen.«

»Wenn wir das täten, würden wir die Spontaneität zerstören«, rief Siminone.

»Draußen gibt es eine Reihe von spontanen Kindern«, schnaubte Danivon, »um die Sie sich kümmern müssen. Obwohl sie weniger sind als zuvor und nicht mehr zeugungsfähig sind, können sie doch noch *einen Ton hervorbringen* ...«

»Einen Ton hervorbringen!« rief Siminone. »Sie glauben, es sei damit getan, einen Ton hervorzubringen ...«

»Wir überlassen es Ihnen«, unterbrach Danivon ihn. »Auf dem Rückweg werden wir in *Chor* vorbeikommen und uns vergewissern, ob wir uns auch verständlich ausgedrückt haben. Epidemie heute oder morgen, aber auf jeden Fall die Pest, wenn Sie Ihre Politik nicht wieder am Status quo ausrichten.«

Sie gingen zum Schiff zurück, wo Jory die Beauftragten bat, ihnen alles zu erzählen, während die Zwillinge trotz der zur Schau gestellten Abscheu aufmerksam lauschten.

»Hättet ihr wirklich die Pest verbreitet?« fragte Nela zornig.

Danivon lächelte sie an und tätschelte ihr die Wange.

»In der Praxis ist das fast nie notwendig, Nela. Wir sind nicht die Barbaren, für die du uns hältst. Die Drohung genügt schon. Ich selbst habe die Pest noch nie eingesetzt, und nach dem, was ich an der *Akademie* gehört habe, ist sie in den letzten Jahrhunderten vielleicht ein halbes Dutzend Mal eingesetzt worden, und dann auch nur gegen hoffnungslos übervölkerte und widersetzliche Provinzen.«

»Aber wie wollen Sie verhindern, daß benachbarte Provinzen infiziert werden?« fragte Bertran.

»Wir verwenden Krankheiten, die durch Körperkontakt übertragen werden, manchmal auch durch sexuelle Kontakte«, sagte Curvis.

»Eine solche Krankheit hatten wir auf der alten Erde auch«, sagte Nela. »Eine Immunschwächekrankheit. Viele Menschen starben daran ...«

»Es ist bekannt, daß solche Epidemien spontan auf übervölkerten Planeten entstehen«, bemerkte Jory. »Wenn eine Umwelt ihre Tragkapazität überbeansprucht, brechen Epidemien aus, und die Menschen wundern sich dann darüber.«

»Unsere Geschichte ist eine einzige Abfolge der Vernichtung von Habitaten«, sagte Asner. »›Ist schon in Ordnung‹, sagen die Leute. ›Brennt das Haus ruhig nieder. Wir können schließlich immer noch beim lieben Gott leben!‹« Er schnaubte und rang die Hände. »Ich habe genug von diesem deprimierenden Kram.« Er blinzelte ostentativ und klopfte auf eine Tasche. »Sollen diese *Beauftragten* ihren Geschäften nachgehen, während wir etwas trinken gehen.«

Nela wischte sich die Tränen aus den Augen, und Bertran legte den Arm um ihre Schultern. Dann folgten sie den Alten, wobei sie sich auf etwas Stärkeres als Tee freuten.

»Was Asner sagte, erinnert mich an Siminone Drad«, sagte Fringe. »Siminone glaubt, er könne das Haus abbrennen und immer noch Musik machen. Sieht er denn nicht …«

»Sie sehen es nicht«, sagte Danivon. »Sie haben es noch nie gesehen; sonst bräuchten wir auch keine *Beauftragten*.«

»Danivon und ich sind uns einig, daß Siminone Drad das Problem ist«, sagte Curvis. »Wir müssen etwas wegen ihm unternehmen.«

Fringe kam sich vor wie das Junior-Mitglied, das zu wenig Erfahrung hatte, um zu widersprechen, und nachdem sie sich auf eine Vorgehensweise verständigt und ausgelost hatten, wer die Sache übernahm, war es Fringe selbst, die am späten Abend wieder nach *Chor* ging, um die *Lage* zu *klären*.

Sie ging wieder den Pfad hinauf und strebte im Zustand kontrollierter geistiger Umnachtung der Musik entgegen. Sie sagte sich die ganze Zeit, daß sie nur tun mußte, was als notwendig erachtet wurde, ohne die Konsequenzen zu bedenken. Danivon und Curvis hatten die Notwendigkeit erkannt, sie hatten größere Erfahrung als sie, und deshalb würde sie das tun, was sie für das Beste hielten. Als sie oben angekommen war, sprach sie den ersten Passanten an und sagte ihm, sie sei zurückgekommen, um eine Frage zu stellen, die nur Siminone zu beantworten vermochte. Nachdem sie zu ihm gebracht worden war, zog sie den Handschuh aus und gab ihm die Hand. Er nahm die Hand vom Mund und ergriff die ihre. Sie drückte sie warm und fuhr mit dem Daumen über den Knöchel, an dem er immer kaute. Gewalt war nicht erforderlich. Der Druck des Daumens, den sie zuvor mit einer Salbe aus der *Beauftragten*-Ausrüstung bestrichen hatte, genügte schon. Sie hatte die Hand kaum losgelassen, als er sie schon wieder zum Mund führte und ahnungslos das Präzisions-Virus ableckte, das sie ihm aufgedrückt hatte. Fringe holte den anderen Handschuh aus der Tasche, dessen Innenseite mit dem Gegenmittel imprägniert worden war und streifte ihn über.

»Was möchten Sie denn von mir wissen?« fragte er.

»Wer komponiert die Lieder, die hier gesungen werden?« fragte sie. Es war eine spontane Frage, die ihr während des Aufstiegs eingefallen war.

»Ich«, sagte er schlicht. »Jedenfalls die meisten.«

Sie lächelte unverbindlich und dankte ihm. Sie hatte erst vor kurzem erkannt, welche Funktion er hatte. Sie fühlte den Drang, den Handschuh abzustreifen, am infizierten Daumen zu lutschen und sich in Zukunft aus solchen Dingen herauszuhalten. Am besten schlug sie sich das gleich wieder aus dem Kopf. Sie schaute auf den Pfad und dachte an den Schildkrötenpanzer in ihrer Wohnung. Graue Dornen, graues Laub und graue, wallende Nebel. Höhen waren gefährlich. Vielleicht hätte sie doch zu Hause bleiben sollen, in ihrem eigenen Teich.

Als Fringe auf die *Taube* zurückkehrte, war Danivon allein an Deck und blickte auf das glitzernde Wasser, wo die langbeinigen Vertreter des *Fischer-Volks* auf den Deichen zwischen den Fischteichen entlanggingen. Manche trugen Eimer mit Fischfutter, andere waren mit Speeren bewaffnet und spähten nach den kleinen *Gavern*, die nachts im seichten Wasser auf Nahrungssuche gingen.

Er drehte sich um und begrüßte sie leise, wobei er den Eindruck hatte, daß ihr Gesicht im Licht der Fackeln blasser war als sonst. »Ich habe auf dich gewartet«, sagte er.

»Die Musik, die wir heute gehört haben ...«, sagte sie zu ihm, als ob sie an eine Unterhaltung anknüpfte, die sie vor wenigen Augenblicken unterbrochen hatten.

»Wunderbar«, sagte er begeistert. »Niemand singt so schön wie die Leute von *Chor*.«

»… wurde von Siminone Drad komponiert.«

»Aha.« Er sah sie kopfschüttelnd an. »Vorbei. Zu schade.«

»Noch schlimmer«, sagte sie. »Es ist tragisch. War es wirklich nötig …«

»Die *Lage* zu *klären*?« fragte er. »Hatte Siminone die *Lage* denn nicht heraufbeschworen? Curvis und ich waren zumindest dieser Ansicht.«

»Das ist sicher richtig, aber wir hätten auch erst mit ihm sprechen können …«

»›Ein *Beauftragter*, eine Lösung‹«, zitierte Danivon schulmeisterhaft und sagte sich zum wiederholten Mal, daß Frauen ungeeignet waren für diese Arbeit. Auch schöne Frauen. Auch eine schöne, blasse Frau mit Haaren wie ein Feuersturm und einem Körper wie eine kalte Flamme. »Du hättest nicht gehen müssen«, sagte er sanft. »Curvis oder ich hätten gehen können.«

»Wieso haben wir nicht in Erwägung gezogen, mit Drad zu reden?« fragte sie. »Ich will mich nicht mit dir streiten, ich bitte dich nur um Informationen.«

Danivon hockte sich auf die Reling. »Wenn wir mit ihm gesprochen hätten, wäre er vielleicht noch auf dumme Gedanken gekommen. Er ist ein Neuerer, und Neuerer denken. Nicht daß sie *nach*denken würden, weit gefehlt. Sie sehen nicht die Konsequenzen. Und sie sind nie zufrieden mit den Dingen, so wie sie sind. Sie karten ständig nach. Siminone würde sich vielleicht mit den Weiterungen und Anwendungen seiner früheren Erlasse beschäftigen und sich weitere interessante Veränderungen ausdenken. Ein Gespräch würde ihm vielleicht eine ganze Reihe von Einsichten vermitteln. Und wenn wir dann vom Oberlauf zurückkämen, würden wir feststellen, daß in *Chor* neue und andersartige, aber genauso verwerfliche Dinge praktiziert werden. Ein Mann, der Veränderungen vornimmt, wird immer

Veränderungen vornehmen. Du kennst die Regeln, Fringe Owldark. ›Wenn ein Tod genügt…‹«

»›Wenn ein Tod genügt, dann ein Tod‹«, sagte sie. Natürlich kannte sie die Regeln. Lieber ein Toter als ein paar. Lieber ein paar Tote als viele. Und viele, wenn es sein mußte. Danivon hatte recht. Wahrscheinlich hätten sie sich ohnehin zwischen Siminone und der Pest entscheiden müssen. Ein Toter oder viele. Reformer waren immer ein Problem. Aber die Musik…

»Eins haben wir aber nicht mit ihnen besprochen«, sagte sie stur. »Wie die zusätzlichen Menschen ernährt werden sollen.«

»Ernährt?«

»*Salzmarsch* liefert Nahrungsmittel an *Chor*. Je größer die Bevölkerung von *Salzmarsch* wird, desto weniger Lebensmittel gehen an *Chor*. Viel weniger sogar. Wir hätten das zur Sprache bringen sollen.«

»Nach unseren Erfahrungen…«

»Hätte das nicht funktioniert«, nahm sie ihm das Wort aus dem Mund, wobei sie sich an die Geschichtsstunde erinnerte, die Jory früher am Tag gehalten hatte.

Danivon schaute sie voller Sympathie an. Für ihre Verhältnisse verhielt sie sich ziemlich vernünftig, und er beschloß, sie an seiner größeren Erfahrung teilhaben zu lassen. »Du hast gehört, wie Jory von der Erde erzählt hat. Damals war es das gleiche. Den Leuten zu sagen, daß sie hungern müßten, hat noch nie funktioniert. Als frischgebackener *Beauftragter* hatte ich immer versucht, gesunden Menschenverstand zu predigen. So sagte ich zum Beispiel: ›Mutter, du weißt doch, daß du nur zwei Babies über die Trockenzeit bringst; weshalb hast du dann drei, fünf, sieben?‹, und sie sagten mir: ›Nun sind sie aber da! Sie müssen essen!‹ Oder sie sagten: ›Abidoi wird schon für sie sorgen.‹ Und weil der Gott natürlich nicht für sie sorgt, gehen sie bei den

Nachbarn betteln, die noch über Lebensmittel verfügen, weil sie nur ein oder zwei Kinder haben. Und in der Regel geben die Nachbarn ihnen auch Lebensmittel, und dann sehen beide Familien weinend zu, wie ihre Kinder verhungern. Aber niemand kommt auf die Idee, daß er selbst die Schuld dafür trägt. Jeder ist von der Vorstellung besessen, daß seine Kinder ein Lebensrecht hätten, egal, was mit den Kindern anderer Leute geschieht.«

Sie wandte sich ab. Sie haßte es, wenn vom Tod die Rede war. Er hat so geschäftsmäßig gesprochen, so trocken, so emotionslos. Sie drehte sich abrupt um und wollte in ihre friedliche Kabine gehen.

Und landete in Danivons Armen, wobei ihr Gesicht nur einen Fingerbreit von seinem entfernt war.

»Fringe Owldark«, murmelte er. »Fringe, gräme dich nicht so. Sorge dich nicht so.« Seine Hände berührten ihre Schultern, den Nacken, den Kopf. »Zerbrich dir nicht wegen jeder Kleinigkeit den Kopf, Fringe. Du kannst nicht über jeder Entscheidung brüten. Du darfst es dir nicht so zu Herzen nehmen. Sei nicht traurig. Ich will nicht, daß du traurig bist.«

»Nicht«, glaubte sie zu sagen. »Danivon. Laß mich in Ruhe.«

»Ich lasse dich aber nicht in Ruhe«, flüsterte er und legte den Mund an ihren Hals, dicht unter dem Ohr. »Du bist zu viel allein.« Seine Zunge hinterließ feurige Punkte auf Hals und Wange. Seine Lippen berührten die ihren. »Du bist die ganze Zeit allein. Schsch«, sagte er, als sie sich ein wenig sträubte.

»Danivon, ich will das nicht!«

»Kleine Lügnerin«, wisperte er. »Wundervolle kleine Lügnerin. Owldark die Schöne. Owldark die Perverse. Owldark… die mich schaudern macht, wenn ich nur an sie denke…«

»Danivon…«

Es war niemand da. Sie waren allein auf dem Deck. Der größte Teil der Besatzung war mit den Reiher-Leuten fischen gegangen. Die anderen Reisenden waren nicht an Bord oder schliefen. Nur wenn sie laut schrie, würde man sie hören

Sie schrie leise, und niemand hörte sie.

Wie vorgesehen traf Zasper sich mit Boarmus im *Swale*. Auf den ersten Blick nahm Zasper an, der *Kommandeur* sei krank. Eine andere Erklärung hatte er nicht für Boarmus' trüben Blick unter schwammigen Lidern, die eingefallenen Wangen und die zitternden Hände. Zasper, der schließlich kein *Rats-Beauftragter* mehr war, fühlte sich nicht verpflichtet, einen Kommentar zum Gesundheitszustand des *Kommandeurs* abzugeben; also beschränkte er sich auf ein paar sorgfältig abgewogene, nichtssagende Floskeln und das Allzweckwort:

»Sir.«

Boarmus bedeutete ihm, zum Fluß hinunterzugehen. »Gleich legt ein Ausflugsschiff ab, Ertigon. Ich hätte Lust, mir die *Selten*-Inseln anzusehen.« Er sprach die Worte in einem heiseren Flüsterton, als ob er nicht wußte, ob er sie aussprechen sollte.

Das war schon komisch. »Sir?«

»Begleiten Sie mich. Ich möchte ihre Meinung hören.«

»Sir.«

Sie gingen als letzte an Bord. Boarmus glaubte nicht, daß das Schiff beobachtet wurde. Die toten Männer hatten erst kurz vor seiner Abreise erfahren, daß er hierher kommen würde. Und daß er ein Schiff nehmen würde, wußten die toten Männer nicht. Wenn sie in Panubi ihre wie auch immer gearteten Aktivitäten betrieben, konnte man sich auf einem Schiff in Enarae ungestört unterhalten. Vielleicht.

Das Schiff legte ab und bog mit langsamer Fahrt in den träge dahinfließenden Sumpffluß ein. Boarmus ging zum Bug, wo niemand sonst stand. Er zog Zasper mit sich und flüsterte ihm ins Ohr: »Wenn Sie hier in der Gegend gütige Götter kennen, die noch Mumm haben, dann rufen Sie sie an, alter Mann! Wir alle stecken bis zum Hals in Schwierigkeiten, und ich brauche jede Hilfe, die ich bekomme!«

Zasper wischte sich ostentativ Speichel von der Schläfe, wo Boarmus mit seiner feuchten Aussprache ihn getroffen hatte und schaute den Mann angewidert an. Genug der Höflichkeiten. »Was wollen Sie, *Kommandeur*?«

Boarmus verstärkte den Griff. »Hören Sie, Ertigon. Ich muß Ihnen etwas sagen, und beten Sie zum Himmel, daß niemand uns hört; sonst sind Sie und ich nämlich tot, und vermutlich auch Ihre Protegés, Dani von Luze und Fringe Owldark.«

Zasper schaute zuerst überrascht und dann drohend, aber er sagte nichts. Boarmus' Augenbraue zuckte, und er wurde grau im Gesicht. Er sah aus wie ein Mann, der Todesangst hatte. Zasper wußte, daß es keinen Sinn hatte, ihn zu drängen, wenn er etwas Substantielles erfahren wollte. »Erzählen Sie«, sagte Zasper.

»Sie haben von der *Brannigan*-Galaxität gehört, Ertigon. Sie haben auch von *Brannigans Große-Frage-Komitee* gehört, dessen Mitglieder, wie Sie wissen, alle hierher nach *Woanders* gekommen sind.«

»Das sagte man mir.«

»Was Sie aber nicht wissen, ist, daß sie noch immer hier sind.«

»Noch immer ...?« Das mutete Zasper merkwürdig an. »Sie meinen, ihre Körper sind noch immer hier?«

Boarmus ging noch dichter auf Tuchfühlung, flüsterte in Zaspers Ohr und leierte hektisch die Geschichte herunter, wobei er sich verhaspelte und der verwirrte Zuhörer die Worte erst sortieren mußte. Er redete noch für eine Weile, doch Zasper unterbrach ihn nicht, obwohl die Augen sich verengten und der Atem sich beschleunigte.

»Sie sollten eigentlich schlafen«, schloß Boarmus. »Einmal im Jahr aufwachen, den Bericht entgegennehmen und wieder einschlafen. Ich glaube aber nicht, daß sie geschlafen haben …«

»In letzter Zeit nicht?«

»Überhaupt nicht. Ich versuche, mir das vorzustellen. Wie sich das auf einen normalen Menschen auswirken würde. Die ganze Zeit wach im *Kern* …«

»Aber … trotzdem würde das nicht erklären …«

»Natürlich nicht!« zischte Boarmus. »Es erklärt gar nichts. Für nichts gibt es eine Erklärung. Ich habe es versucht … ich habe es wirklich versucht. Ich habe alles gelesen, was sie hinterlassen haben, ihre Biographien, alles. Es gibt keine Erklärung. Aber die Vorfälle … sie gehen vom *Kern* aus. Und sie gingen in den *Kern*. Also müssen sie irgendwie …«

»Sie sagten, diese Leute wären dort hineingegangen, um wieder herauszukommen, nachdem die *Große Frage* beantwortet wurde?«

»Das geht jedenfalls aus den Dokumenten hervor. Aber Chadra Hume, mein Vorgänger, ist der Ansicht, sie würden immer dann herauskommen, wenn sie glauben, günstige Bedingungen vorzufinden. In den Logbüchern gibt es einen Eintrag, wonach sie auf die Frage eines *Kommandeurs*, wann sie herauskommen würden, antworteten, wenn sie es für richtig hielten.«

Zasper schüttelte verwundert den Kopf. »Und sie sind während der ganzen Zeit wach gewesen.«

»Sie müssen die Spezifikationen geändert haben.«

»Die ihre … geistige Gesundheit gewährleisten sollten, wie ich annehme.«

»Vermutlich.«

»Dann sind sie nun verrückt?«

»Ich weiß es nicht! Ich bin nicht einmal sicher, ob sie

es sind. Sind es nur ein paar? Vielleicht einer oder zwei? Oder alle? Oder … ist es vielleicht eine ganz andere Wesenheit, die nur unter ihren Namen auftritt?«

»Können Sie ihn denn nicht herunterfahren? Den *Kern*?«

»Nein. Das geht nicht. Aber ich glaube … sie wissen, daß wir das gern täten. An ihrer Stelle würden Sie es auch wissen, nicht wahr? Selbst wenn Sie verrückt wären … gerade wenn Sie verrückt wären, würden Sie es wissen. Sie wären mißtrauisch!«

»Sie glauben, daß sie es auf Fringe und Danivon abgesehen haben?«

»Wie sollten sie an Fringe und Danivon herankommen? Sie sind beide in Panubi. Der Verstand sagt mir, daß ihr Arm unmöglich bis nach Panubi reicht, und trotzdem … sie haben von Panubi gesprochen.«

Boarmus verstummte und wischte sich den in Strömen fließenden Schweiß von der Stirn. »Während wir uns hier unterhalten, setzt mein junger Adjutant eine Nachricht an *Stadt Fünfzehn* ab. Unbemerkt hoffentlich. Es gibt dort eine Gruppe, die sich schon seit einiger Zeit mit diesem Problem beschäftigt. Chadra Hume hatte sie schon vor langer Zeit informiert. Damals schon hatte er den Eindruck, daß etwas nicht stimmte …«

»Was wollen Sie von mir?«

»Alles. Rat. Hilfe.« Als er Zaspers starren Gesichtsausdruck sah, seufzte er. »Vielleicht wollte ich auch nur mit jemandem reden. Oh, ich weiß schon, wie ihr *Beauftragten* über den *Rat* denkt, Ertigon. Wir müßten schon komplette Narren sein, wenn wir das nicht wüßten. Ihr haltet uns für affektierte Idioten und faule Säcke, die den ganzen Tag nur fressen und saufen, die Zeit mit sinnlosen Ritualen totschlagen und ansonsten nichts leisten. Sie haben ganz recht; so sind wir. Allerdings ist das unser Auftrag. Dazu sind wir da. Wir stehen in der Tradition des Beamtentums: Blockierer, Bremser, Feinde des Fortschritts, Bewahrer des Status quo. Hier auf *Woanders* nennen wir das Bewahrung der Vielfalt, und immer wenn die Sitten und Gebräuche bedroht sind, schicken wir euch *Beauftragte* los. Wir sind der Ansicht, daß wir unsere Pflicht erfüllen, Ertigon, genauso wie Sie – mehr oder weniger – Ihre Pflicht erfüllen.«

»Mehr oder weniger?«

»Nun, da war diese Sache mit der Rettung von Danivon Luze.«

»Sie wußten davon?« fragte Zasper erstaunt.

»Die meisten *Beauftragten* machen hin und wieder solche Sachen. Ein paar Dinge muß man ihnen schon nachsehen. Man muß ihnen einen gewissen Freiraum einräumen. Sonst begehren sie gegen uns auf. Das steht alles im *Kommandeurs*-Handbuch. Bis zu welchem Grad man euch eigenmächtige Handlungen durchgehen lassen darf. Es ist besser, man hat einen schuldigen *Beauftragten* als einen Heiligen. *Beauftragte*, die sich schuldig fühlen, engagieren sich dafür um so mehr. Heilige sind eine Plage. Natürlich kennt außer den *Kommandeuren* niemand die richtigen Regeln. Und wir behalten sie für uns.«

»Sie wußten es!« wiederholte Zasper ungläubig.

»Ich wußte es nicht nur, sondern war Ihnen auch dankbar dafür. Danivon war nämlich sehr nützlich. Ist er noch. Im Vertrauen, Ertigon. Es ist nicht nur so, daß er nützlich ist. Ich mag ihn. Ich habe selbst keine Kinder, und er ist … das, was ich hätte sein wollen, wenn ich es mir hätte aussuchen dürfen. Er ist so, wie ich selbst gern wäre. Er ist ein Prachtjunge. Ein Frauentyp. Ach ja. Manchmal bin ich meines Amts als *Kommandeur* überdrüssig.«

Zasper schaute ihn mit offenem Mund an. Welche Äußerungen er auch immer von Boarmus erwartet hatte, das war es nicht gewesen.

Boarmus nickte versonnen. »Und natürlich stammt

er nicht aus Molock, auch wenn Sie ihn dort gefunden haben. Ich habe eine Zellprobe von ihm nehmen lassen. Sein Genotyp entspricht weitgehend dem der Leute aus *Flachwasser*, aber die Übereinstimmung ist nicht groß genug, um es mit Bestimmtheit zu sagen. Es wäre natürlich auch möglich, daß er manipuliert wurde. Das sagt jedenfalls das *Archiv*.«

»Woher wußten Sie überhaupt, wo ich ihn gefunden hatte?«

»Die Inspektionsschiffe sind mit Monitoren ausgerüstet. Nur für den *Kommandeur*. Eine alte Redensart gibt Aufschluß darüber. Wer beobachtet die Beobachter, eh? Ach, Ertigon ... ich weiß eine ganze Menge.«

»Aber nicht, wie Sie uns vor diesem Ding im *Kern* schützen sollen«, schnaubte Zasper.

»Nein. Das nicht. Manchmal glaube ich, daß das, was auch immer dort unten schmort, unsterblich ist!«

»Und Sie haben Angst.« Das war keine Frage, sondern eine Feststellung.

»Schreckliche Angst.« Boarmus wischte sich den Schweiß aus dem Gesicht. »Ein *Kommandeur* dürfte so etwas eigentlich nicht sagen, eh? Aber es ist wahr. Ich habe schreckliche Angst. Eine von den Stimmen nenne ich den Schlucker. Ich glaube, sie ist ein Teil dessen, was in den Tunnels ein Mädchen getötet hat ... es hat sie zerrissen ... mit ihrem Blut Worte an die Wand geschrieben. Sie hat das Wort ›Narr‹ geschrieben. Und noch ein undeutliches Wort, das vielleicht ... Cling hieß. Sie hatten diesen Namen mir gegenüber einmal erwähnt. Im Buch der Biographien steht, er sei dort unten, in seiner Eigenschaft als einer der vier Fraktionsvorsitzenden.«

»Fraktionsvorsitzenden?«

»Es gab Fraktionen im Komitee. Sir wissen schon, Gruppen mit unterschiedlichen Ansichten. Teufel, Zasper, Sie haben die Namen der Führer doch selbst genannt, in diesem verdammten Reim, den Sie mir vor ein paar Jahren vorgetragen haben!«

»Ach, *diesen* Cling meinen Sie! Bland und ...«

Boarmus legte die Hand auf Zaspers Mund. »Sprechen Sie es nicht aus. Es sind ihre Namen ... und wenn nicht ... es vermutet, jeder Fragesteller würde eine Verschwörung gegen es planen, doch andererseits regen sie sich darüber auf, daß sie in Vergessenheit geraten sind!«

»Das verstehe ich nicht!«

Boarmus seufzte. »Es ist auch nicht zu verstehen. Erwarten Sie nicht, daß sie sich rational verhalten!«

»Wieviel davon sind gesicherte Fakten?« flüsterte Zasper.

»Ich weiß nicht«, flüsterte Boarmus mit einem flauen Gefühl. »Das *Archiv* könnte es mir vielleicht sagen oder wenigstens eine Wahrscheinlichkeit nennen. Aber ich wage es nicht, das *Archiv* zu befragen. *Es* würde sofort Bescheid wissen und vor Wut kochen. Statt dessen gehe ich von hier aus direkt nach *Stadt Fünfzehn*. Chadra Hume sagte mir, die Dinks hätten ein abgeschirmtes System, und ich hoffe, daß es eine Wahrscheinlichkeitsrechnung für mich durchführt. Vielleicht klären sie mich über die Hintergründe auf und sagen mir, was ich tun soll.«

Zasper schüttelte den Kopf. Das alles mußte er erst einmal sortieren. »Möchten Sie, daß ich nach Panubi gehe?«

»Ich hätte nichts dagegen. Bei Ihnen würden sie keinen Verdacht schöpfen. Sie warten sicher darauf, daß ich einen Bericht über die Vorgänge dort anfordere. Weil Fringe und Danivon involviert sind, werden sie es nur für natürlich halten, wenn Sie auch dort erscheinen.«

»Ich bin aber pensioniert.«

»Sie wären nicht der erste *Rats-Beauftragte*, der reaktiviert wird.«

»Und was soll ich in Panubi tun?«

»Ich weiß es nicht, *Beauftragter*. Bisher war ich nur in der Lage, Danivon eine Warnung zukommen zu lassen. Mehr ist mir nicht eingefallen. Ich hatte Ihnen damals schon gesagt, daß ich kein Mann der Tat bin, und ich habe keinen Schimmer, was Sie oder die anderen tun können. Vielleicht unterstützen Sie sich wenigstens gegenseitig!«

Das war nun das mindeste, wozu Zasper imstande und bereit war. Außer der Besorgnis für die jungen Leute verspürte er jedoch ein Gefühl, das so absurd war, daß er es kaum glaubte. Er verspürte Sympathie für Boarmus! Gar kein so übler Bursche, sagte er sich. Unter Berücksichtigung aller Umstände kein übler alter Bursche.

Und Boarmus, der erleichtert war, daß er jemanden hatte, dem er sein Leid klagen konnte, sagte sich das gleiche. Ein sturer alter Bastard, dieser Ertigon, aber ein guter Mann. Ja, ein guter Mann.

»Ich werde gehen«, sagte Zasper. »Wo finde ich sie?«

»Sie müßten inzwischen in der Nähe von Derbeck sein. Die Monitore zeigten eine seltsame Manifestation in Derbeck. Deshalb schickte ich Danivon eine Routinenachricht und sagte ihm, er solle sich darum kümmern.

Ich mußte es tun!« rief er, als er Zaspers Gesichtsausdruck sah. »Oder ich hätte selbst gehen müssen. Ich muß aber den Anschein der Normalität aufrechterhalten. Das ist alles, was zwischen uns und dem Chaos steht!« Er hörte sich plappern und biß sich auf die Lippe. »Gehen Sie durch die *Tür* des *Beauftragten*-Postens nach *Toleranz*. Hier ist die Genehmigung, durch die *Tür* von *Toleranz* zum *Beauftragten*-Posten bei *Flachwasser* zu gehen. Es ist zwar nur ein kleiner Posten, aber sie haben dort ein paar Gleiter. Beschaffen Sie sich die Bewaffnung, die Sie für zweckmäßig halten. Mehr kann ich Ihnen nicht sagen.«

Zasper nickte, wobei sein Gehirn auf Hochtouren lief.

»Ich gehe derweil nach *Stadt Fünfzehn*«, murmelte Boarmus. »Ich habe diesen Burschen mitgenommen, Jacent. Wenn Sie eine Nachricht erhalten, die angeblich von mir stammt, dann ignorieren Sie sie; es sei denn, er überbringt sie Ihnen persönlich oder sie trägt seinen Namen. Eine Botschaft, die nur meinen Namen trägt, ist gefälscht.«

»Ich werde daran denken, Boarmus.«

Boarmus grunzte, wischte sich den Schweiß aus dem Gesicht und unterdrückte die aufsteigende Übelkeit.

»Ach, Boarmus ...« Was sollte er dem armen Kerl noch sagen?

»Ja.«

»Danke, Sir.«

Die *Taube* fuhr den ganzen Tag flußaufwärts, mit Kurs auf den Haupthafen von Molock. Fringe hielt sich überwiegend in der Kabine auf und versuchte, alles zu verdrängen: die Babies, die von *Gavern* mit Reißzähnen und Schuppenpanzern gefressen wurden, die Kinder, die im Schilf zerstückelt wurden, die göttliche Musik, die vor der Zeit verstummte, sogar die Beziehung mit Danivon. Sie war fast bis zur Morgendämmerung bei ihm geblieben, unfähig, sich von ihm zu lösen. Nun sah sie ihn im gleichen Licht wie die Götter von *Hobbs Land*: Er machte sie süchtig, er versklavte sie, und sie mußte ihn fliehen, weil sie bei ihm nicht mehr sie selbst war. Nein, nein und nochmals nein. Sie packte die *Schicksals-Maschine* aus und legte sich aufs Bett, wobei sie die Lichter beobachtete, die Glöckchen hörte, die Worte auf den Kapseln ignorierte und an gar nichts dachte.

Als sie am späten Nachmittag an Deck ging, sah sie Jory an der Heckreling stehen, in der Nähe von Danivon und Curvis, die sich über Molock unterhielten.

»Das Problem ist«, sagte Curvis, »daß der Kinderschmuggel nicht regulär betrieben wird und auch von keiner bestimmten Gruppe. Es verhält sich vielmehr so, daß einzelne Eltern das Kinderopfer vermeiden, indem sie ihre Kinder auf den Flußschiffen verstecken.«

Danivon sagte, er habe noch nie eine *Lage* in Molock *geklärt* und sei mit der Provinz nicht vertraut.

Curvis beschrieb die Situation in Molock.

»Aha«, sagte Danivon. »Dann sollen wir also dafür sorgen, daß die Eltern aufhören, ihre Kinder zu retten.«

»Ihr könnt sie nicht vom Versuch abhalten, ihre Kinder zu retten«, sagte Fringe. »Das habt ihr selbst gesagt.«

Danivon blickte auf und schüttelte den Kopf. »Aber sie haben kein Recht, sich dem Unvermeidlichen zu entziehen. Es hat seit jeher Menschenopfer in Molock gegeben.« Er streckte die Hand aus, doch sie ergriff sie nicht.

Fringes Mund zuckte, als ob sie den Drang unterdrückte, ihm von mindestens einem – sogenannten – Menschen zu erzählen, der aus Molock entkommen war. »Was genau besagen Beschwerde und Verfügung?« fragte sie.

Curvis holte die Datenbank hervor. »Beschwerde des *Hohepriesters* blablabla … Verfügung: *Beauftragte* werden blablabla eine Strafe gegen beteiligte Eigner von Flußschiffen oder Arbeiter oder Provinzen verhängen, und blablabla werden bekräftigen und so weiter.«

»Dann verhängt eben eine Geldstrafe«, sagte Fringe entrückt und mit kalter Stimme. »Was ist die örtliche Währung, Derbecki? Verdonnert sie zu fünf Derbecki!«

»Fünf Derbecki sind gar nichts«, sagte Curvis.

»Ich weiß«, sagte sie und wandte sich ab. »Aber es genügt den Anforderungen der B&V. Und hängt eine Warnung in Molock aus. Das dürfte Bekräftigung genug sein.«

»Was hat dich denn gestochen?« fragte Danivon schroff, der sich schon wieder über sie ärgerte. Sie hatten nun zweimal miteinander geschlafen, und jedesmal hatte sie danach so getan, als ob sie ihn haßte. Sie hatte kein Recht, sich so zu benehmen! Was hatte diese Frau für Probleme?

»Erinnerst du dich an Shimm-nau?« fragte sie mit dieser entrückten Stimme. »Wißt ihr beide denn nicht über Shimm-nau Bescheid?«

Die Männer ließen Shimm-nau Revue passieren, eine Theokratie der Kategorie Fünf, die mit strenger Hand von einer Priester-Klasse regiert wurde und in der Prozesse wegen Häresie, Folter und Exekutionen an der Tagesordnung waren. Wegen der Nähe zu *Toleranz* hatten die *Beauftragten* den Ort ungewöhnlich strengen Kontrolle unterzogen. Jemand in Shimm-nau hatte einen tödlichen Krankheitserreger entdeckt und mit Hilfe von mindestens tausend Komplizen die Wasservorräte der Provinz verseucht. Es hatte keine Überlebenden gegeben. Das war der einzige Fall eines Massen-(Selbst-)Mords, der bisher in einer der Provinzen von *Woanders* zu verzeichnen war. Es hatte keine Überlebenden gegeben. Shimm-nau diente an der *Akademie* als abschreckendes Beispiel.

»Weißt du«, sagte Curvis beiläufig, »sie hat recht, wenn sie sagt, daß eine Geldstrafe von fünf Derbecki und ein Aushang mit einer Warnung hinreichend seien. Ich meine, damit ist den Bestimmungen Genüge getan. Und wenn jemand sich beschwert, verweisen wir ihn auf Shimm-nau.«

»Man muß den Leuten einen Ausweg lassen«, sagte Fringe und wandte sich mit düsterem Blick zu Danivon um. »Selbst wenn in Molock neunundneunzig Bewohner diese Praktiken gutheißen, muß man dem Hundertsten einen Fluchtweg offenhalten! Was für den einen richtig ist, ist es für den anderen noch lange nicht!«

»Aber so läuft das eben in Molock«, sagte Danivon stur; er begriff nicht, worauf sie eigentlich hinauswollte. »Ich glaube nicht, daß es mit einer Geldstrafe von fünf Derbecki und einem Aushang getan ist!«

»Was?« sagte sie und schaute ihn zornig an. »Vielleicht würdest du am liebsten selbst noch ein paar kleine Kinder verhungern lassen, nur um den Leuten zu zeigen, daß eine Flucht aussichtslos ist. Vielleicht würde es dir sogar noch Spaß machen, ihre Knochen zu zerstampfen, wenn sie tot sind!«

Sie sahen einander böse an, und dann ging Fringe weg und gesellte sich zu der an der Reling stehenden Jory.

»Frauen taugen nicht zu *Beauftragten*«, knurrte Danivon, der nun ernstlich wütend war. »Sie sind zu emotional. Sie sind einfach nicht imstande, sich auf die philosophischen Aspekte einer Sache zu beschränken.«

»Du hast dich ganz schön aufgeregt«, murmelte Jory.

»Am meisten über mich.«

»Nicht über Danivon?«

»Doch, über ihn auch. Die *Beauftragten* präsentieren das *Beschwerde- und Verfügungs*-Schreiben, und dann trampeln sie auf den Leuten herum.«

»Und Danivon trampelt auch auf den Leuten herum?«

»Manchmal schon.«

»Auch auf dir?«

»Nun ...« Sie dachte darüber nach und versuchte, zu einem fairen Urteil zu gelangen. »Ja, tut er. Aber ich befürchte, er tut es nur deshalb, weil ich es zulasse.«

»Aha«, sagte Jory. »Und das ärgert dich.«

Fringe errötete und nickte. Natürlich ärgerte sie das. Wenn sie sich so verhielt. Wenn sie sich wie ein Schulmädchen mit Liebeskummer verhielt! Sie hatte sich das ganze Leben lang nach ... was auch immer gesehnt, und dann vergaß sie das und gab sich Danivon hin wie eine läufige Hündin!

Zumal sie sich daran erinnerte, daß Zasper ihr von dem Kind erzählte, das er gerettet hatte. Gewiß war Danivon dieses Kind gewesen, obwohl Danivon das nicht wußte. Er hätte vielleicht auch als Schädel auf dem Gestell geendet, doch das wußte er auch nicht. Vielleicht war es nun an der Zeit, daß er es erfuhr!

Sie hatte nicht vor, Zasper zu verraten, aber sie würde Danivon auch nicht mit einem Mord davonkommen lassen.

Stadt Fünfzehn wurde zu drei Vierteln von Dinka-Dschinns bewohnt, von denen die Hälfte sich dem vergeistigten Leben verschrieben hatte. Weshalb sollte man sich überhaupt zerlegen, wenn nicht zu dem Zweck, um den Geist von fleischlichen Gelüsten zu befreien? Weshalb sollte man sein Keim-Plasma auf Abruf aufbewahren und die Organe in einem Tiefkühlfach lagern, wenn nicht zu dem Zweck, um sich auf intellektuelle Höhenflüge zu konzentrieren?

Die andere Hälfte der Dinka-Population hatte verschiedene Motive: Erotik, Finanzen, Politik, Sitten und Gebräuche. Dinks, so besagte ein Aphorismus, erzeugten Dinks, so daß es immer reichlich von ihnen gab.

Boarmus' Vorgänger hatte ihm gesagt, die Schwierigkeit in *Stadt Fünfzehn* bestünde darin, daß man sich erst einmal vergewissern mußte, ob man es nun mit einem Gehirn-Dink oder einem der anderen Dinks zu tun hatte. Die Kreatur, die Boarmus' Päckchen ablieferte, gehörte zur letzteren Kategorie; es handelte sich um einen dilettantischen Touristen-Dink, der in Blooms Spielhölle hoch verloren hatte – wobei er (oder sie) nicht imstande war, die Spielschulden zu begleichen – und es sich nun aussuchen durfte, ob er sich als Laufbursche betätigen oder in seine Einzelteile zerlegt und verkauft werden wollte. Der Dink, an den das

Päckchen übergeben wurde, hieß Seppel794DZ, ein Gehirn-Dink der höchsten Rangstufe, zu dessen Wohnung/Labor/Studierzimmer Boarmus begleitet wurde, nachdem er an einem abgeschirmten Ort eingetroffen war.

»Ich habe diese Dinge mitgebracht«, sagte Boarmus und leerte den Inhalt der Taschen auf den Tisch vor sich, wobei er es tunlichst vermied, Seppel794DZ anzuschauen. Er hatte durchaus nichts gegen Dinks. Nur ihr Anblick verursachte ihm Unbehagen.

»Sensorische Aufzeichnungen«, sagte Seppel794DZ tonlos. »Alte Aufzeichnungen, dem Anschein nach. Woher haben Sie sie?«

»Sie befanden sich an der Peripherie des *Kerns*. Nicht im Kommunikationsraum selbst, sondern in einem nahegelegenen Korridor. Sie füllen ganze Schränke. Weil es zu viele waren, habe ich nur die Aufzeichnungen mitgenommen, die von den Fraktionsvorsitzenden angelegt worden waren sowie von einer Person namens Jordel von Hamerlane. Er erscheint in den alten ... nun, Berichten, würdet ihr wohl sagen.« Bezeichnete man Kinderreime etwa als ›Berichte‹? Wieso nicht. Tradition war Tradition, egal wer sie pflegte.

»Sie haben sie nicht abgespielt?« fragte Seppel794DZ. »Sie wissen nicht, was drauf ist?«

»Wenn ich sie abgespielt hätte, hätte das *Archiv* es gemerkt und somit auch das, was auch immer im *Kern* steckt. Es ... sie sind über alle meine Schritte informiert, über jeden Atemzug!« Er schauderte und spürte, wie ihm der Schweiß ausbrach.

»Nehmen Sie Platz, Boarmus«, sagte der Dink mit der für einen Dinka-Dschinn typischen trocken-metallischen Stimme, wobei es ihm irgendwie gelang, einen freundlichen Tonfall zu generieren. »Ich habe einen Stuhl für Sie holen lassen.«

Dinks brauchten keine Stühle. Dinks brauchten

überhaupt nicht viel, sagte Boarmus sich. Außer Antworten. Dinks hatten ein Faible für Antworten.

»Ich brauche Hilfe«, bettelte er und ließ sich auf den Stuhl sinken. Er war zwar zu klein, aber immer noch besser als gar keiner.

Der Dink tippte auf eine seiner Boxen. Erst nach einem Moment begriff Boarmus, daß es sich bei der Geste um ein Nicken gehandelt hatte. »Wir haben wie Sie die physischen Effekte beobachtet, seit Chadra Hume in dieser Sache bei uns vorstellig geworden ist. Wir sind der Ansicht, daß der Ursprung dieser Effekte im *Kern* liegt. Wir postulieren verschiedene Möglichkeiten ihrer Entstehung. Die meisten von uns glauben, daß der *Kern* Ursprung eines Netzwerks ist, das sich über große Gebiete erstreckt. Wir haben danach gesucht. Entweder haben wir aber an den falschen Stellen gesucht, oder es ist so gut abgeschirmt, daß wir nicht in der Lage sind, es zu identifizieren.«

»Ihr seid nicht in der Lage, es zu identifizieren?«

»Bisher nicht. Vielleicht irren wir uns auch.«

»Ihr postuliert also ein Netzwerk«, sagte Boarmus nachdenklich. Er versuchte, sich die Form dieses Netzwerks vorzustellen, jedoch ohne Erfolg.

»Es müßte fast den ganzen Planeten umspannen. Es müßte aus winzigen, synchronisierten Vorrichtungen bestehen …«

»Vorrichtungen, die Fußabdrücke im Fels hinterlassen? Vorrichtungen, die imaginäre Dinge real wirken lassen? Vorrichtungen, die Menschen verstümmeln und töten? Vorrichtungen, die alles hören und sehen …«

Der Dink zuckte. »Ich weiß, es klingt unlogisch. Es wäre natürlich auch möglich, daß wir uns irren.«

»Du wiederholst dich!«

Der Dink schwieg.

»Wenn es vom *Kern* ausgeht, sollten wir ihn vielleicht isolieren. Wir kommen zwar nicht hinein, aber wie wäre es, wenn wir ihn ausgraben? Alle Verbindungen kappen?«

Seppel794 erzeugte ein Geräusch, das sich wie ein Schnauben anhörte. »Chadra Hume hatte die gleiche Frage gestellt. Soweit wir wissen, kommen wir nicht an den *Kern* heran; er ist zu gut gegen äußere Einflüsse abgeschirmt.«

»Angenommen, wir konzentrieren uns auf die Suche nach diesem Netzwerk. Wäre es möglich, es zu zerstören, falls wir es finden?«

»Ja. Das ist allerdings eine Zeitfrage. Wir wären wohl in der Lage, es zu zerstören, wenn wir es finden; doch in der Zwischenzeit wuchert es vielleicht woanders weiter. Zumal wir uns, wie ich schon sagte, auch...«

»Nicht!« schrie Boarmus. »Ich weiß. Ich weiß. Hör auf damit!«

»Die Energie muß vom *Kern* stammen«, spekulierte er.

»Wahrscheinlich.«

»Wäre es möglich, die Energiezufuhr zu unterbrechen?«

»Nein. Nicht von außerhalb des *Kerns*.«

»Was sollen wir dann tun?« rief er, wobei ihm vor Verzweiflung Tränen in die Augen stiegen.

»*Kommandeur*, daran arbeiten wir schon seit Jahren! Seit Ihr Vorgänger zu uns kam und uns seinen Verdacht mitteilte.«

Resigniert wies Boarmus auf die Würfel, die er mitgebracht hatte. »Vielleicht findet sich dort drin etwas, das euch weiterhilft.«

Der Dink wackelte mit einer seiner Boxen, wobei die Geste nur entfernt an ein zweifelndes Kopfschütteln erinnerte. »Vielleicht. Meine Kollegen und ich werden den Inhalt sichten. Und selbst wenn sie uns nichts über die aktuellen Vorgänge sagen, liefern sie uns vielleicht eine präzise Erklärung.«

»Wie tröstlich! Wir werden alle sterben, aber wenigstens kennen wir den Grund.«

»Wir müssen uns die Mühe auch nicht machen, wenn Sie es eh für sinnlos halten.«

»Woher soll ich denn wissen, ob es sinnlos ist. Tut, was ihr für richtig haltet.« Boarmus zwang sich, Seppel794DZ anzusehen. Eine schlichte Form. So … kastenförmig. Ohne jede Verzierung, nur mit ein paar Lämpchen und Sensoren. »Wieviel Zeit werdet ihr brauchen?«

»Wer weiß?« Schwang da etwa Müdigkeit in der Stimme des Dink mit? »Es wird sicher eine Weile dauern. Ich weiß zwar, daß es sich um sensorische Aufzeichnungen handelt, aber ich weiß noch nicht, wie ich sie anzapfen soll. Wir kennen keine Müdigkeit, aber ich weiß, daß Sie müde sein müssen. Ich habe Ihnen ein Bett ins Zimmer gestellt. Es steht dort drüben, unter den Nebenarchiven. Dort ist es ruhig. Dort befinden sich auch Speisen und Flüssigkeit, falls Bedarf besteht. Vielleicht möchten Sie sich ausruhen, während wir weitermachen?«

Boarmus seufzte. Er erinnerte sich nicht mehr, wann er zuletzt richtig geschlafen hatte, ohne panisch aus dem Schlaf zu schrecken, weil er glaubte, die Geister würden ihn fressen – oder daß sie ihn schon gefressen hatten. »Danke.«

Der Kasten erzeugte einen Lichtstrahl und lotste ihn zur Couch an der entgegengesetzten Seite des Raums. Die Couch war hart und zu schmal, doch das störte Boarmus nicht. Er sackte darauf zusammen und schloß die Augen. Er hatte alles getan, was in seinen Kräften stand. Jacent war noch in Enarae. Er erweckte den Anschein, als ob Boarmus sich auch noch dort aufhielte, bezahlte mit Boarmus' Scheckkarte und gab in Boarmus' Namen Bestellungen auf. Vielleicht würde das genügen. Vielleicht war das Ding im *Kern* gerade anderweitig beschäftigt. Vielleicht versuchte es, Danivon zu töten. Oder Fringe Owldark. Vielleicht war es so sehr damit beschäftigt, daß es die Täuschungsmanöver nicht durchschaute. Vielleicht hatte es die Suche nach ihm vorläufig eingestellt.

Er stöhnte jedoch im Schlaf und träumte, er würde von etwas Lautlosem, Allgegenwärtigem und Unbegreiflichem zerrissen.

Nachdem sie Molock verlassen hatten und weiter flußaufwärts fuhren, sahen Nela und Bertran, wie der Kapitän über das Deck ging, sich wiederholt über die Reling beugte und den Rumpf inspizierte. Dabei schüttelte er den Kopf, was er hin und wieder tat, seit sie von *Salzmarsch* abgelegt hatten. Irgend etwas bereitete ihm offensichtlich Sorgen.

»Was ist denn los?« fragte Bertran.

»Wir liegen zu tief im Wasser«, murmelte er. »Schon seit *Flachwasser*. Ich hatte den Männern gesagt, sie sollten den Laderaum nach einem Leck absuchen, aber sie haben keinen Wassereinbruch festgestellt. Ich fragte mich schon, ob sich vielleicht ein Monster-*Gaver* in den Kiel verbissen hat. Das tun sie manchmal ...«

»Monster-*Gaver*? Wie groß?«

»Mädchen, ich habe schon Exemplare mit einer Länge von zehn Männern gesehen, die bis zur Mastspitze aus dem Wasser ragten. Als ich noch ein Junge war, sah ich, wie einer den Mastkorb abbiß. Natürlich erreichen nur wenige diese Größe, weil sie wegen ihrer Haut gejagt werden, aber ich habe es mit eigenen Augen gesehen. Trotzdem haben wir Taue unter dem Rumpf durchgezogen, aber es ist kein *Gaver* da, weder ein Monster noch ein kleiner. Mein halbes Leben befahre ich nun schon mit diesem Schiff den Fluß, und ich weiß, wie es sich bei entsprechender Beladung verhält. Es hat den Anschein, als ob etwas im Laderaum schwerer sei, als es sein sollte. Aber ich habe die Ladung selbst kontrolliert und nichts Ungewöhnliches festgestellt.«

Sein Ärger war größer als die Besorgnis, und trotzdem setzte er die Inspektion fort, wobei er immer wieder die Wasserlinie überprüfte. Trotz seiner offensichtlichen Sorge hatten die Zwillinge den Eindruck, daß es so schlimm dann doch nicht war. Zu dieser Ansicht schien er schließlich auch zu gelangen, denn er rang die Hände und machte einen Eintrag ins Notizbuch.

Er wies auf die näherkommende Küste und sagte: »Nach der nächsten Halse, wenn wir uns der Südküste nähern, werden wir wenden und wieder flußabwärts nach Du-you fahren, dem Haupthafen von Derbeck. Zu dieser Zeit des Jahres ist es fast unmöglich, den Floh zu durchqueren oder den Hafen flußaufwärts anzulaufen. Wenn man aus der anderen Richtung kommt, ist das viel leichter für die Leute.«

»Wieso müssen wir überhaupt in Derbeck anlegen?« fragte Nela, während sie zum Bug gingen, wo die anderen sich befanden.

»Fracht«, sagte der Kapitän achselzuckend. »Entschuldigen Sie die Verzögerung, aber es geht ums Geschäft. Ich liefere Getreide und Stoffe aus *Flachwasser* und Dörrfisch aus *Salzmarsch* an meinen Kommissionär in *Houm*fon und nehme dafür Obstkonserven aus den Hochlandplantagen an Bord.«

»Wir hätten ohnehin hier anlegen müssen«, sagte Danivon. »Vor kurzem erhielt ich eine Nachricht von Boarmus. Wir sollen in Derbeck ermitteln. Verdeckt.«

»Aber wir treten nicht als *Beauftragte* auf, oder?« fragte Fringe.

»Nein. Molock war der letzte offizielle Besuch. Von nun an sind wir nur Schausteller.«

Sie gingen auf Distanz. Er schwieg, sie schwieg, wobei beide (wenn auch aus unterschiedlichen Gründen) sich auf das Flattern der Segel konzentrierten, das Rasseln der Ankerkette, das Pfeifen des Winds in der Takelage. Beide hörten Worte; was er zu ihr gesagt hatte, was sie zu ihm gesagt hatte; was er (sie) statt dessen hätte sagen sollen; was er (sie) nicht wieder sagen würde.

Die Steilküste von Molock fiel hinter ihnen zurück, wobei die blutroten Lehmufer mit den bleigrauen Wellen des Flusses kontrastierten. Langsam kam das sumpfige Ufer von Derbeck näher, das, so weit das Auge reichte, mit wogenden Gräsern und Schilf bewachsen war.

Als das Schilf nur noch einen Pfeilschuß weit entfernt war, drehte das Schiff und fuhr wieder flußabwärts, wobei es von den sechs Männern, welche die beiden Heckruder bedienten, auf Kurs gehalten wurde. »Hauuu«, riefen sie, während sie sich gegen die Strömung des Flusses stemmten. »Ruck«, wenn sie die Ruderblätter hoben. Die nächsten beiden Schläge erfolgten schweigend, und dann wurden die Ruder wieder durchgezogen. Es wurde eine quälend langsame, von vielen Pausen durchsetzte Fahrt. »Hauuu-ruck.« Drei, vier. »Hauuu-ruck.« Wieder Stille.

Der Ausguck auf dem Hauptmast sah das Boot zuerst, das aus dem Schilf auf sie zukam. Es war rund und primitiv, fast wie ein Korakel.

»Boot ho«, rief er.

Sie versammelten sich an der Reling und sahen, wie das Boot sich wie ein Wasserkäfer kreiselnd auf sie zu bewegte. Die unkoordinierten Ruderschläge wurden von zwei Leuten ausgeführt, in deren Mitte ein weiblicher Passagier saß. Der eine Mann war stämmig und hatte einen dunklen Teint, während die Frau und der andere Mann schlank waren und sandfarbene Haut hatten; irgendwie wirkten sie vertraut. Der dunkle Mann winkte ihnen zu und rief Worte, die das Rauschen des Flusses kaum übertönten.

»Ho … Stop … Notfall …«

»Das ist Ghatoun, Sir«, sagte der Deckoffizier zum Kapitän. »Führer einer Siedlung hier am Ufer. Wir hatten auf der letzten Fahrt Früchte und Getreide gegen Bastmatten eingetauscht.«

»Ich erkenne ihn. Die Männer sollen den Anker werfen.«

»Aye, Sir.«

Jory und Asner sprachen eindringlich miteinander, wobei sie sich so weit über die Reling beugten, daß Fringe schon glaubte, sie würden über Bord gehen. Sie packte Jory am Hemd und zog die alte Frau zurück. Es ertönte ein Klirren, als die Ankerkette sich abwickelte, ein Klappern, als die Ruder eingezogen wurden und ein Schaben, als ein Fallreep an der Bordwand hinabgelassen wurde. Dann kletterte Ghatoun über die Reling und sprach leise und eindringlich mit dem Kapitän.

»Die Späher sagen … *Chimi*-Hunde durchkämmen das Schilf … diese beiden … nicht aus Derbeck. Vielleicht Grenzverletzer … vielleicht *Supervisoren*. Will keinen Ärger …«

Fringe neigte den Kopf auf die Seite und schaute Nela und Bertran an. Der andere Mann und die Frau kletterten mühsam über die Reling; sie bewegten sich wie alte Leute oder jemand, der müde war bis an den Rand der Erschöpfung.

»Cafferty!« rief Jory. »Und Latibor!«

»Jory«, flüsterte der Mann mit einem verzerrten Lächeln.

»Gehören diese Leute zu Ihnen?« fragte der Kapitän die alte Frau.

»Aber ja«, sagte Jory. »Unsere lieben Freunde! Sie müssen in Lebensgefahr geschwebt haben.«

Die beiden nickten und ließen den Blick über die an Deck versammelte Mannschaft schweifen, wobei er sich jedoch immer wieder mit einem Ausdruck des Erstaunens und der Zufriedenheit auf Jory richtete.

»Was für ein Glück, daß wir mitgekommen sind!« rief Jory. »Ihr beiden kommt mit mir nach unten. Ihr müßt euch hinlegen. Ihr müßt etwas essen.«

»Sie haben schon gegessen«, beschwerte Ghatoun sich. »Und ausgeruht haben sie sich auch. Für ein paar Tage. Und sicher brauchen sie noch ein paar Tage, aber sie können nicht länger im Dorf bleiben, wo die *Chimi*-Hunde auf der Pirsch sind. Der *Alte Vater* ist tot, und in dem ganzen Chaos schwärmen die Hunde aus und suchen die Flußufer ab.«

Jory schaute Asner vielsagend an, während sie die beiden Fremden unter Deck brachte.

»Ihre Umsicht und Güte sollen belohnt werden«, sagte Asner. »Was sagen Sie? Hundert Derbecki? Tausend?«

Ghatoun lief rot an. »Hundert wären mehr als genug für ihre Unterbringung. Tausend würden wahrscheinlich meinen Tod bedeuten.«

»Dann eben hundert.« Asner kramte in den Taschen und brachte eine Handvoll Metallplättchen in allen Formen und Größen zum Vorschein. Er durchsuchte den Stapel, bis er zwei passende, silbrige Münzen gefunden hatte. Die gab er Ghatoun.

»Werden Ihre Leute etwas sagen, wenn die *Chimi*-Hunde kommen?«

»Und riskieren, abgeschlachtet zu werden? Machen Sie sich nicht lächerlich, Mann. Wir hätten kein Jahr überlebt, wenn die Leute so dumm wären.«

»Das höre ich gern«, sagte Asner mit einem Lächeln. »Friede und Glück, Ghatoun.«

»Unwahrscheinlich bei den *Chimi*-Hunden!« sagte der Anführer. »Legt jetzt ab, damit niemand euch hier ankern sieht und dumme Fragen stellt! Und haltet diese Leute versteckt, während ihr in Du-you seid; nur für den Fall, daß man sich in Derbeck für sie interessiert.«

Ghatoun stieg wieder ins Boot und war schon die halbe Strecke zum Ufer zurückgerudert, bevor der Anker gelichtet und die Ruder ins Wasser gelassen waren. Das kleine Boot verschwand im Schilf, während die *Taube* flußabwärts gen Du-you segelte.

Asner wandte sich den drei *Beauftragten* zu, die ihn düster anschauten.

»Grenzverletzer?« fragte Danivon. »Sind sie Grenzverletzer, Asner?« Danivon war der Panik nahe. Er roch etwas, und das stank nach Schrecken, Verstümmelung und Alter. Er roch den Tod und wußte nicht, was er dagegen tun sollte.

Asner schüttelte den Kopf. »Nun, genau weiß ich's nicht. Als ich sie zum letztenmal gesehen hatte, waren sie flußabwärts in Richtung *Flachwasser* unterwegs. *Flachwasser* ist ein Freihafen, also stand dieser Weg ihnen offen. Vielleicht sind sie auch nur *Parias*. Das ist schließlich nicht verboten.«

»Und woher kamen sie?« fragte Fringe. »Als Sie sie zuletzt gesehen haben.«

»Sie reisten flußabwärts und kamen vom Oberlauf«, sagte Asner. »Ist doch offensichtlich. Dort waren wir nämlich zu diesem Zeitpunkt.«

»Thrasis? *Bohnenfelder?*« fragte Curvis.

»Noch etwas weiter oben.«

»In der unerforschten Region?«

»Das haben Sie gesagt. Wir glauben nicht, daß die Gegend unerforscht ist. Wir wissen ziemlich genau, was dort oben vorgeht; immerhin waren wir schon ein paarmal dort.«

»Und wo?«

»*Nirgendwo*. Das sagte ich doch schon. Nirgendwo.

Der Ort hat keinen Namen. Weshalb müssen die Menschen jedem Ort einen Namen geben? Das ist anmaßend. Wäre doch möglich, daß der Ort schon einen anderen Namen hat!«

»Wie auch immer er heißt, er unterliegt nicht der *Supervision* durch *Toleranz*«, sagte Curvis. »Keine Monitore, keine Systeme, keine *Beauftragten*, die dort ihren Dienst verrichten …«

»Stimmt«, sagte Asner und nickte, allerdings nicht gerade wohlwollend. »Das ist aber nicht unsere Schuld. Weder meine noch Caffertys. Auch nicht Latibors oder Jorys. Der Rest von *Woanders* nimmt Sie doch schon genug in Anspruch. Ich frage mich, was Sie dann noch in *Nirgendwo* wollen?«

Danivon schmollte, doch Fringe sagte: »Er hat recht, Danivon. Deine Nase hat dir gesagt, wir sollten sie mitnehmen, und nun kennen wir den Grund. Sie wissen schon, was dort oben vorgeht.«

»Wie sind Sie überhaupt dorthin gekommen?« fragte Danivon.

Asner zuckte die Achseln. »Es ist ihre Heimat, Danivon Luze. Cafferty und Latibor sind als Kinder dorthin gekommen.«

»Nach *Nirgendwo*?«

»Richtig. Nach *Nirgendwo*. Wo auch immer das ist.« Er machte ostentativ eine wischende Geste, als ob er ihr Mißtrauen abschütteln wollte und tappte zum Niedergang, wobei er Jorys Namen rief.

9

Als Seppel794DZ zu Boarmus gesagt hatte, daß die Dinks möglicherweise Probleme hätten, die von ihm überbrachten sensorischen Aufzeichnungen zu lesen, hatte er ihm jedoch verschwiegen, welche Geduld und welches Geschick die Operation erforderte. Boarmus war erschöpft. Er schlief tief, trotz böser Träume, und inzwischen waren die Dinks fleißig, wühlten sich durch alte Dateien und fragten alte Systeme ab, bis es ihnen endlich gelang, die uralten Aufzeichnungen zu lesen. Wie Boarmus gesagt hatte, stammten die sensorischen Daten von fünf Individuen: Thob, Breaze, Bland und Cling. Und Jordel von Hamerlane.

Wie der Zufall es wollte, handelte es sich bei der ersten Aufzeichnung um die von Breaze, Orimar Breaze.

Sie sahen ihn, wie er sich selbst gesehen hatte. Ein stattlicher, weißhaariger Mann, der im Frühling zwischen altem Gemäuer flanierte. Die Bäume, deren filigranes Geäst sich vor dem Hintergrund der von der Zeit zermürbten Mauern ausbreitete, trieben die ersten Knospen, und das Gemäuer selbst war mit grünen Ranken behangen.

Er hört Gesang:

›Brannigan, wir preisen Dich.‹

Wasser spritzt auf ihn. Er berührt die feuchte Wange und spürt jeden einzelnen Tropfen wie Perlen auf der Haut.

›Brunnen der Vielfalt.‹

»Mein Name ist Orimar Breaze, Vorsitzender des *Große-Frage-Komitees*, Elder statesman der Wissenschaft, ernannt von den allmächtigen *Kanzlern*, um das Referendum zur Reform des Curriculums abzuhalten, preisgekrönter Autor des größten erotischen Werks meines Jahrhunderts, *Jorub und Andacine.*« So sieht er sich selbst und murmelt selbstzufrieden die Worte. *»Jorub und Andacine«*, wiederholt er. »Eine kreative Arbeit.«

Die Dinks fühlen, was er fühlt, und hören, was er hört. Sie sind stolz, Orimar Breaze zu sein, der nicht ist wie andere Männer. Oder wie andere Frauen. Der den meisten Menschen turmhoch überlegen ist, selbst vielen Angehörigen der *Brannigan-Galaxität*, der großen *BG*.

Orimar Breaze ist auf dem Weg zur Vorlesung. Heute wird er mit den schönen jungen Leuten in den erblühenden Park gehen. Sie werden sich auf den Rasen setzen, und er wird sich vor sie stellen, mit einer Erstausgabe von *Jorub und Andacine* in der Hand. Er wird ihnen daraus vorlesen, und seine Stimme wird sie wie ein sanfter Strom mitreißen.

Oh, Brannigan:

Sie ist seine Geliebte, sein Weib. Sie ist sein Forum, seine Bühne. Sie ist die Verkörperung seiner selbst.

Riesige Hörsäle hallen wider von Worten
so zeitlos wie die Schrift.
Laboratorien, wo Genies ihr Potential verwirklichen.
Korridore, in denen vitale Jugend
und reifes Alter sich tummeln,
und so weiter und so fort …

›Brannigan, wir preisen Dich …‹

Augen, strahlende Augen; die jungen, klaren Augen leuchten unter mit Wimpern besetzten Lidern und Stirnen ohne Brauen, die wie Skulpturen aus Marmor schimmern, Münder mit vollen Lippen, die sich zu einer Frage öffnen. Hier sind sie, im Lotussitz auf dem Gras. »Erleuchteter«, rufen sie. »Sag … sag uns … sag uns alles!«

Er wärmt sich am Klang ihrer Stimmen, läßt sich von ihrer Begeisterung anstecken. Oh, er wird sie Dinge lehren, die niemand sonst sie lehren wird.

Und er liebt die Namen, die sie ihm geben, vor allem die Mädchen. »Magister.« »Lieber Lehrer.« »Gebieter über mein Herz und meinen Geist.« Wer war es, die ihn so gerufen hatte? Egal. Es würde noch andere geben … andere.

Ach, das Gefühl junger Haut.

Ach, die Woge der Verehrung, die über ihm zusammenschlug.

Ach, die Woge des … des Wissens, die über ihnen zusammenschlug, sein Körper preßte sich … er preßte sich … Das war in der Bibliothek, der großen Bibliothek, inmitten der Bücher, sie und er.

Brannigan-Galaxität:

Riesige Bibliotheken in steinernen Tunneln
unter Kontinenten aus Rasen.
Die unendliche Höhe der bemalten Decken,
wo verblaßte Gestalten aus vergessenen
Legenden sich vergnügen …

Allein, sie waren nicht die einzigen, die sich vergnügten!

[Touristen kamen hierher, um die Wandgemälde zu betrachten. Damit war er ganz und gar nicht einverstanden. Nicht in *Brannigan*, das eigentlich sakrosankt sein sollte, das nicht von lärmenden Massen heimgesucht werden sollte, die sich durch die Korridore wälzten, an die Decke starrten und den Mosaikfußboden mit Essensresten besudelten. Sie sollten endlich verschwinden! Hinfort mit euch! Dies ist kein Ort für Laien. Dies ist ein Ort, an dem …]

… Legenden sich vergnügen.
Ist es diese Weisheit, aus der die Menge
Wissen schöpft? Oder die Königin
von wie-hieß-das-gleich-noch-mal,
die ein Dingsbums ausstellt? …

… wo der Körper sich preßt … er sich preßt … All das entfaltete eine Wirkung wie prickelnder Sekt, und er genoß die Freude und das Entzücken und sonnte sich im Ruhm! Diese glorreichen Zeiten, diese zeitlosen Worte, diese ewig jungen Studenten! Wie ruhmreich, die atemlose Stimme seinen Namen flüstern zu hören. »Dort kommt Orimar! Lehrer! Geliebter! Ach, Orimar!«

Ein unablässiger Strom stampfender Füße
wälzt sich über die Treppen.
Düstere, endlos lange Korridore
münden in stille Gewölbe …

Er mag die Stille nicht. Nicht, wenn er allein in ihr ist.

Egal. Auch das ist im
unzerstörbaren Archiv *gespeichert.*

Unzerstörbar. Er ist unzerstörbar.

Lausche ihren Worten, den lieblichen Wesen, die vor ihm auf dem Rasen sitzen und die seinen Namen flüstern: »Oh, Orimar Breaze!« Wahrlich, es gefällt ihm noch immer an diesem Ort, wie eh und je.

Indes es eine in der Gruppe gibt, die ihn nicht beachtet! Eine dort an der Seite, die er nicht in seinen Bann gezogen hat. Das ist früher schon geschehen. Und nun geschieht es wieder!

Nachdem er die andern entlassen hat, nimmt er sich diese vor. »Komm«, sagt er. »Was hast du? Das Seminar scheint dir nicht zu gefallen, schönes Kind.«

Sie hat keinen Grund, ihn zurückzuweisen. Ist Orimar nicht einer der Erleuchteten? Einer der Emeriti, welche …

›Mögen die güldenen Türme in die Höhe wachsen
als eine Boje für die Weisen …‹

»Du mußt dich einbringen. Du mußt eins werden mit der Gruppe.«

Sie sagt etwas Unverbindliches. Er sieht die Verachtung in ihren Augen. ›Alter Mann‹, sagen ihre Augen. ›Ich kenne dich, alter Mann.‹

Mit welchem Recht behandelt sie ihn so?

Mit eiskalter Stimme entläßt er sie. Sie hat keine Zukunft, nicht in *Brannigan*. Dafür wird er schon sorgen. Nur ein negativer Bericht, und sie wird schon wissen, wem sie das zu verdanken hat.

›Mögen Deine Kinder unsterblich sein …‹

Brannigan, dessen Emeriti in glänzenden Reihen in den *Hallen von Morgen* gestanden hatten, konserviert in unverwüstlichem Vitreon, wo sie auf den Tag warteten, da man ihnen die ewige Jugend verlieh …

Mit welchem Recht bezeichnete sie ihn als alten Mann!

Er wird sie in sein Büro bestellen. Er wird ihr eine zweite Chance geben.

Also steht sie nun vor ihm, mit versteinertem Gesicht und geschlossenen Augen. Er verlangt von ihr, daß sie … etwas Erniedrigendes, Entwürdigendes tut.

Sie antwortet ihm nicht einmal.

Nun ist es aber genug. Sie hat ihren Ausschluß selbst

zu verantworten. Er wird sie auf eine andere Welt schikken, wo sie ihn nicht auf diese Art und Weise zurückweisen kann. Eine Welt, auf der eine Zurückweisung hinreichenden Grund für eine Disziplinarstrafe bietet!

›Brannigan, Großer Brannigan!
Brannigan-Galaxität!‹

Disziplin ist das, was sie will. Was sie braucht. Und Orimar könnte es ihr geben. Er fühlt es im Innern. Heiß. Die Lust nähert sich dem Siedepunkt. Er würde zuschlagen. Er würde sie verletzen. Er würde sie am Boden zerstören. Dann würde er sich ihrer entledigen, während sie noch schrie und ihn um eine weitere Chance anflehte, nur noch eine Chance. Er würde lächeln. Er würde den Kopf schütteln. Zu spät.

…am Tag, an dem die Große Frage
beantwortet wird…
Die Große Frage, *die einzige Frage,*
mit der Brannigan sich beschäftigt.
Die Frage, auf die sie sich gründet,
die sie übertragen und neu interpretiert hat
und auf die sie hingebungsvoll die Antwort sucht.
Die Große Frage, *welche die Menschen umtreibt,*
seit sie vor Urzeiten von den Bäumen
heruntergekommen sind…
…erfüllte Leidenschaft…
…vor Urzeiten von den Bäumen herunter…

WAS IST DAS LETZTENDLICHE SCHICKSAL
DER MENSCHHEIT?

»Genug«, sagt Seppel794DZ. »Wir wissen genug. Das bringt uns nicht weiter. Er ist weder Techniker noch Ingenieur. Er hat weder an *Woanders* noch an den *Kern* gedacht.«

Die anderen Dinks stimmen ihm zu. Die Gehirn-Dinks als eine Klasse haben keine große Gefühlstiefe. Sie hatten nur wenig von dem verstanden, was sie in Orimar Breaze gefühlt hatten. Niemand wußte, weshalb gerade diese Erinnerung gespeichert worden war. Sie zogen sich von Orimar Breaze zurück und suchten nach etwas, mit dessen Verständnis es nicht so haperte.

Boarmus bewegte sich im Schlaf.

»Wie wär's mit dem hier«, sagte Seppel794. »Er heißt Cling.«

Die erste Wahrnehmung, mit der sie konfrontiert wurden, versetzte sie auf eine Art Straße. Allerdings bestand die Straße nicht aus einer dauerhaften Substanz, die zu einer langen und mehr oder weniger zusammenhängenden Trasse ausgewalzt war, was sogar die Bewohner von *Stadt Fünfzehn* normalerweise mit dem Begriff ›Straße‹ verbanden. Im *Kern* war ›Straße‹ jedoch ein unscharfes Konzept. Die Teile vermittelten durchaus die Anmutung einer Straße, obwohl sie sich nur sporadisch zu größeren Abschnitten zusammenfügten. Seppel und seine Kollegen spürten, wie sie sich (virtuell) von einem gummiartigen Brocken zum nächsten bewegten, die ihre relative Position zueinander veränderten und sich abstießen, als ob sie sich wirklich berührt hätten. Es gab keinen Maßstab für Entfernungen, und die ›Richtungs‹-Bestimmung war reine Ermessenssache.

»Was ist das?« fragte ein Dink.

»Ein Traum«, sagte Seppel. »Cling träumt, und er hat den Traum aufgezeichnet.«

»Weshalb hat er das getan?«

»Vielleicht möchte er den Traum im Detail nachvollziehen und bedient sich dazu dieser Methode. Weitermachen! Vielleicht gibt uns selbst ein Traum irgendeinen Hinweis.«

Also machten sie weiter. Sie sahen eine Eruption in

einer tieferen Schicht, einen Schwall von Wörtern in mehreren Sprachen, sowohl archaischen als auch gebräuchlichen. Sie besagten, daß sie sich dem Lehen/Königreich/Residenz des Großen Gottes Sowieso näherten. Die Worte wurden sowohl visuell als auch akustisch dargestellt. Sie sprossen wie Pilze entlang des Wegs und verliefen dann wie Tintenkleckse zwischen Strukturen, die mehr oder weniger systematisch in der Gegend verstreut waren.

Bei diesen Strukturen handelte es sich vielleicht um Gebäude, Schornsteine, Berge oder Bäume. Im weiteren Verlauf des Traums entzerrten die Objekte sich, so daß man sie schließlich fast definieren konnte. Sie bewegten sich durch eine dimensionslose und öde Wildnis, die so aussah, als ob ein Kind mit einer begrenzten Farbpalette eine Zeichnung auf schmutzigem Papier angefertigt hätte: Ocker, Graubraun, Giftgrün – die Farben, die noch übrig sind, wenn die helleren und gängigeren Farben schon verbraucht sind.

Je weiter sie gingen, desto materieller wirkten die Dinge. Weitere Wörter verkündeten die Ankunft des Großen Gottes Sowieso. Die Anmutung der Umgebung veränderte sich; sie entwickelte Konturen und Perspektiven. Sie stießen auf eindeutige Gewächse mit spürbaren Dornen, und schließlich hatten die Dinks den Eindruck, einen Höhenzug aus rostigem Eisen zu erklimmen, von wo aus sie auf eine detaillierte Landschaft hinabblickten.

Aus dem Tal drangen dumpfes Geheul, Trommelwirbel und das dissonante Knallen von Zimbeln herauf. Eine schemenhafte Prozession schlängelte sich den Höhenzug hinab, in Richtung eines annähernd kreisförmigen Abgrunds, aus dem schwarzer Rauch wallte. Über diesen Abgrund spannten sich Stege, die sich nach allen Seiten hin auffächerten und über die weitere Prozessionen marschierten. Durch die diesige Luft drangen die Trauergesänge der nebelumwaberten Wanderer.

Mitten im Abgrund schien ein steinernes Plateau im Dunst zu treiben, ein Felsen, der kaum groß genug war, das komplexe Gebäude zu tragen, das sich darauf befand. Brücken aus schwarzem Metall, ein Kabelgewirr und Ausleger, die in flachen Winkeln vom Zentralplateau ausgingen und sich in die gewundenen Höhenzüge bohrten, verbanden diese isolierte Struktur mit dem zerklüfteten Hinterland. Das Gebäude hing wie eine riesige eiserne Spinne im Zentrum dieses Netzes aus Stegen, und wie bei einer Spinne zuckten die langen Beine in raumgreifenden Krämpfen. Sie schienen sich in ständiger Bewegung zu befinden, wie eine Luftspiegelung, wobei dieser Effekt möglicherweise durch den Rauchvorhang erzeugt wurde, der sich zwischen den Beobachtern und dem Gebäude erhob.

Hin und wieder spie der Abgrund rote Flammen, die den schmalen Rand zwischen dem Gebäude und dem Abgrund in ein infernalisches Licht tauchten; dort schritt ein monströses sechsbeiniges, insektengleiches Wesen einher, dessen drei Mäuler blutige Ernte unter den Prozessionen hielten, die versuchten, den Rand zu überwinden und in das große Gebäude zu gelangen.

Und sie waren das Wesen am Rand, das die Marschkolonnen dezimierte.

»Aus«, murmelte Seppel794DZ. »Das bringt uns auch nicht weiter.«

Seine Kollegen hatten keine Einwände. Sie zogen sich aus der Aufzeichnung zurück.

»Das war völlig umsonst«, murmelte ein Dink. »Menschen träumen alle möglichen Dinge. Das gilt sogar für uns. Das war ein Alptraum. Und was haben wir nun davon?«

»Daß er ihn überhaupt aufgezeichnet hat«, murmelte Seppel 794DZ. »Mehr nicht.«

»Sollen wir mal bei Cling reinschau'n?« fragte ein anderer.

Also schauten sie bei Cling rein und wurden in eine Landschaft versetzt, mit einer Küste, Felsen und einem Himmel in matten Grundfarben: Die Küste war ein brauner Streifen, das Meer eine grüne Fläche, die Felsen schwarze Gebilde und der Himmel eine blaue Fläche. War es das, was diese Cling gesehen hatte? Oder ein Phantasiegebilde? War das etwa ihre Vision des Lebens?

Das Bild wich einer anderen Darstellung:

Kollidierende Sphären, ein tobender Sturm, ein Geräuschorkan, ohne Sinn und Struktur.

Und dann verschwand auch das.

Es erschien eine riesige Frau mit Brüsten wie Berge, die wie eine Sphinx auf einer endlosen Ebene kauerte.

Die Brüste schwollen an und platzten schließlich, wobei Milch sich über die Ebene ergoß. Sie bildete Pfützen und ein wirbelndes Netz aus glitzernden Tröpfchen, in denen selbst Welten enthalten waren, Welten, deren Sinnhaftigkeit den Dinks verborgen blieb; ein Berg aus glitschigem Schleim. Eine zuckende Gebärmutter. Ein Tentakel, der sich ausstreckte, sie ergreifen und strangulieren wollte …

»Raus hier«, sagte Seppel794DZ. »Hier ist nichts. Rein gar nichts.«

Boarmus erwachte, setzte sich auf der schmalen Couch auf und kaute für eine Weile an den Fingernägeln. Dann biß er sich auf die Lippe, während Seppel794DZ und ein paar seiner Kameraden summten und klickten. Nach einer Zeitspanne, die ihm sehr lang erschien, gab Seppel ein Geräusch von sich, das an ein Stöhnen erinnerte.

»Was?« fragte Boarmus.

Der Dinka-Dschinn schüttelte sich, was Boarmus an

einen nassen Hund erinnerte, der sich das Wasser aus dem Fell schüttelt.

»Was?« wiederholte Boarmus.

Tentakel entwirrten sich. Boxen lösten sich voneinander. Synthesizer erzeugten Laute wie Stöhnen und Seufzer.

»Wir haben ein paar der Aufzeichnungen gelesen«, sagte Seppel. »Von Breaze, von Cling und von Thob. Sie haben uns aber nichts gesagt! Nichts! Nur Alpträume, Visionen, Impressionen und pornographische Tagträume. Nichts hat von *Woanders* oder dem *Kern* gehandelt. Sie entstanden vor langer Zeit, auf einer anderen Welt!«

»Und Jordel?«

»Wir haben noch keinen Zugang zu ihm. Noch nicht.«

»Es gibt keinen Hinweis auf die aktuellen Ereignisse?«

»Nicht den geringsten. Wir wissen nicht einmal mit Bestimmtheit, ob diese … Leute überhaupt etwas damit zu tun haben.«

»Wenn etwas den Namen von einem von ihnen benutzt, dann muß es auch etwas damit zu tun haben«, sagte Boarmus. »Eins der … Dinger, die sich mir als Dame Mintier Thob vorgestellt haben.«

»Das bedeutet aber nicht …«

»Ich weiß. Jeder … jeder könnte diese Namen benutzen.«

»Stimmt.«

»Ich kann nicht länger bleiben.« Boarmus seufzte. »Ich nehme an, ihr werdet weitersuchen. Hättet ihr irgendwelche Vorschläge, was ich nun tun soll?«

Seppel794DZ zuckte die Achseln und stieß ein mechanisches Seufzen aus. »Ja, wir werden weitersuchen. Wir haben einige abgeschirmte Einrichtungen hier in *Stadt Fünfzehn*: dieses Labor und noch ein paar andere, einen Gleiterstellplatz und ein paar Zugangsrouten. Wir haben unser *Archiv* abgeschirmt, nur für den Fall, daß ein Netzwerk existiert. Ansonsten …«

»Das ist doch lächerlich!« schrie Boarmus. »Der *Kern* wurde von Menschen erschaffen! Sterblichen Menschen! Im Grunde handelt es sich nur um eine verdammte Gefriertruhe mit ein paar elektronischen Anbauteilen! Und ihr wollt mir erzählen, wir wären ihm … ihnen … was auch immer auf Gedeih und Verderb ausgeliefert?«

Seppel antwortete nicht. Das Schweigen sollte seine Mißbilligung ausdrücken.

»Tut mir leid«, murmelte Boarmus. »Das kommt mir nur so lächerlich vor.«

»Wir teilen Ihre Gefühle. Wir finden, daß die Situation jeder Moral entbehrt. Wobei wir Dinks jedoch der Ansicht sind, daß Mensch-Sein und Moral generell nur schwer vereinbar sind. Deshalb sind wir auch zu dem geworden, was wir sind.«

Boarmus ließ sich das durch den Kopf gehen. »Seppel, wie ist es, ein … ein Dinka-Dschinn zu sein?«

Die Hauptbox summte für eine Weile. »Wie ist es, das zu sein, was Sie sind, Boarmus? Wie ist es, wenn man um einen Magen zentriert ist, um dessen Ernährung man sich kümmern muß, anstatt die Ernährung einer Automatik zu überlassen, so daß man sich keine Gedanken mehr darüber machen muß? Wie ist es, wenn man nur eine Sache auf einmal sieht? Wie ist es, wenn man ständig von Schmerz, Unbehagen, Hormonen, Wärme oder Kälte abgelenkt wird? Wie ist es, wenn man Zeit verschwenden muß, um andere üble Dinge mit dem plumpen Körper anzustellen …«

»Schon gut«, seufzte Boarmus.

»Sie haben mich gefragt«, sagte Seppel794DZ.

»Ich weiß.«

»Wir halten die Menschen nicht für besonders nützlich, obwohl einige von euch ganz ... anständig sind. Wir haben nur den Eindruck, daß unser Leben irgendwie gesünder ist.«

Boarmus seufzte und streckte sich; er war zu müde, um sich weiter mit dieser Frage zu beschäftigen. Die Gedanken schweiften ab. »Welchen Rat könnt ihr mir geben? Was soll ich tun?«

Die Box summte. »Die Standardantwort würde lauten: Kämpfen oder fliehen. Es gibt noch eine Langstrecken-*Tür* in *Toleranz*. Allerdings würden die Behörden es wohl kaum zulassen, daß die Leute sie benutzen.«

»Kämpfen kommt auch nicht in Frage, oder?«

Seppel794DZ zuckte. Boarmus schaute weg. Der Dink gab ein mahlendes Geräusch von sich; Boarmus wußte, daß das ein Indiz für Konzentration war, aber es störte ihn dennoch.

»Ich habe ein paar Simulationen laufen lassen«, murmelte der Dink schließlich. »Ich habe keine erfolgversprechende Strategie gefunden. Es ... sie, was auch immer, hat Ihnen zu verstehen gegeben, daß es sich für einen Gott hält, nicht wahr?«

»Ja. Und zwar ziemlich deutlich.«

»Nun, dann spielen Sie sein Spiel mit, Boarmus. Tricksen Sie es aus.«

»Und was ist das für ein Spiel?«

»Es behauptet, es sei ein Gott. Vielleicht gelingt es Ihnen, Zweifel bei ihm zu säen. Fordern Sie es zu etwas heraus, wozu nur ein Gott in der Lage ist.«

»Zum Beispiel?« Boarmus räusperte sich und rieb sich die Stirn.

Der Dinka-Dschinn zuckte die Achseln. »Offensichtlich etwas Gottähnliches. Wie die Erschaffung einer Welt oder die Lösung eines universalen Rätsels.«

Boarmus grunzte und spürte, daß das übliche Brennen im Magen sich quälend verstärkte. »Ich werde darüber nachdenken. In der Zwischenzeit muß ich eine Botschaft an Zasper Ertigon schicken. Geheim, versteht sich.«

»Wenn er Enarae noch nicht verlassen hat und nach Panubi aufgebrochen ist, ist es das mindeste, was wir tun können.«

Während die *Taube* von der Strömung des Fohm flußabwärts getrieben wurde, schlossen die drei *Beauftragten,* die sich als Schausteller verkleidet hatten, sich den an der Reling stehenden Zwillingen an und hielten Ausschau nach Du-you. Danivon hatte eine trockene Kehle und Schmerzen in den Nebenhöhlen, die sich nicht legen wollten. Das war nicht nur ein Geruch! Das war ein barbarischer Gestank, die Verkörperung einer Drohung!

Hinter der nächsten Biegung des Flusses tauchte die Stelle auf, wo der Ti'il in den Fohm mündete; es handelte sich um eine weite Lagune, die teils ausgebaggert, teils vom durch die Schneeschmelze angeschwollenen Ti'il vertieft worden war. In der Mitte des Zusammenflusses trieben mit Unkraut bewachsene Lehmbrocken, die von der Hauptströmung des Flusses mitgerissen worden waren. Bojen markierten die ausgebaggerten Fahrrinnen, und die *Taube* hielt auf die Markierungen zu, wobei der am Steuer stehende Kapitän Gebete murmelte, während die tückische Strömung die *Taube* mitriß. Nachdem das Schiff in den Kanal eingefahren war und die Strömung hinter sich gelassen hatte, reagierte es präziser auf die Ruderbewegungen.

»Hau-la« (Ruhe), riefen die Ruderer. »Hau-la. Hau-la.« Die Ruder wurden durchgezogen, aus dem Wasser gehoben, wieder durchgezogen.

Hinter ihnen ertönte ein Klirren und ein Schrei.

Der Kanal war mit einer Kette gesperrt worden. Zumindest dieser Ausweg war ihnen nun blockiert.

Curvis und Danivon schauten sich vielsagend an.

»Was war denn das?« fragte Fringe.

»Psst«, sagte Danivon.

Als sie am Pier anlegten, sprangen ein paar Besatzungsmitglieder an Land, um das Schiff festzumachen. Auf dem Dock stapelten sich mit Stroh umwickelte Bündel, Kisten und Fässer, bei denen es sich um Importe und Exporte handelte. Weißgekleidete Leute huschten durch die Gegend, schoben Karren, transportierten Fässer auf der Schulter und priesen ihre Waren mit erstaunlich hoher und quengelnder Stimme an. »Die *Murrey*«, sagte der Kapitän und spuckte aus. Inmitten der Kleinwüchsigen bewegten sich größere Leute, die wie Paradiesvögel gekleidet waren, Sonnenschirme trugen, einander zuwinkten und sich in schrillen, zwitschernden Tönen unterhielten. »Die *Houm*.«

Hinter dem Hafengelände lagen die Vororte der Stadt, zwischen deren niedrigen Gebäuden Kopfsteinpflasterstraßen verliefen. Mit zunehmender Entfernung vom Delta stieg das Gelände an; je fester der Boden wurde, desto höher ragten die Gebäude empor.

Danivon trat unbehaglich von einem Fuß auf den anderen; der Gestank überwältigte ihn. Er schien ihn regelrecht anzuspringen.

»Was ist los?« fragte Fringe nach einem Blick in sein schmerzverzogenes Gesicht.

Sachte schüttelte er den Kopf. Jede abrupte Bewegung verursachte ihm Schmerzen. »Ich weiß nicht. So etwas habe ich noch nie gerochen. Ich wünschte, wir müßten hier nicht anlegen.« Er erinnerte sich an Boarmus' Botschaft. Beide Botschaften. Der Ort stank wie Boarmus' Botschaften. Nach Schrecken. Nach Tod.

Fringe erinnerte sich auch an die Nachricht. Obwohl sie den Inhalt nicht kannte, ging allein schon aus der

Art der Übermittlung hervor, daß es nur eine Warnung gewesen sein konnte. Sie warf einen Blick über die Schulter, doch die Leute von *Nirgendwo* waren nicht zu sehen. Sie waren unter Deck und wollten offensichtlich auch dort bleiben.

Sie drehte sich wieder zur Reling um, als die Signale einer Trommel hinter den Gebäuden am Dock ertönte. BUMM-bum, BUMM-bum, dann ein Wirbel. BUMM-bum-BUMMbum-BUMM-bum. Bei den Trommlern handelte es sich weder um die kleinwüchsigen noch die großgewachsenen Leute, weder um die Weißgekleideten noch die Paradiesvögel mit den neckischen Sonnenschirmen. Diese Gestalten hatten langes, wirres Haar und Narben an den Schultern und Armen, die bis hinunter zu den Fingerspitzen tätowiert waren. Sie grunzten im Takt der Trommeln, während sie schlurfend weitergingen: HA-ghn, HA-ghn, HA-ghn, und jagten die *Murrey* auseinander, wie ein Hai einen Heringsschwarm aufscheucht. Die zerbrechlichen *Houm* wurden optisch von ihnen erdrückt.

»Weder die *Murrey* noch die *Houm*«, murmelte Curvis in Fringes Ohr. »Das sind die *Chimi*-Hunde, von denen Ghatoun gesprochen hat.«

Das hatte sie aber auch schon aus den Waffen geschlossen, die sie trugen. Fringe war froh, daß sie den Breitstrahler im Gürtelholster trug und die Reservewaffe im Stiefel steckte, die beide wesentlich besser waren als alles, was die *Chimi*-Hunde hatten.

»Kapitän«, knurrte der Hundeführer mit spöttischem Unterton. »Kap-täng.«

»Chef.«

»Hast du Passah-giere an Bord?«

»Keine für Derbeck. Fracht, aber keine Passagiere.«

»Ich will die Passah-gier-liste sehen, Kap-täng.«

»Wie du willst«, sagte der Kapitän, wobei er die übrigen Hunde, die auf der Pier herumlungerten, nervös betrachtete. Er führte den *Chimi*-Hund zu seiner Kabine. Die restlichen Hunde gingen gemächlich auf der Pier auf und ab, starrten die Frauen an und tauschten untereinander obszöne Gesten aus.

»Nela«, murmelte Fringe. »An deiner Stelle würde ich unter Deck gehen. Bertran.«

Die Zwillinge hatten bereits kehrtgemacht, wobei sie sich so locker wie möglich bewegten.

Fringe, Danivon und Curvis drehten den *Chimi*-Hunden den Rücken zu und gingen zur gegenüberliegenden Reling.

»Boarmus hat gesagt, wir sollen uns hier umsehen«, murmelte Danivon, »aber nicht als *Beauftragte* auftreten.«

»Wir müssen auch nicht als *Beauftragte* auftreten, um uns hier umzuschauen«, sagte Curvis. »Wir behalten die Verkleidung an und warten ab, was passiert.«

Der Kapitän steckte den Kopf aus dem Ruderhaus. »Schausteller Luze«, rief er mit belegter Stimme, »würden Sie bitte einmal herkommen?«

Danivon ging mit unsicherem Schritt, denn wegen des Drucks im Kopf vermochte er nicht klar zu sehen. Nach einer Weile wurden auch Fringe und Curvis hinzugebeten. Danivon und der Kapitän unterhielten sich mit einem jovialen und irr blickenden *Chimi*-Hund.

»Dieser Mann sagt, der Boss-Chef will, daß wir mit unserer Nebenattraktion an Land gehen«, sagte Danivon. Die Worte waren deutlich, der Blick jedoch verschwommen. »Im Rahmen der Vorwahl-Festivitäten.«

Fringe schaute auf die zitternden Hände in ihrem Schoß und zwang sich zur Ruhe.

Danivon warf ihr einen vagen Blick zu, den sie so interpretierte, daß er sie zur Vorsicht mahnte. »Der Boss-Chef hat irgendwie … von der Vorstellung erfahren, die wir in *Flachwasser* gegeben haben. Er freut sich, daß wir hier in Derbeck erschienen sind und lädt uns ein, bei den Feiern anläßlich seiner Wahl zum Führer aufzutreten.«

»Das ist nur ein kleiner Gefallen«, rief der *Chimi*-Hund in der Handelssprache. »Wenn die Leute ›geht nicht‹ sagen, wundern wir uns! Und wenn wir uns über etwas wundern, dann ärgern wir uns. Wir sind wunderliche Leute, wenn wir uns über etwas ärgern. Wir machen dann böse Sachen.« Er grinste breit und bleckte die spitzen Zähne.

»Wann findet die Wahl statt?« fragte Fringe mit der gleichen tonlosen Stimme wie Danivon.

»Morgen«, rief der Hund. »Ihr seht also, daß eure Reise dadurch nur kurz unterbrochen wird. Ihr kommt zum Bankett. Heute abend.«

»Was für ein Bankett ist das?«

»Das Bankett des Boss-Chefs, im Lagerhaus am oberen Ende der Moolie-Straße. Alle *Chimi*-Hundeführer werden dort sein. Alle Hohepriester werden dort sein. Vielleicht wird auch der Hohe Lord *Chimi-ahm* mit Dame Zhulia, Chibbi dem Tänzer und Lord Balal kommen!«

»Fünf von uns werden kommen«, sagte Danivon. »Die beiden alten Leute sind zu schwach.«

»Die Passah-gier-liste besagt, daß die Show sieben Mitglieder hat«, sagte der *Chimi*-Hund hektisch. »Alle kommen. Sieben. Sieben ist eine gute Zahl.« Mit blitzenden Augen drehte er sich zu Fringe um und grinste sie an. Es war ein raubtierhaftes Grinsen, bei dem er die Zähne fletschte. Die Kiefer- und Gesichtsmuskeln zuckten, wie winzige Wesen, die dort gefangen waren und sich zu befreien versuchten.

»Ich werde mit Jory sprechen«, sagte Fringe unverbindlich.

»Gefahr ist im Verzug«, platzte sie unter Deck heraus. Sie schüttelte den Kopf und versuchte die Bedrohung zu definieren. »Danivon scheint durch das, was er riecht, betäubt oder unter Drogen gesetzt worden zu sein. Und der Hund *steht* wohl unter Drogen. Er hat einen richtig irren Blick. Irgendwie hat er von unserer Aktion in *Flachwasser* Wind bekommen und will, daß wir heute abend hier auftreten. Er ist wie ein wildes, reißendes Tier.«

»Egal«, sagte Jory. »Wir werden mitkommen.«

Cafferty legte der alten Frau die Hände auf die Schultern, als ob sie sie zurückhalten wollte.

»Aber Sie haben keine Nummer«, rief Fringe. »Keinen … keinen Trick.«

»O doch, Jory hat eine Nummer«, sagte Asner. »Eine Art Tier-Nummer.«

Jory schaute ihn verweisend an und klopfte Cafferty auf die Schulter. »Keine Sorge, Fringe. Wir werden uns schon etwas einfallen lassen. Sagen Sie dem Hund, wir werden zum Bankett erscheinen.«

Fringe kehrte mit dieser Nachricht zurück, ohne daß ihre Besorgnis geringer geworden wäre. Der *Chimi*-Hundeführer schien jedoch zufrieden zu sein, denn er ging den Hügel zur Stadt hinauf, wobei er ein paar seiner Männer zurückließ, die mit blutunterlaufenen Augen die *Taube* beobachteten.

»Es ist ihm ernst damit, nicht wahr?« sagte der Kapitän. »Was geht hier eigentlich vor?«

»Das wüßte ich auch gern«, sagte Danivon und wechselte einen unergründlichen Blick mit Curvis. »Offensichtlich handelt er im Auftrag. Vielleicht sollten Curvis und ich erst das Terrain sondieren.«

»Zuerst solltest du dich um deine Augen kümmern«, sagte Curvis.

Danivon nickte und sichtete den Inhalt des Erste-Hilfe-Kastens. Obwohl er nichts roch, sah er ziemlich deutlich, wie die beiden in ihrer Schausteller-Montur über die Pier gingen und geflissentlich das Rudel *Chimi*-Hunde ignorierten, das hinter ihnen herhechelte.

Fringe hielt es für ratsam, die *Schicksals-Maschine* zu präparieren. Die Lage erforderte es, neue Kapseln im Derbecki-Dialekt zu beschriften und alle Wörter zu vermeiden, die eine ungünstige Prognose enthielten. Angesagt waren nun Worte wie ›Sieg‹, ›Wahl‹ und ›Führer‹. Cafferty half ihr, die Kapseln zu sortieren. Sie übermalten viele der alten Wörter und waren gerade damit fertig, als Danivon und Curvis mit gerunzelter Stirn und gereiztem Gesichtsausdruck zurückkehrten.

»Die Zeichen stehen auf Sturm«, sagte Danivon zu der Gruppe, in der sich auch der Kapitän befand. »Wir sind in eine Taverne gegangen und haben den Gesprächen gelauscht. Anscheinend hat der *Alte Vater* dafür gesorgt, daß sein einziger Sohn, *Fetter Schleimer*, zum Ewigen Führer gewählt wird. Anscheinend waren die Führer der *Chimi*-Hunde nicht allzu begeistert vom *Fetten Schleimer*, so daß er schon am Morgen nach dem Tod seines Vaters am Galgen gehangen hat. Muß wohl ein Unfall gewesen sein. Dann kam ein Anwärter vom Hochland, mit Namen Fees-mew, der behauptete, der jüngere Sohn des *Alten Vaters* zu sein. Er hat eine ziemlich große Hausmacht im Quellgebiet des Ti'il.«

»Und dann«, setzte Curvis fast genießerisch die Erzählung fort, »verkündete der Boss-Chef der *Chimi*-Hunde – es gibt deren zwölf, von denen er der Gemeinste ist –, daß der *Alte Vater* ihn zum Nachfolger bestimmt habe, indem er ihm kurz vor seinem Tod den Schlüssel für die Schatzkammer übergeben hat. Allerdings halten die meisten Leute das für eine Lüge, denn der Boss-Chef hat bislang keine Anzeichen plötzlichen Reichtums gezeigt.«

»Diese Reichtümer«, sagte Danivon, »befinden sich nach allgemeinem Kenntnisstand noch immer in den Turmverliesen, wo der *Alte Vater* sie gehortet hatte. Man benötigt den passenden Schlüssel oder die richtige Kombination oder was auch immer, wenn man beim Betreten der Tresorräume nicht mitsamt der Schätze in die Luft fliegen will.«

»Dann findet die Wahl also zwischen diesem Hochländer und dem Boss-Chef der *Chimi*-Hunde statt, wobei jeder von ihnen die Nase, Zähne oder den linken Arm für den Inhalt dieser Verliese geben würde«, beendete Curvis die Geschichte.

»Hat der Boss-Chef auch einen Namen?« fragte Jory.

»Houdum-Bah«, antwortete Curvis mit einem humorlosen Lachen. »Der Alte Houdum-Bah der Böse.«

»Und worum handelt es sich heute abend?«

»Eine Vorwahl-Siegesfeier für Houdum-Bah. Es ist Sitte, ein solches Bankett auszurichten, um die Zuversicht des Kandidaten zu demonstrieren. Inzwischen hält Fees-mew sich bedeckt und versteckt sich vor den *Chimi*-Hunden, die ihn sofort töten würden, wenn sie ihn zu fassen bekämen. Jeder Kandidat verfügt nämlich über eigene Truppen, die Anhänger der Opposition und völlig Unbeteiligte abmurksen.«

»Und wir sollen zur Unterhaltung beitragen?«

»Stimmt leider«, sagte Curvis. »Wir treten an einem Ort auf, der für blutiges Amüsement berüchtigt ist. Und Danivon riecht Ärger.«

»Im Moment rieche ich überhaupt nichts«, sagte Danivon. »Die Droge müßte aber bald ihre Wirkung verlieren.«

»Wie steht denn das Volk dazu?« fragte Asner. »Die *Murrey* und die bunten Leute?«

Danivon zuckte die Achseln. »Sie begrüßten uns mit Zitaten, mehr nicht. Sie verneigten sich lächelnd und sagten: ›*Alle rou-Murrey, wenn der Alte Mann stirbt.*‹ Und damit hatten sie auch recht. Das Wasser des Ti'il ist schon rot vom Blut der Ermordeten.«

»Sie werden heute abend den *dabbo-dam* machen«, sagte Jory nachdenklich. »Sie werden den *dabbo-dam* machen und sonst noch ein paar Dinge.«

»Wahrscheinlich«, sagte Curvis düster.

»Was ist denn der *dabbo-dam*?« fragten Fringe und Nela im gleichen Atemzug.

»Die Beschwörung der Götter«, sagte Jory angewidert. »Oh, wie oft haben sie schon die Götter beschworen, den *Großen Gott Chimi-ahm* und die anderen.«

»Ich wäre lieber dort draußen als in der Stadt«, sagte Danivon. »Aber Boarmus hat gesagt, daß wir uns das ansehen sollen; also müssen wir dorthin.«

»Wieso?« fragte Jory verwirrt. »Weshalb hat Boarmus dir gesagt, daß du dir das anschauen sollst?«

Danivon zuckte die Achseln. »Das hat er mir nicht gesagt. Er hat mir nur eine Klartext-Nachricht geschickt, daß ich die Manifestationen in Derbeck untersuchen solle.«

»Manifestationen?« fragte sie und warf Asner einen besorgten Blick zu.

Danivon zuckte die Achseln. »Wie dem auch sei, Jory, es gibt kein Entkommen. Die Kanäle sind gesperrt, und die Sperren werden von *Chimi*-Hunden bewacht. Die *Taube* sitzt hier fest.«

Er beugte sich über die Reling und blickte zur Stadt hinauf. Er war sich sicher, daß hier und jetzt der Ärger stattfinden würde, den er gerochen hatte, seit er von *Toleranz* aufgebrochen war. »Ich weiß nicht, welches Spiel dieser Houdum-Bah treibt, aber er will es anscheinend gewinnen. Am besten tun wir, was sie wollen und vertrauen im übrigen darauf, daß unsere Fähigkeiten uns davor bewahren, in Schwierigkeiten zu geraten.«

»Oder darauf, daß sie uns heraushelfen«, murmelte Fringe. »Nachdem wir hineingeraten sind.«

Sie bereiteten sich auf ihren Auftritt vor, allerdings ohne die sonst übliche Vorfreude. Curvis und Danivon verbrachten einige Zeit mit der Überprüfung ihrer Ausrüstung, wobei sie entschieden, welche hochentwickelten Geräte sie unter den Kostümen verbargen und welche sie offen trugen. Fringe trug einen Strahler am Gürtel, unter der Zauberkutte. Die Zwillinge hatten sich Nachbildungen der Kostüme genäht, die sie in *Mulhollans Zauber-Zirkus* getragen hatten. Jory und Asner erschienen wie üblich in weiten Hosen und Hemden, in denen sie zerbrechlich und verwundbar wirkten; allerdings trugen sie diesmal noch einen leichten Mantel.

Als Danivon sie in der Dämmerung vom Schiff führte, nahmen die *Chimi*-Hunde sie in die Mitte. Fringe, die so nervös war wie eine Novizin, drehte sich immer wieder um; sie war sicher, daß noch eine weitere Person sich ihnen angeschlossen hatte, aber sie sah niemanden.

»Entspann dich«, sagte Jory und klopfte ihr auf die Schulter. »Alles wird gut werden.«

»Ich habe den Eindruck, daß jemand uns begegnen wird«, murmelte Fringe.

»Wieso auch nicht?« fragte Jory nüchtern. »Wieso sollte uns nicht jemand begegnen?«

Fringe schüttelte den Kopf; Jory hatte sie mißverstanden. Sie richtete den Blick auf Danivons Nacken. Jory und Asner waren hinter ihr und halfen ihr, die sperrige *Schicksals-Maschine* zu führen; dann kamen die Zwillinge, und Curvis bildete die Nachhut. Die alten Leute bestimmten das Tempo. Allerdings war das nicht schnell genug für die *Chimi*-Hunde, denn sie trieben sie an wie Tiere, fletschten die Zähne und lachten hysterisch.

Danivon beachtete sie gar nicht, während er sich einen Weg durch die Masse der *Murrey*-Leute bahnte. Sie teilte sich vor ihm wie Eis vor dem Bug eines Eisbrechers und schloß sich hinter ihnen wieder nahtlos: *jan-Murrey, ver-Murrey, zur-Murrey,* alle wuselten sie durcheinander, wobei die farbigen Punkte auf ihren

Gesichtern und Körpern wie Echsenschuppen glitzerten, während sie die Nebenattraktion mit flüchtigen Blicken musterten und sich sofort wieder abwandten.

»Wir erregen ihre Neugierde«, murmelte Jory.

»Kann ich mir vorstellen«, sagte Fringe. »Wir sind doch auch eine bizarre Truppe.« Sie zupfte abwesend an ihrem Kopfschmuck; die Seitenklappen schränkten das Blickfeld ein.

»Wenn diese Mistköter uns nicht von den Hacken bleiben, ziehe ich ihnen noch die Zähne«, grummelte Danivon.

»Vorsicht«, sagte sie. »Hast du das nicht selbst gesagt?«

Er gab einen Laut von sich, bei dem es sich vielleicht um ein zustimmendes Knurren handelte und nahm gewohnheitsmäßig Witterung auf. Er roch aber nicht viel. Die Droge wirkte noch nach. Statt dessen verließ er sich nun auf das Gehör und achtete auf jeden Laut. Es gab viel zu hören. Wildes Geheul von entfernten Dächern. Dumpfe Trommeln, eine Kakophonie von Rhythmen. Brüllender Gesang drang aus vielen Kehlen, wurde vom Wind weitergetragen und vermischte sich mit anderen Geräuschen. Der Lärm wurde immer lauter, je näher sie der Stadt kamen.

Auf dem Hügel endete die Straße vor einem Lagerhaus, dessen Tore zu beiden Seiten von Feuern beleuchtet wurden. Rauchendes Fleisch zischte über den Kohlen. An einer Ecke des Gebäudes aufgestapelte Fässer wurden halb von einer Meute *Chimi*-Hunde verdeckt, deren Gemurmel durch gelegentliches grölendes Gelächter unterbrochen wurde. Der Ort stank nach Schweiß, Rauch, Blut und brennendem Fett. Fringe fühlte sich in den *Swale* von Enarae zurückversetzt. Eine kaum verhohlene Drohung ging von diesem Ort aus.

Der Anführer der Eskorte lotste sie mit einer ausladenden Geste und einer gespielten Verbeugung zwischen den Feuerstellen und durch die offenen Tore hindurch, bevor er sich seinen Kameraden anschloß. In der höhlenartigen Halle stellten die drei *Beauftragten* sich instinktiv mit dem Rücken aneinander, wobei sie die anderen vier in die Mitte nahmen. Kronleuchter, die an der hohen Decke hingen, erhellten die Dunkelheit wie weit entfernte Sternensysteme. Sie leuchteten die Halle gerade so weit aus, daß sie erkannten, daß keine unmittelbare Gefahr drohte. Ein Orchester mit gelben Jungs spielte in einer Ecke, und eine Schar von *zur-Murrey* rannte an den langen Tischreihen entlang und deckten sie mit Krügen, Gläsern und Tellern. An der rückwärtigen Wand stand eine provisorische Plattform, die auf Ballen und Kisten ruhte.

»Wenn das für uns sein sollte, werden die Leute uns doch gar nicht sehen«, sagte Nela. »Die Lampen hängen in der Mitte der Halle. Dort hinten ist die dunkelste Stelle der ganzen Halle.«

»Stell die *Schicksals-Maschine* am besten auf den Boden«, sagte Bertran. »Nicht auf die Plattform. Die Leute sollen doch alles mitbekommen.«

»Wir sollten uns am besten gar nicht auf die Plattform stellen«, sagte Danivon, wobei er sich umdrehte und jeden Winkel des Gebäudes inspizierte. »Eine einzelne Person gibt ein gutes Ziel ab, und diese Leute sind in der Stimmung für Zielschießen. Sie sind gespannt wie Flitzbogen und können es kaum erwarten, die Sau rauszulassen.«

Fringe sagte sich, daß seine Beschreibung durchaus zutreffend war. Der schrille Lärm der Stadt glich einer zum Zerreißen gespannten Saite. Hier gab es weder ein Gesetz, das Ausschreitungen verbot noch Kontrollmechanismen, die eine Panik verhinderten. Statt dessen wurde beides förmlich provoziert: Trommeln, Schreie, Gesänge, Fackeln, Geheul, eine Kulisse aus Geräuschen und Bewegung, Aufregung und Aufstachelung, eine Hysterie, welche die ganze Stadt ergriffen hatte und die ständig angeheizt wurde, damit sie schließlich einen kalkulierten Höhepunkt erreichte.

»Wenn ihr das Gesetz seid, wie ihr sagt«, flüsterte Nela und schauderte bei dem höllischen Lärm, »könntet ihr dann nicht etwas tun?«

»Natürlich«, erwiderte Danivon überrascht. »Wir wären durchaus dazu in der Lage. Wir könnten diesen Ort in Schutt und Asche legen. Doch bisher liegen uns weder eine Beschwerde noch eine Verfügung oder Berichte über irgendwelche Gewalttaten vor. Meine Nase und die Erfahrung sagen mir, daß es noch dazu kommen wird, aber der *Aufsichtsrat* wird eine Nase und Erfahrung nicht als Begründung für einen Präventivschlag akzeptieren.«

»Dann könnt ihr also doch nichts tun?« Sie ärgerte sich über Bertrans spöttischen Blick.

Danivon indes fand ihre Frage amüsant. »Verlangst du etwa von uns, daß wir Gewalt anwenden, Nela? Wäre das moralisch?«

Sie errötete und schien den Tränen nahe.

Er sah sie kopfschüttelnd an und klopfte ihr auf die Schulter. »Ich habe eine Standard-Problemmeldung an *Toleranz* abgesetzt. Falls die Lage eskaliert und es uns nicht gelingt, die *Lage* zu *klären*, werden sie eine Vergeltungs- und Reduktionstruppe schicken.«

»Womit in Derbeck ein Exempel statuiert würde«, sagte Fringe geschäftsmäßig. »Nur daß wir persönlich nicht mehr viel davon hätten.«

Nela schluckte und machte den Mund zu; sie schien es dabei belassen zu wollen.

»Nicht schwatzen, sondern handeln«, sagte Curvis. »Auf der Plattform müßte eigentlich ein Tisch für den Obermuckel Houdum-Bah stehen. Soll er sich doch an unserer Stelle exponieren.«

Jory nickte zustimmend. »Natürlich«, sagte sie. »Jemand sollte den *Murrey* Bescheid sagen. Asner, würdest du dich darum kümmern?«

Er tat wie geheißen und sprach leise mit ein paar *Murrey*, die in ihrem geschäftigen Treiben innehielten. Sie schauten sich ängstlich um und eilten dann davon, um einen der langen Tische auf die Plattform zu hieven.

»Ich sagte ihnen, sie hätten ihn vergessen«, flüsterte Asner nach seiner Rückkehr. »Sagte ihnen, das sei eine freundliche Erinnerung. Die armen Dinger glauben nun, man hätte vergessen, es ihnen zu sagen. Dann schaffen wir also unsere Sachen nach hinten in die Nähe der Plattform, aber nicht obendrauf. Dort ist das Licht auch besser. Der Boss-Chef sieht uns, und alle anderen auch.«

»Was Houdum-Bah wohl dazu sagen wird?« fragte Nela.

»Was würdest du denn sagen, wenn du der Boss-Chef wärst und beim Erscheinen zu deinem eigenen Bankett einen Tisch auf einer Plattform vorfinden würdest?« fragte Jory. »Du würdest annehmen, er sei für dich, nicht wahr?«

»Und was ist mit der Musik?« fragte Asner. »Nela, du und Bertran seid doch die Experten. Wie können wir unsere Vorstellung musikalisch untermalen?«

Die Zwillinge und Asner berieten sich mit den Musikanten. Münzen wechselten den Besitzer. Die Trommler nickten, während Nela sie instruierte, wann die Trommelwirbel und das Schlagen der Zimbeln einsetzen sollten. Nach weiteren Erläuterungen probte der Pseudo-Trompeter eine Pseudo-Fanfare, die auch ziemlich gut geriet.

Wenig später trafen die *Houm* und *Hoch-Houm* ein. Sie waren in grellbunte Gewänder gehüllt und mit Perlenschmuck behängt. Blaue Jungs wuselten durcheinander und brachten Platten mit Fleisch von den Feuerstellen und Brotlaibe von einem Regal an der Wand. Es herrschte ein Chaos, das von Bratenduft überlagert wurde. An der Rückwand machten sich die Schauspieler bereit.

»Nun wird es Zeit, die Menge zu bearbeiten«, sagte Bertran. »Curvis, laß uns die Tische bearbeiten.«

»Die Tische bearbeiten?«

»Komm schon. Zaubern wir ein bißchen.« Die Zwillinge gaben den Musikern ein Zeichen und gingen zum nächsten Tisch, wo sie, unterlegt von Trommeln, Hörnern und einem gelegentlichen, dramaturgisch kalkulierten Gong Münzen hinter den Ohren hervorzauberten und den Frauen Schals aus dem Haar zogen. Nachdem er für einen Moment zugeschaut hatte, schloß Curvis sich ihnen an.

»Sie machen das schon richtig, Danivon«, sagte Fringe. »Wir wollen die Leute auf unserer Seite haben, falls es Schwierigkeiten gibt.«

Er schüttelte den Kopf über ihre Naivität. Es wußte doch jeder, daß die *Houm* und *Murrey* nur für sich selbst Partei ergriffen, aber er folgte ihr trotzdem, als sie die klobige Maschine zu einer freien Stelle neben einem anderen Tisch zerrte.

»Ihre Zukunft, meine Dame«, rief sie. »Ihre Zukunft, mein Herr.«

Danivon fungierte als ihr Assistent, schwenkte die Räucherstäbchen und beschwor die Mächte der Zukunft.

»Verlorener … Schatz … Wiederkehr«, las Fringe laut von den glänzenden Kapseln ab, die in den Behälter fielen.

»Was haben Sie verloren, meine Dame?« fragte Danivon mit bebenden Nasenflügeln, als er der *Hoch-Houm*-Frau in ihrem grünen Kleid die Hand entgegenstreckte. »War es eine Nadel? Nein. Ein Ring! Der Ring Ihrer Mutter?«

Die grüngewandete Frau stieß einen Freudenschrei aus.

»Im Garten unter dem Fenster, wo Ihr Waschbecken ist«, sagte Danivon. »Dort liegt er. Sie hatten ihn auf die Fensterbank gelegt, bevor Sie sich die Hände wuschen und haben ihn dort vergessen.«

»Richtig!« sagte sie weinend. »O ja, nun erinnere ich mich.«

Ihr Begleiter gab Danivon ein paar Münzen, während andere am Tisch lachten und auch wissen wollten, was die Zukunft für sie bereithielt. Fringe arbeitete den Tisch ab und blieb bei einem Kind stehen, einem elf- oder zwölfjährigen Mädchen, das sie ebenso erschrocken wie entzückt anschaute.

»Wie heißt du denn?« fragte Fringe.

»Alouez«, flüsterte das Mädchen. Sie hatte ein bleiches Gesicht und große Augen, die von strubbeligem Haar beschattet wurden. Sie war eine erblühende Schönheit.

Fringe verneigte sich, wobei die Zauberkutte sich effektvoll bauschte und nutzte die Gelegenheit, einen Blick auf alle Tische zu werfen. Es war kein einziges Kind da.

»Soll ich dir die Zukunft voraussagen, Alouez?« fragte sie, wobei sie an sich halten mußte, um nicht ihren Ärger zu zeigen. Weshalb war sie das einzige Kind hier?

Die Frau, die neben dem Mädchen saß, schlug die Hände vors Gesicht, aber nicht schnell genug, um die Tränen zu verbergen, die dort schimmerten.

»Ja«, sagte das Mädchen. »Sag mir die Zukunft voraus.«

Sie suchte sich ein paar Hebel aus, zog daran und hörte die Glöckchen klingeln und die Kapseln fallen. Fringe holte sie heraus und tauschte heimlich ein paar Kapseln gegen andere aus, die sie in der Tasche hatte.

Sie wollte das Kind nicht mit einer schlimmen Botschaft verängstigen, was auch immer die Maschine sagte.

»Reichtum, langes Leben, Freude«, las sie vor und legte die Kapseln vor dem Mädchen auf den Tisch. Die weinende Frau wandte sich ab und trocknete sich das Gesicht mit dem Ärmel.

»Darf ich sie behalten?« bat das Mädchen. Die Botschaft hatte die Angst zwar aus ihrem Gesicht vertrieben, doch Fringe, die die neben dem Kind sitzende Frau beobachtete, wußte, daß der Grund für ihre Angst noch immer vorhanden war.

Mit gerunzelter Stirn ging sie zum nächsten Tisch, wo Danivon sich mit ihr traf und fragte: »Wer ist das Mädchen, mit dem du dich so lange beschäftigt hast?«

»Ihr Name ist Alouez«, sagte sie und schaute über die Schulter auf das Kind. »Ist dir schon aufgefallen, daß sie das einzige Kind hier ist? Sie wirkt ganz verloren und scheint sich zu fürchten. Die Frau neben ihr weint, versucht aber, das zu verbergen. Sie weiß mehr als das Kind.«

»Ekelhaft«, sagte Danivon, dem wieder der vertraute Gestank in die Nase stieg.

»Sie kommt mir irgendwie bekannt vor.«

»Das Mädchen?« Danivon grinste sarkastisch. »Natürlich. Sie sieht aus wie du. Oder wie du wahrscheinlich ausgesehen hast, als du in ihrem Alter warst.«

Die Ähnlichkeit war wirklich frappierend. Nicht was den Teint betraf, doch ansonsten war sie der kleinen Fringe fast wie aus dem Gesicht geschnitten. Fringe hatte sich in diesem Alter oft gefürchtet. Und seitdem auch, gestand sie sich ein und wechselte das Thema. »Die Sache mit dem verloreren Ring«, murmelte sie. »Das hast du gut gemacht. Sie waren verblüfft.«

»Ich habe es gerochen, trotz dieses Gestanks«, sagte er. »Manchmal habe ich einen Riecher für so etwas.«

»Und was geschieht, wenn du Gefahr riechst?«

»Dann werde ich laut schreien, und wir hauen ab«, sagte er ernsthaft. Doch dann blinzelte er ihr zu und streichelte ihr die Wange, worauf sie errötete. Es hatte keinen Sinn, ihr zu sagen, daß er schon den ganzen Tag Gefahr roch.

Hinter ihnen unterhielten Curvis und die Zwillinge die Leute. Sie führten Taschenspielertricks vor und andere Zaubertricks und rissen Witze, über die das Publikum lachte, wenn auch gedämpft. Als die beiden Gruppen die Hälfte der Tische abgearbeitet hatten, riefen viele der *Hoch-Houm* sie schon beim Namen und scherzten mit ihnen, ebenso die *Murrey*.

Die fröhliche Stimmung hielt jedoch nicht lange an. Von draußen ertönte ein langgezogenes Heulen, das von den *Chimi*-Hunden an den Toren aufgegriffen wurde und sich zu einem Crescendo steigerte. Die Festgäste verstummten schlagartig, und diese ängstliche Stille wurde von einem Trommelwirbel unterbrochen, der an eine Geröllawine erinnerte. Die Echos erstarben, und Staub rieselte in spiralförmigen Schwaden von den Dachsparren herab. Der Frohsinn war zu Ende. Die *Houm* saßen verschüchtert und mit starren Gesichtern an den Tischen. Die Mitglieder der Schauspieltruppe schlenderten in die Ecke zurück, wo sie von Jory und Asner erwartet wurden. Sie versanken gerade noch rechtzeitig in der Anonymität, als Houdum-Bahs Gefolge durchs Tor kam.

An der Spitze ein Dutzend Trommler, die auf ausgehöhlten Baumstämmen herumhämmerten, die jeweils von vier Mann getragen wurden. Dann kamen hünenhafte Männer, die bis zu den Zähnen bewaffnet waren und bei denen nur das Weiße in den Augen zu sehen war, wie bei Tieren in Panik. Die ärmellosen

Hemden standen offen bis zum Bauchnabel, Arme und Brust waren mit roten, violetten und schwarzen Mustern tätowiert; die Finger, von denen jeder mit einer anderen Farbe bemalt war, krümmten sich in komplexen Bewegungen, während die Hunde sich in ihrer geheimen Zeichensprache unterhielten.

Der Translator in Danivons Kappe identifizierte die Zeichen und flüsterte ihm die Bedeutung ins Ohr. »Wer hat den verdammten Tisch dort oben hingestellt. Houdum-Bahs Tisch? Natürlich Houdum-Bahs Tisch! Was meinste, wer?« Dann schnellere Signale. »Sind sie hier? Sie sind hier. Na, die werden sich wundern!«

Danivon, der feindselige beziehungsweise hämische Blicke auffing, glaubte, daß dieser letzte Austausch sich auf die Angehörigen der Schauspielertruppe bezog, und sein Mißtrauen wuchs.

Houdum-Bah selbst schien beim Anblick des erhöhten Tischs keinen Verdacht zu schöpfen. Er bedeutete den Trommlern, in Reihe vor der Plattform anzutreten, während er seinen fetten Wanst hinaufwuchtete und auf den mittleren Stuhl plumpste. Sofort eilten *Murrey* mit Fleisch, Getränken und Brot herbei. Ein halbes Dutzend von Houdum-Bahs Männern erklomm die Plattform und nahm auf beiden Seiten von ihm Platz, während die *Houm*, die an den Tischen direkt vor der Plattform saßen, ihre Plätze für die restlichen Mitglieder des Gefolges räumten. Nach kurzer Zeit hatte das Gefolge Platz genommen, wobei die verdrängten *Houm* mit gezwungenem Lächeln zu den Toren gingen. Sie verhielten sich möglichst unauffällig, gingen jeweils zu zweit oder zu dritt durch das Tor und verschwanden ohne ein Wort.

Zögernd setzte das Orchester wieder ein.

»Was nun?« fragte Bertran. »Zurück zu den Tischen?«

»Noch nicht«, sagte Jory. »Sollen sie erst mal mit

dem Essen anfangen. Dann macht ihr dort weiter, wo ihr aufgehört habt. Haltet euch von den Männern des Boss-Chefs fern, es sei denn, sie fordern euch auf, herüberzukommen.« Sie wirkte energisch und vital. Danivon sah sie neugierig an, und sie erwiderte den Blick und blinzelte ihm zu. »Ich bin früher schon in ähnlichen Situationen gewesen«, sagte sie. »Es kommt darauf an, sich nichts anmerken zu lassen. Wenn sie sehen, daß du Angst hast, fallen sie sofort über dich her.«

»Als *Beauftragter* weiß man das«, sagte Fringe steif. »Das hat man uns beigebracht.«

»Natürlich weißt du das, meine Liebe«, murmelte Jory. »Natürlich weißt du das.«

Sie setzten die Vorstellung fort und zeigten ihre Tricks. Nur daß die *Houm* es diesmal nicht genossen, obwohl sie Begeisterung heuchelten und ansonsten alles vermieden, was vielleicht die Aufmerksamkeit von Houdum-Bah oder seinen Leuten erregt hätte. Formales Lächeln. Formales Kopfnicken. Worte, die zu leise gesprochen wurden, um gehört zu werden. Das Orchester dudelte, zupfte und trommelte, doch selbst diese Klänge wirkten verhalten und erregten kaum Aufmerksamkeit.

»Hier, Junge«, rief einer aus dem Gefolge zu Danivon. »Hierher.«

Danivon sträubte sich.

»Los!« zischte Fringe. »Geh, verneig dich und sei die Nebenattraktion, Danivon.«

»Ich will mein Schick-sahl«, grölte ein tätowierter Hüne, der fast so groß war wie Curvis. »Bring die Tussi mit, damit sie mir die Zu-kumpft vorhersagt.«

»Sie kann die Zukunft nicht vorhersagen«, sagte Danivon. »Aber die *Schicksals-Maschine* kann das, wenn sie will. Sie hat keine Macht über sie. Sie tut, was sie will.«

Fringe verneigte sich, hob die Hände und trat dann

von der Maschine zurück. Sie deutete auf die Hebel und sagte: »Die Maschine steht zu Ihrer Verfügung. Betätigen Sie drei beliebige Hebel.«

Ein orangefarbener Finger schnippte gegen die Hebel. Die Maschine surrte. Fringe leierte den obligatorischen Sermon herunter, wobei sie sich in gebührendem Abstand von der Maschine hielt. Sie wollte den Eindruck vermeiden, daß sie irgendwelche Manipulationen vornahm. Schließlich fielen die Kapseln in den Behälter, und sie bedeutete dem Mann, er möge sie herausholen.

»Lies vor!« rief er und starrte sie an. »Los! Lies endlich vor.«

Sie holte die Kapseln mit ausgestrecktem Arm heraus und legte sie auf den Tisch, damit jeder sie sah. Vielleicht konnte dieses Tier nicht lesen, aber jemand anders am Tisch war wahrscheinlich dazu in der Lage.

»Großer… Drachen… Kommt«, las sie zu ihrem eigenen Erstaunen.

»Was bedeutet das?« fragte der Mann und fletschte die Zähne.

Sie verneigte sich und breitete die Arme aus. »Das weiß ich nicht, mein Herr. Nur die Maschine weiß es, aber sie wird es mir nicht sagen. Etwas oder jemand wie ein Drachen wird erscheinen, würde ich sagen.«

»Bring sie her!« trompetete eine Stimme. Houdum-Bah selbst winkte Fringe zu sich. »Komm her und sag mir mein Schicksal, Frau! Und sorge dafür, daß es ein günstiges Schicksal ist.«

Danivon half ihr auf die Plattform und sprang dann selbst hinauf. Zusammen schoben sie die Maschine zu Houdum-Bah. Erneut leierte Fringe ihren Sermon herunter und trat zur Seite.

Der Mann beugte sich hektisch nach vorn und betätigte ein paar Hebel. Die Maschine lief an, Lämpchen leuchteten auf und Glöckchen ertönten. Schweigen legte sich über die Versammlung. Es waren nur noch das Klingen der Glöckchen und der Aufprall der Kapseln zu hören, die in den Behälter fielen, eins, zwei, drei, vier.

Er las sie selbst. »Kommt ... Nun ... Großer ... Drachen ...«

Fringe gelang es nicht, ein Staunen zu unterdrücken.

»Was?« rief der Boss-Chef und packte sie an der Schulter. »Was?«

»Normalerweise ... normalerweise kommt nicht zweimal dieselbe Weissagung«, sagte Fringe und biß sich auf die Lippe. »Diese Sache mit den Drachen muß wichtig sein.«

»Was is'n Drach'n?« fragte er.

Sie schüttelte ratlos den Kopf.

In belferndem Ton richtete er die gleiche Frage an die versammelten Festgäste. »Was is'n Drach'n?«

Das Orchester verstummte. Die Leute senkten den Kopf, als ob sie die Axt des Henkers erwarteten. Niemand hatte eine Antwort für Houdum-Bah.

Dann kreischte Jory von ihrem Platz neben der Plattform wie eine alte Hexe: »Oh, großer Houdum-Bah. Es sind Drachen flußaufwärts. Ich habe sie selbst gesehen.«

»Was?« fragte er erneut.

»Große Wesen«, sagte sie und trat auf den freien Platz vor der Plattform, breitete die dürren Arme aus, spreizte die knochigen Finger und sagte mit flammendem Blick: »Mit Reißzähnen und Panzerplatten auf dem Rücken. Und mit Klauen natürlich. Sie sind wirklich furchterregend.« Sie zitterte am ganzen Körper und erzeugte ein Geräusch, als ob ihre Knochen klapperten.

Der Mann starrte sie für einen Moment mit bebenden Nüstern an, wobei er zwischen Belustigung und Verärgerung schwankte. Dann stieß er ein brüllendes Lachen aus, und sein Gefolge fiel heulend ein.

»Houdum-Bah fürchtet sich nicht vor Bestien, auch wenn sie Reißzähne haben«, rief einer.

»Richtig«, sagte Jory und hampelte herum, wobei sie vor Lachen quietschte. »Der große Houdum-Bah muß die Bestie nicht fürchten, auch wenn sie kommt.«

»Der Große Herr *Chimi ahm* wird sich der Bestie annehmen«, erklärte der Boss-Chef und erhob sich vom Stuhl. Er stieß die Arme in die Luft und trompetete in die stille Halle: »Der Große Herr *Chimi-ahm* wird von diesem Drachen hören. Ruft nun die Priester, auf daß *Chimi-ahm* es vernimmt!«

Die Trommler schauten erwartungsvoll auf die Türen und vollführten einen Tusch mit der Wucht eines Erdbebens. Die *Houm* erhoben sich still von den Tischen, drückten sich an die Wand und wandten sich ab, als ob sie sich am liebsten in ein Mauseloch verkrochen hätten. Die *Murrey* rannten los und stolperten übereinander, während sie die Tische wegbrachten und den Platz vor dem Podest räumten. Fringe und Danivon zogen die *Schicksals-Maschine* vom Rand der Plattform weg und gesellten sich zu ihrer Gruppe, wobei sie sich genauso unauffällig verhielten wie die *Houm*.

»Er hat etwas vor, dieser Houdum-Bah«, murmelte Jory, die bei dem Trommelwirbel kaum zu verstehen war. »Er neigt zur Gewalt und Willkür gegen jedermann, aber ich spüre, daß er uns besondere Ressentiments entgegenbringt, die er bisher verborgen hat.«

Danivon schnüffelte. »Stimmt«, sagte er. »Der Mann stellt eine große Gefahr für uns dar. Zumal er gemeingefährlich ist. Und was geschieht nun?«

»Ihr werdet gleich den *dabbo-dam* erleben«, sagte Jory. »Gebt gut acht.«

»Was bedeutet das?« flüsterte Nela.

»Die Worte? Ach so. *Dabbo-dam* bedeutet *Ankunft des Gottes*, ein Ritual, in dessen Verlauf bestimmte Gefolgsleute berührt, übernommen und manchmal auch von ihrer Gottheit gefressen werden. Paßt gut auf.«

»Was wird geschehen?« flüsterte Fringe.

»Das weiß Gott allein.« Jory lachte humorlos. »Was auch immer es ist, es wird euch nichts passieren, wenn ihr einen kühlen Kopf bewahrt.«

Die Trommeln verstummten, als die Priester einzogen. Sozusagen das dreckige Dutzend. Sie waren dürr, schmutzig, kahlköpfig, in zerrissene Kutten gehüllt und gingen barfuß. Sie trugen stinkende Bündel und blakende Fackeln, die einem die Tränen in die Augen trieben. Sie hatten einen Altar dabei, eine tischähnliche Konstruktion, die zwischen Stangen aufgehängt war. Die mit goldenen Hörnern besetzte Platte war fleckig und zerkratzt. Nachdem die Stangen entfernt worden waren, zogen die Priester lebende Tiere aus den Bündeln, schlachteten sie auf dem Altar und bespritzten sich mit dem Blut. Dann packten sie die Hörner an den Ecken des Altars und stimmten einen gutturalen Gesang an, wobei die Rauchsäule der Fackeln zum hohen Dach aufstieg. Der Gesang war repetitiv, wobei drei oder vier Strophen wiederholt wurden. Die Trommeln nahmen den Rhythmus auf. Ein paar *Houm* fielen in den Gesang ein, dann immer mehr, bis schließlich alle sich rhythmisch wiegten und murmelten.

»Nicht mitsingen«, murmelte Jory in ihrer Mitte. »Bewegt die Lippen, aber sprecht nicht die Worte. Bedenkt, daß das, was ihr sehen werdet, nicht real ist. Denkt an etwas anderes, wenn möglich. An den Geschmack von Früchten zum Beispiel. Die Freuden eines Bads. Ich denke zum Beispiel immer an warmes Wasser und Seife. Ich stelle mir vor, wie das Wasser durch Schleim bricht und ihn fortspült.«

Fringe bewegte die Lippen, befolgte den Rat und konzentrierte sich aufs Baden. Danivon bewegte die

Lippen und schnitt Houdum-Bah vor seinem geistigen Auge die Kehle durch. Er war wirklich noch ein ›Junge‹. Curvis bewegte die Lippen und konzentrierte sich auf die Münze in seiner Hand, die er hinter Danivons Rücken hatte verschwinden und wieder auftauchen lassen. Bertran folgte seinem Beispiel, wobei er die eigene Angst unterdrückte, als er spürte, wie Nelas Furcht sich auf ihn übertrug. Er schauderte. Nela zitterte, schloß die Augen und konzentrierte sich auf die Schildkröte. Grauer Wind, graues Laub, graue Nebelschwaden. Daß die arme Schildkröte sich in einer solchen Gefahr befand.

Houdum-Bah verließ das Podest und ging zu den Priestern. Er packte den Altar bei den Hörnern und verstärkte den Tumult mit seiner lauten Stimme.

Jory grunzte überrascht, als ob sie einen Schlag in den Magen erhalten hätte. Als Fringe aufschaute, erkannte sie einen erstaunten Ausdruck im Gesicht der alten Frau und folgte ihrem Blick zum Rauch, wo flatternde, lumineszente Flocken erschienen waren, Flocken, die sich zusammenballten und zu einem massiven Gebilde verdichteten, das die Gestalt einer Säule annahm. Die Säule wurde höher und schwerer, bildete Wurzeln und Äste aus und verwandelte sich in einen Baum; der Baum verwandelte sich in eine monströse Figur mit sechs Armen, sechs Beinen, sechs feurigen Augen, sechs Schlappohren und drei Reihen langer Reißzähne in jedem der drei großen Mäuler, die schluckten und schluckten und wieder schluckten.

»Großer Herr *Chimi-ahm*«, schrien die Priester. »Ah-oh, ah-oh, Großer Herr *Chimi-ahm*!«

»Großer Herr *Chimi-ahm*«, stöhnten die *Houm*. »Ah-oh, ah-oh.«

»Großer Herr *Chimi-ahm*«, schluchzten die *Murrey*.

Die Erscheinung streckte die multiplen Arme aus,

einen Finger an diesem, einen Finger an jenem. Hier schrie ein *Houm* auf und wurde von Krämpfen geschüttelt. Dort fiel ein anderer in unkontrollierte Zukkungen. Andere schlossen sich ihnen an, bis ganze Gruppen davon befallen waren. Wie Marionetten bewegten sie sich zuckend und tanzend auf die Priester zu, die einen Kreis gebildet hatten und sich ekstatisch verrenkten, während in ihrer Mitte der Gott herumhüpfte. Die drei Mäuler klafften auseinander. Inmitten der Tänzer schoben zwei Hunde das *Houm*-Mädchen, Alouez, zum Altar.

Das Mädchen hatte einen Ausdruck namenlosen Schreckens im Gesicht. Fringe kannte diesen Ausdruck. Einen ähnlichen hatte sie vor langer Zeit im halbblinden Spiegel im Modul hinter Chars Haus gesehen. Nun öffnete das Kind den Mund und stieß einen Schrei aus, während sie von den unerbittlichen Hunden mit Stößen und Knüffen in Richtung Altar getrieben wurde.

»Wieso haben sie dieses Kind hergeholt?« flüsterte Fringe erzürnt. »Es ist noch so jung.«

»Ich könnte mir vorstellen, daß ihnen befohlen wurde, sie herzubringen«, sagte Jory. »Ich könnte mir auch vorstellen, daß Houdum-Bah diesen Befehl erteilt hat.«

»Wieso?« fragte sie.

»Er will sie selbst haben. Ist doch klar.«

Fringe riskierte einen Seitenblick auf den Altar und sah, daß der Boss-Chef das Mädchen nicht weniger gierig anstarrte als der über ihm dräuende Gott. Jede Frau, die in Enarae als *Beauftragte* arbeitete, kannte den Blick eines Vergewaltigers. »Das ist ein Kind«, rief Fringe geschockt. Ihr wurde übel. »Ein Kind!«

»Man sagt, daß Zhulia die Hure sich vorzugsweise in Kinder ergießt«, sagte Asner mit tonloser Stimme. »Das hat Cafferty uns gesagt. Obwohl es vielleicht die männlichen Verehrer der Dame Zhulia sind, die Kinder bevorzugen.«

»Seht«, flüsterte Jory.

Das dreifaltige, vom Rauch umwaberte Ungeheuer teilte sich. Die drei Stirnen, die wie Bugspriete vorsprangen, stießen nach vorn und zogen die Gesichter hinter sich her. Die Augen folgten den Stirnen, dann die Nasen, Mäuler, Kiefer, während aus dem Kopf drei Köpfe wurden, und jeder der drei Köpfe stieß wie der Kopf einer Schlange nach vorn. Die geringelten Hälse schnellten wie Peitschenschnüre vom Torso weg, zogen Schultern hinter sich her, dann Arme, Rümpfe, Beine. Die Teile stießen sich gegenseitig ab, und es entstanden drei Wesen, wo zuvor nur eins gewesen war:

Ein Wesen mit breiten Hüften und einer Mähne aus rauchigem Haar, mit einem Armband aus Schädeln und Brüsten groß wie Melonen. Ein Wesen mit mächtigen Muskeln, gepanzert und bewaffnet, das seine Männlichkeit wie einen Speer vor sich hertrug. Ein schlankes, geschmeidiges und langbeiniges Wesen mit hagerem Gesicht und schmalen Lippen, das lächelte und dabei die spitzen Zähne fletschte. Er. Sie. Es.

»Zhulia die Hure, Lord Balal, Chibbi der Tänzer«, murmelte Jory und nickte, als ob eine stille Befürchtung bestätigt worden wäre. »Alle anwesend und identifiziert. Sowie ein paar der kleineren Götter. Seht euch nur die Hunde an.«

Die Hunde zuckten und zitterten, stießen die pelzigen Pfoten in die Luft und öffneten Hände, die nun mit Krallen besetzt waren, Mäuler, die nun mit Reißzähnen bewehrt waren. Nun waren sie wirklich Hunde, die geiferten und sich mit blutunterlaufenen Augen umsahen.

Chibbi der Tänzer wirbelte auf den Zehenspitzen

herum und streckte die Arme aus, wobei diese Arme zu Speichen eines Rads wurden, die Speichen sich in Pfeile aus Licht verwandelten, die auf die zuckenden *Houm* abgeschossen wurden und sie durchdrangen. Sie tanzten weiter und heulten auf, als Knochen brachen, Körper zu Boden fielen, Gliedmaßen schlegelten. Zersplitterte Knochen stachen aus blutigem Fleisch hervor, als die Hunde sich an dem Gemetzel beteiligten.

Die mächtige Männlichkeit von Lord Balal schwenkte auf Houdum-Bah und schob sich langsam auf den vor der Plattform stehenden Boss-Chef zu. Houdum-Bah entledigte sich seiner Kleidung und erwartete den Gott mit ausgebreiteten Armen und halb geschlossenen Augen.

Und vor ihnen auf dem Boden zitterte das Mädchen, als die weibliche Gestalt sich über die Kleine beugte, in sie eindrang und sich in sie ergoß wie Wasser in ein Loch. Das Kind schien anzuschwellen. Die Kleider rissen auf und enthüllten pralle Brüste, breite Hüften und eine mit dichtem, glänzendem Haar bewachsene Vulva.

Fringe blinzelte ungläubig, schüttelte den Kopf und stieß ein Knurren aus. Sie sah keine Dame Zhulia. Sie sah nur ein elfjähriges Mädchen. Dünn. Ohne Brüste. Der schmächtige Brustkorb hob sich, als sie keuchend versuchte, ihre Blöße zu bedecken, während einer der Priester ihr die Kleidung vom Leibe riß. Ein kleines, zitterndes und verlorenes Mädchen mit weit aufgerissenen Augen.

»Nein«, sagte Fringe.

»Das ist ihre Kultur«, sagte Danivon mit bemüht fester Stimme. »So sind ihre Gebräuche.«

»Nein«, sagte Fringe wieder. »Jory, nein. Er wird sie verletzen. Sie ist nur ein Kind. Er wird sie vergewaltigen. Er wird sie umbringen.«

»Das *tun* sie eben«, wiederholte Danivon verzweifelt. »*Vielfalt, Beauftragte!*«

»Nein«, sagte sie erneut. »Jory, tun Sie etwas.«

Jory sah sich um, wobei sich gleichermaßen Erstaunen und Wut in ihrem Gesicht widerspiegelten. »Wie kommst du darauf, daß *ich* etwas tun könnte, Fringe Owldark?«

»Sie können etwas tun. Jemand muß etwas tun.«

Jory lachte ärgerlich. »Dann tu *du* doch etwas!«

Blindlings stürmte Fringe vorwärts, und die Waffe sprang in ihre Hand. Sie packte das Mädchen an der Schulter und zog sie von Houdum-Balal weg, stellte sich vor das Kind und bedrohte Houdum-Balal mit der Waffe.

Er brüllte auf vor Wut, und die Hunde fielen in das Gebrüll ein, während sie auf sie zukamen.

Sie bestrich sie mit einem Hitzestrahl, der ausgereicht hätte, normale Menschen zu stoppen, doch in ihrer Wut spürten sie die Hitze überhaupt nicht. Erneut betätigte sie den Auslöser und trieb sie zurück, alle bis auf Houdum-Balal, der mit ausgestreckten Armen und aufgerissenem Mund auf sie zukam. Die Hitze machte ihm offensichtlich nichts aus.

Fringe wich zurück. Sie begriff, daß sie keine Hilfe zu erwarten hatte. Nicht nur, daß Danivon und Curvis sie nicht unterstützten, sie wollten ihr das Kind sogar entreißen, um es Houdum-Balal zurückzugeben …

Jory lachte.

Das Lachen prallte gegen den Rauch und den Lärm der Trommeln und kehrte verstärkt zurück. Es hallte in den Ecken wider und wurde immer lauter, schwoll an wie ein Donnerhall. Erst verstummten die Trommeln und dann der Gesang.

»Der *Große Drachen* kommt«, durchdrang Jorys Knurren das Gelächter, wobei jedes Wort dröhnte und verstärkt wurde. Die Worte verschmolzen zu einem Ganzen, das mehr war als die Summe der Wörter; der Satz hallte von den Wänden wider, bis er alle anderen Geräusche übertönte. »Der *Große Drachen* kommt!«

Und der *Große Drachen* kam, der *Große Drachen* war da, größer als *Chimi-ahm* und mächtiger, eine riesige Tatze auf dem Altar, und das mit Reißzähnen bewehrte Maul nicht mehr als eine Armeslänge vom Gesicht des überraschten Houdum-Balal entfernt.

»Nein«, flüsterte der Drachen mit einer Stimme wie Donnergrollen. »Kein *Chimi-ahm*. Keine Zhulia die Hure. Kein Chibbi der Tänzer. Kein Lord Balal. Keiner von ihnen. *Dabbo-dam* gibt es nicht mehr, Boss-Chef. *Dabbo-dam* hat sich erledigt!«

Fringe dachte, sie hatte die Worte gehört, glaubte, sie hatte die Worte gehört, aber sie hatte ihren Klang nicht gehört. Kein Timbre, das sie zu identifizieren vermochte. Fast hatte sie den Eindruck, daß sie sie mit einem anderen Körperteil als mit den Ohren gehört hätte.

Der *Große Drachen* drehte sich mit peitschendem Schwanz um, streckte die Tatzen aus, schnappte sich die Priester, schleuderte sie herum, verschlang die Fackeln, schluckte den Rauch, zerfetzte die Bildnisse des Gottes, jagte sie hinaus in die Nacht und ließ Houdum-Bah allein zurück. Der war plötzlich ganz klein geworden und starrte mit offenem Mund auf sein im Chaos versinkendes Reich.

»Gehen wir, bevor ihm bewußt wird, wem er das zu verdanken hat«, sagte Jory.

Das Kind lag reglos und mit verdrehten Augen hinter Fringe, an der Stelle, wo es zu Boden gefallen war. Fringe hob es auf, wickelte es in die Zauberkutte und nahm es mit, wobei sie Danivon abwehrte, der sie zurückhalten wollte,

»Laß mich los!« knurrte sie ihn an. »Laß los!«

»Sie gehört hierher«, flüsterte er, ohne ihr von der

Seite zu weichen. »Im Namen der Vielfalt, Fringe. Du darfst sie nicht mitnehmen!«

»Dich hat auch jemand mitgenommen!« knurrte sie. »Jemand hat dich mitgenommen. Hat dich davor bewahrt, auf dem Schädelregal in Molock zu enden. Hat dich davor bewahrt, daß man dich tötete und deine Knochen zu Pulver zerstampfte. Zasper Ertigon hat dich mitgenommen, Danivon! Und nun nehme ich sie mit. Geh mir aus dem Weg.«

Es war nicht der richtige Zeitpunkt für einen Streit, denn die Stadt erwachte zum Leben wie ein aufgescheuchter Bienenstock; überall brachen Unruhen aus, Brände loderten auf und Geschrei ertönte, denn überall schienen Drachen aufzutauchen und die Bevölkerung zu jagen.

In *Stadt Fünfzehn* legen Seppel und seine Kollegen die sensorischen Aufzeichnungen beiseite, die von Cling, Thob, Breaze und Bland erstellt worden sind. Die paar, die noch übrig sind, stammen von Jordel von Hamerlane.

»Kommt ihr?« fragt Seppel seine Kollegen.

Tentakel verknüpfen sich. Sie sind sich ihrer Identität als Seppel794DZ und Kollegen bewußt...

Und im nächsten Moment sind sie Jordel von Hamerlane.

Jordel von Hamerlane, der nicht weiß, daß andere Wesen seine Identität angenommen haben, daß sie sehen, was Jordel sah, daß sie wissen, was Jordel wußte. Daß sie dort sind, wo Jordel gewesen war...

Hoch oben im Turmzimmer. In solchen Höhen verspürt er normalerweise ein Gefühl des Überschwangs und würdigt die Kräfte, die solche großen, himmelstürmenden Strukturen ermöglichen. Heute verspürt er nur Niedergeschlagenheit, Frustration und Zorn. Draußen, vor den Fenstern, treibt ein Sommerwind

Wolken vorbei. In der Ferne sieht er schimmernde Banner auf Zinnen, das Flattern vom Wind geblähter Flaggen. Dies ist die *Brannigan-Galaxität*, das Herz der Menschheit.

Am Fenster steht Orimar Breaze; seine Silhouette zeichnet sich gegen die jagenden Wolken ab. Er ist ein stattlicher Mann mit silbernem Haar und aristokratischem Profil. Die Gruppe hat sich in seinem Quartier versammelt, an diesem wichtigen Ort, in diesem Apartment im obersten Stockwerk des höchsten Turms, in diesem Apartment, das sich sogar noch oberhalb des *Zinnen-Studierzimmers* befindet, in dem die Versammlungen des *Große-Frage-Komitees* stattfinden. Und der stattliche Orimar Breaze verzieht spöttisch das Gesicht, während er sich anhört, was Jordel zu sagen hat.

Jordel spürt, wie die Zunge die spröden Lippen berührt, während er eindringlich spricht: »… müssen gegen die Weigerung protestieren, die Spezifikationen zu akzeptieren! Wir dürfen das nicht riskieren!« Er schluckt und versucht die Panik zu unterdrücken, die ihn in Gegenwart dieser ignoranten, unwissenschaftlichen … Idioten zu überkommen droht.

Er erkennt keinerlei Verständnis im Gesicht von Orimar Breaze, auch nicht in den Gesichtern von Mintier Thob und Therabas Bland, die bereits den Mund aufgemacht haben, um Einwände vorzubringen.

»Lieber Junge …«

So spricht Mintier Thob und setzt dieses überhebliche mütterliche Lächeln auf. Obwohl sie damit viele Leute von ihrer scheinbaren Vernunft und Aufrichtigkeit zu überzeugen vermag, verfängt ihre Masche bei Jordel nicht mehr:

»Sie verlangen also, daß unsere Muster bis auf die vollautomatische alljährliche Aktualisierung in Stasis verbleiben, wenn wir in den *Kern* von *Woanders* gehen.

Glauben Sie mir, lieber Junge, wir verstehen, was Sie sagen. Allerdings ziehen wir es vor, daß unsere Muster *nicht* in Stasis verbleiben und daß sie nicht automatisch korrigiert und aktualisiert werden, sondern nach Belieben.«

Sie lächelt, während sie spricht: ruhig, prägnant, und sie kommt scheinbar auf den Punkt, während sie ihn in Wirklichkeit nur streift. Auf diese Art hat sie schon viele heikle Themen mit ignoranter Selbstgefälligkeit erhellt. Wie auch jetzt. Selbstsicher und mit warmer, mütterlicher Stimme buhlt sie um die Zustimmung der anderen.

Und bekommt sie auch. *Ja,* sagen Breaze und Bland und Cling. *Wir ziehen unsere Handlungsfreiheit deiner Automatik vor, lieber Junge. Ja, das tun wir.*

»Dann begreift ihr die Implikationen nicht«, ruft er und tut ganz undiplomatisch die Wahrheit kund.

»Nein, mein Junge!« quäkt Therabas Bland, eine dürre, alte Henne, deren gelifteter, mit Synthohaut bespannter Körper mit dem Straßschmuck und den fließenden Kleidern ihrer Kindheit behängt ist, was ihr jedoch nicht unbedingt zum Vorteil gereicht. Schönheit und Anmut bedeuten ihr nichts mehr, sagt sie oft, nicht nachdem die Geheimnisse des Universums sich ihr erschlossen haben. Sie ist Mathematikerin und stolz auf ihren Verstand. Sie hält es für ausgeschlossen, daß er sie jemals im Stich läßt. Ihre Gedanken müssen korrekt sein, ansonsten würde sie sie nicht denken. Also zeigt sie mit dem Finger auf ihn und sagt mit keckernder Stimme: »Mein Junge, wir sollten es wirklich in einfachen Worten sagen. Wir haben nicht vor, einer Heldin aus einem Märchen nachzueifern und für ein paar hundert Jahre zu schlafen. Das verstehen Sie doch sicher!«

Was könnte Jordel noch sagen, das er nicht schon tausendmal gesagt hat? »Sie reagieren aus dem Bauch heraus. Mein Instinkt sagt mir das gleiche. Das ist aber nicht die richtige Vorgehensweise, zumal die Weiterungen gravierend sind.«

»In welcher Hinsicht?« Orimars linker Nasenflügel bebt leicht; Orimar, der niemals sachlich argumentiert, sondern nur seine eigene Position und die seiner Bündnispartner vertritt. Und seine Loyalität in dieser Auseinandersetzung gilt Thob und Bland.

»Fehler«, hört Jordel sich rufen; er hofft, mit diesem Wort etwas zu bewirken. »Fehler werden sich einschleichen. Wenn Aktualisierung und Korrektur im Ermessen einzelner Bewußtseine stehen, riskieren wir eine Fehlerpotenzierung.«

Nun ertönt auf der anderen Seite des Raums ein raspelndes Schnauben, als Subble Cling seinen unförmigen Wanst von einem halbverborgenen Stuhl wuchtet und ein raubtierhaftes Grinsen aufsetzt, bei dem Jordel schaudert. Cling hat sich sein Leben lang mit Organismen beschäftigt, die negativer Stimulation ausgesetzt waren, mit Überleben und Mortalität unter Stress und der evolutionären Antwort auf Agonie. Cling ist ein Gelehrter des Schmerzes. Seine Position an der *Galaxität* wird zwar hin und wieder angefochten, doch hinter vorgehaltener Hand sagt man, daß er sich der Gunst des allmächtigen Kanzlers erfreue. Es geht das Gerücht um, daß unaussprechliche Abkommen zur Erlangung der Macht getroffen wurden, doch trotz dieser Spekulationen ist er hier, einer der Erwählten von *Brannigan*.

»Sie sagen also, wir seien nicht vertrauenswürdig.« Er hebt die Hände, dreht die Handflächen nach außen und wendet sich mit dieser spöttischen Geste an die Damen und an Orimar.

Jordel räuspert sich. »Ich sage nur, daß wir alle Menschen sind.«

»Von denen ein paar aber viel unfehlbarer sind als

andere«, bemerkt Mintier Thob. »Was sicher auch für die Dozenten der *Brannigan-Galaxität* gilt. Sie sind doch einer von uns, Jordel. Haben Sie denn keinen Stolz? Haben Sie denn kein Vertrauen zu sich selbst?«

Jordel berücksichtigt den Aspekt des Stolzes. Orimar ist ein Narziß. Er wird den *Kern* benutzen, um sich selbst zu beweihräuchern. Thob ist ungemein selbstgefällig. Sie wird in den *Kern* gehen, weil sie sich ein Universum ohne sie nicht vorzustellen vermag. Bland hält sich für unfehlbar. Für sie stellt der *Kern* ein neues Universum dar, in dem es Ordnung zu schaffen gilt. Und Cling… Clings rastloses Bewußtsein spielt mit Leben und Tod. Er wird in den *Kern* eingehen, weil er ihm neue Varianten des Lebens und des Todes bietet. Diese Gründe würden sie zwar nie nennen, doch Jordel kennt seine Pappenheimer. Dennoch hat er noch Hoffnung und sagt leise: »Natürlich mißtraue ich mir, verehrte Professorin. Das habe ich Ihnen doch bereits gesagt.«

»Genug, Jordel!« braust Subble Cling auf. »Wenn Sie von Selbstzweifeln geplagt werden, dann machen Sie das mit sich selbst aus. Verschonen Sie uns damit, um der Menschheit willen!«

»Gerade um der Menschheit willen werde ich Sie nicht damit verschonen«, entgegnet Jordel dezidiert. »Die Zeit in der Matrix gleicht nicht der Zeit in der Außenwelt, sondern eher einem Traum. Episoden, die sich scheinbar über Tage hinziehen, dauern in Wirklichkeit vielleicht nur ein paar Augenblicke. Wenn Sie im *Kern* wach bleiben, sammeln Sie vielleicht die Erinnerungen vieler Jahre, obwohl draußen nur ein einziges Jahr vergangen ist.

Diese Erinnerungen werden aber nicht durch sensorische Rückmeldungen verankert, wie es in der realen Welt der Fall wäre. In der Außenwelt liefern sensorische Rückmeldungen die notwendigen Bezugspunkte, um unsere emotionalen und intellektuellen Erfahrungen zu verankern. Die Erfahrungen werden durch sensorische Eindrücke – Bewegungen, Gerüche, Stimmen, den Anblick von Gesichtern – differenziert und spezifiziert. Im *Kern,* wo es keine sensorischen Daten und Bezugspersonen gibt, tendiert das Bewußtsein dazu, sie zu schaffen, wie in einem Traum.

Also werden Sie Umgebungen und Erfahrungen erschaffen. Und nach Ablauf eines Jahres werden Ihre Muster deutlich vom Ausgangszustand abgewichen sein. Um die Ursprungs-Konfiguration Ihrer Muster zu rekonstruieren, müßte man Jahre, vielleicht Jahrzehnte Ihres Lebens löschen! Und dabei wird es sich um die letzten Jahre mit den stärksten Eindrücken handeln. Eine Löschung wäre wie Sterben. Sie würden … wir würden das nicht über uns bringen!«

Bland lächelt, ein Lächeln voller Weltschmerz. »Unsinn, lieber Junge. Ich bin erwachsen, eine Gelehrte. Ich weiß, daß Daten von Zeit zu Zeit korrigiert werden müssen. Ich traue mir zu, das selbst zu handhaben.«

»Ich würde mir das nicht zutrauen. Wirklich nicht«, sagt Jordel.

»Dann sind Sie in unserem Kreis wohl der einzige, was das betrifft«, sagt Mintier Thob tadelnd. Sie schreitet zum Fenster und weist nach draußen, über die Turmspitzen zum fernen Horizont; diese Geste steht für alles, was *Brannigan* ausmacht. »Die akademische Welt bietet ideale Bedingungen für die Entwicklung menschlicher Qualitäten, Jordel. Ich glaube, die hier Anwesenden haben das auch unter Beweis gestellt. Wir sind den meisten Menschen geistig überlegen. Wir sind geduldiger. Wir haben mehr Herzensbildung.«

Sie setzt wieder ihr abstoßendes Lächeln auf; Jordel erinnert sich an die jüngsten Auseinandersetzungen unter ebendiesen Akademikern, bei denen die Fetzen flogen, und versucht, keine Reaktion zu zeigen.

»Bedenken Sie nur«, fährt die Dame Professorin fort, »welches Vertrauen *Brannigan* in unser Komitee gesetzt hat: Man hat uns das Schicksal der Menschheit anvertraut. Und wir werden nicht zulassen, daß auch nur ein Teil dieses Schicksals von einer Automatik erfüllt wird, die von irgendeinem Mechaniker konstruiert wurde!« Sie spuckt die letzten Worte förmlich aus und sieht ihn direkt an, wobei sie keinen Zweifel daran läßt, welchen Mechaniker sie damit meint.

Jordel sagt nichts. Nun gut. Er hat es versucht. Er hat sein Bestes gegeben. Sollen sie tun, was sie wollen. Und er wird das tun, was zu seinem Schutz erforderlich ist...

Und dann verebbt die Aufzeichnung in Gefühlen des Zorns, des Abscheus und fester Entschlossenheit.

»Quatsch«, sagte Seppel794DZ ärgerlich, nachdem er wieder zur Besinnung gekommen war. »Quatsch. Diese Leute waren nicht verantwortlich für das Schicksal der Menschheit. Sie diskutierten wohl das Schicksal der Menschheit, haben es aber nicht bestimmt!«

»Das macht also das Menschsein für dich aus«, knurrte ein Dink-Kollege. »Die Manipulation von Symbolen mit der Realität zu verwechseln! Und wenn Jordel recht hatte, dann wissen wir nun, was mit den Bewohnern des *Kerns* geschehen ist.«

»Aber was ist mit Jordel selbst geschehen?« fragte ein anderer Kollege.

»Du hast seine Absichten ebenso gespürt wie ich«, sagte Seppel. »Entweder hat er den *Kern* nie betreten, oder es ist ihm gelungen, sich gemäß den Spezifikationen verarbeiten zu lassen. Wenn er jemanden gefunden hat – einen Techniker oder Ingenieurs-Kollegen –, dem er vertraute, hat diese Person vielleicht den Reim komponiert, den wir von Boarmus gelernt haben.«

»›... dann jagte Jordel von Hamerlane / sie den ganzen Weg zurück bis heim‹«, zitierte ein Dink versonnen. »Wenn das stimmt, dann ist Jordel doch in den *Kern* gegangen. Wenn er das vorhatte, ist er noch irgendwo dort drin.«

Auf dem Rückweg nach *Toleranz* stählte Boarmus sich für das Stratagem, auf das er sich festgelegt hatte. Er diskutierte es unterwegs mit Jacent, wobei sie sich gegenseitig ins Ohr flüsterten. Der Junge war blaß, wirkte aber entschlossen – was vielleicht auch daran lag, daß er das Ausmaß der Gefahr gar nicht erkannte; Boarmus hielt das für wahrscheinlicher. Dennoch, Jacent hatte Metty Sympathien entgegengebracht, und Boarmus sagte ihm in schonungsloser Offenheit, was Metty zugestoßen war und was ohne Zweifel ihnen allen widerfahren würde, wenn das Ding oder die Dinger im *Kern* nicht gestoppt würden.

»Ich weiß nicht, wie wir dem überhaupt ein Ende machen sollen«, hatte der Junge mit einem Ausdruck der Scham im Gesicht geflüstert.

»Ich weiß es auch nicht. Vielleicht gelingt es uns, seine Aktivitäten zu verlangsamen, mehr nicht. Damit wir uns eine Atempause verschaffen. Es sei denn, du hättest eine bessere Idee ...«

Die Jacent natürlich nicht hatte. Er wäre nicht einmal in der Lage gewesen, den aktuellen Plan zu entwickeln.

»Vergiß nicht ...« – Boarmus legte dem Jungen die Hand auf die Schulter und drückte fest zu, um seiner Aussage Nachdruck zu verleihen –, »daß du nur ein Normalbürger bist. Jemand, der sich Sorgen macht wegen dieser Sache.«

»Und wenn es uns tötet?«

»Dann sind wir eben tot«, sagte Boarmus gleichmütig. »Und vielleicht sogar besser dran.«

Sie warteten nicht erst, daß die Geister zu ihnen

kamen. Nachdem der Verkehr in *Toleranz* in den Nacht-Modus gewechselt hatte, folgte Jacent dem bulligen Mann in den geheimen Schacht und nach unten in den kahlen Raum. Sie durchquerten ihn und gingen durch den gewundenen Korridor zum *Kern*. Er war leer. Niemand hielt sich dort auf.

»Es wird sich schon etwas zeigen«, sagte Boarmus und drückte einen Hebel nach unten. Die verzweigte Struktur unter ihm strahlte ein Signal ab: Zeit für den Bericht. Der *Kommandeur* ist anwesend.

»Woher kommt es?« flüsterte Jacent.

»Von irgendwoher«, murmelte Boarmus. »Von irgendwoher, Junge. Um die halbe Welt. Mach dir nicht in die Hose. Mach einen unterwürfigen Eindruck.«

Das fiel ihm nicht schwer. Er war unterwürfig. Er fuhr zusammen, als die Stimme aus der Wand drang.

»Boarmus«, sagte sie leise. Es war nicht die Stimme des Schluckers. Eine der weiblich klingenden Stimmen.

»Ich habe darüber nachgedacht, was du das letztemal zu mir gesagt hast«, sagte Boarmus und legte Jacent die Hand auf die Schulter.

»Es befindet sich eine unautorisierte Person bei dir.«

»Richtig. Sie soll als Beispiel dienen.«

»Als Beispiel wofür?«

»Als Beispiel für die Ehrfurcht, welche die Leute von *Toleranz* euch entgegenbringen«, sagte Boarmus. Jacent zitterte unter seinen Fingern. *Sehr gut*, sagte Boarmus sich. *Der Junge soll ruhig fast vor Angst vergehen, solange er nur seine Rolle spielt.* »Er ist ein gewöhnlicher Bürger von *Toleranz*. Kein *Kommandeur*. Kein Mitglied des *Inneren Kreises*.«

»Bringt er mir Ehrfurcht entgegen?«

Boarmus schüttelte ihn. »Bringst du … äh … ihr … Ehrfurcht entgegen, Junge?«

»O ja.« Jacent zitterte. »Ja, das tue ich.«

»Und Verehrung?«

Jacent nickte, und Boarmus mußte ihm einen Knuff versetzen, damit er laut sprach. »O ja.«

»Was glaubt er, wer ich bin?« fragte die Stimme streng.

›Jetzt‹, signalisierten Boarmus' Finger fast freudig. Er hatte schon bezweifelt, daß die Kommunikation diesen Punkt überhaupt erreichte; nun hatte er diese Klippe umschifft.

»Nun«, sagte Jacent. »Manche Leute halten Sie für einen Gott. Andere wiederum nicht.«

(Guter Junge.)

»Und weshalb nicht?« Die Stimme klang noch immer neugierig, nicht verärgert.

»Nun«, sagte Jacent, »weil Gott allwissend ist. Gott weiß die Antwort auf alle Fragen. Wenn Sie ein Gott sind, müßten Sie auch die Antwort auf die *Große Frage* wissen. Ich meine, wenn Sie wirklich ein Gott sind, werden Sie diese Frage beantworten. Dann wird *jeder* wissen, daß Sie ein Gott sind. Jeder wird es wissen.«

»Woher willst du denn wissen, ob ich die Frage nicht schon beantwortet habe?« sagte eine andere Stimme, in der Verärgerung und Mißfallen mitschwangen. Boarmus ließ die Hand auf der Schulter des Jungen liegen und hielt ihn fest. Nicht einmal bei dieser Stimme handelte es sich um die widerwärtige Stimme des Schluckers. Der Schlucker mußte anderweitig beschäftigt sein.

»Sie haben es uns gesagt«, sagte Jacent mit fester Stimme. »Damit wir auf die Erfüllung unseres Schicksals hinarbeiten. Sehen Sie, deshalb wissen wir auch, daß alle Götter vor Ihnen falsche Götter waren, denn sie klärten uns nie über unser wahres Schicksal auf. Wenn Sie es uns nun sagen, werden Sie der einzig wahre Gott sein. Und weil die Antwort so offensichtlich sein wird, werden wir alle damit einverstanden sein. Denn das geschieht, wenn ein wahrer Gott eine Frage richtig beantwortet. Jeder weiß das.«

»Aber ich bin Gott«, murmelte eine Stimme. »Wir sind Gott.«

»Selbstverständlich«, sagte Jacent mit zitternder Stimme. »Ich glaube Ihnen das schon. Doch wenn Sie die *Große Frage* beantworten, wird *jeder* es glauben.«

»Es ist mir egal, was du glaubst. Du wirst meine Befehle befolgen, auch wenn du es nicht glaubst.« Eine schmollende Stimme diesmal. »Gott muß nichts beweisen, wenn die Leute eh tun müssen, was Gott will.«

Boarmus klopfte Jacent auf die Schulter. Die Plausibilität dieses Arguments hatten sie auf dem Rückflug eingehend geprüft. Nun würde sich erweisen, ob die *Brannigan*-Bewußtseine es auch akzeptierten.

»Das ist richtig«, sagte Boarmus. »Wenn die Leute aber nur das tun, was ihr ihnen sagt, dann werden sie nicht mehr leisten als das, wozu sie jetzt schon in der Lage sind. Götter erschaffen Wesen als Werkzeuge, um ihr Potential auszuloten. Um Zufall, Chaos und Chancen zu erzeugen. Um Entdeckungen zu machen. Ihr habt die Menschen erschaffen, damit sie neue Dinge für euch entdecken, und die Menschen werden sie auch entdecken, wenn sie wissen, daß ihr Gott seid. Weil sie euch nämlich gefallen wollen. Zu diesem Zweck habt ihr die Menschheit doch erschaffen, nicht wahr? Schließlich seid ihr Gott und viel beschäftigt. Ihr habt die Menschen als Werkzeuge erschaffen, damit sie Dinge für euch herausfinden.«

Schweigen. Das Schweigen, das, wie Boarmus immer geglaubt hatte, eine Besprechung der Bewußtseine bedeutete. Unstimmigkeiten. Das war der Schlüssel. Wenn noch so viel Individualität in ihnen war, daß sie verschiedene Meinungen vertraten. Wessen er sich aber keineswegs sicher war!

Er zog Jacent mit sich. Zeit, von hier zu verschwinden. Sie flohen, jedoch nicht überstürzt.

»Was tun sie nun?« murmelte Jacent und spürte, wie der kalte Schweiß ihm vom Kinn tropfte. »Was?«

»Ich hoffe, es liegt mit sich selbst im Streit«, flüsterte Boarmus und wischte sich mit dem Handrücken den Mund ab. »Bete, daß es das ist, was es tut, Junge. Streiten.«

Hinter ihnen, in den Tiefen des *Kerns*, wurde wirklich gestritten, wenn auch ganz anders, als Boarmus es erwartet hätte.

Eine Erscheinung: »In *Brannigan* hatten wir ...«

Und eine andere: »... das Problem der Menschheit nur ...«

Und eine dritte: »... sollten wir beweisen, daß wir das sind, wofür wir uns ausgeben ...«

Und noch eine Erscheinung trat auf den Plan, die vor Wut kochte; diejenige, welche Boarmus als den ›Schlucker‹ bezeichnet hatte, diejenige, welche sich aus *Chimi-ahm* hatte zurückziehen müssen und die um ihren Spaß gebracht worden war, der Schlucker, dem der *Große Drachen* einen Strich durch die Rechnung gemacht hatte, diejenige, welche vor ihren Verehrern gedemütigt worden war!

»Wir müssen nichts beweisen! Gar nichts!«

Schweigen im *Kern*, im Netz, überall, während die anderen auf das Votum dieser zornigen Erscheinung warteten.

»Aber wir waren uns doch einig, daß die Menschen die Frage beantworten müßten«, unterbrach einer mit einem mechanischen Winseln die Stille. »Nicht andere, nur die Menschen. Aber wir sind keine Menschen. Nicht mehr.«

»Dann sollen die Menschen antworten«, zischte das, was *Chimi-ahm* gewesen war.

»Aber sie haben die Antwort nicht.«

»Faul«, sagte es mit einem rülpsenden Schlucken. »Keine Konzentration. Beschäftigen sich mit anderen Dingen, anstatt ihren Verpflichtungen uns gegenüber nachzukommen! Wir werden uns ein paar von ihnen greifen, mit ihnen ›in Klausur gehen‹ und die Antwort aus ihnen herausholen!«

»Wen?« flüsterte einer. »Wen werden wir nehmen?«

»Jene«, schluckte es gehässig. »Diejenigen, die Fragen über uns stellten. Jene auf Panubi!«

Vierter Teil

10

In Du-you schnappte Curvis sich Jory und Asner, klemmte sie sich unter die Arme und führte die Schauspieltruppe in schnellem Lauf zum Ufer hinunter, wobei sie die gesamte Ausrüstung zurückließen. An verschiedenen Punkten der Stadt tauchten Drachen auf und trieben *Houm* und *Murrey* vor sich her. Als die Drachen den Fluß erreichten, gaben die *Chimi*-Hunde, die die Sperren bewachten, jaulend Fersengeld. Der Kapitän der *Taube* reagierte sofort auf die positiv veränderte Lage. Vier stämmige Seeleute fuhren mit einem Boot zum nächsten Sperrturm und klinkten die Kette aus, woraufhin die *Taube* durch den Kanal zum Fluß gestakt wurde. Dort angekommen, legten die stärksten Ruderer sich in die Riemen, um die *Taube* ins Fahrwasser zu manövrieren, während das Boot wieder an Bord genommen wurde. Die Segel wurden gesetzt, und die *Taube* durchpflügte von neuem den Fluß Fohm.

Auf Deck, inmitten dieses Trubels, beugte Fringe sich über die bewußtlos am Boden liegende Alouez; sie hatte in beiden Händen eine Waffe und hielt Danivon und Curtis damit auf Distanz. Sie ließ sie nicht an das Mädchen heran und gab ihnen auch keine Erklärung für ihr Verhalten. Welche Erklärung hätte sie ihnen auch geben sollen? Wie sollte sie ihnen vermitteln, daß sie diesen verlorenen Ausdruck schon einmal gesehen hatte, daß sie dieses quälende Gefühl der Hilflosigkeit selbst schon erlebt hatte. Wie sollte sie ihnen verständlich machen, daß ihr Motiv in gewisser Weise Selbsterhaltung war. Sie wollte das Kind genauso wenig aufgeben, wie sie sich selbst aufgeben wollte, ohne daß sie wußte, weshalb das so war. Sie verstand es selbst nicht.

»Uns beide schaffst du nicht«, drohte Curvis. »Gib sie mir. Ich nehme das Boot und bringe sie an Land, solange noch Zeit dazu ist.«

»Ich schaffe euch und noch zehn weitere *Beauftragte*«, knurrte Fringe.

»Laßt Fringe in Ruhe«, sagte Jory zu den beiden Männern. »Laßt sie in Ruhe!«

Danivon fluchte deftig.

»Laß sie in Ruhe«, sagte Jory erneut. »Sie tut nur das für dieses Kind, was früher jemand für dich getan hat.«

»Reden Sie keinen Unsinn, alte Frau. Erwarten Sie von mir, daß ich Ihnen das glaube ...«, knurrte er.

»Ja«, sagte sie und wies auf den Schatten der Aufbauten, wo die beiden *Parias* standen. »Ich sage dir, das ist Latibor Luze, der dich gezeugt hat; und das ist Cafferty Luze, die dich geboren hat. Sie lebten in Molock, als du geboren wurdest, und sie waren immer noch dort, als du im Tempel geopfert werden solltest. Sie haben dir das Leben gerettet, und dann hat Zasper Ertigon dir noch einmal das Leben gerettet. Er hat alles für dich riskiert.« Sie schüttelte warnend den Kopf und wandte sich an Fringe. »Stimmt der Name?«

»Ja, Zasper Ertigon«, bestätigte Fringe erschöpft. »Und ich habe mein Versprechen gebrochen, es niemandem zu sagen.« Ihre Augen füllten sich mit Tränen, doch sie sah die beiden Männer mit festem Blick an.

Ungläubig starrte Danivon die beiden *Parias* an und warf die Hände in die Luft. »Das ist doch verrückt! Ich habe keine Zeit für so etwas! Wir sollten Drachen aufspüren, und wir haben die Drachen gefunden! Darauf sollten wir uns konzentrieren!«

»Das sind nicht die Drachen, nach denen ihr sucht«, sagte Jory mit fester Stimme. »Glaube mir.«

»Weshalb sollte ich Ihnen glauben?« schrie er.

Latibor nahm etwas von seinem Hals ab und gab es ihm. »Überzeugt dich das?« murmelte er und sah dem jüngeren Mann ins Gesicht.

Zögernd nahm es das Ding und beugte sich vor, um es zu begutachten. Curvis riß ein Streichholz an.

»Mein Medaillon«, sagte Danivon und faßte sich an den Hals. Sein Medaillon hing dort, wo es immer hing.

»Es ist nicht deins«, sagte Cafferty leise. »Es gehört Latibor. Jory hat jedem Menschen, den sie ausgewählt hat, eins gegeben. Sie bezeichnet es als Schmuckstück, aber es dient als Erkennungsmerkmal.«

»Was stellt es dar?« fragte Danivon.

»Den Großen Drachen, auf dem die Prophetin reitet«, sagte Jory pikiert. »Cafferty hat recht. Es ist ein Schmuckstück. Einst war ich eine Prophetin.«

»Ich habe es immer als Versprechen betrachtet«, sagte Cafferty, »daß der *Große Drachen* uns in großer Bedrängnis zu Hilfe kommt, wie er es heute abend getan hat. Ich hatte dir mein Medaillon umgehängt, bevor wir dich in dem Schiff versteckten, das dich aus Molock fortbrachte.«

»*Großer Drachen, Großer Drachen*«, rief Nela, »was ist das? Woher kommt er? Woher kommen sie alle?«

»Der *Große Drachen* ist ein Freund von mir«, beruhigte Jory sie. »Die kleinen Drachen, die ihr gesehen habt, sind seine Ururenkel. Sie haben die Macht, sich nach Belieben zu zeigen oder nicht, und bis heute abend hatten sie sich entschieden, sich nicht zu zeigen. Sie stellen keine Gefahr für euch dar, für keinen von euch, und sie sind *nicht* die Drachen, nach denen ihr sucht. Die Drachen, die ihr sucht, wurden jenseits der Mauern von Thrasis gesehen, und sie stellen etwas ganz anderes dar.«

»Ist er hier auf dem Schiff gewesen?« fragte der Kapitän. »Der große?«

»Manchmal ist er auf diesem Schiff«, erwiderte sie.

»Wir haben ungewöhnlich tief im Wasser gelegen«, sagte er verdrießlich. »Ich hatte mich schon gefragt, weshalb. Ein schwerer Brocken, Ihre Bestie. Und wo ist er nun?«

»Ja, er ist schwer. Mein Freund wächst ständig, und er lebt schon lange. Allerdings ist er keine *Bestie*, jedenfalls nicht meine Bestie. Der Aufruhr entlang des Ti'il wird Ihnen sagen, wo er sich jeweils befindet. Ich würde sagen, er und seine Abkömmlinge blasen zur fröhlichen Hatz auf die Leute; das ist zwar unangenehm für sie, aber es wird ihnen nichts geschehen. Er ist ein stolzes, aber auch ein tolerantes und friedfertiges Wesen.«

»Wieso?« schrie Danivon, dessen Stolz als *Beauftragter* verletzt war. »Wieso taucht er erst jetzt auf? Wir waren schließlich nicht das erstemal in Gefahr!«

Asner schnaubte und sah Danivon kopfschüttelnd an, worauf dieser errötete. Danivon begriff, daß er sich lächerlich gemacht hatte. Gefahr nahm er nur insofern wahr, als sie ihn oder andere *Beauftragte* betraf, aber natürlich hatte es Gefahren gegeben: Das Mädchen hatte sich in Gefahr befunden, es hatte Gefahr für Leib und Leben der Leute von Derbeck bestanden, und Jory und Asner sowie die Zwillinge hatten sich ebenfalls in Gefahr befunden. Mit den Gefahren, denen sie selbst ausgesetzt waren, glaubte er fertig zu werden, denn seinen eigenen Tod, den kalten Hauch des Todes mit dem wohlbekannten Gestank, hatte er nicht wahrgenommen. Er sagte nichts und starrte verlegen auf seine Schuhe.

Jory brach das Schweigen und wies mit einem knochigen Finger auf die Versammelten: »Hört zu. Ich werde euch sagen, was Latibor und Cafferty in Derbeck herausgefunden haben: Houdum-Bah, der von den Priestern des *Chimi-ahm* systematisch aufgehetzt wurde, plante eine Rebellion gegen den *Aufsichtsrat*. Die erste Handlung sollte darin bestehen, ihm unmißverständlich seine Verachtung und Aufsässigkeit zu demonstrieren. Solche Vorgänge ereignen sich hin und wieder auf *Woanders*, müßt ihr wissen. Wozu bräuchte man sonst *Beauftragte*, wenn nicht dazu, um solche Leute wie Houdum-Bah zur Räson zu bringen?«

Aufmerksam drehte Danivon sich zu ihr um.

»Houdum-Bah will erst *Bohnenfelder* erobern und dann *Flachwasser*«, berichtete Latibor. »Die Priester sagten ihm, das wäre möglich, denn der *Aufsichtsrat* sei schwach und unentschlossen und würde nichts unternehmen.«

Jory nickte. »Houdum-Bah wußte, daß ihr drei *Rats-Beauftragte* seid. Er hatte euch mit Bedacht zum Bankett eingeladen. Er hatte das schon seit geraumer Zeit geplant. Er wurde von irgend jemandem über euer Kommen informiert, wobei dieser Informant vielleicht schon wußte, daß ihr hierher kommen würdet, noch bevor ihr *Toleranz* überhaupt verlassen hattet. Nach eurer Ankunft in Derbeck wurdet ihr zu einem *dabbo-dam* ›eingeladen‹, wo ihr *Chimi-ahm* geopfert werden solltet. *Chimi-ahm* hätte euch gefressen, und das wäre gleichzeitig der Auslöser für den Krieg gewesen.

Den Tod des *Alten Mannes* und die Wahl eines Nachfolgers hatte man nicht mit einkalkuliert. Auch als der *Alte Mann* noch lebte, war Houdum-Bah der eigentliche Machthaber. Wenn der *Große Drachen* Houdum-Bahs Geste der Mißachtung nicht gestört hätte, wärt ihr heute nacht von *Chimi-ahm* gefressen worden, und die Hunde wären morgen früh über die Westgrenze in *Bohnenfelder* eingefallen.«

»Er hatte vor, uns alle zu töten?« sagte Nela atemlos.

Jory schnaubte. »*Etwas* wollte zumindest ein paar von uns töten. Etwas wollte unseren Tod. Vielleicht nur euch drei *Beauftragte,* aber das heißt nicht, daß die *Chimi*-Hunde nicht doch versucht hätten, uns zu fressen. Der *Chimi*-Hund, der uns abholte, sagte nämlich, Sieben sei eine gute Zahl. Nur daß wir ihn nicht fragten, in welcher Hinsicht es eine gute Zahl sei.« Sie fuhr sich zornig über den Mund.

»Und Sie wußten das alles schon und haben uns trotzdem nicht gewarnt?« fragte Fringe verärgert.

Jory schüttelte den Kopf. »Ich wußte wohl, daß sie einen Angriff planten, aber wer würde schon einen Angriff fürchten, wenn drei hervorragend ausgebildete *Beauftragte* des Wegs kamen, deren Bewaffnung genügt hätte, die ganze Provinz zu zerstören? Zumal auch der *Große Drachen* bei uns war. In meinen Augen waren wir sicher genug.«

»Ich bekam eine Warnung«, sagte Danivon perplex. »Ich bekam eine geheime Warnung von Boarmus. Aber er sagte etwas von Geistern.«

»Geister?« fragte Jory und neigte nachdenklich den Kopf. »Wessen Geister?«

Er schüttelte den Kopf. »Das hat er nicht gesagt.« Er wandte sich an Cafferty und Latibor. »Wie habt ihr überhaupt herausgefunden, was sie vorhatten?«

»Du wußtest es doch selbst«, sagte Cafferty zu ihm. »Komm schon, denk nach. Selbst ohne Warnung mußt du es gewußt haben. Du mußt es gerochen haben. Du *mußt* die Gefahr gerochen haben.«

Er schüttelte den Kopf; er wollte nicht zugeben, daß sie recht hatte. »Meine Nase teilt mir nicht jede Einzelheit mit, die dir angeblich bekannt ist«, sagte er verärgert.

Diese beiden entsprachen nämlich nicht dem Bild, das er sich von seinen Eltern gemacht hatte. Er hatte sie sich als Prinzenpaar aus einer aufgeklärten Provinz vorgestellt. Oder als angesehene Wissenschaftler aus einer Provinz der Kategorie Acht oder Neun. Aber nicht diese erschöpften Leute, die durch ein entbehrungsreiches Leben gezeichnet waren und die ihn mit müden und dennoch gierigen Blicken ansahen.

»Wenn du deinen Spürsinn mit professioneller Spionage kombiniert hättest, wärst du sehr wohl auf alle möglichen Details gestoßen«, sagte Jory schnaubend. »Cafferty und Latibor haben fast ihr ganzes Leben damit zugebracht, die Provinzen von Panubi zu durchstreifen und die Veränderungen zu registrieren, die auf *Woanders* stattfinden! Sie haben die Konzilien der Hohepriester belauscht. Sie haben die geheimen Treffen der *Chimi*-Hunde belauscht. Sie kannten die Pläne. Und nachdem sie an Bord gekommen waren, berichteten sie Asner und mir.«

»Aber wieso spionierten sie überhaupt in Derbeck?« rief Danivon ebenso empört wie neugierig. »Was ging sie das an? Was geht euch das an? Ihr seid doch keine *Beauftragten*!«

»Wir sind mit derselben Berechtigung hier wie du, Danivon Luze«, sagte Jory schroff. »Du bist nicht der einzige Gockel, der auf dem Misthaufen umherstolziert. Weshalb sollten wir juristische Haarspaltereien betreiben? Hier sind zwei Leute, die dich nicht mehr gesehen haben, seit du ein kleines Kind warst! Sie würden sich gern mit dir unterhalten und herausfinden, ob du den ganzen Ärger wert warst, den sie auf sich genommen haben!«

Unwillig folgte Danivon Cafferty und Latibor zur Reling. Sein Glaube, daß er ihr Sohn war, war nicht größer als die augenscheinlichen Bemühungen, mit denen sie ihn von diesem Sachverhalt überzeugen wollten. Die beiden musterten ihn skeptisch, mit bebenden Nasenflügeln und steifen Rücken, wie zwei Hunde, die soeben gemerkt haben, daß ihr einziges Junges sich in eine Katze verwandelt hat.

Jory beugte sich zu Fringe hinunter und streichelte

ihr die Wange. »Leg die Waffe weg, *Beauftragte.* Danivon wird dich nicht belästigen.«

»Und was ist mit ihm?« fragte Fringe und wies auf Curvis.

»Er auch nicht. Keiner von ihnen. Nicht jetzt. Curvis wird euch beide vielleicht melden, aber er hat sich noch nicht entschieden.« Sie schaute mit halb geschlossenen Augen zu dem Hünen auf, als ob sie ihm direkt ins Herz blicken wollte.

Er errötete und wandte sich verärgert ab. Er hatte seine Pflicht als *Beauftragter* nicht erfüllt, und das stürzte ihn in einen Konflikt. »Nein«, sagte er. »Nein ... ich weiß nicht. Sollte ich? Sollte ich sie melden? Danivon ... nun, es war nicht seine Schuld, daß er gerettet wurde. Und Fringe trifft schon gar keine Schuld; schließlich ist sie nur eine Frau.«

»Nur!« keifte Fringe und brachte die Waffe wieder in Anschlag.

»Schsch, schsch«, sagte Asner. »Danivon ist ein illegaler Flüchtling aus Molock, der dem Vernehmen nach unzulässige Fragen gestellt hat, und Fringe, ob Frau oder nicht, hat sich in die inneren Angelegenheiten einer Provinz eingemischt. Beide haben sich gegen die Vielfalt versündigt und sind gemäß den Gesetzen des *Aufsichtsrats* so gut wie tot. Stimmt's? Und du, Curvis, bist natürlich auch verdächtig, weil du dich in ihrer Gesellschaft befindest.«

Curvis biß sich auf die Lippe und wandte sich ab. Fringe steckte die Waffe in den Gürtel und setzte sich neben das bewußtlose Mädchen aufs Deck.

»Was war *Chimi-ahm*?« fragte Bertran und faßte Jory am Arm. So, wie sie aussah, glaubte er, daß sie sich hinlegen und mit einem kräftigen Süppchen aufgepäppelt werden müsse. Im trüben Licht, das aus dem Ruderhaus drang, zeichnete ihr Gesicht sich wie ein Totenschädel ab, die Hände wirkten schemenhaft und die

Augen waren gerändert. Bertran und Nela führten sie zu einer Kiste, setzten sie darauf und sagten beiläufig: »Ich habe ihn oder es gesehen. Ich habe ihn für real gehalten.«

»Das dachte ich auch«, pflichtete Jory ihnen bei und machte es sich mit einem müden Seufzer bequem. »Was mich beträchtlich erstaunte. Ich hatte wohl mit einem Angriff gerechnet, aber nicht aus dieser Ecke! Ich hatte nicht erwartet, daß ihr Teufelsgott real wäre!«

»Was hatten Sie denn erwartet?« fragte Nela und setzte sich hin.

»Normalerweise beschwören die Derbeck'schen ihre Götter durch Fasten und Singen, durch Erschöpfung, Trance und Schwaden von halluzinogenem Rauch, der von den Altären aufwallt. Zumindest haben sie das bisher so gehalten, und die Priester haben ordentlich davon profitiert. Was hatte diese Priester dazu bewogen, ihr *dabbo-dam* abzuhalten?«

»Wahrscheinlich dasselbe, das sie mit dem Geist der Eroberung infiziert hat«, sagte Asner nachdenklich.

»Daran besteht kein Zweifel. Etwas Feindseliges und Böses«, sagte Jory. »Und was auch immer es ist, es befindet sich nicht nur in Derbeck, sondern erstreckt sich über ganz *Woanders*. Latibor und Cafferty haben danach gesucht. Asner und ich haben ebenfalls nach Hinweisen gesucht. Der *Große Drachen* befaßt sich auch damit. Bis heute abend hatten wir nur die Spuren der Bestie gesehen – Schmerz, Folter, Gewalt, das Schlimmste, wozu die Menschen fähig sind, und das noch potenziert –, aber die Bestie selbst hatten wir nicht gesehen! Und selbst heute abend hat sie eine Maske getragen!«

»Die Besessenen«, sagte Fringe. »Bevor wir zu dieser Reise aufbrachen, sagte Danivon, daß wir vielleicht Besessenen begegnen würden!«

Die beiden alten Leute sahen sich erstaunt an. »Besessene?« fragte Jory. »Was meinst du mit ›besessen‹?«

»Etwas, das von den Göttern von *Hobbs Land* besessen ist«, sagte Curvis mit fester Stimme. »Etwas, das nicht mehr menschlich ist.«

Jory und Asner wechselten Blicke. Asner wollte etwas sagen, doch Jory bedeutete ihm zu schweigen. »Wie überaus interessant«, sagte sie.

»Es wäre eine Tragödie«, sagte Fringe, »wenn sie hier wären, denn nur hier haben wir…« Sie hielt die Luft an und schaute auf das Mädchen, das neben ihr auf dem Deck lag.

»Die Vielfalt bewahrt«, beendete Curvis den Satz in zornigem Tonfall. »Die Fringe nun weniger in Ehren hält als noch heute nachmittag.«

»Bei diesem Mädchen ist das etwas anderes«, murmelte Fringe. »Du weißt nicht…« Sie verstummte verwirrt.

Bertran sah zum Himmel empor und sagte: »Fringe wollte damit sagen, daß diese Situation eine ganz andere ist. Als wir aufwuchsen, lernten Nela und ich auch, daß unsere Situation eine ganz andere war. Wir legen die Gesetze und Gebräuche in unserem Sinne aus.«

»Die anderen Leute müssen die Regeln aber befolgen«, sagte Nela mit einem schiefen Grinsen. »Sie sind nämlich ohne Ausnahme unmoralischer, schlechter informiert und ethisch weniger motiviert als wir.«

»Halt den Mund!« murmelte Fringe. »Verdammt, ich bin doch nicht blöd! Ihr macht euch über mich lustig. Ihr solltet verstehen, weshalb ich sie mitgenommen habe!«

»Das verstehen wir doch auch«, sagte Nela zerknirscht. Sie biß sich auf die Lippe und warf Bertran einen Seitenblick zu.

»Das wollte sie damit sagen«, wandte er sich an

Fringe. »Sie will ... wir wollen uns für unser ... fehlendes Verständnis entschuldigen. Wir wollen damit sagen, daß wir dir nicht vorwerfen ... daß du das tust, was auch immer du glaubst tun zu müssen.«

»Ihr macht mir Vorwürfe, wenn ich es nicht tue«, sagte Fringe mit müder Stimme. »Und wenn ich es tue, macht Curvis mir Vorwürfe. Und Danivon.«

Jory nickte. »Das stimmt zwar, aber nur deshalb, weil Curvis und Danivon Probleme vorhersehen. Sie wären auch Narren, wenn sie das nicht täten. Wenn sie nichts gegen dich unternehmen, machen sie sich zu Komplizen, denn die Nachricht von deiner Aktion wird *Toleranz* erreichen, falls sie nicht schon dort angekommen ist.«

Fringe war einfach zu müde, um darauf zu antworten. Sie wußte selbst nicht einmal, was sie getan hatte und weshalb sie es getan hatte. Sie verspürte Sehnsucht nach Zasper. Er hatte das gleiche getan, was sie getan hatte. Er würde wissen, was zu tun sei. Vielleicht aber auch nicht!

Niemand hatte gesehen, wie Zasper das Gesetz gebrochen hatte. Zasper hatte es heimlich getan und Stillschweigen darüber bewahrt. In Fringes Fall war das nun nicht mehr möglich. Jeder wußte, was sie getan hatte. Und sie hatte Zaspers Name in aller Öffentlichkeit erwähnt. Sie war so unvorsichtig gewesen, damit herauszuplatzen. Sie ließ den Kopf hängen und wurde von einer schrecklichen Angst befallen, sowohl um sich selbst als auch um Zasper. Was hatte sie nur getan!

Das war zu viel! Sie müßte eigentlich in der Lage sein, ohne diese Gefühle zu leben, ohne diese Schuldkomplexe, Bedürfnisse und Schwächen! Sie müßte imstande sein, so zu sein, wie sie sein wollte, emotionslos und hart wie das Messer, das sie bei sich trug, das auch dem Zweck entsprach, für den es geschaffen war, ohne all diese nichtigen Sorgen, ohne all diese schmerzlichen Gefühle. Sie hatte genug von Gefühlen!

Eine kalte, alte Hand strich ihr über die Stirn. »Leg die Kleine auf diesen Segelballen dort drüben«, sagte Jory. »Leg dich neben sie und halte sie, Fringe. Sie braucht jemanden, der sie in den Arm nimmt, und es ist noch nicht aller Tage Abend.«

Fringe war zu müde, um zu widersprechen und tat wie geheißen. Vielleicht war noch nicht aller Tage Abend, doch hatte es gewaltig den Anschein.

Die anderen standen stumm an der Reling.

»Es ist Zeit, daß ich nach unten gehe«, sagte Curvis im Ton affektierter Entrüstung. »Ich muß eine Entscheidung treffen.«

»Geh nicht. Warte«, sagte Jory.

Er schaute sie in der Dunkelheit an. »Wieso, alte Frau?«

»Ich habe so ein komisches Gefühl.«

»Erst jetzt?«

»Irgendwie.«

Er wartete eine Weile und fragte dann: »Wieso haben Sie ein komisches Gefühl?«

»Sie würden doch nicht in Abrede stellen, daß etwas Furchtbares in Derbeck vorging?« fragte sie. »Etwas, das sich, wie wir wußten, ereignen würde? Etwas, das gegen uns gerichtet war?«

»Nein, ich würde das nicht in Abrede stellen. Und weiter?«

»Wo wir Derbeck nun verlassen haben, glaube ich nicht, daß das, was auch immer es war, dort zurückbleiben wird«, sagte sie. »Nicht nachdem es uns nun aufgespürt hat. Ich glaube, wir müssen mit weiterem… Aufruhr rechnen.«

»Der bisherige Aufruhr hat mir schon gereicht«, erklärte Curvis. »Fringe hat das getan, was auch der alte Paff getan hatte; sie hat etwas von seinem angestammten Platz weggenommen. Sie hat gegen das Grundgesetz von *Woanders* verstoßen, und ich darf das nicht einfach ignorieren!«

»Euer Gesetz ist falsch«, sagte Nela mit fester Stimme.

»Das Konzept unseres Gesetzes kommt dir vielleicht fremd vor …«, erwiderte Curvis steif.

»Das Konzept ist uns aber gar nicht so fremd«, sagte Bertran trocken. »Auch wenn Nela sich vielleicht nicht mehr daran erinnert. Auf unserer Welt gab es eine Reihe von kleineren Ländern, die von unangenehmen Gestalten regiert wurden, und unser Land marschierte gelegentlich dort ein, um Ordnung zu schaffen …«

»Wobei viele unschuldige Menschen getötet wurden«, sagte Nela und hob den Kopf. »Und viele ihrer und unserer Soldaten.«

»… und die Leute beurteilten dann, ob unsere Aktionen moralisch gerechtfertigt waren«, beendete Bertran seine Ausführungen mit milder Stimme.

»Sie waren ungerechtfertigt«, sagte Nela dezidiert. »Denn während wir in kleinen Schurkenstaaten intervenierten, suchten unsere Politiker gleichzeitig nach Entschuldigungen dafür, weil sie nichts gegen große Schurkenstaaten unternahmen, die ihre Bürger noch schlimmer behandelten! Ich glaube, die Menschen sollten ihre Despoten selbst verjagen.«

»Und dabei viele Unschuldige töten«, sagte Bertran trocken. »Und sich gegenseitig massakrieren.«

Bevor sie zu Wort kam, sagte Curvis: »Wir *Beauftragten* wissen, daß wir keine Richter sind. Fringe weiß das auch!«

»Sie weiß es vielleicht, aber sie bildet sich trotzdem ein Urteil«, rief Nela. »Ich habe ihr Gesicht gesehen, als dieses Monster das Kind im Korb verschluckt hat! Sie versuchte zwar, keine Gefühle zu zeigen, aber ihr Gesicht sprach Bände!«

»Hättest du das Kind denn gerettet, wenn es in deinem Ermessen gestanden hätte?« fragte Jory interessiert.

»Das hätte ich getan.«

»Aber eben hast du dich noch gegen Interventionen ausgesprochen.«

Nela errötete. »Das ist etwas anderes. Das Kind war nicht in einem fremden Land. Es trieb einsam im Fluß.«

»Meinst du nicht, daß ein Mensch, der in einem Kerker gefoltert wird, sich auch einsam fühlt?« fragte Bertran. »Egal, in welchem Land er sich befindet?«

Nela schüttelte den Kopf. »Du weißt genau, was ich meine.«

»Weiß ich eben nicht.« Es ärgerte ihn, daß sie das als selbstverständlich voraussetzte. Weshalb glaubte sie, er wüßte immer, was sie meinte! Wußte er nicht. Manchmal war es ihm sogar egal! »Ich habe keine Ahnung, was du meinst. Damals im Zirkus las ich eine Geschichte von Seeleuten und ihrem Kapitän, die von Leuten eines feindlichen Landes gefangengenommen wurden. Sie sperrten sie ein, folterten und demütigten den Kapitän und ließen sie schließlich gegen Zahlung eines Lösegelds wieder frei. Natürlich waren die Feinde der Ansicht, sie hätten den Kapitän stellvertretend für sein Land gedemütigt, was ihnen auch große Genugtuung bereitete.

Der Punkt ist, nach der Rückkehr gestand der Kapitän, daß er und seine Männer jeden Tag gebetet hätten, ihr Land möge ihre Schmerzen beenden und die Stadt vernichten, in der sie und ihre Peiniger sich befanden. Sie wären bereit gewesen zu sterben, wenn das bedeutet hätte, daß sie gerächt wurden. Sie zogen den Tod der Gefangenschaft, Folter und Erniedrigung vor. Der Kapitän schrieb: ›Lieber sterbe ich, als vom Bösen für die Zwecke des Bösen benutzt zu werden.‹

Vom Gefühl her plädiere ich für Intervention. Nela scheint jedoch eine andere Einstellung zu haben, und auf dieser Welt…«

»Auf dieser Welt«, flüsterte Curvis wütend, »stellt diese Frage sich gar nicht erst. Für uns gibt es nämlich keine ›bösen‹ Provinzen. Wir betrachten auch Tod, Folter und Menschenopfer nicht als ›böse‹. Das ist einfach Brauch an manchen Orten, und Intervention ist immer falsch, egal wer gerettet werden soll oder was für wen oder welche Sache riskiert werden soll! Wir intervenieren nur, um den Status quo aufrechtzuerhalten!«

Den Zwillingen verschlug es die Sprache angesichts dieses Ausbruchs. Er schien das letzte Wort in dieser Sache zu haben. Sie schwiegen und wurden von der Dunkelheit eingehüllt, die alles verbarg außer den Sternen und der tieferen Schwärze der Ufer, die immer dann zu sehen waren, wenn die *Taube* nach einer Halse einen Schwenk zum Ufer hin machte. Als sie sich dem südlichen Ufer näherten, atmete Jory tief durch; fast hörte es sich wie ein Seufzer an.

»Dort«, sagte sie leise. »Am Ufer. Wie ich es vermutet hatte.«

Dann sahen alle, was sie sah, eine Linie leuchtender Punkte, die sich am südlichen Ufer entlangbewegte und auf gleicher Höhe mit der langsam flußaufwärts segelnden *Taube* blieb. Die an der Reling stehenden Passagiere blinzelten, um sich zu vergewissern, ob sie wirklich etwas sahen. Jory zitterte wie Espenlaub. Asner legte den Arm um sie.

»Was hat sie denn?« flüsterte Nela.

»Sie hat Angst«, sagte Asner. »Ich auch.«

»Davor?«

»Etwas Ähnliches haben wir vorhin schon gesehen«, erinnerte er sie.

»In Derbeck«, sagte Curvis. »Vor der Ankunft von *Chimi-ahm*. Die Formen im Rauch.«

Fringe hörte die Besorgnis in ihren Stimmen, verließ das bewußtlose Mädchen und ging wieder zur Reling, wo Danivon sich ihr anschloß. Sie suchten das südliche Ufer ab und versuchten die amorphen Punkte zu identifizieren.

»Geister«, sagte Danivon, wobei er sich an Boarmus' Nachricht erinnerte.

»Mir hat niemand etwas von Geistern gesagt«, entrüstete Curvis sich erneut.

Danivon schüttelte den Kopf, obwohl er nicht daran zweifelte, daß es diese Schemen waren, vor denen Boarmus ihn gewarnt hatte. Die älteren Luzes schlossen sich der Gruppe an und warfen einen Blick auf die Schemen. Die Gesellschaft der anderen spendete ihnen einen gewissen Trost, während sie die unheimlichen Verfolger beobachteten. Sie waren nicht groß, zumindest nicht in dieser Entfernung, aber zahlreich, und sie bewegten sich zielstrebig. Sie überwanden jedes Hindernis: Baumgruppen, sumpfigen Morast und sogar Geröllhalden, die sich stellenweise gegen das Licht der Sterne abhoben. Die Schemen hielten sich exakt auf gleicher Höhe mit dem Schiff, verzögerten, wenn der Wind schwächer wurde, beschleunigten, wenn er auffrischte, und wurden immer zahlreicher, je länger die Reise dauerte.

Curvis empfand das als Bedrohung, obwohl er sich das nicht eingestehen wollte. »Vielleicht hat *Toleranz* sie geschickt«, mutmaßte er. »Der *Aufsichtsrat*.«

»Nein«, erwiderte Jory und stellte sich mit dem Rükken zur Reling. »Ich könnte mir vorstellen, dein *Aufsichtsrat* würde sich genauso über sie wundern – und sich vor ihnen fürchten – wie ich.«

»Ich fürchte mich aber nicht«, knurrte Danivon. »Wieso sollte ich?«

»Du solltest dich aber fürchten, denn du bist kein Dummkopf; auch wenn du einem Gockel gleichst, der erst kräht und dann nachdenkt«, flüsterte sie. »Du sagtest, Boarmus hätte dich vor Geistern gewarnt. Was hat er damit gemeint?«

»Ich weiß nicht, was er damit gemeint hat«, murmelte Danivon.

»Wessen Geister?« fragte Asner und spähte durch die Dunkelheit auf die flatternden Figuren, die nun so nahe waren, daß sie als einzelne, konturierte Objekte zu erkennen waren und nicht mehr wie feurige Schemen wirkten. »Oder von was?«

Nach langem Schweigen drehte Jory sich zu den anderen um. Ihre Augen funkelten im trüben Licht, das aus dem Ruderhaus drang. Sie neigte den Kopf und musterte sie intensiv. »Hat einer von euch schon einmal von den Arbai gehört?«

»Wir wissen nur das, was Fringe und Curvis uns erzählt haben«, sagte Bertran nach kurzem Schweigen. »Es war ein Arbai-*Tor*, durch das wir auf der Erde fielen und durch das wir hier angekommen sind.« Sein Blick war auf die geheimnisvollen Schemen gerichtet. »Die Arbai verteilten solche Tore überall, und es gab eine große Seuche, die die Menschheit ausgelöscht hätte, wenn wir das Erd-*Tor* nicht rechtzeitig geschlossen hätten.«

»Fringe und Curvis sagten, es handele sich um eine ausgestorbene Rasse«, sagte Nela. »Und *Sellerie* hatte etwas Ähnliches gesagt.« Sie vermochte nicht den Blick vom Ufer zu wenden, wo die Dinger nun über ein unsichtbares Hindernis hüpften: so plump wie Schildkröten, wobei sie die Geschwindigkeit jedoch beibehielten. »*Sellerie* sagte, die Arbai seien von der Ausrottung bedroht oder wären bereits ausgerottet.«

»Auf meinen Reisen habe ich etwas über die Arbai gelernt«, sagte Jory. »Es waren die Arbai, die entdeckten, daß Raum und Zeit durch Wurmlöcher zwischen den Universen fließen, um die Energiedichte konstant zu halten. Wie ihr schon sagtet, waren sie die Erfinder der Wurmloch-*Tore*, die entfernte Punkte miteinander verbinden, indem man unseren Raum verläßt und ihn wieder betritt. Ein Konzept, das menschliche Ingenieure übernommen und – angeblich – verbessert haben. Zum Schluß befaßten die Arbai sich fast nur noch mit Fragen der Moral. Wie Nela waren auch sie der Ansicht gewesen, daß Interventionen bei anderen Rassen falsch seien, nur daß ihre Argumentation eine andere war. Sie glaubten nämlich, Intervenieren sei falsch, weil ihnen der Begriff des Bösen unbekannt war. Ihre Sprache hatte kein Wort dafür. Sie vermochten es nicht zu erkennen, wenn sie es sahen.«

»Sie hätten prächtige *Beauftragte* abgegeben«, schnaubte Nela sarkastisch.

»Eigentlich nicht. Die Seuche, die sie auslöschte, war absichtlich gegen sie gerichtet worden, und zwar von Kreaturen, die jeder von uns als böse bezeichnen würde. Die Arbai waren jedoch nicht imstande, die Gefahr zu erkennen und ergriffen deshalb keine Gegenmaßnahmen.«

»Das muß sie in ein Dilemma gestürzt haben«, sagte Bertran und beobachtete nervös das Ufer. Das Schiff fuhr nun dicht unter Land, und seine Angst wuchs mit jeder Welle, die gegen den Rumpf plätscherte.

»Das war wirklich ein Dilemma«, sagte Jory. »Die Rasse war fast schon ausgestorben, als sie die Ursache endlich erkannten. Die wenigen, die noch übrig waren, verwandten ihre ganze Energie darauf, eine moralische Lösung für das Problem zu finden. Sie befanden, daß das ›Problem‹ – das sie allerdings nicht als ›böse‹ bezeichneten – auf der Unfähigkeit unterschiedlicher Wesen beruhte, einander zu verstehen. Also zogen sie sich an einen entfernten Ort zurück und bauten einen Kommunikator.«

»Eine Alsenz-Maschine?« fragte Curvis, der ob dieser Enthüllung fast das näherkommende Ufer vergaß. »Die Arbai bauten die Alsenz-Maschine?«

Asner schüttelte den Kopf und antwortete für Jory: »Nein, eine Alsenz-Maschine ist nur ein kontextbezogenes Gerät, das Sprachmuster mit einer Bibliothek solcher Muster abgleicht, Ähnlichkeiten ermittelt, mögliche Bedeutungen extrapoliert und je nach Kontext die passende auswählt. Bei Sprachen, die auf gemeinsamen mentalen Strukturen beruhen, ist eine Alsenz-Maschine ein brauchbares Instrument...«

»Die Arbai hatten aber noch mehr zu bieten«, unterbrach Jory ihn. »Sie bauten einen richtigen Kommunikator. Ein Empathetometer. Einen Bedeutungs*fühler*. Mit der ihnen eigenen Bescheidenheit bezeichneten sie ihn als das *Arbai-Gerät*.«

»Außerordentlich interessant«, sagte Danivon. Er zappelte nervös herum, ging auf die Reling zu, wich wieder zurück und platzte schließlich heraus: »Sollten wir nicht einmal gegensteuern? Wir nehmen direkt Kurs aufs Ufer.«

»Das ist mir auch schon aufgefallen«, sagte Asner. »Vielleicht will der Kapitän diese Dinger näher in Augenschein nehmen.«

»Ich finde, wir sollten lieber das Tageslicht abwarten«, flüsterte Nela. »Andererseits sind Geister nicht fähig, auf Wasser zu wandeln.«

»Wirklich nicht?« fragte Asner.

»In unserer Zeit sagte man das jedenfalls. In Märchen. Offensichtlich stimmt das hier auch.«

Sie schwiegen, während das Schiff aufs Ufer zuhielt. »Deshalb fahren wir so dicht unter Land«, sagte Asner und deutete flußaufwärts, wo trübe Gischt zu erkennen war. »Es befinden sich Felsen in der Flußmitte. Der Kapitän weicht so weit wie möglich nach Backbord aus, damit die Felsen nach der nächsten Halse auf der Steuerbordseite liegen.«

»Sie sprachen von dem Ding, das die Arbai erfunden haben«, sagte Danivon mit trockenem Mund. »Wollen Sie damit andeuten, daß solch ein Ding sich auch hier auf *Woanders* befindet?«

Jory riß sich vom Anblick des Ufers los, wo die Schemen einen Reigen aufführten; fast hatte es den Anschein, daß sie die Wasseroberfläche als Tanzfläche einbezogen. »Wie sollte das möglich sein? Wenn das Böse aus einem Mangel an Empathie resultiert (was die Arbai glaubten), und wenn das Böse Bestandteil der Vielfalt ist (was ihr *Beauftragten* anscheinend glaubt), würde die Vielfalt dann nicht auch aus einem Mangel an Empathie resultieren? Wäre das der Fall, dann hätte die Präsenz eines *Arbai-Geräts* hier auf *Woanders* längst jede Vielfalt zunichte gemacht.« Sie schaute ihn abwesend an und drehte sich wieder zur Reling um. Die geplätteten Lichterscheinungen streckten sich und verlängerten sich zu Tentakeln.

»Weshalb sprechen wir überhaupt über *Arbai-Geräte*?« fragte Bertran. »Haben sie etwas mit diesen … diesen Dingern zu tun?«

»Ich habe nur laut gedacht«, sagte Jory. »Ich würde zu gern wissen, was sie sind und wieso sie uns verfolgen.« Sie lachte humorlos. »Offen gesagt, ich wünschte, wir hätten das *Arbai-Gerät* hier und jetzt zu unserer Verfügung!«

»Bereit zur Halse«, rief der Kapitän.

Die versammelten Leute verstummten und hielten die Luft an. Der Mast schwang herum, die Segel knatterten, und das Schiff drehte bei, während die Gestalten am Ufer plötzlich in Wallung gerieten und zuckend auf das Wasser zuhopsten, als ob sie darüber hinwegfliegen wollten.

»*Achtung!*« schrie der Mann im Mastkorb.

»Hart backbord!« rief der Kapitän mit brechender Stimme.

Die *Taube* zitterte und bockte, als etwas Großes an der Steuerbordseite entlangschabte und das Schiff unerbittlich auf das Ufer zuschob.

»*Achtung!*« schrie der Mann im Mastkorb erneut. »*Es sind zwei!*«

Über der Steuerbordreling dräute der Schädel eines monströsen *Gavers* mit aufgerissenem Maul und blitzenden Zähnen, die vom Licht beleuchtet wurden, das aus dem Ruderhaus drang. Die Raubechse schnappte nach dem Ausguck.

»Mein Gott, was für ein Brocken«, rief Danivon, der so perplex war, daß er in diesem Moment überhaupt keine Angst verspürte. »Was für ein Vieh!«

Hinter der ersten Bestie schoß eine noch größere aus den Fluten. Sie hob sich wie eine Klippe vor dem Sternenlicht ab und schnappte mit gebogenen Reißzähnen nach der Spiere. Die Spiere zersplitterte, und das Segel rauschte in einem Hagel aus Holzsplittern auf das Deck nieder. Sie hörten den Schrei des Ausgucks, dessen Fall von einer Sicherheitsleine gebremst wurde und die entsetzten Rufe der anderen Männer, wobei das Szenario vom Tosen des von wilden Schwanzschlägen aufgewühlten Wassers übertönt wurde. Etwas anderes fiel von oben herab, begleitet vom wütenden Heulen des baumelnden Mannes.

Plötzlich waren die Bestien in einer Gischtwolke flußabwärts verschwunden. Wassertropfen prasselten auf das Schiff, wie ein Regenschauer.

»Hart steuerbord!« rief der Kapitän. Drei Mann enterten in die Wanten auf, klammerten sich an die Webeleine und bargen ihren Kameraden, der nun stumm baumelte. Unten auf dem Deck beseitigten andere die Überreste der Spiere, die um Haaresbreite das Großsegel verfehlt hatte.

»Wir sind nicht vom Kurs abgekommen«, sagte

Asner. »Wir sind nicht auf Grund gelaufen. Für eine Minute war ich sicher, wir würden …«

»Wo ist Fringe?« fragte Danivon mit schriller Stimme. »Wo sind die Zwillinge?«

»Eben waren sie noch hier«, sagte Curvis. »Neben uns.«

Jory drehte sich um und zählte durch. Danivon, Curvis, Cafferty, Latibor. Sie selbst und Asner. Drüben auf dem Segelballen lag das Mädchen Alouez. Auf dem Vorderschiff wuselten Seeleute wie Ameisen umher. Keine Fringe. Keine Zwillinge. Wo waren sie?

»Seht!« rief Cafferty atemlos. »Am Ufer!«

Dort verwirbelten die fahlen Leuchtpunkte sich zu einer Spirale aus gräulichem Licht und führten einen Veitstanz auf. Die fahle Säule bohrte sich in den Erdboden und riß zwei zappelnde Gestalten mit, zwei dunkle Schemen.

»Fringe!« schrie Danivon. Er hörte, wie er ihren Namen rief, wobei ihn nicht nur der Klang des Wortes erstaunte, sondern auch das Gefühl des Verlusts und der Trauer, dem er damit Ausdruck verlieh. »Fringe!«

»Nela und Bertran«, murmelte Jory. »Oh, Asner, wir sind zu dicht ans Ufer herangekommen, zu dicht …«

»Narren«, sagte Asner mit brüchiger Stimme. »Wir sind Narren gewesen, Jory. Wir haben am falschen Ort gesucht. Da hast du deine Teufel, die Ursache allen Übels, was auch immer diese verdammten Dinger sind!«

»Boarmus hatte Danivon vor Geistern gewarnt«, sagte sie weinend, »und das hier sind vielleicht Geister, aber von was? Von wem?«

Das morbide Licht versank im Erdboden. Das Schiff setzte die Fahrt flußaufwärts fort.

»Sie sind fort! Sie haben die Verfolgung aufgegeben«, rief Latibor.

»O ja«, sagte Jory mit tonloser Stimme. »Ganz recht,

Latibor. Wir haben zwar nichts davon, doch immerhin. Für den Augenblick haben sie die Verfolgung aufgegeben.«

Fringe sah die *Gaver*. Sie öffnete den Mund, vielleicht um eine Warnung zu rufen, vielleicht um zu schreien. Sie klammerte sich an die nächste Person: Bertran. Dann wurde ihr kalt; sie spürte einen eisigen Lufthauch und schaute aus großer Höhe auf den Fluß hinab, dessen lehmiges Ufer sich wie eine Schlange wand. Dann wurde sie in einem Mahlstrom aus grauem Feuer herumgewirbelt. Sie wollte um Hilfe rufen, doch sie bekam keine Luft.

In der Ferne hörte sie Danivon ihren Namen rufen. Neben ihr schrie Nela vor Schmerz. Dann wurde es dunkel um sie herum.

Als sie wieder erwachte, lag sie breitbeinig auf einem Sims in einer Steinkammer, die von ein paar verstreuten Lichtpunkten trübe erhellt wurde. Der Absatz unter ihr war mit einem dichten, aber harten Pelz besetzt, der sie an die Wurzelhaare eines Baums erinnerte. Sie hörte Wasser rauschen. Sie stellte sich tot und erkundete mit halb geschlossenen Augen die Umgebung. Wer auch immer oder was auch immer sie hierher gebracht hatte, war nicht anwesend.

Sie stand auf und untersuchte die Kammer: Boden, Wände, Decke, alles aus Stein.

Das Wasser lief an einer Wand herunter; es entsprang aus und versickerte in schmalen Schlitzen, die gerade eine Hand breit waren. Sie sah keine Öffnung, durch die sie vielleicht hereingekommen war; es gab keinen Fluchtweg. Und ihr Waffengurt war verschwunden.

Sie entledigte sich der Zauberkutte und überprüfte in ihrem Schutz die Ausrüstung. Die Reservewaffe steckte noch im Stiefel. Sie ließ sie auch dort, um keine

Aufmerksamkeit zu erregen. Wer auch immer ihr den Waffengurt abgenommen hatte, hatte sie ziemlich nachlässig durchsucht. Allerdings wollte das nicht viel besagen. War die Person oder das Ding bloß neugierig gewesen oder hatte sie/es beabsichtigt, sie zu entwaffnen? Wie dem auch sei, man war nicht neugierig beziehungsweise sorgfältig genug gewesen. Daß die Entführer zur Nachlässigkeit neigten, war der einzige Schluß, den sie im Moment zu ziehen vermochte.

»Was ist geschehen?« fragte Nela mit schwacher Stimme, wobei sie hörte, wie ihr und Bertrans gemeinsames Herz hämmerte und die Lungen rasselten.

Fringe legte dem Mädchen die Hand auf den Kopf und kniete sich hin, um Bertran anzuschauen. Beide waren sie aschfahl und zitterten am ganzen Leib. Wenn sie dieselbe Behandlung erfahren hatten wie sie selbst, dann hatte man ihnen bei der Entführung ganz schön zugesetzt. Nela sah noch immer schlecht aus, und Bertran hatte noch gar kein Lebenszeichen von sich gegeben.

»Bleibt liegen«, sagte Fringe. »Steht nicht auf. Bewegt euch nicht.« Sie nahm die Zauberkutte und wikkelte sie um die Zwillinge.

»Was ist geschehen?« fragte Nela erneut.

»Die Geister haben uns geholt«, sagte Fringe sachlich und unterdrückte die Hysterie, die sie zu überwältigen drohte. »Was auch immer sie sind.«

»Wir waren zu dicht am Ufer«, flüsterte Nela. »Das dachte ich mir sofort.«

»Die *Gaver* hätten zu keinem ungünstigeren Zeitpunkt auftauchen können«, pflichtete Fringe ihr bei. »Es war fast so, als ob etwas sie dazu veranlaßt hätte, uns in Richtung des Ufers zu drücken.« Sie kniete nieder und legte Nela erneut die Hand auf die Stirn; dann beugte sie sich über ihr Ohr und flüsterte: »Vielleicht werden wir belauscht. Ich würde nicht zuviel sagen.«

Nela schluckte und schloß die Augen.

Fringe machte noch einen Rundgang durch die Kammer. Es war warm – zumindest wohltemperiert, obwohl das Wasser kalt war. Sie konnten oben am Zufluß trinken und sich im Abfluß erleichtern, falls sie so lange in der Höhle eingesperrt waren, daß dies erforderlich wurde. Nahrungsmittel gab es nicht, doch die würden vermutlich bereitgestellt werden. Wie bei allen *Beauftragten*, ob sie sich nun im Dienst befanden oder nicht, waren auch in ihre Bekleidung gewisse Ausrüstungsgegenstände integriert; manche waren sogar im Körper implantiert. Im Moment waren sie jedoch nicht von großem Nutzen für sie. Dennoch führte sie mental eine Inventur durch, Stück für Stück. Falls die Entführer körperliche Wesen waren, war sie wenigstens in der Lage, sie zu beschädigen. Sie trug noch das Abzeichen mit dem Ortungsgerät. Sehr nützlich beim Aufspüren von verwundeten oder toten *Beauftragten* unter freiem Himmel. Nutzlos beim Aufspüren von Leuten tief unter der Erde.

Bertran stöhnte.

Erneut kniete Fringe sich neben sie. Mit flatternden Lidern öffnete Bertran die Augen. Er lächelte. »Ich habe geträumt«, flüsterte er. »Ich habe geträumt, ich würde schwimmen...« Er schloß die Augen wieder und wimmerte vor Schmerz. Der Traum war wundervoll, schmerzlos und schwerelos gewesen. Er wollte dorthin zurück.

»Was hast du geträumt?« fragte Fringe.

»Nichts«, murmelte er. »Nichts.« Und es war wirklich nichts; es verschwand, wie Träume immer verschwinden. »Es ist fort. Wo sind wir?«

»In einer Höhle«, antwortete Fringe. »In einem verdammten Loch.«

»Ich bekomme keine Luft«, beklagte Nela sich. »Kannst du dich aufsetzen, Berty?«

Er versuchte es, und die beiden schoben sich auf den Sims zu. Sie lehnten sich keuchend dagegen, als ob sie ein Rennen hinter sich hätten.

»Durst«, murmelte er mit trockenem Mund. Er leckte sich die Lippen und schnappte nach Luft.

»Wir haben keinen Becher«, sagte Fringe und schöpfte mit den Händen Wasser. »Tut mir leid, Bertran, aber mehr kann ich nicht tun.«

Er trank gierig, und sie mußte noch ein paarmal zur Quelle gehen.

»Die Lage ist ziemlich hoffnungslos«, sagte er und wischte sich den Mund am Ärmel ab. »Stimmt's?«

»Ist noch zu früh, das zu sagen«, murmelte Fringe. »Im Grunde ist der Ort gar nicht so schlimm. Wir haben Licht. Wir haben Wasser. Es ist warm. Und im Moment befinden wir uns nicht in Lebensgefahr.« Bertrans aschfahles Gesicht und die Tränen des Schmerzes in Nelas Augen betrübten sie, und sie machte es sich so bequem wie möglich.

Bertran versuchte, sich ein Lächeln abzuringen, was ihm aber mißlang. »Zu dumm, daß wir die *Schicksals-Maschine* verloren haben. Sie hätte uns vielleicht gesagt, was mit uns geschehen wird.«

»Dazu brauchen wir die *Schicksals-Maschine* nicht«, sagte Nela mit schwacher, schmerzerfüllter Stimme. »Wir müssen uns hinlegen. Sie haben uns hart angefaßt.«

»Ich helfe euch.« Fringe half ihnen dabei, sich auf den pelzigen Sims zu legen und deckte sie mit den Mänteln und der Zauberkutte zu, damit sie es warm hatten. Sie sah zu, wie sie die Augen schlossen und der Atem langsamer ging. Ein altes und vertrautes Gefühl ergriff von ihr Besitz, ein Gefühl der Hilflosigkeit, des Kummers und des Mitleids. Das gleiche hatte sie manchmal Souile entgegengebracht. Und Nada. Sie hatte gelernt, diese Gefühle zu verdrängen, denn sie konnte sowieso nichts tun. Doch da war Nela, die einmal ihre Freundin gewesen war. Und das war Nelas Bruder. Beide, beide ihre Freunde, waren ohne eigenes Verschulden in diese Lage geraten. Sie waren keine *Beauftragten*. Sie hätten nicht das Risiko von *Beauftragten* eingehen dürfen. Sie sollten irgendwo auf der Bühne stehen und Kunststückchen vorführen. Sie sollten nicht hier sein. Wer auch immer... was auch immer das getan hatte, war eine böse Person, ein böses Ding, und sie, Fringe, würde alles tun, um die Sache wieder in Ordnung zu bringen. Zum Teufel mit der Vielfalt!

Sie unterzog den Ort einer gründlichen Musterung und suchte jeden Zoll ab. Obwohl sie sich körperlich in einem viel besseren Zustand befand als die Zwillinge, war sie genauso erschöpft wie sie. Es war ein langer Tag gewesen, vielleicht sogar mehr als einer, seit sie zum letzten Mal geschlafen hatte. Die Bewußtlosigkeit war kein Schlaf gewesen, denn sie hatte keine Erholung gebracht. Der Tumult in Derbeck wirkte noch in ihr nach, der schreckliche *Chimi-ahm*, die Angst um das Mädchen, die Furcht, von Curvis – oder Danivon – verraten zu werden.

Und bei alledem spürte sie eine solche Sehnsucht nach Danivon, daß ihr zum Weinen zumute war. Sie hatte gehört, wie er ihren Namen gerufen hatte, als sie entführt wurden. Es war die Stimme von jemandem gewesen, der sich um sie sorgte, eines Geliebten, der seinen Schmerz hinausschrie. Sie hatte Angst in dieser Stimme gehört, Angst um sie! Feuchtigkeit sammelte sich in den Augenwinkeln, Tränen, denen sie aber keinen freien Lauf ließ, während sie immer wieder die Höhle absuchte. Nichts. Kein Weg nach draußen. Kein Platz zum Verstecken. Sie saßen in der Falle.

Als sie sich dessen sicher war, setzte sie sich auf den Boden, schlug die Beine übereinander und lehnte sich an den Vorsprung. Dann legte sie den Kopf zurück und schloß die Augen. Bisher hatten die Entführer sich noch nicht gezeigt. Es hatte keinen Sinn, wach zu bleiben oder Wache zu schieben. Zweifellos würden es oder sie erscheinen, wenn ihnen danach war. Und bis dahin würde sie ihre Kräfte schonen.

Sie konzentrierte sich auf eine der Entspannungsübungen, die sie an der *Akademie* erlernt hatte. Sie verlangsamte die sich jagenden Gedanken, entspannte sich und sublimierte den Schrecken in eine Befindlichkeit, mit der sie umzugehen vermochte. Schließlich war sie für alle Eventualitäten gerüstet. Sie schlief ein.

11

Die meisten Besatzungsmitglieder und Passagiere der *Taube* waren unter Deck gegangen. Der Kapitän lag wach und fragte sich, ob die *Gaver*, die das Schiff attackiert hatten, wirklich verschwunden waren oder ob sie irgendwo auf der Lauer lagen. Cafferty, Latibor und Asner ergingen sich in fruchtlosen Spekulationen. Danivon ging fluchend auf und ab; er war nicht in der Lage, seine Gefühle vor Curvis zu verbergen, der, wenn er die Wahrheit gewußt hätte, Fringe und die Zwillinge sicher abgeschrieben hätte. Die Nacht verging quälend langsam, und noch vor Morgengrauen stand Jory mit ihrem ältesten Freund an der Reling.

»Ich bin zu lange in Derbeck geblieben«, ertönte seine Stimme in ihrem Bewußtsein, so, wie er immer zu ihr gesprochen hatte. *»Ich hätte auf dem Schiff sein sollen. Vielleicht wäre ich dann imstande gewesen, es zu verhindern…«*

Jory schüttelte den Kopf. Sie mußte nichts sagen. Er wußte, daß sie das für ausgeschlossen hielt. Vielleicht hätte niemand etwas tun können.

»Ich habe Derbeck zu spät verlassen«, sagte sie laut. »Ich dachte nur in den üblichen Kategorien. Menschliche Perversität. Ich war der Ansicht, daß, wenn man das Problem erkannt hatte, es auch lösen könnte. Doch wir haben es hier mit etwas zu tun, das unsere Kräfte übersteigt, alter Freund. Etwas, das, wie ich glaube, gegen Vernunft immun ist.«

»Deine Freunde flußaufwärts könnten das Problem doch lösen.«

»Meine Freunde flußaufwärts.« Sie lachte gequält. »Jemand sagte einmal, sie seien zu gut, um für etwas gut zu sein. Jedenfalls äußerte er sich sinngemäß.«

Schweigen. Dann: *»Du hast recht. Jene flußaufwärts werden zwar voller Anteilnahme sein, aber sie werden nichts unternehmen.«*

Sie seufzte. »Ich hätte schon vor Jahren nach *Toleranz* gehen sollen, anstatt so verdammt ... zögerlich zu sein.«

»Du wolltest die flußaufwärts nicht brüskieren.«

»Zum einen das, und außerdem setzte ich auf die Lawinen-Theorie: Ein paar herabfallende Steine, und – schwups – kommt es zu einem Erdrutsch, der den *Aufsichtsrat* veranlaßt, sich zu fragen, was er eigentlich tut!«

»Deine Petitionen. So schön ausgedacht. So schön in die Praxis umgesetzt. Mit meiner Hilfe!«

Sie lachte. »Ich werde deine Beschreibung von Boarmus' Gesicht nie vergessen, als du ihn glauben machtest, er würde einen Wortschwall ausstoßen. Das war vielleicht ein Spaß. Noch dazu in meinem Alter. In meinem Alter habe ich auch Anspruch auf Spaß. Selbst Gott muß gelegentlich Spaß haben. Die Petitionen sollten Denkanstöße vermitteln und Diskussionen in Gang setzen, doch ich unterschätzte das Beharrungsvermögen im System. Ich vergaß, daß es gerade das Beharrungsvermögen ist, was eine Bürokratie ausmacht!«

»Außer den Kommandeuren weiß niemand von den Petitionen.«

»Ich habe mich an die falschen Adressaten gewandt. Wir hätten uns direkt ans Volk wenden sollen. Ich habe selbst gehört, was Fringe nach der Abreise aus *Flachwasser* sagte. Sie sagte: ›Man muß den Leuten einen Ausweg lassen.‹ Wir hätten den Leuten einen Ausweg aufzeigen müssen.«

»Hätte das überhaupt in deinem Ermessen gestanden? Wohin hättest du sie denn geführt?«

Sie seufzte. Das war natürlich die Frage. Es gab nur zwei *Tore* auf *Woanders*. Und beide waren in *Toleranz*. Beide wurden bewacht. Man hätte sich erst zu ihnen durchkämpfen müssen. »Es gibt eine Heimat«, sagte sie. »Gleich hinter der Mauer hier in Panubi. Es gibt Raum für ein paar. Nur weil es keinen Platz für alle gibt, bedeutet das nicht, daß ich nicht in der Lage gewesen wäre, ein paar zu retten. Oder daß ich jetzt nicht dazu in der Lage wäre. Es ist immer noch Zeit, ein paar zu retten!«

»Marjorie ...«

»Ob vor Tod oder Zerstörung, alter Freund, ich werde ein paar retten.«

»Wen?«

»Flußaufwärts liegt nur noch eine Provinz. Thrasis. Ich werde die Frauen von Thrasis retten.«

»Auch wenn du dadurch die Gefühle jener flußaufwärts verletzt?«

»Auch dann. Wieso sollten die Frauen von Thrasis weiter leiden, wenn wir imstande sind, ihnen einen Ausweg zu weisen, und ihnen die Möglichkeit bieten, ihr Leben zu ändern?«

»Du hoffst noch immer auf Veränderung«, sagte die Stimme in ihrem Bewußtsein amüsiert, aber sanft.

Veränderung. O ja, sie hoffte noch immer auf Veränderung. Sie hatte immer auf Veränderung gehofft, seit... Wie lange war das schon her? Als sie neun gewesen war? Zehn? Einmal hatten ihre Eltern sie zu einer Ausstellung mitgenommen, auf der Dinge gezeigt wurden, die man in einer alten Grabstätte gefunden hatte. Artefakte von Menschen, die fünf- oder sechstausend Jahre vor ihrer Zeit gelebt hatten. Wie sehr sie sich darauf gefreut hatte. Daß sie so alte Dinge sehen würde, war ihr wie ein Wunder erschienen ...

Und was hatte sie nicht alles gesehen: bemalte Holzstühle mit Schnitzereien, die den Stühlen zu Hause nicht unähnlich waren, einen Wagen, der wie ihr Ponykarren aussah, ein Handspiegel, der demjenigen ähnelte, den ihre Mutter hatte – er war zwar aus Bronze und nicht aus Glas, doch ansonsten war er ihm ziemlich ähnlich.

Sie hatte auf die Wunderdinge gewartet, doch es hatte nur alltägliche Gebrauchsgegenstände gegeben: Tische, Kisten, Wagen, Krüge, Geschirr, Besteck.

»Du warst enttäuscht?« Er hatte ihre Gedanken gelesen.

»Weniger von den Menschen der Vergangenheit als vielmehr von uns. Ich war in dem Kinderglauben gefangen, daß die Menschheit sich weiterentwickelte. Die Vergangenheit war barbarisch und primitiv. Die Gegenwart war zivilisiert und fortgeschritten. Das war mein Glaube, so stark wie meine Religion! Doch nach sechstausend Jahren benutzten wir noch immer die gleichen Möbel!«

»Dann hatte die Menschheit sich also kaum verändert?«

»Als ich älter wurde, kam ich zu dem Schluß, daß wir selbst schuld waren, wenn wir die Evolution gestoppt hatten. Wir definierten uns als den vollkommenen Menschen. Wir sahen in den Spiegel und sagten: ›Das ist der Homo sapiens sapiens, wie er leibt und lebt.‹ Die intelligentesten und besten Menschen gehören zur Rasse des Homo sapiens sapiens, aber auch die dümmsten Psychopathen gehören dazu. Jede Mißgeburt und jeder Verbrecher, der uns geboren wird, ist ein Homo sapiens sapiens, weil er aus einer menschlichen Gebärmutter kommt und deshalb heilig ist! Homo sapiens sapiens, Krone der Schöpfung, das einzig lebenswerte Lebewesen! Als Gott die anderen Dinge des Universums erschuf, übte er nur, doch als er uns erschuf, war das sein Meisterstück.«

Herzhaftes Gelächter.

Die Zornesröte stieg ihr ins Gesicht. »Das stimmt doch! Genau das bestimmte unser Denken und Handeln. Die Menschen hatten es nicht mehr nötig, sich zu verbessern. Wenigstens entsprach das der westlichen Mentalität. Die Menschen stolzierten umher und brüsteten sich damit, sie seien nach dem Ebenbild Gottes erschaffen! Es war einfacher, sich auf den Himmel zu verlassen, als auf der Erde Verantwortung zu übernehmen, aber weil die Menschen ohnehin Gottes Geschöpfe waren, war das schon in Ordnung so.«

»Und du glaubst nicht, daß sie menschlich waren?«

»Zumindest waren sie nicht das, was ich mir unter ›sapiens‹ vorgestellt hatte. In meinen Augen waren nur sehr wenige von uns wirklich weise. Vielleicht überhaupt niemand. Vielleicht hatten wir eine Chance, Weisheit zu erlangen, doch wir haben sie vertan.«

»Wann hat die Menschheit diese Chance vertan?«

»In Nelas Zeit, glaube ich. Bedauernswerte Menschen, die keinen Blick für die Realität hatten und wissenschaftliche Ignoranten waren, erklärten die Vermehrung für heilig. Und während die Liberalen das Recht auf Fortpflanzung verteidigten, konservierten die Reaktionäre die Defekte in unserem Gen-Pool. Auch wenn wir degenerierten und den Rest der Schöpfung auslöschten – Hauptsache, unsere Leibesfrucht war geheiligt. Es spielte keine Rolle, daß es Milliarden von uns gab und daß unsere Weisheit, so sie denn existent war, weitaus mehr von unserer schieren Anzahl bedroht wurde als durch alle Veränderungen, die in uns stattfanden …«

»Aber die Menschheit wurde doch gerettet, oder?«

»Du meinst dort draußen?« Sie wies auf die fernen

Sterne. »Ja, wir wurden gerettet, obwohl wir es gar nicht verdient hätten. Die Rettung geschah fast rein zufällig. Aber nicht hier. Hier tun Priester und Propheten, was Priester und Propheten immer schon getan haben: Sie verbieten ihren Leuten, ihr Leben zu ändern! Keine Einmischung. Mein Gott, was für ein Unsinn!« Sie schüttelte sich und fuhr sich über die Augen.

»Ich weiß.« Sie spürte ein Schulterklopfen, eine Umarmung und eine tiefe, nicht-menschliche Sympathie.

»Das ist alles so traurig«, sagte sie und gewann nach einem letzten Schluchzen die Fassung zurück. »Und wenn ich dann so dumm bin und versuche, die Welt zu verbessern, muß ich nicht nur gegen die menschliche Natur ankämpfen, sondern auch noch gegen jene flußaufwärts. Manchmal frage ich mich, weshalb du, Asner und ich uns überhaupt bei ihnen niedergelassen haben.«

»Wir kamen hierher«, sagte er mit ruhiger und klangvoller Stimme, *»weil es ein Ort war, an dem wir noch nie gewesen waren. Und nicht lange, nachdem wir hier angekommen waren, wurdest du müde.«*

Für einen Moment wurde sie von einem Gefühl der Trauer überwältigt, das der andere in ihr Bewußtsein projizierte, ein unsäglicher Kummer, der jedoch so schnell verging, wie er gekommen war, und der Ruhe und souveränen Gelassenheit wich, die ihr immer eine verläßliche Stütze waren.

»Was hattest du mir damals gesagt?« fuhr die stumme, ruhige Stimme fort. *»Du wolltest friedvolle Dinge tun. Bäume betrachten, wie ich mich erinnere. Und du wolltest einen englischen Garten anlegen. Du wolltest in einem Schaukelstuhl sitzen, mit Katzen spielen und die Pferde auf der Weide betrachten.«*

»Es gab keine Katzen in Panubi. Und keine Pferde.«

»Jene flußaufwärts haben dir ein paar beschafft.«

»Richtig. Ich erinnere mich. Doch warum gingen wir nicht, nachdem ich den Garten angelegt, die Pferde gestreichelt und für eine Weile geschaukelt hatte?«

Er antwortete nicht. Er wußte die Antwort, doch sie kam ihm nicht über die Lippen. Am Nachthimmel über ihnen war ein leises Summen zu hören, ein gerichtetes Geräusch.

»Gleiter«, sagte er, um sie abzulenken.

Sie nickte. »Fliegt flußaufwärts. Jemand von *Toleranz*. Jemand aus dem *Rat* ... nein, er muß von Boarmus kommen. Er ist wahrscheinlich nach Thrasis unterwegs. Wenn wir morgen früh dort anlegen, erkundigen wir uns.«

»Und du willst die Sache in Thrasis noch immer durchziehen?«

»Wenn du und deine Urenkel mir helfen. Allein schaffe ich es nämlich nicht.«

»Ich bin für dich da. Immer.«

»Dann werde ich es tun. Das will ich wenigstens noch hinbekommen. Ich möchte nicht, daß die Sache ein totaler Reinfall wird!«

»Denen flußaufwärts wird das aber ein Dorn im Auge sein.«

»Jene flußaufwärts werden einfach vor vollendete Tatsachen gestellt. Als sie mir erlaubten, mich bei ihnen niederzulassen, versprach ich ihnen nicht, daß ich nur das tun würde, was sie wollen. Manchmal schon. Aber nicht immer. Ihre Art kommt bei den Menschen nicht an. Sie müßten das eigentlich wissen, aber sie sind solche Dickköpfe.«

»Wer im Glashaus sitzt ...«

»Ach, sei doch still!«

Sie verstummten und lauschten dem Rauschen des Wassers, wobei jeder seinen Erinnerungen nachhing, die sich über galaktische Distanzen und unendliche Zeiträume erstreckten. Ganz sanft berührte er sie und schloß sie in die Arme. Für einen kurzen Moment waren sie wieder jung.

Mittag in Thrasis. Im Turm der Töchter des Propheten saß die Frau Haifazh am Webstuhl im *Haus der Wiedergutmachung*, wie sie es jeden Tag während des letzten halben Jahres getan hatte. Die Hände bewegten sich, das Weberschiffchen huschte hin und her, die Füße bewegten sich, der Webstuhl klackte, und um sie herum klackten viele andere Webstühle. Aus der unteren Etage drang das gedämpfte Klopfen und Murmeln der Frauen, die gequollene *hye*-Stengel droschen, um die Kernfasern von der verfaulten Hülle zu scheiden. Von den Dächern nebenan ertönte das Schaben und Surren der Spinnräder, wo die Fasern gekämmt und zu Fäden gesponnen wurden. Obwohl die Korbhelme mit gepolsterten Ohrenschützern versehen waren, um die Geräusche so weit wie möglich zu dämpfen, und obwohl die Scheuklappen auf beiden Seiten das Blickfeld auf den Webstuhl vor ihr verengten, erkannte Haifazh im durch die Fenster fallenden Licht, daß es Mittagszeit war. Das Licht fiel auf ganzer Breite durch die Durchbrüche in den Wänden; es gab keinen Schatten. Es war an der Zeit, um auf die Toilette zu gehen, die Babies zu stillen und vielleicht noch ein Schwätzchen zu halten. Zu essen gab es in der Morgen- und Abenddämmerung. Nachts wurde geruht. An diesem Ort wurde auch der letzte Rest des Tageslichts ausgenutzt, um Wiedergutmachung für den Ungehorsam gegenüber dem Eigentümer zu leisten.

Sie bereitete sich auf den Stock vor, der gleich auf ihren Helm schlagen würde. Die alten Frauen, die die Stöcke schwangen, waren genauso hungrig und müde wie sie. Manchmal wurden sie von Müdigkeit und Hunger überwältigt. Manchmal verwandelten sie die Ankündigung, daß Mittagszeit war, in eine Bestrafung.

Der Stock schlug auf den Helm, allerdings nicht sehr fest. »Dank dem gnadenreichen Propheten«, murmelte sie und vergaß für den Augenblick, daß sie überhaupt nicht an den gnadenreichen Propheten glaubte. Früher hatte sie an ihn geglaubt oder war zumindest keine Ungläubige gewesen. Aber nicht mehr. Nicht hier. Nicht an diesem Ort.

Die Kette, die sie mit dem Webstuhl verband, wurde gelöst. Zuerst machte sie sich auf zu den Latrinen, um sich zu erleichtern. Sie war beschnitten worden, als sie mit Shira schwanger war, und hinterher war sie zugenäht worden. Dieser Tortur wurden alle Frauen in Thrasis unterzogen, zuerst als siebenjährige Mädchen und dann wieder, nachdem sie ein Kind gehabt hatten. Das Urinieren war schmerzhaft, jedoch längst nicht – wie sie sich erinnerte – so schlimm, wie Sex gewesen wäre. Als sie zum erstenmal diese Erfahrung gemacht hatte, war sie fünfzehn gewesen; ihr neuer Besitzer hatte vor lauter Ungeduld unterlassen, sie zu knebeln, so daß sie gleich zweimal bestraft worden war: zuerst von seiner brutalen Männlichkeit und dann durch die Peitsche, denn sie hatte geschrien, als er sie bestieg.

Ringsum hörte sie das Schluchzen und Stöhnen der unter Schmerzen urinierenden Frauen. Sie nahm sich ihre Wasserration aus dem Eimer, und zwar so wenig wie möglich, denn sonst würde sie sich vielleicht nachmittags am Webstuhl in die Hose machen. Dann ging sie zu den Fenstern, wo die Babies warteten. Sie legte Shira an die Brust und spürte, wie der kleine Mund an der Brustwarze saugte. Shira weinte nie, dem Propheten sei Dank (das hatte sie schon wieder vergessen). Weibliche Babies, die weinten, wurden meist geknebelt.

Die Frau zu ihrer Linken war neu.

Haifazh beugte sich nach vorn. »Ich bin Haifazh«, stellte sie sich leise und mit gesenktem Blick vor.

Unterhaltungen während des Stillens waren verboten. Auch sonst waren Gespräche verboten, obwohl sie es nachts taten, auf den an der Wand aufgereihten Pritschen, wenn die Dunkelheit sie umgab und die alten Frauen eingeschlafen waren.

»Bulerah«, murmelte die Frau neben ihr.

»Weshalb bist du drin?« fragte sie.

»Weil ich eine Tochter geboren habe«, antwortete die Frau.

»Aha.«

»Und du?«

»Aus dem gleichen Grund.«

Es war nicht der gleiche Grund. Sie war nicht hier, weil sie eine Tochter geboren hatte. Haifazhs Besitzer hatte keine Einwände gegen ein Mädchen erhoben. Er hatte schon viele Söhne, und gesunde Mädchen waren eine ergiebige Einnahmequelle, weil sie in den Webereien in großer Zahl gebraucht wurden. Kleine Finger knüpften die kleinsten Knoten und machten die feinsten Stiche, zumal ein Mädchen weniger aß als eine ausgewachsene Frau, und noch viel weniger, wenn man es in der Pubertät auf Diät setzte. Nein, es war nicht das Mädchen, das Haifazhs Besitzer erzürnt hatte, sondern der Umstand, daß Haifazhs Ausfluß nicht so schnell aufgehört hatte, wie ihr Besitzer es erwartet hatte. Sie war zu lang unrein. Das war ihrem Besitzer lästig. Sie sollte solange ins *Haus der Wiedergutmachung* gehen, bis er sie wieder besteigen konnte.

Die alte Frau, die nuschelnd die Namen auf ihrer Liste abhakte, erinnerte sie daran.

»Haifazh? Bist du nun rein?«

»Nein, Mahmi. Ich bin noch unrein.«

Die alte Frau machte einen Vermerk. »Bulerah? Bist du Bulerah?«

»Bin ich«, sagte die Frau.

»Du wirst zu deinem Besitzer zurückgehen, wenn

dein Kind abgestillt und verkauft ist. Ist dein Kind entwöhnt?«

»Sie ist erst eine Woche alt, Mahmi«, sagte Bulerah.

»Aha«, sagte die alte Frau, tapste weiter und machte noch einen Vermerk.

»Du bist aber schon lange unrein«, sagte Bulerah erstaunt. »Dem Anschein nach ist dein Kind schon ein halbes Jahr alt.«

Was Haifazh betraf, so würde die Unreinheit, die sie anfangs getarnt hatte, indem sie sich selbst besudelte, ewig währen. Die alten Frauen machten sich nicht die Mühe, das zu überprüfen. Sie fragten nur und akzeptierten jede Antwort. »Stimmt«, sagte sie ruhig. »Wahrscheinlich bin ich aber gar nicht unrein, sondern krank. Ich wurde infiziert, als sie mich beschnitten und zunähten, nachdem mein Kind geboren war. Ich werde wahrscheinlich daran sterben.«

Sie wollte unrein bleiben bis zu ihrem Tod, das stand fest. Woher diese Aufsässigkeit kam, wußte sie selbst nicht. Sie war aus heiterem Himmel entstanden, aus Schmerz und Furcht und einem in ihr lodernden Feuer, das nur durch Rache gelöscht werden konnte. Also würde sie unrein bleiben. Zumindest hatte sie im *Haus der Wiedergutmachung* ihre Ruhe. Sie durfte hierbleiben, solange sie fähig war, den Webstuhl zu bedienen. Dieser Ort war der Kemenate ihres Besitzers – dieses fetten, schwitzenden und kurzatmigen *Gavers* von einem Mann – auf jeden Fall vorzuziehen. Er hatte ihr immer in die Brüste gebissen, bis sie bluteten. Er war ein ekelhafter Sadist gewesen.

»Ich kann es kaum erwarten, von hier zu verschwinden«, sagte Bulerah seufzend. »Es gefällt mir hier nicht.«

»Bist du denn nicht im Turm aufgewachsen?« fragte Haifazh neugierig. »Ich schon.«

»Ich bin in der Kemenate meines Erzeugers aufgewachsen«, sagte die andere stolz. »Meine Mutter war seine Lieblingsfrau, und ich war die Zwillingsschwester seines ältesten Sohns.«

Haifazh schürzte die Lippen. »Gib nicht so an, Frau. Egal wo du aufgewachsen bist, du wurdest als Kind beschnitten und zugenäht; und mit zwölf oder so hat dein Erzeuger dich an deinen Besitzer verkauft, der dich früher oder später hierher schickte.« Sie machte eine ausladende Geste. »Nachdem du dein Kind geboren hattest, haben die Hebammen dich wieder beschnitten und so zugenäht, daß du kaum noch pinkeln konntest. Du hattest nur das Glück, dir keine Infektion zuzuziehen, an der nach der Beschneidung ein Fünftel von uns stirbt. Eine von fünf Töchtern stirbt. Bisher hast du Glück gehabt, aber das wird sich vielleicht ändern, wenn du deine Tage bekommst und das Blut sich in dir verklumpt. Das Saubermachen ist eine Quälerei. Und wenn du dann zu ihm zurückgehst, wird er dich noch schlimmer verletzen und von dir erwarten, daß du es stumm über dich ergehen läßt, wenn er dich nimmt. Und wenn du alt bist, Bulerah, bringen sie dich in den *Hof der Entsorgung,* wo man dir beim Sterben hilft. Kemenate oder Turm, im Grunde ist es egal, wo du aufgewachsen bist!«

Die andere errötete und richtete den Blick auf ihr Kind.

»Sie behandeln alle Frauen gleich schlecht«, murmelte Haifazh. »Wenn es aber keine Frauen mehr gäbe, würden sie schon merken, was sie an ihnen gehabt haben.« Sie stand mit Shira im Arm auf und schaute durch das große Fenster über den *Hof der Entsorgung* und die hohe Mauer, über eine Ecke der *fye*-Felder zum Fluß Fohm. Was sie dort sah, entlockte ihr einen Ruf des Erstaunens. Neugierig drängten sich nun die anderen Frauen am Fenster.

Das Schiff, das am Dock festgemacht hatte, und der neben ihm auf dem Ufer geparkte Gleiter waren schon früher hier erschienen; wohl selten genug, um Aufmerksamkeit zu erwecken, aber keine ausgesprochene Sensation. Was jedoch neu war, waren die Frauen, *Frauen*, die mit unverhüllten Gesichtern herumstanden. Hinter ihnen befand sich eine schemenhafte, wundersame Erscheinung mit Schuppen und Hörnern oder auch Panzerplatten und Reißzähnen; auf jeden Fall handelte es sich um ein mysteriöses und riesiges, vertrauenerweckendes Ding mit einer intensiven Präsenz, das niemand eindeutig identifizierte. Ungeachtet der Anweisungen der Wärterinnen und der halbherzigen Stockhiebe auf die Korbhelme drängten die Weberinnen sich an den Fenstern und lehnten sich hinaus, um besser zu sehen.

»Das ist ein Gleiter«, sagte Haifazh. »So einen habe ich schon einmal gesehen.«

»Was ist ein Gleiter?« fragte Bulerah. Bevor sie hierher gekommen war, hatte sie noch nie einen Gleiter, ein Schiff oder einen Fluß zu Gesicht bekommen. Von der Kemenate ihres Besitzers aus hatte sie nichts gesehen außer den Baumkronen und dem Himmel. Sie hatte nichts getan außer zu baden, zu schlafen, Geschichten zu erzählen, leise zu singen oder zu ihrem Besitzer ins Bett zu kriechen, wenn er nach ihr verlangte. Haifazhs Worte hatten sie daran erinnert, welche Schmerzen sie empfunden hatte, nachdem sie gekauft worden war. Und wo sie nun wieder beschnitten und zugenäht worden war, würde der Schmerz jeden Beischlaf begleiten. Daran hatte sie bisher gar nicht gedacht. Dieser Gedanke vertrieb ihr die Freude über den Anblick der neuen Dinge.

Unter ihnen, am Flußufer, bemerkten die Passagiere der *Taube*, daß sie beobachtet wurden.

»An allen Fenstern stehen Frauen«, sagte Cafferty. »Wenn ich sie nicht sähe, würde ich sie von hier aus riechen. Sie platzen fast vor Neugierde.«

»Beachtet sie gar nicht«, knurrte Zasper, der in den frühen Morgenstunden die im Sternenlicht schimmernden Segel der *Taube* gesehen und ihre Ankunft erwartet hatte, zur Verwunderung der Wachen, die sich auch jetzt noch in sicherer Entfernung hielten und sich unterhielten. »Ihr erzählt mir, Fringe würde vermißt; habt ihr überhaupt etwas unternommen, und wenn ja, was?« Mit düsterem Blick schaute er über Jorys Schulter hinweg auf Danivon, der mit grimmigem Blick an der Reling stand.

»Reg dich nicht auf, Zasper«, sagte Danivon mit tonloser Stimme. »Sie waren schon außer Reichweite, als wir ihr Verschwinden bemerkten. Wir haben ihr Verschwinden beobachtet; zumindest wissen wir, wo sie sich zuletzt befunden haben. Ich wollte an Land gehen und nach ihnen suchen, doch die anderen überstimmten mich. Sie sagten, daß sie vielleicht schon kilometerweit entfernt seien, wenn wir die Suche aufnahmen, und daß die Lichter uns vielleicht alle erwischen würden. Beides war plausibel. Wenn du mehr weißt als wir, dann raus mit der Sprache! Wir müssen einen Rettungsplan entwickeln!«

Zasper schnaubte; er hatte zwar einen ganzen Fundus an Spekulationen parat, den er ihnen mitteilen wollte, doch solange sie hier am Ufer waren und vielleicht belauscht wurden, würde er gar nichts sagen. Er wollte Enarae gerade verlassen, als ein Touristen-Dink ihm einen Sendewürfel von Boarmus überbrachte. Darauf befand sich eine lange, konfuse Nachricht, die ins ebenso uneinheitliche wie bedrohliche Bild paßte, das sie sich bereits gemacht hatten. Zasper hatte den Würfel auf dem Flug nach Thrasis abgehört und versucht, sich einen Reim darauf zu machen: Laut Boarmus war *Woanders* von einer Entität übernommen worden, die ebenso allgegenwärtig wie allwissend war, paranoid und unberechenbar, bösartig und verschlagen. Es hatte den Anschein, daß diese Entität hauptsächlich von Geltungsdrang und Machtstreben motiviert wurde. »Es hält sich für einen Gott«, hatte Boarmus gesagt. »Vielleicht ist es sogar einer.« Ob kleiner Gott oder großer Gott, spielte keine Rolle, sagte Boarmus. Ein großer Gott würde sie sofort umbringen, und kleine Götter würden sie langsam zu Tode martern. Sie waren so oder so schon tot!

Zasper sah Danivon an und gab ihm ein geheimes *Beauftragten*-Zeichen, das soviel besagte wie: ›Ich sag's dir später.‹

Danivon quittierte das mit einer zornigen Geste und hatte die Lippen schon zu einem ungeduldigen Knurren geschürzt, doch er beherrschte sich.

Jory blinzelte angesichts dieser atmosphärischen Trübung und murmelte: »Wenn es sonst nichts mehr gibt ...«

»Es gibt aber noch eine ganze Menge, alte Frau«, knurrte Zasper. »Liege ich richtig, daß Sie dieselbe Jory sind, die Fringe immer verfolgt hatte, als sie noch ein Kind war?« Er interpretierte ihr Schweigen als Zustimmung und fragte in ruppigem Ton: »Was wollen Sie hier in Thrasis?«

»Ich bin hier, weil das Schiff hier ist. Und das Schiff ist hier, weil es Fracht zu löschen hat. Ich werde gehen, wenn das Schiff abfährt.«

»Wohin gehen Sie?«

»Nach Hause.«

Er zog die Augenbrauen so weit hoch, daß sie fast mit dem Haaransatz abschlossen. Dann war das also Fringes Jory. Die legendäre Jory. Er hatte das Bedürfnis, sich mit ihr zu unterhalten, sofort oder später. Eher später. Wenn Danivon einmal nicht wie eine Klette an ihm klebte. »Und wo ist Ihr Zuhause?« fragte er sie.

Sie wies nach Westen, flußaufwärts.

Zasper und Danivon wechselten Blicke. Danivon

hob die Hände, drehte die Handflächen nach außen und nahm Witterung auf. Dann drehte er eine Hand, in diese und jene Richtung. Er wußte es nicht. Er roch nichts.

Zasper seufzte und kratzte sich am Hinterkopf. »Frauen ist es nicht gestattet, sich in dieser Provinz frei zu bewegen.«

»Die Dinger, die uns folgten, sind noch nicht auf dieser Seite des Flusses«, sagte Jory, »und ich habe hier noch etwas zu erledigen.«

»Er will Ihnen damit sagen, daß Sie getötet werden«, sagte Danivon mit tonloser Stimme, während er vom Oberdeck der *Taube* nach unten kam. »Die Diener des Propheten werden euch alle töten. Frauen haben sich in den Kemenaten ihrer Besitzer aufzuhalten oder in den Türmen, und nirgendwo sonst.«

»Der *Große Drachen* begleitet uns«, sagte Jory. »Zumal ich nicht glaube, daß die Diener des Propheten uns in die Quere kommen werden. Ich hätte euch gefragt, ob ihr mitkommen wollt; allerdings seid ihr *Beauftragten* schon in ganz Thrasis bekannt. Zweifellos bevorzugt ihr Männergespräche. Oder sind es *Beauftragten*-Gespräche? Wie auch immer, wir überlassen es euch.«

Sie faßte Cafferty und Latibor an den Händen und ging von Bord.

»Weshalb tun wir das?« fragte Cafferty Jory.

»Der *Große Drachen* kommt«, murmelte Latibor.

Sie sahen den *Großen Drachen* nicht, obwohl sie eine Präsenz neben sich spürten, als sie das Schiff verließen und am Ufer entlanggingen. Sofort wurde ihnen der Weg von wütenden Männern verstellt, die herumbrüllten und mit Krummsäbeln herumfuchtelten; doch plötzlich verloren sie die Lust an einer Auseinandersetzung und rannten zur Stadt zurück, ohne sich noch einmal umzuschauen. Die Luzes und Jory wunderten sich nicht darüber.

»Diese Gebäude werden noch immer ›Türme‹ genannt«, sagte Jory in oberlehrerhaftem Ton, als sie sich einem Ensemble komplexer Strukturen näherten, die sich weitgehend glichen. »Obwohl es sich nicht um Türme im architektonischen Sinne handelt.«

Der Komplex war mit hohen Mauern eingefaßt, die von Toren mit der Patina des Alters durchbrochen waren. Als sie sich den Toren näherten, flohen die Wachen, und die Tore wurden aufgestoßen. Jory marschierte mit den anderen im Schlepptau hindurch.

»Der *Hof der Entsorgung*«, fuhr Jory in belehrendem Ton fort. »Alte Frauen wie wir, Cafferty, werden hierher gebracht, um zu sterben. Es wäre unschicklich, wenn sie unter den Augen von Männern stürben, die sie nicht besitzen. Und ihre Besitzer wollen das natürlich auch nicht sehen – also sterben sie hier, unter Ausschluß der Öffentlichkeit. Die Religion von Thrasis verbietet Mord. Man gibt ihnen bloß nichts zu essen und zu trinken und überantwortet sie im übrigen der Gnade des thrasischen Gottes.«

Sie ging über den weiten Hof, und die anderen folgten ihr auf Zehenspitzen. »Dahinter«, sagte sie und deutete in die entsprechende Richtung, »befindet sich der eigentliche Turm. Der Turm-Verwalter, der sein Amt vom Propheten kauft, ist berechtigt, ausgewählte weibliche Babies zu kaufen, sie aufzuziehen, ein paar von ihnen zu Musikerinnen und Tänzerinnen auszubilden und sie später als Gebärmaschinen oder Hostessen zu verkaufen. Wir werden aber nicht dorthin gehen. Ich habe im *Haus der Wiedergutmachung* etwas zu erledigen.« Sie steuerte auf ein niedriges Gebäude zu, an dessen Fenstern sich Frauen drängten. »Dies ist der Ort, wo Mädchen als Arbeiterinnen verkauft werden und wo Frauen, die sich für ihre Besitzer als unbefriedigend erwiesen haben, für befristete Zeit arbeiten dürfen.«

»Unbefriedigend für ihre Besitzer?« fragte Cafferty. »In welcher Hinsicht unbefriedigend?«

»Ach, wenn sie häßlich sind. Oder sexuell unattraktiv. Oder wenn sie eine Tochter anstatt eines Sohns bekommen. Oder wenn sie in Hörweite eines Mannes sprechen. Oder wenn ein anderer Mann ihr unverschleiertes Gesicht gesehen hat. Oder wenn sie zu einem Zeitpunkt menstruieren, der einem Mann ungelegen kommt. Oder wenn sie zum unpassenden Zeitpunkt gebären. Oder wenn sie krank werden. Oder alt werden.«

Sie drehte sich um und wies in Richtung des Flusses. »Auf den ummauerten Feldern zur Rechten, die sich flußabwärts hinziehen, bauen die Frauen dieses Turms Nahrung und Fasern an. Man erwartet von ihnen, daß sie sich selbst ernähren, weil sie den Besitzern mißfallen haben, die ansonsten für ihre Verpflegung aufkommen.« Bei ihrer Annäherung wurden die breiten Tore aufgestoßen und gaben den Blick auf einen leeren Gang frei.

Nur daß der Korridor nicht leer blieb. Frauen schwärmten aus wie Bienen aus einem Bienenstock, strömten aus Türen und wälzten sich Treppen hinunter. Während Jory und die Luzes die Korridore entlanggingen, folgten die Frauen von Thrasis ihnen wie ein summender Bienenschwarm. Als sie den Zentralhof erreicht hatten, waren sie von einer murmelnden Menge umgeben. Die Frauen knieten nieder und starrten sie an, als ob sie sich in Engel aus Feuer verwandelt hätten.

»Hält man euch hier gefangen?« fragte Jory mit sanfter Stimme.

»Wir sind die Töchter des Propheten«, murmelten einige, drehten den Kopf und sahen sich unter den mit Scheuklappen versehenen Korbhelmen an.

»Aber ihr werdet hier gefangengehalten?«

»An uns erfüllt sich das Schicksal der Frauen«, sagte eine verdutzt. »Dieser Ort ziemt uns.«

»Ich frage noch einmal, hält man euch hier gefangen?«

»Oh, bei meinen Brüsten und meiner Gebärmutter, ja, wir werden hier gefangengehalten«, ertönte da eine schrille Stimme. »Ich bin Haifazh, und das ist meine Tochter Shira, und was diese Duckmäuser auch sagen – ja, wir sind Gefangene und Sklavinnen, und wenn sie dessen nicht überdrüssig sind, ich bin es.«

Jory lächelte. »Nun, Haifazh, dann bist du es, der ich Neuigkeiten bringe; und die anderen mögen meine Worte hören oder auch nicht. Ich weise den Frauen von Thrasis den Weg in die Freiheit.«

Kurz und prägnant verkündete sie ihre Botschaft. Ein paar der Frauen ergriffen die Flucht. Sie preßten die Hände auf die Ohren, um die Häresie nicht zu hören, blieben aber gerade noch in Hörweite stehen. Die anderen unterbrachen Jorys Ausführungen mit kleinen Schreien. Haifazh selbst hörte aufmerksam und schweigend zu.

Nachdem sie ihre Rede beendet hatte, nahm Jory Haifazh bei der Hand und fragte: »Gibt es Frauen, die zwischen den Türmen und den Kemenaten in der Stadt pendeln?«

»Hebammen«, sagte Haifazh. »Und Inspektorinnen für die Auktionen.«

»Du wirst dafür sorgen, daß sie die Nachricht vernehmen.«

»Sie werden sie schon vernommen haben«, sagte Haifazh. »Es gibt keine Geheimnisse in der Welt der Frauen. Wir haben zu wenig Unterhaltung, um eine solche Gelegenheit zu versäumen.«

Die drei Reisenden gingen zu den anderen Türmen weiter, wobei sie bei jedem für kurze Zeit verweilten und kehrten dann am frühen Abend zur *Taube* zurück, wo Zasper schon ungeduldig wartete.

»Wo seid ihr gewesen?« fragte er.

»Bei den Türmen; wie ich es gesagt hatte«, sagte Jory. »Wir haben ein paar rebellische Seelen gefunden. Rebellion bedingt Intervention, meinst du nicht auch? Nicht daß Nela zustimmen würde (arme Nela), aber Bertran vielleicht schon. Also haben wir den Frauen von Thrasis gepredigt. Wenn diese Dinger, die uns verfolgten, erst einmal über das Wasser kommen, werden die Frauen die ersten Opfer sein. Ich stelle mir den fleischgewordenen Gott von Thrasis vor! Die Frauen würden wie die Fliegen sterben – zumal sie das ohnehin schon tun.«

»Und was haben Sie gepredigt, Jory?«

Jory lächelte ihn an. Es war ein bittersüßes Lächeln. »Den Gefangenen habe ich Flucht gepredigt, Zasper Ertigon. Wie deine Freundin Fringe schon sagte: ›Man muß den Leuten einen Ausweg lassen.‹«

»Nun, was auch immer Sie gepredigt haben, kommen Sie an Bord. Ihre Einmischung in Thrasis hat die Bevölkerung in Aufruhr versetzt. Die Wachen am Ufer müßten jeden Moment Verstärkung erhalten, und der Kapitän will in tieferem Wasser ankern, wo wir weniger gefährdet sind.«

Nachdem sie an Bord gegangen waren, führte Curvis sie zu der Stelle auf dem Deck, wo er und Danivon saßen. Ihr Blick war auf das Taschenhörnchen auf Curvis' Knie gerichtet.

»Hat es etwas Interessantes getan?« fragte Jory.

»Hören Sie zu«, sagte Danivon. »Vielleicht wird es die Worte wiederholen.«

Das Hörnchen nagte derweil einen Keks kreisförmig ab. Nachdem es einen perfekten Rundling hergestellt hatte, stupste es ihn mit einer winzigen Pfote an und fragte beiläufig: »Wo sind wir?«

Es war Bertrans Stimme, schwach und traurig.

Cafferty wollte etwas sagen, wobei Curvis ihr jedoch mit einer Geste bedeutete, zu schweigen.

»In einer Höhle«, sagte das Hörnchen mit Fringes Stimme. »In einem verdammten Loch.« Fringe hörte sich normal an. Zornig, falls überhaupt.

Das Hörnchen nahm einen weiteren Keks und wiederholte die Prozedur.

»Sein Kamerad steckte in Bertrans Tasche, als wir in Derbeck auftraten«, grummelte Curvis. »Er hatte ihn mir anschließend nicht zurückgegeben – wir hatten das Tier ganz vergessen. Als er entführt wurde, hatte er das Hörnchen immer noch bei sich.«

»Und das hier liest die Gedanken seines Kameraden?« fragte Latibor.

»Ich glaube schon«, sagte Danivon. »Zumindest hört es, was das andere hört.«

»Es gehörte zur Vorstellung«, sagte Curvis. »Daß das eine wiedergab, was der andere hörte. Die Leute glaubten, daß wir die Tierchen wirklich durch den Raum teleportierten.«

»Wird es auch umgekehrt funktionieren?« fragte Jory.

Sie starrten sie an.

»Wird Bertrans Hörnchen hören, was dieses hört? Wir könnten zumindest versuchen, ihnen Mut zu machen«, sagte sie.

»Sie zu belügen, meinen Sie wohl«, sagte Danivon bitter.

»Nicht unbedingt. Ihr wollt sie doch retten, oder?«

Sie sahen sich an und schauten dann auf den Streifen aus Wasser, der immer breiter wurde, je weiter die Seeleute sie von der Küste abstießen.

»Sie hat recht«, sagte Zasper. »Hoffnung ist nie eine Lüge. Hoffnung hält sie vielleicht am Leben. Alle drei.«

Nachdem sie sich weit genug vom Ufer entfernt hatten, versammelte er sie alle um sich und vertraute ihnen an, was er an Land nicht zu sagen gewagt hatte – alles, was er von Boarmus erfahren hatte, alles, was Boarmus in *Stadt Fünfzehn* erfahren hatte.

Als er fertig war, sonderten Jory und Asner sich mit blassen und angespannten Gesichtern von den anderen ab und unterhielten sich murmelnd am Ruderhaus. Danivon indes kam auf das Thema zu sprechen, das ihn am meisten beschäftigte.

»Dann könnte Fringe also überall sein«, rief er voller Pein. »Überall, wo die *Türen* hinführen!«

Zasper legte einen Finger auf die Lippen und ermahnte ihn, leise zu sein. »Schrei nicht so. Der Schall trägt übers Wasser, und man hört dich vielleicht am Ufer. Nein, Fringe könnte nicht überall sein. Wir wissen vom Hörnchen, daß sie sich in einer Höhle befindet. Die Bewältigung größerer Entfernungen erfordert großmaßstäbliche Anlagen. Die Dinks in *Stadt Fünfzehn* postulieren ein Netzwerk, das so winzig ist, daß es bisher nicht bemerkt wurde. Wir haben es mit räumlich begrenzten Effekten zu tun, Danivon!«

»Winzige Projektoren«, sinnierte Curvis. »Winzige, gerichtete Sender. Winzig und überall verstreut.«

»Auch winzige Transmitter können großen Schaden anrichten«, sagte Zasper.

»Vielleicht fällt uns unterwegs noch etwas ein«, wiegelte Curvis ab.

»Ich will aber nicht flußaufwärts fahren!« rief Danivon. »Wo ich nun weiß, daß Fringe sich in der Nähe der Stelle befindet, wo sie verschwunden ist, werde ich umkehren und nach ihr suchen! Zasper!«

Zasper warf die Hände in die Luft und blickte Jory an. »Was soll ich dazu sagen?« sagte er leise. »Haben Sie eine Idee, Frau?«

»Im Moment nicht.«

»Wenn Ihnen etwas einfällt, lassen Sie es mich wissen?«

»Fringe gehört zu meinem Volk. Und die Zwillinge im Grunde auch. Mir liegt genauso viel an ihrer Rettung wie dir.«

»Zasper«, rief Danivon ungeduldig.

Zasper schüttelte nur den Kopf, drapierte den Zopf über der Schulter und zog daran, wobei der Kopf mitwanderte; eine seltene Geste, die er nur dann machte, wenn er sehr beunruhigt war. »Danivon, ich muß nachdenken!«

»Es ist aber keine Zeit zum Nachdenken!«

»Ich wünschte, du würdest zugeben, daß du sie liebst«, sagte Zasper ungehalten.

Danivon wollte das dementieren. Die Nasenflügel bebten, und er nieste heftig. Es war die Wahrheit. Er liebte sie. Die Liebe ergriff von ihm Besitz, wie ein neuer Mieter, der mit seinem ganzen Hausrat eingezogen war und die Schränke und Ecken seines Bewußtseins mit Beschlag belegte. Es hatte dort nichts gegeben außer den leeren Räumen seines Selbst, die er begangen hatte, als dieser Impuls ihn überwältigt hatte. Nun stolperte er überall über die Fallstricke der Liebe.

»Ich wußte gar nicht, daß ich sie liebte«, sagte er blöde, wobei es ihm angesichts dieser Erkenntnis fast die Sprache verschlug.

»Wo alle anderen es wissen«, sagte Zasper, »kannst du dich ruhig anschließen. Wenn du es dir eingestehst, wirst du wenigstens wissen, weshalb es dir so schlecht geht. Und dann solltest du versuchen, nachzudenken. Du bist es ihr und uns schuldig, mit diesem kindischen Benehmen aufzuhören und dich wieder wie ein *Beauftragter* zu verhalten.«

Curvis klopfte Danivon auf die Schulter und versuchte mitfühlend zu erscheinen, obwohl er gar kein Mitgefühl empfand. Curvis wußte zwar, wie Danivon mit Frauen umging, doch ein verliebter Danivon war neu für ihn. Er vermochte das nicht zu akzeptieren. »Riechst du, ob sie noch am Leben ist, Danivon?« fragte er, wobei er hoffte, daß die Antwort seinen Spekulationen ein Ende bereiten würde.

Seine Hoffnungen wurden jedoch zunichte gemacht. Danivon nickte. Ja. Bei allem, woran er jemals geglaubt hatte; ja, er roch, daß sie am Leben war.

Während Fringe und die Zwillinge schliefen, wurde lautlos ein Weg zu einer anderen Höhle eröffnet. Als sie wieder erwachten und sich elend und zerschlagen fühlten, sahen sie, daß eine Seite der steinernen Kammer sich in einen Durchgang verwandelt hatte, der von glitzernden Linien durchzogen war. Eine energetische Barriere, sagte Fringe sich, wenn auch von einer ihr unbekannten Art. Sie sahen in den dahinterliegenden Raum, eine Kaverne mit einer hohen Decke, an deren Rückwand eine golden glänzende Erscheinung dräute.

Nela und Bertran, die unter beträchtlichen Schmerzen auf die Füße gekommen waren, gingen zur am Durchgang stehenden Fringe und schüttelten staunend den Kopf.

»Das ist eine Kirche«, sagte Nela.

Fringe hatte schon Kirchen gesehen. Es gab ein paar Kirchen unterschiedlicher Art in Enarae, die hauptsächlich für Anlässe wie Hochzeiten und Beförderungen genutzt wurden – in der Regel handelte es sich dabei um Mausoleen, obwohl es auch solche gab, die den alten Phansuri-Göttern geweiht waren. Diese hier war indes wesentlich eindrucksvoller als alle Kirchen, die sie bisher gesehen hatte.

»Was für eine Kirche ist das?« fragte Fringe im Flüsterton.

Nela zuckte die Achseln. »Jedenfalls keine christliche. Es gibt kein Kreuz. Zumindest nichts, was ich als Kreuz interpretieren würde. Auch keine Heiligenbilder oder so etwas, obwohl das Ding dort vorn wie ein Altar aussieht. Ich bin sicher, daß es eine Kirche ist, auch wenn es nicht wie in einer Kirche riecht.«

Es roch nach Öl, Harz und Chemie, wobei der Geruch einer anderen Zeit oder einem anderen Ort entlehnt schien. Es war ein unnatürlicher Geruch für einen solchen Ort. Sie wollte das den anderen sagen, als die Stimme ertönte.

»Verneigt euch. Kniet nieder und berührt den Boden mit der Stirn. Bekundet Respekt.«

Fringe, die sich auf der Suche nach dem Ursprung der Stimme verdutzt umschaute, fühlte plötzlich einen quälenden Krampf in den Eingeweiden. Sie klatschte wie ein nasser Sack auf den Stein.

»Und nun ihr beiden«, sagte die Stimme. Es war eine Frauenstimme, in der falsche Mütterlichkeit mitschwang.

»Runter«, murmelte Bertran und zog Nela mit herunter. Fringe zog die Beine unter sich, und Bertran legte ihr die Hand auf die Schulter, um sie am Aufstehen zu hindern. »Bleib unten!« flüsterte er drängend.

»O ja«, keuchte sie. »Ja. Das ist eine gute Idee.«

»Berührt ... mit ... der ... Stirn ... den ... Boden«, wiederholte die Stimme in der Art, wie ein Lehrer mit einem begriffsstutzigen Schüler oder ein Ausbilder mit einem Hund spricht.

Sie taten wie geheißen.

»So zeigt ihr uns eure Verehrung«, flötete die Stimme mit Genugtuung. »Das werdet ihr immer tun, wenn ihr uns verlaßt oder zu uns kommt. Ihr dürft nun näher treten.«

Fringe riskierte einen Blick. Das glitzernde Netz vor der Tür war verschwunden. Sie half den Zwillingen auf die Beine; beide keuchten schmerzerfüllt. Zusammen gingen sie durch den Korridor und folgten langsam der Mittellinie der größeren Höhle. Der Boden bestand auf beiden Seiten aus nacktem, geröllübersätem Fels, doch der Mittelgang war freigeräumt. Er wurde von einem Geländer begrenzt, hinter dem sich ein Altar und die komplexe goldene Wand befanden, die sie von ihrer Zelle aus gesehen hatten.

»Gesichter«, sagte Nela atemlos.

Gesichter bedeckten die Wand, goldene Gesichter; ob sie nun modelliert, projiziert oder lebendig waren, auf jeden Fall bewegten sie sich: Augen blinzelten, Lippen wurden geschürzt, Nasenflügel bebten. Stapel von Gesichtern, von denen manche die Hände unter dem Kinn verschränkt und andere die Hand ans Ohr gelegt hatten, und wieder andere verschmolzen fast mit den darunterliegenden Gesichtern. Die Gesichter waren in Reihen und Stapeln angeordnet, männlich und weiblich, alt und jung, bärtig und rasiert, kahl und behaart, mit Kopfbedeckung und ohne. Sie erstreckten sich von der Höhe von Fringes Knien bis weit über ihren Kopf. Tausend Augenpaare waren geschlossen, in allen Stadien der Wachheit geöffnet oder blinzelnd. Tausend Münder waren geöffnet oder käuten wieder; manche streckten die Zunge heraus, manche bleckten die Zähne. Tausend Nasen ragten hervor, von denen manche auf sie gerichtet waren und zuckten, tropften und schnieften. Das waren die Gesichter aller Mitglieder des *Große-Frage*-Komitees, eine Abbildung ihrer Ebenbilder.

Als die Stimme ertönte, bewegten ein paar Gesichter links unten an der Wand synchron die Lippen.

»Wir sind *Magna Mater*«, sagten sie. »Ihr dürft euch wieder verneigen.«

Sie verneigten sich erneut, wobei Nela einen Schrei ausstieß.

»Was hat sie?« fragte die Stimme mitleidlos.

»Ihr habt sie verletzt«, erwiderte Fringe zornig. »Als ihr sie hergebracht habt. Ihr fügt ihnen Verletzungen zu, wenn sie sich immer hinknien müssen. Sie sind nicht so gebaut wie ich.«

»Wird sie sterben?« erkundigte eine andere Stimme sich.

Fringe hielt Ausschau nach der Stimme und fand sie in einem stilisierten Frauengesicht mit schmalen Augenbrauen und großen Augen, dessen Mund jedoch bösartig verzerrt war.

»Vielleicht«, sagte Fringe. »Und dann werden beide sterben. Ist es das, was ihr wollt?«

Die Augen schauten, und die Lippen bewegten sich. »Für euch bin ich die Edle Dame Therabas Bland! Ist es was, was wir wollen?«

Um dieses Gesicht gruppierten sich ein paar weitere, deren Augen blinzelten und deren Münder sich bewegten. »Ist es das, was wir wollen?« sagten die Gesichter im Chor.

»Nein«, drang die erste Stimme aus einem anderen stilisierten Gesicht, das sich in einiger Entfernung vom ersten befand. »Noch nicht. Nicht jetzt. Bevor wir sie in ihre Pflichten einweisen, müssen sie erst lernen, zu uns zu beten.« Die um dieses Gesicht zentrierten Gesichter bewegten synchron den Mund.

Zwei Gruppen, sagte Fringe sich nach aufmerksamer Beobachtung. Und beide Gruppen machten zusammen etwa die Hälfte der Gesichter an der Wand aus. Nein, verdammt. Da war noch ein weiteres anwesend. Es sprach nicht. Beobachtete nur. Sie sah in seine glitzernden Augen und schauderte.

»Wofür sollen wir beten?« fragte Bertran und stieß ein schmerzerfülltes Grunzen aus. »Welche Gebete wären euch wohlgefällig?«

Schweigen.

»Ihr dürft für Erholung beten«, sagte schließlich ein

Gesicht aus der zweiten Gruppe. »Betet zur *Edlen Dame*, daß sie so gnädig sein möge, euch Erholung zu gewähren.«

»Und Nahrung«, sagte Fringe störrisch. »Wir beten für Nahrung, denn wenn wir nichts zu essen bekommen, werden wir sterben.«

»Und Nahrung«, sagte die Stimme unwillig. »Ihr dürft auch für Nahrung beten. Sind wir befähigt, Nahrung zu bereiten?«

»Wir sind sehr wohl in der Lage, Nahrung zu bereiten«, sagte die andere. »Wir sind überhaupt zu allem befähigt.«

»Dann betet für Nahrung. Vielleicht werden wir sie euch gewähren. Und ihr werdet für Erleuchtung beten, damit ihr euren Pflichten besser nachkommt.«

Sie beteten für Erholung, Nahrung und Erleuchtung: Nela und Bertran mit eingeübten Phrasen und frommen Sprüchen aus der Sonntagsschule; Fringe zögernd, wie jemand, der eine Rede halten muß, wobei sie den Blick auf die Gesichter gerichtet hielt und auf irgendwelche Reaktionen wartete. Von den Gesichtern, die wach waren, schienen die meisten von den Worten hypnotisiert zu sein.

Nachdem sie gebetet hatten (womit sie für geraume Zeit beschäftigt waren), verlangte die untere linke Gruppe, daß sie ihr nochmals ihre Reverenz erwiesen, bevor sie sich wieder in die Zelle zurückziehen durften. Fringe entfernte sich schnellen Schritts, gefolgt von den Zwillingen, die kaum imstande waren, sich zu bewegen.

In einer Nische neben dem Sims fanden sie einen Haufen pulvriger Flocken, die entfernt nach einem Nahrungsmittel rochen. Sie aßen ohne Begeisterung. Vielleicht würde das Zeug sie am Leben erhalten, aber Appetit würden sie nie darauf bekommen. Während sie die Flocken mümmelten, regte sich etwas in Bertrans Brusttasche, und ein winziger Kopf lugte hervor, der sie mit funkelnden Knopfaugen musterte.

»Hoffnung ist nie eine Lüge«, sagte das Wesen beiläufig. »Hoffnung wird sie vielleicht am Leben erhalten. Alle drei.«

Das war Zaspers Stimme.

»Wer war das?« flüsterte Bertran und schlug mit zittriger Hand auf die Tasche.

»Mein Freund Zasper«, murmelte Fringe, deren Atem sich in plötzlicher Hoffnung beschleunigte. »Ein Freund, Berty. Jemand versucht uns zu helfen.« Sie gab dem Hörnchen ein paar Flocken zu fressen, die es genauso lustlos mampfte wie sie. Dann verschwand es wieder in Bertrans Tasche.

»Ich glaube, wir sollten wieder ruhen«, sagte Nela, nachdem sie eine Handvoll von dem Zeug hinuntergewürgt und aus Fringes Händen getrunken hatte. »Ich glaube, wir müssen ruhen, Fringe, auch wenn wir eben erst aufgewacht sind. Wir haben innere Verletzungen. Vielleicht wird etwas Ruhe die Heilung fördern ...«

»Ruhe«, sagte Fringe bedrückt und richtete den Blick auf die größere Höhle. Nachdem sie den beiden geholfen hatte, sich auf den Sims zu legen, setzte sie sich neben die Zellentür und beobachtete unter gesenkten Lidern hervor die Gesichter. Was auch immer sie beseelte, es schien zu kommen und zu gehen. Nun war es gegangen, fürs erste zumindest. Die Gesichter glichen nun Puppengesichtern, glänzend und ausdruckslos, wobei die Münder sich zu Bögen verzogen hatten und die Augen weit offen beziehungsweise geschlossen waren, ohne Falten, ohne Individualität. Sie waren kein Fleisch mehr, in dem das Leben seine Spuren hinterlassen hatte. Sie waren nur noch Symbole des Lebens. Zwei Gruppen hatten gesprochen. Vielleicht zwei Entitäten, die aus mehreren Individuen bestanden, wobei jedoch kein großer Unterschied zwischen diesen Individuen bestand.

Als sie noch ein Schulmädchen gewesen war, hatte es *M*- und *P-Klasse*-Mädchen gegeben, um die sich Cliquen gebildet hatten. Alle Mitglieder einer Clique hatten sich mehr oder weniger geglichen. Ihr Vokabular und ihre Mentalität waren ähnlich. Sie waren ähnlich gekleidet, machten die gleichen Gesten und lachten über dieselben Dinge. Allein schon durch die Beobachtung eines dieser Arschkriecher war es möglich gewesen, ihn einer bestimmten Clique zuzuordnen. Dasselbe galt für diese Gesichter. Wo sie nun schwiegen, erkannte sie die Ähnlichkeit zwischen ihnen. Die Gruppe zur Rechten, der Klüngel der Edlen Dame, hatte aristokratische Züge und einen zufriedenen Blick. Die Gruppe zur Linken war gierig und pausbäckig, wie kleine Kinder, die Süßigkeiten haben wollten. Und alle waren sie wie diese verdammten *M&P*-Puppen, die Souile ihr vor so langer Zeit aufgedrängt hatte. In ihrem Bewußtsein vernahm sie das Quengeln eines Kindes, eine Puppenstimme: ›Bin ich nicht schön? Gefällt dir meine Frisur?‹

Was wollten sie wirklich? Doch nicht diese Verehrung. Oder waren sie wirklich so infantil, daß sie sich mit dieser Parodie der Anbetung zufriedengaben? Liebe mich, und wenn du mich nicht liebst, werde ich dich dazu zwingen!

Und diese andere Präsenz, die, wie sie wußte, da war und die sich bisher noch nicht geäußert hatte. Was wollte sie? Jedenfalls keine Liebe, dessen war sie sich ganz sicher.

Was war ein menschliches Wesen solchen Dingern schuldig? Das spielte keine Rolle. Wenn es sich um etwas handelte, das in ihrer Macht stand, würde sie es sofort tun. Nela und Bertran waren grau im Gesicht und litten offensichtlich. Die verdammten Dinger hatten sie verletzt! Die Zwillinge benötigten Hilfe, die ihnen hier nicht zuteil werden würde.

Seufzend kletterte sie auf den Sims zu den schlafenden Zwillingen, streckte sich neben ihnen aus und schloß die Augen. Unter ihrer scheinbaren Ruhe spürte sie eine schreckliche Angst. Das hatte zu den ersten Dingen gehört, die sie an der *Akademie* gelernt hatte: Wie man die Angst bekämpfte. Hinter aller Furcht und allem Schmerz stand immer die einfache Wahrheit: Leben oder sterben. Man mußte sich nur für eins von beiden entscheiden und das dann mit Nachdruck verfechten. Die eigentliche Herausforderung, wie Zasper oft gesagt hatte, bestand darin, eine Entscheidung zu treffen.

Dunkelheit legte sich über Thrasis. In der Provinz gärte es ebenso wie in Derbeck. Es hieß, Fremde, darunter mindestens ein Mann, seien in die Türme eingedrungen. Der Prophet war erzürnt. Männer versammelten sich, um Vergeltung zu üben für diese Schande. Das Schiff, mit dem die Eindringlinge gekommen waren, ankerte in der Flußmitte. Am Morgen würden sie es entern und die Leute vor Gericht stellen, bevor sie geköpft wurden. Bis dahin genügte es, wenn die Männer sich die Strafe ausmalten, die sie den Fremden jeweils zugedacht hatten. Es wurden Wachen aufgestellt, um das Schiff zu beobachten, doch die Wachen auf den Türmen wurden nicht verstärkt.

Die Leute an Bord der *Taube* gingen in ihre Kabinen und lagen wach in den Kojen. Sie beschäftigten sich mit verschiedenen unangenehmen Varianten der Zukunft, während die Wachen am Ufer von einer unerklärlichen bleiernen Müdigkeit überwältigt wurden. Die Tore des am Fluß gelegenen Turms schwangen auf, und Haifazh kam mit ihrem Kind heraus. Für einen Moment stand sie einsam und verlassen vor dem offenen Tor, und dann rief sie einmal – nur einmal. Wie ein schwacher Trompetenstoß, silberhell und entfernt, der überall, nah und fern, mit derselben Intensität widerhallte, als ob er von vielen Kehlen verstärkt worden wäre. Jeder in Thrasis hörte den Ton, doch nur die Frauen verstanden seine Bedeutung. Sie kamen zum Vorschein, Frauen und Mädchen, manche schnell, manche zögernd. Sie hatten ihre Babies und Töchter dabei. Man hatte ihnen eine Gelegenheit gegeben. Eine zweite würden sie nicht bekommen. Das Böse nahte, und das war ihre einzige Chance. Nicht einmal jene, die zauderten, durften sich diese Chance entgehen lassen.

Einige, zumeist Alte, die Angst vor Veränderungen hatten, beschlossen zu bleiben, doch niemand wollte, daß ihre Babies und Töchter zurückblieben. Mütter und Töchter stritten sich und wurden gar handgreiflich. Das *Haus der Wiedergutmachung* öffnete seine Pforten und entließ die Belegschaft in die Freiheit. Es blieben nur wenige zurück, die alten Frauen, welche die anderen mit den Stöcken gezüchtigt hatten. Die abrückenden Frauen holten die Überlebenden aus den *Höfen der Entsorgung*.

In den Stadthäusern, wo die Frauen in den sogenannten Kemenaten gehalten wurden, huschten Frauen aus fensterlosen Zellen über verborgene Treppen hinunter in die von hohen Mauern eingefaßten Gärten, kletterten über die Mauern und verschwanden in der Dunkelheit. Niemand sah die Frauen verschwinden. Hier und da befanden verschlossene Türen sich zwischen den Frauen und der Außenwelt, Türen, für die die Frauen keine Schlüssel hatten, doch die Türen öffneten sich gerade so lang, daß die Frauen entwischten, worauf sie sich hinter ihnen wieder verriegelten.

Hier und da hockten weinende Frauen in den Gärten und warteten, bis das Tor sich wieder schloß, ohne daß sie die Gelegenheit zur Flucht genutzt hätten. Es waren diejenigen, die es nicht wagten zu gehen. Sie würden lieber sterben, als diese Gelegenheit beim Schopf zu packen. Die Lethargie saß einfach zu tief.

Diejenigen, die ihre Chance nutzten, gingen im Schutz der Dunkelheit zuerst zum Ufer des Fohm und marschierten dann in westlicher Richtung am Ufer entlang zu der großen Mauer, die Thrasis, die westlichste der Provinzen, vom unbekannten Hinterland trennte, das sich dahinter ausdehnte. Die Mauer wuchs aus den Tiefen des Flusses und verlor sich irgendwo im Norden, wohin bislang noch kein Mensch vorgedrungen war. Im Norden waren damals die ersten Siedler eingetroffen. Es bestand keine Möglichkeit, die Mauer zu umgehen, sie zu untertunneln oder zu übersteigen. Doch nun zerfiel die Mauer vor den Augen der wartenden Frauen; Stein um Stein fiel lautlos von der Mauerkrone herab, Stein um Stein wurde lautlos auf dem Boden aufgestapelt und zu einer breiten Treppe zusammengefügt, die für die Frauen begehbar war. Kein Laut ertönte, während sie die Treppe hinaufgingen und erst Dutzende, dann Hunderte und schließlich Tausende von Frauen zielstrebig durch die Dunkelheit gingen, als ob sie einem Pfad folgten, der nur für sie beleuchtet war.

Als die letzten die Treppe hinaufgingen, kamen noch ein paar weinende Nachzügler angerannt, diejenigen, welche sich erst in letzter Minute entschieden hatten, nachdem ihnen bewußt geworden war, daß sie sonst ganz allein zurückgeblieben wären und alles würden ausbaden müssen.

Im Westen der Mauer stießen sie auf eine Straße, die trübe in der mondlosen Nacht leuchtete, und die Frauen gingen, so schnell sie konnten, diese Straße entlang. Nachdem alle die Mauer überwunden hatten, fügten die Steine sich wieder zusammen, Stein um

Stein, bis die Mauer wieder so dastand, wie sie immer dagestanden hatte, massiv und unüberwindlich. Die Grenze von Thrasis war wieder hermetisch abgeriegelt. Nachdem die letzte Frau die Mauer überwunden hatte, wurde die Straße mit Gras, Kräutern und kleinen Bäumen überwuchert, die wie Pilze aus dem Boden schossen. Eine Straße erstreckte sich vor ihnen, doch es war keine Straße hinter ihnen. Es waren keine Spuren zu sehen. Es gab keinen Weg zurück.

Die Morgendämmerung zeichnete sich am Horizont ab. Ein laues Lüftchen wehte aus Osten, das, wie die Frühaufsteher unter den Seeleuten der *Taube* sagten, der Vorbote einer starken Brise war. Nachdem der Kapitän aufgestanden war, stritt er sich mit Asner darüber, ob es sicherer wäre, *Bohnenfelder* zu durchqueren oder ob sie lieber Jorys Rat befolgen, das südliche Ufer meiden und mit Braßfahrt flußaufwärts fahren sollten.

Die Wachen am Ufer erwachten, ohne zu wissen, daß sie geschlafen hatten. Sie hatten den Wachen, die sie in der Morgendämmerung ablösten, keine besonderen Vorkommnisse zu melden. In der Stadt Thrasis standen die Männer auf und widmeten sich ihrem Tagewerk, ohne daß die Stille in den Kemenaten ihnen zu denken gegeben hätte. In den Quartieren der Frauen herrschte normalerweise immer Ruhe. Frauen, die auch nur halbwegs bei Verstand waren, vermieden es nämlich, Aufmerksamkeit auf sich zu lenken.

Ein einzelner Käufer ging frühmorgens zum Turm, der am Fluß stand. Er wollte eine junge Frau erwerben, um sie seinem Sohn zum Mannbarkeitsgeschenk zu machen, damit er an ihr üben konnte. Er wurde von einem Wesir des Propheten begleitet; selbstgefällig schritten sie über die äußeren Höfe und betraten eine der kleineren Verkaufshallen. Tags zuvor waren die alten Frauen, die als Aufseherinnen arbeiteten, angewiesen worden, bestimmte Frauen zu untersuchen, die zuvor nach Alter und Aussehen selektiert worden waren. Es sollte gewährleistet werden, daß sie als Kind ordnungsgemäß beschnitten und zugenäht worden waren, um ihre Reinheit zu garantieren.

Die Verkaufshalle war leer. Der Wesir betrat den nächsten Korridor und brüllte einen Befehl, der indes nur vom eigenen Echo bestätigt wurde. Es war niemand im Turm außer ein paar alten Frauen, die in einem der oberen Zimmer Zuflucht gesucht hatten. Hastig verließ er das Areal, worauf Wachen, Offiziere und andere Männer von einer großen Verwirrung befallen wurden und hektisch umherliefen. Nicht nur, daß der eine Turm praktisch leerstand, sondern auch die übrigen Türme. Nicht nur die Türme am Fluß, sondern auch viele Kemenaten in den Stadthäusern. Nicht nur in der Stadt, sondern auch im Palast des Propheten selbst, und auf dem Land, wo noch in den entlegensten Gegenden unsichtbare Kräfte den Frauen zur Flucht verholfen hatten. Selbst die entferntesten Winkel der Provinz waren davon betroffen. In ganz Thrasis waren nur ein paar hundert Frauen übrig, vor allem alte.

Ein Boot wurde zur *Taube* entsandt, und ein Wesir wandte sich an Danivon, der schon früh aufgestanden war, um die Rettungsaktion vorzubereiten. Er begehrte die Person zu sprechen, die am Vortag in die Türme eingedrungen war. Der Rest der Gruppe erschien, darunter auch Jory, die alt und zerbrechlich wirkte, indes einen verschmitzten Eindruck machte.

»Du wolltest mich sprechen, mein Sohn?« Sie wollte ihn provozieren, was ihr auch gelang. In Thrasis hatten nämlich nur Männer Söhne.

»Wo sind die Frauen?« schrie der Mann sie an.

»Welche Frauen?« fragte sie unschuldig. »Hier gibt es keine Frauen außer denen, die mich begleitet haben. Welche Frauen meinst du?«

»Unsere Frauen! Die Töchter des Propheten. Jemand hat sie entführt!«

»Ein Dieb stiehlt nichts, was wertlos ist«, sagte Jory. »Die Frauen von Thrasis sind wertlos; das sagen die Propheten doch seit Anbeginn der Zeit. Weshalb sollte jemand etwas stehlen, das keinen Wert hat? Vielleicht sind sie einfach weggelaufen.«

»Die Wachen haben ihr Verschwinden nicht bemerkt!«

»Nun, die Wachen, die dieses Schiff beobachten, haben sie sicher nicht gesehen. Wieso schreist du mich überhaupt an? Ich habe sie nicht entführt.«

Der verdutzte Offizier stieß Drohungen aus, die er jedoch in einem Anfall geistiger Umnachtung wieder vergaß, während die Stimme einer riesigen, unsichtbaren Entität ihm riet, keine Dummheiten zu machen. Nachdem er an Land gegangen war, erinnerte er sich wieder an sein Anliegen, jedoch nur vage. Er meldete, daß die Leute auf dem Schiff nichts über das Verschwinden wüßten. Die Frauen von Thrasis befanden sich gewiß nicht an Bord des kleinen Schiffs.

»Was haben Sie getan, alte Frau?« flüsterte Danivon. »Was haben Sie getan, alte Frau?«

»Ich bin die ganze Nacht hier auf dem Schiff gewesen«, sagte Jory mit Unschuldsmiene. »Stimmt's, Cafferty?«

»Stimmt genau«, bestätigte Cafferty.

»Sind wirklich *alle* Frauen weg?« fragte Danivon.

»Zumindest die meisten. Dadurch wird sich in Thrasis aber nicht viel ändern. Abgesehen davon, daß sie ihre sexuellen Gewohnheiten etwas umstellen müssen, werden die Männer den Unterschied kaum bemerken. Sie werden natürlich keine Söhne mehr bekommen, aber so läuft es manchmal. Das Universum ist kein Garant für Söhne. Zumal es wahrscheinlich eh keine mehr geben wird, wenn diese Dinger aus Derbeck erst einmal hier sind.«

»Wohin sind die Frauen gegangen?!« fragte Danivon.

Jory zuckte die Achseln. »Viele Möglichkeiten hatten sie nicht. Im Osten liegt Molock; dorthin sind sie sicher nicht gegangen. Im Norden liegt die Notzone, eine große Stein- und Sandwüste mit giftigen Schlangen, die sich bis zum Meer erstreckt. Im Süden ist der Fluß, und ich bezweifle, daß auch nur eine thrasische Frau schwimmen kann. Und im Westen ist die Mauer ...«

»Was bliebe also übrig?«

»Was würdest du sagen? Unterirdisch vielleicht? Es sei denn, sie sind davongeflogen.«

»Boot in Sicht«, rief der Ausguck. »Boote. Boote in Sicht.«

In der Flußmitte nutzte eine Flottille kleiner Boote die leichte Brise aus, um flußaufwärts zu kreuzen. Danivon beobachtete sie durch ein Fernglas und sah, daß sie mit lauter *Murrey* besetzt waren, unter denen sich ein paar vereinzelte *Houm* befanden. »In welche Richtung fahren sie?« fragte er.

»Flußaufwärts«, sagte Jory mit großen Augen. Sie war angenehm überrascht. »Offensichtlich. Sie kommen von Derbeck.« Sie ging zur Reling und rief über das Wasser: »Wieso habt ihr Derbeck verlassen?«

»... *Chimi-ahm* ...«, rief eine schwache Stimme. »... frißt alle Leute ...«

»Das können sie nicht tun!« schrie Danivon. »Sie können doch nicht ihre Provinz verlassen!«

»Aber sie tun es«, rief sie. »Aus eigenem Antrieb!«

»Boarmus wird das nicht zulassen!«

»Boarmus wird andere Probleme haben.«

»Der *Aufsichtsrat* wird unverzüglich eine Armee von *Beauftragten* hierher entsenden.«

»Ich glaube nicht, Danivon. Wenn die Dinger, die wir am Fluß gesehen haben, unsere Leute hier in Panubi entführen und die Leute von Derbeck fressen, was stellen sie dann vielleicht in *Toleranz* an? Boarmus ist wahrscheinlich sehr beschäftigt! Oder tot.«

Dazu fiel ihm nichts ein. Er suchte auch nicht nach einer Antwort, sondern warf nur die Hände in die Luft und ging zu den Beibooten. »Ich rudere an Land und nehme den Gleiter, mit dem Zasper gekommen ist«, sagte er.

»Weißt du überhaupt, was du tun willst?« fragte Jory.

»Ich werde über der Höhle landen«, sagte Danivon, »in die Fringe gebracht wurde. Ich habe Waffen dabei, mit denen ich die ganze Gegend sterilisieren werde ...«

»Sterilisieren?«

»Nun, Boarmus sagte Zasper, daß es sich vielleicht um eine Art von Netzwerk handele, und wenn ich die umliegende Gegend schmelze, müßte das Netzwerk mit ihr schmelzen, nicht?«

»Was, wenn das Netzwerk sie am Leben erhält und wir es zerstören«, fragte Zasper milde, als er zu ihnen trat. »Was, wenn die Kaverne, in der sie sich befinden, Luft und Wasser braucht und die Versorgung ohne das Netzwerk zusammenbricht?«

»Bei den Regeln und dem Bund; Zasper, du bist einfach unmöglich! Was, wenn sie verwundet ist? Was, wenn sie krank ist? Was, wenn wir untätig hier herumsitzen und nicht rechtzeitig dort eintreffen? Die Antwort liegt wohl auf der Hand!«

Zasper nickte. Er mußte zugeben, daß Danivon recht hatte. »In den Gleiter passen auch zwei Leute«, sagte er. »Ich werde mitkommen.«

Curvis wartete darauf, daß Danivon ablehnen und statt dessen ihn mitnehmen würde. Curvis wollte zwar gar nicht mitfliegen, aber er wollte auch nicht, daß Danivon von Zasper begleitet wurde. Danivon nickte Zasper unmerklich zu und ging zum Gepäck, das er an der Reling aufgestapelt hatte. Er suchte etwas, woran er gerade gedacht hatte, oder vielleicht wollte er auf diese Art auch nur das Gespräch beenden. Curvis ärgerte sich über die Mißachtung seiner Person.

»Er kann sich nicht beherrschen«, sagte Jory. »Dummer Junge.«

»Kaum«, sagte Zasper. »Er ist über dreißig.«

»Ich bin ein paar tausend Jahre alt, und für mich ist er noch ein Kind.«

»Wir waren alle mal Kinder«, sagte er und sah ihr in die Augen. Er wollte mit ihr über Fringe sprechen. Über Jory selbst. Er wollte sie kennenlernen, und vielleicht war dazu keine Zeit mehr ... Dies war vielleicht die letzte Gelegenheit ...

Über die Frage, die er dann stellte, wunderte er sich indes selbst, denn ein zeitloses Glimmen in ihren Augen hatte sie ihm entlockt.

»Wie warst du als Mädchen, Jory?«

»Oh, ich war ein fügsames Mädchen, Zasper Ertigon. Ich hielt mich immer an die Regeln. Ich ordnete mich unter und übte mich in Demut und Bescheidenheit.«

»Sie doch nicht!«

»O doch. Ich war ein richtiges Zuckerpüppchen.«

»Das glaube ich.«

»Mir fällt es manchmal schwer, das zu glauben. Im Grunde hatte ich große Ähnlichkeit mit den Frauen von Thrasis. Ich versuchte, zufrieden in meiner Kemenate zu leben, obwohl ich innerlich kochte. Zu meiner Zeit und in meinem Land wurden die Frauen nicht verstümmelt, obwohl dieser Brauch in manchen Ländern der Erde gepflegt wurde. Psychische Verstümmelung war jedoch üblich. Ich wurde erzogen, Dinge zu glauben, die kein intelligenter Mensch geglaubt hätte. Schließlich rebellierte ich gegen den Glauben – vielleicht im Vorgriff auf das, was aus mir wurde.«

»Und was wurde aus Ihnen?«

»Eine Prophetin, ist das denn zu glauben? Ich und eine Prophetin?«

»Ich kann es mir vorstellen. Sie haben die entsprechende Ausstrahlung.«

»Wirklich? Ich halte das für unwahrscheinlich – zumindest im Rückblick.«

Er schüttelte den Kopf. »Überhaupt nicht. Fringe sagte mir, Sie hätten sie erwählt.«

»Richtig.«

»Weil … weil wir vielleicht keine Gelegenheit mehr haben werden, uns zu unterhalten, würden Sie mir davon erzählen?«

»Was möchtest du denn wissen?« fragte sie und neigte den Kopf auf die Seite, wodurch sie wie ein Vogel wirkte.

»Ich möchte … ich möchte wissen, weshalb. Weshalb sollte eine Prophetin Fringe erwählen? Und zu welchem Zweck?«

Sie lachte. Es war ein kurzes, humorloses Lachen. »Wäre es denn ein Trost für dich, wenn du es wüßtest?«

Er schüttelte den Kopf. »Das wissen nur Sie.«

Sie schaute ihn zweifelnd an. »Nun, vielleicht würde es dich trösten. Eine Parabel muß aber genügen. Wärst du damit zufrieden?«

»Wenn ich muß.«

»Nun denn:

Es war einmal eine Landfrau, die ein Fabelwesen sah, das die Blumen in ihrem Garten fraß, und sie wurden Freunde. Das Problem war nur, daß die Frau, nachdem sie das Fabelwesen kennengelernt hatte, nicht mehr fähig war, ›prosaischere‹ Freundschaften zu schließen, wenn du weißt, was ich meine.«

»Andere Beziehungen erschienen ihr danach trivial?« fragte er nach kurzer Überlegung.

»Weniger das als vielmehr – bedeutungslos. Durch

die Beschäftigung mit dem Fabelwesen war sie viel mehr geworden als nur eine Bauersfrau mit einem Garten. Diese Entwicklung hatte jedoch nicht in ihrem Ermessen gestanden, und sie erkannte nicht immer ihre Bedeutung, auch wenn sie tief im Innern wußte, daß es richtig war.«

Er nickte. »Ich verstehe. Glaube ich zumindest.«

»Doch das Wichtigste ist, sie wäre nicht geworden, was sie geworden ist, wenn sie dafür von vornherein ungeeignet gewesen wäre.«

»Aha«, sagte Zasper.

Jory lächelte. »Nun, wir werden alle einmal alt, und es kam die Zeit, da sie wußte, daß es bald zu Ende gehen würde. Also hielt sie Ausschau nach jemandem, der ihr Vermächtnis erben sollte. Natürlich erwartete sie dabei nicht, daß ihr Nachfolger in ihre Fußstapfen treten würde – ihr Werdegang war einmalig, auch wenn das nicht ihr Verdienst gewesen war. Er sollte vielmehr so sein, wie sie am Anfang gewesen war. Ihr ging es um die Anlage.«

»Und wie sah die aus?«

»Das weiß Gott allein.« Sie lachte. »Das habe ich mich auch oft gefragt.«

»Hartnäckigkeit?« fragte er.

»Beharrlichkeit«, sagte sie.

»Streitsucht.« Er lächelte. »Aufsässigkeit.«

»Unbezähmbarkeit.« Sie erwiderte das Lächeln.

»Unzufriedenheit«, sagte er.

»O ja«, sagte sie. »Und nicht zu knapp. Auch eine gewisse Widersetzlichkeit. Die Bereitschaft, etwas Offensichtliches abzulehnen, wenn es offensichtlich falsch ist! Eine Vision. Das Gefühl, eine Pflicht erfüllen zu müssen, auch wenn man nicht weiß, worin diese besteht! Eine Sehnsucht nach dem Himmel, auch wenn man nicht weiß, wie der überhaupt aussieht.«

»Per Saldo eine unangenehme Person.«

Sie grinste ihn an. »Das sagte man mir.«

»Deshalb haben Sie Fringe ausgesucht.« Er schüttelte traurig den Kopf. »Und nun ist sie verschwunden.«

»Ja«, flüsterte Jory. »Sie war die Beste, und nun ist sie fort. Und die Prophetin ist sich ihrer Prophezeiung nicht mehr sicher, denn sie liegt schon so lange zurück.«

»Wenn Sie keine Prophetin mehr sind, was sind Sie dann?«

»Eine berechtigte Frage.« Sie verzog das Gesicht. »Vielleicht bin ich wieder eine bloße Dienerin. Vielleicht auch eine Hexe oder ein Geist, der Böses im Schilde führt. Wenn ich es weiß, werde ich es dich wissen lassen.«

»Wenn ich Ihnen Fringe zurückgebracht habe, werde ich Sie an Ihr Versprechen erinnern.« Er sah zur Reling, wo Danivon noch immer mit der Ausrüstung beschäftigt war und senkte die Stimme: »Er ist nicht der Richtige für sie, müssen Sie wissen. Ich kenne sie gut genug, um das zu sagen.«

Sie zuckte die Achseln, wobei sie seinem Blick zunächst auswich. Dann sah sie plötzlich auf. »Ich muß dir sagen, daß ich diesen Rettungsplan für unausgegoren halte«, sagte sie.

»Danivons Riecher sagt ihm, daß er dabei nicht umkommen wird.«

»Sagt Danivons Riecher ihm auch, daß er sich vielleicht noch wünschen wird, er wäre dabei umgekommen?« fragte sie mit sanfter Stimme.

Zasper erkannte so etwas wie Mitleid in ihren Augen, obwohl er nicht wußte, weshalb. Danivons Nase hatte ihn nämlich nicht gewarnt.

Als die nächste Vorladung von den goldenen Gesichtern erfolgte, waren Nela und Bertran nicht fähig, aufzustehen. Sie bemühten sich vergeblich; ihr Körper versagte jedoch den Dienst. Also erwies Fringe den Gesichtern allein ihre Reverenz und ging allein zum Altar.

»Was ist los mit ihnen?« fragte eine neue Stimme.

»Ihr habt sie verletzt«, sagte Fringe. »Sie brauchen Zeit, um sich zu erholen. Falls sie sich überhaupt wieder erholen.«

Schweigen. Dann sagte die neue Stimme, wahrscheinlich eine männliche Stimme: »Sie würden besser funktionieren, wenn sie getrennt wären.«

»Richtig«, sagte Fringe. Diese Stimme war unangenehmer als alle anderen. Die anderen waren… vielleicht boshaft gewesen. Irgendwie kindisch. Doch in dieser Stimme schwang Haß mit, Bösartigkeit, das Böse schlechthin.

»Vielleicht nehmen wir sie auseinander.«

Fringe kam die Galle hoch. »Das wäre eine sehr heikle Operation«, sagte sie mit aller Ruhe, zu der sie fähig war. »Es besteht die Gefahr, daß sie das nicht überleben. Gott wäre natürlich dazu in der Lage, ohne sie umzubringen. Wenn sie das nicht überlebten, wüßten wir immerhin, daß Gott es nicht war, der das getan hat.«

»Oh, ich wäre dazu imstande«, sagte die Stimme verhalten lachend. »Ich weiß, wie das geht. Zumal es auch sehr interessant wäre. Im wissenschaftlichen Sinne. Wenn ich deine Freunde trennte, würden sie die Pflicht, die wir euch zuweisen werden, besser erfüllen, und weil nur Gott dazu fähig wäre, würdet ihr dann auch wissen, wer Gott ist. Korrekt?«

Fringe befeuchtete sich die Lippen und flüsterte: »Was ist das für eine Pflicht?«

»Ihr müßt eine Frage beantworten, bevor wir euch gehen lassen«, erwiderte die Stimme.

»Wenn wir die Antwort wissen.«

»Es spielt keine Rolle, ob ihr sie wißt oder nicht. Ihr müßt antworten.«

Wut überkam sie. »Das ist unlogisch. Das ist doch absurd. Etwas von jemandem zu verlangen, wozu er vielleicht nicht in der Lage ist.«

»Wir haben das *Archiv* befragt«, erwiderte die Stimme zynisch. »Götter verlangen oft unmögliche, gefährliche oder unangenehme Dinge von den Leuten. Und wenn die Leute versagen, bestrafen die Götter sie. Bin ich denn weniger Gott als sie?«

Fringe schluckte. »Bist du denn ein Gott?«

»Aber sicher. Ich bin *Chimi-ahm* der Stolze, den ihr schwer beleidigt habt. Ich bin *Chimi-ahm* der Jäger, den ihr um seine Beute betrogen habt. Ich bin der gewaltige und mächtige *Chimi-ahm,* der alles weiß und alles sieht.« Ein homerisches Gelächter ertönte.

Erst beim zweiten Versuch gelang es Fringe, die Worte hervorzubringen: »Wie lautet die Frage?«

»Du mußt sagen: ›Oh, *Großer Gott Chimi-ahm* …‹«, sagte die Stimme mit einem Kichern.

Sie schluckte den Zorn und Haß hinunter und gab sich demütig. »Oh, *Großer Gott Chimi-ahm,* ich entschuldige mich dafür, daß ich dich beleidigt habe, indem ich dir dein Opfer wegnahm.«

Die Worte blieben ihr im Hals stecken, und eine Klammer legte sich um ihr Herz.

»Großer Gott Chimi-ahm«, keuchte sie. »Ich entschuldige mich dafür, daß ich dich beleidigt habe, indem ich dir dein Opfer wegnahm.«

»›Bitte nimm mich Unwürdige als Wiedergutmachung an …‹«

»Bitte nimm mich Unwürdige als Wiedergutmachung an.«

»Aha. Gut gemacht. Die Frage, die du beantworten mußt, lautet folgendermaßen: ›Was ist das letztendliche Schicksal der Menschheit?‹«

Fringe stand mit offenem Mund da. Was auch immer sie erwartet hatte, das war es nicht gewesen.

»Aber das ist doch die *Große Frage*«, sagte sie atemlos. »Die historische Frage. Die Vielfalt von *Woanders* sollte diese Frage nach der Vollendung der Zeit beantworten…« Das hatte man sie gelehrt. Das hatte sie jedes Jahr am *Große-Frage*-Tag vernommen.

»Ja. Du bist wohl eine ganz Schlaue, weil dir aufgefallen ist, daß es sich um die *Große Frage* handelt.«

»Aber wir sind doch nur drei Leute.«

»Ob hundert, ein Dutzend oder drei. Ihr müßt sie auf jeden Fall beantworten.«

»Und ob ihr das müßt«, ertönte die strenge Stimme der *Magna Mater*.

»Ihr müßt«, sagte die andere Frauenstimme emotionslos. »Die Menschen müssen die Frage beantworten, und ihr seid Menschen.«

Nun erkannte Fringe mindestens vier verschiedene Gruppen, die jeweils um einen Sprecher zentriert waren.

»Ihr seid nicht alle *Chimi-ahm*, nicht wahr?« fragte sie.

»*Gott* Breaze!« trompetete ein aristokratisches Gesicht, das bisher geschwiegen hatte.

»Die *Edle Dame* Therabas Bland«, flüsterte eine andere, eine verschlagene Stimme.

»*Magna Mater* Mintier Thob«, ertönte eine bräsige Stimme.

Sie waren viele und doch eins, und dieselben Worte ertönten aus hundert Kehlen.

Jener, der sich *Gott* Breaze nannte, sagte mit sanfter Stimme: »Obwohl ich diesen Räten erst seit kurzer Zeit angehöre, sagen meine Mit-Gottheiten mir, daß Gott die Antwort auf diese Frage erhalten muß. Der Verstand sagt mir, das ist so. Gott erschuf die Menschen, damit sie ihn lieben. Die Menschen erfüllen Gottes Willen, weil sie ihn lieben. Ihr seid Menschen, wir sind Gott. Deshalb werdet ihr die Frage beantworten.«

»Und wenn ihr es nicht aus Liebe tut«, grollte *Chimiahm* drohend, »dann werdet ihr es tun, weil wir sonst dir und deinen Freunden etwas antun. Und wenn ihr dann immer noch nicht antwortet, töten wir euch.« Die Stimme klang mechanisch und doch falsch. »Wobei wir uns natürlich vorbehalten, euch in jedem Fall zu töten.«

»Götter tun das«, sagte die Edle Dame Therabas Bland, und die goldenen Gesichter des Hochaltars nickten beifällig. »Wir haben die Worte von Heroen, Propheten und Priestern studiert. Sogar in früheren Zeiten haben Götter sich so verhalten.«

Nachdem Zasper und Danivon mit dem Gleiter gestartet waren, verließ die *Taube* das in Aufruhr befindliche Thrasis und segelte flußaufwärts, wobei sie die große Mauer passierte, die sich endlos nach Norden erstreckte.

»Wer hat die Mauer gebaut?« fragte Curvis.

»Sie hat schon gestanden, als *Woanders* von den *Brannigans* kolonisiert wurde«, sagte Jory.

»Ich dachte, die Welt sei unberührt gewesen, als die Menschen hier ankamen.«

»Nein, nicht ganz. Gewiß nicht hinter der Mauer.«

»Wie lang ist die Mauer?«

»Sie zieht sich um ganz Panubi«, erklärte Asner. »Sie bildet einen großen Kreis, der das, was sich drinnen befindet, von dem trennt, was sich draußen befindet.«

Mehr wollten oder konnten sie ihm nicht sagen, und obwohl Curvis ärgerlich und ungeduldig schnaubte, bekam er nichts mehr aus ihnen heraus.

Sie ließen die Ebene, über welche die Frauen von Thrasis gegangen waren, hinter sich und fuhren nun durch eine hügelige Landschaft. Die Sümpfe am Ufer verwandelten sich in Geröllhalden, die Geröllhalden verwandelten sich in Klippen, und der Fluß verengte sich schließlich zu einem reißenden Strom, der zwischen den hochaufragenden Wänden einer Schlucht hindurchschoß. Unterhalb der Schlucht lagen die kleinen Boote aus Derbeck am Ufer. Weil die Besatzungen nicht gegen die Strömung angekommen waren, hatten sie die Boote aufgegeben und die Reise zu Fuß fortgesetzt.

Am Eingang zur Schlucht fischte die Besatzung eine Boje aus dem Wasser und holte sie an Deck. Es handelte sich um eine starke Trosse, an der Algen und Mollusken klebten, wobei die Trosse wiederum an einem Poller befestigt war. Der Großteil der Besatzung ging an Land und marschierte auf einem schmalen Saumpfad westwärts. Bald waren sie in der Schlucht verschwunden. Nach ein paar Stunden erschien die Leine an der Wasseroberfläche, und gegen die Strömung wurde das Schiff die Schlucht hinaufgezogen, deren hochaufragende Wände zum Greifen nahe schienen.

Am Ausgang der Schlucht sahen sie eine große Trommel, um welche die Trosse gewickelt war. Große Zahnräder stellten die Verbindung zum Kapstan her, wo die Besatzungsmitglieder der *Taube* in einer ausgetretenen Spur im Kreis liefen, unterstützt von drei großen Tieren mit flatternden Ohren. Nachdem die *Taube* Anker geworfen hatte, wurde die Trosse gelöst, und die Trommel drehte sich frei, während die Strömung die Boje mit dem Tauende wieder flußabwärts trieb.

Die *Taube* setzte Segel und ließ die Tiere und die Wärter zurück. Die Felsen wichen sanften Hügeln, hinter denen sich endlose Prärien erstreckten. Nördlich vom Fluß zeichneten sich im Licht eines Lagerfeuers auf einer Wiese viele weiße Zelte ab.

»Das ist sicher für die Frauen von Thrasis«, sagte Jory zu Curvis. »Und für die *Murrey* von Derbeck.«

»Wer hat das Lager errichtet?«

»Nun, Curvis, das Lager existierte noch nicht, als ich aufbrach, und ich war auch nicht dabei, als es errichtet wurde. Aber wir werden es sicher bald erfahren.«

»Wohin gehen wir?«

»Nach *Nirgendwo*«, sagte sie.

»Und wo ist das?« fragte er verärgert.

Sie schüttelte den Kopf. »Laß dich überraschen, Curvis. Wie Asner und ich uns einst auch überraschen ließen.«

Er legte jedoch keinen Wert auf Überraschungen. Er war überhaupt nicht am aktuellen Geschehen interessiert. Er wollte dort sein, wo Danivon war.

Stumm wandte sie sich von ihm ab. Es war offensichtlich, daß er nur deshalb an Bord der *Taube* blieb, weil er nicht wußte, wo er sonst hingehen sollte.

12

In Derbeck meuchelte *Chimi-ahm* ungefähr zwanzig *Houm* und machte sich einen Spaß daraus, auf ihren Knochen zu tanzen. Leider hatten die *Houm* bei der Verehrung des Großen Gottes ein esoterisches Detail außer acht gelassen.

In Enarae traten in der *Halle der Schlußabrechnung* zwei Banden gegeneinander an, was zur Folge hatte, daß nach ein paar Tagen alle Bandenmitglieder, das ganze Personal der Halle und zahlreiche Unbeteiligte entweder tot waren oder im Sterben lagen. Anlaß der Schlacht war die Frage nach der Vorherrschaft des *Waffenträgers* oder einer neuen Gottheit namens *Magna Mater* gewesen.

In *Chor* starben mehrere Sänger an Erschöpfung, nachdem sie sich an einem dreitägigen Gesangsmarathon zu Ehren der *Hochedlen Dame* Thob beteiligt hatten, die seit kurzem einen unstillbaren Durst nach Verehrung entwickelt hatte.

Auf einer der *Selten*-Inseln führte ein vormals pastoraler Stamm heidnische Tänze und Gesänge auf, bevor man eine mutmaßliche Jungfrau den *Göttern der Güldenen Gesichter* opferte, die sich unlängst an der Rückwand einer Höhle an der Küste manifestiert hatten.

In *Toleranz* beraumte der *Beauftragte* Lodge eine Krisensitzung an. Man vertagte sich mit dem Beschluß, den *Meister* mit einer Delegation zum *Kommandeur* zu schicken.

Vom Mezzanin der *Großen Rotunde* sah Boarmus sie kommen. Jeder sah sie kommen; allerdings gab es nicht mehr allzu viele Leute, die herumsaßen und aus dem Fenster schauten. Die meisten Leute hielten sich dieser Tage verborgen, und wer hätte ihnen das auch verübeln wollen? Von den wenigen Menschen indes, die noch präsent waren, sah jeder die marschierenden Gestalten, die wippenden Federbüsche und die grimmigen Gesichter. Wenn Boarmus sich überhaupt über etwas wunderte, dann darüber, daß sie so lange gewartet hatten.

»*Meister*«, begrüßte er den Anführer der Gruppe mit belegter Stimme. Er hatte – vergeblich – versucht, seine intime Kenntnis der Vorgänge zu verdrängen.

»*Kommandeur,* Sir.« Der *Meister* schaute auf seine Stiefel und versuchte sein Anliegen diplomatisch vorzubringen, was ihm jedoch mißlang.

»Wir kommen gerade von einer Krisensitzung. So geht das nicht weiter. Wir werden durchgekaut und ausgespuckt! *Beauftragte,* die sich auf Routinemissionen befinden, werden verstümmelt, ermordet, entführt! Ganze Provinzen stehen am Rand des Abgrunds! Was, im Namen aller *Beauftragten*, geht hier vor?«

»Ich wünschte, ich müßte es Ihnen nicht sagen«, flüsterte Boarmus und schaute sich verstohlen um.

»Uns was sagen? Daß die Welt in die Brüche geht?«

»Ich hoffte, es würde sich wieder legen.«

»Was würde sich wieder legen?«

Boarmus seufzte. »Es ist folgendes geschehen: Wir haben einen Gott … Götter bekommen.«

»Die Götter von *Hobbs Land*«, rief der *Meister* und nahm eine geduckte Abwehrhaltung ein, als ob er sich des Angriffs einer reptilienhaften Gottheit erwehren wollte.

»Nein, nein«, flüsterte Boarmus. »Weit gefehlt.« Er sah sich wieder um und fragte sich, wer ihn wohl beobachtete oder belauschte. Ach, zum Teufel damit. In dieser Phase des Spiels konnten sie wohl keine Diskretion mehr erwarten. Nicht, wo sie nun so aufdringlich geworden waren. Er beugte sich vor und leierte die Geschichte, die vor langer Zeit mit der *Brannigan-Galaxität* ihren Anfang genommen hatte, herunter. Unterbrochen wurde der Redefluß nur von gelegentlichen Tränen, Keuchen und hilflosen Faustschlägen auf den Tisch.

»Also«, schloß er, »haben wir nun diese… diese… Götter, die einst Professoren in *Brannigan* waren und uns nun als Spielzeug betrachten. Und wir wissen nicht, was wir tun sollen…« Was noch untertrieben war. Der *Aufsichtsrat* beziehungsweise das, was von ihm noch übrig war, war ebenso ratlos und verängstigt wie Boarmus selbst.

»Ist Ihnen bekannt, daß mittlerweile in einigen Provinzen die Todesrate die Geburtenrate weit übertrifft?« fragte der *Meister*.

Boarmus nickte resigniert.

»Ist Ihnen auch bekannt, daß die Provinz Morlub wahrscheinlich in wenigen Tagen entvölkert sein wird, weil die Selbstmordrate so hochgeschnellt ist?«

Boarmus nickte wieder. »Ich werfe ab und zu einen Blick auf die Monitore«, murmelte er. »Auf die, welche noch übrig sind.« Er hatte es riskiert, das *Archiv* zu befragen und historische Vorbilder für die aktuellen Vorgänge gefunden, einschließlich Massenselbstmorde auf Geheiß religiöser Führer. Erstaunlicherweise gab es aber immer noch ein paar Provinzen, wo eitel Sonnenschein herrschte; fast sah es so aus, als ob die Götter beschlossen hätten, ein kontrolliertes Experiment durchzuführen. Schmerz hier. Freude dort. Sehen wir mal, was uns am meisten Spaß macht. Bisher hatten sie sich hauptsächlich am Schmerz ergötzt.

»Besteht eine Möglichkeit, die *Beauftragten* zu schützen?« fragte der *Meister*. »Was schlagen Sie vor?«

Boarmus leckte sich die Lippen. »Besänftigen Sie sie.«

»Und wie, zum Teufel, sollen wir das bewerkstelligen?«

»Ich weiß nicht. Prozessionen vielleicht? Opfer? Rituale der einen oder anderen Art.«

»Und wie sollen wir Ruhe und Ordnung aufrechterhalten, während wir sie besänftigen?«

Boarmus zuckte die Achseln. »In dem Maße, wie sie Ihnen das gestatten, schätze ich. Bevor Sie jemanden auf eine Mission schicken, sollten Sie vielleicht erst ermitteln, auf wessen Seite die Götter stehen.«

Er gab sich betont zuversichtlich, wobei er dem anderen indes verschwieg, daß die Götter sich oft einen Spaß daraus machten, auf mehreren Seiten gleichzeitig zu stehen, wie er zu seinem Leidwesen festgestellt hatte.

Als Nela und Bertran aus dem Erschöpfungsschlaf erwachten, saß Fringe im Lotussitz am Eingang zur größeren Kaverne und schaute hinein, als ob sie ein Rätsel lösen wollte. Als sie sah, daß sie sich bewegten, half sie ihnen, sich aufrecht hinzusetzen.

»Ist noch etwas von dieser Nahrung übrig?« fragte Nela. »Ich fühle mich so schwach.«

»Reichlich«, sagte Fringe, nahm eine Handvoll Flokken und teilte sie unter den Zwillingen und dem Taschenhörnchen auf, das auf Bertrans Schulter hockte. Nachdem sie gegessen hatten, schöpfte sie mit den Händen Wasser und gab ihnen zu trinken. Dann reichte sie ihnen das feuchte Taschentuch, mit dem sie sich selbst schon gewaschen hatte.

»Wenn ich so aussehe wie du, muß ich wohl seit kurzem tot sein«, sagte Nela zu Bertran, während sie sich den Schmutz von der Wange wischte.

»Ich befürchte, es heißt einer für alle und alle für einen«, sagte er mit einem gequälten Lächeln. Wenn er so aussah wie sie, sagte er sich, dann mußte er schon lange tot sein.

»Hat sich irgend etwas ereignet, während wir weg waren?« fragte Nela.

»Ich hatte noch ein Interview mit ihnen«, sagte Fringe und wies mit dem Daumen auf die Gesichter. »Was glaubt ihr, wer sie sind?«

Sie hatte die Frage kaum gestellt, als ihr auch schon bewußt wurde, daß das unklug gewesen war; doch Bertran antwortete bereits.

»Etwas, das einmal menschlich und lebendig war, nun aber … nicht mehr lebendig ist. Etwas, das zum Teil mechanisch und völlig verrückt ist«, sagte er.

Fringe legte den Finger auf die Lippen und schaute kopfschüttelnd nach oben.

Bertran seufzte. Na gut, sie wurden vielleicht belauscht, doch welchen Unterschied machte das? »Es hätte uns ruhig etwas rücksichtsvoller behandeln dürfen«, sagte er. »Es schien ihm nichts auszumachen, uns zu verletzen.«

Fringe stimmte ihm zu. Es schien den Dingern nichts auszumachen, jemanden zu verletzen. Sie schienen es sogar zu genießen.

»Was wollten sie diesmal?« fragte Nela.

»Ach, das übliche«, sagte sie mit trockener Kehle. »Ein paar Drohungen. Sie wollen uns wieder verletzen, und zwar ziemlich schlimm, wenn wir nicht tun, was sie wollen.« Obwohl sie versucht hatte, eine unverfängliche Formulierung für die Vorkommnisse zu finden, während die Zwillinge schliefen, tat sie sich schwer, sie auch zu artikulieren.

»Und das wäre?«

»Wir sollen ihnen eine Frage beantworten.«

»Gern«, sagte Nela. »Unser Leben ist ein offenes Buch. Alles, was sie wissen wollen.«

»Ich befürchte, es handelt sich um eine andere Art von Frage.«

»Und die lautet?« fragte Bertran erwartungsvoll.

»Sie wollen wissen, was das Schicksal der Menschheit ist.«

Die beiden starrten sie ungläubig an. Nela rieb sich die Schulter und Brust, wo der Schmerz am stärksten war.

»Du machst wohl Witze!« rief sie.

»Nein«, sagte Fringe, wobei sie sich wünschte, es wäre einer gewesen. »Leider kein Witz. Sie wollen es wirklich wissen.«

»Ist das denn nicht die *Große Frage*? Von der du und Danivon gesprochen habt? Die Frage, welche die Bewohner von *Woanders* früher oder später beantworten sollten?«

Sie nickte. Genauso war es.

»Aber wie …?« Nela war sprachlos. Sie versuchte es erneut. »Selbst wenn wir ihnen irgend etwas erzählen, woher wollen wir wissen, ob es die richtige Antwort ist?«

»Wir werden es wissen«, sagte eine Stimme.

Hinten, an der goldenen Wand, schaute ein Gesicht sie an, und ein Mund bewegte sich. »Wir werden es wissen. Die Leute werden die Antwort durch ihre Reaktion bestätigen. Die Wahrheit wird offenkundig sein.«

Die drei schwiegen.

»Kommt«, sagte die Stimme, eine der weiblichen Stimmen. Fringe vermochte sie nicht zu identifizieren. »Kommt her. Ihr seid der Blasphemie schuldig, müßt ihr wissen. Wenn ihr uns mehr Liebe und Verehrung entgegenbringen würdet, hättet ihr uns nicht als verrückt bezeichnet. Aber dafür werden wir euch nicht bestrafen. Nicht jetzt. Nicht, wenn ihr uns die Antwort gebt.«

»Wenn ganz *Woanders* die Frage in tausend Jahren nicht beantworten konnte, wieso, zum Teufel, erwartet ihr die Antwort dann von uns?« rief Nela, deren Geduld nun am Ende war.

Die Luft flimmerte um sie herum. An der rückwärtigen Wand erwachten die Gesichter zum Leben und richteten die Augen auf sie, während Schmerz durch die Nerven flutete, während ihre Muskeln zuckten und sich verkrampften, während das Fleisch erst brannte, dann gefror und dann wieder brannte.

Als es vorbei war, waren die Zwillinge blau angelaufen und schnappten nach Luft. Fringe befand sich selbst kaum in einer besseren Verfassung, war aber immer noch imstande, die Kreaturen an der Wand stumm zu verfluchen, die sie begierig betrachteten und nur darauf warteten, daß einer von ihnen noch etwas tat oder sagte.

Bertrans Hand lag auf der ihren. Er drückte sie sanft. *Sag nichts*, sagte er. *Sag nichts. Gib ihnen keinen Grund, uns wieder zu verletzen*. Die Gesichter hatten Ähnlichkeit mit den Zwischenrufern in der Show. Ein bloßer Zwischenruf eskalierte schnell zu Handgreiflichkeiten, wenn man nicht aufpaßte. Und diese Dinger waren gewiß in der entsprechenden Stimmung.

Fringe schwieg. Der rote Schleier vor den Augen verschwand. Tränen flossen ungehemmt. Sie schloß die Augen, um nicht die starrenden Gesichter zu sehen, die nur darauf warteten, ihnen wieder Schmerzen zuzufügen.

Schließlich wich der Schmerz einem Gefühl der Übelkeit und Erschöpfung. Sie glitt in einen Zustand aus Ohnmacht und Schlaf ab; sie wußte zwar noch, wo sie war, befand sich dennoch woanders. Bertran drückte noch immer ihre Hand. Als sie die Augen wieder aufschlug, war es dunkel.

»Sie haben das Licht ausgemacht«, sagte sie.

»Um die Konzentration zu steigern«, flüsterte Bertran, nur eine Handbreit von ihrem Ohr entfernt. »Ganz sicher.«

»Bertran und ich haben uns unterhalten«, sagte Nela

im Flüsterton. »Über unsere Chancen und dergleichen.«

»Wir glauben nicht, daß sie gut stehen«, sagte Bertran.

»Wir haben oft mit dem Gedanken gespielt, Selbstmord zu begehen«, gestand Nela. »Aber die Vorstellung, es hier im Dunkeln zu tun, ist gräßlich. Obwohl wir uns vielleicht noch wünschen werden, tot zu sein, bevor sie mit uns fertig sind.«

Bertran räusperte sich. »Etwas sollten wir noch ausprobieren. Es wird vielleicht nichts bringen, aber trotzdem …«

»Es wird keinen Schaden anrichten«, sagte Nela.

»Ach?« sagte Fringe.

»Wir sind bewegungsunfähig. Wir haben uns gefragt, ob du uns vielleicht einen Stein suchen würdest, etwa faustgroß.«

Fringe tastete sich zur Wand vor, und dann kroch sie an der Wand entlang. Schließlich kehrte sie mit einem Stein zurück, der in etwa die gewünschte Größe hatte. »Richtig so?« fragte sie und tastete nach seiner Hand.

Bertran nahm den Stein. Sie setzte sich neben ihn und spürte die Bewegung der Arm- und Schultermuskeln, als er den Stein in der Hand wog.

»Der wird es tun«, sagte er. »Nela, bist du bereit?«

»Mehr oder weniger«, flüsterte sie.

Er nahm etwas von seinem Hals und legte es neben Fringes Bein auf den Sims. »Nicht anfassen«, sagte er. »Nela?«

»In Ordnung«, sagte sie.

Sie unterhielten sich mit gedämpfter Stimme, langsam und deutlich. *»Wir wollen wissen, was das Schicksal der Menschheit ist, und wir wollen, daß die Dinger, die uns verfolgen, die Antwort akzeptieren und uns in Ruhe lassen.«*

Bertran hämmerte mit dem Stein auf den Sims, einmal, zweimal. Für einen Moment wurde die Kaverne in strahlend blaues Licht getaucht; dann erlosch es mit einem knackenden Geräusch, als ob der Berg eingestürzt wäre.

»Was, zum Teufel, war das?« fragte Fringe und rieb sich die durch die Lichterscheinung gereizten Augen.

»Als vor langer Zeit *Sellerie* kam«, sagte Nela, »gab er uns diesen kleinen Transmitter. Nachdem wir uns über die Bezahlung verständigt hatten, Berty und ich, sollten wir sie artikulieren und den Transmitter dann zerstören. Das haben wir gerade getan.«

»Aber das ist doch schon ein paar tausend Jahre her!«

»Ich weiß. Wir hatten auch nicht erwartet, daß es funktioniert. Die *Selleries* sind nämlich verschwunden…«

Anscheinend schon seit langem, denn nichts geschah.

Nela seufzte. »Ich nehme an, es ist unmöglich, die Frage richtig zu beantworten?« Sie versuchte fröhlich zu klingen. Sie und die beiden anderen durften nicht den Mut verlieren, auch wenn Nela sich am liebsten zusammengerollt und den Daumen in den Mund gesteckt hätte. »Die Show wird vielleicht nicht weitergehen«, wie Tante Sizzy zu sagen pflegte, »aber es gibt nichts zu essen, ehe sie nicht weitergeht!«

»Die Menschen haben bisher wahrscheinlich mit allen möglichen Antworten aufgewartet und sie wieder verworfen«, sagte Bertran.

»Ich hatte mir kaum noch Gedanken über die *Große Frage* gemacht, seit ich ein Kind war«, sagte Fringe. »Irgendwie ist sie mir nicht relevant erschienen.«

»Falsch.« Er stieß ein Lachen aus, das hart an Hysterie grenzte. »Stell dir nur vor, wieviel Zeit und Mühe wir uns gespart hätten, wenn das Schicksal der Menschheit uns von vornherein bekannt gewesen wäre. Denk nur an unsere Zeit: die fundamentalistischen Faschisten gegen die libertären Bürgerrechtler; die Liberalen, die unsere Steuergelder für die Armen verpulverten, gegen die Konservativen, welche die Steuergelder selbst einsackten; der Geschlechterkampf, die sexuellen, politischen und wirtschaftlichen Revolutionen. Wie schön, wenn wir in der Lage gewesen wären, das Wichtige vom Unwichtigen zu unterscheiden!«

Fringe war wider Willen amüsiert. »Was, glaubst du, ist das Schicksal der Menschheit?«

Er holte tief Luft, was ihm offensichtlich Schmerzen bereitete. »Nela, was glaubten wir, war das Schicksal der Menschheit, als wir Kinder waren?«

Nela gab ein summendes Geräusch von sich, als ob sie die Dunkelheit beschwören wollte oder die Zähne zusammenbiß, um nicht zu weinen. »Mal überlegen«, sagte sie schließlich mit mühsam unterdrückter Hysterie. »Als brave katholische Kindlein war es unser Schicksal, Schuldgefühle wegen Sex zu haben, viele Kinder zu bekommen und hinreichend oft an den Sakramenten teilzunehmen, damit wir nach dem Tod auch in den Himmel kämen.«

»Richtig«, sagte Bertran. »Und in der orthodoxen Kirche ein paar Häuser weiter erzählte man den Leuten, daß es ihr Schicksal sei, sich wegen Sex schuldig zu fühlen, die Fahne zu verehren (unter Mißachtung des ersten und zweiten Gebots) und hinreichend oft wiedergeboren zu werden, damit *sie* nach dem Tod auch in den Himmel kämen. Wobei ich mir nicht sicher war, ob es sich um denselben Himmel handelte oder nicht. Im Grunde unterschieden wir uns nur in der Frage voneinander, ob Sperma oder die Fahne knapp vor Gott rangierten.«

Er stieß ein ersticktes Lachen aus und dann ein Stöhnen.

»Dann war der Himmel also euer Schicksal«, sagte Fringe. »Oder Kindersegen.«

»O ja«, murmelte Nela. »Die einzige Entschuldigung, die wir für die Übervölkerung unseres Planeten hatten, bestand darin, daß es im Himmel keine Rolle spielte.« Aus dem Lachen, zu dem sie angesetzt hatte, wurde ein Schluchzen.

»Nela, Nela«, sagte Fringe, kniete vor ihnen nieder und nahm Nela in den Arm. »He.«

»Ich habe solche Angst«, flüsterte Nela. »Ich habe solche Angst, Fringe. Es ist so dunkel, und ich fühle mich so elend.«

»Wir sind keine Helden«, sagte Bertran mit zitternder Stimme. »Wir sind nicht sehr tapfer.«

»Ihr seid die tapfersten Menschen, die ich kenne«, sagte Fringe mit fester Stimme und klopfte ihnen sachte auf die Schulter. Das war ihre Überzeugung. »Das seid ihr wirklich! Ihr seid euer ganzes Leben mutig und tapfer gewesen. Ihr zeigt es nur nicht so deutlich und gebt auch nicht damit an. Hört, ich schwöre euch … ich schwöre euch beiden, ich bin eure Freundin und werde alles tun, was in meiner Macht steht, daß euch nichts zustößt!«

Nela seufzte. Unter Fringes Händen schien sie sich zu entspannen. »So mußten wir eben immer sein.«

»Das ist es nämlich, was Mut ausmacht«, murmelte Fringe und hielt sie umschlungen. »Zu sein, was ihr sein müßt, ohne zu jammern. Jedenfalls sagt Zasper das.«

»Vielleicht ist das das Schicksal der Menschheit«, sagte Nela. »Einfach mutig zu sein.« Sie holte ein paarmal tief Luft und entspannte sich.

»Damit hätten wir drei Antworten«, sagte Fringe. »Kinder, Himmel, Mut.«

»Das bringt uns auch nicht weiter«, sagte Bertran. »Etwas so Banales wird diese … Wesen nicht zufriedenstellen! Die *Große Frage* besitzt denselben Stellenwert wie die Suche nach dem Gral, die Suche nach dem Stein der Weisen oder der Fang eines Einhorns. Unsere Rasse ist besessen von der Suche und von Suchern. Als Kinder träumen wir erst von der Suche und dann von der Sache, die wir suchen. Zweifellos sind manche von uns für den Versuch geboren. In welchen Verhältnissen wir auch immer leben, wir streben ständig nach der Freiheit!«

Fringe wurde von der Sehnsucht in seiner Stimme angerührt.

Er seufzte. »Wie kam es überhaupt dazu, daß *Woanders* sich mit dieser *Großen Frage* befaßt«

»Der Ursprung liegt nicht hier. Es begann vor langer Zeit in der größten Bildungsstätte des bekannten Universums, der *Brannigan-Galaxität*. Nachdem die Götter von *Hobbs Land* die Menschheit ausgelöscht hatten, harrt die Frage nun auf *Woanders* der Beantwortung«, sagte Fringe.

»Bist du sicher, daß die übrige Menschheit ausgelöscht wurde?«

»Natürlich. Nachdem die Götter sie übernommen hatten ...«

»Bist du sicher, daß sie die Menschen übernommen haben? Ich weiß zwar, daß du das gesagt hast, aber bist du dir auch sicher?«

»Ja, Bertran. Sie haben sie übernommen. Und sie löschten die Menschheit aus. Der einzige Ort im Universum, an dem noch Menschen leben, ist hier. Also kann die *Große Frage* auch nur hier beantwortet werden. Das liegt doch auf der Hand.«

Er lehnte sich gegen den Stein und sackte dort zusammen. Nela sank mit ihm zu Boden. Sie atmete schwer. »Dann gibt es also Götter im All, welche die Menschheit vernichtet haben«, flüsterte Bertran. »Und hier gibt es Götter, die erpicht darauf sind, die Überlebenden auch noch zu töten. Dann besteht das Schicksal der Menschheit vielleicht darin, von ihren Göttern ausgelöscht zu werden; eine solche ironische Antwort würde ihnen sicher gefallen.«

»Ich würde ihnen das lieber nicht sagen«, flüsterte Nela.

»Wenn das tatsächlich die Antwort ist, werden sie sie wahrscheinlich schon kennen«, sagte Fringe nüchtern.

»Ich frage mich, wie du überhaupt den Abschluß an der *Akademie* geschafft hast«, sagte Danivon zornig und hieb gegen den Gleiter, der auf einer in den Fluß Floh ragenden Landzunge stand, direkt oberhalb der *Großen Mauer*. »Und die Fluglizenz hast du wohl bei einer Tombola gewonnen?«

»Wir mußten diese verdammten Kisten nicht fliegen«, murmelte Zasper ärgerlich. »Wir flogen große Maschinen mit guten Gleiteigenschaften.«

»Die Thermik war gut«, sagte Danivon zornig. »Aber deine Landung war unter aller Sau.«

»Immerhin habe ich uns heil runtergebracht«, gab Zasper zu bedenken.

»Durch deine Landung ist der Gleiter beschädigt worden, und ich finde den Defekt nicht.«

»Ich halte gern die Lampe.«

»Der Motorraum ist ziemlich unzugänglich, und hier kann nur einer arbeiten. Ich brauche aber beide Hände für die Reparatur. Wir müssen auf das Tageslicht warten, Zasper.«

»Wir haben schon zu lange gewartet. Was riechst du?«

»Schmerz, Zasper. Leid. Furcht. Dunkelheit. Noch weitere Vorschläge?«

»Nein«, sagte er. »Ich hoffe nur, daß sie noch am Leben sind.«

»Oh, am Leben sind sie. Und nach dem, was ich rieche, sind sie auch noch am selben Ort. Aber wieso …

das ist eine gute Frage, nicht? Wieso. Wieso sollten diese Götter, von denen du gesprochen hast, mit Fringe reden wollen? Oder mit den Zwillingen?«

Zasper schüttelte den Kopf. »Vielleicht waren sie hinter dir her.«

»Weil ich Fragen gestellt habe.«

»Möglich. Aber das gilt auch für die Zwillinge. Vielleicht waren sie hinter uns allen her und haben sich die erstbesten gegriffen.«

Das klang plausibel. Danivon lehnte sich gegen den Gleiter und blickte in Erwartung der Dämmerung nach Osten.

»Ich schätze, ich muß mich bei dir bedanken«, sagte er.

»Wofür?«

»Daß du mir das Leben gerettet hast. Damals in Molock.«

»Ach, du weißt Bescheid? Ich nehme an, Fringe hat es dir erzählt.«

»Ja.«

»Frauen können einfach nichts für sich behalten.«

»Sie sagte es mir, als sie das Kind in Derbeck rettete und ich sie daran hindern wollte.«

»Na schön. Ich hätte angenommen, daß Curvis derjenige gewesen wäre, der sie aufhalten wollte. Er handelt nämlich streng nach Vorschrift. Du natürlich auch, wenn es darauf ankommt.« Er sah zum dunklen Himmel hinauf. »Wie hat sie es dir gesagt?«

»Sie hat mich angeschrien und mir erklärt, weshalb sie das Kind retten wollte. Ich hätte damit rechnen müssen, daß sie so etwas tut. Sie hat sich in letzter Zeit sehr über uns geärgert.«

Zasper seufzte. »Eigentlich wollte ich nicht, daß sie eine *Beauftragte* wird. Es ist hart für eine Frau. Auch für manche Männer. Die Kinder haben mir immer am meisten zu schaffen gemacht. Diese Orte, wo man Kinder in die Welt setzte, nur um sie anschließend zu töten oder sterben zu lassen. Wenigstens versuchten deine Leute, wer auch immer sie waren, dich am Leben zu erhalten.«

»Du kennst sie.«

»Wer sind sie?«

»Meine Leute. Cafferty und Latibor, die im Boot waren. Sie sind meine Eltern.«

Zasper sah ihn an, eine bloße Silhouette vor den Sternen. »Vergiß das nie«, sagte er schließlich und versuchte das Gefühl zu ergründen, das er soeben verspürt und das sich in sein Herz gegraben hatte. Womöglich Eifersucht? Danivon hatte also Eltern.

»Es dämmert«, sagte Danivon. »Aber es dauert noch eine Weile, bis es richtig hell wird. Nehmen wir noch eine Mütze voll Schlaf.«

Die goldenen Gesichter luden die Gefangenen erneut vor. Die erschöpften Zwillinge schleppten sich in die Höhle der Gesichter und kamen nach der obligatorischen Ehrenbezeugung nicht mehr auf die Füße.

»Ihr habt die Antwort für uns?« fragte ein Gesicht mit honigsüßer Stimme.

»Wir haben ein paar mögliche Antworten«, sagte Fringe und legte die Hand auf Nelas Schulter, wobei sie kalten Schweiß spürte.

Zögerlich sagte sie, das Schicksal der Menschheit sei die Fortpflanzung.

Die Gesichter johlten.

»Das war unser erster Gedanke«, sagte Fringe. Ihr kam die Galle hoch. »Weil wir darin anscheinend am besten sind.«

»Nein«, sagte ein Gesicht, und die anderen fielen ein, »nein, nein, nein, nein.«

»Vielleicht besteht unser Schicksal auch in unserem Untergang«, fuhr sie hastig fort. Sie wollte es hinter sich bringen. »Oder in den Himmel zu kommen oder einfach nur tapfer zu sein.«

Sie hatte das Wort kaum ausgesprochen, als ihr auch schon bewußt wurde, daß sie sich geirrt hatte.

»Tapfer«, schluckte eine Stimme. »Schau'n wir mal, wie tapfer …«

Die Zwillinge hielten für eine Weile stand, sie grunzten und krümmten sich, und dann fielen sie zu Boden, während Fringe den Gesichtern Beschimpfungen entgegenschleuderte, niederkniete und Nelas Kopf in ihren Schoß legte. Sie faßte ihr an den Hals, um den Puls zu prüfen und beugte sich dann über sie, um zu sehen, ob sie noch atmete. Nichts.

»Ihr Bastarde«, schrie Fringe. »Ihr Bastarde habt sie getötet.«

Sie wurde von einem Wald winziger Tentakel gegen die Wand geschleudert, wobei sie unaufhörlich fluchte.

»Wir trennen sie«, sagte eine Stimme, eine schlukkende Stimme. »Verbunden nützen sie uns nichts. Also nehmen wir sie auseinander.«

»Ihr werdet sie umbringen! Das könnt ihr nicht tun! Wenn sie noch nicht tot sind, werdet ihr sie dadurch umbringen.«

»Ich bin dazu befähigt«, sagte die Stimme ruhig. »Ich habe mich mit der Materie befaßt, und ich habe alles hier, was ich benötige.«

Die Tentakel wußten offensichtlich Bescheid, denn die Zwillinge erwachten wieder zum Leben, zumindest soweit, daß sie schrien, flehten, weinten, bettelten, gurgelten und schließlich verstummten, als die Tentakel sich in ihre Körper bohrten, Dinge trennten und zusammenfügten und kicherten und gluckten, während sie das, was einmal zwei menschliche Wesen dargestellt hatte, auf etwas reduzierten, das eher den Anforderungen ihrer Herren und Meister entsprach.

Schließlich zogen die Tentakel sich zurück.

Fringe rutschte mit offenem Mund an der Wand herunter. Sie vermochte den Blick nicht vom Höhlenboden zu wenden, der mit Flüssigkeiten, blutigen Knochen, purpurnen und roten Wicklungen, Fragmenten von Organen und Muskeln und sonstigen identifizierbaren und nicht identifizierbaren Teilen übersät war. Die warmen Rückstände dampften in der kühlen Kammer. Inmitten dieses Chaos standen Boxen, zwei Boxen, aus denen ein nicht enden wollendes Geschrei drang und die Fringe mit nur allzu vertrauten Augen ansahen.

»Ein Ohr«, rief ihr Bewußtsein und machte eine Bestandsaufnahme. »Sieh dort, das ist ein Knie, und das ist ein Schenkel. Sieh dort, Brüste, Fringe, Brüste!«

Von einem Kleiderhaufen auf der anderen Seite der Kaverne rannte das Taschenhörnchen über den freien Platz, flitzte an Fringes Bein hinauf und verschwand in einer Tasche. Seine Schreckensrufe vermischten sich mit ihren.

»Aaaah«, stöhnte sie erschüttert. »Sie haben euch in Dinks verwandelt, ihr seid Dinka-Dschinns, o Gott, Nela, Bertran, ihr seid …«

»… Dinks …«, rief das Hörnchen in Danivons Tasche mit Fringes hysterischer Stimme.

»Was haben sie getan?« rief Zasper und faßte Danivon so fest am Arm, daß ihm das Steuer entglitt und der kleine Gleiter fast abschmierte.

»Vorsicht!« rief Danivon. »Wir stürzen gleich ab. Wir sind fast da. Mach jetzt keine Dummheiten …«

»Dinks. Sie haben die beiden in Dinks verwandelt! Haben sie das auch mit Fringe gemacht?« fragte Zasper. »Oder nur mit den Zwillingen?«

Danivon schnürte sich förmlich die Kehle zu, als er an diese Möglichkeit dachte. Aber nein. Nicht Fringe. Nur die Zwillinge. Nur die Zwillinge. Er wußte es.

»Bertran wird es hassen«, murmelte er. »Er wird es hassen. Er träumte immer davon, wie ein Fisch zu schwimmen. Das hat er mir einmal erzählt. Oh, wie er das hassen wird, Zasper.«

»Wieso!« rief Zasper. »Wieso, zum Teufel!«

»Weil sie vorher vielleicht nicht… transportfähig waren«, sagte Danivon. »Vielleicht wollten die Dinger sie transportieren. Vielleicht waren sie auch verletzt. Und sie waren verletzt; ich habe es gerochen…«

Er ging mit dem Gleiter in den Sinkflug und suchte das Ufer ab.

»Wo sind wir?« fragte Zasper.

»Mitten über *Bohnenfelder*. Unbewohnte Gegend hier. Die Siedlungen befinden sich alle im Süden und Westen.« Er führte eine leichte Kurskorrektur durch. »Halte Ausschau nach drei Säulen, deren mittlere die höchste ist«, sagte er. »Etwas südlich von hier.«

»Dort«, rief Zasper und deutete in die entsprechende Richtung.

»Richtig.« Danivon riß den Gleiter herum und flog tief über das Wasser. »Und dort steht ein großer toter Baum mit vier Ästen an der Spitze. Wenn er mit der mittleren Säule fluchtet, haben wir die Position…«

Zufrieden betrachteten die Gesichter die Boxen. »Schon besser«, sagte die bösartige Stimme. »Viel besser. Nun können sie sich darauf konzentrieren, was wir wissen müssen.«

»Wieso?« rief Fringe und trommelte mit den Fäusten auf den Boden. »Wieso müßt ihr es gerade jetzt wissen?«

»Weil es uns in den Kram paßt«, sagte ein Gesicht. »Wieso nicht jetzt?«

»Weil es jetzt sein muß«, sagte ein anderes Gesicht. »Gott muß die Antwort auf diese Frage wissen. Wie sollen wir unsere Anhänger angemessen leiten, wenn wir nicht ihr Schicksal kennen.«

»Aber wir sind doch nur Menschen«, sagte sie schluchzend. »Durchschnittsbürger. Keine Philosophen. Keine Ethiker. Niemand, der sich mit solchen Fragen beschäftigt. Wir sind nur ganz normale Menschen. Weshalb fragt ihr ausgerechnet uns?«

»Ihr wißt es vielleicht«, sagte eine Stimme.

»Solltet es wissen«, ergänzte eine andere.

»Weil die Frage die Menschen betrifft, müssen die Menschen sie auch beantworten. Allein naive Intuition müßte euch schon über euer Schicksal informieren.«

»Genug«, sagte eine schluckende Stimme. »Das ist alles ohne Belang. Gott verlangt die Antwort auf diese Frage. Die Frage wird von den Menschen beantwortet werden. Wir sind Gott. Ihr seid Menschen. Deshalb werdet ihr antworten. Mehr braucht ihr nicht zu wissen!«

Die auf dem Boden stehenden Boxen heulten auf. Die Gesichter schienen das nicht zu hören oder ignorierten es einfach.

»Das ist reine Willkür«, rief Fringe. »Ihr berücksichtigt nicht, daß wir nur drei Menschen sind, und daß es vielleicht aller Menschen bedarf, um die Frage zu beantworten ...«

»Willkür ist kein Argument«, sagte eine Frauenstimme von oben herab. »Wir haben das *Archiv* befragt. Götter handeln in der Regel willkürlich.«

»Aber wir können nicht ...«

»Wenn ihr es nicht könnt, werdet ihr sterben, und wir werden es mit anderen Menschen versuchen, bis wir einen finden, der antwortet ...«

Schmerz schoß durch die Höhle. Fringe schrie auf. Die Boxen heulten.

Und verstummten plötzlich, als ob sie getötet worden wären.

»Wer ist das?« fragte ein Gesicht.

Schwang da etwa Besorgnis in der Stimme mit?

»Hört … hört …«, rief eine andere Stimme. »Oben geht etwas vor. Etwas kommt!«

Abrupt erstarrten die Gesichter, alle außer einem.

»Fringe Owldark!« sagte die Box neben ihr.

»Bertran?« fragte Fringe, die plötzlich wieder voll präsent war. Das hatte sich nicht wie Bertran angehört.

»Nein, dieses Konstrukt ist im Moment nicht Bertran. Fringe Owldark, hör zu! Die Waffe, die man dir abgenommen hat. Sie liegt unter diesem flachen Steinhaufen zu deiner Linken. Sie haben sie vergessen. Schmilz den Fels in der Höhle, so daß sie nicht an dich herankommen.«

»Wer?« fragte sie verständnislos. »Wer bist du?«

»Jemand, den du nicht kennst. Jemand, der unfreiwillig mit diesen Ungeheuern gemeinsame Sache macht. Jemand, der dir helfen will.«

»Wer?« rief sie. »Wer?«

»Jordel«, sagte die Stimme. »Nenn mich Jordel. Und nun tu, was ich dir sage!«

»Wo ist Bertran? Wo ist Nela?«

»Hier. In Sicherheit.«

»In Sicherheit!« Sie stieß ein hysterisches Gelächter aus. »In Sicherheit!«

»Fringe Owldark! Benimm dich wie eine *Beauftragte*! Du mußt einen kühlen Kopf bewahren! Denk nach! Sonst wirst du sterben, und sie mit dir. Du mußt das Gestein schmelzen, damit die Geräte nicht durchkommen. Verstehst du!«

»Wir werden ersticken! Der Sauerstoff wird uns entzogen werden!«

»Es gibt genug Sauerstoff. Jemand ist gekommen, um euch hier herauszuholen. Und ich werde euch auch helfen. Aber sie dürfen nicht an euch herankommen.

Versenge die Wände und den Boden, damit sie nicht durchkommen.«

»Tu es«, heulte die andere Box. »Tu es, Fringe. Schmilz den Stein, Fringe. Und dann schmilz uns.«

Sie baute den Geröllhaufen ab und wühlte in den Steinen, bis sie den Thermostrahler gefunden hatte. Fast wie von selbst nahm er die Gesichter ins Visier, verbrannte und schmolz sie.

Ein schreiender, mit Messern bewaffneter Schemen wallte aus dem Boden und griff sie an, und sie verdampfte auch ihn. Den Boden. Die Wände. Hinter dem Stein heulten die Dinger schauerlich und versuchten durchzubrechen.

»Und jetzt wir«, rief eine Box. »Jetzt wir, Fringe. Schmilz uns.«

»Nicht!« rief die Stimme aus der anderen Box. »Nimm sie mit. Sie können geklont werden ...«

»Geht nicht, zu viel verloren«, rief die Box, wobei ihre Augen auf die Knochen, die überall verstreuten Organe und Fleischfetzen schwenkten. In der Höhle sah es aus wie in einer Metzgerei, in der eine Granate eingeschlagen war. Überall lagen die stinkenden purpurnen, roten und weißen Teile herum, die Röhren und die Stränge, die ihr Menschsein ausgemacht hatten.

Fringe hatte sich von diesem Ort zurückgezogen, an dem es nun von glitzernden Klingen und surrenden Bohrern wimmelte.

Schluchzend richtete sie den Strahler auf sie, und der Gestank von verschmortem Fleisch stieg ihr in die Nase.

Die Wände heulten auf, und sie versengte sie. Der Boden heulte auf, und sie versengte ihn. Um sie herum war nur noch ausgeglühter Fels und Luft, die nach Blut und Metall stank. Das Atmen fiel ihr schwer.

»Wir gehen in den Vorraum zurück«, sagte sie zu den Boxen, als ob sie ein Kind zu etwas überreden würde. »Dort ist es kühler.«

»Nicht kühler«, rief Jordel. »Räucher diese Kammer auch aus. Sie stecken in den Wänden und im Boden. Über dem Sims ist ein Kamin, durch den sie euch hergebracht haben. Durch ihn gelangt ihr an die Oberfläche ...«

»Kommt«, sagte sie zu den Boxen. »Kommt mit mir!« Sie war nicht fähig, sie zu berühren oder auch nur anzuschauen. Sie zwang sich zu einer sanften und liebevollen Sprechweise. »Kommt!« Immerhin waren das ihre Freunde, sagte sie sich. Egal, wie sie nun aussahen. Egal, was aus ihnen geworden war! Sie hatte einen Freundschaftseid geschworen.

Eines der Konstrukte setzte sich in Bewegung. Das andere blieb heulend zurück und ruckte nur hilflos hin und her. »Wie?« rief sie kläglich. »Wie sollen wir uns fortbewegen?«

»Stellt euch vor, daß ihr geht«, sagte die Jordel-Box. »Es geht wie von selbst; ihr müßt es euch nur vorstellen.«

Ruckend und zitternd setzte die andere Box sich in Bewegung, wobei die verschiedenen Anhängsel nachgeschleppt wurden, zusammenstießen und sich entwirrten und dabei ohne Unterlaß heulten. Fringe wandte den Blick ab und erinnerte sich an ein Spielzeug, das sie als Kind besessen hatte, eins, das sie hinter sich hergezogen hatte und das sich auch wie eine Ziehharmonika bewegt hatte. Nur daß dies kein Spielzeug war. Das war Bertran. Das war Nela. Ihre Freundin Nela. Sie unterdrückte einen Schrei. Vielleicht hätte sie Nelas Aufforderung nachkommen und sie schmelzen sollen. Das wäre vielleicht gnädiger gewesen. Wenn sie an ihrer Stelle gewesen wäre, hätte sie das auf jeden Fall vorgezogen. Nun war es zu spät. Sie brachte es nicht über sich, aber ihren Anblick ertrug sie genauso wenig.

»Hier«, sagte Danivon und beugte sich aus dem Gleiter, um den unter ihm liegenden Fels zu schmelzen. »Genau hier, Zasper.«

Er landete den Gleiter, und sie glitten auf die erwärmte Oberfläche, wo Danivon sich tief bückte und schnüffelte. Im Geruch der Mineralien schwang kaum merklich ihr Geruch mit. Es war eher die Erinnerung an einen Geruch als der Geruch selbst. »Hier«, sagte er und zeigte auf eine fingerbreite Spalte. Die gezackte Spalte zog sich durch den Fels und verschwand hinter einer Steinsäule. Er folgte ihr hinter die Säule und wurde an drei Fronten gleichzeitig von winzigen, scharfen Klingen angegriffen.

»Gut gemacht«, knurrte Zasper, der von der anderen Seite gekommen war und die Oberfläche, durch die ein Dutzend kreischender Geräte gebrochen war, mit einem Strahler bestrich. »Du solltest immer erst das Terrain sondieren, Junge!« Sobald er eine Hand frei hatte, sprühte er ein Gerinnungsmittel auf Danivons Schulter und verabreichte ihm eine Ampulle eines Breitband-Antibiotikums, nur für den Fall, daß die Klingen vergiftet gewesen waren.

Hinter der Säule verbreiterte die Spalte sich zu einem Loch, einem vertikalen Schacht. Während sie ihn umrundeten und versuchten, einen Blick nach unten zu werfen, schoß eine winzige Entität aus dem Schacht und klammerte sich an Danivons Bein.

Zasper zielte, war aber nicht in der Lage, einen Schuß abzugeben. Das Fellknäuel huschte quiekend an Danivons Bein hinauf und verschwand in einer Tasche.

»Curvis' Hörnchen«, erklärte Zasper matt.

»Dort unten.« Danivon wies nach unten. »Von dort

ist es gekommen.« Er beugte sich vor und stieß ein bellendes Geräusch aus, wobei er jedoch nur Echos hörte.

»Jemand muß nach unten und nachsehen«, sagte Zasper und zog die Handschuhe an. »Ich.«

»Wieso du?«

»Wenn du gehst und getötet wirst, besteht die Gefahr, daß ich auf dem Rückflug mit dem Gleiter eine Bruchlandung mache.« Er beugte sich über die Spalte und bestrich sie mit dem Thermostrahler. Das Gestein schmolz wie Wachs.

Dann ließ er sich in das Loch hinab, wobei er den Rand nur mit Stiefeln und Handschuhen berührte. Er spürte die Hitze im Gesicht und roch die heiße Luft.

Weiter unten kroch etwas mit Reißzähnen aus einer Ritze und kam auf ihn zu. Er vernichtete es und schmolz dann die Ritze und ein paar andere, die er von seiner Position aus sah. »Fringe?« rief er. »Fringe, bist du dort unten?«

Keine Antwort. Über sich sah er Danivons besorgtes Gesicht. Er schüttelte die Hände, um sie abzukühlen. Dann suchte er nach einem geeigneten Abstieg.

Noch ein Feuerstoß, noch ein Schacht, und plötzlich ging der vertikale in einen horizontalen Schacht über. »Fringe!« rief er.

»Hier«, ertönte ihre Stimme, ohne daß er imstande gewesen wäre, Richtung oder Entfernung zu bestimmen. »Ich komme.«

Zasper legte eine Pause ein und schnappte nach Luft. Er hatte den ganzen Sauerstoff verbrannt. Es hatte keinen Sinn, weiter abzusteigen, wenn sie ihm sowieso entgegenkam. »Sind die Zwillinge bei dir?« rief er.

Er hörte ein Geräusch. Lachen? Weinen? Er wußte es nicht. Vielleicht brauchte sie Hilfe. Er beugte sich in den horizontalen Schacht und glasierte Boden, Wände und Decke. Warte, bis er sich abgekühlt hat, sagte er sich. Wenn du jetzt da reingehst, brauchst du neue Kniescheiben.

Der Fels neben ihm heulte. Etwas bohrte sich durch. Er wartete, bis es auftauchte und vernichtete es dann. Vor lauter Selbstzufriedenheit entging ihm fast eine Entität, die auf der anderen Seite durchbrach. Keuchend lehnte er sich gegen den Felsen und legte eine Pause ein.

»Bin schon zu alt dafür«, sagte er sich. »Viel zu alt.«

Der Fels hatte sich inzwischen so weit abgekühlt, daß er weiterkriechen konnte, wenn er ein paar Brandblasen in Kauf nahm. Nach ein paar Körperlängen stieß er wieder auf einen senkrechten Schacht, in dem erhitzte Luft nach oben strömte und durch Schlitze ins Freie entwich.

»Fringe!«

»Hier, Zasper.« Hysterisches Lachen ertönte. »Ich komme. Ich habe die Zwillinge dabei. Sozusagen.«

Einer der Quasi-Zwillinge schob sich heulend durch den Schacht, wobei er gegen die Wände schlug. Zasper packte den vordersten Ausläufer und zog ihn in den hinter ihm liegenden Tunnel. Der Zwilling wich bis ans hintere Ende zurück und blieb heulend dort liegen.

»Schmilz mich!« drang eine schrille Stimme von unten herauf. »Bitte, Fringe. Schmilz uns. So wollen wir nicht leben.«

»Das darf sie nicht«, blaffte Zasper im Kasernenhofton. »Das wäre gegen die *Beauftragten*-Dienstvorschrift. Wenn ihr sterben wollt, tut das später, aber ihr riskiert ihr Leben mit dieser Verzögerung!«

Zunächst trat Stille ein, und dann ertönte wieder ein Scheppern, als das zweite Konstrukt den Kamin heraufkam und dabei gegen die Felswand schlug. Zasper nahm es in Empfang und schob es nach hinten durch

Arme Schweine, sagte Zasper sich, *ganz arme Schweine. Panische Krüppel.*

Und dann kroch Fringe aus dem Kamin, versengt, schmutzig und blutig. Er ließ sie an sich vorbei.

Vom hinteren Ende des horizontalen Schachts bestrich er ihn noch einmal mit dem Thermostrahler, bevor er die Boxen nach oben beförderte. Ihre kleinen Schubdüsen wimmerten, als sie klägliche Flugversuche unternahmen. »Halte die Augen offen«, rief er Danivon zu, der nach unten starrte, anstatt zu sichern.

Drei Dinger drangen heulend aus dem Stein und griffen ihn an. Er erledigte zwei und Fringe den dritten, wobei sie Zasper fast einen Streifschuß verpaßt hätte.

»Entschuldigung«, murmelte sie und kletterte weiter.

Als sie auf halber Höhe war, tauchte eine Art Piranha aus dem Schacht hinter ihr auf und verbiß sich in ihrem Bein. Sie schrie auf, und Zasper erlegte das Ding, wobei sein Blut ihm ins Gesicht spritzte. Sie setzte den Aufstieg fort.

Dann waren sie draußen, und Danivon drehte sich mit dem Rücken zu ihnen und bestrich das umliegende Terrain. Die vor ihm auf dem Boden liegenden Dinks wimmerten.

Fringe starrte auf den Gleiter und schüttelte den Kopf. »Ein paar von uns werden wohl zu Fuß gehen müssen.«

Nun betrachteten auch Danivon und Zasper den Gleiter, wobei ihnen zum erstenmal seine Größe bewußt wurde.

»Verdammt«, sagte Zasper. »Es hätte eh keinen Unterschied gemacht, Fringe. Es war der einzige, den es gab.«

»Ihr seid mir vielleicht Helden«, sagte sie.

»Es ist Platz für einen von uns und die zwei ... die Zwillinge«, sagte Danivon. »Du, Fringe.«

»Wieso ich? Soll Zasper sie doch ausfliegen.«

»Zasper kommt mit dem Ding nicht zurecht. Auf dem Herflug hätte er uns fast umgebracht.«

»Dann du.«

»Du bist verwundet und er nicht, zumindest nicht schwer.« Damit war alles gesagt. Sie war wirklich verwundet, wenn auch nicht schwer, wie Zasper gehofft hatte. Nur Schnitte und Stiche, wo die Zähne und Messer sie erwischt hatten. Die winzigen *Tore* und die kleinen Kraftfelder, von denen eine größere Gefahr ausging, waren vielleicht zu schwach, um sich durch die Schlacke zu bohren. Vielleicht markierte dieser Ort das weiteste Vordringen der Götter. Vielleicht hatten sie noch nicht die volle Bereitschaft hergestellt, als die *Taube* Derbeck verlassen hatte. Vielleicht hatten sie noch nicht die volle Kontrolle über *Woanders* erlangt – hoffte er zumindest.

»Dort unten sind ganz üble Dinger«, sagte Fringe. »Aber einer versuchte uns zu helfen. Er sprach zu mir durch einen der … der Dinks. Jordel.«

»Jordel von Hamerlane«, sagte Zasper. »Er ist noch immer dort?«

»Wo dort, Zasper?«

»Spielt keine Rolle. Wir haben keine Zeit. Später.«

»Laßt uns zurück«, rief eine Box. »Laßt uns zurück. So wollen wir nicht leben. Ohne uns wäre genug Platz …«

»Ohne euch wäre Platz für zwei«, sagte Fringe mit ebenso fester wie sanfter Stimme, ohne die Konstrukte anzuschauen. »Zasper und Danivon würden mich nicht im Stich lassen; Danivon und ich würden Zasper nicht im Stich lassen. Und ich würde Danivon schon gar nicht im Stich lassen.«

»Das würdest du nicht?« fragte er. »Das würdest du nicht, Fringe?«

»*Beauftragte* lassen ihre Kameraden nicht im Stich«, sagte sie steif und ignorierte seine ausgestreckte Hand. »Verdammt, Danivon. Beweg dich!«

»Du würdest mich nicht im Stich lassen?« fragte Danivon sie leise.

»Wir halten zusammen«, sagte sie zu ihm. »Nein, ich würde dich nicht im Stich lassen, Danivon Luze. Hast du das denn wirklich geglaubt?«

Er berührte ihr Gesicht, und sie ließ es geschehen. »Schafft ihr beide es zu Fuß?« fragte sie.

»Glaubt ihr, daß diese Ungeheuer auch schon westlich von hier sind?« fragte Danivon.

»Sie haben vielleicht schon große Gebiete besetzt«, sagte Zasper.

»Das wäre unlogisch«, widersprach Fringe. »Wieso sollten sie Zeit mit der Besetzung von Gebieten vergeuden, in denen es keine Menschen gibt.«

»Gute Idee«, sagte Danivon. »Dann werden wir dorthin gehen.«

»Wohin?«

»Dorthin, wo es keine Menschen gibt. Wir halten uns von den Siedlungen fern, wodurch wir vielleicht einen Vorsprung vor den Monstern bekommen. Wenn alles klappt, kommst du zurück und holst uns ab. Wir werden dem Fluß folgen.«

Danivon beschäftigte sich damit, die Boxen im Gleiter zu verstauen, wobei er versuchte, ihnen nicht in die Augen zu schauen. Die Boxen heulten noch immer, jedoch nicht mehr so laut, als ob sie ihren Schrecken nun hinausgeschrien hätten oder erschöpft wären.

»Die anderen sind nach Westen gegangen«, sagte Zasper zu Fringe. »Sie sind jenseits der Großen Mauer. Der Kapitän sagte mir, es gebe eine Schlucht flußaufwärts, und irgendwo dahinter müßtest du sie finden. An dem Ort, den Jory als *Nirgendwo* bezeichnet.«

»Ich werde euch abholen.«

»In Ordnung. Wir werden schon durchkommen.«

»Zasper. Danke, daß du gekommen bist.«

»Wie du schon sagtest. Wir *Beauftragten* halten zusammen.« Er beugte sich zu ihr. »Geh zu Jory zurück, Mädchen. Bleib in ihrer Nähe. Versprich es.«

Sie sah ihn besorgt an. »Jory? Wenn du es sagst, Zas.«

»Versprich es.«

»Versprochen.«

Er trat zurück, als der Gleiter startete. Tentakelartige Schemen wuchsen aus dem Stein, wickelten sich um das Fahrwerk und versuchten, den Gleiter herunterzuziehen. Zasper und Danivon zerstrahlten sie und sahen dem Gleiter nach, der abhob und einen westlichen Kurs einschlug.

»Komm mit, alter Mann«, sagte Danivon. »Es sei denn, du willst dich mit diesen Geräten näher bekanntmachen.«

»Nein, eigentlich nicht.«

Wortlos liefen die beiden in westlicher Richtung davon, stiegen vom Felsvorsprung hinunter, auf dem sie gestanden hatten und gingen am grasbewachsenen Flußufer entlang.

Über ihnen brachte Fringe den Gleiter in eine Schräglage, um ihren Abzug zu beobachten: Danivon hatte die Führung übernommen, und Zasper folgte ihm in geringem Abstand. Die Sicht verschwamm, und sie blinzelte, um wieder Durchblick zu bekommen. Dann ging sie in den Tiefflug und flog über dem Wasser flußaufwärts.

»Sind sie gut weggekommen?« rief eine der Boxen.

»Sie sind unter uns«, sagte sie. »Nichts hält sie auf, soweit ich es erkenne.«

»Du kannst uns irgendwo absetzen und sie aufsammeln.«

»Das werde ich auch tun. Wenn ihr in Sicherheit seid.«

»In Sicherheit …« Die Box stieß mehrere Laute aus,

die Fringe erst mit Verspätung als Schluchzen identifizierte.

»Jordel sagte, ich solle euch in Sicherheit bringen«, sagte sie. »Ich weiß, ihr glaubt, ihr hättet keine Zukunft mehr.« Die Worte klangen hochgestochen und herablassend, sogar in ihren Ohren. »Aber …« Aber was. »Vielleicht hat Jory eine Idee …« Die Sicht verschwamm erneut, und sie blinzelte. Sie sollte sie trösten! Aber wie? Sie konnte sie weder umarmen noch halten. Sie würden die Berührungen nicht spüren. Und was sollte sie ihnen sagen? »Vielleicht …«

Der Gleiter drohte abzuschmieren, und sie fing ihn wieder ab. Sie atmete tief durch.

»Hört«, sagte sie. »Später, wenn ihr wollt … wenn ihr nicht wollt … werde ich euch helfen. Später. Nun müßt ihr aber still sein. Still … falls euch das möglich ist. Ich muß nachdenken und den Gleiter fliegen. Weil …«

Weil was?

Sie wußte es nicht. Sie mußte flußaufwärts; mehr wußte sie nicht. Flußaufwärts, wo sie die beiden absetzen würde.

»Ihr seid zu zweit, nicht wahr?« fragte sie.

»Zwei«, sagte eine schluchzende Stimme.

Weshalb hatte sie diese Frage gestellt? Sie wußte doch, daß sie zu zweit waren. Nela. Und Bertran. War Jordel auch dort drin? Zumindest war er dort drin gewesen. Für kurze Zeit. Er hatte über die Box mit ihr gesprochen. Dessen war sie sich ziemlich sicher …

Sie blickte auf das unter ihr vorbeiziehende Flußufer. Sie flog nicht allzu schnell. Bleib so. Du kannst dich nicht verirren, wenn du dem Fluß folgst.

Nicht weit im Westen befand sich eine Siedlung. Hütten, die einen Weiler bildeten. In der Ferne tauchten weitere Dörfer auf. Bohnenfelder. Regiert von der *Lieben Mutter* und den *Schwester-Wachen*. Und auf der anderen Seite des Flusses – das war Thrasis. Was wußte sie über Thrasis? Nichts. Auf jeden Fall nichts, woran sie sich erinnerte. Die Mauer. Höher, als sie sie sich vorgestellt hatte. Wer hatte sie gebaut. Und wann?

War es möglich, daß diese Waffen mit Drogen präpariert waren? Mit einer Art Gift?

Die Umgebung verschwamm vor ihren Augen. Sie blinzelte.

Bleib dicht über dem Wasser! Bleib in Bewegung!

Jene, die den *Kern* bewohnten, hatten nicht nur ein Netzwerk geschaffen, das fast ganz *Woanders* durchzog, sondern sie hatten auch Stücke der *Kern*-Matrix dupliziert, einen Knoten hier, einen Knoten dort. Dann hatten sie diese Knoten besetzt, wobei sie mehr oder weniger zufällig, nach Gusto vorgegangen waren. In Panubi gab es nur einen derartigen Knoten, und zwar in einer Höhle im Küstengebirge westlich von *Tiefe*.

Orimar Breaze, so schien es ihm jedenfalls, kam hierher, um sich mit den anderen zu treffen. Wo sie zuvor getrennt gewesen waren, grenzten sie nun aneinander an. Sie hatten sich außerhalb seines Bewußtseins befunden, und nun kamen sie herein, eine Rotte narzißtischer Egos, die mit der Befragung von Fringe und den Zwillingen beschäftigt waren. Obwohl Orimar die darauffolgenden Ereignisse beobachtete, fühlte er sich kaum davon betroffen und blieb im sicheren Knoten zurück, während die anderen vor Wut kochten und die Verfolgung der Flüchtlinge aufzunehmen schienen.

»Wo seid ihr gewesen?« fragte er schüchtern, wobei er im Grunde gar keine Antwort erwartete. »Wo stekken sie alle?«

Die Stimme, die antwortete, war ihm vertraut, selbst nach all diesen Jahren.

»Es sind nur noch vier von uns übrig«, sagte sie. »Und drei von ihnen jagen die Beute, Orimar Breaze.«

»Jordel?«

»Ja«, sagte die Stimme. »Fürwahr. Jordel.«

»Ich habe den Eindruck, daß sie sich irgendwie verändert haben«, sagte Orimar Breaze zaghaft.

»Ihr habt euch alle verändert, Orimar. Würde ich schon sagen.«

»Ich habe mich aber nicht verändert!«

Die Stimme schien ein ersticktes Lachen auszustoßen. »Ach, Orimar, wenn du dich so sehen würdest, wie ich dich sehe!«

»Ich habe mich vielleicht weiterentwickelt. Ich bin nicht mehr nur menschlich.«

»Bist du etwa ein Gott? Wie die anderen?«

Das Wesen, das sich Orimar Breaze nannte, sann darüber nach. »Nun, vielleicht. Ja. Aber nicht wie die anderen. Du mußt bedenken, daß die anderen keinen … Elan haben. Cling ist ein Ungeheuer, und Thob ist ein pralles Euter. Wirklich eine *Magna Mater*. Ich weiß nicht, wie ich Bland bezeichnen soll, aber eine Edle Dame ist sie sicher nicht. Sie ist eine alte Hexe. Ist sie immer schon gewesen. Sie hat keinen Stil.«

»Aber du hast Stil, nicht?«

»Den habe ich. Wenn ich es will. Sogar als Mensch hatte ich Stil! Was ist mit ihnen geschehen? Mit Jordel?«

»Willst du das wirklich wissen?« flüsterte die Stimme fast drohend.

»Sonst hätte ich nicht gefragt.« Ein Anflug der alten Schroffheit, der alten Würde. Er war beleidigt.

»Es ist das geschehen, was, wie ich dir sagte, geschehen würde.«

»Dieser Unsinn, daß wir schlafen sollten, obwohl wir gar nicht schlafen wollten!«

»Ja, dieser Unsinn. Ihr seid alle als dynamische Muster in den Kern gegangen, ohne eine sensorische

Rückkopplung als Anker für eure Gedanken, ohne automatische Prozeduren, um eure Muster zu korrigieren. Weil jeder von euch ähnliche Erfahrungen gemacht hat, haben die Unterschiede zwischen euch sich verwischt. Ein Teil von Cling überlappte sich mit dem, was du gewesen warst, Orimar. Es bildete sich eine Schnittmenge zwischen dir und Mintier Thob, und es bildete sich eine Schnittmenge zwischen ihr und Therabas Bland. Die Muster verloren ihre Individualität, und die Individuen wußten nicht mehr, wo genau sie begannen und wo die anderen endeten. Einstellungen und Identitäten vermischten sich ...«

»Unsinn«, winselte Orimar. »Völliger Unsinn!«

Jordel überrannte ihn. »Teil unserer Muster waren die Tugenden, die unsere Mütter uns als Kinder gelehrt hatten: Sitte, Anstand und Moral, die Verhaltensweisen, die unsere Grundbedürfnisse regulieren. Weil diese Tugenden jedoch erlernt und nicht instinktiv sind, verkümmern sie leicht unter Belastungen oder wenn sie nicht gepflegt werden ...«

»Es gab aber keine Belastungen ...«

»Aber auch keine Pflege! Deshalb gingen die Tugenden verloren, und die alten Bestien kamen wieder zum Vorschein. Das galt für alle Bewußtseine, und sie überlagerten und verstärkten sich ...«

Orimar wimmerte.

»Alle Bewußtseine des *Große-Frage-Komitees* blubbern im *Kern* wie in einem Suppenkessel und werden immer matschiger und unansehnlicher, je länger sie köcheln.«

»Ich glaube dir nicht«, rief er. »Ich werde nicht ...«

»Es ist mir egal, ob du mir nun glaubst oder nicht. Zumal ich noch nicht fertig bin.

Jede Personalität erwirbt außerdem eine intellektuelle Peripherie: keine Erinnerung, sondern Ansichten, Reflexe und Reaktionen. Viele dieser Fragmente lösten sich und drifteten umher. Als die Matrix auf diese Fragmente traf, eliminierte sie sie einfach

Außer Gesichtern und Namen sind es gerade diese Merkmale, durch die wir uns voneinander unterscheiden. Und wo sie nun verschwunden waren, gab es kaum noch einen Unterschied zwischen euren Bewußtseinen. Also identifizierte der *Kern* sie als Redundanzen und aggregierte sie.«

»Du sagst, wir seien verschmolzen und kombiniert worden …«, rief Orimar.

»Verschmolzen. Ja. Immer wenn ich aufwachte, wart ihr weniger geworden …«

»Was meinst du damit, wenn du aufwachtest? Wir hatten doch beschlossen, nicht zu …«

»Hast du wirklich geglaubt, ich hätte mich von eurem Votum beeindrucken lassen? Ich bestach die Techniker! Sie steckten mich und meine Kollegen in eine schön ruhige Ecke des Kerns, und ich habe die ganze Zeit geschlafen, bis auf die jährlichen Aktualisierungen, wo ich euch zählte. Gegen Ende der ersten Dekade waren es nur noch hundert. Hundert Jahre später waren es nur noch ein Dutzend. Und nun gibt es nur noch vier monströse Egos und ein paar Splitter. Und meine Wenigkeit natürlich. Und meine Kollegen.«

»Lügner …«

»Jeder von euch hatte ein volles Komplement biologischer Daten, als er in den Kern geladen wurde: Muskeltonus und Lungenkapazität, Herzrhythmus und Körperkraft, die Neigung zu Flucht oder Kampf etcetera. Es war alles da, als ihr in den Kern gingt, das ganze Gepäck der Evolution. Es ist für jeden praktisch identisch! Kriechen ist Kriechen. Saugen ist Saugen. Die Matrix war jedoch darauf programmiert, Redundanzen zu erkennen und zu beseitigen, um notfalls zusätzlichen Speicherplatz zu schaffen, und was habt ihr getan? Ihr habt eigene Welten und sogar ganze Universen erschaffen. Weil dafür Platz gebraucht wurde, löschte die Matrix alle Bio-Datensätze bis auf einen. Ihr vier müßt nun all eure Körperfunktionen miteinander koordinieren!«

»Aber es gibt noch immer tausend Gesichter und tausend Namen.«

»Ja, tausend Gesichter und tausend Namen, die um jeweils ein einzelnes Ego zentriert sind. Cling glaubt, er habe noch immer Gefolgsleute, wo er in Wirklichkeit nur noch Splitter seiner selbst nachzieht, wie ein Kometenschweif!«

»Du lügst«, zischte eine neue Stimme, die gerade von einer anderen Verrichtung zurückgekehrt war. »Hör nicht auf ihn, Breaze.«

»Du lügst, Jordel.«

»Jordel, Spanner und Einbrecher, Strolch und Lügner«, rief eine dritte Stimme. »Keiner von uns, Orimar. Keiner von uns.«

»Keiner von euch«, pflichtete Jordel ihr bei, wobei sein Muster so schnell verschwand, daß sie ihm nicht zu folgen vermochten. »Keiner von euch, Gott sei Dank«, sagte er mit ersterbender Stimme.

»Lügner, Lügner«, riefen sie im Chor. »Jordel der Lügner.«

»Habt ihr sie gefangen?« fragte Breaze. »Habt ihr jene gefangen, die sich uns entzogen haben?«

Haß. Verwirrung. Verlust. Die Gefangenen waren entkommen! Sie waren davongeflogen!

»Sie wissen etwas«, trompetete Cling. »Sie wissen etwas Wichtiges! Ich werde sie zurückholen, und ich werde solange hierbleiben, bis sie wieder hier sind.«

»Sie gehören uns allen«, sagte Thob. »Wir werden alle hierbleiben!«

»Das wäre Zeitverschwendung«, schrie Cling. »Wenn wir alle auf einem Haufen sind. Deshalb haben wir sie auch verloren. Wir waren unaufmerksam, weil wir uns gegenseitig abgelenkt haben. Wir wären kreativer, wenn wir getrennt wären, wirklich getrennt!«

Momentane Stille im Netzwerk. Glitzernde Lichtpunkte zogen durch die Matrix, während die Gedanken schweiften.

»Es wäre interessanter«, sagte Thob. »Interessanter, wenn wir getrennt wären.« Sie hatte natürlich schon auf eigene Faust gehandelt, wobei sie sich jedoch immer die Option der Einflußnahme auf die anderen vorbehalten hatte.

»Wir könnten sie uns teilen«, flüsterte Bland. »Ein paar für mich, ein paar für euch. Ich würde mir selbst einen Ort aussuchen.«

»Ich auch«, sagte Breaze. Nicht daß er schon einen Ort mit Beschlag belegt hätte. *Brannigan* gehörte ihm. Sollten die anderen nur versuchen, in *Brannigan* einzudringen!

Sie glitzerten nachdenklich in der Matrix. Es war Thob, die sich zuerst regte.

»Ich werde gehen«, sagte sie. »Ich werde gehen. Ich nehme mir meinen Anteil.«

»Gehen, gehen, gehen«, hallten ihre Echos. »Unseren Anteil.«

»Trenne mich«, befahl Thob der Matrix. »Ich werde gehen.«

Für einen Augenblick zögerte die Matrix; sie wunderte sich über ihre eigene Effizienz. Wenn die ursprünglichen Spezifikationen noch gegolten hätten, wäre die Trennung erst dann erfolgt, nachdem die biologischen Funktionen, Reaktionen und Verhaltensmuster wiederhergestellt worden waren. Nur daß diese Spezifikationen nicht mehr wirksam waren. Als *Magna Mater* Mintier Thob die Matrix angewiesen hatte, sie zu trennen, tat die Matrix wie geheißen, nahm das als Thob etikettierte Bewußtsein (ein Arrangement mit ein paar hundert Gesicht-Namen-Mustern) und schaltete es einem beliebigen Viertel der Persönlichkeits-Splitter und des biologischen Inventars auf.

Cling erhielt ein Drittel des Rests.

Von diesem Rest erhielt Bland die Hälfte.

Und Breaze bekam das, was noch übrig war.

Drei der *Brannigan*-Ensembles brachen zu frischen Knoten und neuen Ufern auf. Cling blieb zurück. Er war sich des Raums bewußt und spürte, daß der Druck verschwunden war. Was zuvor ein klar definierter Raum gewesen war, erstreckte sich nun als Potential in alle Richtungen. Räume, die es auszufüllen galt. Räume, die er bewohnen, gestalten und besitzen konnte.

Und andernorts steckte Orimar Breaze die Grenzen seines Selbst ab. Früher wäre er zu Fuß gegangen. Er hatte noch immer Erinnerungen an Gehen, an das, was Gehen darstellte, an gehende Menschen, doch das waren nur zufällige Bilder, ohne Sinn und konkreten Bezug. Der gesamte Komplex der Muskel- und Nervenbefehle, der dem Bewegungskonzept ›Gehen‹ zugrunde lag, war an die anderen gefallen. Der *Große Gott* Breaze mußte sich mit rudimentären Mitteln der Fortbewegung begnügen und die Grenzen seines Selbst kriechend abstecken.

Nur daß es keine Grenzen gab. Die emotionalen Konzepte von ›Reiz-Reaktion‹ und ›Individuum-Kollektiv‹, all das besaß keine Gültigkeit mehr. Es gab keine Haut. Es gab keine Konturen. Es gab nur schwammige Substanz und dunkle Leerstellen. Breaze warf einen solchen ›Schwamm‹ gegen eine Leerstelle und drückte dagegen. Nichts da. Rein gar nichts. Ein Loch. Wie eine Zunge, die in eine Zahnlücke gestoßen wurde. Der Widerstand war verschwunden, nur die Lücke war geblieben.

Doch da war etwas gewesen. Etwas, das er benutzt hatte, um … Wozu hatte er es benutzt? Er erinnerte sich, daß er es für irgend etwas benutzt hatte. Für irgendeinen Zweck. Zur Beschränkung vielleicht. Oder…

Er erinnerte sich nicht. Es war wie ein Traum, als ob er wachläge und sich an einen Traum erinnerte. Und es war genauso unwichtig. Wenn es wichtig wäre, würde er sich noch daran erinnern, aber er erinnerte sich nicht, also… also…

Also war es unwichtig gewesen. Er brauchte es nicht.

»… wird deine Muster nicht korrigieren…«, sagte jemand.

»Jordel! Du gehörst nicht hierher.«

Doch es war nicht Jordel. Es war nur eine Erinnerung, etwas, das Jordel mit Blick auf die Korrektur von Mustern gesagt hatte. Es ergab keinen Sinn? Welche Muster? Es mußte nichts korrigiert werden. Alles war in bester Ordnung.

Er wandelte durch den Raum, der ihm zur Verfügung stand und von dem ein Teil gestaltet war und ein anderer nicht. So viel Platz, um ihn mit Dingen anzufüllen. So viel Platz, um ihn mit sich selbst anzufüllen, mit seinen eigenen Schöpfungen.

Seine eigene Religion. Sein eigenes Volk. Seine eigenen Provinzen, die er nach Gutdünken regieren würde. O ja, es war besser so. Es war viel besser, sein eigenes Volk zu haben, seine eigenen Riten, seine eigenen… Antworten. Für ihn, den *Mächtigen Krabbler*, den *Großen Sabberer*, den *Großen Gott* Breaze!

Im Knoten nahe *Tiefe* beschloß *Chimi-ahm, Cling der Große*, jene einzufangen, welche entwichen waren. Er erschuf Augen auf Rädern, die am Flußufer entlangrollten und kleinere Augen, die flußaufwärts in den Floh schwammen, und wieder andere, die über die Mauer ins unbekannte Land flogen. Die Gefangenen. Er wollte sie wiederhaben. Ihm war sehr daran gelegen. Die Augen würden sie finden. Im Wasser des Floh schwammen auch andere Dinge, lauschten nach Geräuschen und gaben ihrerseits Geräusche von sich. Manche waren häßlich, manche schön anzusehen.

Im Knoten beschloß Orimar Breaze, ihnen bald zu folgen. An einem fernen Ort faßte der Beinlose Gott Orimar Breaze denselben Beschluß. Und die anderen auch. Sie würden alle gehen. Sobald die Gefangenen aufgespürt waren!

Als sie in die Schlucht einflog, verschwamm die Umgebung erneut vor Fringes Augen.

»Gift«, sagte sie laut.

»Was …«, sagte eine oder beide Boxen.

»Gift«, wiederholte sie. »An diesen Dingern, die uns angegriffen haben. Ich muß mich hinsetzen. Wo ist der Medo-Behälter …«

Der Medo-Behälter enthielt ein Breitband-Antibiotikum. Sie hätte es schon vor dem Abflug einnehmen sollen. Sie hatte es ganz einfach vergessen. Einfach vergessen. Sie sollte es nun einnehmen, doch sie hatte keine Hand frei, um es aus dem Behälter zu holen, und die Zwillinge konnten ihr auch nicht helfen. Es gab keine Landemöglichkeit in der Schlucht. Sie mußte warten, bis sie die Schlucht verlassen hatte.

»Hätte sie überfliegen sollen«, nuschelte sie. Das wäre einfacher gewesen. Sie hätte oben neben der Schlucht landen können. Doch bei den dräuenden Wänden und dem gewundenen Fluß …

»Keine Chance«, sagte sie sich. »Komme von hier aus nicht nach oben. Muß warten, bis ich draußen bin.«

»Was …«, sagte die Box.

»Nicht mehr weit«, sagte sie. »Sind gleich durch.« Sie konzentrierte sich darauf, tief zu fliegen, wobei sie fast auf dem Wasser aufsetzte. Es gab hier weniger Turbulenzen, und die Schlucht war weiter, weil der Fluß sie an dieser Stelle verbreitert hatte. Weichere Gesteinsschichten, sagte eine innere Stimme. Das Wasser hat eine weichere Schicht erreicht.

Diesbezüglich gab sie den Zwillingen eine ausführliche Erklärung ab, während die Wände der Schlucht im Wechsel heller und dunkler wurden, zusammen- und auseinandertraten. Nicht alle diese Phänomene wurden durch die Droge, das Gift oder was auch immer es gewesen war, verursacht. Ein Teil davon war real, versicherte sie sich selbst. Die Farbe der Wände changierte durch die Veränderung des Lichteinfalls und der Fluglage.

Und dann sah sie das Licht am Ende der Schlucht. Ihr war zum Lachen zumute, doch sie lachte nicht. Sie hatte es geschafft. Selbstverständlich war das nicht gewesen. Nun konnte sie in aller Ruhe das Gegenmittel einnehmen …

Und dann schoß sie aus der Schlucht hinaus. Nach einem kurzen Flug über steiniges Gelände erreichte sie flaches Land, das Möglichkeiten zum Landen bot. Sie wartete, bis das Geröllfeld hinter ihr lag und schwenkte im Tiefflug auf das Flußufer ein …

Der *Gaver*, der aus dem Fluß auftauchte, war einer von denen, welche die Taube angegriffen hatten. Sie sah ihn kommen. Sie zog den Hebel zurück. Quälend langsam, zu langsam führte ihre Hand die Bewegung aus, und sie sah das klaffende Maul und die Fänge, die wie in einem Traum auf sie zukamen.

Die Bestie schnappte den Gleiter, wie ein Frosch, der eine Fliege fängt. Der *Gaver* zermalmte den Gleiter, während er wieder ins Wasser eintauchte. Der Gleiter schlug auf die Wasseroberfläche und zerbrach in zwei Teile.

Instinktiv holte Fringe tief Luft. Sie war zwischen dem Instrumentenbrett und der Tür eingeklemmt. Graues, kaltes Wasser umspülte sie. Die andere Tür war abgerissen, und sie sah, daß die Boxen forttrieben. Sie wollte ihnen folgen, kam aber nicht frei …

Dann zerbrach der Gleiter ganz. Sie kam frei und tauchte auf. Die kantigen Silhouetten der Boxen befanden sich über ihr an der Oberfläche. Sie waren von einem leuchtenden Halo umgeben.

Der *Gaver* spuckte die anorganische Schale aus, um an die leckere Fleischfüllung zu gelangen. Eine Klaue ergriff sie und drehte sie um. Dann geriet sie zwischen die Zähne. Sie spürte einen stechenden Schmerz im Hals. Er hatte sie am Nacken gepackt.

Mach endlich Schluß, mach endlich Schluß, sagte sie sich. Sie schrie nicht, heulte nicht und ertrank auch nicht. Sie hielt nur die Luft an. *Mach endlich Schluß.*

Was er auch tat. Er spie die kleineren Brocken aus, um an den größeren mit dem ganzen Blut darin zu gelangen.

Die Trümmer des Gleiters flogen ins Wasser, wurden von den Strudeln in der Nähe einer Sandbank erfaßt und blieben auf dem Sand liegen.

Die im Wasser treibenden Boxen wollten schreien, brachten aber nur blubbernde Laute hervor. Sie bewegten Greifarme, um zu schwimmen, doch als Schwimmhilfe waren die Greifarme nicht konzipiert. »Fringe!« schrien sie, als sie wieder auftauchten, wobei der Ruf jedoch ungehört verhallte.

Die Strudel in Ufernähe erfaßten nun auch die Boxen und schoben sie ruckartig auf die Sandbank, bis sie dort zur Ruhe kamen.

Der Fluß toste und schäumte. Von einem rötlichen Klumpen unter Wasser tauchten Kleiderfetzen auf, dann Wrackteile, die ebenfalls von den Wirbeln erfaßt und auf die Sandbank gespült wurden. Die Kleidung war zerrissen und wies dunkle Flecken auf. An einem der Fetzen hing ein *Beauftragten*-Abzeichen. *Ich kläre die Lage.* Das Bild eines Kriegers und eine Glyphe.

Ein Dink bewegte sich und nuschelte etwas. Eine Box versuchte, mit den Greifarmen die Kleiderreste zu glätten und das dort angesteckte Abzeichen zu identifizieren. Die Boxen brachen in Tränen aus. Die Laute wurden in der Klamm hinter ihnen merkwürdig verzerrt. Es klang wie das Weinen armer Seelen. Das Weinen von Geistern.

Die Boxen drehten sich nicht um, vermochten sich nicht umzudrehen. Also sahen sie auch nicht, was hinter ihnen lag. Fringes Kopf, blutleer, doch sonst fast unversehrt, lag bei ihnen im Sand.

Bei ihnen im Sand, weil der Sand vom Wind aufgewirbelt wurde und sich wie eine Decke über sie legte.

»Weshalb sind wir nicht tot?« Mechanisch, müde, unendlich traurig.

»Muß eine Möglichkeit geben. Einen Knopf, den wir drücken können. Einen Stecker, den wir herausziehen können.« Auch müde. Aber entschlossen.

Stille. Der Sand steigt auf.

»Wir werden einen Weg finden. Ich verspreche es.« Bertran tröstet Nela.

»Später, Berty. Ich bin so müde.«

»Später.«

Und der Sand steigt noch höher, legt sich sanft über die Boxen der Dinks, über das tote Gesicht der *Beauftragten* und deckt die Kleiderfetzen und die Wrackteile zu.

»Arme Fringe …«, sagte Nela mit fast menschlicher Stimme und schluchzte.

»Arme Fringe.«

Der Sand deckte alles zu, wie ein Teppich.

Der Fluß Floh kräuselte sich, es bildete sich eine Welle, wie sie vielleicht von einem Fisch verursacht wurde, und die Welle fuhr einen Stiel mit einem Auge aus, das in alle Richtungen schwenkte und das Ufer, die Felsen, den Fluß und die Sandbank absuchte. Es suchte nach Menschen und nach einem Gleiter. Es hatte einen Gleiter gehört. Ein Gleiter bedeutete Menschen.

Doch da waren weder Menschen noch ein Gleiter. Nichts als Sanddünen, wogendes Gras und der Rücken eines mächtigen *Gavers*, der gemächlich flußabwärts trieb, wie die *Gaver* es taten, wenn sie gefressen hatten oder auf der Jagd waren. Der Gaver war hierher bestellt worden. Der Gaver sollte hier sein. Das Auge beachtete ihn nicht weiter.

Das Auge tauchte ins schlammige Wasser und spähte. Der Fluß hatte die Wrackteile des Gleiters fortgetragen. Sie trieben bereits weit flußabwärts. Auf dem Grund funkelte jedoch etwas, und das Auge schaute nach. Nichts Besonderes. Ein Armband aus Gold mit Worten darauf. *Wie sie ist*.

Das Armband und die Worte waren bedeutungslos. Das Auge suchte nach Menschen oder einem Gleiter. Hierbei handelte es sich weder um Menschen noch um einen Gleiter. Das Auge tauchte wieder auf. Keine besonderen Vorkommnisse. Es würde weiter flußaufwärts gehen und sich dort umschauen.

Derweil hinter dem Auge der Sand vom Wind wellenförmig über das Land getrieben wurde.

Die *Taube* traf in *Nirgendwo* ein.

Der an der Reling stehende Curvis erkannte fahle Gebäude auf einem Hügel in der Nähe. Er sah am Ufer aufgereihte Häuser mit Ziegeldächern, die im Schatten von Mammutbäumen standen. In der Ferne, in einem anderen Wäldchen, sah er die Drachen.

Nicht den *Großen Drachen*. Sie hatten nicht die geringste Ähnlichkeit mit dem *Großen Drachen*. Obwohl sie wie Drachen wirkten, handelte es sich um ganz andere Wesen.

Er drehte sich zu Jory um und wollte ihr etwas

sagen, doch sie schrie auf und streckte die Arme aus, als ob sie sich an irgend etwas festhalten wollte. Dann stieß sie wieder einen Schrei aus.

»Was ist denn los?«

»Fringe«, sagte sie mit brechender Stimme. »Etwas ist ihr zugestoßen.«

Der alte Mann faßte sie an den Schultern.

»Sag schon! Was ist los!«

»Ich bin mir nicht sicher«, rief sie. »Sie war auf dem Rückweg …«

»Dann haben sie sie gerettet.«

»Danivon ist aber nicht dort. Und Zasper auch nicht.«

»Die Zwillinge?«

»Ich weiß es nicht. Ich kann es nicht sagen. Oh, Asner …«

»Sollen wir dorthin gehen, wo sie sind?«

Sie schlug die Hände vors Gesicht und murmelte: »Ich weiß nicht, was ich tun soll. Es ist alles verloren. Sie ist tot.«

Der alte Mann hielt die weinende Frau. Er hielt sie und wiegte sie.

Curvis tat nichts, um Jory zu trösten. Er nickte nur, froh, daß Danivon nichts passiert war. Zasper war nichts passiert. Es tat ihm wirklich leid um Fringe, aber …

Er drehte sich wieder zu den Drachen um. Sie waren nicht mehr da. Sie waren im Wald verschwunden.

Sie hatten Kleidung getragen. Sie hatten Werkzeuge bei sich gehabt. Und zweifellos handelte es sich bei ihnen um das, wonach er und Danivon suchen sollten.

Fünfter Teil

13

Zasper und Danivon gingen im Trott, den sie an der *Akademie* erlernt und im langjährigen Einsatz perfektioniert hatten, am Flußufer entlang. An Orten der niederen Kategorien waren *Beauftragte* oft zu Fuß unterwegs und mußten sich zügig und ausdauernd bewegen – und lautlos. Eine Strategiediskussion erübrigte sich. Ihre Strategie bestand lediglich darin, in Bewegung zu bleiben, Siedlungen zu meiden, *Bohnenfelder* zu durchqueren und immer weiter nach Westen zu gehen, bis sie die Mauer hinter sich hatten. Danivon hatte Zasper mit ein paar dürren Worten gesagt, daß die unterirdischen Monster dort vielleicht noch nicht Fuß gefaßt hatten. Er hatte das bei Jory ›geschnüffelt‹, obwohl er kaum in der Lage gewesen wäre, das auch zu begründen.

Für eine Weile war die Angst ihr ständiger Begleiter. Die ständige Rundumsicherung war ermüdend. Als sie jedoch schon viele Meilen unbehelligt zurückgelegt hatten, schalteten sie gleichsam auf Automatik und dachten an gar nichts mehr, bis Danivon plötzlich stehenblieb und mit erstickter Stimme murmelte: »Warte. Nein. Fringe …« Er nahm Witterung auf, wobei sein Gesicht vor Angst wie versteinert war.

Zasper hatte auch etwas gespürt, wenn auch nicht als Geruch. Eher als Geräusch, ein Brüllen in der Ferne, wie eine rauschende Brandung. Gefahr. Nicht die allgemeine Gefahr, die *Woanders* bedrohte und von Tag zu Tag tödlicher wurde, sondern etwas, das ihn persönlich betraf.

»Fringe«, sagte er und bestätigte Danivons Befürchtung. »Und die Zwillinge?«

Danivons Nase zuckte. Da war dieser schale Geruch, dieser eisige Hauch, der die Lunge erfüllte und ihm den Eindruck vermittelte, Brackwasser einzuatmen. »Etwas stimmt nicht.« Ein Schluchzen stieg in seiner Kehle auf. Etwas Schlimmes hatte sich ereignet.

Zasper wischte sich übers Gesicht. »Die Zwillinge?« fragte er wieder, wobei er sich bemühte, ruhig zu klingen. »Alle drei?«

»Ich weiß nicht. Ich rieche sie nicht. Vielleicht ist ihnen doch ... nichts passiert.« So meinte er das aber nicht. Er wollte damit nur sagen, daß er nicht wußte, ob sie nun tot, verschwunden oder bewußtlos waren. Und ob sie noch lebten, wußte er genauso wenig.

»Wie sollte nur Fringe etwas passiert sein und ihnen nicht?«

Danivon schluckte. Ihm stockte der Atem. Er verspürte einen Verlust, als ob er einen Arm verloren hätte oder das Augenlicht. Es war Trauer. Er hatte noch nie zuvor Trauer verspürt, noch nie jemanden verloren.

»Spürst du, wo sie sind?« fragte Zasper düster.

Danivons Gespür sagte, daß sie im Westen suchen müßten. Wortlos wies er in die entsprechende Richtung. In diese Richtung marschierten sie ohnehin. Eine Planänderung war nicht erforderlich.

Zasper nickte und versuchte, die sich jagenden Gedanken unter Kontrolle zu bringen und den Körper zu entspannen. Trauer war Ballast für *Beauftragte*. Dennoch fühlte er Trauer und mußte sie irgendwie ausdrücken. »Danivon«, sagte er gleichmütig. »Sie war ... sie war wie eine Tochter für mich. Wie eine Familie.« Eine andere Familie hatte er nie gehabt. Sie – und Danivon – waren alles, was er hatte.

»Sprich nicht in der Vergangenheit von ihr«, sagte Danivon zornig. »Sprich nur nicht in der Vergangenheit von ihr, Zasper. Vielleicht … vielleicht ist sie tot – ich weiß es nicht. Vielleicht ist ihr auch etwas zugestoßen, von dem wir gar nicht wissen. Vielleicht ist sie gar nicht tot. Nein. Etwas …« Er wußte es nicht. Etwas anderes eben. Etwas noch Schlimmeres vielleicht; er wußte es nicht. »Sprich nicht in der Vergangenheit von ihr. Es … stimmt nur etwas nicht, das ist alles.«

Wenn er darüber sprach, half ihm das auch nicht weiter, aber er mußte darüber sprechen.

»Sie hat mich nicht … sie hat mich nicht geliebt, Zasper. Du hast richtig erkannt, daß ich sie liebte, aber sie hat mich nicht geliebt. Sie hat es versucht. Ich weiß, daß sie es versucht hat, aber sie konnte nicht.«

»Sie will mehr«, sagte Zasper. »Jory weiß Bescheid. Über das, was sie will.«

»Was? Was will sie noch mehr?«

»Wie soll ich das wissen, Dan? Es gab Zeiten … als ich jünger war … als ich auch so gefühlt habe. Ich sehnte mich … sehnte mich nach etwas anderem. Es war fast so, als ob ich einen unstillbaren Hunger gehabt hätte, eine Geschmacksknospe, die nie stimuliert worden war oder so. Ein Loch im Bewußtsein, das gleichsam zugeschüttet werden wollte. Etwas, das mir keine Ruhe ließ. Kennst du dieses Gefühl?«

Danivon schüttelte den Kopf. »Nicht daß ich wüßte. Wenn ich etwas will, weiß ich genau, was es ist.«

»Aber nicht Fringe. Ich hatte versuchte, aus ihr schlau zu werden, seit sie ein kleines Mädchen war. Vielleicht will sie auch etwas, das überhaupt nicht existiert.« Er dachte angestrengt nach. »Sie strebt nach Transzendenz, Dan. Ich glaube … ich glaube, es gibt eine Zufriedenheit, einen Status, mit dem neunundneunzig Prozent der Menschen sich begnügen, nachdem sie ihn erreicht haben. Für diese Menschen gibt es ein Schicksal, das all ihre Bedürfnisse erfüllt. Vielleicht ist das auch die Antwort auf die Große Frage. Einer von tausend oder vielleicht auch einer von einer Million gibt sich mit diesem Schicksal jedoch nicht zufrieden. Er tut es nicht unter einer Singularität. Fringe ist eine davon.«

Danivon schüttelte den Kopf; er widersprach Zasper nicht, sondern er war betrübt. »Ach, ich wünschte …« Was er sich wünschte, sagte Danivon indes nicht. Statt dessen nuschelte er etwas vor sich hin und kümmerte sich dann um Zaspers Verletzungen, die zwar schmerzhaft, aber nicht schwer waren und dank der Salbe und des Breitband-Antibiotikums des Medo-Koffers bereits verheilten. Dann liefen sie weiter. Die Zeit verging, während sie mit raumgreifenden Schritten an Felsen und Bäumen vorbeieilten, über Berg und Tal, wobei der Fluß zur Rechten glitzerte, in einer Intensität, die mit der Bewölkung variierte. Als sie dann eine Hügelkuppe erklommen, sahen sie im Licht der untergehenden Sonne eine dunkle Linie, die sich am Horizont in nordwestlicher Richtung hinzog, als ob ein Künstler Himmel und Erde mit einem langen schwarzen Pinselstrich voneinander getrennt hätte.

Danivon blieb stehen und wies auf diese Linie. »Die Große Mauer westlich von Thrasis.«

»Und westlich von *Bohnenfelder*. Sie zieht sich ringförmig um das Zentrum des Kontinents.«

Danivon nickte verstehend. Die Linie war auch auf den Karten eingetragen, und er hatte von der Existenz der Mauer gewußt – er hatte sie sogar gesehen, als er in Thrasis gewesen war –, doch ihre Größe wurde ihm erst jetzt richtig bewußt. »Ich frage mich, wer sie gebaut hat. Jory weiß es vielleicht.«

Für Zasper, dem der Magen knurrte und der Durst hatte, war die Mauer im Moment zweitrangig. »Haben wir Proviant dabei?« fragte er und wischte sich übers Gesicht. »Ich hoffe doch?«

»Ja«, erwiderte Danivon und wandte den Blick vom

Gebiet im Westen ab. »Ich habe Feldrationen in den Beintaschen. Wir brauchen auch Wasser. Wir gehen zum Fluß runter.«

»Direkt unter uns fließt ein Bach«, sagte Zasper und wies auf das Gewässer. »Wie lang wollen wir noch marschieren?«

»Bis es so dunkel wird, daß wir nicht mehr die Hand vor Augen sehen. Falls die Nacht sternenklar wird, orientieren wir uns am Fluß. Ob wir wohl in der Lage sind, uns schneller zu bewegen, als sie bauen?«

Zasper stieß ein müdes bellendes Gelächter aus. »Ja, sie werden das Netzwerk ausbauen. Und sie sind sogar imstande, selbständige Einheiten zu erschaffen, fliegende Augen und Ohren, vielleicht sogar Killer-Maschinen. Wenn wir dazu in der Lage sind, sind sie es wohl auch. Alles, wozu wir fähig sind, leisten sie auch … und mehr.«

»Verdammt«, sagte Danivon, der autonome Maschinen noch gar nicht in Betracht gezogen hatte. »Dann war es das, was ich gesehen habe.« Er drehte sich um und beobachtete den Weg, den sie gekommen waren. Am Rand des Gesichtsfelds erkannte er stiebende Funken, Leuchterscheinungen, helle Reflexe, die immer größer und deutlicher wurden. Eins oder mehrere dieser Gebilde hatten ihre Spur gefunden und holten schnell auf.

Zasper erkannte die Verfolger nun auch, fluchte und nahm eine Bestandsaufnahme der Waffen und Geräte vor, die er dabei hatte, einschließlich der in die Kleidung und in den Körper integrierten Vorrichtungen. Nun bedauerte er, daß er nach der Pensionierung einige Waffen wieder hatte entfernen lassen. Integrierte Waffen waren zwar nützlich, aber auch verdammt lästig. Nun wünschte er sich jedoch jede einzelne zurück.

»Noch etwas«, grunzte er und wies auf eine Bodenfalte im Westen, wo ein paar Lichter sich nahe am Fluß bewegten. »Wir gehen durch *Bohnenfelder* und haben weder eine Mutter bei uns noch einen Passierschein von der *Lieben Mutter.*«

Zerknirscht biß Danivon sich auf die Lippe. Daran hatte er auch nicht gedacht.

Unter dem Sand liegen Nela und Bertran Zy-Czorsky, deren Fragmente in unverwüstliches Vitreon und Duraplast gegossen sind. In der Nähe sind die Überreste von Fringe Owldark begraben, ihr blutleerer, ansonsten halbwegs intakter Kopf. Oben, wo der Wind über ihn hinwegstreicht, ist der Sand trocken, doch unten ist er feucht. Zwischen den Sandkörnern bilden sich dunkle, feuchte Hohlräume, eine winzige Gebärmutter aus Nässe, die zweifellos Leben spenden könnte.

Und zweifellos wächst bereits etwas heran. Die Sandbank ist durchzogen von haarfeinen Wurzelfasern, die zwischen den Sandkörnen vorrücken, sich wie Aale krümmen und wie Schlangen gleiten, weiche, dünne Fasern, feucht und zart, die sich ausbreiten wie Schimmel auf Brot. Schließlich berührt der Ausläufer einer Faser die Wand eines Dinka-Dschinn-Gehäuses, zieht sich zurück und berührt es erneut. Die Faser erforscht dieses Ding wie einen Panzer, in dem sich etwas Lebendiges befindet. Sie stößt auf ein Vitreon-Molekül, züngelt daran und sondert ein eigenes Molekül ab, das an die Hülle andockt, wie ein Schlüssel im Schloß, und saugt es mit einem leisen Schmatzen aus, als ob das Mark aus einem Knochen gesogen würde. Der Laut ist so schwach, daß kein Wesen, das größer ist als ein Virus, ihn vernehmen würde. Schlurp, sagt die Faser. Das Vitreon-Molekül hat ihr gemundet, seine Atome sind von der Faser aufgenommen und zerlegt worden. Wirklich lecker. Köstlich. Geduldig, ein Molekül nach dem andern, verzehren die Fasern das Material der Behälter. Was zuerst ein Korrosionspunkt war, wird zu einer mikroskopisch kleinen Pore und wächst sich dann zu einem haarfeinen Loch aus.

Die Fasern schießen durch das Loch und verdrillen sich vor Begierde. Oh, seht mal, was das ist. Oh, schaut, hier ein Knochen, dort eine Zelle, hier ein Organ, dort ein Mechanismus. Würg, ein häßlicher Mechanismus. Häßlich und kompliziert. Ineffizient. Schmerzhaft. Dennoch interessant. Überhaupt ist alles interessant. Dieses ist mit jenem verbunden. Hier wurde eine Verbindung gelöst und ein Teil entfernt. Eine Lücke. Was war es? Was könnte es gewesen sein? Fühlt, riecht, schmeckt, extrapoliert.

Die nicht an der Erkundung beteiligten Fasern vergrößern inzwischen das Loch. Mittlerweile sind es Tausende, die das Gehäuse wie ein Pelz überziehen, tausend kleine Zungen, die jede für sich eine infinitesimale Korrosion verursachen. Das Vitreon wird löchrig wie ein Sieb, durchbrochen wie ein Spitzendeckchen und gleicht schließlich einem weitmaschigen Netz. Dann löst es sich ganz auf. Was sich zuvor drinnen befand, ist nun draußen und von den Fasern umsponnen.

Nela schläft. Bertran schläft. Sie haben sich in einen Traum zurückgezogen, in eine Welt der Leichtigkeit und Kraft, der unbeschwerten, geschmeidigen Bewegung. Dies ist ein altes Geschenk, diese Zuflucht eines Traums. Sie spüren keinen Schmerz. Sie sind von einem Schrecken befreit, der zu fürchterlich war, um ihn zu ertragen. Sie befinden sich in der Welt der Antithese, wo sie sich frei von allen Zwängen bewegen.

Die Fasern verzweigen sich. Schmeckt ihnen eine Zelle, dann vervielfältigen sie sich, jedoch nicht nur einmal, sondern tausendfach zu einer spiraligen Kette. Ist ihnen etwas zu fad, dann würzen sie nach und schaffen eine Zelle neuen Typs. Hier formen sie eine Sehne. Dort einen Knochen. Lautlos. Sanft, um die

Träumer nicht zu stören, die nicht wissen, wo sie sind, woraus sie waren, woraus sie sind.

Nela träumt, daß sie auf dem Felsvorsprung steht und die Welt betrachtet. Um sie herum schwirren die Vögel in einer fröhlichen Wolke und rufen sie. Sie entfaltet die Schwingen und taucht singend in ihre Mitte.

Bertran springt ins Meer und taucht hinab. Geschmeidig folgt er seinen spiralförmig hinabtauchenden Kameraden. Am tiefsten Punkt wendet er und folgt den aufsteigenden Luftblasen in einer perfekten Kurve, bis er schließlich lachend aus dem silbernen Wasser bricht.

»Nela«, ruft er mit der bis zum Himmel hallenden Stimme eines Seeungeheuers und hebt zum Gruß eine Flossenhand, eine Fingerflosse.

»Bertran«, antwortet sie mit der Stimme des Winds, der über das Wasser streicht. Ihre Schwingen berühren ihn, während er über die Oberfläche gleitet. Der Hauch ihres Atems kühlt sein Gesicht.

Unter dem Sand verzehrt eine Faser einen Mechanismus, Atom für Atom. Schmeckt eklig, aber es muß verdaut und ausgeschieden werden. Metalle und Kohlenwasserstoffe lösen sich auf, ein Brocken nach dem andern. Seufzend zerfällt der Wellengenerator einer Gravitationseinheit in seine Grundbestandteile. Die mechanischen Verbindungen eines Greifarms lösen sich. Fasern transportieren die Elemente nach draußen. Ein paar zum Fluß, wo sie von der Strömung davongetragen werden, ein paar zu einem entfernten Kiesbett, wo jedes einzelne Atom auf den Steinen abgelegt wird, und ein paar werden tief unter den Gräsern und dem Schilf des Ufers vergraben. Wenn jemand zu diesem Ort kommt, der mit Suchgeräten ausgerüstet ist und nach, sagen wir, gewissen Elementen sucht, die in Vitreon beziehungsweise Dinka-Dschinn-Mechanismen vorkommen, dann sind diese Elemente nicht mehr miteinander verbunden, sie sind einfach nicht mehr vorhanden.

Die Vitreon-Gehäuse enthalten Schädel, harte Knochen ohne die Kiefer. Die Fasern zerlegen sie, Zelle um Zelle, und fügen sie auf eine andere Art zusammen. Was ist das? Befinden sich etwa Anweisungen dort drin?

Graues Laub und grauer Baum und grauer, auffrischender Wind.

Was ist das?

Kummer, verschwindender Kummer, Schwimmen, Tauchen.

Dieses kleine gepanzerte Ding, das klettert. Was ist das? Hat der andere auch dieses Ding?

Hier auch. Kummer. Klettern. *Schildkrötentaube*, ach, *Schildkrötentaube.*

Instruktionen? Vielleicht. Obwohl dieses große Bewußtsein zu groß und intelligent ist, um zu dem kleinen gepanzerten Wesen zu gehören, das von... von der Sehnsucht beseelt ist, zu fliegen. Von der Sehnsucht nach Flügeln.

Es ist zwar klein, aber wichtig. Laßt es drin.

Auf dem Knochen entsteht Haut und eine Bedekkung für die Haut. An den knubbeligen weißen Enden der Gelenke entstehen Knorpel, dann weitere Knochen. An den Anschlußstellen der Organe entstehen weitere Organe und verändern sich selbst – oder passen sich an neue Systeme an, in Übereinstimmung mit den Träumen.

All das geschieht unter der Oberfläche. All das vollzieht sich in der Wärme und Dunkelheit unter der Sandbank. Unten die Feuchtigkeit, oben die Sonne. An der Oberfläche ist alles ruhig. Der Sand wird von der Brise gekräuselt, und ansonsten ist er jungfräulich unberührt. Winzige Augen an Stielen kreuzen im Fluß. Ihre Blicke stechen wie Nadeln, und gereizt vollführen sie ruckartige Bewegungen auf der Suche nach etwas, das sie nicht finden. Die Gefangenen sind verschwunden. Wohin sind sie verschwunden? Der mächtige *Chimi-ahm*, der im Knoten nahe der Tiefe sitzt, will das wissen. Der an einem fernen Ort befindliche *Beinlose Gott* Breaze will das wissen!

Eine Drohne nähert sich, ein summender, bienengroßer Störenfried aus einem großen Stock solcher mechanischer Drohnen. Im stillen Spätnachmittag geht er auf der Sandbank herunter. Nachdem er für eine Weile gepeilt und gespäht hat, will er wieder starten. Allein, es gelingt ihm nicht. Er müht sich summend ab, erstarrt und verliert zuletzt den inneren Zusammenhalt. Die Bindekräfte wirken nicht mehr. Er wird sich dessen bewußt, als das neugierige Netzwerk unter dem Sand ihn schichtweise abschält.

In *Nirgendwo* luden die Seeleute Kisten und Säcke aus und das Gepäck der Passagiere. Die drachenförmigen Gestalten unter den Bäumen waren verschwunden. Die Leute versammelten sich um Asner und Jory und redeten leise auf sie ein.

Curvis stand noch immer an der Reling und schaute zu dem Ort, an dem die Drachen sich befunden hatten. Es hatte ihm die Sprache verschlagen, was selten genug geschah.

Cafferty brachte das Mädchen an Deck. Es war noch immer blaß und zitterte, aber die Panik hatte sich gelegt.

»Das ist Alouez«, stellte Cafferty sie vor. »Ich habe ihr gesagt, daß sie für die nächste Zeit unsere Pflegetochter sein wird.«

Latibor murmelte seinen Namen, nahm Alouez bei der Hand und lächelte ihr mit einem Kopfnicken zu. Curvis hatte den Blick noch immer auf das Ufer gerichtet und weigerte sich, sich an diesem Ritual des

Trosts zu beteiligen. Das Mädchen gehörte nach Derbeck, nicht hierher, und es schickte sich nicht, sie wie ein Familienmitglied zu begrüßen. Erst nachdem die anderen an Land gegangen waren, verließ er das Schiff und ging auf Jory zu, wobei er mit dem Finger in die Richtung der verschwundenen Drachengestalten wies.

»Sie sind nicht mit Ihrem Drachen verwandt, nicht wahr!« Das war keine Frage, denn er kannte die Antwort bereits. Jorys Drachen hatte eine Aura des Mystischen, der absoluten Fremdheit. Die Drachengestalten, die er gesehen hatte, waren indes reale Wesen gewesen. Zwar nichtmenschlich, aber trotzdem aus Fleisch und Blut.

»Nein, Curvis, sie sind nicht mit dem *Großen Drachen* verwandt«, sagte sie und schaute ihn unter langen Wimpern hervor an.

»Ohne Zweifel sind sie das, was wir untersuchen sollen«, sagte er bestimmt und ignorierte ihren Kummer. Nach dem, was er gehört hatte, glaubte die alte Frau, daß Fringe etwas zugestoßen war. Solange Danivon nichts zugestoßen war, würde Curvis sich jedoch nicht aus der Ruhe bringen lassen.

»Ohne Zweifel«, sagte sie und trocknete sich die Augen.

»Und Sie haben die ganze Zeit gewußt, wer oder was sie sind?«

»Ja, seit ich nach *Woanders* gekommen bin.« Sie verstummte und wechselte Blicke mit Asner. »Ich rate dir, Curvis, aufzuhören, ihnen nachzuschauen, in ihre Richtung zu zeigen und dich wie ein Kind im Zoo zu benehmen.«

»Sie werden mir sicher gleich sagen, weshalb ich das sein lassen soll«, knurrte er.

»Weil das schlechtes Benehmen ist und die Arbai großen Wert auf gute Manieren legen.«

Er glaubte, nicht richtig zu hören. Er legte sich diverse Formulierungen zurecht, die sie vielleicht gesagt hatte und murmelte schließlich: »Die Arbai?«

»Die Arbai. Alle, die von ihnen noch übrig sind.«

»Was machen sie hier?« entfuhr es ihm. Er vermochte den Blick nicht von der Stelle zu wenden, an der er sie zuletzt gesehen hatte. »Was, zum Teufel... Wie sind sie überhaupt hierher gekommen?«

»Durch ein Arbai-*Tor*«, sagte Asner. »Als die *Brannigans* die Küste von Panubi erkundeten, fanden sie ein Arbai-*Tor*. Sie nahmen es mit. Soweit ich weiß, befindet es sich nun in *Toleranz*.«

»Ja, es gibt eins in *Toleranz*, durch das die Zwillinge gekommen sind«, sagte Curvis abwesend. »Ich erinnere mich gar nicht, daß es ursprünglich in Panubi stand.«

»Es gibt auch keinen Grund, weshalb du das hättest wissen müssen«, sagte Jory. »Wie dem auch sei, es gab hier ein Arbai-*Tor*, und die Arbai sind auf der Flucht vor der Pest hier herausgekommen. Sie schlossen das *Tor* hinter sich oder glaubten es zumindest; ein paar Verbindungen müssen noch bestanden haben, sonst wären Asner und ich nämlich nicht durchgekommen. Wir fanden die Letzten der Arbai hier in Panubi. Sie waren nur noch wenige und glaubten, sie seien noch immer von der Pest bedroht. Sie fürchteten sich vor uns, denn sie nahmen an, wir hätten die Pest eingeschleppt...«

»Es gelang uns aber, sie vom Gegenteil zu überzeugen«, sagte Asner. »Die Pest war damals schon längst vorbei.«

»Als Geste des Danks boten sie uns an, bei ihnen zu bleiben. Später, als die ersten Forschungsschiffe von Brannigan gesichtet wurden, zogen die Arbai sich in den Mittelpunkt des Kontinents zurück und errichteten die Mauer, um ihre Enklave abzugrenzen, auf die sie durch das Recht der ersten Besiedlung einen Anspruch hatten.«

»Das *Tor* nahmen sie nicht mit?« fragte Curvis.

»Sie hatten nicht vor, es noch einmal zu benutzen; also ließen sie es zurück.«

»Und Sie wollten es auch nicht mehr benutzen?«

Sie antworteten nicht.

»Und die Leute?« Curvis deutete mit einem Nicken in Richtung der Menschen, die da und dort zwischen den Gebäuden im Gelände standen. »Die Menschen?«

»Unsere Leute. Menschen, die Asner und ich rekrutiert haben, damit sie uns unterstützen.«

»Wobei unterstützen?«

»Bei den Ermittlungen, was dort draußen in *Woanders* vor sich geht. Wir selbst sind nicht immer… verfügbar, um herumzureisen und Fragen zu stellen. Wir machen uns große Sorgen um die Menschen auf *Woanders*, zumal niemand sonst zu wissen oder sich dafür zu interessieren schien, was hier vorgeht.«

»Und Sie leben hier, Sie und der alte Mann?«

»Hinter diesem Hügel. Asner und ich haben dort ein Haus mit einem Garten.«

»Und eine Koppel mit Pferden, eine Veranda mit einem Schaukelstuhl und eine Katze«, sagte Asner in sarkastischem Ton. »Alles heiß ersehnt, aber kaum benutzt.«

»Woher kommen die Leute?« fragte Curvis ärgerlich.

»Sie beziehungsweise ihre Eltern wurden auf *Woanders* rekrutiert.«

»Wie Cafferty und Latibor.« Er wies auf die zwei, die neben ihnen standen.«

»Ja, wir haben sie rekrutiert. Als Kinder. Wir haben sie hierher gebracht und großgezogen.«

»Wofür wir ihnen auch von Herzen dankbar sind…«, sagte Latibor.

»Das war eine Einmischung in die inneren Angelegenheiten einer Provinz!« fiel Curvis ihm ins Wort.

Jory sah ihn kopfschüttelnd an. »Ach, Curvis, reg

dich nicht künstlich auf. Cafferty und Latibor waren todgeweihte Babies. Also kam es gar nicht darauf an, ob ich sie mitnahm oder nicht. Ich habe sie aus dem Fohm gefischt, wenn du es unbedingt wissen willst! Die Schwimmhäute wurden ihnen später entfernt. Wir haben nur Kinder und junge Leute rekrutiert, die nicht vermißt wurden. Leute wie Fringe.«

»Zasper hätte Fringe vermißt!« Verbal verteidigte Curvis zwar Zaspers Gefühle, obwohl sein Tonfall verriet, daß er es für eine Narretei hielt, jemanden zu vermissen.

»Ja, das hätte er. Das wußten wir. Deshalb haben wir sie auch in Enarae gelassen, anstatt sie hierher zu bringen.«

Curvis wollte sich aber aufregen. Er suchte nach etwas, woran sein Zorn sich entzünden konnte. »Wenn ihr so eifrig damit beschäftigt seid, Menschenleben zu retten, weshalb habt ihr dann nicht Danivon gerettet, als er ein Baby war? Wieso mußte Zasper das übernehmen?«

Jory zuckte die Achseln. »Das war zu einer Zeit, als wir nicht… verfügbar waren. Cafferty und Latibor konnten uns nicht erreichen. Wir wußten nicht einmal, daß sie ein Kind hatten – in Anbetracht der Umstände war das nicht gerade das Klügste.«

»Das stimmt«, pflichtete Jory ihm bei. »Die Gefahr für Danivon entstand jedoch ganz plötzlich. Wir taten, was wir unter den Umständen für das Beste hielten.«

»Und wir hatten auch Erfolg«, sagte Asner. »Manchmal hat man eben Erfolg.«

Die Seeleute kamen die Planke herunter und brachten den Rest ihres Gepäcks. Die Leute am Ufer hatten kaum Zeit, sich zu verabschieden, als das Schiff schon wieder ablegte und flußabwärts fuhr, wobei die Männer am Ruder unablässig »Hauu-lah, hauu-lah« riefen.

»Scheint so, als ob ich für eine Weile bleiben würde«, murmelte Curvis.

»Als unser Gast«, sagte Jory. »Komm, sei unser Gast. Ihr seid alle unsere Gäste.«

»Hab ich denn eine Wahl?« Er drehte sich um und warf einen Blick auf die großen Bäume – größer als alles, was er bisher auf *Woanders* gesehen hatte –, auf die schlichten, ziegelgedeckten Gebäude, die sich unter ihnen drängten, auf den grasbewachsenen Hügel, dessen Kuppe von anderen Bauwerken gekrönt wurde: Tempel vielleicht, oder Monumente. Die Akropolis vermittelte einen formellen Eindruck; ihrer Architektur zufolge diente sie rituellen Zwecken: breite Treppenfluchten, Säulen, Arkaden und Kuppeln, die sich harmonisch zu einem schlichten Ganzen fügten. Oberhalb des Bauwerks ragten Bäume empor, die sogar noch höher waren als die am Fluß, dräuende Riesen, deren ausladende Äste sich wie grüne Wolken darüber breiteten.

Ein menschliches Wesen trat aus dem Schatten der Bäume und lief geschwind den Hügel hinab.

»Was ist das?« Curvis zeigte auf die Gebäude auf dem Hügel.

»Das ist ihr Regierungssitz«, sagte Jory. »Was man eben unter ihrer Regierung versteht.«

»Aha. Dann schlage ich vor, daß wir dorthin gehen und Verstärkung für Danivon und Zasper holen.«

Jory schüttelte betrübt den Kopf. »Du kannst natürlich fragen, aber es wird keinen Sinn haben.«

»Sie meinen, sie seien unfreundlich?«

»Sie sind überhaupt nicht unfreundlich. Sie greifen nur nicht in die Vorgänge außerhalb der Mauer ein.«

Curvis ließ sich das durch den Kopf gehen. Wenn er sich auch kaum um Zasper, Fringe und die Zwillinge sorgte, um Danivon machte er sich sehr wohl Sorgen.

»Ich war ein Narr, daß ich ihn mit dem alten Mann gehen ließ. Ich hätte ihn begleiten sollen!« Mißtrauisch drehte er sich zu der Menge um, die ihn jedoch nur gleichmütig ansah. Offensichtlich betrachteten diese Leute *Beauftragte* nicht als Autorität, wodurch er noch gereizter wurde. »Ich werde zu diesen Arbai gehen und sie auffordern …«

Die Person war nun am Fuß des Hügels angelangt. Sie kam zu ihnen, umarmte Jory und flüsterte ihr etwas ins Ohr.

Jory seufzte. »Es hat den Anschein, als ob die Arbai deine Absichten kennen würden, Curvis. Du kannst dir das gleich aus dem Kopf schlagen. Diejenigen, die jetzt die Entscheidung treffen, schicken uns eine formelle Botschaft.«

»Die jetzt die Entscheidung treffen?«

»Sie sind ein kleines Volk, und jedem von ihnen obliegt es turnusmäßig, Entscheidungen zu treffen. Sie werden einen unserer Leute als Boten schicken.«

»Was sollte uns wohl davon abhalten, zu ihnen zu gehen?«

»Tatsache ist, sie haben gesagt, daß wir auf eine Nachricht warten sollen. Das heißt, daß sie nicht mit uns sprechen wollen. Vielleicht sind sie der Sache überdrüssig. Oder vielleicht ärgern sie sich auch über mich.«

»Es ist wegen Thrasis«, sagte Asner. »Nun, du wußtest doch, wie sie darauf reagieren würden. Du bist übers Ziel hinausgeschossen, Jory.«

Sie zuckte die Achseln und lächelte zerknirscht. »Kein Zweifel. Nun, ich glaube, Asner und ich werden nach Hause gehen. Ihr seid eingeladen.« Sie führte sie zurück über das offene Gelände, durch das Waldstück und auf eine Weide, wo ein kleines braunes Haus sich auf dem Boden duckte. Auf den ersten Blick schien das Haus zu klein für sie alle, doch beim Näherkommen sahen sie einen langen Trakt, der von der anderen Seite abging.

»Ihr werdet im Gästeflügel untergebracht«, sagte Jory. »Du, Curvis. Und Cafferty und Latibor, und natürlich auch Alouez.«

»Im Gästeflügel«, sagte Cafferty mit einem Blick auf Latibor. »Natürlich.«

Sie gingen durch eine offene Tür und traten auf Parkett, das mit gewebten Teppichen belegt war. Dann durch die Tür in der Ecke und einen gebohnerten Korridor entlang, wo offenstehende Türen zu den jeweiligen Räumen führten; als ob das Haus gewußt hätte, mit wie vielen Gästen es zu rechnen hatte.

»Wenn ihr fertig seid, werden wir essen«, rief Jory ihnen nach. »Erfrischt euch und ruht euch aus.«

Folgsam gingen sie auf ihre Zimmer. Curvis blieb gerade so lange im Raum, um zu erkennen, daß das Bett selbst für seine hünenhafte Gestalt ausreichend Platz bot. Er stellte das Gepäck ab und kletterte aus dem Fenster. Er würde sich nicht in einem Gebäude einsperren lassen, bevor er sich mit der Umgebung vertraut gemacht hatte, die Schwachstellen des Hauses kannte und wußte, wie es zu verteidigen war.

Pferde hoben den Kopf und wieherten, als er vorbeiging. Dann grasten sie weiter. Hinter dem Haus befand sich ein Vogelhäuschen, in dem Vögel tschilpten und gurrten. Weiter hinten, auf der Hügelkuppe, fand er zwei behauene Steine.

Er las die Inschriften: ›Jory, geborene Marjorie Westriding, Planet Erde, Sonnensystem, zweiundzwanzigstes Jahrhundert galaktischer Standardzeit. Jagdmeisterin. Fernreisende. Prophetin emerita.‹

›Asner, geborener Samasnier Girat, Planet Ahabar, Bogar-System, siebenunddreißigstes Jahrhundert galaktischer Standardzeit. Mythen-Fresser. Missionar. Mitreisender. Im Ruhestand.‹

Fast viertausend Jahre lagen zwischen Jorys Jahrhundert und dem derzeitigen. Die meiste Zeit mußte sie sich in Stasis zwischen *Toren* befunden haben. Wie die Zwillinge. Und auch Asner. Curvis strich mit dem Finger über die Steine. Er hatte solche Monumente schon gesehen, die von alten Leuten oder ihren Familien errichtet wurden, um sich ein Denkmal zu setzen. Das war Brauch in einem Dutzend ihm bekannter Provinzen.

Er kehrte um und gelangte zu einer Veranda, wo Jory im Schaukelstuhl saß, mit einer dicken Katze auf dem Schoß und einem Wurf Kätzchen zu ihren Füßen.

Später gingen sie alle mit Cafferty in den kleinen Garten und pflückten Früchte, die sie dann auf der von der Sonne erwärmten Mauer der Terrasse aßen. Sie dösten in der Stille des Nachmittags. Und dann sahen sie, wie dieselbe Frau, die am Morgen zu ihnen gesprochen hatte, aus dem Waldstück in der Senke heraustrat und langsam den Hügel heraufkam.

»Dort kommt der Bote«, sagte Jory. »Um uns auszurichten, was die Arbai uns zu sagen haben, obwohl wir bereits wissen, was sie zu sagen haben.«

Ihr geschäftsmäßiger Ton machte Curvis wütend. Er konnte kaum noch an sich halten. Als *Beauftragter* war er gewohnt, alles unter Kontrolle zu haben. Nun hatte er nichts mehr unter Kontrolle. Nicht hier. Er wußte nicht, wer hier das Sagen hatte. Jedenfalls nicht Jory, was ihn irgendwie verwunderte. Auch nicht Asner.

»Geduld«, sagte Latibor, der die Zornesröte in Curvis' Gesicht sah. »Es hat keinen Zweck, sich aufzuregen.«

»Ich rege mich deshalb auf, weil wir die Unterstützung für Danivon hinauszögern. Wir *Beauftragten* handeln nach dem Motto: ›Die richtige Hilfe hilft, und genug Hilfe hilft, doch Hilfe zur rechten Zeit hilft am meisten.‹«

Latibor schüttelte den Kopf und murmelte: »Curvis, ich will Danivon auch helfen. Obwohl er ein Fremder für uns ist, sehen Cafferty und ich in ihm immer noch das Kind, das wir liebten. Wir wollen ihn vor Schaden bewahren, aber wir können selbst nichts tun. Und wir wissen, daß die Arbai nichts unternehmen werden.«

»Wir haben sie noch nicht gefragt. *Ich* habe sie zumindest noch nicht gefragt.«

»O doch, du hast sie schon gefragt. Glaube mir, die Arbai kennen jeden deiner Gedanken.«

»... hier ist sie«, sagte Jory.

Die Frau hielt die Schriftrolle hoch und verneigte sich. Jory verneigte sich ebenfalls. Sie wechselten ein paar Worte in einer zischenden Sprache. Dann entrollte die Frau die Schriftrolle und verkündete den Inhalt in derselben Sprache.

Cafferty dolmetschte leise: »Die Arbai wissen, daß ihr euren Freunden jenseits der Mauer helfen möchtet. Die Arbai haben Verständnis für diesen Wunsch. Die Arbai vertreten jedoch einen philosophischen Standpunkt, der verhindert, daß das *Arbai-Gerät* ...«

»Das *Arbai-Gerät*!« entfuhr es Curvis. »Jory sagte doch, es gäbe kein derartiges Gerät in Panubi!«

»So hat sie das nicht gesagt«, korrigierte Asner ihn hastig. »Sie hat sich nur gefragt, ob ein solches Gerät mit eurer glorreichen Vielfalt vereinbar gewesen wäre. Es gibt ein derartiges Gerät, aber es wird nur auf dieser Seite der *Großen Mauer* eingesetzt.«

»Aber ...«

»Psst«, sagte Cafferty. »Unterbrich sie nicht, Curvis. Sie sind geduldige Leute. Sie sind damit einverstanden, daß ihre Botschaft für dich übersetzt wird, aber eine Störung ihres Boten würden sie als unentschuldbar schlechtes Benehmen betrachten.«

Die Frau beendete ihre Ansprache, rollte die Schriftrolle zusammen, verneigte sich und ging wieder den Hügel hinab.

»Die Botschaft hatte folgenden Schluß«, sagte Cafferty. »›*Die Leute von Woanders beschlossen, hierher zu kommen. Sie beschlossen, in der Tradition ihrer Vorfahren zu leben, wählten ihre Götter, ihre Riten, ihre Kultur des Lebens und des Todes. Wir respektieren ihre Wahl und werden uns nicht in ihre Angelegenheiten einmischen.‹*«

Verwirrt schüttelte Curvis den Kopf.

Jory seufzte. »Diplomatischerweise hast du die Passage über Thrasis ausgelassen, Cafferty. Die Arbai sind ziemlich verärgert wegen Thrasis. Mein Argument lautet natürlich, daß die Frauen von *Thrasis* sich für gar nichts entschieden hatten, bevor ich ihnen eine Wahlmöglichkeit gab.«

»Ich verstehe nicht, weshalb das eine Hilfeleistung für Danivon ausschließen soll«, knurrte Curvis. »Wir haben doch gar nicht vor, in den Provinzen etwas zu verändern.«

»Es müßte eigentlich klar sein, Curvis. Sie werden sich nirgendwo in *Woanders* einmischen.«

»Auch nicht, um Danivons Leben zu retten?« fragte Curvis.

»Ich muß dich an deine eigenen Worte erinnern«, herrschte Jory ihn mit zitternder Stimme an. »Was hast du noch wegen Alouez zu Fringe gesagt? Du hättest Fringe den Mächten von Derbeck überlassen, weil sie sich dort eingemischt hatte! Wie habt du und Danivon euch zu dem Kind im Korb geäußert? So stehen die Dinge eben, nicht? Kein Grund zur Aufregung. Worum ging es bei dieser Auseinandersetzung in Molock? Wie habt ihr euch mehrfach über die Vielfalt und den Status quo geäußert? Vor ein paar Tagen hast du Fringe noch deshalb angegriffen, weil sie das sagte, was du nun sagst! Was ist denn mit deinem *Beauftragten*-Eid? Gilt der auf einmal nicht mehr?«

»Aber Danivon ist einer von uns«, rief er zornig. »Er ist ein *Beauftragter*. Er gehört zu uns.«

»Fast jeder«, sagte Jory und umklammerte Asners Arm, »gehört zu irgend jemandem.«

Im Knoten nahe der *Tiefe* verlor der *Große Gott* Subble Cling den Kontakt mit ein paar der Augen und Ohren, die jenseits der Mauer ausgeschwärmt waren, doch dieser Verlust lenkte ihn nicht von seiner Beschäftigung ab. Er zog neue Grenzen für sich selbst. Wo die anderen nun gegangen waren, gab es viel Raum, der mit dieser oder jener Erfindung, dieser oder jener Umgebung ausgefüllt werden mußte. Er mußte sich selbst zentrieren und seine wahre Natur bestimmen. Es war an der Zeit, mit der Spielerei aufzuhören; es war an der Zeit, aus der Deckung zu kommen, die er hinter kleineren Dämonen gesucht hatte, und sich zu offenbaren; es war an der Zeit, seinen Anspruch auf Göttlichkeit zu vertreten!

In einem anderen Knoten befaßte Orimar Breaze sich mit seiner Göttlichkeit. Seine Jünger würden Breazianer genannt werden. Er würde Verhaltensweisen und Sitten vorschreiben, die seinem Wesen entsprachen. Er würde Regeln aufstellen, komplizierte Regeln, und viele davon, deren Befolgung nur mit großem Zeitaufwand und unter Schmerzen möglich war. Er wäre nur dann der Liebe seines Volkes sicher, wenn es viele harte Regeln befolgte. Obendrein müßte es viele Rituale geben, die das ganze Leben bestimmten. Seine Untertanen würden vor ihm kriechen müssen. Von dieser Vorstellung war er angetan. Sie würden förmlich robben müssen. Außerdem war Enthaltsamkeit geboten von … von allem, was das Leben schöner machte.

Er versuchte, sich an die angenehmen Dinge des Lebens zu erinnern. Was war das? Es war so lange … so viele … so … War es Sex? Es schien Sex zu sein. Und Essen. Essen war ein Vergnügen gewesen. Also würde er viele Vorschriften in bezug auf Sex und Essen erlassen. Wenn die Vorschriften nur kompliziert genug waren, würde es auch viele Verfehlungen geben, und das würde ihm wiederum als Rechtfertigung für drakonische Strafen dienen! Er würde die Leute zwingen… Er würde die Leute veranlassen… Er würde sie bestrafen, bis sie…

Obwohl er sich nicht mehr an den Geschmack von Essen und das Aroma von Wein erinnerte, an die Freuden menschlicher Bewegung, überkam ihn pure Lust bei der Vorstellung, Macht auszuüben. Er würde sich ordnungsgemäß als Gott einführen, wobei er die Leute mit schönen und verführerischen Worten ködern würde; und wenn das mißlang, würde er sein Volk mit Macht und Schmerz dazu zwingen, ihn zu verehren.

Es wurde Abend, und mit ihm kamen die Kälte und die Dunkelheit. Die Sandbank wanderte im Wind, Sandkörner rieselten wie Sturzbäche und kräuselten die Oberfläche. Ein Gebilde kam zum Vorschein hier am Fluß. Mehrere Gebilde.

Eins hatte Flügel. Eins hatte Schwimmfüße. Beide waren mannshoch, mit überproportional großen Köpfen. Eins war schlank und pelzig, das andere gefiedert. Beide schliefen.

Eine Gestalt streckte und drehte sich, wobei sie eine Schwinge halb entfaltete. Die andere bewegte den Fuß und spreizte Zehen mit langen Nägeln, wobei die Schwimmhäute sich spannten.

Ein Auge schwamm im Fluß und spähte in alle Richtungen, ein Ohr lauschte, schau-schau, lausch-lausch! Es verharrte im Wasser. Weit entfernt erfaßte der Monitor des *Großen Krabblers*, des *Großen Gottes* Orimar, das Bild, glich es mit Vorlagen ab und meldete eine Anomalie. Das Auge näherte sich dem Ufer und hob sich auf dem Stiel in die Höhe. Es hatte richtig gesehen. Es befanden sich anomale Wesen auf der Sandbank. Der Monitor verglich die Bilder mit Darstellungen, die er im *Archiv* gefunden hatte. Das eine war ein Vogel, ein Un-Vogel, ein Engel vielleicht, ein großes gefiedertes

Etwas, das im Sand lag. Und dort, neben dem Vogel lag ein Otter, vielleicht ein Otter, vielleicht auch etwas anderes, eine Robbe vielleicht (Das *Archiv* stützt sich auf alte Kataloge von Tieren und sucht das richtige heraus). Das Auge war sich aber nicht sicher; es wußte nur, daß sie lebten. Ihr Brustkorb hob und senkte sich. Sie atmeten.

Sie hatten dort nichts zu suchen. Weder die Otter-Robbe noch die Engels-Glyphe.

Das Auge rief den *Großen Krabbler*, den *Großen Gott* Breaze. Der Ruf wurde von *Chimi-ahm* aufgefangen, dem *Großen Gott* Cling, der seinerseits Augen aussandte. Der *Große Gott* Subble Cling traute seinen Augen nicht. Er weigerte sich, die Realität dessen, was er sah, zu akzeptieren. Diese Wesen waren ein Trick. Eine Täuschung. Jemand speiste falsche Bilder in die Leitung ein. Jemand wollte ihn zum Narren halten.

Die Wesen schlugen die Augen auf. Sie schauten in die über dem Wasser schwebenden Sensoren, ohne sie zu sehen. Sie wußten aber, daß eine Veränderung eingetreten war, daß vielleicht sogar Gefahr drohte.

In der Ferne heulte der *Beinlose Gott* Orimar Breaze vor Wut über diesen Unsinn. Es gab nur zwei Klassen von Wesen: Verehrer und Verfolger. Jemand, wahrscheinlich Cling (wer sonst wäre so feindselig?) hatte ihm eine Falle gestellt! Er hatte periphere Anschuldigungen geäußert und tangentiale Dementis erhalten. Er hatte angegriffen und war seinerseits angegriffen worden. Er schrie. (Er glaubte, daß er schrie, er war überzeugt, daß er schrie, obwohl jene, denen die Schreie galten, sie nicht vernahmen. Wie schreit ein Schaltkreis? Wie artikuliert ein Muster Wut?)

»Nein«, erwiderte Bland von einem entfernten Knoten. »Nein, Breaze. Alles Einbildung. Es spielt sich in deiner virtuellen Welt ab, ist zweifellos ein Traum.«

»Nein«, sendete Thob von einem noch entfernteren

Knoten. Sie glaubte zwar, daß Breaze log, täuschte aber vor, daß sie die Sache ernst nahm. »Du erinnerst dich an etwas aus einer alten Mythologie, Breaze. Weshalb sollte ich Zeit mit der Erschaffung von Engeln vergeuden?«

Sie hielten ihn zum Narren, sagte Breaze sich. Vielleicht hatten sie den Gefangenen zur Flucht verholfen! Vielleicht hatten sie sich gegen ihn verschworen!

Im Knoten in der Nähe von *Tiefe* bündelte Cling derweil all seine Kräfte und erteilte dem Netzwerk und der großen Fabrik im *Kern* bestimmte Anweisungen. Allein schon die Präsenz dieser anomalen Kreaturen verlangte eine harte und schnelle Reaktion. Sie waren in seine Welt eingedrungen, und er würde sie töten. Die ehemaligen Gefangenen würde er zuerst töten. Dann würde er die anderen Entflohenen suchen und sie ebenfalls töten. Am meisten freute er sich jedoch darauf, die beiden Männer zu Tode zu martern, welche die Gefangenen befreit hatten. Währenddessen würde er der Frage nachgehen, ob Breaze, Bland und Thob sie dazu angestiftet hatten!

Das Pelzwesen versuchte, die Augen zu bewegen, ohne sich zu rühren. Das war nicht er selbst, nicht sein eigenes Selbst mit der weichen Haut, der pulsierenden Verbindung, dem pochenden Herzen, der atmenden Lunge. Er war etwas anderes. Dies war Traumzeit, Schlafenszeit, doch ohne die Gewißheit und Leichtigkeit des Schlafs. O nein, das war der Wachzustand, und er hatte Angst, sich zu betrachten.

»Was bist du?« fragte eine Stimme, Nelas Stimme.

Sein Kopf drehte sich (ohne sein Zutun) in die Richtung, aus der die Stimme gekommen war, und sah ein gefiedertes Wesen, nicht Nela, obwohl es sich um Nelas Stimme gehandelt hatte. Wieso hatte dieses Wesen dann Nelas Gesicht? Dieses vogelartige Wesen, dieses geflügelte Ding, schlank und mit flaumigen Federn? Weshalb streicht Nelas Blick über die gefiederten Arme und Beine, weshalb weint Nela, deren Mund in einer spontanen Gefühlsregung weit offen steht. Freude? Wahrscheinlich nicht.

»Bertran!« rief sie. In der Stimme schwang eindeutig Schrecken mit.

Ohne die entsprechende Willensanstrengung sprang er auf und legte den linken Arm um sie. Dort gehörte sie hin, dort lebte sie, dort war sie immer gewesen. Sie duckte sich und versuchte, die gewohnte Position einzunehmen, wobei sie unaufhörlich »Bertran, Bertran«, rief, als ob er weit weg wäre und nicht hier neben ihr. »Bertran«, rief sie wieder wie eine Trauernde. »Halt mich fest!« Während sie noch rief, er solle sie halten, stieß sie das andere Ding fort und versuchte, das Pelzwesen abzuwehren, diesen Fremden zu vertreiben, vor ihm zu fliehen.

Er hielt sie, obwohl er genauso erschrocken war wie sie, wegen ihrer Erscheinung, ihres Gefühlsausbruchs und weil er in dieser seltsamen Haut und in diesem seltsamen Körper gefangen war. Er schauderte in einem Anfall von Panik, und sie löste sich von ihm und stürzte schreiend zu Boden, als ob diese Trennung eine erneute Verletzung darstellte.

Sie kauerte mit geschlossenen Augen in der Nähe, wobei ihr schwerer Atem ein Echo seines Keuchens war und stieß ähnliche panische Laute aus.

»Nela«, schrie er am Rand der Hysterie und versuchte sich zu beherrschen. »Du … wir haben uns verändert, das ist alles. Wir sind verändert worden.« Er schloß die Augen, weil er ihren Anblick, seinen Anblick nicht ertrug. Wenn er es nicht mehr sah, verlor es etwas von seinem Schrecken!

»Macht das rückgängig!« schrie sie. »Macht das wieder rückgängig!«

»Du hast die Box doch gehaßt«, rief er mit geschlossenen Augen. »Du hast sie gehaßt!« Sie hatte die Box gehaßt, er hatte die Box gehaßt, doch vielleicht waren sie vom Regen in die Traufe geraten!

»Nein. Nicht die Box. Uns. Was aus uns geworden war.«

Die Worte verhallten ungehört. Was war nur aus ihnen geworden. Keine Antwort. Schnelle Atemzüge, sonst war nichts zu hören. Was aus uns geworden war. Wer würde wohl auf ihre Bitte hören, sie wieder in den alten Zustand zu versetzen, wenn sie sich die ganze Zeit gewünscht hatten, etwas anderes zu sein?

»Nela, hör auf zu weinen!«

Nelas Augen öffneten sich, fast gegen ihren Willen. »Ich bin verändert«, sagte sie. »Berty, wir sind verändert.«

»Ich dachte, du wolltest das«, rief Bertran. »Du hast es mir selbst gesagt.«

»Wollte«, stöhnte Nela. »Wollte. Aber nicht so. Nicht so plötzlich. Ich hätte Zeit gebraucht. Zeit, um zu …«

»Wir wollten doch getrennt werden«, rief Bertran.

»Aber wir wollten wir selbst sein. Wir wollten nicht, daß wir nicht mehr wir selbst sind!«

»Woher willst du denn wissen, was wir sind?« schrie Bertran. »Alles, was du tust, ist heulen.«

Ihr stockte der Atem. Es hatte etwas von Sizzy in diesen Worten mitgeschwungen, etwas von dem, was Schwester Jean Luc gesagt hatte. Nicht hysterisch werden. Schaut euch um!

Was sie auch tat, wenn es ihr auch schwerfiel. Sie war kein Ungeheuer. Bertran war auch kein Ungeheuer. Sie waren zwar nicht mehr sie selbst, aber auch keine Monster. Nicht häßlich. Nicht menschlich, aber auch nicht häßlich. Besser als die Boxen. Mit Abstand. Aber … aber sie waren noch immer grotesk. Jemanden wie sie würde es kein zweitesmal geben. Dessen waren sie sich sofort bewußt. Sie wußten, daß sie nach wie vor Kuriositäten waren, ein Fall für die Nebenattraktion, für die Bühne. ›Sehen Sie den Robben-Mann, das x-te Weltwunder, wie er taucht, schwimmt und rohen Fisch frißt. Sehen Sie die Vogel-Frau …‹

»Es waren all diese Träume«, flüsterte Nela. »All diese Träume vom Fliegen, Berty. Was auch immer das getan hat, es hat meine Träume gelesen. Ich wollte gar nicht, daß sie Wirklichkeit werden, aber es glaubte, ich wollte das.«

Beim Blick auf die Schwimmfüße erkannte Bertran, daß sie recht hatte. Er hatte es auch nicht so gemeint. Phantasien, mehr nicht. Eine lebendige Phantasie, wie man sie während des Abdriftens in den Schlaf kultiviert, ein Ersatz für Daumenlutschen oder Masturbation. Ein Märchen, das einem den langweiligen Nachmittag verkürzt, dieser Traum vom Schwimmen und Tauchen in den smaragdgrünen Tiefen flüssiger Freude. Im Grunde wollte er nur er selbst sein. So, wie er vielleicht gewesen wäre.

Aber es war immer noch besser als die Box.

Als er Nela das sagte, hielt sie die Luft an und keuchte in Erinnerung an den Schrecken. O ja, besser als die Box.

Bertran setzte sich auf und strich mit der Flossenhand über den Körper. Er spürte einen schlanken Rumpf, von den Achselhöhlen abwärts über die Hüfte bis hinunter zu den Schenkeln. Durchgehend. Einzeln. Nicht mehr verbunden.

Nela breitete die Schwingen aus, drückte sie nach unten und spürte das Reiben von Federn auf Federn, deren Bewegung ein seidiges Geräusch erzeugte. Die Füße hoben vom Boden ab. Panik überkam sie. »Die Knochen sind hohl«, flüsterte sie betrübt. Ihre Leichtigkeit erschreckte sie. »Sogar mein Schädel ist hohl.« Sie fuhr mit den Händen über die glatte, gefiederte Brust. »Wahrscheinlich kann ich fliegen.«

»Ich kann schwimmen«, sagte der Otter im gleichen Atemzug und erinnerte sich an den Traum. Dieser schöne Traum schob ihn von der Sandbank in den Fluß. Er verschwand in den Fluten und tauchte nach kurzer Zeit wieder auf. Dann wankte er zitternd an Land und hustete Wasser aus. »Kalt«, rief er. »Kalt und voller seltsamer Dinge.« Es war nicht wie im Traum.

Von einem plötzlichen Impuls getrieben war Nela in die Luft gesprungen und schraubte sich nach oben. Plötzlich schaute sie nach unten, stieß einen Schrekkensruf aus und stürzte mit schlagenden Flügeln ab. Schluchzend landete sie im Sand. »Hoch«, sagte sie weinend. »So hoch und ganz allein!«

Nun weinten sie beide. Sie waren verloren und hilflos. Ihre Ratlosigkeit und Verwirrung ängstigte sie ebensosehr wie die neuen Körper. Zum Teil verspürten sie Schrecken, zum Teil Neugier, und das alles überlagernde Gefühl war Einsamkeit. Ihre Identität stimmte, aber alles andere war hypothetisch.

Bertran krümmte sich auf den Kieseln und kam mühsam auf die Füße. Er vermochte aufrecht zu stehen. Oder auf allen vieren zu gehen. Entweder oder. »Dieses Ding war es, von dem Jory gesprochen hat, dieses Arbai-Ding«, sagte er düster.

»Das *Arbai-Gerät*?« fragte Nela. »Von dem sie auf dem Schiff gesprochen hat? Jory sagte, es handele sich um ein Kommunikationsgerät.« Das war indes reine Rhetorik, denn sie wußte, daß Bertran recht hatte. In dem Moment, in dem er es aussprach, erkannten sie auch schon die Richtigkeit dieser Aussage. Natürlich. Sie waren von dem *Arbai-Gerät* gerettet und umgewandelt worden.

Bertran berührte mit der Flossenhand ihr Knie. »Es ist ein Kommunikationsgerät. Folgendes ist geschehen.

Wir haben kommuniziert. Unsere Phantasien und Träume mitgeteilt. An … an irgend etwas.«

»O ja«, sagte Nela und taumelte über den Sand, um sich neben ihn zu setzen und sich am gewohnten Platz in seinem Arm niederzulassen. »Wie damals, als Mama uns Geschichten vorgelesen hat. Nur daß wir diesmal unsere eigenen Geschichten erzählt haben …«

Stille auf der Sandbank. Plötzlich flog etwas auf sie zu, ein winziges fliegendes Ding, das Gefahr bedeutete. Mit der Pfote holte Bertran es herunter; stöhnend und schreiend lag es im Sand. Es wurde von Fasern umschlungen und in einen Kokon eingesponnen. Das Ding verwandelte sich in eine summende Erhebung im Sand. Dann hörte es auf zu existieren.

»Die Ungeheuer dort draußen wollen uns umbringen«, sagte Bertran. »Die Götter. Diese Dinger. Sie hassen uns, weil wir ihnen entkommen sind.« Er wußte, daß das stimmte, wie alles andere auch.

»Sie können uns hier nicht umbringen«, sagte Nela. »Vielleicht verletzen, aber nicht töten.«

»Aber sie können uns überall sonst töten«, gab Bertran zu bedenken.

»Unsere Freunde!« rief Nela. »Jeder, dem wir begegnet sind, ist tot.«

»Die Besatzung des Curward-Schiffs«, sagte Bertran traurig. »Die Froschmenschen von *Flachwasser*. Die Sänger von *Chor*, und die Reiher-Leute von *Salzmarsch*. Die *Houm* und die *Murrey* in Derbeck.«

»Alle«, sagte Nela weinend. »Alle.« Tränen flossen aus ihren menschlichen Augen und durchtränkten das Federkleid. Sie trauerte, und die Trauer wurde vom tastenden Netzwerk bemerkt, das sowohl sie als auch die Zwischenräume im Sand durchzog. Die Trauer war real, ein Teil des grauen Laubs und des grauen Baums und des grauen Winds. Ein Teil dieses kleinen, kriechenden Dings.

Stille im Innern.

»Ich werde Jory suchen«, sagte Nela. »Ich möchte mit Jory sprechen. Komm mit mir, um Jory zu suchen, Bertran.«

Sie faltete die Schwingen und wankte am Fluß entlang, wobei sie auf wundersame Weise die richtige Richtung einschlug. Nach einem Moment watschelte Bertran hinter ihr her; diese Art der Fortbewegung empfand er als eigenartig, aber auch als effizient.

Wenn sie Jory gefunden hatten, würde er entscheiden, ob das Leben lebenswert war.

Zunächst hatten Zasper und Danivon den Eindruck, daß sie die Mauer erreichen würden, bevor die Dinger hinter ihnen sie eingeholt hatten. Zunächst glaubten sie auch, daß sie dorthin gelangen würden, ohne daß die Bevölkerung von *Bohnenfelder* sie bemerkte. Der Untergrund war fest, und das bewaldete Gelände bot ihnen gute Deckung, so daß sie zügig vorankamen. Obwohl sie Leute auf den landeinwärts gelegenen Feldern sahen und es manchmal unvermeidlich war, zum Beispiel für die Überquerung von Flüssen die Deckung zu verlassen, lief ihnen niemand über den Weg, und mit der Zeit gelangten sie zu der Überzeugung, daß sie die Mauer ohne Schwierigkeiten erreichen würden.

Dann kamen sie in ein gerodetes Gebiet, einen Streifen kahlen Hochlands, wo sie freie Sicht hatten, aber auch selbst leicht zu sehen waren. Nun bemerkten sie hinter sich das unheilverkündende Glitzern von etwas, das sich schnell am Fluß entlangbewegte.

»Es ist größer, als es sein sollte«, stellte Zasper fest. »Die Dinger bei der Kaverne waren sehr klein.«

Danivon ging in Deckung. »Dann haben sie sich vielleicht zusammengerottet«, sagte er. Er ahnte nicht, wie recht er hatte. Ihr Verfolger war wirklich ein Zusammenschluß vieler Entitäten, die jederzeit imstande waren, sich zu teilen und auszuschwärmen.

»Was glaubst du, woran es sich orientiert?« fragte Zasper keuchend. »Wärmedetektor?«

»Möglich. Oder bloß Schall. Du keuchst wie ein brünstiger *Gaver*.«

»Vorsicht, Junge«, murmelte Zasper. »Wir müssen auf jeden Fall die Flucht ergreifen.«

Danivon sparte sich eine Antwort. Die Standardformel war anzuwenden. Keinen Laut. Kühlung. Dazu brauchte man Wasser. Der Fluß befand sich in beträchtlicher Entfernung zu ihrer Rechten, wobei sie zudem über offenes Gelände marschieren mußten. Also rannten sie bergab, in der Hoffnung, daß sie unten auf einen Fluß stoßen würden. Fließendes Wasser, falls es tief genug war, würde die Körperwärme abführen. Fließendes Wasser, falls die Strömungsgeschwindigkeit hoch genug war, würde auch die Atemgeräusche übertönen.

Was sie fanden, war ein Schlammloch, noch dazu nur ein bescheidenes.

»Ich hasse Schlammlöcher«, sagte Zasper stöhnend, wobei er aus einem Schilfrohr eine Atemröhre fertigte. »Wollen wir wetten, daß sich hier mindestens ein Dutzend Blutegel tummeln?«

»Ich wette nicht«, knurrte Danivon, der sich auch ein Rohr zum Atmen anfertigte.

Sie stiegen in den Tümpel, wobei das Wasser durch den aufgewühlten Schlamm noch trüber wurde und schlüpften dann in voller Montur ins Schilf. Jeder steckte ein am Finger befestigtes Peilgerät aus dem Wasser.

Sie registrierten die Ankunft des Dings. Nach einer Weile registrierten sie seinen Abzug. Sie warteten ab. Dann kam es zurück.

»Fährte?« signalisierte Danivon, indem er Zaspers Hand mit einem Finger berührte.

»Warte«, signalisierte Zasper seinerseits.

Das Ding verschwand zum zweitenmal. Und wieder kam es zurück.

»Fährte?« signalisierte Danivon erneut. »Riecher.«

»Du kommst von links, ich von rechts«, signalisierte Zasper. Er war kaum fertig, als Danivon auch schon aus dem Teich schoß. Ihre Waffen feuerten fast simultan, und das Ding zersprang in seine Einzelteile, von denen einige sehr lebendig und sehr gefährlich waren.

Später bandagierte Danivon sich das Bein, und Zasper versorgte die lange Schnittwunde an der Brust. Es war ihm zwar gelungen, die Blutung zu stoppen, doch der Schmerz ließ nicht nach. Er war von einem riesigen, giftigen Insekt geritzt worden.

»Sie werden langsam lästig. Eine der Klingen war mit einem neuartigen Gift präpariert«, sagte Zasper. »Wir sind dreckig«, nörgelte er dann.

»Hat alles sein Gutes«, sagte Danivon und kramte etwas aus der Beintasche hervor. »Hier. Pflanzliche Duftkissen aus einheimischer Produktion.«

Zasper rieb das Ding zwischen den Händen und behandelte anschließend die Schuhe. Das Gerät hatte ihre Duftspur verfolgt. Wenn ein Wind aufkam und ihren Geruch verwehte – obwohl sie im Moment hauptsächlich nach Schlamm rochen –, würde der Duft der Kräuterkissen die Ausdünstungen der Füße und Hände überlagern. »Beim nächstenmal kommt's schlimmer«, sagte er. »Du weißt Bescheid.«

Danivon grunzte nur.

Wenn es noch einen Feind gab, dann folgte er ihnen nicht vom Schlammloch aus. Sie sahen zwar verdächtige Gebilde auf dem Rückweg, von denen aber keins in ihre Nähe kam. Die Zeit verstrich; sie entspannten sich und waren dann um so erstaunter, als sie nach dem Übergang von einer Baumreihe in dichteren Wald plötzlich einer Wachkompanie mit Schwestern der *Lieben Mutter* in die Arme liefen.

Wie Danivon später berichtete, hätten sie die Schwester-Wachen trotz des Überraschungsmoments nur dann eliminieren dürfen, wenn sie eine Lizenz gehabt hätten. Leider lagen weder eine Beschwerde noch eine Verfügung gegen die Frauen von *Bohnenfelder* vor.

Zasper, der noch nie in *Bohnenfelder* gewesen war, wollte sich den Frauen gegenüber ausweisen und erhielt einen Hieb auf den Kopf.

»Buben sprechen erst dann, wenn sie dazu aufgefordert werden«, sagte die Oberschwester. »Ihr werdet schon bald die Gelegenheit haben, der *Lieben Mutter* persönlich eure Geschichte zu erzählen. Sie sagte uns, daß wir mit euerm Kommen rechnen müßten.«

Die Waffen wurden ihnen abgenommen – bis auf die, die den Schwestern verborgen blieben. Der sonstigen Ausrüstung wurden sie auch beraubt. Dann wurden sie auf einen Bergrücken oberhalb der nächsten Gemeinde geführt und in ein kleines Steinhaus gesperrt.

»Wer wußte, daß wir diesen Weg kommen würden?« fragte Danivon.

»Fringe. Die Zwillinge. Und das Ding, das uns verfolgte.«

»Das habe ich mir auch schon gesagt. Wer hat die *Liebe Mutter* nun informiert?«

»Ich bezweifle, daß es Fringe war.«

Zwei Pritschen standen an der Wand des Gefängnisses, und mit einem Stöhnen ließ Danivon sich ermattet auf eine von ihnen fallen. Seit fast einem Jahr war er nicht mehr so schnell gerannt, und er spürte jeden Muskel.

Er machte eine Bestandsaufnahme der hilfreichen Geräte, die er noch immer an sich trug. Am liebsten wäre er sofort ausgebrochen, doch er beschloß, zuvor noch ein bißchen zu ruhen. Er teilte Zasper dies in einer schnellen Folge von *Beauftragten*-Zeichen mit, worauf Zasper nickte und sich seinerseits mit einem Stöhnen auf die andere Pritsche legte. Sie mußten damit rechnen, daß ein Lauschangriff gegen sie geführt wurde. Weil ihnen kein unverfängliches Thema in den Sinn kam, lagen sie nur da und warteten darauf, bis sie das Vergnügen mit der *Lieben Mutter* hatten.

Sie hatten kaum etwas Ruhe gefunden, als dieses Vergnügen sie auch schon ereilte. Die Schwesterwachen führten sie auf den Dorfplatz hinunter, wo die *Liebe Mutter* (ob es sich nur um eine einzige oder um eine von mehreren handelte) auf einem thronartigen Stuhl saß, ihre Dorfkinder zu Füßen. Sie trug ein geblümtes Kleid von der Größe eines Zelts, wobei ihre Körperfülle über den Stuhl hinausquoll. Ihre Brüste glichen Luftballons, die bis auf die Schenkel hinabhingen, und die schmuckbehängten Arme waren Speckrollen. Um sie herum waren ihre Schwesterwachen postiert, ausnahmslos muskulöse, schlanke Frauen. Allein die *Liebe Mutter* trug die Bürde des Fleisches, die ihre Göttlichkeit auswies.

Die Männer musterten die *Liebe Mutter* nur flüchtig und betrachteten dann das Wesen neben ihr. Es wies eine frappierende Ähnlichkeit mit dem Ding auf, das sie am Schlammloch vernichtet hatten.

»Dieser Bote hat uns gemeldet, daß ihr in *Bohnenfelder* euer Unwesen treibt«, sagte die *Liebe Mutter* und tätschelte Danivons Arm. »Wer ist deine Mutter, erwachsener Junge?« Ihre Stimme klang mitfühlend und mütterlich, wie eine Großmutter, die sich um ein Nachbarskind sorgt.

»Meine Mutter heißt Lalla-balla, *Liebe Mutter*«, sagte Danivon demütig. »Sie ist eine *Rats-Beauftragte* wie wir. Sie sollte eigentlich bei uns sein.«

Die *Liebe Mutter* wandte sich an Zasper: »Und deine, alter Junge?«

»Auch Lalla-balla, *Liebe Mutter*. Mein Bruder spricht die Wahrheit. Sie sollte bei uns sein.«

»Wo ist sie?«

»Wir glauben, ein *Gaver* hat sie erwischt«, sagte Zasper. »Denn sie ist zum Fluß gegangen und nicht zurückgekehrt.« Er spürte Tränen auf den Wangen und machte keine Anstalten, sie abzuwischen. Es war ein aufrichtiges Gefühl, Tränen, die er bisher unterdrückt hatte. Wo er seiner Angst um Fringe nun Ausdruck verliehen hatte, flossen die Tränen ungehemmt.

»Hat sie Schwestern, die kommen und Anspruch auf euch erheben werden?« fragte die *Liebe Mutter* mit fröhlicher Stimme. Sie hatte die Tränen gesehen und war gerührt. Das mußten gute Jungen sein, daß sie so um ihre Mutter trauerten.

Zasper und Danivon schüttelten den Kopf. »Ja, *Liebe Mutter*«, sagte Danivon, »aber nachdem sie von ihrem Tod erfahren hat, wird es noch eine Weile dauern, bis sie uns abholen kommt. Sie hatte einen wichtigen Auftrag für ihre Mutter zu erledigen. Wir bitten Sie, uns als Ihre Jungen aufzunehmen und uns zu erlauben, den Verpflichtungen nachzukommen, die unsere Mutter uns aufgetragen hat.«

»Ihr kennt die Regeln?«

Danivon seufzte innerlich. O ja, und ob er die kannte. »Ja, Liebe Mutter.«

»Die Tatsache, daß ihr Auswärtige aus *Toleranz* seid, entschuldigt nicht, daß ihr ohne eine Mutter herumlauft. Ihr wißt das?«

»Ja, *Liebe Mutter*.« Danivon schluckte den Ärger hinunter und betrachtete das Gerät aus den Augenwinkeln. Es hockte nur da, glitzernd und flirrend. Was tat es gerade? Eine Meldung absetzen? Die anderen rufen?

Die *Liebe Mutter* fuhr fort: »Wenn die Schwestern eurer Mutter kommen und die Strafe für euer Herumstreunen zahlen, dürft ihr euren Verpflichtungen weiter nachkommen. Nur wenn feststeht, daß sie euch nicht abholen werden, würde ich in Betracht ziehen, euch als meine Jungen aufzunehmen. Und selbst dann müßtet ihr zuerst die Strafe abarbeiten, bevor ich euch losschicken würde, um den Auftrag eurer Mutter auszuführen.« Sie musterte sie von Kopf bis Fuß, als ob sie sich fragte, welche Arbeit sie ihnen zuweisen solle. »Dich, erwachsener Junge, würde ich blenden lassen und zu meinem Liebhaber nehmen. Du bist gut gebaut, und ich will einen neuen Liebhaber.«

»Blenden!« sagte Danivon und schluckte, wobei ihm die Contenance eines *Beauftragten* abhanden kam. »Weshalb blenden?«

»Blinde Jungen sind die besten Liebhaber für *Mütter*«, erklärte sie. »So werden sie nämlich nicht durch den überwältigenden Anblick verunsichert. Und was dich betrifft«, wandte sie sich an Zasper, »habe ich keinen Zweifel, daß du nach der Kastration einen ausgezeichneten Küchenjungen abgeben wirst.«

»Liebe Mutter«, krächzte Zasper, »gestatten Sie, daß ich Sie vor etwas warne, das unsere Mutter uns gesagt hat ...«

»Psst, alter Junge. Jungen warnen *Mütter* nicht. Das ist ungezogen, und wenn es noch einmal geschieht, wird *Mutter* dich züchtigen!« Der massige Leib der *Lieben Mutter* bebte vor Empörung, und die Schwester-Wachen versteiften sich.

»Dürfen wir wenigstens zum Fluß gehen, um nach unserer Mutter zu suchen?« bettelte Danivon. »Sie ist vielleicht verletzt und braucht Hilfe.«

Die *Liebe Mutter* musterte ihn ausdruckslos. Das Gerät neben ihr glitzerte und zitterte. »Ich werde darüber nachdenken«, sagte sie schließlich. »Morgen früh werde ich dir Bescheid geben.«

Sie wurden wieder den steinigen Hügel hinaufgeführt und eingesperrt, wobei diesmal ein paar Wachen vor dem Gebäude aufgestellt wurden. Trotz der nackten Mauern und des vergitterten Fensters waren die Bedingungen erträglich. Eine *Mutter* machte es ihren Kindern nicht unnötig schwer. So lehrte man es die Leute von *Bohnenfelder*. Wenn es nötig war, würden sie jedoch bestraft werden. Die *Liebe Mutter* würde sie züchtigen. Das lehrte man sie auch.

»Wahrscheinlich hat die *Liebe Mutter* ihre Schwestern schon losgeschickt, um das Flußufer abzusuchen«, sagte Danivon, packte die Gitterstäbe mit beiden Händen und zerrte daran, als ob er prüfen wollte, wie fest sie saßen. »Wenn eine Frau in Gefahr ist, handeln sie sofort. Aber unsere Mutter …« Er beugte sich dicht an Zaspers Ohr. »Fringe ist nicht auf dieser Seite. Du sagtest ihr, das Ziel der *Taube* sei am östlichen Ufer; also wird sie den Fluß überquert haben.«

»Die Frauen von *Bohnenfelder* gehen nicht nach Thrasis, das steht fest. Es gab wohl Scharmützel zwischen beiden Provinzen, aber das haben wir schon vor Jahrzehnten unterbunden«, flüsterte Zasper. »Du glaubst nicht, daß es in Thrasis passiert ist?«

Danivon schüttelte schnüffelnd den Kopf, wies nach Westen und formte mit den Lippen die Worte: »Diese Richtung. Nicht im Norden.«

»Also jenseits der Mauer.«

»Ich glaube schon.«

»Nirgendwo.«

Danivon lachte gedämpft und sagte dann laut: »*Nirgendwo* ist sicher, meinst du nicht auch?«

»Was wollte dieses Ding hier?« flüsterte Zasper, wobei er Danivon zu sich heranzog.

»Spionieren. Sie wollen uns nicht umbringen, sondern gefangennehmen! Also sorgen sie dafür, daß die Frauen uns festhalten, bis etwas anderes uns abholt.«

»Meinst du das Netzwerk?«

»Was sonst? Sie haben einen Satz Gefangene verloren. Diesmal bieten sie alles auf, was sie haben.«

»Sollten wir dann nicht lieber ausbrechen?« formte Zasper mit den Lippen.

»Später.« Danivon streckte sich auf dem Bett aus. »Wir brauchen etwas Ruhe. Dieser Ort ist so gut wie jeder andere.«

Zasper packte ihn am Arm. »Das mag schon sein, Junge, aber das Ding weiß, daß wir hier sind. Wenn wir uns also ausruhen, dann woanders, klar?«

»Schon gut«, sagte Danivon seufzend. »Was schlägst du vor?«

»Wir müssen die Wachen reinlocken.«

»Wieso bauen wir nicht das Schloß aus und überraschen sie?«

»Wenn du das passende Werkzeug hast.«

»Ich habe immer das passende Werkzeug«, sagte Danivon und klappte eine Stiefelsohle ab. Im Hohlraum befanden sich ein paar Miniaturgeräte, von denen er eins an das Schloß hielt. Ein Summen ertönte, und die Tür schwang knarrend auf. Sie traten in einen Vorraum, an dessen Wand ihre Ausrüstung aufgestapelt war.

»Arme *Liebe Mutter*«, flüsterte Zasper und nahm seine Utensilien an sich. »Ich befürchte, dieser Besuch wird ihr keine Freude bereiten.«

»Ich hatte auch keinen Bock, mich blenden zu lassen«, sagte Danivon und verriegelte die Stiefelsohle. »Obwohl ich diesen Zustand doch bevorzugt hätte, wenn ich es der *Lieben Mutter* hätte besorgen sollen.«

Er nahm seine Waffen und den Tornister und spähte aus der Tür. Zwei Wachen, signalisierte er. Dann ging er ins Haus zurück und deutete erst auf Zasper und sich, dann in zwei Richtungen. *Du übernimmst die eine, ich die andere.*

Zasper nickte müde. *Zu alt dafür*, sagte er sich. *Wirklich zu alt.*

Danivon ging nach links, und Zasper ging folgsam nach rechts …

Und lief dem silberfarbenen Killer in die Arme, den er zuletzt bei der *Lieben Mutter* unten im Dorf gesehen hatte.

Das Ding griff Zasper augenblicklich an. Er feuerte einen Schuß ab, und das Gerät zerfiel in ein paar Teile, fünf, wie er benommen erkannte, drei vor und zwei … zwei wo? Er wollte sich mit dem Rücken an die Mauer stellen, doch eines der Gebilde war zwischen ihm und der Wand. Er vernichtete es und drehte sich um, wobei er über den Kadaver stolperte. Nun hatte er die Mauer im Rücken und konnte sich den beiden anderen widmen. Eins auf dem Boden, zwei vor ihm, und wo waren die anderen beiden? Oder waren es von vornherein nur vier gewesen? Er schoß einen Fächer, und die beiden Gegner stießen schrille, metallische Schreie aus; sie waren nicht tot, aber kampfunfähig.

Danivon rief, er würde kommen.

Zasper hörte nicht, was ihm auf den Kopf fiel.

Er wälzte sich schreiend auf dem Boden, als Danivon um die Ecke bog, und er schrie auch noch, als Danivon ihm die Kreatur vom Kopf entfernte.

»Noch einer«, keuchte er. »Noch einer, irgendwo.«

»Ich habe ihn schon erwischt, Zasper«, murmelte Danivon und tastete nach dem Verbandspäckchen am Gürtel. Zaspers Kopf war eine blutige Masse. »Das Biest war auf dem Dach, aber ich habe es erwischt.«

»Hab ihn gar nicht gesehen«, sagte Zasper und fragte sich, weshalb er nichts sah. »Blut in den Augen.«

Er hatte kein Blut in den Augen. Überall sonst, aber nicht in den Augen.

»Ist von oben gekommen. Auf den Kopf gefallen.«

»Sie klettern wie Spinnen.« Danivon fand die Kapsel, nach der er suchte und zerrieb sie zwischen den Händen. Er sah, wie die weiße Pulverwolke die Wunde bestäubte und sie mit einem Film überzog. Die Blutung wurde auf fast wundersame Weise sofort gestoppt.

»Kalt«, sagte Zasper.

Danivon streifte den Mantel ab und wickelte ihn um ihn. »Nur ein leichter Schock«, murmelte er. »Das geht vorüber.«

»Zu alt dafür.« Zasper schloß die Augen.

Danivon nahm Zasper in den Arm, um ihn zu wärmen. Er wartete, daß der Film seine heilende Wirkung entfaltete. Er enthielt das Breitband-Antibiotikum, nur für den Fall, daß diese Dinger vergiftet gewesen waren...

Die Zeit verging. Zaspers Zustand schien sich nicht zu bessern. Er atmete schwer.

Danivon griff nach dem Verbandspäckchen. Noch eine Dosis von dem Antibiotikum. Das müßte reichen. Er injizierte es Zasper und nahm ihn wieder in den Arm.

»Dan...«

»Ja, Zas. Ich bin bei dir.«

»Sollten verschwinden.«

»Wenn du dich bewegen kannst, Zas. Wir haben Zeit.«

Die Zeit verging.

»Dan...«

»Zasper.«

»Fringe... Wenn du Fringe findest... sie...«

»Ich werde mich um sie kümmern. Ich verspreche es.«

»Das kannst du nicht.« Er rang sich ein Wort nach dem anderen ab. »Sie gehört nicht zu dir... zu Jory. Du bringst sie zu Jory.«

»Ich werde dafür sorgen, Zas.«

»Gut. Guter Junge.«

Ein schmerzerfüllter und ungläubiger Schrei drang vom Dorf herauf und brachte Danivon wieder zur Besinnung. Er saß noch immer auf dem Erdboden und wiegte Zasper in den Armen. Das Verbandspäckchen lag neben ihm, und der ganze Inhalt, einschließlich der leeren Ampullen, war auf dem Boden verstreut. Der Schrei hatte schon seit einiger Zeit angehalten, als Danivon merkte, daß Zasper nicht mehr atmete.

Danivon stand auf, nahm den Mantel von Zaspers Körper und zog ihn selbst wieder an. Dann entfernte er das Abzeichen von Zaspers Schulter und steckte es zusammen mit Zaspers Waffen zu seiner eigenen Ausrüstung. Dabei stolperte er ein paarmal über die leeren Ampullen; anscheinend war die Wirkung des Antibiotikums alles andere als universell.

An Zaspers Koppelgürtel hingen auch Brandsätze. Jeder *Beauftragte* trug sie am Körper. Kein *Beauftragter* wollte, daß seine Leiche geschändet wurde. Egal, auf welchem technischen Niveau die Verstümmelung erfolgte.

Danivon legte die Brandsätze neben Zaspers Leiche, machte sie scharf und entfernte die Zündkapseln. Dann ging er, ohne sich noch einmal umzuschauen. *Beauftragte* blickten nicht zurück. Es war besser, das friedliche Gesicht in Erinnerung zu behalten als die weiße Flamme. Das war reiner Drill. Er hatte es geübt. Er hatte es auch schon für andere Kameraden getan. Er erwartete, daß man das gleiche auch für ihn tun würde.

Die Schreie aus dem Dorf verhallten. Offensichtlich war etwas Tödliches in Bohnenfelder eingefallen. Er fuhr sich über den Mund, um den bitteren Geschmack loszuwerden und rannte die Rückseite des Hügels hinunter, an dessen Fuß er auf den in westlicher Richtung verlaufenden Höhenzug traf. Der steinerne Grat war wie eine Straße und ermöglichte ihm ein zügiges Vorwärtskommen.

Irgendwann lehnte er sich gegen einen Felsen und

brach in Tränen aus. Danivon, der sich nicht erinnerte, jemals um jemanden geweint zu haben, weinte bitterlich. Dann wischte er sich die Tränen aus den Augen und ging weiter. Er kannte den Drill. Er wußte nur nicht, wie er Zasper in dem Drill unterbringen sollte. Er hatte es schlicht für unvorstellbar gehalten, daß Zasper jemals sterben würde. Weder Zasper noch Fringe. Gewiß nicht diese beiden.

Erst als er sich in einiger Entfernung von der Gemeinde befand, legte er wieder eine Pause ein. Er kletterte auf einen hohen Baum, rollte den Mantel auf einem kräftigen Ast aus und legte sich darauf. Er fragte sich, weshalb die Invasoren zuerst ins Dorf gekommen waren und nicht zum Gefängnis, in dem er und Zasper gesessen hatten. Wegen des Felsens, sagte er sich. Sie hatten den Weg über den weichen Boden bevorzugt. Also waren sie zuerst auf die *Liebe Mutter* und ihre Leute gestoßen.

Die Vorstellung, der Liebhaber der *Lieben Mutter* zu sein, hatte Danivon zwar nicht behagt, aber der Gedanke an ihren Tod – oder den ihrer Leute – gefiel ihm auch nicht. Wie der Gedanke an den Tod irgendeines Menschen ihm nicht behagte.

Zasper.

Fringe.

Er schlug die Hände vors Gesicht und unterdrückte den Drang zu weinen. *Beauftragte* weinten nicht. Sie übten Rache, wenn nötig, aber sie weinten nicht! Sie schliefen, wenn sie mußten, aber sie weinten nicht!

Als er mit nassem Gesicht aufwachte, erschien der erste Schimmer der Morgenröte am Horizont. Er nahm seine Sachen und marschierte weiter in westlicher Richtung. Er fühlte sich weniger als *Beauftragter* denn als ein kleines Raubtier, das ständig vor einem unerbittlichen Feind floh. Weshalb waren diese Kreaturen hinter ihm so versessen darauf, ihn zu töten?

Diese Frage hatte er Zasper auch schon gestellt.

»Boarmus sagt, sie töten aus demselben Grund, weshalb Menschen und ihre Götter seit jeher töten. Um zu beweisen, daß sie es können.«

Diese Begründung des gewaltsamen Todes war genauso sinnlos wie jede andere.

Jory und Asner standen am Ende der Pier und beobachteten den Fluß, als Bertran und Nela aus dem Wald am Fluß kamen, erschöpft und schmutzig. Die alten Leute identifizierten sie nur an der Körperhaltung und daran, daß der eine sich schutzsuchend in den linken Arm des anderen geschmiegt hatte.

»Jory, schau, was mit mir geschehen ist!« ertönte Nelas Stimme, wie ein Kind, das rief: *Mama, schau mal, ich hab mir weh getan.*

»Und ich«, ertönte Bertrans Echo. »Sieh mich an, Asner.«

Die alten Leute musterten sie und suchten nach den Augen, die zumindest unverändert waren.

»Dann seid ihr also auf dieser Seite der Mauer gewesen, als es geschah«, sagte Jory seufzend. »Was ist mit Fringe?«

»Fringe war auch da«, sagte Bertran, der sich über ihre Gelassenheit wunderte. »Der *Gaver* hat Fringe erwischt.«

»Was meinst du, auf dieser Seite der Mauer?« fragte Nela.

Beim Blick über Nelas Schulter sah Jory, daß eine Schar Arbai mit Cafferty den Pfad zur Akropolis hinaufging. Die Arbai und der Mensch schienen sich gleichermaßen für die Neuankömmlinge zu interessieren. »Auf dieser Seite der Mauer«, wiederholte sie leise, »wo das *Arbai-Gerät* steht.«

Nela folgte Jorys Blickrichtung und bekam zum erstenmal die Arbai zu Gesicht. Sie waren größer als

Menschen, dürr und machten keinen gefährlichen Eindruck. Sie seufzte; sie hatte genug davon, sich immer wieder mit neuen Dingen auseinanderzusetzen.

»Drachen«, sagte sie mit höflichem Interesse. »Sind das Danivons Drachen?«

»Das sind Arbai«, sagte Asner. »Alle, die noch übrig sind.«

Bertran stellte sich auf die Hinterbeine, um besser sehen zu können, wobei er die Hände wie Pfoten ausstreckte. »Dann sind gar nicht alle tot! Jemand sagte, sie seien alle tot! Ich hätte sie mir geheimnisvoller vorgestellt.« Er duckte sich, und Nela löste sich von ihm. »Das sollten sie aber, nicht? Geheimnisvoll wirken, meine ich. Man sollte meinen, daß die Erfinder der *Tore* sehr fremdartige Wesen sein müßten.«

»Sie sind das, was sie sind«, sagte Jory. »Obwohl sie ein reptilienhaftes Äußeres haben, haben sie in biologischer Hinsicht nichts mit Reptilien gemein. Sie wachsen langsam. Sie vermehren sich langsam. Sie greifen begierig jede wissenschaftliche Erkenntnis und technische Innovation auf, sind aber nach wie vor nicht imstande, das Konzept des Bösen zu begreifen.«

»Aber das Böse existiert«, sagte Bertran und wandte die Schnauze zum Fluß. »So deutlich, um jeden zu überzeugen.«

»O ja, das stimmt«, rief Nela. »Sie brachten uns an einen Ort, der wie eine Kirche aussah, Jory. Sie sagten uns, wenn wir die *Große Frage* nicht beantworteten, würden sie uns foltern. Sie verwandelten uns in Dinka-Dschinns. Es war … es war fürchterlich.«

»Fringe sagte, wir seien Dinka-Dschinns gewesen«, sagte Bertran. »Wir sagten ihr, sie solle uns schmelzen, aber sie tat es nicht.«

»Ich weiß, daß ihr gelitten haben müßt«, sagte Jory. »Sonst würdet ihr nämlich nicht so sein … wie ihr seid.«

»Jemand muß das beenden, Jory! Jemand muß die Menschen davor schützen!« rief Nela.

Asner schüttelte müde den Kopf. »Wir würden das nur zu gern beenden!«

»Wieso haben sie uns das angetan, Jory! Wieso?«

»Weil sie Ungeheuer sind«, sagte die alte Frau.

»Ich dachte, sie wären einmal Menschen gewesen«, sagte Bertran. »Auch wenn sie jetzt etwas anderes sind.«

Jory verzog das Gesicht. »Sie waren Menschen und Lehrer der Menschen, doch der Mensch ist ein zwiespältiges Wesen: halb Affe, halb Engel. Es gibt Menschen, bei denen verhält die fachliche Kompetenz sich umgekehrt proportional zur sozialen Kompetenz, und der exzessive Sprachgebrauch und die Manipulation von Ideen machen sie zu Ungeheuern. Sie verlieren den Bezug zur Wirklichkeit.«

»Wenn sie aber Ungeheuer sind, weshalb vernichten die Menschen sie dann nicht?«

»Das ist eben die Frage. Wer soll sie denn vernichten? Wir guten Menschen? Gute Menschen bringen einander nicht leichtfertig um; statt dessen blicken wir in die Herzen der bösen Menschen, und was sehen wir dort? Wir sehen in den Spiegel. Und wenn man diese Ähnlichkeit erst einmal erkannt hat, fällt es einem schwer, den anderen zu töten. Wenn wir ihn als böse bezeichnen, heften wir uns dieses Etikett selbst an. Dann ist es schon einfacher, ihn als krank zu bezeichnen und sich einzureden, er könne geheilt werden, auch wenn das gar nicht stimmt. Wir alle tragen das Böse in uns; was gibt uns dann das Recht, uns des anderen zu entledigen? Hä?«

»Du benimmst dich wieder wie eine Prophetin«, beklagte Asner sich. »Du bist im Ruhestand, vergiß das nicht.«

»Ich rede so, wie mir der Schnabel gewachsen ist«, sagte sie scharf. »Und ich bin noch nicht fertig: Die

Menschen und die Arbai haben ähnliche Probleme! Beide weigern sich, das Böse zur Kenntnis zu nehmen – die Menschen bei sich selbst, die Arbai bei allen Lebewesen. Deshalb stecken wir auch in Schwierigkeiten. Das Gerät würde uns binnen einer Minute retten, nebenbei bemerkt.«

»Können wir uns mit den Arbai treffen?« fragte Bertran. »Mit ihnen reden?«

Asner lachte. »Jeder will mit den Arbai reden! Nur daß sie so verärgert sind, daß sie nicht mit sich reden lassen. Wir sind zu weit gegangen, die Prophetin und ich. Sie haben sogar einen Boten geschickt, um uns das auszurichten. Wir haben keine Chance, das mit ihnen zu diskutieren.«

»Sie mögen keine Diskussionen«, sagte Jory. »Sie mögen keine Meinungsverschiedenheiten oder jemanden, der ihnen sagt, was sie zu tun haben. Ich wollte, daß sie das *Arbai-Gerät* jenseits der Mauer einsetzen. Curvis wollte dasselbe. Und weil sie annehmen, daß ihr auch deshalb gekommen seid, stellen sie sich stur!«

Nela und Bertran gaben es auf und schmiegten sich in der vertrauten Haltung aneinander, um sich zu trösten.

Bei diesem fremdartigen Bild schüttelte Asner den Kopf. Arme Teufel. »Wie weit wart ihr von der Mauer entfernt, als der Angriff erfolgte?«

»Jory hat diese Frage auch schon gestellt. Wir waren auf dieser Seite der Mauer. Hat das eine bestimmte Bedeutung?« fragte Bertran.

Es war Jory, die antwortete: »Wer, glaubt ihr, hat euch wiederhergestellt? War es euer und mein Gott, von dem wir als Kind gehört hatten? Oder vielleicht ein Schutzengel?«

Sie sagten nichts.

»Ihr habt doch von den Göttern von *Hobbs Land* gehört?« fragte Asner.

Schweigen. Nela, die Glyphe, wechselte einen Blick mit Bertran, dem Otter. Sie schmiegten sich noch enger aneinander. Er drückte sie an sich, und sie kuschelte sich mit skeptischem Blick in seine Achselhöhle. »Was ist mit ihnen, Asner?«

»Das *Arbai-Gerät* ist die Götter von *Hobbs Land*. Sie sind ein und dasselbe.«

Sie schauderten, und Nela stieß einen erstickten Schrei aus.

Asner sah sie kopfschüttelnd an. »Entspannt euch«, sagte er. »Ihr seid nicht verletzt. Ihr seid nicht verstümmelt oder vom Teufel besessen. Ihr seid nur repariert worden, mehr nicht. Euer Herzenswunsch wurde erfüllt. Was stimmt also nicht?«

»Das war eigentlich gar nicht unser Herzenswunsch«, rief Bertran. »Ich glaubte zwar, daß ich das wollte ... und nun bin ich versklavt!«

»Versklavt?« sagte Asner beleidigt. »Wie kommst du zu dieser Annahme?«

»Fringe sagte ...«

»Fringe ist schließlich keine Expertin«, knurrte Asner. »Außerdem, ist es nicht so, daß du und Nela auch vorher schon versklavt wart? Ihr seid als Sklaven geboren worden!«

»Wer ist hier der Prophet«, grummelte Jory.

»Nein«, rief Nela. »Ich war ein freier Mensch.«

»Frei in welcher Hinsicht?«

»Ich ... ich konnte alles tun, was ich wollte.«

Jory lachte und schüttelte den Kopf. »Hat man dich als Kind nicht gelehrt, daß es unterschiedliche Wertigkeiten gibt, daß dieser Glaube besser sei als jener? Hat man dir denn nicht gesagt, daß es wertvolle und minderwertige Dinge gibt? Daß Frauen und Männer bestimmte Rollen zu übernehmen hatten? Daß euer Gott mächtiger war? Daß eure Religion die einzig wahre war? Daß eure Sprache ausdrucksvoller war? Daß eure

Gebräuche mehr Herz und mehr Seele hatten? Daß eure Küche schmackhafter war? Daß eure Erziehungsmethoden besser waren? Daß eure Lebensart anderen Systemen so überlegen war, daß ihr für die Bewahrung dieser Lebensweise oder für die Vernichtung anderer Gesellschaften sterben würdet, wenn ihr euch von ihnen bedroht fühltet? Lehrte man euch nicht, Veränderungen und die Anpassung an neue Verhältnisse zu vermeiden. Lehrte man euch nicht die Bedeutung des Wortes ›Loyalität‹? Das Wort ›Tradition‹? Lehrte man euch nicht, daß die Tiere über den Pflanzen stehen, daß der Mensch über den Tieren steht und euer Volk über anderen Völkern?

Ihr meint, das sei keine Versklavung gewesen? Ihr meint, ihr wärt in euren Entscheidungen frei gewesen? Ich habe es schon zu Fringe gesagt, und nun sage ich es auch zu euch: Die Wahl eines Mannes wird die Pflicht seines Sohnes und die Tradition seines Enkels! Auf diese Art gewährleisten die Menschen die Versklavung ihrer Nachkommen.«

»Aber … aber … ich bin doch übernommen worden!«

»Von wem denn? Von einem Kommunikationsnetz, das dich an den Gefühlen, den Gedanken und dem Wissen der Intelligenzen in deiner Umgebung teilhaben läßt. Na und?«

»Aber …«

»Aber«, knurrte Asner, »wenn es dich nicht interessiert, was die Leute um dich herum denken und wissen, wenn die Vorstellung, auf andere Intelligenzen einzugehen, dich stört, wenn du kein Teil davon sein willst, dann sag es einfach. Sag es, und das *Arbai-Gerät* wird dich ohne Wenn und Aber in Ruhe lassen. Wenn du meinst, du seist besser und weiser als die Leute in deinem Umfeld, dann sag ihm, es soll sich verziehen. So hat auch Curvis reagiert. So ist es konstruiert.«

»Aber ...«, wandte Bertran ein und fuhr sich mit der Flossenhand über den schlanken, kräftigen Körper, die stromlinienförmige Gestalt. »Ich wollte wirklich nicht ... so sein. Innerlich bin ich derselbe geblieben. Innerlich bin ich ein Mensch. Ich will auch äußerlich ein Mensch sein.«

»Nur Geduld«, sagte Jory seufzend. »Sobald das *Gerät* Zeit hat, deine Rückmeldung zu empfangen, wird es eine Korrektur vornehmen.«

»Aber die Leute hier ...«, sagte Nela. »Sogar die Leute auf *Woanders* sagen, die Götter von *Hobbs Land* seien böse ...«

»Die Menschen, die nach *Woanders* gebracht wurden, jeder einzelne von ihnen, hatten ein großes Stammes-Ego, das wie ein Furunkel am Hintern der Menschheit geblüht hat«, sagte Asner.

»Eine Erinnerung an alte, schlimme Zeiten«, flüsterte Jory.

»... oder die letzte Möglichkeit für einen notorischen Samariter«, fuhr Asner in knurrigem Ton fort, wobei er Jory einen bezeichnenden Blick zuwarf. »Ein letztes Übel, das ausgemerzt werden mußte. Ein letztes Übel, gegen das die Prophetin wettern konnte.«

»Was hätte ich denn sonst tun sollen!« sagte sie. »Wo wir keine Möglichkeit hatten ...«

»Davon weiß ich nichts! Ich weiß nicht, wieso das alles geschieht!« rief Nela.

»Erzähl ihnen davon, Asner«, sagte Jory. »Erzähl ihnen alles über *Brannigan*. Sie haben Zaspers Vortrag verpaßt; also müssen sie jetzt aufgeklärt werden.« Sprach's und drehte sich wieder zum Fluß um, während Asner ihnen von *Brannigan* erzählte.

Kurz bevor die Dämmerung einsetzte, erreichte Dani-von sowohl die Westgrenze von Bohnenfelder als auch den Punkt der Erschöpfung. Er war die ganze Zeit auf dem Bergrücken geblieben, der sich in westlicher Richtung hinzog. Er hatte keine Verfolger gesichtet, obwohl er Feuer in der Nacht gesehen hatten, die von alarmierenden Vorfällen kündeten. Nun hatte er die Mauer vor sich und den im Sternenlicht schimmernden Fluß zur Rechten.

»Nix wie rüber«, sagte Danivon zu sich selbst, zu den Taschenhörnchen, die aus dem Hemd spähten und zu Zaspers Geist. Er hatte schon seit einer Weile zu diesen Zuhörern gesprochen. »Das Ufer fällt leicht ab. Wir werden aus dem Schilf ein Floß bauen.«

Er hätte eigentlich etwas Schlaf gebraucht, bevor er irgend etwas baute, von einem Floß ganz zu schweigen, doch er verdrängte die Müdigkeit und wankte den bewaldeten Hang zum schilfbestandenen Ufer hinunter. Von hier aus zog die dunkle Mauer sich als unüberwindliche Barriere um das Land und durch das Wasser.

»Ich wünschte, der Große Drachen wäre hier«, murmelte Danivon. »Um uns überzusetzen, wie er zweifellos auch die Frauen von Thrasis übergesetzt hat. Ich würde ihn sogar ohne Sattel reiten, wenn er das täte.«

Mit bebenden Nasenflügeln starrte er die Mauer an. Würden die Verfolger ihn durch die Mauer hindurch verfolgen? Über die Mauer? Um sie herum?

Sein Gespür meldete keine Gefahr hinter der Mauer, sagte ihm aber auch nicht, was ihn dort erwartete.

Am Fuß des Hügels schlängelte ein Bach sich durch das Schilf. Er reflektierte das graue Licht des Himmels und wand sich in silbrigen Schleifen zum Fluß. Danivon watete bis zu den Hüften in Schlick und verfaulenden Pflanzen, wobei er sich an die Binsen klammerte, um nicht das Gleichgewicht zu verlieren. Schließlich trat er aus dem Schatten in eine seichte Lagune mit sandigem Grund und erkannte in der Dunkelheit ein paar vor Anker liegende Segelboote. Fischernetze zeichneten sich gegen den Himmel ab, und die Konturen eines auf Pfählen gelagerten Stegs sagten ihm, daß er die Fischerboote eines nahen Dorfs vor sich hatte.

»Was würdet ihr von einem kleinen Diebstahl halten?« fragte Danivon sich, wischte sich den Schlamm aus dem Gesicht und blickte grimmig auf den Steg. »Meint ihr nicht auch, daß wir das Recht dazu hätten? Wo wir doch so brave Jungs waren in *Bohnenfelder* und auf ein unnötiges Gemetzel verzichtet haben?«

Er hielt für einen Moment inne, als ob er auf eine Antwort wartete, und gab sie sich dann selbst: »Und ob wir das Recht dazu haben. Ein Boot ist allemal zu vertreten.«

Er hatte Tod hinter sich gerochen, seit Zasper gestorben war. Und seit Mitternacht war dieser Geruch intensiver geworden. Er rechnete sich größere Chancen aus, wenn er auf dem Fluß war.

Er warf eine Handvoll Blätter in die Luft und sah, daß sie in westlicher Richtung verweht wurden. »Wenigstens weht der Wind aus der gewünschten Richtung. Müssen nicht gegen den Wind kreuzen. Sehr günstig!«

Danivon war kein Seemann; obwohl er die Seeleute während der Fahrt den Fohm hinauf beobachtet hatte, war er nicht sicher, ob ihm eine Flußüberquerung gelingen würde.

Allerdings hatte er keine andere Wahl. Er schob ein Boot in den Fluß und hielt sich an der Bordwand fest, während er den stinkenden Schlick abwusch. Dann kletterte er ins Boot und setzte das Segel, wie er es dem Kapitän der *Taube* an jedem Tag der Reise abgeschaut hatte. Es wehte eine laue Brise, die gerade ausreichte, um sie gegen die Strömung zu schieben. Er lag müde im Boot und versuchte, die Augen offen zu halten, während er das Ruder bediente und das Ufer an ihm vorbeizog. Nach dem, was ihm wie eine Ewigkeit erschien, rückte die Mauer näher, dräute schließlich an Backbord und blieb hinter ihm zurück.

»Und nun rüber«, sagte Danivon müde. »Wenn Fringe und die Zwillinge überhaupt irgendwo sind, dann auf der anderen Seite.«

Das Boot war für den Einsatz in den Seitenarmen und Lagunen entlang des Flusses ausgelegt. Es schaukelte auf den Wellen, als Danivon die Überfahrt zum fernen Ufer in Angriff nahm. Er machte sich keine Illusionen wegen der *Gaver*. Er war davon überzeugt, daß die *Brannigans*, von denen Zasper ihm erzählt hatte, die *Gaver* auf das Schiff angesetzt hatten. Er war fast sicher, daß Fringe einem *Gaver* zum Opfer gefallen war. Einer riesigen Bestie, die aus den Fluten geschossen war.

Die Dämmerung setzte ein. Der Himmel wurde hell. Das entfernte Ufer wurde sichtbar und kam allmählich näher, wobei das gewellte Ufer sich in grasbewachsene Hänge und flache, schlammige Abschnitte gliederte. Danivon hielt auf eine solche Stelle zu. Schließlich spürte er, wie der Kiel sich in den Schlick grub. Ein Zittern lief durch das Boot, es neigte sich etwas zur Seite und kam dann zur Ruhe. Er reffte das Segel.

»Meinst du, wir sollen Segel setzen und das Boot wieder zurückschicken?« fragte Danivon die Luft. »Zurück nach *Bohnenfelder*?«

Nur daß dort wahrscheinlich niemand mehr Verwendung dafür hatte. Zweifellos verübten die *Brannigans* wieder den für sie typischen Völkermord.

Er torkelte das Ufer hinauf, wobei er sich die letzten Meter an den Grasbüscheln hinaufzog und blieb dann liegen. Er war völlig ausgepumpt. Am Horizont erloschen die letzten Sterne.

»Ich habe dich kommen sehen«, sagte eine Stimme. »Ich bin froh, daß du es geschafft hast.«

Er schaute auf und erblickte den purpurnen Federbusch vor dem grauen Morgenhimmel, die glänzenden Stiefel neben dem Kopf.

»Fringe«, keuchte er ungläubig. Er stand auf, faßte sie an der Schulter und drückte sie an sich. »Fringe.«

»Danivon«, sagte sie.

Er trat zurück und schaute sie an. Sein frohes Lächeln gefror. Es war Fringe. Ihre Augen, ihr Gesicht, ihre Stimme. Und dennoch war es nicht Fringe. Es war ganz und gar nicht Fringe. Keine nervöse Zuckung, als sie ihn etwas zurückschob, kein Seitenblick. Kein furchtsamer Blick, der sagte: *Liebe mich, laß mich in Ruhe, liebe mich*. Nur Sicherheit. Kompetenz. Haltung. Gewißheit.

Sie lächelte traurig. »Gut, daß dir nichts zugestoßen ist. Ich hatte mir Sorgen um dich gemacht.« Sie klang gar nicht besorgt. »Wo ist Zasper?«

Danivon streckte die Hand nach ihr aus, in Richtung des Ausschnitts. »Wo ist der Anhänger, den er dir gegeben hat? Du hast ihn doch immer getragen.«

Sie faßte sich an den Hals. Der Anhänger war natürlich verschwunden. Der *Gaver* hatte ihn verschluckt, als er ihr den Kopf abgebissen hatte. »Weg«, sagte sie lächelnd und schüttelte den Kopf. »Zu schade. Wo ist Zasper.«

Danivon starrte sie mit offenem Mund und zuckender Nase an. Seine Augen wurden feucht, als er hörte, wie die Taschenhörnchen im Chor wiederholten, was sie gesagt hatte.

»Weg«, wisperten sie. »Zu schade.«

Mikrogeräte pflügten durch den Boden von *Bohnenfelder* und stießen Millionen Augen und Ohren aus, Millionen winziger *Tore*, Millionen winziger Gravitoren und natürlich auch Killer, obwohl die Anweisungen des Netzwerks eindeutig waren: Nehmt gewisse

Personen gefangen, aber tötet sie nicht! Nehmt Danivon Luze und Zasper Ertigon gefangen.

Als das Netzwerk das Gefängnis auf dem Hügel erreichte, waren die beiden jedoch verschwunden. Dort lagen nur die Leichen der zwei Wachen, die von einer von Clings Maschinen getötet worden waren. Des weiteren fanden sie einen Brandfleck am Boden. Langstrecken-Mechanismen machten sich auf die Suche nach den beiden Menschen, allerdings ohne Erfolg.

Die Geräte befragten die Leute von *Bohnenfelder* nach dem Verbleib der Gefangenen, doch die Bewohner dieser Provinz kannten nur den alten Jungen dieser Mutter oder den jungen Jungen jener Mutter oder den schwarzhaarigen Jungen einer anderen Mutter oder den flötespielenden Jungen wieder einer anderen Mutter. Niemand wußte, wer *Zasper* oder *Danivon* war. Niemand kannte ihre Namen. Diejenigen, die befragt wurden, wußten die Antwort nicht und mußten sterben.

Das Netzwerk wucherte auch dann noch weiter, nachdem *Bohnenfelder* längst vernichtet worden war. Während Teile des Netzwerks in den Dörfern tödliche Ernte hielten, griff der Rest nach Westen aus. Nicht einmal eine Stunde, nachdem Danivon den Fohm überquert hatte, erreichte das Netzwerk die *Große Mauer* und grub sich hindurch. Das Durchdringen von Fels stellte kein Problem dar, verzögerte das Vordringen nur minimal. Das Netzwerk hatte sich bereits in anderen Teilen der Welt durch Fels gebohrt.

Also arbeitete es sich geduldig vor und kam schließlich in Gestalt infinitesimaler metallischer Punkte an der anderen Seite an. Jeder dieser Punkte wurde von den Fasern aufgespürt, die ganz *Nirgendwo* durchsetzten. Die Fasern lagerten sich an das entstehende Netzwerk an und zersetzten es, Teil um Teil, Molekül um Molekül. Sobald ein Molekül durch die Wand diffundierte, wurde es gespalten und aufgefressen. Kein Sensor überdauerte lang genug, um diesen Effekt zu melden. Nachdem das Netzwerk die *Große Mauer* erreicht hatte, verschwand es einfach.

Der *Große Kriecher* und Subble Cling waren so beschäftigt, daß sie zunächst nichts bemerkten. Sie kochten noch immer vor Wut wegen der Flucht der beiden *Beauftragten*, weil das Netzwerk sie nicht gefangen hatte und weil die Maschinen dem Befehl zuwidergehandelt und die fremdartigen Kreaturen flußaufwärts nicht getötet hatten. All das lenkte sie von den Dingen ab, die ihnen wirklich am Herzen lagen – den Regeln und Ritualen, die Cling für seine Jünger implementieren wollte, dem Katechismus und der Theologie, die Breaze für seine Gemeinde aufstellen wollte.

Breaze hatte beschlossen, sich der Treue seiner Anhänger dadurch zu vergewissern, indem er von ihnen verlangte, an unlogische Dinge zu glauben. Er würde ihnen aufgeben zu glauben, daß Breaze *Woanders* und seine Bevölkerung genau vor tausend Jahren an einem Tag erschaffen habe, aus dem Nichts! Aber … (ein genialer Schachzug) er würde Beweise für das Gegenteil im *Archiv* deponieren! So dürften sie ihren Sinnen nicht mehr trauen, um an Breaze zu glauben!

Als er an diesem Punkt angelangt war, fragte eine kleine Stimme, weshalb er die Menschen dann überhaupt mit diesen Sinnen ausgestattet habe. Wieso hatte er ihnen Intelligenz verliehen, wenn er ihre Anwendung verbieten wollte?

Der *Große Kriecher* erinnerte sich nicht, die Menschen erschaffen zu haben, obwohl er es getan haben mußte. Er erinnerte sich nicht, weshalb er ihnen die Fähigkeit verliehen hatte, logisch zu denken und eigenständig zu handeln. Wieso hatte er sie mit Intelligenz ausgestattet?

Breaze, der über diesen Fragen brütete, bemerkte

nicht, daß das Netzwerk an der Mauer gestoppt hatte. Die anderen im *Kern*, die sich mit ähnlichen Fragen befaßten, sahen es auch nicht. Die Zeit verstrich, ohne daß eine Rückmeldung eingegangen wäre; schließlich fielen sogar die mobilen Ohren und Augen hinter der Mauer aus. Solange sie in der Luft oder im Wasser gewesen waren, hatten sie funktioniert, doch durch den Kontakt mit dem Erdboden, einem Baum oder Stein waren sie irgendwie lahmgelegt worden. Schließlich hatten alle Geräte versagt, und der stete Informationsfluß aus dem Westen versiegte.

Der *Große Krabbel-Gott* hatte eine Hochzeit vorbereitet, eine überaus komplizierte und esoterische Zeremonie, die eine rituelle Defloration mit darauffolgender Verstümmelung der Genitalien vorsah. Cling hatte sich eine neue, raffinierte Form des Opfers einfallen lassen. Es dauerte eine Weile, bis sie wußten, was los war.

Zuerst guckten sie dumm und stießen dann ein Geheul aus, das im Netzwerk und in den Knoten widerhallte. Nachrichten gingen ein, die jedoch nicht mehr so zuversichtlich waren wie zuvor. *Magna Mater* war auch gegen die Wand gerannt, als sie von Norden durchbrechen wollte. Therabas war von Süden gekommen und ebenfalls gescheitert.

Das Versagen erzürnte sie. Sie schlüpften in ihre Götter-Gestalten und marschierten auf das Zentrum des Kontinents zu, wobei sie in ihrem Zorn die auf dem Weg liegenden Provinzen zertrampelten.

In *Toleranz* schlich Jacent durch einen verlassenen Gang zum Quartier seiner Tante Syrilla. Die Leute blieben dieser Tage meistens in den Quartieren. Die Monitore erweckten nicht länger den Anschein, den Status quo zu bewahren. Viele *Beauftragte* hatten sich in ihre Heimatprovinzen abgesetzt, und die paar, die noch die Stellung hielten, trugen nun Zivilkleidung.

Allein die *Frick'schen* schienen von den Vorgängen mehr oder weniger unberührt. Das alles schien an ihnen abzuprallen. Sie hatten zwar Verluste, doch *Frick'sche* machten um nichts Aufhebens, selbst wenn sie verstümmelt wurden. Sie starben still oder desertierten still. *Das macht keinen Spaß*, sagte Jacent sich. *Deshalb lassen die* Brannigans *sie auch in Ruhe*. Ein phlegmatisches Volk, die *Frick'schen*. Boarmus sagte, am Ende würden bloß die *Frick'schen* überleben, und dann würden die *Brannigans* nur von den *Frick'schen* verehrt. Was zum Lachen war, denn die *Frick'schen* waren zu Befehlsempfängern, Dienern und Soldaten erzogen worden, genauso wie die Mitglieder des *Aufsichtsrats* zu Bürokraten und Bewahrern des Status quo erzogen worden waren. Da war es auch nur angemessen, daß ein selbsternannter Gott ausschließlich von Leuten verehrt wurde, die auf Gehorsam konditioniert worden waren. Genauso angemessen war es wohl, die Bürokraten abzuschlachten, die nur ihre Arbeit taten. Ironie par excellence!

Nicht daß Boarmus diese Ironie erkannt hätte. Zumindest äußerte er sich nicht dahingehend. Er äußerte sich gar nicht, wenn er vielleicht abgehört wurde. Dennoch wußte inzwischen jeder über die Brannigans *Bescheid*. Die Leute flüsterten, doch niemand sprach es laut aus. Einer sagte *Gewaltiger Krabbler, Großer Gott Cling* hier, *Großer Gott Cling* da. Ein anderer sagte *Großer Gott Breaze* und *Magna Mater*. Wieder ein anderer erwähnte die *Liebreizende und Entzückende Dame Bland*. Einer sagte Litaneien auf, die alle paar Tage ausgewechselt wurden. *Herz des Himmels, Mauer der Sehnsucht, Mund der Trauer. Großer Tempel der Liebe*. Das war für Thob. All das durfte man sagen, doch *Brannigan* war tabu. Die Leute gaben vor, davon nichts zu wissen.

Jacent klopfte sachte an Tante Syrillas Tür. Er hatte sie seit ein paar Tagen nicht mehr gesehen. Jemand mußte nach ihr sehen, um sich zu vergewissern, daß es ihr gut ging.

Es erfolgte keine Antwort, doch das schenkten die Leute sich dieser Tage manchmal. Es war manchmal auch besser, nicht zu antworten. Er betätigte den Türöffner. Die Tür war nicht verschlossen. Er stieß sie auf. Der Raum schien leer zu sein. Etwas staubig und unordentlich, doch das war der Normalfall dieser Tage, wo viele der automatischen Systeme defekt waren und mangels Personal nicht repariert wurden.

»Tante Syrilla?« Die Türen der Suite standen offen. Das Schlafzimmer war auch leer. Das Bad. Er betrat den Wandschrank.

Es war fast so, als ob er gewußt hätte, daß sie dort war. Ihr purpurnes Gesicht hing über die Kante des obersten Fachs, und der Rest von ihr war in die Ecke gequetscht.

Jacent schaffte es gerade noch ins Saniton. Ihr Blut war an der Wand herabgelaufen und auf die Kleidung getropft. Er atmete tief durch und versuchte den Anblick zu verdrängen. Solche seltsamen und unglaublichen Todesfälle geschahen immer wieder, und wer das gesehen hatte, rechnete fortan damit, daß es ihn als nächsten erwischen würde. Und dann behauptete jemand, er hätte eine Vision dessen gehabt, was der Gott wollte, worauf alle Bürger von *Toleranz* tanzten und sangen oder sich in lächerlichen und sinnlosen Ritualen ergingen. Immerhin hörte das Sterben dann für eine Weile auf.

Nachdem er sich erholt hatte, huschte er wieder in den Korridor und hätte dabei fast Boarmus umgerannt.

»Ich habe dich gesucht, Junge«, wisperte Boarmus. »Komm mit.« Er bog in einen Seitengang ein und zerrte Jacent in einen Personaleingang, um einer Gruppe von mehreren hundert Leuten auszuweichen, die zu den Klängen von Trommeln und Zimbeln durch den Korridor robbten. Jacent versuchte ihn zurückzuhalten und erzählte ihm hektisch, was er gesehen hatte.

»Ich weiß«, sagte Boarmus. »Ich habe sie heute morgen gefunden.«

»Wo …«, keuchte Jacent. »Wo sind wir?«

»In der Garage«, sagte Boarmus. »Ich schicke dich nach Panubi.«

»Mich?!«

»Dich. In einem ZT-Vierunddreißig. Das ist das einzig noch verfügbare Gerät, das dich in einem Rutsch dorthin bringt. Ich vertraue auf deine operativen Fähigkeiten.«

»Aber ich kann die Vierunddreißig gar nicht fliegen«, nörgelte der Junge. »Ehrlich, Boarmus. Ich bin erst einmal in einer mitgeflogen.«

»Es ist die einzige Möglichkeit«, sagte Boarmus. »Mit jedem anderen Gleitertyp müßtest du zwischenlanden und den Akku aufladen, und dann hätten sie dich sofort am Wickel.«

»Komm mit mir«, bettelte der Junge. »Du kannst ihn doch fliegen.«

»Das geht nicht.« Er lachte rauh. »Ich hätte es nie für möglich gehalten, einmal ein solches Pflichtbewußtsein zu entwickeln, aber ich muß hierbleiben. Ich werde versuchen, ein paar von uns am Leben zu erhalten. Falls ich dazu in der Lage bin.«

»Dann schick einen Piloten.«

»Welchen Piloten? Wo denn? Siehst du irgendwo irgendeinen Piloten? Siehst du Wartungspersonal? Siehst du Kuriere? Siehst du Wachen? Benutze deinen Kopf, Junge. Du wolltest doch immer Action. Nun hast du sie. Entweder machst du dich mit dieser Maschine vertraut, oder der Mai ist für dich vorbei. Womit wir alle wahrscheinlich eh rechnen müssen.«

»Sie werden mich nicht töten, wenn ich mich vor ihnen verneige!« schrie Jacent in das müde Gesicht vor sich. »Wenn ich mich an den Ritualen beteilige. Wenn ich krieche. Sie werden mich nicht töten, wenn ich vor ihnen krieche!«

Boarmus schüttelte ihn so heftig, daß Jacents Kopf hin- und herflog. »Vielleicht nicht heute. Vielleicht werden sie bis morgen warten. Dann werden sie vielleicht eine Anklage wegen Häresie erheben, nur so zum Spaß. Und dann stellen sie neue Regeln auf und töten jeden, der sie nicht kennt. Jacent, erinnere dich an Metty. Sie hat niemandem etwas getan. Was hat Syrilla getan. Was hat sonst jemand von uns getan? Begreifst du denn nicht, was hier vorgeht? Du sagst, du seist imstande, gefährliche Situationen zu vermeiden. Du erwartest Logik. Du erwartest gesunden Menschenverstand. Und du verstehst nicht, was vorgeht.«

Jacent holte tief Luft und riß sich zusammen. Er hätte es nicht für möglich gehalten, einmal ein solches Nervenbündel zu werden. Doch in letzter Zeit fühlte er sich wie in einem Schlachthaus. Leichenteile fielen aus Schränken und von Regalen. Man sah, wie Menschen in nächster Nähe verstümmelt wurden, bei der Arbeit, sogar beim Essen. Die Freundin eines Freundes war beim Liebesspiel zerrissen worden, im Bett, und er wurde mit ihren Überresten bespritzt, während dieses fürchterliche, schluckende Gelächter ertönte. Der Schrecken nahm kein Ende, und niemand wußte, wie man ihm Einhalt gebieten sollte.

»Was soll ich überhaupt tun?« fragte Jacent mit trokkenem Mund und versuchte das Zittern zu unterdrükken.

»Du wirst Zasper Ertigon, oder wen auch immer du dort findest – Danivon vielleicht –, sagen, daß, wenn er etwas für uns tun kann, jetzt die Zeit dafür ist. Sag ihm, daß Enarae bald nicht mehr existieren wird. Sag ihm, daß es in den meisten Provinzen nur noch ein paar herumirrende Überlebende gibt, die nicht wissen, wie ihnen geschehen ist. Oder die Leute halten endlose Prozessionen ab und sterben an Hunger und Durst. Sag ihm, die übriggebliebenen *Beauftragten* haben das Handtuch geworfen und tarnen sich als Zivilisten. Sag ihm, daß bald alles zu Ende ist, wenn nicht endlich etwas geschieht.«

»Was sollte er schon ausrichten?« Allein die Vorstellung, daß es vielleicht noch jemanden gab, der etwas tun konnte, versetzte Jacent in schieres Erstaunen.

»Nichts«, sagte Boarmus. »Wahrscheinlich nichts. Aber ich habe sonst alles getan, was in meiner Macht stand, und das ist nun die letzte Chance. Es gab Drachen in Panubi. Ich weiß nicht, welcher Art. Aber das *Archiv* sagt, daß Drachen … wundersame Wesen seien. Vielleicht sogar heilig, was auch immer das bedeutet. Und wenn es auf dieser Welt noch etwas Wundersames oder Heiliges gibt, dann brauchen wir seine Hilfe. Also geh, Junge. Geh!«

Jacent kletterte in den Gleiter. Er kannte sich mit ihm zwar nicht aus, aber so sehr unterschied er sich nun auch wieder nicht von dem Fluggerät, mit dem er vertraut war. Er wußte nicht, wo Panubi lag, doch das Navigationsgerät würde schon hinfinden. Ebensowenig wußte er, wo Zasper steckte, doch im Modell Vierunddreißig waren die Koordinaten des *Beauftragten*-Postens nahe *Flachwasser* gespeichert, und die Überlebenden dieses Postens erinnerten sich, daß Zasper nach Westen gegangen war, in Richtung Thrasis und der *Großen Mauer*.

14

Während Jacent den Windungen des Flusses Floh folgte, sah er Kolonnen von Flüchtlingen, die erst westwärts am Ufer entlang und dann über die wellige Prärie marschierten. An der *Großen Mauer* waren Lager aufgeschlagen worden, deren Bewohner eilig Leitern und Türme bauten. Obwohl hier und da Leichen am Wegesrand lagen, erkannte Jacent keine Anzeichen von Gewalt unter den Menschen. Die Flüchtlinge, die sich vor der einen Gefahr in Sicherheit gebracht hatten, waren nun einer anderen ausgesetzt.

Hinter der *Großen Mauer* hatte das Sterben aufgehört. Er sah nur marschierende Abteilungen, Flüchtlinge aus *Tiefe* und *Flachwasser*, welche die Barriere umschwommen hatten und Leute aus anderen Provinzen, die mit Booten oder Flößen gekommen waren. Der Floh wimmelte vor kleinen Booten, die langsam flußaufwärts fuhren.

Als die Schlucht vor ihm auftauchte, faßte er den weisen Entschluß, sie zu überfliegen, anstatt hindurchzufliegen. Dabei machte er zwei *Beauftragte* aus, die auf dem Höhenzug entlangtrotteten. Inzwischen sehnte Jacent sich ebensosehr nach Gesellschaft, wie er jemanden brauchte, der ihm den rechten Weg wies. Dilettantisch landete er den Gleiter und nahm Fringe und Danivon an Bord. Danivon, der die holprige Landung beobachtet hatte, übernahm die Funktion des Piloten und ließ sich von Jacent Boarmus' Botschaft überbringen. Trotz seiner Angst und Erschöpfung war Jacent in der Lage, Danivon zu melden, daß *Toleranz* von der Vernichtung bedroht war und daß Boarmus auf ein Wunder hoffte. Er bat sie, ihn zu Zasper zu bringen, auf daß dieser besagtes Wunder bewerkstelligen möge.

»Ich weiß nicht, auf welches Wunder Boarmus hofft«, sagte Danivon nüchtern. »Ich weiß aber, daß Zasper kein Wunder bewerkstelligen wird, denn Zasper ist tot. Ich weiß auch nicht, was für Drachen es hier gibt, falls es überhaupt welche gibt. Ich verließ die Gruppe in Thrasis, und bis dahin hatte ich nur das eine drachenartige Wesen gesehen, das die alte Frau bei sich hatte, und ein paar kleinere, bei denen es sich angeblich um seine Nachkommen handelte.«

»Jorys Drachen war höchst eindrucksvoll«, kommentierte Fringe mit provozierend ruhiger Stimme.

»Das stimmt«, pflichtete Danivon ihr zähneknirschend bei. »Aber er hatte den Überraschungseffekt auf seiner Seite, und selbst wenn es Hunderte gewesen wären, hätten sie kaum etwas gegen eine Welt voller Killermaschinen auszurichten vermocht.«

Jacent wischte sich Tränen der Müdigkeit aus dem Gesicht. »Boarmus hatte wirklich seine Hoffnungen in die Drachen gesetzt. Und ich auch.«

»Dann müßt ihr auf andere Drachen hoffen. Wir betreten Neuland und wissen folglich nicht, was uns dort erwartet.« Danivon warf Fringe einen Seitenblick zu, die nur steif neben ihm saß und keinen Ton sagte. Sie hatte noch immer dieses Lächeln im Gesicht, mit dem sie ihn am Fluß begrüßt hatte. Und wenn die Schlünde der Hölle sich vor ihnen auftaten, Fringe würde wohl auch dann noch dieses Grinsen im Gesicht haben.

»Das Massiv«, sagte sie unnötigerweise und deutete auf die vor ihnen auftauchende glühende Kuppel, die wie ein Karfunkel den Mittelpunkt des Kontinents prägte. »Das ist das Massiv, Jacent.«

Jacent schaute in die von ihr bezeichnete Richtung,

ohne daß der Anblick ihn jedoch beeindruckt hätte. »Niemand wurde hinter der Mauer getötet«, sagte er. Er war nicht gewillt, die Hoffnung fahren zu lassen. »Also muß es hier etwas geben, das imstande ist, das Netzwerk abzuwehren.«

Danivon schüttelte den Kopf. »Einen Feind draußen zu halten ist etwas anderes, als ihn abzuwehren. Einer Belagerung standzuhalten und eine Schlacht zu gewinnen sind zwei verschiedene Dinge.«

»Wenn du um deine Sicherheit besorgt bist«, sagte Fringe, »dann wirst du hier wohl in Sicherheit sein.«

Jacent ließ den Tränen der Müdigkeit und Frustration freien Lauf und sagte mit hysterischer Stimme: »Es geht nicht nur um *mich*. Es geht um alle. Um Tante Syrilla, nur daß sie schon tot ist, um Boarmus, um meine Freunde in *Toleranz*, mein Zuhause in *Himmel* und …«

Danivon drehte sich zu dem Jungen um und unterbrach den Redeschwall, indem er ihm die Hand auf den Mund legte. »Sie würden hier wahrscheinlich sicher sein, Junge, aber in Zentral-Panubi ist nicht genug Platz für die Bevölkerung von ganz *Woanders*, selbst wenn wir die Möglichkeit hätten, alle hierher zu bringen. Reiß dich zusammen. Die Lage ist, wie sie ist, und Wunschträume bringen uns nicht weiter!«

Er nahm die Hand weg, und Jacent schwieg. Ohne Zweifel hatte es ihm vor Kummer die Sprache verschlagen. Da war er aber nicht der einzige. Seit der Begegnung mit Fringe hatte Danivon sich ebenso wegen ihr gegrämt wie wegen Zasper. Etwas war mit ihr geschehen. Er wußte zwar nicht, was es war, aber sie hatte sich zu ihrem Nachteil verändert.

Er grunzte beim Anblick der fast senkrecht unter ihnen stehenden Akropolis, änderte den Kurs und flog zum Fluß, wo er den Gleiter wie ein zu Boden fallendes Blatt landete. Leute kamen angerannt. Jory und

Asner kamen aus einem der Gebäude unter den Bäumen, und die Insassen des Gleiters schauten über sie hinweg auf die Drachen, die am Rand eines entfernten Hains standen.

Danivon fiel die Kinnlade herunter. »Dann existieren sie also doch«, sagte er. »Ich hätte es nicht für möglich gehalten.«

»Arbai«, ertönte eine helle Stimme über ihm, wo eine Glyphe unbeholfen flatterte und sich mit ruckartigen Flügelschlägen in der Luft hielt. »Fringe!« rief sie überrascht. »Wir dachten, du seist tot!«

»Was zum … wer …?«, krächzte Danivon.

»Das ist Nela«, sagte Fringe mit dieser freundlichen, aber unpersönlichen Stimme, die Danivon schier zur Weißglut brachte. »Und dieses pelzige Wesen mit den Schwimmfüßen ist Bertran. Ich vergaß, dir von ihnen zu erzählen. Zur selben Zeit, als ich wieder zusammengeflickt wurde, wurden Bertran und Nela verändert.«

Das geflügelte Wesen fiel Fringe um den Hals. Fringe trat zurück, und Nela griff ins Leere.

»Fringe?« fragte sie zweifelnd.

»Was haben sie mit euch dreien gemacht?« fragte Danivon mit raspelnder Stimme. Er hatte Fringe bisher nicht gefragt, was mit ihr geschehen war; er hatte sich nämlich vor der Antwort gefürchtet. Er hatte sie nicht einmal näher betrachtet, seit sie ihn am Flußufer gefunden hatte, doch nun, im Angesicht dieser monströsen Veränderungen, mußte er sich der Sache stellen.

»Etwas hat mich und sie repariert«, sagte Fringe freimütig.

»Die Götter von *Hobbs Land*«, sagte die Glyphe Nela versonnen. »Anscheinend sind sie schon die ganze Zeit über hier gewesen.«

Danivon stockte das Herz, und er spürte einen höllischen Druck im Kopf, den Ausbruch eines Geysirs aus

Blut, eine kreatürliche Angst, die ihm die Sprache verschlug und ihn zu verzehren drohte!

»Ahhhh«, schrie er.

»Nein«, sagte Fringe mit überraschter, aber furchtloser Stimme. »Das werde ich nicht hinnehmen. Ich werde nicht zulassen, daß man mich übernimmt.«

»Schon gut«, sagte Jory zu Danivon und Fringe. »Beruhigt euch.«

Danivon hörte sie nicht. In Panik rannte er durch das Wäldchen am Fluß. Blindlings hetzte er durch den Hain und suchte Zuflucht in einem Schilfbett. Das Blut rauschte ihm in den Ohren. Die befürchtete Katastrophe war eingetreten.

»Weshalb hast du das getan?« fragte eine Stimme von oben. »Weshalb bist du weggelaufen?«

Er blickte auf und sah Nela, die mit unkoordinierten Flügelschlägen über ihm hing.

»Das war dumm«, keuchte sie.

»Besessen«, zischte er. »Keine Menschen mehr. Sie haben uns übernommen.«

Halb landete, halb stürzte sie neben ihm ab. Es raschelte im Schilf, und das pelzige Wesen brach zwischen dem Röhricht hervor.

»Weshalb bist du fortgelaufen, Danivon?« fragte Bertran.

Schaudernd schlug Danivon die Hände vors Gesicht und brachte nicht mehr hervor als ein Stöhnen.

»Er hat Angst vor uns«, sagte Nela traurig. »Richtige Angst.«

»Danivon«, sagte Bertran flehend. »Danivon. Sieh uns an.«

Er sah sie an und sah Ungeheuer. Ausgeburten der Hölle mit Federn und Krallen. Er heulte auf und schlug erneut die Hände vors Gesicht. Das war ein einziger Alptraum.

Mit der Flossenhand tätschelte Bertran ihm das Knie.

»Danivon. Du wolltest uns doch trennen und neue Körper geben, nicht wahr? Statt dessen hat etwas anderes das getan, das wußte, daß wir immer davon geträumt hatten, etwas … anderes zu sein … also hat es uns andere Körper gegeben … das ist alles. Wir sind immer noch dieselben. Innerlich sind wir immer noch dieselben. Jory sagt, es wird uns zurückverwandeln, wenn wir das wollen …«

Zitternd schnappte Danivon nach Luft. »Es hat Fringe erwischt«, keuchte er. »Es hat Fringe erwischt. Sie ist nicht mehr Fringe.«

»Nicht?« fragte Nela. »Wirklich? Sie war schon komisch …«

»Kalt«, heulte er. »Sie ist eiskalt! Als sie von Zaspers Tod hörte, hat sie nicht einmal geweint!«

»Aber sie wollte vielleicht so sein!« rief Nela. »Fringe wollte etwas anderes, Danivon. Die menschlichen Gefühle hatten sie immer behindert. Sie wollte furchtlos sein und schmerzunempfindlich. Arme Fringe, sie ist immer nur verletzt worden. Nun geht es ihr vielleicht besser.«

»*So* wollte sie aber nicht sein!« schrie er.

»Aber …«, sagte Nela.

»Vielleicht stimmt das«, gab Bertran zu bedenken. »Wir wollten im Grunde auch nicht so sein, Nela.«

»Aber …«

Danivon war wie gelähmt. Er war mit der Situation völlig überfordert. Die Zwillinge unterhielten sich leise und verschwanden dann. Nach einer Weile brachen Jory und Asner schimpfend durch das Röhricht und ließen sich stöhnend und keuchend neben ihm nieder. Sie sprachen mehr zu sich als zu ihm.

»Die Götter von *Hobbs Land* sind natürlich *nicht* hier in *Nirgendwo*«, sagte Jory, tätschelte Danivons Knie und sah ihm in die Augen.

»Nein«, pflichtete Asner ihr bei. »Eigentlich nicht.«

»Ähnlich, aber nicht identisch«, sagte sie. »Die Götter von *Hobbs Land* hatten es überwiegend mit Menschen zu tun, wogegen dieses *Gerät* sowohl von den Arbai gesteuert als auch von ihren Gedanken und Empfindungen dominiert wird. Nur wenn wir uns ihrem Einfluß entziehen würden, hätten wir eine Lage wie bei den Göttern von *Hobbs Land*.«

»Stimmt«, sagte Asner und klopfte Danivon auf die Schulter. »Weshalb die Zwillinge auch zu dem geworden sind, was sie sind. Und Fringe. Wenn es genügend Erfahrung mit Menschen hätte, würde es sie anders repariert haben.«

Danivon schauderte nur. Er hörte sie kaum, wobei ein entfernter Teil seiner selbst sich von hoher Warte aus über dieses ängstliche Tier, diese furchtsame Kreatur wunderte, in die er sich verwandelt hatte. Ein solches Verhalten hätte er nie für möglich gehalten. Was war der Grund für diese kreatürliche Angst? Natürlich war er konditioniert worden, die Götter von *Hobbs Land* als das größte Übel des Universums zu betrachten, aber trotzdem …

Die beiden alten Leute erzählten weiter, von diesem und jenem, von alten Zeiten und aktuellen Dingen. Nach einiger Zeit spürte Danivon, daß er sich wieder entspannte. Es war, als ob er unter einem Wasserfall gestanden oder dem Regen gelauscht hätte. Die ruhigen Stimmen glichen Fingern, die seine inneren Knoten lösten. Die Spannung fiel von ihm ab. Die Angst legte sich. Er fragte sich vage, ob er nun auch besessen war, protestierte aber nicht, als Asner und Jory ihn am Arm nahmen und aus dem Schilf über eine Wiese zur Stelle in der Nähe der Gebäude führten, wo die anderen um ein Lagerfeuer saßen, sich an Spießbraten labten und seine Ankunft mit neugierigen Gesichtern erwarteten.

»Danivon und Fringe, hört mir zu«, sagte Jory. »Wenn

ihr eine Beeinflussung durch das, was ihr für die Götter von *Hobbs Land* haltet, nicht wollt, dann sagt es.«

»Sie beeinflussen uns schon die ganze Zeit«, sagte Fringe mit ihrer eisigen Stimme. »Es ist zu spät. Eher sterbe ich, als besessen zu leben.« Sie sagte es, als ob sie eine Bemerkung über das Wetter machte.

»Es ist nicht zu spät«, sagte Jory. »Sie werden dich in den Ursprungszustand zurückversetzen und dich dann in Ruhe lassen. Es ist nur ... sie, es hatte keinen verläßlichen menschlichen Index zum Abgleichen und sehr wenig Zeit.«

»Ich werde wieder tot sein?«

»Du wirst sein, was du sein willst! Tot. Lebendig. So, wie du gewesen warst, bevor der *Gaver* dich erwischte. Wie auch immer.«

»Versklavt«, sagte Fringe emotionslos.

»Nein«, sagte Jory resigniert. »Auch nicht mehr, als du ohnehin schon warst. Du wirst auch in Zukunft eine Sklavin sein, deiner selbst, von Gebräuchen, von Meinungen, von den Hierarchien, die du von anderen akzeptiert oder für dich selbst geschaffen hast; nur daß du eben daran gewöhnt bist.«

Fringe schaute nur ungläubig, doch Danivon straffte sich.

»Wie?« fragte er. »Wie wird ... der Einfluß aufgehoben?«

»Versetz dich einfach in deine frühere Identität zurück«, sagte Jory. »Das *Gerät* wird dir dabei helfen. Es wird dich nicht täuschen. Es strebt nicht nach Macht. Es hat kein Ego, das befriedigt werden müßte. Es ist nur das, als was es konstruiert wurde, ein Kommunikationsgerät. Weil die meisten Leute sich für edlere Charaktere halten, als sie eigentlich sind, hat das *Gerät* üblicherweise den Effekt, daß die soziale Kompetenz der Menschen verbessert wird. Das Vertrauen wächst, was Asner dir sicher bestätigen wird. Dennoch, wenn du dich eine Zeitlang an Episoden aus deinem Leben und die jeweiligen Gefühle und Reaktionen erinnerst, wirst du dich deinem früheren Selbst immer mehr angleichen. Das *Arbai-Gerät* hat keine Verwendung für Teilnehmer, die ihrer Vergangenheit nachtrauern.«

Danivon blickte noch immer skeptisch.

»Und der Beweis?« fragte Fringe. »Woher weiß ich, daß es mich verlassen hat?«

»Weißt du, wie Nela sich fühlt? Nein, sieh sie nicht an. Weißt du es?«

Fringe nickte unwillig. Ja. Sie wußte genau, wie Nela sich fühlte, und Bertran, und Danivon …

»Es ist das Gerät, das dich informiert. Sag dir nun, du willst nicht wissen, wie Nela sich fühlt. Speichere im Bewußtsein ab, daß andere Leute dich nicht interessieren. Bald wirst du merken, daß andere Menschen dir egal sind«, sagte Jory betrübt und gleichzeitig mit unerschütterlicher Gewißheit.

»Wenn du genauso taub und unsensibel bist wie zuvor, dann weißt du, daß es verschwunden ist. Wenn du wieder ein auf sich selbst zurückgeworfenes Einzelwesen bist, dann weißt du, daß du allein bist.«

Fringe wandte sich ab. Das genügte ihr.

»Aber ich hatte immer …«, murmelte Danivon. »Ich hatte einen Riecher für …«

»Für dich werden Asner und ich uns einen anderen Test ausdenken«, sagte Jory fast ärgerlich. »Aber ich versichere dir, du wirst kein widerstrebender Teil von irgend etwas sein!«

»Du kennst Alouez noch nicht«, murmelte Cafferty und wechselte das Thema. »Du kennst Haifazh noch nicht, die gerade angekommen ist.«

Das Mädchen und die Frau nickten. Danivon starrte sie nur an; er hatte nicht einmal ihre Namen gehört. Er nahm eine mentale Inventur dessen vor, was Danivon

von Danivon wußte. Jory sah seinen leeren Gesichtsausdruck und setzte ihn auf eine Bank an der von der Sonne erwärmten Mauer. Da saß er nun und nahm eine Innenansicht vor, wobei er den Katalog seiner Stärken und Schwächen abarbeitete. Er atmete durch den Mund, um nichts zu riechen und an nichts zu denken, das den Schrecken vielleicht wieder heraufbeschwor.

Jacent spulte noch immer die Liste der Vorgänge herunter, die sich in *Toleranz* ereignet hatten – »… und das betrifft nicht nur Toleranz«, schloß er. »Überall auf Woanders sterben die Menschen. Kinder, Frauen, Männer, alte Leute. Alle sterben. Boarmus sagte, die Drachen seien seine letzte Hoffnung. Was soll ich nun tun?«

»Boarmus hätte lieber keine Hoffnung auf die Drachen setzen sollen«, sagte Jory bestimmt. »Die Arbai werden nämlich nichts unternehmen, junger Mann.«

»Was ist los?« entfuhr es Danivon, dem plötzlich bewußt geworden war, daß ihre Worte mit ihm zusammenhingen. »Wer wird nichts unternehmen?«

»Sagen Sie's ihm«, verlangte Curvis und warf Danivon einen fast verächtlichen Blick zu. »Sagen sie ihm alles. Er weiß noch nichts vom *Arbai-Gerät*?«

»Was sollte ich denn noch wissen?« rief Danivon.

Jory setzte sich und faltete die Hände im Schoß. »Das Gerät ist ein lebendiges Wesen. Wenn es klein ist, ist es ein schlichtes Objekt ohne Bewußtsein. Während es wächst, zapft es das Bewußtsein jeder Intelligenz im Netz an, nutzt die Synergieeffekte und entwickelt Intelligenz und sogar Kreativität. Es schaltet sich in die Träume und Phantasien der Bewußtseine ein, die es enthält. Es ist sogar fähig, synkretistische Symbole zu erzeugen, um fremde Lebensformen zu interpretieren. Es ist in der Lage, all seine Teile zu überzeugen, daß sie bestimmte Dinge sehen, fühlen, hören oder riechen. Es erzeugt eine Realität, die alle Teile akzeptieren.«

»Das hat es auf *Hobbs Land* auch getan«, sagte Asner. »*Hobbs Land* war eine öde Welt, und wir Siedler sehnten uns nach Wundern; also bündelte es unsere Phantasien und schuf Wunder für uns. Ein paar seiner Schöpfungen – diejenigen, die wie Pflanzen und Tiere wuchsen –, waren real. Andere Schöpfungen, geographische Merkmale zum Beispiel, waren quasi … illusorisch, um es so auszudrücken. Irgendwann wurden auch sie real, obwohl es lang dauert, eine Schlucht oder einen Berg zu erzeugen, wenn man immer nur ein Molekül auf einmal bewegt. Und als unsere Welt schließlich bedroht wurde, nutzte es unsere geballte Erfahrung und sein eigenes Wachstumspotential, um eine Verteidigung aufzubauen.«

»Es hat euch beeinflußt«, knurrte Curvis. »Mehr braucht Danivon nicht zu wissen. Es hat euch übernommen! Und nun übernimmt es uns! Und ihn.«

Jory drohte ihm mit einer knochigen Faust. »Ich habe wiederholt gesagt, daß das gerade *nicht* geschieht, zumal Asner davon auch gar nicht gesprochen hat! Er sagte nur, das *Gerät* sei zu Schöpfung oder Zerstörung imstande, in Abhängigkeit von den Bedürfnissen der Intelligenzen, die es enthält.«

»Was wollen Sie damit sagen, Frau?« rief Danivon unvermittelt.

»Ich will damit sagen«, wiederholte Jory, »daß das *Arbai-Gerät* fähig wäre, das *Brannigan*-Netzwerk zu eliminieren, wenn es die Erlaubnis dazu bekäme.«

»Und die Arbai verweigern die Erlaubnis?« fragte Danivon ungläubig.

»Richtig. Sie haben es so programmiert, daß es nur dort wächst, wo sie es wollen. Die Mauer ist die Grenze.«

»Weshalb erlauben sie keine weitere Verbreitung?«

In gespieltem Erstaunen wölbte Jory die Augenbrauen. »Ich dachte, diese Frage sei geklärt. Du klingst wie Curvis, Danivon. Ihr seid doch beide *Beauftragte*. Man hat euch beide für geeignet gehalten, uns während der ganzen Fahrt auf dem Fohm über Nichteinmischung zu belehren, und dann platzt euch der Kragen, wenn ich euch sage, daß die Arbai den gleichen Standpunkt vertreten.«

Danivon schloß die Augen und versuchte das zu begreifen. »Sie werden es nicht jenseits der Mauer einsetzen, um die Bevölkerung von *Woanders* zu retten.«

»Korrekt«, sagte Asner.

»Millionen Menschen werden sterben.«

»Anzunehmen«, sagte Asner. »Oder sind schon gestorben.«

»Ich werde die Arbai bitten, es sich noch einmal zu überlegen«, sagte Danivon verzweifelt. »Wir wollen nicht für die Fehler unserer Vorfahren büßen! Wir wollen nicht so sterben! Die Derbeck'schen haben sich *Chimi-ahm* nicht ausgesucht!«

»Der einzige Unterschied zwischen dem realen und dem virtuellen *Chimi-ahm* besteht darin, daß der echte imstande ist, das zu tun, was sonst die Priester und Hunde in seinem Namen tun«, sagte Jory.

»Na gut! Aber Derbeck ist nur eine Provinz!« rief er. »In der gegenwärtigen Lage ...«

Jory lachte rauh. »Lage? Welche Lage? Als die Menschen hierher kamen, studierten die Arbai ihre Geschichte, um sie zu verstehen. Sie stießen auf einen Holocaust nach dem andern, ein Armageddon nach dem andern, von denen jeder so schrecklich war wie diese *Lage*. Die Menschen haben schon immer im Namen ihrer Götter gefoltert und Grausamkeiten im Namen ihrer Kultur verübt.«

Sie warf die Hände in die Luft, wobei ihr weißes Haar einen Halo um ihr erzürntes Gesicht bildete.

»Ich weiß das so gut wie die Arbai, und doch, als ich erkannte, daß eine andere Macht am Werk war, bat ich die Arbai, ihren Standpunkt zu revidieren. Die Arbai fragten mich: ›Gibt es einen Unterschied zwischen dem, was die neue Macht den Menschen antut, und dem, was die Menschen sich seit jeher gegenseitig angetan haben?‹«

»Jory …«, sagte Asner und streckte die Hand aus.

»Ich bin gerade so schön in Fahrt, Asner. Diese Frage versetzte mich in der Zeit zurück. Zurück zu dem Planeten, auf dem ich geboren wurde. Zurück zu dem Planeten, von dem der *Große Drachen* und ich stammten. Zurück zu den Orten, an denen wir in den Jahrhunderten dazwischen waren. Überall haben die Menschen die Mythen der Ehre und des Todes kultiviert, überall haben die Menschen Götter verehrt, die sie vernichtet haben. Also fragten die Arbai: ›Weshalb sollte die Menschheit vor Gebräuchen und Göttern bewahrt werden, die sie sich selbst geschaffen haben?‹«

Sie beugte sich zu Danivon hinüber und fragte ihn: »Wenn sie dir diese Frage stellen, welche Antwort würdest du ihnen geben?«

»Ich würde etwas von Gnade sagen«, rief er. »Etwas über Mitleid!«

»Das sagt gerade der Richtige, *Beauftragter*! Zumal ich das selbst schon gesagt habe. In meiner Eigenschaft als Frau habe ich sie um Gnade gebeten. Und man sagte mir, Gnade sei ein Ziel, doch das Mittel, um das zu erreichen, sei Einmischung, und der Zweck heilige durchaus nicht die Mittel. Was erstaunlicherweise das genaue Gegenteil der männlichen Theorie ist, die mir als Kind eingetrichtert wurde!«

Sie verstummte, schrumpfte vor ihren Augen und stand dann zerbrechlich und zitternd vor ihnen. »Tut mir leid«, sagte sie und taumelte. »Ich vergesse manchmal, daß ich keine Prophetin mehr bin.«

»Du wirst immer eine Prophetin sein«, sagte Asner zärtlich und legte den Arm um sie. »Bis es dich nicht mehr gibt. Und dann wird auch kein Bedarf an Propheten mehr bestehen.«

»Hier bestimmt nicht«, sagte sie müde. »Weil nämlich alle tot sein werden, Gnade hin oder her.«

»Nicht, wenn Sie die Wahrheit sagen«, knurrte Curvis. »Die Leute dort draußen, ja. Aber nicht *Ihre* Leute hinter der Mauer.«

»Alle«, nuschelte Jory. »*Alle*. Ich sorge mich um alle, dummer Junge. Um Fringe und dich und Latibor und Cafferty. Um mein Volk genauso wie um die anderen. Die Arbai haben zwar kein Konzept des Bösen, aber einen Horror vor Schmerz, und deshalb gehen sie.« Jory drehte sich um, legte den Kopf auf Asners Schulter und klammerte sich an ihn. Die Luft hinter ihr flirrte. Schemenhafte Schuppen, Reißzähne und große, leuchtende Augen jagten einander.

»Sie gehen?« fragte Fringe verwundert.

Es war Asner, der antwortete: »Sie ziehen sich unter das Massiv zurück. Sie haben dort eine Art Redoute, die sie vor langer Zeit für den Notfall angelegt haben. Sie nehmen das *Arbai-Gerät* mit, und um deine Frage gleich zu beantworten, nein, unsere Leute dürfen nicht mitkommen.«

»Die Arbai betrachten uns als Störenfriede«, murmelte Jory. »All diese menschlichen Gedanken und Sehnsüchte, die vom Gerät aufgefangen werden, sind schmerzhaft für sie. Als ob sie ein Steinchen im Schuh hätten, das sie bei jedem Schritt spüren. Sie kommen mit Widersprüchen nicht zurecht. Und wenn das Gerät erst einmal verschwunden ist, haben die *Brannigans* freie Bahn.«

»Wie können Ihre Arbai-Freunde es nur zulassen, daß Sie sterben?« fragte Bertran die alte Frau.

»Sie haben die Verhältnisse auf *Woanders* doch nicht zu vertreten«, rief Nela. »Sie sind nicht von hier! Sie würde man sicher retten!«

»Ahhh…«, sagte Jory.

»Ahhh…«, folgte Asners Echo.

»Wenn sie nicht einmal Sie retten«, rief Nela, »dann wird niemand von uns überleben. Sie werden uns töten, wie sie es die ganze Zeit schon vorhatten! Es gibt keinen Ort, an den wir gehen könnten.«

»Selbst wenn es einen solchen Ort gäbe, würde ich meine Kameraden nicht allein kämpfen lassen«, sagte Fringe, als ob diese Vorstellung ihr völlig abwegig erschienen wäre. »Und es ist auch besser, daß die Götter von *Hobbs Land* gehen. Wenn wir schon sterben, dann wenigstens frei, wie wir gelebt haben.«

Jory sah Fringe an und schüttelte irritiert den Kopf.

»Wart's ab«, flüsterte Asner. »Sie wird es sich noch anders überlegen.«

»So würde der Tod ihr aber leichter fallen«, sagte Jory.

»Glaubst du das im Ernst?«

»Ach, Asner. Natürlich nicht.«

»Wann ziehen die Arbai ab?« fragte Danivon.

»Sie sind schon abgezogen«, erwiderte Jory. »Sie sind unmittelbar nach eurer Ankunft gegangen, weil sie es nicht noch einmal erklären wollten. Erklärungen werden ihnen immer lästiger, je mehr Menschen hinter die Mauer kommen und mit ihnen über das Böse diskutieren wollen.«

»Und das … das *Arbai-Gerät*?«

»Zieht sich bereits von der Mauer zurück. Stück für Stück. Noch ein paar Tage vielleicht, und dann ist es auch verschwunden.«

Danivon warf Fringe und Curvis einen Blick zu, ohne indes eine Reaktion zu erkennen. Curvis machte einen abwesenden Eindruck, als ob er sich in einer anderen Zeit und in einem anderen Raum befände, während Fringe den entschlossenen Ausdruck einer Heldenstatue hatte, die einen großen Triumph verkörperte – oder ein Martyrium. Was sie betraf, schien es aber auch keinen Unterschied zu machen.

Es gab wohl nichts mehr zu sagen. Sogar Danivon schwieg.

Als es Abend wurde, fand Fringe Jory auf der Terrasse. Sie streichelte eine Katze. Danivon und die Zwillinge saßen auf der Mauer. Danivon starrte in den Wald, doch Bertran und Nela beobachteten Jory, als ob sie etwas Wundervolles täte, und tatsächlich versetzten ihre Hände das schnurrende Tier in eine Stimmung der Zufriedenheit.

»Wieso tust du das?« fragte Fringe.

»Weil, wenn man will, sich das ganze Glück eines Lebens in einem weichen, pelzigen Körper und einer streichelnden Hand konzentriert«, sagte Jory. »Wenn man sehr alt ist, kann man das.«

»Aha«, sagte Fringe ohne rechte Überzeugung und hob eine Augenbraue.

»Du machst dir Sorgen«, sagte Jory, wobei sie alle meinte.

»Bis heute nachmittag hatte ich mir keine Sorgen gemacht«, erwiderte sie nachdenklich. »Wirklich, Jory. Ich hatte sehr wohl an den Tod gedacht, doch der Tod ist der ständige Begleiter des *Beauftragten*. Es hatte keinen Sinn, sich Sorgen zu machen. Aber heute nachmittag machte ich mir doch welche ...«

»Gott sei Dank«, sagte Jory.

»Vorher fühlte ich mich besser«, sagte Fringe traurig und setzte sich neben die alte Frau. »Es muß wohl daran gelegen haben, daß ich nicht ich selbst war ...«

»Nein.«

»... jedenfalls nicht ganz ich selbst. Also sollte ich vielleicht auch ›Gott sei Dank‹ sagen.« Ihr Tonfall war klagend, als ob sie selbst nicht so recht daran glaubte.

»Obwohl ich, weil ich schließlich sterben werde, mich auch damit hätte abfinden können.«

»Du wirst deine Identität zurückbekommen«, sagte Jory und legte Fringe die Hand auf den Kopf. »Das zeigt sich schon daran, daß du dir Sorgen machst, wie die alte Fringe es getan hätte.« Sie seufzte und strich Fringe übers Haar. »Ich bin froh, daß du wieder die Fringe wirst, die ich mir... als Tochter ausgesucht hatte. Als Erbin. Der ... ich vermache, was mein gewesen ist. Ich hätte es gehaßt, dich zu verlieren.«

Fringe schaute sie verwundert an und fragte sich, ob sie in dieser Situation keine anderen Sorgen hätte. Es würde nämlich nichts mehr geben, das sie ihr vermachen konnte.

»Ich möchte dir eine Geschichte erzählen«, sagte Jory, lehnte sich im Schaukelstuhl zurück und drückte die Katze an sich. »Es war einmal eine Schildkröte ...«

Nela gab einen Laut von sich, der zwischen Lachen und Schluchzen lag.

»Kennt ihr diese Geschichte vielleicht schon?« fragte Jory. »Egal. Hört sie euch ruhig noch einmal an, Nela und Bertran. Diese Geschichte geht uns alle an.

Es war einmal eine Schildkröte, die lebte in einem Teich: Graues Mondlicht fiel auf graues Schilf und grauen Schlamm, denn Grau ist die einzige Farbe, die Schildkröten sehen. Sie sah weder die Schönheit des Sonnenaufgangs noch das Wunder des Sonnenuntergangs. Sie sah weder das bunte Gefieder eines Kolibris noch die schillernden Flügel eines Schmetterlings. Sie hörte das Geräusch fließenden Wassers, das Rauschen und Murmeln des Flusses, den Wind in den Bäumen, und sie spürte den Unterschied zwischen Schatten und Dunkelheit. Sie war zufrieden mit ihrem Dasein als Schildkröte, handelte bedächtig und bewegte sich langsam. Sie begnügte sich damit, Blätter zu fressen, Würmer und ähnliches Getier und mit ihren Artgenossen auf einem Baumstamm den Gedanken nachzuhängen, im Sonnenlicht, vom dem sie wohl wußte, daß es warm war, aber nicht, daß es gelb war.

Doch an einem Herbstabend, als der graue Nebel inmitten von grauem Laub und grauen Dornen aufwallte, als sie nach Sonnenuntergang auf dem Baumstamm saß, als die Schwalben gewandt und elegant über den Teich hinwegflogen, sah die Schildkröte die Vögel in ihrer ganzen Farbenpracht und verspürte plötzlich eine nie dagewesene Sehnsucht nach Flügeln.

›Ach, ich wünschte, ich würde sie klarer sehen‹, sagte die Schildkröte zum Ochsenfrosch am Ufer. ›Ich wünschte, ich könnte fliegen.‹

›Wenn du sie klarer sehen willst, mußt du zum geheimen Zufluchtsort der Vögel gehen‹, sagte der Ochsenfrosch beiläufig, als ob er die Schildkröte gar nicht ernst nehmen würde.

Und als die Schildkröte ihn fragte, wo dieser Ort sei, wies der Ochsenfrosch nach Westen, zu den hochaufragenden Bergen und sagte der Schildkröte, der Zufluchtsort befände sich dort, inmitten der Klüfte und Schründe, wo die Vögel ihre geheimen Zusammenkünfte abhielten und ausgewählten Bittstellern Flügel verliehen. Woraufhin die Schildkröte sich sagte, daß sie unbedingt dorthin gehen und nach der Rückkehr dem Ochsenfrosch davon erzählen müsse.

Und in der nächsten Nacht erkundigte die Schildkröte sich erneut, wohin die Vögel flogen, und die Eule wies mit der Kralle nach Westen und erzählte ihr von hohen Gipfeln und tiefen Abgründen, ohne sie jedoch ernst zu nehmen. Wieder nahm die Schildkröte sich vor, auf die Reise zu gehen und freute sich schon auf die Gesichter des Ochsenfroschs und der Eule, wenn sie ihnen von ihren Abenteuern erzählte.

In der dritten Nacht stellte sie die Frage erneut, und diesmal war es die Fledermaus, die antwortete und quiekend von unendlichen Höhen und Tiefen erzählte. ›Niemand wagt sich dorthin‹, schrillte die Fledermaus, und die Schildkröte sagte sich, auch wenn niemand sonst es wagte, sie würde es tun.

Also hatte die Schildkröte die Vögel drei Nächte lang beobachtet, und mit jeder Nacht war die Sehnsucht größer geworden. In der dritten Nacht um Mitternacht, nachdem die Fledermaus gesprochen hatte und die Schwalben davongeflogen waren, folgte die Schildkröte ihnen, ohne sich von irgend jemandem verabschiedet zu haben und kroch langsam auf die hohen Berge im Westen zu.

Es wurde ein langer und beschwerlicher Weg für die Schildkröte. Zuerst ging es durch die Wüste, wo sie wohl verdurstet wäre, wenn eine Wüstenschildkröte ihr nicht gezeigt hätte, wie man Feuchtigkeit aus den Früchten eines Kaktus sog. Und dann ging es über das Felsenland, wo sie verhungert wäre, hätte ein Kaninchen ihr keine Blätter zum Fressen gegeben. Schließlich erreichte sie die Berge, wo sie viele Male aufgegeben hätte und gestorben wäre, wenn die Vorstellung sie nicht beflügelt hätte, zum Teich zurückzukehren und den Tieren dort von dieser wundervollen Suche zu berichten, bei der sie sich selbst übertroffen hatte.

›Sie wußten es nicht‹, sagte die Schildkröte sich. ›Sie hatten keine Ahnung, wie schwer es werden würde. So, wie sie es sagten, hörte es sich leicht an, aber wenn ich zurückkomme, werde ich ihnen sagen, wie es wirklich war …‹ Und in den kalten Nächten stellte die Schildkröte sich vor, wie sie die Geschichte ihren Schildkröten-Kameraden auf dem von der Sonne erwärmten Baumstamm erzählte, und dem Ochsenfrosch im Schilf, und der Eule und der Fledermaus, und alle würden sie über ihre Tapferkeit und Ausdauer staunen und sie bewundern.

Von diesem Ehrgeiz angetrieben, stieg die Schildkröte immer höher, über grauen Fels und graue Klippen und im grauen Regen, Jahr um Jahr, bis sie schließlich an den Ort gelangte, wo die Schwalben in der Luft über der bodenlosen Tiefe tanzten.

Als die Schwalben die Schildkröte sahen, brachen sie den Tanz ab und landeten neben ihr auf dem Stein, und als die Schildkröte sie dort sitzen sah, in ihrer ganzen Schönheit, wurde sie erneut von dieser Sehnsucht überwältigt und bat sie, ihr Flügel zu verleihen.

›Vielleicht bekommst du Flügel, doch dann mußt du deinen Panzer verlassen‹, riefen sie. Und während sie ihr sagten, daß sie vielleicht Flügel bekäme, glaubte die Schildkröte den gleichen beiläufigen Unterton zu hören, den sie schon bei der Eule, der Fledermaus und dem Ochsenfrosch gehört hatte, als sie ihnen den Weg beschrieben, ohne sie auf die Gefahren aufmerksam zu machen. Und sie hörte richtig, denn die geflügelten Götter begegnen denen, welche die Gabe des Fliegens begehren, mit göttlicher Gleichgültigkeit. Sie locken sie nicht, versprechen nichts und machen es ihnen auch nicht leicht, denn diejenigen, die sich in die Lüfte emporschwingen möchten, müssen dies mit dem Wunsch des Herzens und der Zustimmung des Verstands und aus keinem anderen Grund tun.

Und die Schildkröte kämpfte mit sich; sie wollte Flügel und wollte wiederum keine, denn wenn sie Flügel hätte, so sagte man ihr, wäre sie nicht mehr daran interessiert, zum Teich zurückzukehren und den Tieren dort von der Reise zu erzählen – weil die Vorfreude ihr nämlich vielleicht noch wichtiger gewesen war als die Flügel selbst. Also haderte die Schildkröte mit sich …«

Ihre Stimme erstarb.

»Weiter«, rief Bertran. »Erzähl uns das Ende der Geschichte!«

»Es gibt kein Ende«, sagte Jory. »Ich weiß nicht, wie die Schildkröte sich entschieden hat.«

»Sie hätte zu ihren Freunden zurückgehen sollen«, rief Nela. »Dort gehörte sie hin. Sie hätte an den Abenden ihre Geschichte erzählt, und die Schildkrötenkinder hätten mit den Füßen Beifall geklatscht…«

»Ja«, sagte Danivon. »Sie hätten getanzt und Bier getrunken, und sie hätte die Geschichte immer wieder erzählen müssen…«

»Das hätte ihnen bestimmt gefallen«, sagte Jory.

»Wenn die Schildkröte den Panzer aufgegeben hätte, wären ihr vielleicht gar keine Flügel gewachsen«, sagte Bertran. »Dann hätte sie gar nichts mehr gehabt, weder Panzer noch Flügel. Man ist zwar unzufrieden mit seinem Panzer, wenn man die Vögel am Himmel sieht, aber es ist auch schwer, sich für Flügel zu entscheiden, wenn man nicht weiß, ob sie einen überhaupt tragen.«

»Das stimmt«, sagte Jory. »Und es ist ein beunruhigender Gedanke.«

Fringe schaute nur auf ihre Füße und schwieg, obwohl sie Jorys Blicke auf sich spürte.

Jory lehnte sich im Schaukelstuhl zurück und schloß die Augen, wobei sie der Katze den Rücken streichelte. Die Katze schnurrte und der Stuhl schaukelte.

»Ich wußte gar nicht, daß sie die Geschichte kannte«, flüsterte Bertran.

»Aber das Ende kennt sie nicht«, sagte Nela.

»Niemand kennt das Ende«, sagte Fringe und starrte auf den staubigen Boden, wobei die Gedanken sich in ihrem Kopf jagten. »Jeder muß es für sich selbst entscheiden.«

Im Haus lagen Cafferty und Latibor nebeneinander und unterhielten sich über alte Freunde.

Haifazh, Alouez und die kleine Shira hatten einen Bach gefunden, in dem sie nun wateten. Haifazh hatte so etwas noch nie gemacht. Als sie an diesem Morgen aufgewacht war, hatte ihr Körper sich verändert. Die

Beschneidung und die übrigen Verstümmelungen waren rückgängig gemacht worden. Zum erstenmal, seit sie ein Kind gewesen war, hatte sie ein schmerzfreies Körpergefühl. Nun stand sie im strömenden Wasser, ohne Schmerz und voller Empfindungen, die sie noch nie zuvor verspürt hatte. Sie war dankbar für diese Befindlichkeit, auch wenn sie nur für kurze Zeit anhalten würde.

In dem Wäldchen am Fluß unterhielt Jacent sich mit einem Mädchen, der Tochter eines von Jory rekrutierten Paars. Sie hatte Ähnlichkeit mit Metty, obwohl sie sich als Lidasu vorstellte, und er erzählte ihr von *Himmel*, das er so sehr vermißte, daß ihm schier die Tränen kamen.

»Hast du eine Mutter dort?« fragte sie ihn, klopfte ihm auf die Schulter und nahm ihn in den Arm. Er hatte nichts von einer Mutter gesagt.

»Ja«, murmelte er. »Obwohl ich sie nicht sehr gut kenne. In Himmel wuchsen wir in Familiengruppen auf, wobei man es nicht für wichtig hielt, wer die leiblichen Eltern waren.«

»Schon gut«, tröstete sie ihn. »Ich werde für eine Weile deine Mutter sein.«

In der Akropolis stiefelte Curvis zornig umher und hielt Ausschau nach den verdammten Drachen, die, wie Jory bereits gesagt hatte, verschwunden waren.

Asner folgte ihm und fragte: »Was ist los, Curvis?«

»Mein ganzes Leben ist für die Katz!« schrie er. »Das ist los!«

»Das Leben aller Menschen ist für die Katz, Curvis. Da bist du nicht der einzige. Wir alle sind davon betroffen.«

»Die anderen interessieren mich nicht! Weder ihr alten Krücken noch sonst jemand. Danivon hat mir etwas bedeutet! Ich hielt ihn für etwas Besonderes, aber sieh ihn dir jetzt nur an! Es muß nur irgend jemand die Götter von *Hobbs Land* erwähnen, und er macht sich vor Angst fast in die Hose! Und er interessiert sich nur für Fringe. Ich hatte ihm gesagt, er solle mit mir von hier verschwinden, aber er will sie nicht allein lassen. Und wie dankt sie es ihm? Hä? Zum Teufel mit ihnen! Jetzt kümmere ich mich nur noch um mich selbst, alter Mann.«

Asner wollte etwas Tröstliches sagen, doch er fand nicht die richtigen Worte. Curvis war so wütend, daß er überhaupt nicht zuhörte. Curvis wollte auch gar nicht zuhören. Curvis war in blindem Aktionismus gefangen.

Während Asner hilflos zuschaute, kletterte Curvis in den Gleiter, mit dem Jacent gekommen war, zog ihn in einer engen Spirale nach oben und flog in östlicher Richtung davon. Das war indes ein Täuschungsmanöver, denn Curvis kehrte nach *Toleranz* zurück. Curvis wollte ermitteln, ob die *Brannigan*-Kreaturen irgendeine Verwendung für ihn hatten.

Am späten Abend nahm Danivon Fringe an der Hand und führte sie von Jorys Haus auf den Hügel.

»Komm«, sagte er. »Das Ende ist nah. Laß uns als Liebende sterben.«

Sie legte den Kopf an seine Schulter. »Haben wir denn Zeit, uns zu lieben, Danivon?«

»Wieso nicht?«

»Uns richtig zu lieben, Danivon? Für Leidenschaft ist Zeit genug, aber das scheint mir eine unwürdige Wahl für die letzten Stunden zu sein. Was hätten wir denn davon?«

»Spaß? Wäre das nicht Grund genug?«

»Na gut, wenn du Spaß daran hast…«

Er schwankte zwischen Weinen und Lachen, zwischen Schmerz und Zorn. »Nein, ich hätte keinen Spaß daran, wenn du so drauf bist. Dann setz dich neben mich an einen Baum. Wenn du nicht meine Geliebte sein willst, sei wenigstens meine Kameradin. Stell dir vor, wir rüsten uns für das letzte Gefecht.«

Dazu war sie bereit. Sie setzten sich unter den großen Baum, nicht weit von den beiden Steinen. Danivon lehnte sich gegen den Stamm, und Fringe lehnte sich an ihn, wobei er die Arme locker um sie legte. Vor ihnen lagen die von einem Bach durchflossenen Weiden, dahinter erstreckte sich eine Baumreihe, und am Horizont ragte glühend das mächtige Massiv auf.

Bertran und Nela sahen sie sitzen, kamen den Hang herauf und ließen sich in der Nähe nieder, wobei die gefiederte Glyphe sich in seinen pelzigen Arm schmiegte, wie sie es gewohnt war.

»Eigentlich wollte ich immer ein ganz normales Mädchen sein«, flüsterte Nela, aber nicht so leise, daß sie es nicht doch hörten. »Ich klinge wie Pinocchio, nicht? Daß ich ein richtiger Mensch sein will.«

»Wer ist Pinocchio?« fragte Fringe, wobei sie das Bild verdrängte, das Nelas Gedanken ihr vermittelten.

»Eine Puppe aus einem Märchen. Eine Holzpuppe, die ein Mensch sein wollte. Ich wollte eine richtige Frau sein. Die ganze Zeit auf der Bühne der Nebenattraktion, all die Jahre mit Tante Sizzy – immer wenn ich an die Zukunft dachte, sah ich mich als richtige Frau. Mit einer Familie und Kindern ...«

»So habe ich mich nie gesehen«, sagte Fringe überrascht. »Kein einziges Mal.«

»Als wir im Zirkus anfingen«, sagte Bertran, »stellte ich mir immer vor, unseren Vater zu finden und zu sagen: ›Ich bin dein Sohn. Ich bin der Junge, den du verlassen hast. Sieh mich an. Du mußt nicht weglaufen. Ich bin ein Mann, auf den du stolz sein kannst.‹«

»Das hatte ich mir auch gesagt«, sagte Danivon. »Ich fragte mich, wer mein Vater war und wieso er mich verlassen hatte. Ich stellte mir vor, ihn eines Tages zu finden und mit meiner …«

»Mit deiner Männlichkeit zu überraschen«, sagte Nela und entfaltete eine Schwinge. »Und mit deinem guten Aussehen und deinem Verstand.«

Danivon lächelte.

»Die anderen Träume, vom Schwimmen und Fliegen, waren wohl nur … sinnlich«, sagte Bertran. »Die Muskeln und Sehnen wollten im Traum ihren Zweck erfüllen …«

»Ich weiß«, murmelte Nela. »Bei mir auch …«

»Ich schmiedete Pläne für die Zeit nach der Trennung«, sagte er versonnen. »Ich wollte Forscher werden. Ich wollte all die Dinge tun und all die Orte aufsuchen, die uns verwehrt waren. Bergsteigen.« Er streckte eine pelzige Pfote aus und imitierte die Bewegung des Kletterns. »Tiefseetauchen. Ich wollte Drachen fliegen. Ich wollte mit dem Fallschirm aus einem Flugzeug springen …«

Fringe verdrängte die Gedanken und Gefühle der Zwillinge, die gegen sie anbrandeten, jede Wahrnehmung von ihnen, und ließ nur das zu, was sie hörte und sah. Sie spürte, wie die Präsenz der beiden in ihr verschwand, genauso, wie Jory es gesagt hatte.

»Anstatt Nela Flügel zu verleihen, hätte das *Gerät* lieber dir welche geben sollen«, sagte sie zu Bertran.

»Hast du mit dem *Gerät* deinen Frieden gemacht, Fringe?« fragte Danivon. »Akzeptierst du es nun?«

»Niemals!« erwiderte sie bestimmt. »Aber ich bin ihm dankbar, daß es mich gerettet und zusammengeflickt hat, obwohl ich ihm sagte, daß ich nicht übernommen werden wollte, nicht einmal, wenn es mir zum Vorteil gereichte.«

»Es wäre interessant gewesen, diese Erfahrung zu machen«, sagte er, ohne zu wissen, daß er sie noch machte.

»Vor kurzem hast du aber noch anders gesprochen. Du bist abgehauen«, sagte sie. Das war keine Anklage, sondern eine Feststellung.

»Stimmt. Ich hatte Angst. Nun habe ich keine Angst mehr.«

»Ich auch nicht«, sagte Nela. Sie wand sich unruhig in Bertrans Armen und betrachtete mit wachen Sinnen den Sonnenuntergang, wobei sie sich darüber wunderte, daß all diese Erinnerungen so plötzlich auf sie einstürmten. Jorys Schildkrötengeschichte war ihrer Geschichte so ähnlich gewesen. Weshalb hatte Jory sie ihnen überhaupt erzählt?

»Wieso hat Jory uns von der Schildkröte erzählt?« fragte sie und löste sich etwas von Bertran.

»Weil es Jorys eigene Geschichte ist«, sagte Fringe in plötzlicher Erkenntnis.

»Ich habe darüber nachgedacht«, sagte Nela. »Weil sie sich mit der Schildkröte identifiziert. Weil sie weiß, daß das … all das im Grunde nur eine Nebenattraktion ist …«

Fringe ließ sich das durch den Kopf gehen. Hatte Jory gewußt, daß das gute Leben einmal ein Ende hat, daß die Liebe vergeht, daß jenseits menschlicher Leidenschaften, Sorgen und Nöte, jenseits des menschlichen Schicksals die Dunkelheit der Berge liegt, die Einsamkeit des Fliegens, und dahinter … das ewige Leuchten der Sterne? Und was kam dann …?

Die Hauptattraktion? Etwas anderes, Wunderbares, das sich dem menschlichen Vorstellungsvermögen völlig entzog?

»Woran denkst du?« flüsterte Danivon.

Sie setzte sich auf und runzelte die Stirn. Sie hatte nur seine Worte gehört, nicht aber seine Gefühle gespürt. »Ich denke an die Sterne. Und daran, wie wir miteinander schliefen und ich mir sagte, daß es nicht von Dauer sei.«

»Weil du nicht wolltest, daß es von Dauer war«, sagte Nela mit einem Ausdruck der Verwirrung in den Augen. »Du wolltest dich nicht durch die Liebe binden. Aber ich will es!«

Fringe nickte. Nela hatte recht. Falls etwas zwischen Danivon und ihr gewesen wäre, hätte es nicht lang gehalten, wobei es aber nicht unbedingt an Danivon gelegen hätte. Sie hätte mit ihm Schluß gemacht. Sie hätte wohl Danivon die Schuld gegeben und wie ein Hund gelitten, obwohl sie sich die Wunden selbst zugefügt hatte, aber letztendlich wäre es ihre eigene Schuld gewesen.

Sie hätte es selbst getan, weil … weil …

»Was hast du?« fragte Danivon. »Was hast du, Fringe?«

Sie schüttelte den Kopf. Ja, was hatte sie? Es wäre gut gewesen, Souile Trost und Freude zu spenden, aber nicht gut für sie, die Tochter der *Professionellen-Klasse* zu sein, die Souile sich erträumt hatte. Es wäre gut gewesen, wenn Char sie geliebt hätte, aber nicht gut für sie, die Tochter zu sein, die er gewollt hatte. Sie erkannte nun, daß sie bei ihren sentimentalen Ausbrüchen die Realität verdrängt und Versprechungen gemacht hatten, die einzulösen keiner von beiden imstande gewesen war …

Wegen dieser Sehnsüchte. Dieser Bedürfnisse. Die Char vielleicht genauso gehabt hatte wie sie. Mit dem tragischen Unterschied indes, daß er andere in seinen Traum einbezogen und sie dann gehaßt hatte, weil sie nun dort waren und eine Last für ihn bedeuteten.

Jeder hatte das Recht zu träumen. Aber nur freie Wesen hatten das Recht, sich auf die Suche zu begeben. Nur freie Wesen, die völlig unbelastet waren und denen kein Etikett anhaftete.

Was auf sie zutraf. An ihr klebte kein Etikett. Keine Tochter. Keine Geliebte. Keine *Beauftragte*.

Und schon gar kein zufriedener Teil des *Arbai-Geräts*.

Sie legte die Hand auf die Brust, wo Zaspers Anhänger gehangen hatte. *Wie sie ist.* Hatte er gewußt, was sie war, was sie sein wollte? Hatte er gewußt, daß sie sozusagen ein unbeschriebenes Blatt sein mußte?

»Durch niemandes Liebe gebunden«, sagte sie und lauschte dem Nachhall der Worte. Waren sie wahr? »Nicht einmal durch Zaspers Liebe. Nicht mehr.«

»Ach, Fringe«, sagte Bertran.

»Nicht einmal mehr unsere Freundin, Fringe?« fragte Nela.

»Immer eure Freundin«, sagte sie. Das hatte sie immerhin geschworen. Und was den Rest betraf, so wußte sie es nicht. Sie stand auf. Etwas übte eine Sogwirkung auf sie aus. Es ließ sie nicht in Ruhe. Beeinträchtigte ihr Wohlbefinden.

»Was ist?« fragte Danivon erneut. Ihr Gesichtsausdruck irritierte ihn.

»Ich will ... Ich will gehen. Weg.«

»Du lächerliche Frau.« Er schüttelte erst den Kopf und dann sie. »Wo willst du denn hingehen? Glaubst du etwa, es gäbe einen Ausweg? Wohin willst du gehen?«

»Ja«, rief Nela. »Wohin willst du gehen?«

Sie kam wieder zur Besinnung, wobei sie wie eine Eule schaute. »Nun, vielleicht nirgendwohin«, gestand sie. Sie wunderte sich, daß die Wirklichkeit sich weigerte, ihren Vorstellungen zu entsprechen. »Wenn ich aber einen Weg fände, würde ich gehen. Ich mußte dir das sagen, Danivon. Ich würde gehen!«

In gespieltem Zorn schüttelte Danivon sie. »Du meinst natürlich ohne mich. Curvis sagte schon, daß ich dich nur deshalb wollte, weil du mich nicht wolltest. Vielleicht hatte er recht.«

Nela schaute auf Bertran und sagte: »Den richtigen Weg gibt es nicht. Es gibt immer jemanden, der etwas anderes will. Selbst wenn er nicht weiß, was er will.«

Fringe quittierte das mit einem zerknirschten Lächeln.

»Du brauchst jemanden, der … bodenständiger ist, Danivon. Leute wie ich sind vielleicht für eine leidenschaftliche Begegnung interessant, aber für eine feste Beziehung sind wir zu unstet. Unsere Stimmung schlägt von einer Sekunde auf die andere um. Und wenn du glaubst, wir seien hier bei dir, sind wir ganz woanders.«

»Zum Glück wäre das nun geklärt«, sagte Nela amüsiert. Sie stand auf und wischte sich das Gras vom Körper, wobei sie durch die seidige Bluse die sinnlich schwellenden Brüste spürte. Sie setzte einen Fuß vor, um die glänzenden Stiefel und den fließenden Rock zu bewundern, der sich an den Waden bauschte. Sie fuhr sich durchs Haar, verwuschelte es neckisch und reichte Bertran ihre zarte, kleine Hand. Er schaute sie für einen Moment an, ergriff sie dann mit seiner großen, schwieligen Hand und richtete sich zu seiner vollen Größe auf, wobei er die Muskeln anspannte und die Zähne unter dem männlichen Bart zusammenbiß. Er war einen ganzen Kopf größer als sie. Er sah auf Fringe und sie auf ihn. Sie schienen förmlich zu leuchten.

In Danivons Augen waren die Zwillinge wie ein Lagerfeuer, warm und tröstlich. Doch Fringe war ein so weit entferntes Licht, daß man es kaum sah. Sie funkelte wie ein Diamant, den man sich an den Finger steckte. Den man berühren und besitzen wollte. Und wenn man dann die Hand nach ihm ausstreckte, verbrannte er einen zu Asche.

Wenn er die Wahl hätte, gestand er sich, würde er sich anders entscheiden. Wenn er die Wahl hätte, würde er am Lagerfeuer sitzen und von den Wundern erzählen, die er gesehen hatte – an einem anderen Ort, in einer anderen Zeit.

»Ich frage mich, ob Zasper mich kannte«, sagte Fringe zu sich selbst. »Ich wollte, ich könnte ihn fragen … fragen, was ich sein soll.«

Irgendwie rang Danivon sich ein Lächeln ab und

streckte die Hand zu ihr aus. Es stimmte. Zasper hatte sie gekannt. Hatte sie gekannt und sich bis zum letzten Atemzug nach ihr gesehnt; er wollte, daß sie war … was auch immer sie war.

Jory und Asner saßen händchenhaltend auf der Terrasse.

»Dieses Ende gefällt mir nicht«, sagte sie. »Es ist kein glückliches Ende. Ich mag aber ein glückliches Ende. Wenn ich gewußt hätte, daß es so ausgeht …«

»Wir müssen es nicht abwarten«, sagte er sanft. »Wir müssen uns dem nicht aussetzen.«

»Ich weiß«, sagte sie ärgerlich. »Aber wir haben all diese Leute hierher gebracht. Ich werde nicht davonlaufen. Ich werde das Schicksal mit ihnen teilen, das sie mir zu verdanken haben.«

»Natürlich nicht«, sagte er und versuchte das Thema zu wechseln. Leider gab es nur noch dieses Thema.

»Was wird mit dem *Großen Drachen* und seinen Kindern geschehen?« fragte er. »Er hat sich der Beeinflussung durch das *Arbai-Gerät* entzogen, stimmt's? Er wird den *Brannigans* sicher entkommen.«

»Ich weiß, daß er ihnen entkommen wird, wenn er will«, sagte sie angespannt. »Er ist schon sehr lange hier. Er hätte wieder auf Forschungsreise gehen sollen, wie wir es getan haben. Oder auf seine Heimatwelt zurückkehren, um mit seinen Artgenossen im Mondenschein zu tanzen.«

Der *Große Drachen* hatte durchaus einen Grund zum Bleiben gehabt; Jory wußte das, doch Asner verdrängte es. »Ob er sich nach dieser langen Zeit überhaupt an seine Heimat erinnert?« fragte er.

»Ich bin sicher, daß er es noch weiß. Genauso, wie ich mich an meine Heimat erinnere.«

»Wirklich, Jory?« Das war unvorstellbar für ihn. Wo er sich kaum an seine eigene Heimat erinnerte.

Sie schaukelte im Stuhl und ließ sich die Frage durch den Kopf gehen. Zumindest glaubte sie, daß sie sich an die Erde erinnerte. In letzter Zeit geschah das sogar zwanghaft, als ob etwas neben ihr die Erinnerung aufriefe. Sie erinnerte sich an das Trällern der Lerchen in der Dämmerung, an das smaragdgrüne Gras und die silbrige Luft. Sie erinnerte sich an den Fisch, der aus dem Wasser eines Teichs sprang, die sich ausbreitenden Kreise aus Licht, das Glitzern der Schuppen, das funkelnde Auge. Sie erinnerte sich an hohe Bäume, das Rascheln der Blätter, das vom Laub gestreute Sonnenlicht, das Zirpen der Zikaden, das Kreischen und Keckern kleiner Pelztiere in den Ästen. Sie erinnerte sich an den Geruch des Grüns, das Gefühl des Wachstums, den Hauch der Erhabenheit.

Sie erinnerte sich an Berge, das Kriechen und Knirschen aufeinandergeschichteter Steine, die bis ins Innere der Erde hinabreichenden Krater, in denen einst feuriges Magma gebrodelt hatte und die nun mit blauen Seen und sauberer Luft angefüllt waren, wobei Kontinente aus weißen Wolken über sie hinwegzogen wie die Segnung einer mächtigen Hand.

Sie erinnerte sich an das weite Meer, das Wasser der Welt, das an die Küsten plätscherte, die mit Flossen ausgestatteten Kreaturen der See, die schwüle Flaute, den tosenden Sturm.

War das ihre Heimat gewesen? Wahrscheinlich nicht, denn sie erinnerte sich, daß sie diesen Ort verlassen hatte, auf der Suche nach etwas anderem. Pflicht. Das war es gewesen: In Ausübung ihrer Pflicht.

Sie erinnerte sich an *Gras* mit seinen endlosen Prärien, den prächtigen Gärten, dem majestätischen Wald und der bunten menschlichen und außerirdischen Bevölkerung. War das ihre Heimat gewesen? Sie hatte auch diesen Ort verlassen, um etwas zu suchen.

Diesmal hatte es sich nicht um Pflicht gehandelt, doch sie hatte eine Welt gesucht…

Sie war auf vielgestaltigen Welten gewesen, wo die Feuer der Schöpfung noch immer loderten. Sie hatte Sonnen im Reigen gesehen, deren Planeten wie ein Halsband aufgereiht waren. Sie hatte Welten besucht, die von Menschen und von Aliens bewohnt waren, erdähnliche und fremdartige Orte. Sie erinnerte sich an alle und erinnerte sich, daß sie alle verlassen hatte. Was war ihre Heimat gewesen?

Vielleicht lief es am Ende darauf hinaus, daß man dort zu Hause war, wo die Liebe war.

»Sieh«, flüsterte Asner und zeigte auf den Hain.

Sie gingen über die Wiese: Nela tanzte leichtfüßig wie eine Prinzessin, frohgemut und schön, und Bertran folgte ihr in seiner ganzen Größe und Stärke. Ein kaum merkliches Lächeln erhellte sein Gesicht, und seine Augen glühten im Gefühl des Wunders, als er auf Jory zuging und ihre Hände ergriff.

Endlich waren sie, was sie sein wollten. Frau. Mann. Ihre Freude strömte in Jory.

Trotz allem war noch Zeit für ein kleines Glück. Auch wenn bald das Ende der Zeit kam, dies würden sie in die Dunkelheit hinüberretten müssen.

»Fringe?« fragte sie. Sie würde es nur dann wissen, wenn sie fragte. Sie spürte Fringes Gefühle nicht.

»Sie ist irgendwo hinter uns«, sagte Bertran.

Sie gingen mit Asner auf die Suche, und bald kam Fringe aus dem Wald: ein Schatten, eine unbehagliche Präsenz.

»Na, Kind?« rief Jory.

»Na, Jory?« Sie ergriff die Hände der alten Frau.

»Wie ich sehe, sind die Götter von *Hobbs Land* quitt mit dir.« Jory sah ihr tief in die Augen. »Oder du mit ihnen. Dann stehst du nun allein?«

»Ich stehe allein, Jory.«

»Bist du nun frei?«

»Jedenfalls freier als in meiner Vergangenheit, Jory. Wie du schon sagtest, ich war damals versklavt. Auf die eine oder andere Art.«

»Und nun fühlst du dich frei?«

Fringe lächelte skeptisch und schüttelte den Kopf. »Kann ich nicht sagen.«

»Zu verschiedenen Zeiten in meinem Leben«, murmelte Jory, »hatte ich mich auch frei gefühlt – meistens kurz und nie völlig frei. Ich weiß aber noch, daß auch bedingte Freiheit beunruhigend sein kann. Selbst wenn man sie nur für kurze Zeit erlebt.«

»Und wenn es auch nur für einen Augenblick wäre, Jory, würde ich diese Erfahrung nicht missen wollen. Ich würde ein längeres Leben woanders für diese Erfahrung tauschen.«

Jory berührte ihr Gesicht. »Dann bist du eine Närrin, Kind. Aber wer hätte je gesagt, daß wir das nicht sind, du und ich.«

Fringe setzte sich neben den Schaukelstuhl. »Ich bin vielleicht eine Närrin, Jory, aber du bist keine. Dessen bin ich mir sicher.«

»Und wer sagt dir das?«

»Die Präsenz des *Großen Drachen* sagt mir das.«

Die alte Frau senkte den Blick und fragte leise: »Was weißt du über ihn?«

»Sehr wenig. Was ich mir eben so zusammengereimt habe.«

»Und welchen Reim hast du dir gemacht?«

»Daß er, wenn er das wollte, den Arbai überallhin folgen könnte.«

»Wahrscheinlich. Ich bin mir nicht sicher.«

»Ich glaube nicht, daß sie ihm gewachsen sind.«

»Damit magst du recht haben.«

»Aber er wird ihnen nicht folgen. Er wird ... überhaupt nichts tun. Er respektiert nämlich deine Gefühle.«

Jory schüttelte den Kopf. »Ich glaube, es ist weniger eine Sache des Respekts als seiner eigenen Logik und Ethik. Er hat sich auch für Nichteinmischung entschieden, es sei denn, man bittet ihn um Hilfe. Wobei sie dann von der Sache und der Person des Bittstellers abhängt.«

»Und wenn du ihn fragen würdest?«

»Manche Dinge sind mir verwehrt. Weil ich bin, was ich bin.«

»Was bist du?« flüsterte Fringe. »In Wirklichkeit?«

»Ich weiß es nicht. Wirklich.«

»Du darfst es nicht sagen …?«

»Ich kann es einfach nicht. Diese Sperre ist eingebaut. Ich kann nicht sagen oder allzu deutlich reflektieren, was ich bin, oder ich *wäre* nicht das, was ich bin.« Sie lachte, wobei sogar echte Belustigung mitschwang. »Mancher von uns existiert nur deshalb, weil er sich seiner Identität nur vage bewußt ist. Wir sind wie die winzigen Teilchen, aus denen das Universum besteht. Wenn wir unsere Position bestimmen, sind wir nicht mehr imstande, unseren Geschäften nachzugehen. Und solange wir uns unseren Geschäften widmen, wissen wir weder wo noch was wir sind. Aber – und das sage ich mir immer wieder – wenn ich die richtige Wahl getroffen habe, wirst du es herausfinden. Und vielleicht …«

Sie umarmten sich und schaukelten hin und her, während die Dunkelheit sich über sie legte und beide nach einer Antwort suchten, die keiner kannte.

»Sieg«, rief der *Große Krabbler*; »Sieg«, rief Subble Cling, wobei sie die Worte wie geschmolzenes Blei verspritzten. »Sieg, Sieg! Wir, die Eroberer, treiben sie vor uns her und vernichten sie!« Als ob sie Vieh zusammengetrieben hätten. Die *Brannigans*, Cling, Thob, Bland und Breaze, hatten all ihre teuflischen Geräte in einem großen Kreis angeordnet und zogen ihn immer enger um die in der Mitte gefangenen Menschen. Als ob sie Fische im Netz fangen würden!

»Was werden wir tun, wenn wir sie in der Falle haben?« fragte jemand.

»Einsperren«, sagte Orimar Breaze ebenso panisch wie hektisch. Er wollte diese Sache hinter sich bringen, um sich interessanteren Dingen zu widmen. »In Lager sperren. Ihnen Gehorsam beibringen. Die Schlechten töten.«

»Weshalb willst du überhaupt welche töten?« fragte die kleine lästige Stimme, dieselbe Stimme, die in letzter Zeit schon zu viele Fragen gestellt hatte. »Wieso willst du das tun? Ihr habt sowieso schon zu viele Menschen auf *Woanders* getötet. Weshalb tut ihr das?«

»O nein«, schnarrte Orimar. »So viele haben wir überhaupt nicht getötet. Es sind noch viele übrig, an verschiedenen Orten. Es geht uns nur um diesen Ort, an den die Schlechten gegangen sind. Diejenigen, die uns nicht gehorchen. Wir müssen diejenigen töten, die uns nicht gehorchen.« Orimar wußte zwar nicht, weshalb sie das tun mußten, aber für ihn war es das Evangelium. Er hatte sich Gehorsam ausbedungen. Vorbehaltlos, unverzüglich, bis in den Tod.

Die kleine Stimme, die von Jordel dem Ingenieur, schwieg. Nachdem er schließlich aufgewacht war, hatte er zwei Optionen verwirklicht, für deren Installation er seinerzeit die Techniker bestochen hatte: Er hatte sie beauftragt, einen Körper für ihn zu klonen und sich dafür entschieden, wach zu bleiben, bis es soweit war – und bald war es soweit. Die anderen wußten nichts davon. Die anderen waren zu sehr damit beschäftigt gewesen, die Welt zu terrorisieren, wie ein Rudel Hunde, das Federvieh jagte. Die Welt schwamm bereits in Blut, und sie hatten den Hals immer noch nicht voll!

Der Prozeß der Auferstehung würde wie vorgesehen im *Kern* stattfinden. Und wenn er die Körperlichkeit erst einmal wiedererlangt hatte, würde er zugunsten der Menschen von *Woanders* intervenieren, sofern es dann überhaupt noch welche gab. Bis dahin blieb ihm nichts anderes übrig, als Fragen zu stellen, Zweifel zu säen und ihren Vormarsch zu verzögern. Er knurrte und kochte vor Wut, denn er wußte, daß diese Verzögerungen nicht genügten. Es würde mindestens noch zwei Tage dauern, bis sein Körper fertig war. Cling und die anderen würden das Massiv jedoch schon früher erreichen.

Cling sagte zwar, sie würden nur ein paar töten, doch sie waren förmlich im Blutrausch. Sie verglichen die Anzahl der Opfer, wie Jäger, die Vögel abschossen. Vor dem geistigen Auge sah Jordel sich als Wildhüter, der verzweifelt versuchte, die Wilderer zu stellen, und den Restbestand des Wilds dennoch nicht zu schützen vermochte.

»Es wird Zeit, diesen Ort zu verlassen«, sagte Nela tapfer, denn Tapferkeit mußte ein Merkmal ihrer neuen Identität werden.

Fringe beugte sich zu der alten Frau hinüber. »Kommst du, Jory?«

Jory, die für eine Weile reglos im Schaukelstuhl gesessen hatte, blickte auf und sagte: »Ja, natürlich, Kind. Ich werde auf einem der Pferde reiten.«

»Asner?« sagte Bertran.

»Glaubst du etwa, ich würde sie allein gehen lassen?« fragte Asner.

»Großer Drachen?« fragte Fringe und ließ den Blick schweifen.

»Glaubst du etwa, ich würde sie allein gehen lassen?«

Die Stimme hallte in Fringes Bewußtsein nach. Wie ein Schlag auf einen Amboß. Wie ein Gift, das seine

Wirkung entfaltete. Fringe zitterte wie Espenlaub. Die Stimme hatte sie förmlich betäubt.

»Was ist mit Haifazh?« fragte Danivon, der nichts gehört hatte.

»Ich werde nachkommen«, sagte Haifazh. »Ich möchte noch etwas an diesem schönen Ort bleiben. Mich mit meinem Kind an den Fluß setzen.«

»Dann auf Wiedersehen«, sagte Fringe und gab Haifazh die Hand. »Auf Wiedersehen.«

Auf Wiedersehen, auf Wiedersehen. Nela und Cafferty und Latibor. Auf Wiedersehen, auf Wiedersehen. Jory und Asner und Danivon. Auf Wiedersehen auch Alouez und Jacent. Auf Wiedersehen.

»Wie weit sind die *Brannigans* noch entfernt?« flüsterte Nela Danivon zu.

»Nicht mehr weit«, sagte er. Ihre Schönheit raubte ihm fast den Verstand. War das wirklich noch Nela? Die kleine, spindeldürre Nela? Er räusperte sich. »Sie bewegen sich fast so schnell wie wir. Sie rücken genauso schnell vor, wie das *Arbai-Gerät* sich zurückzieht.«

Nela fuhr sich mit dem Ärmel übers Gesicht. Als sie aufschaute, sah sie, daß jemand die Pferde gebracht hatte. Sie waren bereits gesattelt, und Jory und Asner trugen Reitkleidung.

Fringe trat vor und half Jory in den Sattel. Das war für sie die einzige Möglichkeit, sich fortzubewegen. Die alten Leute waren zu langsam, um den *Brannigans* davonzulaufen.

Dann marschierten sie den Hügel hinab, Nela neben Jory, Danivon neben Asner, und Fringe ging neben Bertran. Bertran, der nun Stiefel trug, mit einem Mantel bekleidet war und einen wallenden Federbusch am Hut hatte, löcherte sie mit Fragen über Enarae und die *Beauftragten*-Ausbildung. Es blieb ihm so wenig Zeit, um alles zu lernen!

Cafferty und Latibor hielten sich in der Nähe, und

Alouez und Jacent bildeten die Vorhut: Alle hatten den Blick nach vorn gerichtet, als ob sie ein bestimmtes Ziel hätten. Wenn sie nach vorn schauten, sahen sie nicht zurück. Fringe sah sie beziehungsweise stellte sie sich als Fries an einem großen Menschentempel vor, das sich auf die Kante einer mächtigen Struktur zubewegte. Sie würden ewig marschieren, denn die Ecke wurde bei Sonnenuntergang gedreht. Keiner von ihnen hatte Angst. Keiner von ihnen war unwürdig. Sogar die alte Jory, hoch zu Roß, saß in stolzer Haltung und hielt die Zügel wie eine Königin.

So marschierten sie nun, nicht schnell, aber stetig, und hinter ihnen ertönte das Wimmern und Jammern der Maschinen.

Nachdem sie von Jorys Haus aus eine beträchtliche Strecke in westlicher Richtung zurückgelegt hatten und auf einem Hügel standen, ließ Fringe die anderen an sich vorbei und kontrollierte die Waffen. Von dieser Position aus sah sie unten im Tal den Ort, den sie kürzlich verlassen hatten. Sie sah die Weide, den großen Baum und sogar die beiden weißen Steine, aber die Pferde waren verschwunden. Das Haus auch.

Jory und Asner waren schon weitergeritten. Danivon war nicht in der Nähe. »Bertran ...«, rief Fringe leise.

»Ich weiß«, sagte er und stellte sich neben sie.

»Wo ist das Haus?« murmelte sie nachdenklich. »Wo sind die Pferde?«

»Im Netzwerk, nehme ich an. Im *Arbai-Gerät*. Haus, Pferde und Katzen dürften vom Gerät erschaffen worden sein. Als das *Gerät* sich dann zurückzog, hat es seine Schöpfungen mitgenommen.«

»Aber die Steine sind noch da«, murmelte sie. Als er sich umdrehte und den anderen folgte, blieb sie noch für einen langen Moment stehen und betrachtete die Steine.«

Sie setzten den Marsch fort. Fremde bestiegen die

Hügel vor und hinter ihnen; Fremde strichen durch die Wälder zu beiden Seiten. Jemand zu ihrer Linken begleitete den Marsch mit einer Trommel, einem getragenen Trauermarsch, der immer lauter wurde, je weiter sie gingen. Was sich zuvor als lockere Kette um Panubi gelegt hatte, zog sich nun zu einer Würgeschlinge zusammen, zu einem Band, das sich immer enger um das Massiv legte und in dem Männer, Frauen und Kinder gefangen waren, die stetig ihrem Untergang entgegengingen.

»Wenn wir schon sterben müssen, dann wenigstens unter der Sonne«, sagte Nela zu Danivon. »Ich hätte es gehaßt, in dieser Höhle zu sterben, wo die Gesichter mich angeglotzt haben.«

»Ja«, sagte Bertran und schaute sie über die Schulter an. Erneut dankte er dem alten Gott der Sonntagsschule, den alten Heiligen und Engeln. Auch wenn es nur für einen halben Tag war, es war gut, neben einer schönen Frau zu gehen und über Dinge zu sprechen, von denen er bisher nichts gewußt hatte. Er wollte mehr, doch das war auch nicht schlecht!

Hinter ihnen nahte das Ende der Welt. Hinter ihnen schimmerten und heulten die Maschinen der *Brannigans*. Bald würden sie den letzten Rest von *Woanders* überrannt haben. Und dann, sagte Fringe sich, würden sie sich wahrscheinlich gegenseitig töten.

Gegen Abend erreichten sie einen Hain, der nur etwa hundert Meter vom Massiv entfernt war. Die Müdigkeit, die sie nun überkam, war weniger körperlich als psychisch.

»Seelen-müde«, sagte Jory zu Nela.

»Seelen-müde«, wiederholte Nela, die etwas in Jorys Augen sah, das über reine Müdigkeit hinausging. »Ist mit dir alles in Ordnung?« fragte sie und erkannte im selben Atemzug, wie dumm die Frage gewesen war.

»Ich bin hier«, sagte Jory. »Zumindest für eine Weile. Obwohl ich gestehe, daß ich einmal richtig ausschlafen möchte…« Nicht daß sie in absehbarer Zeit Gelegenheit zum Schlafen haben würden. Sie führte ihr Pferd auf eine Wiese am Rand des Wäldchens und riß eine Handvoll Gräser aus, um das Tier damit zu füttern. Sie strich ihm über das glänzende Fell und legte die Wange an seine weiche Nase.

Sie verabschiedet sich, sagte Nela sich. *Sie verabschiedet sich von allem.*

Asner beobachtete sie vom nächsten Baum aus, während Danivon ein Lagerfeuer anzündete und Proviant aus den Taschen holte. Die Leute, die sich um den kreisförmigen Steinwall versammelt hatten, rasteten auch. Asner sah von seinem Standpunkt aus die Feuer, eine durchgehende Linie, die sich nach links und rechts hinzog und schließlich aus dem Blickfeld verschwand. Er wußte jedoch, daß sie sich um den gesamten Umfang des Walls herumzogen. Die Front des *Arbai-Geräts* verlief nur eine halbe Meile hinter ihnen. Es verharrte in dieser Position, als ob es geschlafen hätte, als ob die Arbai sich selbst einen letzten Aufschub gewährt hätten, eine Henkersmahlzeit, vielleicht noch eine letzte Umarmung. Hinter dieser Linie tanzten die kleinen Schlächter und warteten auf den Morgen. Und hinter ihnen, ziemlich weit im Osten, dräute ein Ding wie ein Vulkan, der unmittelbar vor dem Ausbruch stand, in der Dämmerung. Der *Große Krabbler*, der *Große Sabberer*, der *Mächtige Berg*, *Großer Gott* Breaze. Die anderen Monster hatten sich wie Kompaßstriche um das Massiv gruppiert: *Magna Mater*, die *Glorreiche Dame* Bland und das dreifaltige Monster, Subble Cling alias *Chimi-ahm*.

Die Menschen wußten, was ihnen bevorstand. Alle hatten gehört und gesehen, was mit denjenigen, die am Wegesrand zurückgeblieben waren, geschehen war, und niemand gab sich Illusionen über das hin, was sich am Morgen ereignen würde. Im Schein der Lagerfeuer suchten die Leute verzweifelt nach einem Ausweg und verabschiedeten sich von ihren Liebsten.

Fringe betrachtete für einen langen Moment die wuchtige Masse des *Großen Sabberers*. Dann holte sie zu Asners Erstaunen die Galauniform eines *Beauftragten* aus ihrem Gepäck und zog sie an. Als sie fertig war, ging sie mit dem Helm in der Hand über die Lichtung zu ihm hinüber. »Willst du mit mir kommen, Asner?«

»Wohin, Mädchen?«

»Zu Jory, Asner.«

»Und weshalb hast du dich so in Schale geworfen?«

Fringe schnippte ein Stäubchen vom Ärmel. »Weshalb nicht, Asner? Das tragen wir zu besonderen Anlässen.«

Danivon hob den Kopf. »Was, Fringe?«

»Eine kleine Zusammenkunft«, sagte sie leise. »Du bist auch eingeladen.« Sie winkte Nela und Bertran, und die fünf traten auf die Lichtung, wo das Massiv sich im roten Schein der Abenddämmerung abzeichnete.

Jory hatte den Arm um den Hals des Pferds gelegt. Die beiden schienen stumme Zwiesprache zu halten.

Fringe setzte den Helm auf, ging zu Jory und entbot ihr den Gruß eines *Beauftragten*.

»Jory«, sagte Fringe. »Bin ich deine Tochter und Erbin?«

Die alte Frau schaute Fringe an. Auf Danivon machte Jory einen entrückten Eindruck.

»Fringe Owldark«, sagte sie leise. »Ich habe dich als meine Tochter ausgesucht. Du bist meine Erbin.«

»Und was dein war, wird mein sein?«

»Alles, was mein ist, wird dein sein.«

Asner grunzte, als ob man ihm einen Schlag versetzt hätte und ging zu Jory hinüber.

Fringe schluckte den Frosch im Hals und sagte: »Dann muß ich dir als deine Tochter sagen, daß es an der Zeit ist, dein Erbe an mich zu übertragen, denn du bist nicht mehr fähig, zu tun, was getan werden muß.«

»Nein«, sagte eine Stimme im Bewußtsein aller Anwesenden.

Jory senkte den Kopf. »Du hast immer ›nein‹ gesagt«, flüsterte sie. »All die Jahre hast du ›nein‹ gesagt. Aber ist es nun nicht an der Zeit, alter Freund?« sagte sie atemlos.

Ihre Stimme hatte einen Unterton der Endgültigkeit, der alle Blicke auf sie zog. Sie ergriff Asners Hand.

»Hat sie nicht recht, Asner? Ist es nicht genug?« sagte sie leise. »Asner?«

»Ja, Jory.« Er nickte ihr zu. »Genau. Es ist genug.«

»Nein!« sagte etwas Großes.

»Doch«, sagte Jory zu dieser wuchtigen Masse aus Schuppen und Schatten, zu dieser mächtigen Präsenz, der über all die Jahrtausende ihre Liebe gegolten hatte. »Doch. Wir haben darüber gesprochen. Die Zeit ist gekommen. Ihr seid mein Vermächtnis, und ich vermache euch …«

Sie hörten einen Laut, als ob eine große Mühle mahlte, sahen mächtige Klauen und funkelnde Augen, die wie kleine Sonnen strahlten …

Und vor ihnen verschwamm Jory zu einem Schemen, Jory und Asner. Die beiden Schemen hielten sich an der Hand, vor dem Schemen eines Pferds. Mit der anderen Hand wies Jory auf diese vielgestaltige Pracht, zuerst waagrecht, als ob sie jemandem die Hand reichte oder zum Handkuß darbot, doch dann hob sie die Hand und gebot Einhalt, keinen Schritt weiter, aufhören.

Die beiden zeichneten sich als Gespenster vor dem grandiosen Sonnenuntergang ab. Sie verschwammen immer mehr. Sie verwandelten sich in Geister vor dem trübe glühenden Massiv. Und dann waren sie verschwunden.

Ein Gefühl der Trauer riß sie mit wie eine mächtige Woge.

»Jory? Ach, Jory …«, sagte Nela.

Plötzlich schrien sie alle ihren Schmerz hinaus, über den Verlust all dessen, was das Leben lebenswert gemacht hatte. Sie beweinten den Verlust der Güte, des Staunens und der Verzauberung. Sie atmeten Feuer, schrumpften und zerfielen zu Staub. Sie verbrannten mit einem gleißenden Juwel in der Hand, geblendet von seinem Glanz. Dann erlosch das Licht.

Trauer. Sie trauerten, aber nicht allein.

Fringe grunzte und beugte sich vor, als ob sie den Schmerz so zusammenpressen wollte, daß er erträglich wurde. »Die Steine«, keuchte sie. »Die Steine unter dem großen Baum. Jory und Asner waren dort begraben. Jory und Asner, wie wir sie kannten, waren nur Teil des *Geräts*.«

»Wie die Pferde?« rief Nela.

»Wie die Pferde und die Betten, in denen wir geschlafen haben. Nur … realer. Real genug, um auf *Woanders* herumzulaufen. Real genug, um mit den Arbai zu streiten und sich um unsere Rettung zu bemühen …«

»Stellt euch nur diese Willensstärke vor!« flüsterte Bertran. »Sie war so stark, daß sie selbst als Simulacrum motiviert waren, eine Welt zu retten!«

»… aber nicht real genug, um die Handlung vorzunehmen, die zu unserer Rettung nötig gewesen wäre«, sagte Fringe.

Bertran hörte sie nicht. »Wann? Wann sind sie wirklich gestorben?«

»Vor langer Zeit. Vor sehr langer Zeit.« Sie alle hörten es, spürten, wie die Zeit sich dehnte und die Jahre wie Regentropfen fielen. Sie bekamen ein Gefühl für die Zeit, die seit ihrem Tod vergangen war.

»Werden sie wiederkommen?« rief Nela in die Dunkelheit. »Oh, *Großer Drachen*, werden sie wiederkommen?«

Stille. Die große Trauer wandte sich nur ab und zog sich zurück. Ihre Absicht war allen klar. Sie würde auf die Wiese in der Nähe der Steine zurückkehren, wo sie für Äonen gelebt und gewartet hatte. Sie hörten sie rufen, den Ruf einer Kreatur mit gebrochenem Herzen, die sich nach ihrem Gefährten sehnt.

Nach einem langen Moment ging Fringe ihr nach, zitternd, aber entschlossen.

»Fringe«, rief Nela furchtsam.

Danivon wollte sie zurückhalten, doch Fringe hob nur die Hand, wie Jory es getan hatte: Nein, keinen Schritt weiter.

Danivon ließ sie mit ausdruckslosem Gesicht ziehen. Er fühlte überhaupt nichts. Weder Sorge noch Erleichterung. Später würde er beides fühlen, doch nun war er innerlich tot.

»Wartet auf mich«, sagte Fringe und folgte der schwindenden Präsenz durch den Wald.

Sie bekam keine Antwort.

»Sie wollte es so«, sagte Fringe sich. »Wenn dir etwas an ihr gelegen hat, dann bist du ihr das schuldig.«

»Liebe kann man nicht einfordern«, sagte der Schemen. *»Liebe ist ein Geschenk.«*

»Sie hat uns doch ihre Liebe geschenkt«, rief Fringe starrköpfig. »Nicht zuletzt wegen dir ist sie doch in diese Lage geraten. Nicht zuletzt wegen dir ist sie immer wieder zurückgekommen. Weil du hier gewartet hast.«

Schweigen.

»Du warst der Kern, aus dem ihre Auferstehung entstanden ist«, sagte Fringe zornig. »Du warst die Glocke, die sie geweckt hat!«

Immer noch Schweigen.

»Wenn man die Liebe schon nicht einfordern kann, dann vielleicht die Pflicht. Jory hatte ein großes Pflichtgefühl.«

»Stimmt«, sagte eine machtvolle Stimme. *»Das stimmt.«*

»Oder vielleicht bewirkt die Liebe auch jetzt noch, daß ihr Vermächtnis erfüllt wird. Zum Angedenken!«

»Zum Beispiel ...?«

»Das weißt du ganz genau. Zum Beispiel die Rettung der Menschen von *Woanders.*«

»Sie wollten ...«

»Muß ich erst Jory zitieren? Niemand von uns kann sich soweit von der Geschichte lösen, um eine Wahl zu treffen!«

Ein machtvolles Seufzen, wie der Sturmwind, der durch die Bäume blies. *»Na gut. Wenn du mich darum bittest, werde ich etwas zu ihrem Angedenken tun. Ich werde ihre Tochter retten, die sie erwählt hat. Das werde ich tun.«*

»Du wirst mich retten?«

»Das werde ich tun. Ich werde dich mitnehmen, fort von hier, hinaus zwischen die Sterne. Wir werden die Reise fortsetzen ...«

Sie atmete tief durch. Plötzlich brannte ein Freudenfeuer in ihr. Sie durfte gehen! Sie durfte in Jorys Fußstapfen treten! Herausfinden ... herausfinden, was es war, das all den Hoffnungen und dem Schicksal der Menschen zugrunde lag ...

Sie konnte fliegen! Sie durfte die Flügel annehmen und fliegen!

Sie neigte den Kopf. Was hätte Jory wohl gesagt? Nein, es spielte gar keine Rolle, was Jory gesagt hätte; es kam nur darauf an, was sie selbst sagte! Welche Meinung hatte sie sich dazu gebildet? Nur die Unbelasteten konnten Visionen verfolgen. War sie denn unbelastet?

»Nicht gut genug«, sagte sie schließlich seufzend. »Nicht gut genug, *Großer Drachen*. Ich habe einen Schwur geleistet. Ich habe hier Freunde. Jory hatte hier Freunde. Das hätte sie nicht gebilligt.«

Ein langes Schweigen, dann ein Flüstern: *»Ich bin auch sterblich. Ich bin auch verwundbar!«*

»Das haben wir wohl gemeinsam.«

»Weshalb sollte ich mein Leben für Woanders *riskieren?«*

»Weil es wichtig war für Jory.«

Wieder Schweigen. Fringe ging mit ausgestreckter Hand weiter. Sie stieß auf etwas Gewaltiges, wie eine Mauer, das vor Energie pulsierte. Sie blieb wie angewurzelt stehen. Das Wesen glühte trübe und war von einer Aura der Trauer umgeben.

»Es tut mir leid«, flüsterte sie. »Aber sie war so müde. Sie wollte mit uns das Massiv besteigen und bis zum letzten Atemzug kämpfen, aber sie war so müde.«

»Ich werde auch müde.«

»Wirst du mir helfen, ihr Werk zu vollenden?«

»Es wird vielleicht nicht möglich sein, ihr Werk zu vollenden.«

»Wir können es zumindest versuchen.«

Wieder das Seufzen. Wieder das Wispern: *»Komm. Versuchen wir es.«*

Sie ritt, ohne zu wissen, wie es dazu gekommen war, daß sie ritt; sie spürte nur das Spiel starker Muskeln unter sich, Wirbelstürme, die zu einem lauen Lüftchen abflachten. Die Bäume vor ihr wurden von großen Klauen gefällt, mit der Kraft eines gewaltigen Körpers.

»Wohin gehen wir?«

»Wo du hinwolltest.«

»Wo die Arbai hingegangen sind?«

»Ja.«

Sie gelangten an einen zwischen den Bäumen versteckten Felsen, mit einem breiten, niedrigen Eingang, der von einer massiven Tür blockiert war. Trotz der Dunkelheit erkannte Fringe sie deutlich, denn sie leuchtete in einem harten, grellen Licht. Sie sah, wie große Klauen an den Angeln dieser Tür zerrten und etwas Mächtiges brüllend versuchte, sie umzubiegen und herauszureißen. Die Tür widerstand allen Versuchen, sie aufzubrechen. Der Kampf ging weiter, ohne Erfolg.

»Ich kriege sie nicht auf.« Es schwang Hoffnungslosigkeit in dieser Stimme mit, fast schon Resignation. *»Wenn ich genug Zeit zum Nachdenken habe, gelingen mir viele Dinge. Aber ich vermag diese Tür nicht zu öffnen.«*

Fringe ließ den Kopf hängen. Sie sank in sich zusammen und wollte schier verzweifeln.

Jory hatte nicht verzweifelt. Nicht einmal zum Schluß. Jory hatte sie auserwählt, und sie hatte kein Recht zu verzweifeln.

»Es muß doch irgendeine Möglichkeit geben!« rief sie.

»Gib es auf«, sagte die machtvolle Stimme.

»Nein«, schrie sie. »Anstatt um jene, die ich liebte, zu kämpfen, habe ich *immer* aufgegeben. Sogar Char … sogar ihn. Irgendwann kam für mich die Zeit, aufzugeben.«

»Was ist das für eine Vision, Fringe Owldark?«

»Ich«, sagte sie. »Ich bin es.« Verwirrt schüttelte sie den Kopf und starrte auf die dunkle Masse unter sich, als ob sie eine Bestätigung erwartete.

»Ich bin eine Suchende, *Großer Drachen*. Deshalb hat Jory mich auserwählt. Sie wußte …«

»Wußte was?« fragte er.

»Sie wußte, daß sie irgendwo einen von uns finden würde, denn es laufen immer ein paar von uns herum.« Sie strich sich über die Hüfte, als ob sie sich ihrer Anwesenheit vergewissern wollte. »Wie sie. Wie Zasper. Wie ich. Wir sind die Unzufriedenen. Die Menschen versuchen uns zu lieben, doch wir wenden uns ab. Die Menschen machen uns Geschenke, um uns zu erfreuen, doch wir haben den Eindruck, daß sie uns fesseln wollen. Sie arrangieren ein schönes Essen, und wir gehen statt dessen auf die Jagd nach dem Einhorn. Sie schreien uns an, und wir hören nicht, und sie versuchen uns festzunageln, und wir ziehen die Nägel heraus und lecken uns die Wunden. Sie zeihen uns der Aufsässigkeit und schicken uns ins Bett, und wir klettern aus dem Fenster und gehen auf die Walz. Sie sperren uns im Zimmer ein und werfen den Schlüssel weg. Und wir kriechen unter der Tür durch.« Sie lachte. »Wir laufen aus wie Wasser.«

»Wie Wasser«, pflichtete er ihr bei.

»Steter Tropfen höhlt den Stein«, sagte sie. »Wenn er genug Zeit hat.«

»Aber wir haben nicht genug Zeit. Wir sollten es dabei belassen, nicht?«

»Warte«, sagte sie, wobei sie sich die Worte förmlich aus dem Hals quetschen mußte. »Laß mich runter!«

Er ließ sie runter. Sie ging zur Tür und streckte die Hand aus. Als sie noch ein Mädchen gewesen war, vor langer Zeit, hatte sie im Waffengeschäft gearbeitet und Waffen repariert. Sie wußte, wie sie funktionierten. Was hatte Asner über das *Arbai-Gerät* gesagt? Daß es fähig war, Dinge zu erschaffen. Na gut, dann sollte es mal zeigen, was es konnte.

Sie stellte sich die Waffe vor, die Struktur der Kristalle, die Schaltkreise, die Form des Gehäuses, das Zusammenwirken der einzelnen Teile. Sie konzentrierte sich auf das Nichts in der Hand und sagte sich, sie würde den benötigten Gegenstand in der Hand halten!

Nichts. Damit war es nicht getan! Sie hatte das *Gerät*

weggeschickt. Was mußte sie tun, damit es zurückkam?

Sich fallenlassen. Sich ihm hingeben. Sich in Besitz nehmen lassen. Sich versklaven lassen. Freiwillig, denn sonst würde das *Gerät* nicht reagieren.

Schluchzend lieferte sie sich ihm aus.

Es drang aus dem Erdboden unter ihren Füßen, nicht schleichend, sondern mit voller Wucht. Es überkam sie wie ein Bienenschwarm, wie eine Flutwelle.

Sie taumelte und wäre fast gefallen; ihr ganzes Selbst lehnte sich gegen diese Gewaltanwendung auf. Etwas neben ihr fuhr eine mächtige Klaue aus und stützte sie.

Sie befürchtete, den Verstand zu verlieren. *»Ruhig«,* flüsterte eine innere Stimme. *»Ruhig.«*

Sie holte tief Luft und sammelte sich. So hatte die Waffe funktioniert. Die sie nun in der Hand hielt, war natürlich größer und leistungsstärker. Viel leistungsstärker. Damit konnte sie auch einen Berg zerbröseln, wenn es sein mußte.

Der Daumen lag auf dem Feuerknopf.

Sie drückte ihn.

Die Tür glühte auf. Das Material heulte. Geschmolzenes Metall lief an der Tür herunter. Sie hing in den Angeln durch. Der *Große Drachen* nahm die Tür, zerfetzte sie und warf sie weg.

Vor ihnen führte ein sandiger Tunnel nach unten, in die Unendlichkeit.

»Akzeptierst du nun die Versklavung?« fragte die Stimme.

»Wenn du das Leben riskierst, wie sollte ich dann weniger wagen?« Mit dieser Parole zogen die *Beauftragten* in die Schlacht. Ein Treueid. Die Akzeptanz eines würdigen Endes.

»Komm. Ich trage dich.«

»Mit dir erreiche ich mein Ziel nicht«, sagte sie. »Ich werde zu Fuß gehen.«

»Richtig. Das Gerät hat keinen Einfluß auf mich. Dann gehen wir zusammen.«

Sie ging durch den Tunnel, wobei sie die Schritte zählte und das Gefühl verdrängte, nicht mehr sie selbst zu sein. Sie hatte ein merkwürdiges Gefühl in den Beinen. In den Armen. Ein Teil von ihr war nicht mehr verfügbar. Ein Teil ihrer Substanz war für die Herstellung der Waffe verwendet worden, die sie noch immer in der Hand hielt.

Vergiß es. Zähl die Schritte. Bewältige die Entfernung mit raumgreifenden Schritten.

Als sie irgendwo in den Tausendern war, stellte sie das Zählen ein. Sie wußte nicht mehr, welche Zahl als nächstes kam.

»Werden wir sie noch rechtzeitig einholen?« fragte sie.

»Rechtzeitig wofür?«

»Um das zu tun, was Jory getan hätte.«

»Wer weiß«, murmelte er.

Das, was von ihr noch übrig war, lehnte sich für einen Moment an ihn. Dann drehte sie sich um und ging weiter.

Weit entfernt, in *Stadt Fünfzehn*, verfolgte Seppel794DZ das Ende der Menschheit in Panubi. Die Tentakel sträubten sich ihm, während er ängstlich und niedergeschlagen das Gemetzel beobachtete; er hatte genauso viel Angst um sich selbst wie um die anderen in der Ferne.

Gehirn-Dinks waren sehr langlebig. Sie waren immun gegen Krankheiten, und wenn sie zu Hause blieben, wurden sie nur selten getötet. Seppel hatte sich immer eingeredet, daß das Dasein als Dink ihn gegen Angst immunisierte. Nun wurde er eines Besseren belehrt. Er hatte früher schon Männer und Frauen sterben sehen, und damals hatte es ihn kaltgelassen.

Der Tod der Männer und Frauen in Panubi ließ ihn jedoch nicht kalt, denn er wußte, daß die Vorgänge in Panubi der Anfang vom Ende waren.

Inmitten dieser erschreckenden Erkenntnis empfing er ein Signal.

»Boarmus hier«, ertönte eine zittrige Stimme aus dem Nichts. »Hörst du mich?«

»Seppel794DZ hier«, antwortete der Dink, ohne daß er wußte, woher die Nachricht kam. Die Kommunikationsstränge zu *Toleranz* waren schon seit geraumer Zeit unterbrochen.

»... provisorisch ...«, rief Boarmus. Die Verbindung war ziemlich schlecht. »Schustern ... zusammen. Weißt ... du ... welches Schiff?«

Welches Schiff? Wovon sprach Boarmus überhaupt? Welches Schiff meinte er?

»Etwas nähert sich«, meldete das *Archiv*, wobei es wie ein Insekt summte. »Fliegt *Woanders* an. Identifikation nicht möglich. Sehr hohe Geschwindigkeit.«

»Ich weiß«, sagte Boarmus, der plötzlich glasklar zu verstehen war. »Glaube aber nicht mehr an eine Wende. Weiß nicht, wie lange wir noch haben. Während der letzten paar Tage haben die Götter uns in Ruhe gelassen. Weiß nicht, wo sie sind, weil die Monitore weg sind. Führen wohl irgendwo eine Vernichtungsaktion durch.«

»Richtig«, bestätigte Seppel. »In Panubi.«

»Verdammt«, sagte Boarmus seufzend. »Teufel. Ich hatte gehofft ... Egal, die wenigen von uns, die noch übrig sind, versuchen, so viele Leute wie möglich durch das *Tor* zu evakuieren; nur daß niemand weiß, wie man die Zieldaten eingibt, und wir finden die Bedienungsanleitung nicht. Anscheinend haben die *Branigans* sie ihm *Archiv* gelöscht. Also schicken wir die Leute einfach hindurch und hoffen, daß sie irgendwo wieder rauskommen ...«

»Ich habe die Einstellungen«, sagte Seppel knapp. »Bereit für Empfang«, und dann leierte er einen Schwall Daten und Instruktionen herunter, unterlegt von einem heftigen Rauschen. Die Gegenstelle durfte die Störsignale dann herausfiltern.

Boarmus war noch immer in der Leitung – »... ebenfalls haben wir dieses Schiff geortet. Kommt es hierher?«

»Keine Ahnung«, sagte Seppel. »Nicht die geringste Ahnung.«

Fringe war so müde, daß sie sich kaum noch auf den Beinen hielt, als sie eine Veränderung registrierte. Vielleicht waren es die Lichtverhältnisse. Oder der Geruch der Luft. Auf jeden Fall war es diesig, und es roch nach Moder, wie in einem alten Keller. Sie torkelte, lehnte sich an ihren Begleiter, atmete tief durch und schaute nach vorn. Nicht weit entfernt endete der Korridor abrupt oberhalb einer weitläufigen, sphärischen Kaverne und wurde von einem Geländer begrenzt. Sie gingen langsam dorthin, stützten sich auf das Geländer und schnappten bei dem Geruch nach Luft. Der Dunst verzog sich und gab den Blick auf das frei, was sich unten befand: eine riesige Zielscheibe, mit konzentrischen Kreisen um einen dunklen Mittelpunkt. Sie blinzelte und sortierte erst einmal, was sie sah. Das untere Viertel der Kaverne bestand aus abgestuften Kreisen, wie ein Amphitheater. Der Mittelpunkt war flach und leer. Auf den Rängen saßen die Letzten der Arbai. Ein paar hundert vielleicht, die, dem Mittelpunkt zugewandt, in konzentrischen Kreisen dahockten. Das Gesicht hatten sie in den Händen verborgen, als ob sie sich in Trance befänden oder schliefen.

»Ja«, sagte der *Große Drachen. »Das sind sie. Ich kenne sie. Sie sind alt und müde. Sie wollen solange schlafen, bis der Anlaß für die Verwirrung nicht mehr besteht.«*

»Sie müssen noch für eine Weile wachbleiben«, sagte sie. »Sie müssen die Verwirrung eben ertragen. Kannst du für mich dolmetschen?«

»Sie haben Jory verstanden, also werden sie auch dich verstehen.«

Sie lehnte sich über das Geländer und atmete tief durch. Sie spürte ein Kratzen im Hals. Die Stimme versagte. Sie hatte einen trockenen Mund. Sie verzog das Gesicht und versuchte, sich einen sicheren Stand zu verschaffen, wobei ihr bewußt wurde, daß sie die Füße gar nicht mehr spürte. Sie kämpfte die aufsteigende Panik nieder und stellte sich vor, sie hätte eine machtvolle Stimme. Eine laute Stimme. Eine Stimme wie Donnerhall.

»Hallo wach!« schrie sie.

Die Stimme hallte in der Höhle wider, die Echos liefen durch die ganze Kaverne, wie eine Lawine, und stürzten schließlich auf die unten kauernden Gestalten ein. Sie zuckten zusammen und fuhren hoch. Sie regten sich. Sie stöhnten. Sie legten den Kopf in den Nakken und schauten nach oben.

»Hier«, rief sie im Befehlston.

Sie schauten hoch und erkannten sie. Sie nölten herum.

»Wieso werden sie gestört?« dolmetschte der *Große Drachen* im Flüsterton.

»Ihr habt keine Pause verdient!« schrie Fringe. »Ihr habt eine Pflicht zu erfüllen!«

Sie bewegten sich behäbig, als ob sie eingefroren wären. Quälend langsam sprachen sie wieder.

»Welche Pflicht?« flüsterte der *Große Drachen*.

»Ihr habt die Pflicht, euch eurem Schicksal zu fügen«, rief Fringe. »Was bedeutet, daß ihr all eure Entscheidungen revidieren müßt. Es fällt euch schwer, Entscheidungen zu treffen. Es ist eure Bestimmung, diesen Verdruß zu vermeiden und zu schlafen.«

Gemurmel drang von unten herauf. Sie sah, wie Körper sich krümmten, hörte, wie Stimmen sich erhoben, als ob sie sich beklagten.

»Sie haben keine Energie mehr«, flüsterte der *Große Drachen. »Sie sind zu keiner Entscheidung mehr fähig. Sie verstehen nicht einmal mehr deine Frage.«*

»Sag ihnen, in ihrer Sprache, daß ich keine Frage stelle. Ich treffe nur eine Feststellung. Sie beeinflussen das Schicksal der Menschheit. Die einzige Möglichkeit, diese Einmischung zu unterbinden, besteht darin, sich jeder Reaktion, selbst der Untätigkeit, zu enthalten.«

Der *Große Drachen* sprach.

Schweigen. Keine Antwort.

»Wenn sie es nicht freiwillig tun, werde ich es mir von ihnen holen. Sie haben die Wahl.«

Die Wesen unten schlurften wieder zu den Rängen zurück.

»Nichts«, sagte der Große Drachen. *»Sie sind zu keiner Antwort imstande.«*

Fringe streckte die Hand aus, wobei sie geflissentlich übersah, was da am Handgelenk hing. Es war nicht ihre Hand, nicht einmal eine menschliche Hand. Es war wohl das, was sie nun brauchte, aber es gehörte nicht zu ihr. Vergiß es! Sie stellte sich vor, daß das Anhängsel etwas hielt, das Schlaf herbeiführte. Sie hatte solche Geräte schon benutzt. Nur daß die Schläfer in diesem Fall so tief und lang schlummern würden, daß sie nicht aufwachten und ihr in die Quere kamen.

Die Fasern drehten sich unwillig. Sie spürte, wie sie sich in ihr verdrillten. Ihr Wille beherrschte sie zwar, doch er konkurrierte mit einem anderen Willen, dem Willen, der das *Gerät* konstruiert hatte, dem Willen, der nicht in der Lage gewesen war, es einzusetzen. Sie versuchte, sich mit ganzer Willenskraft durchzusetzen. Das, was von diesem anderen Willen noch übrig war, war diffus und indifferent. Er hatte keine Kraft mehr.

Er schwand dahin. Schließlich war er verschwunden. Fringes Wille brannte wie Feuer. Sie schwankte nicht.

Das Gerät manifestierte sich am Handgelenk, geschaffen aus ihren Knochen und Sehnen, ein Kondensat ihres Körpers und Geistes. Sie bewegte, was ihre Hand gewesen war, zielte nach unten und bestrich die ganze Arena. Die Arbai kippten zur Seite weg, mit offenem Mund und heraushängender Zunge.

Sie versuchte, sich zu bewegen. Es gelang ihr nicht. Sie hatte nicht mehr genug Substanz, um sich zu bewegen. Sie hatte ihre Identität verloren und war ein Teil des *Geräts* geworden.

»Sie schlafen«, murmelte der *Große Drachen* und brachte sie wieder zur Besinnung.

Nun war nur noch das *Arbai-Gerät* übrig. Sie dachte an das *Gerät*, ohne jedoch die Kraft zu haben, es zu steuern. Das, was von ihr übrig war, wollte nur schlafen und vergessen. Sie war nicht mehr in der Lage, diesen Zustand der Spaltung aufrechtzuerhalten. Jemand anders würde das tun müssen, was zu tun war.

»Komm schon«, wisperte der *Große Drachen. »Du bist Fringe Owldark. Du bist Jorys Tochter. Du hast das Wunder geerbt.«*

Sie versuchte, das zu bestätigen und sich damit zu identifizieren. Nach einer langen Zeit war sie immerhin in der Lage, zu nicken und zweifelnd zu sagen, ja, vielleicht war sie das, vielleicht war sie Fringe Owldark.

»Wieso hast du das getan, Fringe? War es für Jory? Für Zasper?«

Sie erkannte keinen Sinn in der Frage. »Nein. Nein. Sie sind fort. Ich habe es nicht für sie getan.«

»Für wen sonst?«

»Nela«, sagte sie. »Ich glaube, ich habe es für Nela getan. Damit sie noch etwas Zeit hatte, um … zu sein, was sie sein wollte. Wozu das *Gerät* sie gemacht hat.«

»Das Gerät ist mir ein Rätsel. Ich spüre es nicht. Wird es denn tun, was getan werden muß?«

»Wir werden sehen«, murmelte sie, glaubte jedenfalls, sie hätte gemurmelt; sie war zu erschöpft, um es mit Sicherheit zu wissen.

»Wird die Zeit reichen?«

»Weiß nicht«, seufzte sie, glaubte, sie hätte geseufzt. »Vielleicht schon zu spät. Wie lang haben wir gebraucht, um hierher zu kommen?«

»Eine lange Zeit.« Die Zeit, die er meinte, bemaß sich nach Jahrhunderten, Jahrtausenden.

Die Zeit, die sie meinte, war nicht so lang. »Dämmert es schon?«

»Ja«, sagte die machtvolle Stimme leise. *»Vor einiger Zeit hat es gedämmert.«*

15

Danivon blieb die ganze Nacht über wach: Als die Dunkelheit sich über die Welt legte, kamen die Sterne zum Vorschein, während das letzte Sonnenlicht verschwand und nur noch von den höchsten Wolken reflektiert wurde. Auch als es schon finster war, tastete er sich von einem Baum zum andern, von einer Lichtung zur nächsten. Er kam nicht zur Ruhe. Er wartete auf Fringe. Fringe war dem *Großen Drachen* gefolgt. Vielleicht hatte Fringe Panubi auch schon verlassen, war im Schutz des mächtigen Drachens unsichtbar durch die Linien der Killer geschlüpft und hatte sich in Sicherheit gebracht.

Er hoffte, daß er sich irrte.

Er wußte, daß er sich irrte.

Er versuchte sich vorzustellen, wo sie vielleicht war, doch es gelang ihm nicht. Sie hatte einen Plan, soviel wußte er zumindest, aber welchen? Diese Frage löste ein stummes hysterisches Lachen aus. Wann hatte er jemals ihre Pläne verstanden? Weshalb sollte er ausgerechnet diesen verstehen? Er gähnte herzhaft, lehnte sich gegen einen Baum und lauschte dem Atem der Menschen um sich herum. Selbst im Halbschlaf, fragte er sich, wie lange er sie noch schlafen lassen sollte.

Schließlich zog die Dämmerung herauf, mit hohen rosigen Wolken, die von der Ankunft des Tages kündeten. Auf dem Schlachtfeld erwachten die Maschinen. Danivon überhörte ihr Wimmern, legte den Kopf in den Nacken und schaute zu den Wolken hinauf. Er nahm den Anblick in sich auf. Wenn der Tod kam, würde er weder an den Tod denken noch an Fringe oder sonst einen Menschen. Er würde das Bild der Wolken vor Augen haben, deren Farbe von Schwarz über Grau zu einem kräftigen Rosa wechselte.

Allerdings gelang es ihm nicht, die Gedanken an Fringe zu verdrängen. Sie stand nach wie vor im Mittelpunkt seiner Überlegungen. Wie war sie wirklich? Was hatte sie wirklich gewollt? Er erinnerte sich an sie, an jede Einzelheit, an jede Nuance ihres Gesichtsausdrucks und ihrer Handlungen. Zasper hatte auch von ihr gesprochen. Er erinnerte sich an alles, was Zasper gesagt hatte. Ihre Anwesenheit war wie eine Melodie, die er nicht vergaß, wie eine Litanei, die er immer wieder aufsagte, wie eine Zauberformel, eine Beschwörung.

Über ihm wurden die Wolken immer heller und lösten sich schließlich auf, außer einer sichelförmigen Form, die auch dann noch bunt schillerte, als die anderen Wolken sich schon weiß verfärbt hatten.

Und dann erschien, wie aus dem Nichts, eine weitere Form unter ihr.

»Bertran«, sagte Danivon leise. »Nela?«

Die beiden waren bereits wach. Sie erhoben sich und kamen zu ihm.

»Dort«, sagte er und wies nach oben. Die beiden Halbmonde verknüpften sich, wurden größer und erstrahlten in einem weichen Licht. Ein vielstimmiges Gemurmel hob an, denn andere Frühaufsteher hatten diese seltsamen Erscheinungen auch gesehen. Cafferty und Latibor kamen zwischen den Bäumen hervor und gesellten sich zu ihnen.

»Ist Fringe zurückgekommen?« flüsterte Nela.

Danivon schüttelte den Kopf. Er brachte keinen Ton heraus.

»Ich mußte die ganze Zeit an sie denken«, sagte Nela. »Bertran auch. Seit es hell wurde. Sie geht uns einfach nicht aus dem Kopf!«

Welch merkwürdiger Zufall, sagte Danivon sich beiläufig und richtete die Aufmerksamkeit wieder auf das Ding am Himmel, das ständig größer und größer wurde. Der Himmel erhellte sich, und das Ding wuchs immer noch; die verbundenen Halbmonde senkten sich wieder ein Stück herab, rückten noch etwas näher, und schließlich zentrierte die gesamte Masse sich in einer punktgenauen Landung auf der großen Felsenkuppel. Das viele Meilen durchmessende Gebilde überlagerte den größten Teil des Massivs. Von der durchscheinenden Basis schwangen sich Kurven in die Höhe und verschwanden aus dem Blickfeld. Die Spitze wurde vom Sonnenlicht beschienen. Das Massiv knarrte beunruhigend, brüllte und erzitterte leicht und kam dann zur Ruhe. Entweder hielt es das Gewicht aus, oder das Gewicht war aufgehoben worden.

Die anderen kamen zwischen den Bäumen hervor.

»Was ist das?« fragte Cafferty erstaunt.

»Keine Ahnung«, sagte Danivon. »Nela?«

Sie schüttelte den Kopf. »So etwas habe ich noch nie gesehen. Du, Latibor?«

Er schüttelte ebenfalls den Kopf. Niemals. Nichts in der Art.

Die überlebenden Menschen hatten sich am Fuß des Massivs versammelt, und alle sahen sie das Ding kommen, auch wenn es ihnen völlig fremdartig erschien. Es wirkte körperlos, nicht stofflich, weshalb die Menschen sich auch keine Hilfe von ihm erhofften. Sie schauten nur und murmelten, während sie langsam auf das Ding zugingen, das reglos vor ihnen stand. Mit verschränkten Armen betrachteten sie diese mächtige Erscheinung, dieses Wunder, dieses wundersame Ding, das gekommen war, um ihnen noch in den letzten Stunden ein Rätsel aufzugeben.

Nicht so die *Brannigan*-Maschinen. Der Einschließungsring geriet plötzlich in Aufruhr. Hinter ihnen erzitterte der mächtige Berg und schob sich grollend vorwärts, während der *Große Sabberer* schlitterte und verbrannte Erde zurückließ. Im Süden setzte *Chimi-ahm* sein dreifaltiges Grinsen auf. Er leuchtete von innen heraus, heulte wie ein Sturm und drosch den Boden mit einem riesigen Flegel. Von Westen her walzte *Magna Mater* auf Stollenrädern durch den Wald, wobei jede Umdrehung der Räder ein Erdbeben und jedes Erdbeben einen Vulkanausbruch und eine Flutwelle verursachte. Aus dem Norden kam die *Dame* Bland in ihrem großen Wagen, ebnete Hügel ein und schüttete Täler auf. Alle vier nahten sie, gewaltig wie Berge, und verhielten vor dem Kreis des *Arbai-Geräts*. Sie starrten auf das Ding auf dem Massiv, wobei sie genauso ratlos waren wie die Menschen.

Das Ding nahm keine Notiz von ihnen. Seine Reaktion bestand lediglich darin, die Basis einen Spalt weit zu öffnen. Heraus trat ein einziges Wesen. Die Gestalt, die nun den Hang herunterkam und einen Geruch nach Heu verströmte, war Nela und Bertran nur zu vertraut.

»*Sellerie*«, wisperte Nela. »Es ist *Sellerie.*« Sie wechselte einen Blick mit Bertran. Sie schöpften wieder Hoffnung. Die beiden hielten stumme Zwiesprache, wobei sie sich an den exakten Wortlaut ihres Wunschs erinnerten. Nun kam er ihnen unangemessen und oberflächlich vor. Es war schon so lange her!

Sie schauten auf die näherkommende Gestalt und legten sich in stillem Einvernehmen eine Strategie zurecht.

»Aber er wird nicht mit uns sprechen wollen«, murmelte Bertran in plötzlicher Panik, als das gemüseartige Wesen auf sie zukam. »Wir sind nicht mehr multipel.«

»Ihr seid multipler als je zuvor«, murmelte Cafferty.

»Zumindest im Moment. Das *Arbai-Gerät* ist nämlich noch nicht verschwunden.«

Das Wesen erreichte sie und verneigte sich.

»Nela-Bertran«, sagte *Sellerie* (oder das Wesen, das sie für *Sellerie* hielten), »es freut mich, euch doch noch zu begegnen.« (Also war es doch nicht *Sellerie*.) »Wir haben schon so viel von euch gehört.« Es lag ein gereizter Unterton in seiner Stimme, als ob seine Geduld bis zum äußersten strapaziert würde.

Bertran verneigte sich. Nela verneigte sich auch. Dann merkte sie, daß sie sich in Bertrans linken Arm geschmiegt hatte. Die Macht der Gewohnheit! Sie löste sich von ihm und straffte sich. Wenn sie multipel war, dann kam es nicht darauf an, wo sie stand!

»Wir haben das Versprechen erfüllt, das wir *Sellerie* gegeben haben«, sagte Bertran.

Das Wesen nickte. »Das wissen wir. Und natürlich haben wir eure Botschaft erhalten. Deshalb sind wir hier. Ich bitte die Verspätung zu entschuldigen, aber…« – Bertran glaubte, Unwillen in der Stimme gehört zu haben – »es war ein weiter Weg.«

»Wir haben eure Reise unterbrochen«, sagte Nela mit honigsüßer Stimme. »Wo ihr doch solchen Ärger gehabt hattet. Ihr mußtet euch die … was war es noch gleich … Konzession verdienen.«

»Nun«, sagte das Wesen mit einem Seitenblick auf sie, »es war unsere eigene Schuld.«

»Ja, dieser Ansicht sind wir auch«, sagte Bertran, der nun auch leicht ungehalten klang.

»Nichtsdestoweniger war es eine beispielhafte Situation«, fuhr der *Sellerie* fort. »Eine, von der unsere jüngeren Aggregate noch nach unzähligen Generationen profitieren werden. Die es im Moment weder hier noch dort gibt…« Das Wesen machte eine vage Geste und verströmte einen Geruch der Enttäuschung.

»Als wir eure Nachricht erhielten, machten wir

kehrt, um unseren Teil des Handels zu erfüllen. Doch als wir uns diesem Ort näherten, erkannten wir, daß wir dazu nicht in der Lage sind.«

Bertran glaubte, sich verhört zu haben. Nela nahm seine Hand, und Danivon fluchte wüst.

»Wo wir nun schon hier sind«, fuhr das Wesen fort und schaute über die Bäume hinweg, »möchten wir aber noch ein paar Dinge klären. Damit wir Bescheid wissen. Wir wüßten gern, was ihr in der Kaverne mit ›wir‹ und ›uns‹ meintet.«

Danivon kam näher und ballte die Hände zu Fäusten. Der *Sellerie* schaute ihn ausdruckslos an.

»Im Kontext dessen, was wir bereits über die Menschen wissen, waren die Worte verwirrend. Wir glaubten natürlich, das würde ihr-Nela-Bertran bedeuten. Dieser Bezug hatte zumindest existiert, als ihr unserem Kollegen begegnet seid. Bevor ihr hierher kamt. Doch zu der Zeit, als euer Wunsch geäußert wurde, wart ihr nicht allein; also wußten wir, daß ihr Nela-Bertran-Fringe meintet ...«

Nela musterte das Wesen und schüttelte heftig den Kopf. »Nein. Wir meinten alle, die hier um das Massiv versammelt sind ...« Selbst wenn die *Sellerie*s nicht imstande waren, ihnen zu helfen, wollte sie das klarstellen!

»Und auch sonst jeden auf *Woanders*«, ergänzte Bertran. »Unsere Bitte betraf alle unserer Art. Wir baten darum, die Menschen dem Einfluß der Götter zu entziehen, die sie nach ihrem Ebenbild schufen.«

»Ihr meint überhaupt nicht die *Schöpfer*?« fragte der *Sellerie* neugierig. »Wir wollen nämlich nicht den Anschein erwecken, daß wir auch nur den geringsten Einfluß auf die Entscheidungen der wirklichen ...«

»Wir meinen«, unterbrach Nela ihn und deutete auf die Monster, die über den Wipfeln zu sehen waren, »solche Dinge, ob sichtbar oder unsichtbar, ob real oder imaginär. Egal, wie traditionell sie sind. Heute und für alle Zeiten. Hier und überall. Wir wollen frei von ihnen sein.«

»Aha. Ich verstehe.« Der *Sellerie* erzeugte ein herzliches Lächeln. »Ihr wolltet, daß wir das Schicksal der Menschheit hier und andernorts erfüllen.«

Nela drückte Bertran die Hand, als sie erwiderte: »Die Arbai hätten wohl die Macht gehabt, das zu tun, doch sie kamen mit unserer Widersprüchlichkeit nicht zurecht. Sie griffen nicht ein, weil sie das Risiko nicht eingehen wollten, einen Fehler zu machen. Sie hätten die Schuld und den Schmerz nicht ertragen. Ich verstehe das. Ich hätte selbst nicht anders gehandelt. Aber ihr …«

»Das ist richtig«, sagte der *Sellerie* mit erstickter Stimme. »Wir haben keine Probleme damit.«

»Wir wußten, daß ihr das Risiko eingehen würdet«, sagte Bertran und neigte den Kopf, als ob er angestrengt nachdenken würde. »Daß ihr auch einen Irrtum riskieren würdet.«

»Es war gerade die Bereitschaft, auch einen Irrtum zu riskieren, die uns die *Große Konzession* beschert hat«, flüsterte der *Sellerie*. »Die Überwindung der bloßen Kreatürlichkeit ist nun einmal mit Risiken verbunden. Intelligenz gibt es nicht ohne Risiko. Heiligkeit gibt es nicht ohne Risiko … und Wachstum und Veränderung. Nein. Wir wären bereit gewesen, es zu riskieren.«

»Aber ihr werdet uns trotzdem nicht helfen«, sagte Nela.

Der *Sellerie* beugte sich so weit vor, daß der blattähnliche Auswuchs auf seinem Kopf fast Nelas Gesicht streifte. »Ehrlich gesagt: Wir würden uns unendlich würdiger fühlen, wenn wir imstande wären, eurem Begehr zu entsprechen. Dennoch sind wir nicht befähigt, in der Zeit zurückzugehen, um etwas zu tun, das bereits ein anderer getan hat.«

Verwirrt trat Nela zur Seite und wandte sich den anderen zu, um ihnen eine Erklärung zu geben. Der *Sellerie* trollte sich inzwischen. Nur einmal schaute er sich noch um und rief: »Ich soll euch von eurem Kollegen auf Wiedersehen sagen.«

»Kollegen?« sagte Danivon zähneknirschend.

»Euer Kollege«, sagte der *Sellerie*. »Der durch die Begleichung unserer Schuld an euch dafür gesorgt hat, daß wir nun in … ihrer Schuld stehen.«

Er ging geschwind den Hügel hinauf, ohne ihnen Zeit zu geben, die Fragen zu stellen, die ihnen allen auf der Zunge lagen. Nachdem das Schiff ihn aufgenommen hatte, verschwand es so, wie es gekommen war, Stück um Stück.

Und nichts geschah. Die Leute starrten in den jungen Tag und unterhielten sich murmelnd; sie fragten sich, ob das ein Traum gewesen war. Es geschah rein gar nichts. Die Götter johlten zwar noch, aber sie kamen nicht näher. Die Todesmaschinen wimmerten und drehten sich wie Kreisel, doch sie bewegten sich nicht vom Fleck. Die Sonne wanderte weiter und warf lange Schatten auf das Massiv.

Und schließlich stieß *Chimi-ahm* ein besonders lautes Geheul aus und trat den Rückzug an. *Magna Mater* folgte seinem Beispiel. Langsam, wobei jede Bewegung von einem Bellen begleitet wurde, schlitterte der *Große Sabberer* zurück und stieß dabei Verwünschungen aus. Die *Dame Bland* keifte und knurrte in ihrem großen Wagen und legte krachend den Rückwärtsgang ein.

»Was ist nun los?« fragte Danivon atemlos.

»Als die *Sellerie*s hier ankamen, gab es für sie nichts mehr zu tun, weil Fringe und der *Große Drachen* es schon für sie erledigt hatten«, murmelte Nela, wobei sie sich den mutmaßlichen Hergang zusammenreimte.

»Was erledigt?«

»Ich glaube, Fringe … sie beide sind unter das Massiv gegangen und haben den Arbai das *Gerät* weggenommen.«

»Ich frage mich, wie sie das wohl geschafft haben?« sagte Danivon perplex. »Aber weshalb haben sie sich dann so viel Zeit gelassen? Diese lange Zeit! Während so viele Menschen gestorben sind? Wieso haben sie gewartet?«

Bertran schüttelte den Kopf und suchte nach einer Antwort. »Ich vermute, der *Große Drachen* hat sich erst in die Angelegenheiten der Menschen eingemischt, nachdem Jory ihn darum gebeten hatte«, murmelte er. »Sie waren auf eine mir unerklärliche Weise miteinander verbunden. Doch Jory, obwohl sie noch immer ihre Identität besaß, beziehungsweise einen Abdruck ihrer alten Identität, war nach wie vor eine Schöpfung des *Arbai-Geräts* hier auf *Woanders*. Sie hatte zwar ein rebellisches Wesen, doch nur bis zu einem gewissen Grad. Sie hätte nie die grundlegende mentale Struktur der Arbai gefährdet. Erst nachdem Fringe Jorys wirkliche Natur erkannt hatte, war sie in der Lage, ihr Erbe anzutreten … oder es zumindest zu versuchen.«

»Aber wie?« keuchte Danivon. »Ich begreife das nicht.«

»Ich auch nicht«, murmelte Nela. »Ich weiß es nicht, Danivon. Aber wenn sie noch die alte Eigenbrötlerin gewesen wäre, hätte sie es auf keinen Fall geschafft. Das steht mal fest. Ich habe eine Ahnung eines enormen Opfers …«

Danivon knirschte mit den Zähnen. Erstaunt stellte er fest, daß er Tränen in den Augenwinkeln hatte. »Und nun ist sie fort, nicht wahr? In das Gerät gegangen? Oder mit den *Sellerie*s gegangen? Oder war es der Große Drachen, der mit den *Sellerie*s gegangen ist?«

Nela zuckte die Achseln und suchte nach einer Antwort, wo es keine Antwort gab. Sie fand zwar Bilder, die Erinnerung daran, wie das *Gerät* Fringe in der

Höhle der Arbai die Substanz entzog. Die Erinnerung daran, wie sie sich dem *Gerät* aus freien Stücken auslieferte und ihm befahl, ihre Struktur aufzulösen. Ob das *Gerät* sie später rekonstruiert hatte? Freiwillig? Anhand der Erinnerung?

Hatte das *Gerät* sie entlassen? War sie wieder frei?

Nela wußte es nicht. Fringe war verschwunden, und dem *Gerät* war weder ihr Aufenthaltsort noch ihre Befindlichkeit bekannt.

Nela umarmte Danivon und drückte ihn an sich. »Ich bin nicht sicher, Danivon. Ich weiß nicht, was geschehen ist.«

»Dein *Sellerie*-Kumpel faselte etwas von der Erfüllung des menschlichen Schicksals«, sagte Danivon in ohnmächtiger Wut, »aber wie wollte er das bewerkstelligen, wo die *Große Frage* noch unbeantwortet ist?«

Nela drückte ihn noch fester an sich. Typisch Danivon. Die Antwort auf die *Große Frage* hatte sich direkt vor seiner Nase befunden, und er hatte sie nicht erkannt. Na gut. Bertran schlang seine langen Arme um Nela und Danivon, und alle drei brachen in Tränen aus. Ob sie nun vor Freude, Kummer oder bloßer Erschöpfung weinten, wußte niemand von ihnen.

Im *Kern* erwachte Jordel von Hamerlane in seinem frisch geklonten Körper. Er setzte sich auf, rappelte sich hoch und musterte sich von Kopf bis Fuß, um sich zu vergewissern, daß es sich auch um seinen Körper handelte. Dann kleidete er sich an und betrat die Steuersektion des *Kerns*. Er durchsuchte das Netzwerk und machte nach einem Moment die vier *Brannigan*-Monster in Panubi aus, wo sie langsam zum Meer zurückwichen. Es war nur eine Frage der Zeit, bis die *Brannigans* sich wieder nach *Toleranz* zurückgezogen hatten.

Die Paranoia und Panik, mit der die *Brannigans* auf die Götter von *Hobbs Land* reagierten, war Jordel fremd, und er sah keinen Grund, die Dinge weiter hinauszuschieben. Das planetenumspannende *Brannigan*-Netzwerk mit den über die Welt verstreuten Persönlichkeitsmatrix-Knoten wurde nach wie vor zentral vom *Kern* mit Energie versorgt und konnte auch nur von dort aus abgeschaltet werden. Systematisch stellte Jordel allen physikalischen Manifestationen den Strom ab.

Lichter flackerten und erloschen. Mechanismen ruckten und standen still. Das Spinnennetz der *Brannigan*-Götter verlor den Zusammenhalt und zerfiel in seine einzelnen Moleküle. *Chimi-ahm* brach mit einem schrillen Schrei zusammen; *Magna Mater* löste sich in einer Wolke aus Mikro-Teilchen auf; der *Große Sabberer* und die *Dame* Bland folgten ihnen kurz darauf nach.

Dann befahl Jordel dem *Kern*, Körper für alle zu klonen, die in den *Kern* gegangen waren und sie nach Fertigstellung der Körper mit den ursprünglichen Bewußtseinsmustern zu programmieren. Außer Jordels Kollegen (die wie er gemäß den Originalspezifikationen eingelagert worden waren) würde niemand etwas von den Vorgängen auf *Woanders* wissen. Umso besser. Je weniger sie wußten, desto schneller konnte man sie… sonstwohin schicken.

»Jordel«, keifte eine Geisterstimme. »Jordel von Hamerlane, du Bastard!«

Er fuhr zusammen. Die Monster würden natürlich in den *Kern* zurückkehren, wenn die Knoten nicht mehr mit Energie versorgt wurden. Nun waren sie hier bei ihm, sozusagen.

»Jordel! Hier ist *Magna Mater*. Du schaltest uns sofort wieder ein!«

»Jordel, du hast kein Recht…«

Er atmete tief durch. Sorgfältig isolierte er seine Kollegen und den ursprünglichen Speicherbereich und nahm den Rest dann vom Netz. Die Stimmen erstarben. Sie hallten noch summend in seinen Ohren nach, bis er sie endgültig abstellte.

»Mit Ausnahme der folgenden Sektionen ist die Matrix zu löschen«, sagte er und gab die entsprechenden Koordinaten ein. »Physikalische Löschung.«

In späteren Jahren auf *Woanders* wurde am fünften Tag der *Frühlingsblume*, der zuvor der *Großen Frage* gewidmet gewesen war, *Geburtstag* gefeiert. An diesem Tag versammelten die tausend Bewohner des Kerns sich auf dem Exerzierplatz vor der alten *frick'schen* Kaserne, wobei die meisten von ihnen im grellen Licht blinzelten und torkelten, wie Kleinkinder, die laufen lernten. Beim Aufwachen hatten sie die Antwort auf die *Große Frage* erhalten. Davon abgesehen wußten sie nur das, was sie auch schon beim Eintritt in den *Kern* gewußt hatten.

Nela und Bertran gingen in aller Frühe zum Platz, setzten sich auf eine niedrige Mauer und beobachteten die Bewohner des *Kerns*, die in Grüppchen zu zweien und dreien aus dem *Kern* wankten. Danivon gesellte sich zu ihnen, gefolgt von einem Mann, dessen Hautfalten darauf hindeuteten, daß er früher einmal dicker gewesen war.

»Nela, Bertran«, sagte Danivon, »ihr erinnert euch an Boarmus.«

Nela stand auf und küßte Boarmus auf die eingefallene Wange. »Sie waren sehr tapfer«, sagte sie. »Jacent hat es uns erzählt.«

»Ach wirklich?« Er machte eine vage Geste und musterte sie von Kopf bis Fuß. »Ich habe nur meine Pflicht getan.«

»Und was werden Sie nun tun?«

»Die meisten von uns gehen zurück nach *Himmel*. Allerdings weiß ich nicht, was wir dort noch sollen. Aber die Lage wird sich wieder normalisieren. Jacent sagt, Bürokraten würden immer gebraucht, aber ich glaube, er will mich damit nur aufziehen.« Die Zwillinge kamen ihm nicht bekannt vor, aber sicher war er sich auch nicht. In letzter Zeit war es drunter und drüber gegangen. An vieles erinnerte er sich nicht mehr.

»Werden Sie das Amt des *Kommandeurs* vermissen?« fragte Nela.

Er drehte sich um und betrachtete den Komplex der *Großen Rotunde*, als ob er sie noch nie gesehen hätte. »Ich glaube nicht. So gut hatte es mir nun auch wieder nicht gefallen. Ich hatte eben etwas zu tun, weißt du.«

»Hatten Sie sehr viel Arbeit?« fragte sie mitfühlend.

»Nun, es kam darauf an. Wir haben natürlich die Wachen von den *Toren* abgezogen. Und es gibt keine *Beauftragten* mehr, um die ich mich kümmern müßte … da fällt mir ein, daß ich dieser kleinen *Beauftragten* noch eine Erklärung schulde, die ich mit der Botschaft zu Danivon geschickt hatte.«

»Nicht anwesend, Sir«, sagte Danivon, dem es nur mit Mühe gelang, Haltung zu bewahren.

»Oh. Sie wurde von den Dingern getötet, nicht?«

»Nein, Sir. Wir wissen nicht, was mit ihr geschehen ist. Sie ist fortgegangen, mehr wissen wir nicht.«

Eine kleine Gruppe von *Brannigans* trat aus dem Eingang zum *Kern* und blinzelte ins Sonnenlicht.

»Schau«, sagte Nela und stupste Bertran an.

Das Gesicht des Mannes, auf den sie zeigte, kam nicht nur Bertran bekannt vor.

Als Orimar sah, daß sie ihn anschauten, kam er zu ihnen.

»Guten Morgen«, sagte er und nickte den Männern zu, bevor er sich Nela zuwandte. »Und wer ist dieses schöne Kind?«

»Nela«, sagte sie. »Und das sind Danivon Luze und mein Bruder Bertran. Du weißt, wer das ist, Bertran. Das ist Orimar Breaze.«

»Kennen wir uns?« fragte Breaze unsicher.

»Nur vom Sehen«, sagte Bertran und dachte an dieses Gesicht inmitten anderer goldener Gesichter in einer goldenen Gruft.

Orimar schenkte ihnen allen ein Lächeln und widmete sich wieder Nela. »Nun, Nela. Studieren Sie hier?« Sie war so knackig. So süß. Lippen wie Rosen.

Nela lächelte verschmitzt. »Ich bin keine Studentin. Bedenken Sie, wir sind hier nicht in *Brannigan*.«

Er zuckte zusammen. Natürlich nicht. Das war nicht die *Brannigan-Galaxität*. *Brannigan* war woanders. Sie waren von *Brannigan* auf diese kleine Welt *Woanders* gekommen. Tausend Jahre waren seitdem vergangen, doch nichts war so gelaufen, wie sie es sich vorgestellt hatten. Es gab keine Vielfalt mehr. Heute morgen erst hatte man ihnen das gesagt, nachdem sie wieder körperlich geworden waren.

»Das ist richtig«, sagte er in quengelndem Ton. »Ich erinnere mich: Die *Große Frage* wurde beantwortet, und wir wurden freigelassen. Wir sollten … sollten das tun. Aber …« – er gestikulierte, um seine Verwirrung zu verscheuchen – »… ich erinnere mich an kaum etwas. Keiner von uns weiß, was geschehen ist.«

»Aber Sie erinnern sich an die Antwort auf die *Große Frage*?« fragte Nela mit einem metallischen Unterton.

»Ja«, sagte Orimar Breaze und spürte, wie die Tränen ihm in die Augen stiegen.

»Sie möchten sie uns mitteilen, nicht wahr?«

Er schüttelte den Kopf und schluckte. Er wollte sie ihnen nicht mitteilen. Er wollte sie nicht noch einmal hören.

»Das Letztendliche Schicksal der Menschheit …«, soufflierte Nela.

»Das Letztendliche Schicksal der Menschheit …«, sagte er und schluckte die Tränen. Was war mit ihm los? Weshalb diese Aufwallung von Kummer?

»Besteht darin …«, fuhr sie fort.

»Besteht darin …« Er versuchte es, doch die Worte blieben ihm im Hals stecken.

»Besteht darin, nicht mehr …«

»Besteht darin, nicht mehr …«

»Nur Mensch zu sein«, sagte sie.

»Ja«, sagte er und wischte sich die Tränen aus dem Gesicht. »Entschuldigung; ich weiß nicht, was auf einmal über mich gekommen ist.«

»Das ist schon in Ordnung.« Sie klopfte ihm auf die Schulter. »Wir verstehen das.«

Bertran legte den Arm um Nela, und sie blickten dem von seinen Gefühlen überwältigten Mann hinterher.

»Du mußtest dich selbst davon überzeugen, nicht?« fragte Bertran leise. »Ich frage mich, was mit ihnen geschehen wird.«

»Jordel hat gesagt, daß sie zur *Brannigan-Galaxität* repatriiert werden«, sagte Danivon.

»Die *Galaxität* existiert noch?« fragte Nela verdutzt.

»Sie hat nie aufgehört zu existieren. Nun will man diese Leute untersuchen und die Auswirkungen der Langzeit-Speicherung auf die menschliche Psyche erforschen. Man hat mir gesagt, daß diese Brannigans die letzten reinrassigen Menschen seien. Man wird ihnen in Brannigan einen schönen abgeschirmten Campus zuweisen, wo sie von den Göttern nicht behelligt werden.«

»Sie können einem wirklich leid tun. Sie genießen nicht einmal mehr den Vorteil des *Arbai-Geräts*.« Nela schüttelte den Kopf. »Sie werden nun für immer in ihren eigenen Köpfen eingesperrt sein.«

»Sie haben es so gewollt«, sagte Danivon und schaute in die Ferne, um ihnen nicht in die Augen sehen zu müssen. »Sie hatten Angst vor Veränderungen und vor Wachstum, wenn es mit Veränderung einherging. Also beschlossen sie, den Menschen als Krone der Schöpfung zu definieren und für immer auf ihrem jetzigen Entwicklungsstand zu verharren …

Wir respektieren ihre Wahl. Es wäre … unangemessen, sie zu etwas zu zwingen.«

Sprich den Namen mit Begeisterung aus. Sprich ihn mit Freude aus. Sprich ihn aus, wie du den heiligen Namen Gottes aussprechen würdest.

Brannigan-Galaxität

Das akademische Zentrum der *Fauna Sapiens*. Eine Fundgrube mit dem Wissen des bekannten Universums. Die Instanz, an die alle wichtigen Fragen gerichtet werden. Der Brunnen akademischer Weisheit.

»Brannigan-Galaxität«, sagt der Lehrer in dem entlegenen Dorf auf der kleinen Welt und legt seine Greifwerkzeuge auf die Köpfe der Kinder. »Lernt fleißig, und dann kommt ihr vielleicht auch nach *Brannigan*.«

»Strukturiert denken«, rufen die Dozentroiden isolierten Individuen aus der Anonymität der Bildschirme zu. »Ihr werdet vielleicht für *Brannigan* ausgewählt!«

Und sie haben wirklich sehr gute Aussichten. Wer sich nämlich nach *Brannigan* sehnt, wird fast zwangsläufig dort aufgenommen. Ein genialer Verstand ist natürlich notwendig, wo das Wissen des Universums jedem zugänglich ist, doch hinreichend ist das nicht! Es besteht großer Bedarf an unermüdlichen Forschern und neugierigen Geistern, welche die Grenzen des Unerklärlichen wieder ein Stück nach vorn verschieben.

Die *Fauna Sapiens* singt manchmal:

Brannigan, wir preisen Dich!
Brunnen der Erkenntnis …

Brannigan-Galaxität.

Hier trippeln unzählige Extremitäten über Wendeltreppen. Dort münden düstere Korridore, endlos wie Straßen, in große Kavernen, wo Dinka-Dschinns und andere exotische Völker die Fragen stellen, die sie jeweils beschäftigen.

Mögen die Grenzen deines Wissens ...
der Anfang wunderbarer Entdeckungen sein ...

Touristen kommen noch immer nach *Brannigan*, flanieren noch immer über die Höfe, durch die Gärten, unter Kuppeln und in Grüften, die mit Gemälden verziert sind, deren Farbe noch kräftig leuchtet. Das am meisten bewunderte Gemälde zeigt Gestalten, die durch Flächen sowie helle und dunkle Linien miteinander verbunden sind und die von weitem wie Teile einer glitzernden Wundermaschine wirken. Und wirklich wird das Gemälde von den Dozenten als die *Schicksals-Maschine* bezeichnet.

»Die Wesen auf der Kuppel ...«, ruft ein Führer und lenkt die Blicke nach oben, »... sind die Arbai, die Schöpfer des *Arbai-Geräts*, das die Menschheit vor sich selbst gerettet hatte, indem es in der ganzen Galaxis die *Fauna Sapiens* etabliert hat. Die Letzten der Arbai befinden sich nun in Stasis auf dem Planeten *Woanders.*«

Die Touristen fummeln an den Aufnahmegeräten herum und zeichnen die Veranstaltung zur späteren Erbauung auf. Die Dozentin fährt mit dem Lichtzeiger nach links. »Die Gestalt im Osten der Kuppel ist Marjorie Westriding, welche die Menschheit vor der Arbai-Pest gerettet hat. Sie war eine Prophetin in der Periode der Mittleren Diaspora, und der Mann neben ihr ist ihr Gefährte, Samasnier Girat, manchmal auch der hl. Sam genannt wegen seines Einsatzes für den Erhalt des *Geräts*.

Die Prophetin Marjorie und der hl. Sam kamen einst als Auferstandene auf den Planeten *Woanders*. Authentische Reiserouten sind im Büro des Vize-Kanzlers für Historische Realisation erhältlich.«

In jeder Gruppe gibt es mindestens ein paar Leute, die ernsthaft erwägen, auch auf Pilgerfahrt zu gehen. Letztlich wird dann doch nichts daraus, was aber weder die Prophetin noch den Heiligen enttäuscht, weil sie bisher nicht wieder auferstanden sind.

»Die Gestalten im Westen der Kuppel sind die Zy-Czorsky-Zwillinge, Nela und Bertran, Retter der Menschheit in der Prä-Diaspora-Zeit. Nela weist nach oben, auf die mystische Schildkrötentaube, während Bertran den symbolischen Wagenheber hält. Neben Nela ist ihr Lebensgefährte, Danivon Luze. Die Zy-Czorsky-Zwillinge retteten auch den Planeten *Woanders*, indem sie die geheimnisvollen *Selleries* zu Hilfe riefen – die zur Linken gezeigt werden.«

Daß die *Selleries* den Planeten *Woanders* gerettet hätten, ist leichter zu glauben als die Wahrheit. Zumal niemand mit Sicherheit weiß, was die Wahrheit überhaupt ist.

Am Fuß der Kuppel gibt es noch viele weitere Abbildungen, auf welche die Dozentin nur am Rande eingeht: unter anderem eine Frau mit apricot-getöntem Haar und Armreifen, eine Schar Dinka-Dschinns, einen bulligen Mann mit einem grauen Haarzopf und einem Abzeichen an der Schulter und einen dicken Mann, der in einer Hand eine Tasse hält und die andere einem lächelnden Jungen auf die Schulter legt.

Eine Darstellung, die immer wieder die Blicke auf sich zieht, befindet sich in der Ecke des Gewölbes: Eine Frau schwingt sich empor zu den Sternen. Sie trägt ein purpurnes Gewand und einen Helm mit einem purpurnen Federbusch. In der Hand hält sie einen Schildkrötenpanzer. Sie hat einen Ausdruck unbändiger

Freude im Gesicht. Der Künstler hat sie in die Impression eines schemenhaften Wunders integriert – dem Betrachter erschließt sich, daß die Frau, obwohl sie als einzelne Gestalt erscheint, dennoch nicht allein ist.

Brannigan treibt keinen Kult mehr mit seinen Emeriti. Was einer weiß, wissen alle. Es ist nicht das Individuum, das zählt, sondern das Streben nach Erkenntnis – die Auflösung von Mysterien, die Beantwortung wichtiger Fragen –, obwohl eine bestimmte Sache leidenschaftlich von der *Fauna Sapiens* diskutiert wird. Es heißt, die *Selleries* hätten die Antwort darauf. Falls das stimmt, dann haben sie dieses Wissen nicht mit den Leuten von *Brannigan* geteilt. Doch sie sind bestrebt, es selbst herauszufinden.

Lachend erörtern sie die Einsetzung eines Komitees zur Beantwortung dieser neuen *Großen Frage* (für welche die Menschheit die Antwort vielleicht schon gefunden hat. Die vergessenen Stimmen alter Ungeheuer, längst verschwundene Gestalten und Wahrnehmungen, die Ursprungsgalaxis wie vom Winde verweht, ein funkelnder Reigen, ein sich auflösendes Gespinst. Hier ein Pfeil des Intellekts, ein Höhenflug der Phantasie. Ein Licht voraus, ein ansteigender Pfad. Ein neues Wunder schleicht sich ins Universum ein. Weiter. Weiter. Noch weiter. Ein Reiter und einer, der geritten wird. Gefährten, die sich gegenseitig antreiben …):

WAS SOLL NUN AUS UNS WERDEN,

WO WIR KEINE MENSCHEN MEHR SIND?